槐故

-HUAi Gu-

上册

近我者甜

槐故 著

四川文艺出版社

目录
CONTENTS

第一章 ♥

微信被拉黑了怎么办

1

所以，咱这回是搞到假的了吗？

别啊，我喜欢哪对哪对分手，这是跟着甜总喜欢的第一对大冷门，就指望着甜总摆脱我的特殊体质了。

呜呜呜，甜总快出来告诉我，"晴深不寿"是真的！不然我哭给你看！

甜总，你人呢？生产队的驴都不带这么歇的！

明江公馆。

窗外淅淅沥沥下着小雨，落在后花园的绿植上，风中摇曳，带来窸窣的声响。

已经上午十点了，房内依旧窗帘紧闭，一如黑夜。

叫了两次都毫无反应。第三次时，程瑾破门而入，动作熟练地将床上裹得紧紧的一团抖搂抖搂。

被窝里的人儿顺势被抖出来，身上的睡裙已经横到腰上，露出纤细腰肢，长腿白得晃眼。

带着凉意的冷空气贴在身上，裴恬"哎呀"了一声，想往温暖的被子上蹭蹭，可怎么都摸不着。然后她睁眼，正对上抱着被子悠悠看着她的程瑾。

面前的女人穿着R牌最新款套装，妆容精致，保养得当，已经年过四十，看起来却好似三十出头。

裴恬也不生气，她抬腿，将裙子往下拉了拉，笑得酒窝浅浅："妈妈，我冷。"

程瑾横她一眼，俯身整理着床单："到底要我喊你几遍？"她垂首，目光在女儿青黑的眼眶上扫了一圈，笑了声，"昨晚熬到几点？"

从小娇养到大的女孩，面颊清透如白玉，唇色不点而红，一点点瑕疵都很明显。

裴恬咽了咽口水，然后竖起一根手指。

顶着程女士如有实质的视线，她颤颤巍巍地又竖起两根手指："三点。"

程瑾气到无言，伸手就要敲她的脑袋，被裴恬躲过。

"别别别。"裴恬快速闪到一边，眼巴巴地看着她，"妈妈你知道吗，我喜欢的荧幕情侣是真情侣！"

程瑾："……"

裴恬眼睛明亮，兴奋得直蹦跶："我为他们熬的夜，掉的头发，都是值得的！"

她猫着腰从床头柜上摸出手机，翻开微博超话，就要给程瑾"安利"。结果下一秒，脑袋就被狠敲了一下。

程瑾脸色黢黑，杵着她额头就要开骂，手还没碰着，就见裴恬抖着肩膀，泪眼婆娑。

"哟，"程瑾抱臂，冷笑道，"我还没怎么着你呢，碰瓷碰早了吧？"

"嗷。"裴恬号得更大声了，她指着手机，面上一派真情实感的悲伤，"我喜欢的荧幕情侣……要 be① 了。"

她用力闭上眼，蛮横地耍无赖："妈妈，你要打就打吧，反正我的心已如死灰，今夜我就要远航。"

程瑾："……"

程瑾对女儿这种奇奇怪怪的爱好没有兴趣，但看她这么伤心，气也消了大半，只狠狠杵了下裴恬的额头："快起来吃早餐。"

房间重回安静。

裴恬端坐在桌前，连洗漱也不曾，乌黑的长发乱糟糟地别在脑后，一张莹白的小脸紧紧绷着，白皙的指尖在手机屏幕上翻飞。

微博"晴深不寿"超话此时一片愁云，大批粉丝留言，哭天喊地。

裴恬的目光凝在最新的热搜上。

---

① 是 bad ending 的首字母缩写，意为"坏的结局，不好的结局"。

综艺《一起去旅行》的官方在今晨八点宣布本季嘉宾。

"晴深不寿"主人公之一的江深赫然在列，但原本要参加的周以晴却杳无踪迹。

这是裴恬喜欢的第三对荧幕情侣，一贯地偏、冷，甚至还有些邪门。

江深刚刚二十，是时下炙手可热的男星，而周以晴年近三十，已然成了众人口中的"过气"女星。

两人的"物料"少得可怜，唯一的合作便是年初大爆的民国电影——《枪声》，周以晴扮演江深的……长嫂。

全片周以晴不过出镜八分钟，但和江深那仿佛能拉丝的眼神拉扯让裴恬至今沉迷其中，抱着那点剪烂了的物料艰难度日。

前段时日，《一起去旅行》综艺同时关注了周以晴和江深，这让只有五百粉丝的超话宛如当事人结婚般喜庆。

而这五百粉丝中，有四百多是裴恬专门注册的微博号"嗑学满分甜"吸引过来的。

这个账号，五年来关注的所有偏门情侣都成了真，不时就有粉丝慕名前来拜三拜，为自家"小情侣"攒福运。

裴恬翻着超话中的动态，最终总结出信息：周以晴大概被人抢了资源。

而这个天降之人……裴恬看向立在宣传海报中心位、笑容妩媚的女人，目光又凝在其头顶的"唐羽"二字上。

砰的一声，敦实的木桌被叩出重响，染着红色蔻丹的指尖一下下敲击着桌面。

"好啊，"许之漓十分愤怒，"我真是小瞧唐羽的不要脸了，没唱功没演技，好大脸啊。"

裴恬随着附和："就是，还敢拆散我的荧幕情侣！"

唐羽这个名字，在许之漓口中时不时就要被拿出来"鞭尸"一次。作为许之漓的闺密，裴恬自要同仇敌忾。

起因是去年，许之漓准备了很久且为此暴瘦十斤的角色被唐羽轻飘飘地截了去。此后，唐羽还处处给她使绊子。

许之漓为了逐梦演艺圈，和家人闹翻，众人不知她是许家小姐，许之漓自此成了备受排挤的小可怜。

"唐羽前不久签了天启娱乐，和天启那个新总裁不清不楚的，"许之漓抿了口果汁，咬牙切齿道，"真是世风日下。"

听到"天启娱乐"，裴恬动作一顿："哪个天启？陆氏旗下那个？"

"对，就是那个。天启最近变天了，只不过目前风声还闭得紧。"许之漓翻动着手机，眯着眼睛找消息，"我记得经纪人和我发过天启的消息，等我给你找找。"

圈内颇负盛名的娱乐公司就那么几家，自是被盯得很紧。

裴恬一下下摩挲着指尖，看见许之漓突然抬头，语气有些怪异："那个新总裁的名字还挺好听，有小说霸总的感觉了。"

"嗯？"

"叫陆池舟。"许之漓说。

裴恬倏地抬起头，纤长眼睫颤了颤，半晌未动，像是静止一般。

许之漓拿手在她面前晃了晃："怎么，你认识？是陆家的吗？我怎么没听过？"

她问出的一连串问题，裴恬都没有回答。

正要问到底，许之漓的手机屏幕亮了亮，上面显示关注人唐羽刚刚发了微博。

因为有过合作，许之漓和唐羽始终微博互关以维持塑料关系。

许之漓咬着吸管，极快地扫过内容，气得笑出了声。她学着唐羽嗲嗲的嗓音，读出微博："很开心能参与这季《一起去旅行》的录制，感谢节目组给的机会，也感谢我的公司天启娱乐。天启正迎来新的纪元，未来我与你同在！"读完还摆了几个"爱心"的姿势。

"哕。"许之漓将手机重重倒扣，没忍住又骂了声，"还发微博恶心人，蛇鼠一窝。"

半晌，许之漓也没听见裴恬的回应。

她抬眼看过去，随即听到她这脾气极好，遇事从来都笑眯眯的闺密面无表情地吐出两个字："确实。"

许之漓疑惑。

她想再问，却见裴恬低敛着眸，吸了一口杯中的西瓜汁，细白小手无意识地摩挲着杯沿。

裴恬咽下口感黏稠的西瓜汁，向来秀气的眉头皱得紧紧的，连说话也带了些冷意："不好喝。"

许之漓一愣，随即意味深长地调侃道："这地儿又不是卖这个的。"

两人正身处 A 市新开的一家会所。

会所有个风花雪月的名儿，叫"风月"。地方选得偏，内里环境却幽雅静谧，暖橙的吊灯洋洋洒洒地落在包间的紫木桌面上，耳边还时不时奏响悠扬的古琴声。

但许之漓说，这会所的精髓在楼上，只有尊贵的 VIP 客人才能看见内里乾坤。

大概就是这种故作高雅的表皮，吸引了 A 市众多人的注意，很快，"风月"成了他们的新宠，连包间都需要提前预约。

她们今天来这里，是有正事的。

许之漓叛逆，违背家人意愿进了娱乐圈，但违抗不了家里安排的未婚夫。

为了反抗家族联姻，裴恬给许之漓出了一条妙计，那便是努力抓住未婚夫花心出轨的把柄威胁他，让其主动退婚。

正巧，这未婚夫纪臣也确实不是个好东西，表面上一副社会精英的模样，私生活却乱得很。纪家和陆家带亲，背靠大树好乘凉，所以纪臣在圈内也混得开，成了许之漓联姻的人选。

"我找人观察了两周，"裴恬高深莫测地说，"纪臣每周二、周六会独自来这里待三个小时以上。"

今天正巧是周六，裴恬计划了一场大戏，而今晚她已经和许之漓进行过细致的战略部署。

裴恬看了眼时间，快十点了。

"差不多了，"她冲许之漓抬抬下巴，"准备好了吗？"

许之漓深吸口气，有点怂："你等我再准备一下，找点状态。"

"不用等了。"裴恬虽笑着，却不容置喙地拖着人一路乘电梯上了十楼，身后还跟着专门来壮场子的保镖。

许之漓看着比她稍矮几厘米的裴恬。女孩身着一件米白色手工棉裙，乌黑的长发披在身后，露出小巧如玉的耳垂，颈侧肌肤在暧昧陡升的包间里显得纯白又细腻。

步履轻盈、肩颈平直、纤腰款款，明明是一派天真无邪的模样，却最是果敢干脆。

胡思乱想间，指尖被人轻捏了下。裴恬仰着小脸，轻声细语地问她："咱之前说的，记清楚了吗？"

两人已经走到纪臣惯来的包厢外。

不知为何，看她这淡定的模样，许之漓底气莫名足了些，重重点头："当然，我会拿出我毕生的演技。"

裴恬微笑："好。"

话毕，裴恬一抬手，身后跟着的两个人高马大的保镖当即上前，气势汹汹地一人一脚，踹开了大门。

砰，紫檀木做的大门晃了两晃，轰然倒下。

许之漓没想到她这么野，还没来得及反应，就被裴恬一把推进了包厢。

裴恬说，这种事情，一定要在一开始以雷霆万钧之势压制对方，不给对方思考的空间。

许之漓踩着门进去，闭着眼睛对着里面劈头盖脸一顿骂，大抵就是纪臣你个负心汉、浑蛋，背信弃义，搞七捻三……

裴恬抱臂，听着里面的动静。

她摸出手机，打开视频拍摄，抬步悠悠进了包厢。

此时许之漓正哑着嗓子假哭，声嘶力竭地喊出台词："你欠我的用什么还？！"

裴恬进门后，不慌不忙地谈判："纪臣，这件事我们已经存证了，要是散播出去对大家都不好。"

说到一半，裴恬抬起眼睑，淡淡环视包间卡座。

纪臣人模狗样地斜靠在沙发上，身旁还坐着两个穿着清凉的美女，三人一脸呆滞地望着她们。

目光流转到一半，顿住。裴恬眨了下眼，看向纪臣对面。

灯影昏暗处，半明半暗间，好像还坐着一个人。

白色衬衫的袖口卷起，露出一截冷白精瘦的小臂，懒散地搭在纯黑笔挺的西裤上，指骨细长如竹。暗潮涌动间，这么含而不露，仿佛无声的诱惑。

裴恬听到了自己咽口水的声音，这里的人都这么帅吗？

裴恬没眼再看，扭转了视线。

她定下心神，给谈判加了筹码："纪臣，你要是主动退了两家的婚事，并保证不牵扯到漓漓，你的事情我们会保密。"

一旁的许之漓也没想到能这么劲爆，她跟着兴奋地点头："没错。"

话一说完，纪臣目露迷惑："哎，裴恬，你污蔑我几个意思啊？"

管你做没做，这黑锅都得背。

裴恬伸出葱白手指，定定指向纪臣对面的那个人影，气势如虹："那你解释一下，这个人是谁？大晚上的，在这儿干什么？"

暗处突然传来窸窣响声，一道高大的身影立起，西裤包裹下的腿笔直修长。

"你说我是谁呢？"男人声线偏低，随着他起身，隐在暗处的面容露出真章，漆黑的眼眸定定落在她面上，半分情绪不露。

那是双极其熟悉，却又显得陌生的眼睛。

2

包间光影暧昧，时不时泛起波光，冷白的光明明灭灭地映在男人的面容上。

那确实是一张过目难忘的脸。细碎头发落下几缕，眉骨高挺，连接着笔直的鼻梁。金丝边眼镜映出冰凉的弧度，镜片后边，是一双极其漂亮的丹凤眼。

裴恬的目光从其眼眸又往下移了几寸，略过薄唇，最后落到宽松衣领处凸出的喉结上。

裴恬开始细细琢磨陆池舟这句话的意思。

乍一听，状似好友相认，但稍一琢磨，又像是在炫耀自己混得很好。

消失五年，突然出现，现在事业有成，连说话都颇具霸总风范，上来就是一句"你说我是谁呢"。

就好像谁都必须认识他一样。

裴恬抱着臂，指尖一下下轻点着手机壳，不闪不避地迎着男人越发幽深的视线，歪了歪头："做这行有几年了吧？"她樱唇微启，语气有些轻佻，"瞧着还挺眼熟。"

男人："……"

做这行。

这行。

行。

"噗。"纪臣惊呆了，一口气差点没上来。他推了推左右两个美女，站起身观察着陆池舟黯黑的脸色，难以置信道："裴恬，你看清楚，他是谁？"

一旁不明情况的许之漓轻嗤，翻了个白眼："啧，这就等不及给人家撑腰了？"

"你……"纪臣简直要给这俩人跪下了，讨好般冲陆池舟笑笑，圆场道："她俩还是这么幽默。"

他不停地冲裴恬挤眉弄眼："这整个 A 市，还有谁能比得上你和陆总的情谊呢？青梅竹马，还是打小就定下的姻……"

陆池舟原本低敛着眸，眼中明明灭灭，听到这话，突然抬头瞥了他一眼。

"姻缘"俩字说一半，搁住，纪臣抿唇，余光看到陆池舟的表情，心里直打鼓。

就这一眼，纪臣仔细咂摸，也没领会出个所以然。

陆池舟离开这五年，从一个令人捉摸不透的少年成长为一个更令人捉摸不透的男人。

当年谁都知道，少年被"清理"出国时，孑然一身，一无所有。

不过五年，陆池舟归国，带领一手创立的掌珠科技，以迅雷不及掩耳之势，并购了陆氏集团旗下主要负责营收的子公司天启娱乐。

陆氏这几年不停走下坡路，好几项决策失误，四处都有需要填补的资金窟窿，卖掉天启实属万般无奈下的周全之策。

但这样一来，集团几近变了天。

局势瞬息万变，陆池舟"逼宫"之意明显，怕是不只天启，整个陆氏短时间内都会易主。

陆池舟未到二十五，手段却老练狠辣，半分情面不留。圈中人惯会见风使舵，陆池舟不过回国一周，风头无两，已然成了炙手可热的新贵。

纪家一贯背靠陆家，此时陆家明显风向有变，聪明人已经开始寻找新的倚仗。

但和这般城府的人相处，要保持十分的周全和谨慎。

纪臣脑子飞快地转，自觉理解了陆池舟那一眼的含义。

裴恬和陆池舟的那点事儿，大致也算陆池舟的黑历史之一。任哪个有血性的男人，从小顶着个"童养婿""倒插门"的称号，估计都不会愿意再被提起。

话到嘴边，极快转了个弯，纪臣嘿嘿一笑："瞧我这记性，你们以往也不太熟，这么久没见了，生疏了也正常。"

裴恬对上陆池舟那道存在感极强的视线，笑眯眯地认同："确实不太熟，所以刚刚没认出来。"她没什么诚意地点点头，"不好意思啊，陆总。"

陆池舟扯了下唇，眼底却不见半分笑意："现在能想起来就好。"

纪臣悄悄观察着陆池舟的脸色，看到他眼眸中的晦暗，明显察觉到了他的不悦。

他脊背上直冒汗，一时只觉男人心，海底针。

陆池舟没再给他开口的机会，俯身从座上拿起黑色的西装外套："想必你还有私事要谈，不打扰了。"

他抬腿迈出几步，目光在女孩一脸平静的眉眼上停顿。

裴恬没看他。

陆池舟垂下眼眸，踏步出了门，高挑身影隐没在门外的暗色中。

裴恬表情未变，只在满脸问号的许之漓耳边低语："要挟他，谈条件，就算捞不着好处，也要把婚退了。"

许之漓重重点头："恬宝放心！"

裴恬拍拍她的肩，将保镖留在包间，又道："我去三楼餐厅等你。"

她出门，踩着倒塌的门，看见了门外等候着的会所经理，暮气沉沉地看着门内。

"损失记纪大少账上就行。"裴恬抿了抿唇。

"是是是。"经理眼眸一亮，连连点头。

裴恬在楼下坐了半小时，又不死心，点了杯凤梨汁，一入口，被酸得皱眉。她托腮，终于切身明白了"这地儿又不是卖这个的"的意思。

这样一想，来这里的人奔头是什么，不言而喻。

裴恬凉凉一笑。

这时候，许之漓发消息过来，说她准备坐电梯直达地下停车场，让她直接下去就行。

裴恬起身，慢悠悠地走向电梯，一抬眼，看见快要闭合的电梯门，她连忙奔上前，按了开门键。

门打开，里面只有一个人。

裴恬表情一怔，和他避无可避地打了个照面，心中讶异，他怎么还没走？！！

陆池舟套上了西装，正在低头扣袖扣，听到动静，缓缓抬起头。

电梯内空间逼仄，男人身形极其高挑，不过是立在那里，黑眸淡淡扫过，就带来无形的压迫感。

两人静静对视着，直到电梯门快要重新关上。

裴恬看了眼旁边的另一个电梯，显示正从七楼上去，不知要等多久。她咬了下唇，还是抬步走了进去。

从三楼，到地下三楼。

裴恬小小一只，贴着电梯壁站，抬着脸，严肃地看着楼层变化。她想起自己刚刚的言行，屏住了呼吸。

陆池舟从来都是个锱铢必较的人。

这种封闭环境，实在让人压力极大，裴恬十分后悔没有带一个保镖在身边。

电梯每下一层都会停下来，结果打开门又空无一人。门关得格外慢，这就导致这个下降过程变得异常漫长。

楼层键在陆池舟那边，被他微侧的身子挡得严严实实。

面对着半天不动的门，他也不动，丝毫没有抬起那高贵的手，按一下关门键的意思。

下到一楼，两人始终保持着沉默，目视前方虚无的空气。

裴恬快要窒息了，终于忍无可忍："你就不能按一下？"

陆池舟的视线从女孩恼怒的眉眼拂过，侧头，掩过止不住上扬的唇角。

"忘了。"他淡声答，随即低眸，不慌不忙地按下关门键。

也是，霸道总裁嘛，坐电梯哪里需要自己按。

裴恬恨恨扭头，深呼一口气，告诉自己不要计较。

又降了一层，可陆池舟还是动也不动，似乎又"忘了"。

裴恬直觉他在故意整她。她火冒三丈，上前两步，娇小的身体从陆池舟和电梯壁之间的空隙钻进去，用力按了关门键，可下一秒，裴恬的目光凝在一连串被按亮的楼层上，终于明白了电梯为什么会一直停。

"陆池舟！"裴恬怒喊，"你故意的？"

"嗯？"陆池舟垂首，低沉的嗓音藏着细碎的笑意，"不喊陆总了？"

声音似贴着耳畔传来，一下下敲击着鼓膜。

裴恬一抬眸就对上男人线条精绝的下颌线，肌理细腻如玉，那双弧度微挑的丹凤眼隔着镜片，直直看着她。

她贴着电梯壁，但两人还是靠得极近，鼻畔铺天盖地都是木调的冷杉味，无孔不入，带着极强的攻击性，和只有洗衣液香气的少年时代大相径庭。

说实话，裴恬一贯受不住陆池舟靠这么近。

她是标准的颜控，而陆池舟又是真的帅。

裴恬试图通过思考一些不那么愉快的事帮助她抵御美貌暴击。

是的，她喜欢的荧幕情侣正陷入瓶颈，而这一切的导火索……

裴恬倏地睁圆了眼睛，伸手一把将人推开，娇声呼喝："走开！"

陆池舟没做准备，一时被推出老远。他垂眸，靠在电梯另一侧，细碎的头发遮住眉眼间的一丝无措。

裴恬紧紧抿着唇，耐心渐渐告罄，电梯门刚一打开，便径直走了出去。

身后跟着有力的脚步声，裴恬加快了步伐。

来到停车场，并没有人，许之漓还没下来。

"回明江吗？"陆池舟的嗓音有点哑，在空旷的停车场异常清晰，"我送你。"

裴恬："不用。"

陆池舟打开车门："我顺路。"

裴恬扯了下唇。她自觉是个非常能做好情绪管理的人，但积攒了一整天的沉郁，终究还是找到了一个宣泄口。

裴恬转过身，夜风徐徐，几缕发丝拂过微红的眼眶。她一字一顿，面色异常冷静："我们不顺路。"

陆池舟怔住，眼眸渐渐凝固。

"很早之前，就不顺路了。"说完，裴恬转身，走得异常干脆。

米白色的棉布裙摆随着清风晃动，乌黑发丝像最光滑的绸缎。如珠如宝般娇养到大的女孩，哪怕穿着最简单的裙子，但骨子里沁出的馥郁，依旧如同鲜花般让人着迷。

身后再没响起脚步声。

裴恬直直走出老远，才回了次头。

那道高挑的身影依旧立在原地，夜风拂过其衣摆，看不清表情。

陆池舟真的极其适合西装，哪怕松垮垮地套着，也掩不住通身的矜贵。

但裴恬闭了闭眼，恍然觉得这一幕，和五年前街头的那个失魂落魄的少年重叠了。她下意识地摇头，他本该是意气风发的。

许之漓到的时候，车边却没有人。她疑惑地发了消息，过了会儿，才看到不知从哪儿走过来的裴恬。

"怎么样？"裴恬下意识环视了下四周，随即抬步上了车。

许之漓坐上驾驶位，眉飞色舞地和她说了全过程。窗边的街景极快地往后退，已经步入初秋，清凉的风轻拂过面颊。

"纪臣这么轻易就同意了？"裴恬挑了下眉。

许之漓点头："那是，我都没怎么掰扯，他就同意了。"

裴恬半晌没说话。

在许之漓疑惑望过来时，她张了张唇，道："婚退了就好。"

"纪臣好面子，既然你退婚的意愿这么强烈，他也不会强求。除此之外，我猜测他应是碰见了比联姻更能获取利益的机遇，这样一对比，这婚订不订也就不重要了。"

许之漓哼唧片刻，软着嗓子说："知道啦，恬宝你真聪明，我要是个男人，一定会被你迷住的。"

裴恬忍不住笑，贝齿咬着殷红的唇，冲她勾勾手："难道你现在没有被我迷得不要不要的吗？"

裴恬的长相就是时下最流行的"纯欲款",表情波动不大时,清新出尘;要是蓄意吸引人时,那双弯月模样的眼睛像含着钩子般,一举一动都引人沉沦。

"开车呢,"许之漓的耳根有些烫,"别打扰我。"

她刚要沉下心开车,脑中突然想起纪臣的话,大意是陆池舟现在的身份不同往日,让裴恬不要还和小时候一样,说话要注意点。她当时就气得撑了回去。什么东西,也好意思让恬宝说话注意点?但看裴恬一点也不打算开口解释一下的模样,许之漓幽幽的目光投向她:"我不问,你就不打算坦白从宽了?陆池舟和你是什么关系?"

3

和陆池舟是什么关系,这个问题,现在的裴恬一时还真不知道怎么回答。

许之漓自小跟随外祖生活在江南,近几年才回到 A 市和她熟悉起来,所以许之漓并不知道很多年前,她和陆池舟那段算是口耳相传的"佳话"。

许之漓:"你还有什么惊喜是我不知道的?"

顶着许之漓越发危险的视线,裴恬抠抠指甲:"其实,也没什么关系。"

"那什么,"她语焉不详地甩锅,满脸无辜,"他小时候,就惯会吸引人。"

许之漓疑惑。

其实裴恬和陆池舟那点事,圈子里随便找个人问问,都能笑谈一壶茶的时间。

当年,裴恬周岁宴,裴家大摆筵席,给圈内各家各户,甚至八竿子打不着关系的人家都送了大把喜糖。裴恬的老爸裴言之可谓是将"宠女狂魔"四字刻在了脸上,恨不得逢人就炫耀他有个宝贝闺女。众人哪怕心里不以为意,但碍于裴家的声望,还是拖家带口地入裴宅道贺,将当年仅有一岁的裴恬夸成紫微星下凡。

但裴恬这样的,倒也真的算天上有地下无。

裴家祖上靠医学起家,出过好几代名医,后代也是各行各业的精英。

作为首个孙女,裴恬在抓周时被全家寄予了厚望,周围摆了一圈笔墨纸砚。抓周是周岁宴的重头戏，不少人家都来凑热闹，裴家向来空旷的客厅内围了一圈人。

洁白宽大的天鹅绒毯上，小小的裴恬头戴红色毛线帽，乌溜溜的眼睛一点儿也不怕生地四处乱转，直愣愣地看着人的时候，叫人心都化了。

据程瑾说，当时陆池舟的母亲陈挽月就非常喜欢她这小模样，硬生生拖着自家儿子凑热闹，占据了观看宝宝抓周的最佳位置。

裴言之为了证明自家闺女将来必定是个栋梁之材，在裴恬面前堆了一摞书，同时将玩具放得远远的。谁知裴恬总能给他出其不意的惊喜。包着精美封皮的书、镶着珍珠的算盘、嵌着钻石的钢笔，她看都不看，还不感兴趣地打了个哈欠。小家伙哈欠打到一半，不知道看到了什么，动作一顿，眼睛瞬间变亮。

众人屏息凝神，看到裴恬突然举着肉手指向前方，笑得眼睛都弯了，咿咿呀呀道："要，要他。"

所有人的视线扭转，锁定目标。

突然就成了众人焦点的，刚刚将水果糖送进口中的小陆池舟怔在原地，漂亮的眼睛一片茫然。他动了下唇，咔嚓一声，糖碎了。

裴言之倒吸一口凉气，大步上前，蹲在裴恬面前，难以置信地问："宝贝，你再说一遍，要什么？"他又指了指面前的书，试图蒙混过关，"要这个吗？"

裴恬嘟着嘴，不满地摇头，依旧指着陆池舟的方向："要！"

裴言之震惊。他用力扭头，眯着眼睛看过去，眼中隐含杀气。

纵观全程，人群开始不淡定了，觉得这事实在好笑，一时厅内哄闹不止，人人笑到肚子疼。不消片刻，人人都知道裴家这个小乖乖自小就给自己钦点了位男朋友。

本来这事也没放大，谁知喜欢裴恬喜欢到失去理智的陈挽月拖着自家儿子，上赶着去认这门"亲事"。

当天，陈挽月抱着裴恬不愿意撒手，一口一个儿媳妇，让裴言之的脸色一沉再沉，最后忍无可忍地提出，再乱叫干脆把儿子送给裴家。但谁都没想到，陈挽月抱着白嫩团子似的裴恬，答应得无比干脆，甚至兴奋地反问了句："还有这种好事？"

就这样，陆池舟被自己亲妈毫不留情地打包送给了裴家。

自此，"童养婿"这个名头便无可奈何地伴随了陆池舟整个青葱岁月，跨越整个少年、青年时期，但裴恬对这件事的始末表示极度无辜。

许之滴被她的无耻惊呆了，冷笑着说她从小就是个花痴。但裴恬不以为然，反而理直气壮地说："我不过是一眼看上了他，这怎么能是我的错？你怎么不想想，陆池舟从小长着一张惯会吸引人的脸，让年仅一岁的我怎么忍得住？"

眨眼间，A市就入了秋，染黄的枫叶打着旋儿从枝头落下，无声无息地飘到地上。

裴恬坐在寝室的桌前，心情也宛如这蔫黄的树叶，提不起劲来。世上的烦恼总是那么多，比如，第二天有早八；又如，喜欢的荧幕情侣时刻处在分手边缘，而且好像都不可扭转。

裴恬翻着这几天明显沉寂许多的超话，粉丝们哭天喊地，有的甚至心灰意冷，已经准备取消关注。她重重叹了口气，默默退出超话，目光投在最新推送的消息上。

天启新晋一姐唐羽，与神秘男子酒店夜会，男子身份竟是……

又是个制造噱头的标题。

但不知出于什么心理，裴恬止住快要滑走的手，点了进去。果然不出所料，这种没上热搜重锤的爆料，十有八假。洋洋洒洒一大篇，不知所云，只在最后发了张糊到不能再糊的图。

唐羽身着艳丽的红色晚礼服，红唇潋滟，拎着包，一人站在酒店门口。一看就是摆拍，方圆几米外也没看见什么神秘男子的身影。

裴恬正要退出，指尖突然顿住，是没有人，但不意味着没车。

唐羽身后，停着辆黑色轿车，车身半淹没在夜色中，偏偏宾利的标识被拍得极其清晰，里面隐约能看见模糊的人影。

裴恬回忆起那天停车场陆池舟的车，也是黑色宾利，全市没几辆的车型。裴恬点了右上角的叉，退了出去，眉眼状似一片平静。这些爆料，好像也不全是假的。她托着下巴，目光从书架上一个穿着白色卫衣的棉花娃娃上拂过，眼神重重一凝，某些沉寂好久的记忆回笼。

裴恬眯了眯眼，伸手扯过娃娃，按在桌上狠捶。

"王八蛋！"裴恬怒了。

这只棉花娃娃就是按照少年时代的陆池舟做的，之后又作为成年礼物被裴恬送给了他。裴恬当时学了好久，才能使其五官极其逼真，恍如看见真人。后来，娃娃又回到了她手中。

这些年，裴恬去哪儿都会下意识带着它辟邪，兜兜转转，留到了现在。

何佳佳刚推开寝室门，就看见裴恬拿着她那个平时都不舍得碰的娃娃，重重按在桌上摩擦，娃娃精致的脸都被打扁了。

她有些好笑地问："娃娃怎么得罪你了？"

裴恬："丑得像狗。"

何佳佳："……？"

但何佳佳有事要说，就没有多问，她搬了椅子坐到裴恬旁边，神秘地说："咱要不去买个彩票吧，趁着运气还没跑。"

"啊？"裴恬扭头看她。

"你还记得咱去年提交的大创项目吗？"

裴恬沉默了好一会儿，才想起来这回事。

当初她高考略失常，从稳进 A 大变成磕磕踩线，最后被调剂到了有名的红牌专业工商管理。但她老爸裴言之却不以为意，认定裴恬即将继承他的衣钵，成为一名合格的企业家。

裴恬却深觉自己并未继承他的一星半点。在别人刷绩点考证时，她躺平；在别人争保研搞竞赛时，她躺平；在别人创业小有所成时，她还在躺平。

但这个大创比赛，却是导员多次强调专业所有人都必须参加的。

等裴恬反应过来时，班里就剩三个人没有组队，分别是她和室友何佳佳，以及另一个距退学只差一步之遥的"勇士"。三个人无奈凑到一起，缝缝补补写了个项目申报书交上去。

但刚刚，何佳佳告诉她，有公司看中了他们的项目，有意扶持发展。

裴恬满脸迷惑，脱口而出："哪个公司不想活了？"

其实不是裴恬没自信，在刚写完项目申报书时，裴恬曾兴奋地找过她做风投的老爸，问裴言之是否愿意做他们的投资人。裴言之用一种看未来商坛新星的眼神看着她，满怀期待地打开申报书，一页页地仔细翻阅，然后点了一根烟，沧桑出声："你终会遇到慧眼识珠的贵人，但这个人不是我。"

得知裴言之话中的深意，裴恬倒也没有被打击到，只好认命地重新躺平。

何佳佳："这公司好像成立没几年，叫掌珠科技。"

裴恬："嗯？"她顿了顿，猛地睁开眼睛，"掌什么？"

何佳佳按住她："少安毋躁，我找给你看。"她将手机立在裴恬面前，"看，叫这个。"

"四年前在 M 国上市的。"何佳佳看完一连串的百科词条，深吸一口气，"不得不说，这公司好牛啊，几年就做到这种程度，也不像是想倒闭啊。"

裴恬："……"

何佳佳继续读着，突然惊呼："我的天！"

"这总裁的资料是假的吧，二十五岁？是为了证明我是个废物吗？"何佳佳惋惜道，"不过怎么没有照片呀，会不会是因为长得很丑？"

裴恬盯着屏幕，看到关于陆池舟的介绍，一连串金光闪闪的履历昭示着他这几年开创的宏图大业。

她点了点头，笑意不达眼底："确实，丑得像狗。"

4

项目的事，裴恬很快就抛在了脑后。

第二天一上完早课，裴恬就稍微收拾了下行李，马不停蹄地回了家。她就在 A 市上大学，回家车程三十分钟。每个周末，裴恬都必要回家安乐两天。美好的周五夜晚，就该用来熬夜，为喜欢的荧幕情侣贡献一把眼泪。

裴恬抱着手机，临睡前看了篇写这对荧幕情侣的文章，作者的名字很眼熟，叫"深不可测的江江"。在超话为数不多的活跃粉中，这个名字算是元老级的粉丝了，来超话的时日甚至在裴恬之前。

文章由几篇日常组合而成，不长，但细节真实得像现实中发生过一般。裴恬认真翻阅了这篇刚发出来的文章，真情实感地吸了吸鼻子，并点了个赞，评论了句：呜呜，您是神仙吗，写得好真实！

没一会儿，那头回了句：什么叫写得很真实？这本来就是真的。

这是喜欢都喜欢出幻觉来了？

裴恬怜惜地笑了笑，没再回复，只默默给这位博主点了个关注表示鼓励。

接近凌晨两点时，裴恬才睡着，因为睡得太晚，这一觉并不踏实。许是睡前的小文章勾起了情绪，裴恬做了个好长的梦，梦里的情景不时跳跃，光怪陆离。她梦到了一些自己都以为已经忘记的片段。

陆池舟这个名字，对于裴恬来说，是熟悉到和父母亲人一样的存在，从有记忆开始，就深印骨髓。

两三岁的小姑娘，说话还不利索，偏偏热爱美丽的事物，抱着窗边看书的小少年不撒手；六七岁的时候，小姑娘时不时捉弄冷冰冰的少年，任性地看着他生气又无可奈何的模样；接近十岁，裴恬促狭地看着大人戏称陆池舟为"童养婿"时，少年淡红的耳根；再到十几岁，少年倏地拔高了个子，挺拔如竹，和仍旧矮小的她好似隔了条跨越不了的鸿沟。一幕幕，走马灯般在脑海中放映。

裴恬出了满头的汗，而这些幻境依旧梦魇般缠着她不放。突然，梦境像是被人按了快进键般，跳动得越来越快，直到——

所有明媚的场景突然变色，变成被黑夜笼罩的 M 国街头，天空乌云密布，远处时不时倒映出闪电的寒光。

十九岁的陆池舟，身着一身黑，唇色浅淡，冷白的肌肤似要融入这浓墨一般的夜色中。十几岁的少女还不会控制情绪，朝少年声嘶力竭地哭喊："你听清楚了！你今天要不和我一起走，我就再也不会原谅你！"

晚风吹起少年细碎的头发，看不清沉静的双眼。少年坚硬的指骨握紧手中的伞，用力到发白，他唇角动了动，极轻地吐出几个字。

裴恬一直不知道，那时候的他说了什么，她想听清楚。

意念驱使着梦里的裴恬，朝满身寒气的少年走去，她不自主地伸出双手。而下一刻，少年陆池舟的脸突然改变，成了现在的模样。男人西装革履，镜片下的双眼没有笑意，微扯着唇，在她耳畔一字一顿地吐出几个字——

"你喜欢的荧幕情侣全是假的。"

"啊啊啊！！不是假的！"裴恬喊出了声，整个人从床上弹起，胸腔因为惊吓而剧烈起伏。

"姐姐，你终于醒了！"一道娇憨的童音在身畔响起，"果然我一喊有帅哥，你就醒了。"

裴恬："……"

裴恬一时还没从梦魇中回神，有些愣怔，她揉着太阳穴，杵了杵裴觅的额头："你怎么来了？"

裴觅双手捧着脸，朝她眨眨眼睛："妈妈又出去跳舞了，爸爸要出差，就把我和哥哥送过来了。"

"姐姐你可真能睡，我都喊了你好久了。"

裴觅和她哥哥裴洄，是裴恬叔叔裴言卿家的一对双胞胎，当他们都要外出时，就会将孩子送回老宅。

裴恬晃了晃还昏昏沉沉的脑袋，捏了下裴觅的脸："要么去找你哥哥，要么和我一起睡觉。"

"睡什么睡？！"年仅八岁的裴觅一把掀开她的被子，葡萄似的眼睛滴溜溜地瞪着她，"就你这种态度，怎么找对象？！"

裴恬动也没动，躺平任嘲。

"姐姐，快起来！！"裴觅不停摇着裴恬的手臂，"真的有帅哥呀！"

"哪里？"裴恬半合着眼，嘟囔道，"梦里吗？"

"就在楼下呀！"裴觅说，"伯母说你再不起来，她就亲自来请了。"

裴恬才不信："来来往往就那些人，哪来的帅哥？！就是想骗我起床。"

"我发誓。"裴觅信誓旦旦，"这次真的超级帅，和我爸爸一样帅！"

裴恬扯被子的动作顿住，半晌，她轻咳一声，矜持地下了床。

"那等我好好梳洗梳洗。"

程瑾喝着茶，时不时抬眼往楼梯处看一眼。等了大半天也没见着人，她在心中把裴恬搓圆捏扁，面上仍是半分不露，慈爱地看着对面的陆池舟。

陆池舟是她看着长大的，相当于半个儿子。当年陆池舟孑然一身出了国，一别五年，再见时，依旧是芝兰玉树，斯文矜贵。

程瑾越看越喜欢，在心中仔细权衡一番，越发觉得，这必须得成自家人。可惜裴恬这小不争气的，这大好的见面机会，就要让她睡过去了。

"你裴叔叔有事去公司了，恬恬在楼上。"程瑾一本正经地胡说，"一听到你来了，她说马上就下来。"

"没关系，我等一等就好。"陆池舟笑得一派温和。

陆池舟礼节周到，刻意收敛气势时温润沉静，说话从不让人冷场。

即便是寡言少语的裴洵，也最快速度地成了他的迷弟，缠着他探讨航模；喜欢看帅哥的少女裴觅，更是恨不得直接黏在帅哥的西裤上。

裴恬收拾完刚下楼，看到的就是陆池舟霸占着她最喜欢待的位置，一左一右坐着裴洵和裴觅，对面的程瑾笑得连连点头。

这帅哥，不看也罢。

听到她下楼的动静，程瑾淡淡瞥了她一眼，继续扭头和陆池舟说话。

裴恬隔空和陆池舟对望了会儿，能感觉到，那双隐匿在镜片后的黑眸落在她身上，安静得像风般拂过，却半晌也没移开。

梦境中的脸和此刻的重叠，裴恬的脑海中，还循环着那句"你喜欢的荧幕情侣全是假的"。她顿住脚步，扯了扯精心穿上的白裙，很想扭头就走。但程瑾看她站那儿半天不下来，发了话："还不过来，和你几何哥哥说会儿话呀。"

几何哥哥……裴恬被酸得一皱眉。

因为陆池舟的母亲陈挽月是位数学教授，所以她给他取了个很有学问的小名——小几何。

小时候，裴恬经常拖长了声线，一口一个"几何哥哥"，揶揄地看着陆池舟玉白的耳根因为不好意思浮上薄红。

听到程瑾的话，陆池舟笑，尾音绵长："恬恬妹妹，好久不见。"

裴恬被酸得牙疼，坐到陆池舟对面，敷衍地点了下头，埋着头吃糕点，极力忽视对面那道强烈的视线。

程瑾问陆池舟："这都好久没见挽月了，什么时候有时间一起聚聚啊？"

陆池舟怔了下，半晌，才轻声答："好，我会问问我妈。"

"好。"程瑾笑看了眼旁边吃得两腮鼓鼓的裴恬，心中无语。她伸手杵裴恬的额头："小时候陈姨最疼你，下次让几何带你去看陈姨。"

裴恬"哦"了声，听话地点了点头。不为别的，只因为陈挽月对她是真好。

程瑾转了转眼珠，没说几句，就嚷嚷着有老姐妹约着打牌，将两个崽一股脑儿丢给了裴恬，以及……并没有离开之意的陆池舟。

程瑾走后，裴洵安静地望了望陆池舟，两人对视一眼。下一秒，裴洵毫不迟疑地拖起还赖在陆池舟身旁的裴觅。

"你干吗？！"裴觅一脸蒙。

"走。"裴洵惜字如金。

"我不走。"裴觅只想看帅哥。

裴洵："我带你去荡秋千。"

裴觅眼睛闪了闪，有些心动。

裴洵闭眼，想起陆池舟承诺的航模，狠心加了筹码："我可以帮你推秋千。"

"好啊！"

裴恬疑惑。

裴恬急急咽下口中的蛋黄酥，但这俩崽跑得飞快，不过片刻，只剩她和陆池舟面面相觑。

"大家都走了。"

陆池舟："嗯。"

裴恬用"你怎么还不走"的眼神望着他，却见男人隔着沙发中间的茶几，突然弯腰朝她凑近。她微微瞪大了眼睛，看着他因为弓身而绷紧的脊背弯起锋利的弧度，衬衫熨帖地包裹住精瘦的腰，裴恬甚至看到了其内隐隐的腹肌。

裴恬脑中倏地炸起烟花。

又是这样！！他到底想干吗？！

裴恬开始痛恨自己花痴的属性，在脑中一遍遍循环着"王八蛋"，但这回好像不太起效。

最终，裴恬艰难地举起手，正要蓄力将人推开，唇角却传来一道轻柔的触感。裴恬全身一僵，看见陆池舟白皙的指尖从她的唇角拂过，一触即分，待她反应过来时，男人靠近时的冷杉气息已经远离。

他抽了张纸巾，迎着裴恬呆滞的视线，慢条斯理地擦着指尖上蛋黄酥的碎屑。

"你嘴角沾着东西，"陆池舟扔了纸巾，金丝眼镜后的眼微弯，"哥哥帮你擦了。"

裴恬樱唇微张，哪怕她素来脸皮厚，也不免涨红了脸。他们现在，是这种随便擦嘴的关系吗？！还有什么哥哥妹妹的？！

"你为什么不让我自己擦？"蒙了半天，裴恬憋出这么一句话。

陆池舟笑了，声音很轻："可以前，不都是我帮你擦的吗？"

5

裴恬细细回忆了番，终于记起这以前，到底是哪门子的以前。

七岁以前，每次有什么宴会，裴恬都会跟着程瑾和裴言之去凑热闹。可这俩一出去，谁都不愿意带崽，最后这带崽的任务，在陈挽月的极力自荐下，捆绑到了小小年纪的陆池舟身上。

正是十几岁的少年，走到哪儿，都要牵着个更小的妹妹。

在陆池舟和人说话，稍不留神时，裴恬偷吃糕点，吃得一张小脸上全是碎屑。被发现后，裴恬睁着圆圆的双眼看着满脸无奈的少年，讨好地扯扯陆池舟的衣袖："哥哥，帮我擦擦嘴嘛。"

"哈哈哈哈，池舟，你这是天天照顾小妹妹。"

"就是，还真当人'童养婿'啊。"

都是圈内一些和陆池舟同龄的半大少年，笑声有些刺耳。陆池舟立在原地，表情微僵。

裴恬那时候还不懂"童养婿"的意思，只觉得，陆池舟要是能天天陪着她该多好，于是笑眯眯地宣示主权："哥哥本来就是我的呀，永远都是。"

这话一出，众人笑得更欢了。

裴恬疑惑地看着陆池舟泛红的耳尖，继续扯他袖子，吩咐道："快点，给我擦擦。"

头顶传来一声轻叹。

背对着一众少年，陆池舟抽了张纸巾，半蹲下身子，视线和她平齐："抬头。"

陆池舟单手捧着她的侧脸，用纸巾细致擦过她的唇角。裴恬仰脸，笑得眼睛弯弯，视线所及都是少年的身影，看到他板着脸说："下次不要弄脸上了。"

这以后，裴恬觉得，被陆池舟照料的感觉很不错，于是养成了每次偷吃东西都让他擦嘴的习惯。久而久之，陆池舟和她一起吃饭时，甚至能比照顾她的阿姨更早地发现情况，然后面无表情抽纸巾给她擦脸。

回过神，裴恬整个人都不好了。

"那能一样吗？"她瞪着陆池舟，严肃声明，"以后没经我允许，不许突然靠近我。"

说这话时，裴恬有些心虚，因为她真的不能保证，按照自己这花痴属性，下次还能不能把人推开。

陆池舟定定看她几秒，突然笑了声："用过就丢？"

裴恬："不行吗？"她不闪不避地回视，有些话脱口而出，"就许你不打一声招呼就走？"

一说完，裴恬就后悔了，极其后悔。她看见陆池舟瞬间低下了眼，眼角眉梢惯含的三分笑意消失得无影无踪，原本温和的表皮似忽然笼罩上阴霾，一瞬间，判若两人。

但也只是这一瞬。

裴恬绞紧了手指，突然站起身："我去看看裴洵、裴觅他们。"

说完，她几乎是匆忙地跑了出去。

白色的秋千椅就立在种满花的后花园，裴觅跷着腿，口中欢快地笑着："哥哥，快点，我还要快点！"

裴洵无可奈何，皱着眉，冷淡道："不行，不安全。"

每次回老宅，裴觅最喜欢的就是这个秋千椅，但裴洵十次有九次会拒绝当推秋千的苦力。这回裴觅可算逮着人了，使劲使唤，裴洵被折腾得紧紧绷着一张小脸。

看到裴恬，裴觅冲她招手："姐姐！过来，一起坐秋千呀！"

"你哥哥推不动。"

"没关系。"裴觅的眼神落在她身后，冲刚刚走过来的陆池舟道："可以让陆哥哥推我们呀！"

一回身，裴恬才发现陆池舟已经站在她身后，距离她不到一米。

这些年，她长了些个子，可长呀长，依旧需要抬头看他。

陆池舟答应裴觅："好。"

"快来！姐姐快来！"裴觅兴奋地拍着自己身边的位置，"和我一起荡秋千呀！"

陆池舟微侧身体，走到秋千椅后面，优哉游哉地看着她。

裴觅："姐姐，你之前不是说想让帅哥给你推秋千吗？现在四舍五入，也算实现梦想了！"

裴恬："……"

陆池舟看着裴恬快要石化的身影，语气微微挑衅："不敢过来？"

裴觅："陆哥哥，我姐姐肯定是因为你太帅，所以害羞了。"

陆池舟拖长了声音："这样啊。"

裴恬："……"

她动了动僵硬的腿，直接走到秋千椅前，又把置身事外的裴洵抱上秋千椅，冷着张脸："快点，把我们三个都照顾好了。"

陆池舟低下头，看着裴恬头顶圆圆的发旋，以及微微鼓起的两腮，明显还在生气。明明是最容易心软的人，却生了他好大的气。

细长如竹的指节弯起，扶着裴恬身后的椅背，从散落的发丝处拂过，极尽克制地钩缠。

陆池舟俯身，声音轻落在裴恬耳畔："遵命。"他说话时，呼吸会带起她耳边的细软发丝，拂在脸上，痒到心里。

秋千开始摇动，高高抛起，又稳稳落回。

男人的呼吸，随着距离的远近，时轻时重。每一次回落，裴恬都有种他就在自己耳边喘息的错觉，隔着椅背，都好似撞进他怀里，烧得脊背一片滚烫。

裴恬全身越来越僵，连脸都红了，心跳直达一百八，觉得哪儿哪儿都不对。

小朋友们还在，她脑子里怎么都是些乱七八糟的东西？！到底是她有问题还是陆池舟有问题？！她忍不住回头，对上陆池舟那对幽深的双眼，看得心里一慌。

不行……她不对劲。

但小朋友们荡得开开心心，裴恬喊不了停，只好硬着头皮放空自我。

秋千！哪儿来的秋千？！她明天就把它拆了！

正在心里疯狂吐槽，裴恬头皮一炸，终于想起了秋千的来历。

最开始，这个秋千不是这样的。

简易的木架缠绕着粗糙的长绳，坐的地方只有一个简易的木板，经过多年的修缮，才发展成了如今的模样。

裴恬十二岁那年，看了迪士尼动画后，天天梦想着成为长发到脚的公主，坐在花团锦簇的秋千架上，花草、蝴蝶缠绕，如梦似幻。她没有长到脚的长发，但可以拥有一个秋千。

但裴家后花园，有她太爷爷种的中草药。裴恬求了裴言之好久，裴言之也没有大逆不道地把草药拔了给她建秋千。

这个小梦想，裴恬经常在陆池舟耳边喋喋不休，念叨了几个月，也没见少年有任何表示。

临近裴恬十三岁生日，陆池舟进了学校的奥赛训练营，时常出去培训打比赛，最终错过了她的生日。那是裴恬成长途中，陆池舟第一次缺席。

那时候，陆池舟十七岁，个子突然长到一个不可思议的高度，少年意气，风华正茂。饶是裴恬，也听说他是整个高中的神级校草，也会时不时在他书包里看见粉色的信封，还没来得及打开，往往就会被少年抽走，懒洋洋地放进抽屉里锁着。

裴恬不过是个刚刚毕业的小学生，愣愣地看着自己最好的玩伴好像突然变成了另一个世界的人，不知名的情绪从少女十三岁伊始，小小地爆发了。她再也不每天给陆池舟发消息，也再不问他想吃什么，只是眼巴巴地盼着他来。

陆池舟是在她生日一周后回来的，而裴恬已经有十天没理他了。

周末清晨，窗外敲敲打打，一阵阵的噪声不绝于耳。裴恬被吵得烦躁不安，爬上房间的桌子，打开窗户，一眼就看到后花园中的少年。

清晨的气温还很凉，少年套着件蓝白夹克衫，衣袖卷到小臂，正蹲在地上敲击着木板。他出了些汗，细碎的头发有丝缕粘在额头上。

秋千已经有了雏形，缺最后的木板。

陆池舟请了位指导的工人，但动作依旧不熟练，数次被毛糙的木板划到手，便轻轻皱了皱眉。

裴恬咬着唇，眼睛有点酸，她大喊："哥哥，你别弄了。"

陆池舟一愣，随即抬头，拧眉训她："不要爬窗台，不安全。"

"下去。"

裴恬突然就哭了，她跳下桌子，一路从楼上飞奔到后花园。

少女飞奔而来，一双眼睛兔子似的红。陆池舟一愣，伸手替裴恬擦眼泪："怎么，感动哭了？"

他看向并不美观的半成品，摸了摸鼻子："还差一点，马上就做好了。"

裴恬抽噎着，心脏像是要跳出来般跳得飞快。她捂着脸，话说得颠三倒四："都是你！你把我太爷爷的草药拔了，你怎么能把草药拔了给我做秋千？！"

"拔了就拔了，"陆池舟漫不经心道，"到我家去种。"

"呜呜呜，我要被骂了，都是你，你为什么要做秋千？"裴恬握起他的手，看着上面破皮的痕迹，眼泪一阵阵地掉，嘴上却蛮不讲理。

"还能为什么？"少年从口袋中摸出纸巾，一下下地给她擦着眼泪，又低头，认真看着她的眼睛，温声吐出两个字。

"哄你。"

秋千渐渐停下，裴恬还在走神，裴洵悄悄和陆池舟对视一秒。

读懂了男人眉眼中的意思后，裴洵皱了下眉，随即将手背在身后，竖起三根手指，表示自己要加价的决心。陆池舟点头。

裴洵竖起大拇指，最终这项交易以三个绝版航模的价格成交。他跳下秋千，语气严肃地和裴觅说："节目要开播了，有你喜欢的明星，不去看吗？"

"开播了？！"裴觅连忙跳下秋千，推着裴洵，"快，哥哥快带我去看！"

话毕，两个崽跑得飞快，连头也不回。

裴恬再次疑惑，她盯着两人的身影，眯了眯眼，正想顺势跑了，却被身后人按住肩膀。男声低沉，尾音绵长："不玩了吗？"

裴恬回头，陆池舟安静地看着她，记忆中的少年和眼前人的模样重合。

裴恬倏地垂下眼，心中翻江倒海，再难维持刻意做出的冷漠。她咬着下唇，用尽全身力气，才迎着他的视线，恶狠狠道："还玩什么玩？我为什么要和你玩？"

陆池舟笑得胸腔微颤，他侧头，凑近了些，那双黑色的瞳孔清晰地映着她的身影。

"为了让我哄你。"

6

一阵风吹过，带来窸窣的声响，几片橙黄的树叶从枝头飘下，裴恬没说话。

她低眸，看见垂到小腿处的裙摆随风翻起了边，她想伸手抚平，偏偏一波未平，一波又起，就如同心湖上怎么也抚不平的涟漪。

烦。

裴恬抿直了唇，突然站起身，居高临下地看着男人，音色浅淡："我不需要。"

陆池舟表情一怔，眸中明明灭灭，最终归于寂静。

"你要有这闲心思，不如去哄女明星。"

杨执拎着公文包过来时，看到的就是这一幕。

他那一天恨不得二十四小时都在赚钱的老板，半俯着身，安静地靠在秋千椅旁。那双向来没什么情绪的眼睛，直直望着站着的女孩，眨也不眨，偏偏女孩莹白的脸上俱是疏离。

杨执成为特助四年，对陆池舟的印象，只停留在果断、冷漠、狠辣，甚至缺乏基本的人情味，却是头回，见到他这般小心翼翼。

不知道女孩说了什么，自家老板的表情是一片强撑出来的平静。

女孩走过来，看到他时，礼节周到地打了招呼："你好。"许是猜到了他的身份，女孩朝他指了陆池舟的方向。

杨执："谢谢您。"

女孩微笑点头，露出两个小小的酒窝。她皮肤细白，从头到脚无一不精致，从花园走过来时，一瞬间，杨执真的以为看见了公主。

直到裴恬走出好远，从后花园进了家门，杨执才回过神。一转身，就对上自家老板的冷淡凝视。意识到自己行为不妥，杨执连忙敛目，正色道："陆总，我来接您。"

回国的时日不长，事情多如牛毛，但陆池舟硬是连轴转了一周，才挤出这么半天时间。

上车后，杨执坐在前排，时不时从后视镜里看一眼自家老板。

陆池舟低垂着眼，看不清表情，握住烟盒的手用力到发白，盒上被捏出很深的褶皱，但终究没有打开烟盒。

杨执想起，自家老板回国后，似是刻意避着什么，再没碰过烟。这会儿，却不知因为什么，好像突然到了情绪的临界点。

杨执斟酌语气，汇报着行程："陆总，下午两点半，有个和天启高层的会议。

"晚上六点半，和陆氏集团的几位大股东有饭局，地点在君泽酒店，具体位置我稍后发给您。"

"嗯。"

男声低沉应着。

咔嗒一声，烟盒最终还是被丢进了卡座里。

面对陆池舟时，杨执很少谈公事之外的事，今天却多了句嘴："陆总，您抽吧，解解闷，最近的事情确实太多了。"

"不用。"陆池舟微合着眼。

顿了好一会儿，他出声，嗓音有些哑："她不喜欢。"

杨执一怔，下意识就解码出这个"她"是谁。他低应，再不敢多问。

车内恢复安静，一路疾驰而去。

天启正式被掌珠并购，成为旗下子公司，这次的会议和以往一样，还是进行工作交接。

并购天启对掌珠来说，不过是业务扩充，但对本就资金短缺的陆氏来说，却是拆东墙补西墙似的自我阉割。于是圈内人纷纷猜测，陆池舟搞这一番大动作，是不是下一页的商业版图就是直逼陆氏总部，"入主东宫"。

会议下午五点结束。

听到会议室那边传来动静，唐羽喜上眉梢，再次问旁边的助理："怎么样，我的妆容花没花？好看吗？"

助理自是连连点头："姐，您还有不好看的时候吗？"

她听着越来越近的脚步声，还是道："姐，陆总没让我们过来，要不还是走吧。"

闻言，唐羽依旧不紧不慢地抚着长发，嗔怒地瞥了她一眼："你懂什么？"

助理没再说话。

也是，唐羽能坐上天启一姐的位置，就是因为这位新来的总裁愿意捧，指不定两人关系怎么近呢。

两人等了几秒，一抬眼，看到为首的男人从长廊转身过来，工整西装下的身形颀长挺拔。男人身后跟着整排的人，他侧耳，听着旁边人说话，表情淡淡。

唐羽认出，说话的人正是天启原来的执行总裁，她和他曾经有过几面之缘。原来趾高气扬的人，在陆池舟面前赔着笑，气势矮了不止一星半点。

唐羽两眼发光地看着陆池舟，心跳得飞快。

人群散去，陆池舟径直进了总裁办公室，目不斜视，并未看到候客厅坐着的唐羽。唐羽站起身，再次整理了下头发，和助理道："在这儿等我。"说完，她便拎着包，步履款款地去了办公室门口。

总经办的秘书们看着她的动作，面面相觑片刻，想到最近的传闻，终究没人出声。

唐羽敲了三下门。

"进。"

她用全力做出一个完美的微笑，高跟鞋轻巧地落在地上，进了门。

陆池舟未抬头，垂眸翻阅着文件，半天没听见声音，他皱眉："说。"

"陆……学长，"女声娇柔婉转，"是我。"

陆池舟指尖一顿，抬起眼，目光落在面前的女人身上，辨认了好半天。

唐羽被看得呼吸一窒，心跳得更快了。

陆池舟移开视线，继续看文件："你哪位？"

唐羽面上的笑意彻底僵硬，这三个字的杀伤力太大了。

明明见过，他们明明见过的！

她平复着情绪，尽量保持微笑："我是唐羽。"

男人似才想起来，淡淡问："有事？"

唐羽死死咬住下唇："我，我就是想来和您道谢。"她泫然欲泣，似是被冷漠灼伤，"我能有今天，都得益于陆总您的看重，感谢您给我的资源，还让我坐您的车……"

"唐小姐，"陆池舟打断她，平静道，"我们只是互利互惠的关系。"

"至于坐车，"陆池舟的指尖一下下地轻叩桌面，"什么时候的事？"

唐羽一噎，睁着双蒙眬的眼睛看他，抽抽搭搭道："就是……就是……"

陆池舟没了耐心，放下笔："杨执。"

杨执送与会人员离开，刚回来就听到老板的传唤，他连忙推门："陆总。"

"送客。"陆池舟说。

看到办公室内站着个梨花带雨的美人，杨执吓了一跳，但看自家老板铁面无情的模样，也知道美人下场不好。

杨执指向门外："唐小姐，请。"

唐羽脸上一阵火烧般的灼烫，怕被人看出自己是被赶出来的，她连忙擦干眼泪，又冲陆池舟软声说："抱歉，陆总，冒犯您了。我，我……"

"杨执。"

"唐小姐，请。"杨执再次道。

办公室的门被打开，总经办的秘书们悄悄抬头，看到唐羽面带微笑地走出来，纷纷对视一眼，仿佛看到了什么了不得的八卦。而助理显然没想到唐羽这么快就能出来，表情看起来还挺开心。

助理笑眯眯的，正要说话，就被唐羽恶狠狠地瞪了一眼："还不赶快走！"

助理唯唯诺诺道："是。"

办公室内，陆池舟一下下翻阅着文件，纸张带出沙沙的声响，杨执却被翻出一身冷汗。

他主动认错："抱歉，陆总，刚刚我不在，让唐小姐打扰到您了。"

"你不在，总经办其他人干什么的？"

"他们……"杨执顿住，不知道该怎么说。

跟在陆池舟身边最久的是自己，自然知道自家老板和唐羽绝对没有任何关系，但其余人平时听着八卦，谁敢赌上前途去拦这唯一的绯闻女友？

"嗯？"

"他们大概以为，唐小姐和您关系匪浅……"

陆池舟倏地抬头："哪儿来的谣言？"

杨执："……"哪都有啊！！

他顿了顿，委婉道："可能是因为并购天启后，公司给唐羽的资源比较多，大家就误会了。"

其实，不是唐羽也会是别人。

陆池舟刚上任，天启开启新纪元，自然要培养出新的当家花旦造势。

唐羽团队早早听到风声，是最早一批接触他们的人，但最后人选是陆池舟拍板决定的。

"我什么时候让她坐我车了？"

杨执想了很久，才想起来，背后起了一身冷汗，他解释道："那次您去酒店应酬后，司机遇见了唐羽和她经纪人，她们的车坏了，急于赴宴，恳请借用一下您的车。

"司机以为她得了您的指令，送了她一程。"

杨执低头，心中直打鼓："车子已经第一时间做了洗护，司机怕您责怪，恳请我不要和您说。"半晌，也没听到自家老板的回复。

杨执一颗心悬着，抬头看了眼陆池舟，窥见他轻皱着眉，似在思索着什么。

"陆……总？"

"这次就算了，"陆池舟回答，"下不为例。"

杨执刚松一口气，又听自家老板问他："所以，这谣言传播得还很广？"

"……是的。"杨执说，"需要澄清吗？"

陆池舟合上文件，不知想到什么，唇角微弯。

"暂时不需要。"

"啊？"

对上自家老板认真的眼眸，杨执确实迷惑了。他心中正纳闷着，就听陆池舟问他，语气满是不确定："女孩子吃醋的表现是什么？"

杨执："？"

他一个万年单身狗，他怎么知道？！但一个特助的基本修养，就是要及时回答老板的任何问题。

杨执想了想，回忆起自己当初为了恋爱，专门去学的恋爱小课堂，于是掰扯道："女孩子吃醋的第一表现，就是不理人。"

陆池舟："嗯。"

"啊？"

陆池舟："继续。"

得到鼓舞，杨执起了劲："这第二表现嘛，就是会耍小脾气。

"具体表现在，当你哄她时，她非但不听，还会让你去找别人。这个别人，就是她吃醋的对象。"

陆池舟低笑一声："然后呢？"

"然后，男生一定要死乞白赖地继续哄，不然这女生根本不会消气。"

"具体怎么操作？"

杨执摩挲着指尖，看着自家老板，认真道："陆总，我觉得您根本不用哄。"

"怎么？"

"您可以用脸吸引女孩子。"

"试过了。"

"那就多试几次，一直试，准能行。"

7

快乐的时光总是过得飞快，一眨眼，周末的进度条已经拖到了尾声。

周日下午，裴恬还在睡午觉，就被程瑾掀了被子。

"睡睡睡，就知道睡觉，一天能清醒几个小时？！"程瑾抱臂，看着她慢悠悠地收拾行李，恨铁不成钢道，"人家几何，在你这个年纪已经开始创业了，一天只睡几个小时，你再看看你……"

裴恬揉着长发，恨不得原地消失。

忍过程瑾的叨叨，裴恬拖着小行李箱，路过书房时，看见裴觅正趴在桌上补作业，一张小脸满是纠结。

有了比较，裴恬顿时舒服了，至少她没有作业。

她正要收回目光，不经意扫到一旁懒洋洋靠着的裴洵，以及他手上的……航模。

裴恬眯了眯眼，嗒嗒嗒地进了书房，冷不丁问："奶盖，你的航模哪儿来的？"

如果她没认错，这是陆池舟以前珍藏的几个宝贝。以前她偷偷玩时，不小心弄丢了一个零件，陆池舟生了她一个月的气。最后，零件在陆池舟的床缝里找到了。

裴洵睁着一双清透的眼睛，眨了眨，卖人卖得毫不留情："陆哥哥给我的。"

裴恬震惊，不可否认，她有点羡慕。以前这些宝贝她碰一碰，陆池舟就生气，结果现在说送人就送人。

"为什么送你呀？"

裴洵想了想，沉吟道："大概是和我一见如故吧。"

裴恬："……"

她拖起行李箱："我走了。"

背后俩崽毫不留恋地挥挥手："拜拜。"

新的一周，天气突然变冷，气温骤降。裴恬最怕冷，早早穿上了加棉外套，深一脚浅一脚地跟着何佳佳去教学楼。

最近何佳佳的变化很大，变得无比勤奋，每天起得比鸡早，睡得比狗晚。裴恬打着哈欠，懒洋洋地看着她铿锵的步伐。

"恬宝，"何佳佳突然转身，道，"一会儿咱去找周奕，和他说那个项目的事。"

"嗯？"

何佳佳握紧了拳头，面上一派认真："既然掌珠看上了我们的项目，说明认可了我们的才华！我们一定不能辜负他们的期望！！"

裴恬："……好。"

下课后，何佳佳一马当先，毫不留情地将后排睡觉的周奕拍醒。

裴恬和周奕并排坐着，两人一脸呆滞地看着何佳佳，何佳佳将他们的项目申报书调出来："我昨天收到消息，这周五咱就要和掌珠项目部接触了！"

裴恬："啊？"

周奕："啊？"

"所以咱这几天，得好好做准备！听到没有呀？"何佳佳满脸热血，"说不定咱以后就是公司创始人了！和掌珠那个总裁一样，大CEO！不兴奋吗？！不激动吗？！"

裴恬："兴奋。"

周奕："激动。"

"所以，这几天，咱再好好熬个大夜把项目改一改，说不定人公司就会看上决定投资呢！"

裴恬："熬夜不好。"

周奕："死得早。"

何佳佳："……"

好在因为何佳佳拿着小皮鞭凶神恶煞地跟在后头追，各人终于在周五前将项目书重新修修补补整合了一遍。

周五下午没有课，本该是回家的点，裴恬却被迫来到了掌珠科技楼下。

"啊！"何佳佳抬头看着高耸的大楼，"好气派啊！

"据说天启总部也搬过来了。"

因为没休息好，裴恬和周奕都恹恹的，一时没人接话。

"气势！气势给我拿出来！咱就是未来的CEO，听到没有？"

"……听到了。"

三人进了大门，直上十楼项目部。

何佳佳原本一马当先，却在进会议室前，透过玻璃门看见里面黑压压的一群人，秒怂。她转身，握住裴恬的手："恬宝，我好紧张，我好慌。"

裴恬也往里看了眼，黑压压的人，大部分都不是学生，看来都是竞争对手。

裴恬心一跳。这样来看，他们真的是被选中的？不是陆池舟给她走的后门？

她定住心神，按住何佳佳的手，平静道："不用慌，咱进去吧。"

话毕，周奕吊儿郎当地插兜直接推开了门，还像巡视一般将在场的人细细打量一番。他这模样，不像竞选者，更像总裁亲临。

场内一时安静些许。

裴恬拉着何佳佳，跟在后头进了门。

几位西装革履坐在前排的，并没有陆池舟，裴恬握紧的手松了松。

项目部经理开始讲了一大通话，大致意思就是，掌珠的总裁格外注重创新，项目组专注遴选并培养具有潜力的项目。来这里的，除了大学生，更多的是一些年轻的创业者，每组汇报都准备得异常充分。

裴恬正专注听着，突然手心被浸满薄汗的手指捏住，何佳佳脸色煞白："恬宝，我感觉我状态不好，你们有谁可以替我上去汇报吗？"

周奕和裴恬两个混子互相对视一眼，周奕先开口："你觉得，我像是可以的吗？"

裴恬瞥他一眼，突然发现这人长得还挺帅。他额前头发有一缕挑染成了灰色，戴着耳钉，虽是穿着正装，但依旧一派野路子。

所以，最终汇报就这么避无可避地落在了裴恬身上。

他们的顺序处在最后几位，人也坐在汇报厅的角落。

中途，裴恬看得有些疲惫，打了个哈欠，一扭头，看到周奕正捧着手机，专注地……斗地主。轮到周奕出牌，他却半天也不出，裴恬心里都替他急，忍不住凑近，小声道："你炸他啊！"

周奕："不能炸。"

"为什么不炸？"

周奕懒洋洋地抬起眼皮："我猜这人还有王炸，你别急。"

裴恬心里直痒痒，不自觉地越靠越近，恨不得自己亲自上场。此时，汇报厅的后门被人推开。

杨执引导着陆池舟进门，轻声道："您要是怕打扰汇报进程，可以从后门进去。"

"今天的竞选人员都在这……"杨执的话还没说完，就被身畔一道轻轻的喊声打断。

"哎呀，你出四个K，炸他，快点炸他！"

杨执："……"

他转头，看到来人，终于知道自家老板一开完会就要来这儿的原因了。

那天看到的女孩，正侧着身子坐在男生旁边……斗地主，两个脑袋就差贴在一起了。

身后的人半晌未动，杨执却已经感觉到一阵冷风从背后飕飕刮过。

等裴恬意识到不对时，已经不知道陆池舟站在背后多久了。在何佳佳三番五次的提示下，她不耐扭头，随即，对上一道冰凉的视线。

陆池舟就站在她身后不远处，手臂内侧夹着份文件夹，微侧着头，面无表情地看着她。

被他这么居高临下地看着，裴恬一瞬间心虚无比，下意识离周奕远了些。

此情此景，竟类似于中学时代，被躲在后门的班主任当场抓包。

两人一站一坐地对视，饶是专注斗地主的周奕也发现了不对劲。

他回头打量了陆池舟几秒，晃了晃手机，主动言和："哥们儿，打扰到你了？要不一起来？正好二缺一。"

裴恬："……"

她站起身，将周奕挡在后头，极其尴尬地冲杨执笑笑："抱歉，我们这就关了，不打了。"

杨执很想说没事，但轮不到他说话，于是他询问地看了看自家老板的脸色。

陆池舟的眼神晦暗不明，语气里听不出什么情绪："上面还在汇报，我先坐这儿。"

杨执命人在裴恬后面加了张椅子。

陆池舟就安静地坐在他们身后，哪怕无一丝声响，裴恬也觉得背后凉飕飕的。

偏偏何佳佳还不明情况地问："恬恬，他是谁啊？"

裴恬咽了咽口水："总……总裁。"

周奕："……？"

"我的天！"何佳佳惊呼，一边往后看一边说，"你说丑得像狗的那个？"

她一拍大腿："不像啊！太帅了好不？！"

何佳佳继续用余光打量，自以为音量很小地说："而且，他和你那天暴打的棉花娃娃长得好像啊。

"这就是建模脸吗？！"

裴恬："……"

她生无可恋地捂住脸，直到背后传来拖椅子的声音，嘎吱一声，听得裴恬脊背发凉。

上一位汇报刚好结束，陆池舟站起身，杨执顿时明白他要往前坐。

裴恬还没松一口气，就见男人回首，声音低沉："这个位置视角不太好，是我们招待不周。"

陆池舟抬起眼皮，视线落在她面上："委屈同学在这儿斗地主了。"

裴恬："……"

"杨执，前排还有空位，带他们过去吧。"

前排是还有，但谁要坐评委附近啊？！

杨执："请。"

三人面如土色地跟在杨执后面。

前排的经理们看到陆池舟，一整排差点就要原地起立，却被陆池舟制止。他很低调，随意找了个位置落座，轻声道："继续。"

项目部经理顿时明白了总裁"微服私访"的用意，一挥手，汇报继续。

杨执尤其上道，和裴恬他们指了指陆池舟旁边的三个空位，而众人看到陆池舟和裴恬他们一起来，以为是一伙的，就没给予大的关注。

这个位置，因为和评委过近，并没有什么人坐。

知道陆池舟是谁后，何佳佳和周奕都站在原地，意欲把距离总裁最近的礼遇留给裴恬。

裴恬："……"

再干站着，就要扰乱汇报进程了。

众目睽睽下，裴恬只能艰难地挪动脚，僵硬地坐到陆池舟身旁，然后目不斜视地望着前方。她很想表示自己和他毫无关系的态度，但偏偏，男人身上的冷杉气味，一下下地沁入鼻畔。

裴恬皱皱鼻子，忍不住扭头看过去，将其从头打量到脚，也注意到，相比以前，这人今天实在是过于精致了。

原本几缕细碎的头发尽数用发胶拂了上去，露出整个精绝的五官；双排扣的纯黑西装熨帖合身，胸前别着银白色的钉式胸针，袖扣是与之一致的款式；左手的大拇指处，还戴着个纯黑的扳指，整个人亮闪闪的。

8

果不其然，陆池舟往那儿一坐，的确扰了汇报人的心神。他的气场过于强大，哪怕坐在第二排边角，依旧能带来极强的威压，再加上穿得像个公孔雀似的。

台上汇报的女生时不时就要往这儿瞟一眼，看一眼，磕巴一次。

真是个祸害。

裴恬一边在心里吐槽，一边往身侧瞥了好几眼，直到沙哑颗粒般质感的男声在她耳畔响起："好看吗？"

很低，很轻，只有她能听到。

她面上不动如山，但终究被微红的耳根泄露了心事。就听身畔突然传来一声轻笑，像是有人拿羽毛在心尖恶作剧般挠了一下，可始作俑者专注地看着台上，仿佛什么事也不能将他打扰。

裴恬深吸一口气，一遍遍在心中告诉自己人不能和狗计较，又如坐针毡了半小时，终于轮到他们组。

"下面有请 15 号'三只沙雕儿'……队，上台陈述展示。"主持人读出队名时，满脸的难以置信。

在这么个商务性质的严肃场合，只有他们的队伍名这么清新脱俗。

明明当初只是随便交个申报书，谁也没想到有这一天。

何佳佳和周奕一个捂脸一个趴桌，都在装死，只余裴恬顶着全场视线，感觉脸上火辣辣的。

一低眼，就看见陆池舟掩面，笑得眼睛弯起，而偏偏裴恬上台的路，只能从陆池舟这侧走。

这里的座椅和电影院的样式相同，裴恬要想出去，必须卡着陆池舟和前排的间隙过，要他主动站起身让位，不太可能。裴恬只好绷着小脸，冷若冰霜道："让让。"

陆池舟挑了下眉，听话地"让让"，但也只是往后坐了些许，一双长腿又开。

两排之间的间隙实在太小，而男人腿又太长，哪怕裴恬尽全力缩着，还是必须擦着他的膝盖过。

为了正式，裴恬今天专门穿了套职业装，米白色一步裙堪堪到膝盖上方，白皙细嫩的腿部肌肤摩擦着西裤纯黑的布料。这一处细枝末节的动静，只有他们二人知晓。

温热的体温透过布料传上肌理，裴恬耳后更烫，忍不住咬唇，瞪了陆池舟一眼，却对上男人上挑的眼尾，细密的睫毛下，那双眼睛似笑非笑的，黑如寒潭。

他启唇，尾音绵长地笑："慢点儿。"

裴恬全身过了电般，恨不得把这只公孔雀按在地上打。

这么漫长的过程，在外人眼里不过几秒的事。

经过这么一遭，原本上台的那点紧张，被气得无影无踪。

相比于之前的选手，裴恬对孔雀开屏的免疫力要高些，全程目视前方，极力忽视侧首那道视线。再者，他们专业常要求小组汇报。

面对台下黑压压的人，女孩声音清甜，语速不急不缓，年轻精致的面庞上看不出一丝紧张；做出的 PPT 明显还带有学生的稚嫩，但汇报人坦然的态度，又让人多了一分信服；项目内容在一众包含大量专业术语的团队中生涩得很，也很简单，就是设计一款小程序，用户通过观看公益或者正能量的宣传视频攒阳光值，攒够了一定的阳光值，就可以兑换相对应的礼物。

裴恬自觉中规中矩地汇报完所有内容，没什么大的想法。她心里清楚，项目内容就摆在那里，至于其他有的没的，不是她能控制的。

汇报完毕后，评委可能要随机做出点评。

项目部经理翻看着申报书，态度还算温和："问题还有很多。"

裴恬讪讪点头。

"以后再慢慢磨合。"

裴恬头点到一半，愣住，开始消化经理的话。

以后？！什么意思？他们竟然还有以后！天啊！！从今天起，她就是裴总！

裴恬还在台上做着裴总的梦，愣着站了许久，直到被主持人提醒，才讪讪下了台。

裴恬脸一热，下意识地看向陆池舟的方向，对上他饶有兴味的眼神，倏地移开视线。

回座位的过程，又要像刚刚那样，必须从陆池舟的腿间挤过去。

路过陆池舟时，裴恬抬着下巴，挑衅地看着他。

对于她的表现，陆池舟始终目光沉静，不闪不避。那双黑眸意味不明，似带着钩子，在说"放马过来啊"。

他坚硬的膝盖骨就抵着她膝盖上方露出的那截腿，偏偏绅士得一动不动，像是在说明，所有的触碰都是她主导的，他只是被动承受。

这些年是在外学了多少手段啊，才变成现在这样。

裴恬不想和他磨蹭，脚一抬，准备直接跨过去。结果不知被什么绊了一跤，整个人重心不稳，直接往下栽去。

啊啊啊！！

她裴恬就是摔倒！脸贴地！也绝不要跌进陆池舟怀里！

下一秒，裴恬的面颊贴上了男人温热的胸膛，透过铺天盖地的冷杉香，闻到了衬衫上那丝熟悉的薰衣草味，是陆池舟自少年时代起就用的洗衣液。

真香。

裴恬没忍住，又拱了拱脑袋，悄悄闻了一下。绵软的头发丝丝缕缕地缠绕在胸口，隔着衬衫，也能感受到女孩鼻息的温度。陆池舟的手指极尽克制地从裴恬发丝处拂过，意味深长地问："怎么平地也能摔？"

裴恬一不做，二不休，满脸平静地说："是你，你为什么要绊我？"

陆池舟："你确定？"他上下扫了裴恬一眼，像是在问"你怎么还不起开"。

裴恬连忙推开他，眼看就要站直，下一秒，头皮传来剧痛，她没忍住，疼得喊出了声。

陆池舟眼睫一颤，随即低眸，看见女孩的发丝缠绕到了西装驳头的胸针上，随着她的动作，越缠越紧。他连忙按住裴恬的脑袋，轻轻揉了揉："别动。"

裴恬："干吗？！"

"你头发缠上了。"陆池舟低声说，两人近乎耳语。

"啊？"裴恬瞳孔地震。

"我给你解开。"

"都是你，"裴恬气炸了，"没事打扮得这么花里胡哨的干什么？"

陆池舟扯了下唇，手上动作漫不经心："解不开，缠太紧了。"

他低语："你说怎么办？"

这处空间实在太过逼仄，裴恬弓着身，倔强地和他拉开距离，但无奈头发还缠在人身上，整个人的姿势尤其别扭。

他们这一出，引来了不小的关注。

何佳佳和周奕面面相觑，周奕想过去，被何佳佳拉住："别冲动，他们应该认识。"而在场的到底都是些事业型人物，更关注遴选结果，只看了这边一眼，就移开了视线。

裴恬埋着滚烫的脸："解不开就扯开啊！"

陆池舟低眸，看着乌黑如绸缎的卷发，温声道："这怎么行？"他笑了声，继续说，"这么好的头发，我怎么舍得扯？"

她恶狠狠地瞪他一眼："你少说点废话。"

陆池舟也不生气："过来点。"

裴恬脚尖稍稍往前挪了挪，结果腰肢直接被掌心按住，下一秒，整个人直接严丝合缝地贴进男人怀里。触感全是其坚硬的肌理，伴随着心跳的声音。

陆池舟的眼睛凝视着怀中小小一只，深吸一口气，随后将手克制地从女孩不盈一握的腰肢上移开。

裴恬头皮都要炸了，正处在发火的边缘，就听头顶轻飘飘地传来一道声音："解开了。"

这么快？

裴恬发蒙地站起身，感觉头发上还挂着个东西，这才明白，陆池舟的解开，是指解开了胸针。

银白色的钻石胸针卡在发上，倒也别致。

汇报还没结束，裴恬想着，只能先这么凑合了。

直到汇报结束，人群逐渐散去，对上何佳佳满是问号的眼神，裴恬顿觉头大，正想着怎么解释，耳后传来一道极轻的男声："一会儿杨执会带你来我办公室。"

裴恬以为自己听错了："去哪儿？"

陆池舟的眼神慢悠悠地从她头上的胸针滑过，满脸"你莫不是想白拿走"的意味。

裴恬腹诽，抠死你得了。

陆池舟："胸针和袖扣是一套，价格很高的。"

裴恬："……"

最终，裴恬朝何佳佳和周奕打了招呼，说还有事，就不和他们一起走了。何佳佳看她好几眼，欲言又止半晌，还是没说什么。

和杨执在一起太过惹眼，裴恬怕和陆池舟扯上什么不正当关系，选择自己悄悄上去。

等电梯时，裴恬随手抽了张企业宣传册拿在手上，浏览了一遍。她发现，掌珠科技涉及的产业十分全面，且进行了非常明确的未来规划，由此可见，作为 CEO 的陆池舟已经将野心铺在了明面上。

正乱七八糟地想着，电梯门打开，裴恬一抬眸，被里面亮闪闪的一片晃了下眼。

里面站着三个人，中间的女人很瘦，戴着个墨镜。她妆容厚重，涂着深红色口红，以至于白得好似要发光。她身穿一件带有淡金色流苏的皮衣，脚穿一双鞋跟极细极高的高跟鞋。

裴恬愣了一下，觉得这人有点眼熟，但想着天启合并过来，能看到眼熟的明星再正常不过，于是裴恬移开了视线，抬步进了电梯。

她正要伸手按楼层，就听到身后传来声音："今天陆总没让你去找他？"

听见这话，唐羽脸色僵了僵。她抬眼，墨镜后面的眼睛一眨不眨地盯着前方女孩清丽的背影。她笑了声，声音娇俏，状似害羞："哎呀，英姐，陆总忙呀，我哪能老是去打扰他？"

被叫作英姐的人叫徐英，是一路带唐羽起来的金牌经纪人，她一挑眉："你怕什么？陆总这么看重你，你不如再努把力。"说到后一句话，徐英压低了声音，"这当老板娘不指日可待？"

电梯狭小，声音不可避免地传到了裴恬耳朵里。裴恬安静地按下 25

层，那是陆池舟办公室所在的位置。

唐羽勉强笑了笑，看见裴恬要去的楼层，脸色一沉，脸上的笑意再也维持不住。

叮咚。

电梯显示在 16 层，是唐羽要去的天启总部。

唐羽踩着高跟鞋，从裴恬旁边走过，路过她时，脚步一顿，将墨镜往下拉了拉，居高临下地瞥了她一眼，然后慢悠悠地吐出几个字："你是……裴恬？"

裴恬疑惑地看过去，歪了歪头："你认识我？"

说实话，裴恬第一次知道唐羽，还是从许之滴口中。

谁知，她这话一问出口，唐羽的脸色突然凝固住："你……不知道我是谁？"

我为什么要知道你是谁？

裴恬眨了眨眼："你不是唐羽吗？"但这显然不是唐羽想要的答案。

唐羽的表情越来越难看，死死地盯着她，仿佛下一秒就要暴走，最后唐羽重重一哼，转身离开。她走路的声响很重，咚咚咚地踩在地上。

裴恬莫名其妙，平静地按了关门键。

9

知道裴恬要来，杨执早早就在总经办门口等候，远远就看到了那道窈窕的人影。

女孩今天穿了双牛皮小高跟，脊背挺得笔直，走起路来也不带什么声响。明明低调到除了淡妆再无一丝装饰，却还是能在人群中一眼吸引住目光。

"裴小姐，"杨执面带微笑，"我带您去陆总办公室。"

裴恬想起今天的事，觉得尤其丢人，这会儿也不好意思寒暄，只安静地点点头。

杨执带着她，路过了忙碌的总经办，人人都埋着头，看起来一派认真。

裴恬怕打扰他们工作，更加放轻了脚步。

杨执却明白总经办这群人八卦的德行，不作声地笑笑，朝裴恬指了指门："您进去吧。"

"我直接敲门就行吧？"

杨执点头，心想您踹门都行。

裴恬敲了三下门，男声低沉："请进。"

裴恬推门进去，一眼就看到陆池舟正对着她坐在桌前，目光凝视着电脑屏幕。

办公桌上是一摞堆得老高的文件，整个办公室唯有黑、白、灰三个色调，机械、低调地充斥着"只想赚钱"的思想。

"过来坐。"陆池舟看向她，"想喝什么？"

裴恬："不喝。"她摸向头发上的胸针，惜字如金道，"还给你我就走。"

陆池舟眯了眯眼，站起身朝她走近，坚持道："坐。"

你让我坐我就坐？裴恬心中翻了个白眼。

"我就不坐。"她本想说站着，但能坐偏要站可不就是傻子，于是话到嘴边，转了个弯，"我……躺着！"说着，她往身后的真皮沙发上一倒，势要将唱反调进行到底。

陆池舟没忍住，偏头闷笑一声，意味不明道："你确定要躺着？不怕人误会？"

裴恬心想，误会什么？

陆池舟半蹲在她面前，眼尾上挑，什么也没说，又似什么都说了，但裴恬就是领会到了。

唐羽几人的对话开始一遍遍在脑子里循环，原本被强压下的沉郁放大了数倍。说不定，陆池舟就经常在这沙发上做不好的事情。

裴恬倏地坐直身体，皱紧了眉头，拿起一旁的抱枕狠狠丢向他。

"你自己怎么乱来都可以，但不要来招惹我！"

陆池舟接过枕头，面色倒还平静："乱来？"

裴恬重重吐出一口气，不予回答。

"有镜子吗？"她问，"我把东西摘了还你。"

陆池舟看向她的头顶："你自己很难解开。"

他站起身，伸出手指："我帮你。"

裴恬突然抬高了声音："我不需要！"她恨恨地打开陆池舟的手，"别碰我。"

话一说完，裴恬就懊恼地揪紧了身侧的衣袖。每次都是这样，在他面前，她完全做不好情绪管理，真是里子、面子都丢干净了。

空气中，弥漫着一片快要凝固的沉默。

裴恬低头，纤长眼睫挡住眸中神色，殷红的唇紧紧抿着，印出一圈淡白，下巴处传来微冷的触感。男人微凉的指尖抚上来，像是上好的白玉。

陆池舟抬起她的下巴，声音很轻，是肯定句："你在生气。"

裴恬打开他的手，移开头，缄默不语。

男人又靠近些许，黑眸直视她的眼睛，不放过任何一丝情绪："为什么生气？"

裴恬往后退了退，直至腰后抵住沙发，避无可避。

陆池舟倒也没再靠近，只优哉游哉地等一个答案。

裴恬凶他："我仇富。"

陆池舟挑眉："你仇你自己？"

"我是讨厌你这种，赚钱不用在正途，天天胡作非为的富！！"

陆池舟再也忍不住，镜片后的眼睛笑得弯起："我怎么了？"

裴恬咬咬牙，觉得不需要再给这只公孔雀留面子了，她瞪圆了眼，桩桩件件地列举着："天天打扮得花里胡哨，四处抛头露面，前夜去会所，今天和女明星密会，你这不是胡作非为是什么？？"裴恬越说越气，列举出来才发现这只"狗"有这么多令人"发指"的行为。

她在这边严肃控诉，陆池舟却满脸闲散，到最后，甚至笑出了声，他拖腔带调的："恬恬。"

裴恬的小名尤其简单，取"恬"的叠字。

别人喊都是正常的，到他口中却百转千回，生生将这两个字喊出了点缠绵的味儿，和少年时代清朗的少年音大相径庭。

"我才发现，"陆池舟弯唇，"你这么关注我。"

裴恬："谁关注你了？！"

陆池舟顿了顿，似乎在寻找更合适的措辞："不然怎么比我自己都清楚——我是怎么'胡作非为'的。"

"你这属于……"话说到一半，陆池舟突然倾身。

裴恬瞳孔骤缩，无措地躲开视线，下一秒，男人的呼吸错落在她耳畔，气息轻浅："空口造我谣。我这么洁身自好的人，被你扣了这么大一顶帽子，你说怎么办？"

这罪名有点大，裴恬气焰弱了些："不是我说的。"说完，她仍有些不服气，补充了句，"苍蝇不叮无缝的蛋。"

陆池舟气笑了，他伸手，细长手指毫不客气地拧了拧裴恬细嫩的脸颊："你生我气，为什么不直接问我？"这语气，和小时候一模一样。

裴恬别开脸，咬牙道："我生气的地方多着呢，问你，你回答吗？而且，我们早八百年就绝交了！"

陆池舟唇角的笑意敛去。他不笑时，五官尤其凌厉。

"绝交？"陆池舟扯了下唇，嗓音冰冷，"我同意了吗？"

裴恬的眼睛有些胀，顿时口不择言："你以为你是谁啊，宇宙之主吗？我说绝交就绝交，还要你同意？"

陆池舟只安静地看着她，语速很慢地提醒她："明明一开始是你先招惹我的，霸占了我这么多年，现在说绝交就绝交。"越到后面，他语气越低，听得裴恬一阵心虚，明明占理的是她呀！

陆池舟还在说："你反省一下。"话说得委婉，但裴恬明白，他在拿"童养婿"的事情和她算账。这个童年阴影，确实是她一手造成的，捆绑了他这么多年。

裴恬的气焰弱了些，只好生硬地转移话题："你快点把胸针取下来吧。"陆池舟轻笑一声，往后退了些，站起身。这个话题，总算不了了之了。

"过来。"

裴恬这回老实了，侧着身，往他的方向挪了挪。

头发被指尖轻轻拨弄，和坐满人的汇报厅不同，这里只有他们两个。陆池舟身上清浅的气息无孔不入，偏偏他还时不时问她一句："弄没弄疼你？"

裴恬越来越尴尬，不是她花痴，是这种台词，实在太让人想入非非。

在陆池舟第三次低头时："我……"

"不疼不疼不疼，你少问两句！"

陆池舟笑，脾气极好地应："好。"

再没人说话，沉默的气氛把这个过程拉得格外漫长。裴恬全身僵硬，想找点事情做，于是从口袋中摸出手机，正好看到何佳佳发来的微信，是一条几秒的语音。

裴恬准备将其转为文字，结果头皮一疼，指尖一抖，语音内容就外放了出来。

陆池舟看着手中断掉的两根头发，紧紧抿唇："抱歉。"

与此同时，何佳佳的声音响彻整个办公室——

"恬宝啊！你为我们的项目牺牲得太多了！谁都不服我就服你，随便一个投怀送抱，陆池舟就上钩了！听我说，陆池舟颜正多金，这一波，咱不亏！"她裴恬的一世英名，终毁于一旦。

裴恬连呼吸都放轻了，甚至能感觉到头顶那道宛如 X 射线的视线。

胸针被完全解开，陆池舟拿下来，同时慢条斯理地缠绕着手中的两根黑发。他看着裴恬瞬间宛若石雕的背影，眉眼状似平静："上钩？"

裴恬直视他，用真挚的语调解释："假的，全是假的。"她尽力解释了，但依照陆池舟目前的公孔雀属性，显然不太相信。果然，陆池舟把玩着胸针，上下打量她几眼，吐出几个字："这算胡作非为吗？"

学到一个词，就开始发散思维，举一反三了是吧。

裴恬说出自己都不信的话："我们的项目，凭的是实力。"

"嗯。"陆池舟应声，语焉不详道，"不凭实力也行。"

裴恬一本正经道："你不要侮辱我们的智慧成果！"

说完，她反应过来，瞪大了眼睛："所以，我们今天能来，是走后门了？"

陆池舟没有否认："是。"

"有意思吗？"裴恬冷笑，"这样我还不如在家里玩。"

陆池舟不假思索地回答："裴叔叔说要多多锻炼你，而且我没和于杰说过。"于杰就是项目部经理。

裴恬一愣："什么意思？"

"今天确实是我让你们来的。"陆池舟认真道，"这之后怎么样，全靠你们自己。"

裴恬心跳得快了些："真的？你没骗我？"

直到现在，女孩才对他有了些好脸色，陆池舟不答反问："我要是骗你呢？"

"我就和你绝……"裴恬本来要说绝交，这是她惯常喜欢拿来威胁陆池舟的方式，但看陆池舟有恃无恐的样子，才发现这个威胁毫无威慑力。

裴恬细细一想，竟找不到能威胁人的理由。她低垂下眼，绞尽脑汁，终于找到一个绝佳的理由——

"你要是敢骗我，我就把你做过我十几年'童养婿'的事情写到网上，让天下人皆知！"

10

这话一出，陆池舟的眼睫动了动，当即不说话了。裴恬惊于"童养婿"一词竟然给他带来这么大的心理阴影，但这种威胁方式，于她来说也不是什么光彩事。

裴恬低头，安静地整理裙摆，随后站起身："我走了。"

陆池舟："等等。"

"还有事？"

"明天有时间吗？"

裴恬狐疑地问："干什么？"

虽然今天就"绝没绝交"的问题没有讨论出个所以然，但裴恬觉得他们依旧不是周末能约出去玩的关系，区别只在于，之前她非常生气，今天气消了那么一点点。

陆池舟重新走到办公桌后，声音有些低："我妈说想见见你。"

裴恬反应两秒，"哦"了声。

"哦？"

裴恬为自己的臆想而尴尬："几点？在哪儿？"

"明早八点，我去你家接你。"

"八点？"裴恬重复了句。

陆池舟的长指扶了下眼镜："有问题吗？"

好早，她起不来。

裴恬："……没。"

陆池舟看她那纠结的小表情："那九点？"

还是好早。

陆池舟敲了下桌面，忍笑："你要不晚上来过夜？"

最后的时间定在明天上午九点半。

为了方便联系，陆池舟顺势让裴恬加上了他的联系方式。裴恬低头扫了眼号码，下意识问："你又用回这号码了？"

话一出口，裴恬就觉得坏了，果然，一抬头就对上陆池舟挑起的眼尾，那双狭长的丹凤眼意味深长，就差明说"你果然很关注我"。

裴恬丝毫不慌："这号码后来给我发过短信，问我买不买片儿，我还以为是骗子呢。"顿了顿，她评价道，"你这些年，业务还挺广。"

陆池舟半分不信，似笑非笑道："我回国才换回的号码。"

裴恬在编辑框里打上"公孔雀"三个字，极快摁灭了屏幕，平静道："是吗？可能是你之后哪位兄台的业务吧，也不知道重回正道没。"

裴恬回家时，程瑾还没回来，倒是大忙人裴言之坐在桌前品茗，桌上放的另两杯茶还没收走。

"爸，谁来了？"

裴言之又啜饮一口茶："你叔叔婶婶刚来，把娃接走了。"

"啊，"裴恬懊恼地丢下包，"我竟然错过了见我婶婶的机会！"

裴言之知道裴恬打小就喜欢苏念念，见怪不怪。他放下茶杯，慢悠悠地问一句："你下午怎么样？"

裴恬像个橡皮泥一样，懒洋洋地倒在沙发上："还行吧。"沉默几秒，裴恬倏地瞥向裴言之，眯了眯眼，"爸，你知道我下午干什么去了？"

裴言之轻咳了声，装模作样地拿起平板翻着，不说话。

想起陆池舟说的话，裴恬要气死了："爸，你竟然背着我和陆池舟串通一气！"她娇声嘟囔，"你不是说我们写的项目申报书不行吗？就这我们还眼巴巴地跑去丢人……"

裴言之没说话，倒是刚进门的程瑾哐当关上大门，没好气道："还说呢，我看你爸这么多年，总算做对一件事，让几何带带你，多学点东西！"程瑾几步上前，杵着裴恬额头，"不要每天只晓得抱着手机笑得流

050

口水。"

裴恬委屈地捂住头，她哪有流口水？！

来了，那种被陆池舟的存在笼罩的阴影又来了。

裴恬默默转移话题："对了，我明天要去看挽月阿姨。"

程瑾答应得很爽快："那好啊，我一会儿准备点礼物，你拎着去。"裴恬点头。

倒是裴言之深深看她一眼，提醒道："明天见着挽月阿姨，不要和小时候一样莽撞，说什么、做什么都要懂分寸，知道吗？"

裴恬奇怪地看他，嘟囔道："知道啦。"

等待吃晚饭时，裴恬无聊地刷手机，在微信联系人界面看到一个小红点，下面提示手机联系人：公孔雀。

她微信好友不多，只有家人和亲近的朋友，平常和同学更多还是用QQ联系。看到红点时，裴恬第一反应便是陆池舟要加她。

裴恬纠结了一会儿，细白指尖绕着"添加"按钮转了转圈，想着给他个台阶下，矜持地按了下去。下一秒，按钮跳转"等待验证"。

到底谁加谁？裴恬脑中缓缓打出一个问号，反应了好几秒。这都是什么破设计？！

隔着手机，裴恬都能想象出那只公孔雀收到好友验证时的表现，无非是拿着手机，三分薄凉、七分漫不经心："呵。"

裴恬气到冒烟，起了一身鸡皮疙瘩，她一不做，二不休，改了个微信名"A真男人男装——客服小美"。她就不信，陆池舟会同意这种一看就是卖货的广告账号。

细白指尖得意地轻点屏幕，裴恬唇角刚刚勾起，就听手机嗡的一声，接着提示——

"你已添加了L，现在可以开始聊天了。"

她用力地摁屏幕，发了几个"玫瑰""嘴唇"的表情，尽全力硌硬人。这回，总该把她删了吧？

不消片刻，L发来消息：嗯。

裴恬指尖抖了抖，觉得这不是本人。她点开L的头像，放大数倍，才辨认出最中间的图案好像是颗糖，裴恬面色凝了凝。

陆池舟这种身价，不应该用静水流深、岁月静好的头像来营造氛围吗？挂一颗糖是什么意思？难道真是假号？

裴恬继续试探：小哥哥，看一看手表吧，精品手表，价格划算，买不了吃亏买不了上当！

这条发完，她又乘胜追击：小哥哥，做生意实属不易，小美不会说话，如果再不出业绩，就需要每天晚上都加班了，小哥哥买一个吧！

她就不信，陆池舟还能忍！

裴恬心中默数五秒，准备最后发条抹泪的表情迎接红色感叹号，却见屏幕上跳出来条消息——

L：这么可怜啊！表什么样子？发给哥哥看看。

这句"哥哥"一出，裴恬便有了股熟悉的感觉。

她气得冷笑：先付钱后验货。

L直接转账，并备注"送货上门"。

裴恬一噎，又见L发来最新消息：你这些年，业务还挺广。

认出来了！认出来了！认出来了！

裴恬再不犹豫，干脆利落地收了钱，给"L"拉黑、删除一条龙服务，势必让其感受世间的险恶。做完这些，裴恬深吸一口气，只觉世界都清静了。

车窗外灯光迷离、华灯初上，所有繁华初现，黑色宾利行驶在去"金陵记忆"的路上。

金陵记忆是A市的一家老牌会所，低层是餐厅，高层则是需要登记会员身份的娱乐场，只有注册会员才能进入。

杨执坐在副驾驶，时不时往后看一眼，明显察觉到陆池舟并不高昂的情绪。他轻点了下手机备忘录，上面写着今天应酬的人物。

到现在，陆池舟已经接触过几次陆氏集团的上层，而今日和以往有所不同，陆枫的名字赫然在列。

身为特助，杨执自是听说过陆家那不算秘密的旧事。陆枫是陆氏集团现任的执行董事，论起来，陆池舟还得喊一句"叔叔"，但陆枫手中的权力来得并不光彩。

陆氏原本的管理权在卧病在床的陆老爷子手上，但几年前，陆老爷子突然中风在床，这么多年意识都未清醒。陆池舟父亲早逝，陆老爷子倒下时，作为唯一继承人的陆池舟还未接手公司。陆枫是陆老爷子收养的继子，极得信任，是最得力的左膀右臂。情急之下陆枫代理了公司，那时狼子野心才昭然若揭。

不过几个月，陆氏变了天，众人这才发现，陆枫的獠牙早已深入整个集团，除非老爷子清醒，不然陆枫就是陆氏说一不二的掌权人。

没人把那时才十八岁的陆池舟放在眼里，哪怕是陆老爷子钦定的继承人，在陆家那样的名利场，也没有任何话语权。大家就看着少年瞬间被边缘化，直到被陆枫毫不留情地"发配"到国外。当然，陆家那段变故，外人只了解个大概，清楚其中细节的，也只有几个当事人。

轿车正经过最繁华的市区，前方有些堵，宾利被迫停下。寸土寸金的地方，君泽酒店这样的庞然大物矗立着，俯视着城市的运转。

杨执想起，如今的君泽酒店，又或是整个君泽集团的执行总裁，不是别人，正是裴恬的父亲，裴言之。

裴家的财产分配异常和谐、明确。裴言之作为长子，极具商业头脑，早年做风投，是圈内有名的点金圣手，注册并成立了大名鼎鼎的风和资本，现继承家业，将整个君泽集团都纳入麾下。可以说，作为裴言之独女的裴恬，是位切切实实的小公主，谁娶了她，等于直接走向人生巅峰，而自家老板……杨执想起前不久了解到的风言风语。

其实陆池舟根本不用这么努力。作为裴恬小姐一岁就钦点的玩伴，自小一起长大，他只需在陆家变天时抱紧大腿，就可以在陆家横着走。

想到这儿，不免让人奇怪。明明把裴恬小姐放在心尖上，为什么舍得离开这么久？好了，现在人家生气了，哄不回来，只得"出卖美色"。

杨执心中的气叹了一半，突然听到气压极低的后座传来声轻笑。他悄悄往后瞥一眼，却见自家老板展颜，眼角眉梢俱是笑意，杨执忍不住喊了声："陆总？"

陆池舟专注看着手机屏幕："没什么事。"

杨执："噢。"

"只是突然被人主动加了好友。"男声刻意咬重"主动"二字。

秉持着老板的私事绝不多管的态度，杨执只点点头，又目视前方。不多时，后头传来手机被丢进卡座的响声，又听自家老板幽幽问："微信被拉黑了怎么办？"

第二章

多喜欢我一点，好不好

11

金陵记忆门前雕梁画栋，LED 灯条缠绕檐壁，亮如白昼。轿车刚停下，便有人过来开车门。

初秋的傍晚黑得很早，晚风习习，凉入心脾。纪臣候在门口，不住地搓着手，看见陆池舟下车，连忙迎了上去，殷勤道："陆总，总算等到您了。"

他落后陆池舟半步，斟酌着语气："您……"

陆池舟脚步不停："进去说。"

"是是是。"

门两边的女服务员展开大门，笑容清甜地喊着"欢迎光临"。

会所内部金碧辉煌，极尽奢华，走到每个路口，都有面容姣好的女服务员躬身指引。纪臣跟在陆池舟身后，一时辨不出男人的态度。

现今陆氏表面风平浪静，内部早已动荡不堪。陆老爷子昏迷不醒，陆枫能力不足，陆池舟锋芒毕露，不少股东观望不前，正是拉拢人心之时。纪臣身为中间人帮着牵线，现动作大了，瞒不住上头。这不，陆枫亲自出手，邀请陆池舟今晚赴宴。今日这一遭，是不是鸿门宴还未可知。

"陆枫带了哪些人？"陆池舟声音淡淡。

纪臣："刘沛和王充。"

陆池舟淡哂，纪臣没敢说话。

谁都知道，这二人加上陆枫，曾是陆老爷子最为信任的得力下属，却也是背刺陆池舟的主要推手。

曲廊幽深处，服务员打开木门，躬身迎客："请。"

陆池舟站在门口，往里环视一圈，居于主位的男人正是陆枫。几年奢靡日子过下来，面色浮肿虚白，不复当年半分风采。

"池舟来了。"陆枫打着招呼，面上笑意不变。

陆池舟一来，下首的刘沛和王充当即起身，客气地将陆枫身旁的另一个主位让给他。陆池舟理所应当地坐下，面上无半分寒暄的意味；纪臣居旁，捏了把冷汗。

"咱叔侄俩也好些年没见过了。"陆枫依然笑着，抬手给陆池舟斟了满杯酒，"今儿怎么也要好好叙叙旧。"

陆池舟笑了声："不知我和叔叔，有什么旧好叙？"

他伸出手指，似没拿稳般，碰倒了酒杯。酒水浸湿了桌布，留下圈水痕，酒红色的桌布瞬间变得深红，酒一滴滴地顺着边沿滴到地板上。

陆枫倒也沉得住气，只挥手，让服务员处理。

"不叙旧，那就说点现在的事？"陆枫抿了口酒，故作惋惜地叹了口气，"医生和我说，爸最近的情况不太妙，身体各项体征逐渐衰弱，也不知道还有多少时日。"

陆池舟骤然抬眼，黑眸深得可怕："你什么意思？"

陆枫又轻咂一口酒，笑得胸腔直颤："叔叔能有什么坏心思呢？"他凑到陆池舟耳边，一字一句沙哑浑浊，"你要是现在能收手，老爷子好，你好，我好，大家都好。"

这顿饭的结局自然是不欢而散，没人知道陆枫在陆池舟的耳边说了什么。

大门被推开，萧瑟秋风拂面，吹走了金陵记忆靡丽的香氛味。纪臣跟在陆池舟身后，心中翻江倒海。

谁都知道，陆枫这么多年的猖狂，全都建立在老爷子在世的基础上，其一旦合眼，遗嘱生效，陆池舟将是说一不二的继承人。但陆枫此番动作，竟是疯魔到拿陆老爷子的命赌陆池舟的良心。

陆老爷子这些年的医生和药物，全都掌控在陆枫手中。如果陆池舟继续争权，他有一百种方式让陆老爷子无声无息地出意外，到那时，即便将陆枫送进监狱，陆池舟也一辈子摆脱不了良心的谴责。这一招，阴毒又致命。

"陆总，"纪臣看了眼陆池舟，试探道，"有几个陆氏的股东找上我，想私下见见您。"

车停在近前。

"暂时不见。"纪臣听到陆池舟这样说。

司机已经拉开车门。

纪臣面色萧索:"那就这样了吗?"

男人上车的动作不停,音色堪称薄凉:"可能吗?"男声隐没在冷风中,听得不太分明。

纪臣怔在原地,脊背一片寒凉,看着轿车扬长而去,片刻不见影。

杨执坐在副驾,能感觉到后座比来时更冰冷的温度。男人手肘撑着窗户,侧脸笼罩在一片暗色间。

回国后,自家老板多了很多情绪,但这一瞬间,却恍如四年前那个孑然一身、黑暗不见光的青年。

"陆总,是回兰汀吗?"司机打破了寂静。

按照陆池舟的习惯,工作日会回公司旁的公寓,周末会回陆夫人在的兰汀。

"嗯。"陆池舟应,头枕在后座椅上,突然道,"明早八点,麻烦你来兰汀一趟。"

司机一愣,连忙答:"好。"

陆池舟吩咐事情从不多话,今天倒是难得多了句嘴。

"来兰汀后,送我去明江。"

杨执指尖顿住,耳朵动了动,又听后座声音带些温度:"接人回家。"

又是周五深夜,本该是躺在被窝里欣赏荧幕情侣的绝美时光,但想到明天要"早起",裴恬失了熬夜的兴趣,只在临睡前草草翻了翻微博。手机嗡的一声,显示有关注的博主发文。

是"深不可测的江江",他最近似乎有些心情不好,发的都是些青春伤痛文学。

> 姐姐今天又没理我。
> 已经二十天零三个小时没见姐姐了。
> 好在后天就能见了。

这是受情伤了啊，怪不得最近都没发文章。

裴恬默默看了过去，翻到下面的最新资讯，指尖一顿。

有个不知名的营销号爆料，江深和唐羽将低调进组拍摄电影《危险关系》。此剧为小说改编，拥有众多原著粉。

看到唐羽，裴恬才忆起今天电梯里的见面。她拿过梳妆柜上的镜子，照了照，也不大众脸呀，为什么唐羽一副认识她的模样？

裴恬皱了皱眉，没再多想，只找到许之漓的微信，问她：江深和唐羽要演《危险关系》？

原著裴恬是看过的，女主角风情万种、亦正亦邪，是个特别有人格魅力的角色。私心里，裴恬觉得周以晴特别适合，但这种级别的电影，裴恬也自觉没什么希望。

许之漓正在外省拍戏，每天都忙得不见人影，消息回得很慢。过了好一会儿，她才回：男主角定了，确实是江深。

那边显示正在输入，大概是觉得打字太烦，许之漓直接打来了电话。

"我才下戏，大半夜的，好冷呀。"许之漓嘟囔着，不难听出其声音的颤抖。

裴恬连忙叮嘱："那你回去好好洗个热水澡。"又提出，"我给你织条围巾过冬？"

"好呀！！"许之漓弯唇笑，"我们恬妹怎么什么都会？"

裴恬抿唇笑："一般般会啦。"毕竟，当初那个棉花娃娃那么难做，她都做得像模像样。

许之漓："后天我要回 A 市，和我们恬妹聚一聚。"

两人天南地北侃了会儿，才回归正题。

许之漓说："女主角的人选其实还没定。这种级别的电影，谁都想试试，唐羽团队可谓是势在必得。"

唐羽的模样，过于干瘦，五官也不够精致，裴恬下意识地答："她不适合。"

许之漓啧了声："娱乐圈哪有什么适不适合？"

"不过，我有个好消息要告诉你。"许之漓说。

"什么？"

"我拿到了《危险关系》女三号的试镜机会，这次回 A 市就是为这事。"

裴恬惊喜极了："真的呀？！"

许之漓在圈中摸爬滚打两年，从龙套演到配角，近几年才担任一些无厘头网剧的女主角，这还是头一回接触这么好的剧本。

"没错。"许之漓压抑着兴奋，"而且这次，我听说周以晴也要来试镜。"

"后天吗？"裴恬只差尖叫了，"江深会在吗？我要来看！！"

"又不是正式出演，江深怎么会在？"许之漓有些吃醋了，"你到底是来看我还是来看他们的？"

裴恬完全被二人可能再次合作冲昏了头脑，这会儿只顾着说好话，软声道："我都看，当然，最重要的还是我宝啦……"

许之漓根本受不住她这模样："好了好了，就知道撒娇。

"怎么不去和你那小'童养婿'撒撒娇，让他昏了头，最好一掷千金请江深和周以晴合作一部电影，你可以看个够。"

听到这话，裴恬还认真思考了下可能性，想到陆池舟可能的表现，打了个寒战。

"哼，"裴恬冷笑，"那他孔雀尾巴可不得翘上天。"

这夜，裴恬没睡好，睡前思绪过多，做了很多梦。闹钟在第二天早晨八点准时响起，她揉着昏沉的脑袋，从床上撑起身子，想仔细回忆梦中的场景，却一个也记不起来，最终无奈放弃。

裴恬懒洋洋地下床，选衣服，化妆，从早上开始做一个精致的女孩。她里头穿了件大红色吊带裙，外头套了件白色针织衫，浓密黑卷发扎成高马尾。做完这一切，刚好九点。

裴恬迈着轻盈的步伐下楼梯，走到一半，想起程瑾总教训她没个正形，裴恬戏瘾一上来，准备来个闪亮登场。她将两手放在身侧，揪起红色裙摆，又踮起脚尖，故意学着迪士尼公主的姿态，边迈着碎步，边转着圈，一步三回首地从楼梯上翩跹而下。

裴恬跟苏念念学过几年芭蕾，做起这些动作有模有样，至少她自己沉醉其中。跳到最后一级台阶时，裴恬甚至半蹲下，低首行了个公主礼，同时娇贵地伸出手臂："迪士尼在逃公主恬前来报到。"

裴恬等着程瑾或是裴言之，或是任何一个人来接住她的手捧个场，半响，没有动静。她动了动指尖，强调一句："还不快来接本公主？"

有人缓步走近，脚步落在厚实的地毯上，静得几乎能听见声音。

裴恬以为是程瑾，毕竟大早上，她在的可能性最大。但下一秒，她的指尖被坚硬指骨握住，明明是冰凉的体温，却瞬间带起整只手臂的酥麻。

裴恬一愣，下意识觉得不对，刚抬头，那只手已经破开她的指尖，直至十指相扣。她想挣脱，却被握得更紧，整只手都被包在掌心，不见天日。

看清来人，裴恬脸都红了，支吾了半天："怎，怎么是你啊？！"

陆池舟低眼，看着两人交握的手。女孩的手，这些年也没长大多少，依旧是一手就能丈量掌控的大小，仿佛握住就跑不掉了。

"不是我，"陆池舟淡淡答道，又倏地转了语调，尾音绵长，"公主的手就没人接了。"

裴恬环视自家客厅，没人，只有他。所以，为什么陆池舟入她家如进无人之境？

"作为唯一的观众，"陆池舟慢悠悠道，"我自然要尽力配合公主的表演。"

裴恬沉默了一会儿，硬生生从其语气中读出"我也不想的，但这里只有我，没办法只能我上"的耐人寻味。

电光石火间，她突然回忆起自己昨晚的梦，概括起来应该叫——

一只公孔雀的进化历程。

12

其实，陆池舟以前不是这样的。

但大概只是因为以前他的孔雀尾巴没长全，所以不像现在这般，恨不得一见面就向她开屏，行动间处处表现出"我知道我长得好又招人喜欢"的优越感。

陆池舟自小养尊处优，虽亲父早逝，但作为陆老唯一的孙子，被其放在身边亲自带大。

陆家百年世家，到陆老这一代，积年沉疴，族内各种势力盘根错节。但陆老手段非常，硬是从一众明争暗斗中肃清了一条路，陆家经他手后，还壮大了许多。

被这样的陆老带大，相应地，陆池舟身上的少爷脾性也只多不少。面对外人时，那种目空一切的态度与生俱来。这就导致"童养婿"这个名头，对于一开始的陆池舟来说，简直是奇耻大辱，别扭了好几年。

两三岁时，她是真的喜欢陆池舟的脸，所以整天缠着人不放；到了五六岁，则绞尽脑汁想扒了他那身目空一切的皮。

少年陆池舟还比较稚嫩，会面红耳赤，会生闷气，惹急了还会不理人，到后头，可能是被她折磨麻木了，慢慢接受了现实。虽然还是满身毛病，可大概连他自己都没发觉，对她的纵容已经到了过分的地步。纵容到连裴恬都以为陆池舟会一直陪着她，甚至幼稚地觉得，陆池舟就是她的所有物，所以才会在少年坚定离开时，情绪失控到那样一个不体面的地步。

"下车了。"低沉男声在耳畔响起，打断了整个车程的冥想。

陆池舟打开了她这侧的车门，高挑身影俯下，挡住了车外的光亮。司机尴尬立于一旁，惊于老板抢了他的职责。裴恬还没回神，只盯着陆池舟半晌没动，盯得孔雀本人慢慢翘起了尾巴。

陆池舟似笑非笑，拿手在她面前晃了晃："还没看够？"

"是啊。"裴恬唏嘘，"天干物燥，看你眼下青黑。"她往车门边挪了挪，跳下车的同时，轻飘飘道，"年轻人，还是要注意身体。"

陆池舟丝毫不生气，竟还笑了声："难为你——

"这么担心我。"

裴恬闷声下车，想去后备厢拿昨天程瑾准备的礼物，却见陆池舟已经站在后备厢旁边整理礼盒。

程瑾做事向来红红火火，此刻也体现在她准备的礼盒上。大包小包一大堆，全是红色盒子，就差往上贴个"囍"字。看着这些喜庆的盒子，一瞬间，裴恬有种上门提亲的感觉，再加上她今天还穿着条红裙子，越想越歪。

裴恬闭了闭眼，又忍不住瞥了眼陆池舟。他穿着简单的衬衫和马甲，弓身整理着礼盒，袖口微微卷起，指骨细长白皙。黑色的马甲，收腰设计，勾勒出精瘦的腰。腰上的金色马甲链，折射出晃眼的光。

裴恬这回不敢盯着看，只一小眼一小眼地瞟。但孔雀就是孔雀，怎么天天都这么引人注目，那腰、那腿，还有那臀……打住！裴恬懊恼极了。

"过来。"陆池舟冲她勾勾手。

许是有些心虚，裴恬听话地走了过去："干吗？"

陆池舟轻点下礼盒："你帮我找找。"

裴恬跟着翻了翻，奇怪地问："找什么？"

"精品手表。"陆池舟定定地看着她，眼尾上挑，"说好的送货上门，"指尖玩味地敲敲礼盒，"怎么没找到啊？"

"你说，"他放慢语速，意味深长地问她，"这算不算诈骗？"

裴恬按了按手指，强忍着把他的头按进土里的想法，面无表情道："算，快点打电话报警吧。"

"可是，"陆池舟失笑，"涉及金额太小，警察管不了这事。"他看着女孩气呼呼瞪得极大的眼睛，声音很轻，"要不私了吧，小美。"

裴恬心中呵呵一笑，顺着他演："怎么会是诈骗呢？中国人不骗中国人。"

她拿出手机，故作恍然："呀，手表断货了，要不我给你退款吧？"裴恬绝口不提微信，"我支付宝给你？"

陆池舟脸上的笑意不变，一字一顿道："抱歉，没有支付宝。"

"要不，银行卡？"

"抱歉，不能泄露卡号。"

裴恬忍了又忍，直接从挎包里抽出现金，扯过陆池舟的袖口，将钞票重重拍在他手上："不用找了！"

女孩给完钱，气得当场转身离开，高高的发尾在空中直晃。

陆池舟站在原地，闷笑着摇摇头："怎么这么可爱？"他低眼，当着司机震惊的表情，将一百元收入口袋。

裴恬率先往前走，走之前，看着满后备厢的盒子，还是帮着拎了两个。走到铁门前，抬手想按门铃，却感受到了指尖的冰凉。她和挽月阿姨，已经许久未见了。跨越了漫长的光阴，这下，蓦地生出很多近乡情怯的情绪。

当年陆池舟走时，陈挽月也跟着离开了。他们走得匆忙，裴恬甚至没来得及好好告别。

陈挽月是江南人，有着一双和陆池舟相似的丹凤眼，生得雪肤花貌，智商还高，是鼎鼎有名的数学教授。陆池舟的父亲陆琛，没有经商之才，倒像个满腹经纶的书生，靠着浪漫深情的本事才追到了陈挽月这个理科直女。现下的兰汀，便是当年陆琛和陈挽月刚结婚时住的宅子。

在陆琛这样浪漫的人手下，整栋房子充满了诗情画意，但陈挽月在这儿住得不久。陆琛因车祸去世后，她便带着刚满两岁的陆池舟回了明江公馆的陆家老宅。

裴恬保持着抬手的姿势不动，却听耳后传来带着笑意的男声："在等我？"陆池舟就站在她身后，几乎将她笼罩在怀里，然后握住她的手，按响了门铃。

叮咚一声，让裴恬回了神。她想抽回手，而陆池舟早已先人一步，收了手。裴恬动了动指尖，手心有些烫，和早上牵手时的感觉一样。

"等你来开门。"裴恬垂下手，缓和着异样的情绪，顿了顿，忽地扭头，"来你家，你不开门，为什么还要握着我的手按门铃？"

听到这话，陆池舟摸到下面的指纹解锁，咔嗒一声，门开了。他推开门，坦然无比："为了给你一种开门的参与感。"

裴恬极其无语地扭头，踩着小皮鞋嗒嗒嗒地进了铁门。

这不是她第一次来兰汀。小时候假期时，陈挽月会时不时带着陆池舟回来小住，裴恬也理所当然地来过好多次。在她的印象里，这座房子就像童话故事里的城堡，但如今，城堡终究失了几分以前的生机。

裴恬放慢脚步时，陆池舟迈步和她并肩，目光细细扫过她的眉眼："需要重新装修吗？"

裴恬随口答："装吧。"

话一出口，气氛瞬间安静。裴恬咂摸出不对来，装不装修和她有什么关系？她闭了闭眼，好了，孔雀又要支棱他的尾巴了。果然，陆池舟挑了下眉，笑而不语，此时无声胜有声。

裴恬也绝不尴尬，走得快了些，镇定地强调："反正又不花我的钱。"

经过院里的鹅卵石道，她正式来到大门前。实心木的大门，又有一道指纹锁。

裴恬等着陆池舟过来开门。刚一站定，门却已经从里打开，门边站着两道人影。裴恬辨认了半晌，才认出人影是陈挽月和以前就在陆家工作的李阿姨。乍然相见，饶是裴恬，也愣了愣。

记忆里，挽月阿姨向来漂亮，热情洋溢，一见她就会笑着喊"我们恬宝"。但裴恬看着站在李阿姨身后，被挡住了大半的陈挽月，她瘦了许多，但清瘦苍白的气色依旧挡不住骨相的精致。

看见裴恬，陈挽月的眼睛闪了闪，笑着弯起唇，带着生疏的温柔和亲切。

裴恬握紧手，面上笑容却不变，自然地进门，将手中的礼盒放在地上。刚放下，她便猛地朝陈挽月扑去，极尽依恋地环抱住她，声音不自主地哑了："姨，我好想你。"

陆池舟进来时，看到的就是这样的画面：女孩抱住他的母亲，眼睫微颤，面上尽是想念。他不自觉地握紧手，仔细观察母亲的表现。陈挽月的面色有一瞬间的僵硬，苍白细瘦的手缓慢抬起，但终究回抱住了女孩。

陆池舟看了眼满脸紧张的李阿姨，轻轻摇了摇头，李阿姨脸上的担心才有所放松。她上前，俯身帮陆池舟拿东西。

陆池舟极轻地放下手中的盒子，颀长的身影安静地靠在墙边，未发出半分声响。李阿姨起身时，不经意扫了眼男人，动作一顿。这些年，原先还会有脾气的陆池舟收敛了所有情绪，变得喜怒不形于色。

陆老爷子倒下后，这个家风雨飘摇。除了陆枫的不择手段，更艰难的莫过于向来热情乐观的陈挽月被陆池舟发现自杀未遂，后被诊断为重度抑郁症。这样难以承受的灭顶压力，就这样落在了十几岁的少年肩上。无人能想象，那是一段怎样暗无天日的时光。而那时都未掉过一滴眼泪的陆池舟，却在这一刻，躲在墙边，无声地红了眼眶。

13

如果说在进门时，裴恬只是心中存疑，那么在屋内坐了小半盏茶的时间后，则是确定了自己的猜测，心不断下沉。

陈挽月本人，包括李阿姨，想要营造的都是一种若无其事的轻松氛围，这让裴恬头一次讨厌自己敏锐的感知力。

尽管陈挽月已经尽力展现得和原来一般，但说话时数次错开的视线，无意识摩挲的指尖，以及回话时过长的反射弧，都让裴恬脊背发凉。终于在一个合适的间隙，裴恬看向旁边安静剥橘子的陆池舟。

陈挽月面前的陆池舟，向来很乖，不然小时候也不会因为陈挽月的"圣旨"，将她时刻带在身边，从此走上"童养婿"之路。就如同现在这样，不带任何攻击性。

感受到她的视线，陆池舟剥下最后的橘子皮，慢条斯理地摘下一块橘肉，趁裴恬还在发蒙，伸手塞进她的红唇。唇上还残留着他指尖微凉的温度，裴恬下意识一嚼，橘子汁水顿时盈满口腔。

酸，酸得牙疼，酸得她瞬间忘记了看他的本意。

"甜吗？"陆池舟问她。

裴恬动了动快被酸得没知觉的牙腔，表情不变，甚至勾起一抹笑："甜，好甜。"

她从陆池舟手中拿过剩下的橘子，坦然道："要不你也尝一口？"说完，不等陆池舟说话，她直接掰下一瓣送到他唇边。

女孩虽绷着脸，但那快要得逞的笑已经快溢出眼眶。陆池舟装作没看见，顺从地低头张唇，只在舌尖卷走橘肉时极其不经意地触碰到了莹白的指尖，一触即分，却让女孩整只手臂僵了下，纤长的眼睫直颤。

陆池舟压下唇角，藏住笑意。得了想要的"报酬"，这戏自是要顺着演。他恰到好处地皱起眉，眼中有几分生气，几分懊恼，艰难地咽下橘子："你骗我？"

裴恬正蜷着有些润湿的指尖，听到这话，瞬间被转移了注意力，得意地笑出了声："怎么样，没想到吧？"

陆池舟状似气恼地别过脸，却再也忍不住笑，他望见了坐在单人沙发上的陈挽月的眼眸。那双自病后就失去神采的黑眸，此时似拨开了云雾，望着他和裴恬。

裴恬笑够了，双手捧着脸，看向陈挽月，笑意盈盈道："姨，你说几何哥哥是不是活该？"

她不知道发生了什么，只想陈挽月开心一点，就好像，一切都没变过一样。

这回，陈挽月没有闪躲视线，那双有些空的眼眸终于染上情绪："确实活该。"

裴恬眯眼笑，冲陆池舟得意地一挑眉，却在对上男人的视线时骇了一下。那双丹凤眼很黑，深得一眼望不到底，直直看着她，带着让她承受不住的重量。

裴恬伸手，在他眼前晃了晃："你盯着我干什么？"她又幸灾乐祸地笑，"牙酸麻了？"

"是啊，你要怎么对哥哥负责？"陆池舟故意咬重"哥哥"二字，听得裴恬起了满身鸡皮疙瘩。就这么被陈挽月和李阿姨看着，陆池舟还能这样。

裴恬："你就是活该！"

这样插科打诨了会儿，氛围倒好了很多。

李阿姨忙着去做午饭，陈挽月冲裴恬道："我去帮忙，你和几何随便逛。"

裴恬乖巧点头，手心却悄悄握紧成拳。她能看出陈挽月见她时的局促，眉目间，尽是强撑出来的平静。

客厅重回安静，裴恬看了眼关起的厨房门："带我四处走走吧。"

似早料到她的想法，陆池舟问："上去坐坐？"

"嗯。"

裴恬跟着上了楼，下意识地四处张望。整栋房子除了墙面和家具的翻新，装修和陈设都没有大的变化，就像是刻意拉住时光的罅隙。

裴恬一路走神，不自主地跟着陆池舟进了房门。她细细打量着周围，深蓝色的墙纸，书架上成排的外文名著，以及一些叫不出名字的机械模型，都是少年陆池舟的最爱，和几年前别无二致，好像他并未离开过。

裴恬的目光从书架移到书桌，看到上面伫立的棉花娃娃，顿住。那个棉花娃娃不是别人，正是她，也是十五岁时，陆池舟送给她的。只不过在那之后，陆池舟就走了。

许多回忆涌现，裴恬闭了闭眼，翻滚的情绪过了好久才被勉强压下去，再出声时，声音已有些哑："你……"结果下一秒，看清陆池舟的动作，裴恬差点咬到舌头，"干，干什么呢？"

其实，陆池舟也没干什么，只不过是脱下马甲，此时正在松衬衫领口而已。而她自己，莫名其妙地跟人来了卧室，孤男寡女的。

说话的同时，陆池舟又松开一颗纽扣，露出白皙精致的锁骨。他锁骨平直，蜿蜒到肩线，肤色又白，裴恬难以自控地瞟了一眼又一眼。

陆池舟的手还欲往下，似乎这时才发现有什么不对，看向她，状似提醒："我换衣服。"

裴恬偷瞄的视线还没收回，被抓了个正着，顿时有些炸毛："你大白天的换什么衣服？而且……换衣服喊我上来干什么？！"

陆池舟平静地解开第三颗纽扣，匀称的肌理顺着衣间的缝隙往下，再往下……就看不见了。

"回家换件衣服，不正常吗？"他歪头，似笑非笑的样子，"倒是你，为什么……还盯着我看？"

"有人要脱衣服，我为什么不看？"裴恬强装镇定，原本还飘忽的视线定格，直勾勾地盯着陆池舟的动作，"你继续。"话毕，裴恬懒洋洋地抱臂，靠在桌边，抬着下巴观赏。

陆池舟解纽扣的手微顿，一秒后，又继续下移。他连指甲都是清透光滑的，如玉指节缠绕浅色纽扣，动作慢条斯理，偏偏面无表情，漆黑如墨的瞳孔看着她。

屋内尤其安静，遮光窗帘拉到一半，外面不甚明艳的光线透进来，整个房间半明半暗。

分开的衬衫虚虚掩着男人肌理，劲瘦的肌肉线条若隐若现，裴恬不自觉地蜷起浸满汗液的手，眼睛却似粘了胶水般，怎么也移不开。

到底几块腹肌？一、二、三……直至最后一颗纽扣解开。

男人的动作突然变得更慢了，指节放在衬衫边缘："还看？"

像是突然被敲醒，裴恬终于后知后觉地耳根发烫。眼看着陆池舟动了动手，衬衣就要全部脱下，裴恬心跳快得像要跳出来一样，她连忙捂住眼："你还真脱啊！！"总算绷不住了。

陆池舟失笑，捞起要换上的卫衣进了浴室，却在女孩看不见的地方，长吁一口气，揉了把泛红的耳根。

等到陆池舟关上浴室门，裴恬才放下捂住眼睛的手，脸颊开始涨红、发烫。事情是怎么发展到这一地步的？！

裴恬发蒙地坐在桌前，又看见桌上的棉花娃娃，拿了过来。

娃娃是她十五岁的模样，还穿着初中毕业会演时的舞裙，也是陆池舟回赠她的毕业礼物。至于为什么会重回他手上，裴恬忆起，陆池舟走前拿他自己的换了这个，然后一声不吭地离开。他也是坏了个彻底，走都不走干净，留下个娃娃天天放她面前碍眼。

浴室门突然被打开，脚步声很轻，由远及近，停在她背后。

裴恬没有回头，她把娃娃抱在怀里，声音很低："我要把它带走。"

"不行。"陆池舟不带一丝犹豫。

裴恬重重呼出一口气，咽下所有闷气："它本来就是我的！"

"但是拿我自己的娃娃换来的，"陆池舟微微俯身，直视她的眼睛，笑容温和，"你也同意了。"

"我换回来！"

陆池舟笑了，轻声吐出两个字："不换。"

裴恬气得脸都红了："你凭什么不换？"

陆池舟从她手里抽回娃娃，指尖轻抚娃娃憨态可掬的面颊，再抬眼时，眼眸深不见底地望着她："凭她现在是我的。"

裴恬被看得呼吸一窒，张了张唇，干巴巴道："这不行。"

陆池舟拖了旁边的椅子坐下，抱着娃娃，姿态闲散地靠着："怎么？"

裴恬绞尽脑汁，终于找到一个不那么蹩脚的理由："我未来男朋友知道，会不高兴。"她说，"你懂吧？就好像你未来女朋友知道……"

"我不懂。"话未说完，便被男人打断。

陆池舟说话时，总会带点懒洋洋的尾调，这些年来，一直未变。但这一声，腔调陡然转厉，听在耳边泛着料峭的寒。

裴恬一愣，眨了眨眼，看见陆池舟脸上散了笑意，正低头，漫不经心地捏着娃娃的脸蛋，细长指尖突然用力，拉着娃娃的脸往外扯。

看着自己模样的脸被人这么不留情地蹂躏，裴恬心疼道："你干什么啊？"

陆池舟不说话，完全拒绝交谈的态度。

裴恬："你生气了？"

陆池舟紧抿着唇，细碎头发挡住了眼眸，依旧不吭声。

裴恬根本没琢磨出他生气的点，想到他说的"我不懂"，裴恬一皱眉，顿时发现了问题的严重性。他不懂，说明他不能理解，不能共情，说明他找不到女朋友，而找不到女朋友的原因，又绕回来了。因为她曾捆绑他做了十几年的"童养婿",一般女孩子,估计都在意这个。回过神来,裴恬点点头:"我懂你的意思。"

陆池舟骤然抬起头,手上动作也停了。

"找不到女朋友有我的原因。"裴恬道,"但现在你不说,我不说,大家也不会说,以前那档子事就过去了。"

陆池舟定定看着她,突然笑了,只是眼里并没有几分温度,继续说:"过不去。"

裴恬一愣,只觉被其看得头皮发麻,又听陆池舟一字一顿道:"你轻飘飘一句过去了,就能弥补吗?"

"那要……怎么办?"完了完了完了,要被赖上了,裴恬心中尖叫。

"要对我负责到底。"

14

"负责到底",这句话让裴恬切实地慌了,她讷讷半晌:"到,哪个底呀?"

陆池舟对上她闪躲的视线,扯了扯唇:"我找到女朋友为止。"

"那你要是一直找不到呢?"

陆池舟上下打量她一番,突然笑了声:"那只能把你自己赔上了。"

心尖仿佛被人恶意用羽毛挑过,她猛地抬眼看他。强压下这种奇怪的感觉,裴恬满脸义正词严:"你不可能找不到的。"

"谁知道呢?"陆池舟用指尖轻弹了下娃娃的脸,不知想到什么,意味不明道,"毕竟我丑得像狗。"

裴恬张了张唇,发现这句话好像经由她口,然后被何佳佳转载,陆池舟听到后,记仇记到了现在。

裴恬僵硬地笑道:"不要妄自菲薄,你长得很帅,特别帅!"为了证明这话的真实性,她又补充,"不然,小时候我怎么一眼就看上你了呢?"

这话一出,裴恬暗道不妙。果然,陆池舟挑了下眉,满脸"本该这样"的表情,刚刚还耷拉着的尾巴瞬间支棱起来。

裴恬拳头硬了。她发现,陆池舟从来都是帅而自知的,然后利用她为数不多的愧疚心,挑战她的忍耐底线。这时,门外传来敲门声,是李阿姨，让他们下去吃饭。

裴恬这才如梦初醒。她的本意是找陆池舟好好了解一下挽月阿姨的状况，结果思路被他搅和得乱七八糟。

裴恬朝李阿姨应了声，随后起身，没好气道："走了。"

"嗯。"

两人一前一后下了楼。

裴恬一抬眼，就望见李阿姨欢快的神情，她正侧头和陈挽月说着什么，余光时不时瞟他们一眼，便是陈挽月的唇角也微扬了些。

以她沉迷荧幕情侣多年的角度看，这绝对是见当事人撒糖时的表情，至于当事人是谁……不言而喻。裴恬觉得，习惯就好，毕竟从小到大都这样。

最开始，只有陆池舟会不适应；到现在……裴恬回头看了眼，发现他步履懒散地下着楼，面上并无丝毫异色，显然已经对此类"谣言"习以为常，失去了敏感性。这样下去，她可真要"负责到底"了。

裴恬主动与他拉开距离。她安静地坐到餐桌前，陆池舟顺势坐在她侧首。

裴恬盯着桌面，有些失神，突然不知该如何定位自己和陆池舟的关系。起先，因为陆池舟的离开，裴恬始终未跨过心里那道坎；现在，距离不远反近，她又不知不觉习惯起和他相处。明明这五年内，她一遍遍告诉自己要戒掉习惯、戒掉陆池舟，现在他们都不该活在过去。陆池舟，从来就不是她的所有物。

"可是饭菜不合心意？"陈挽月看着裴恬的表情，脸色有些白。

裴恬回神，连忙夹了块小黄鱼："没有，很好吃。"

怕陈挽月不信，她夹着就要往口中塞，却被陆池舟按住手臂："有洋葱。"

陆池舟夹走了她碗中的洋葱："这鱼刺多，吃慢点。"

裴恬讷讷点头。她不吃洋葱，而陆池舟知晓她所有的口味和偏好。

大概是他这态度太过坦然熟稔——作为一种隐形糖，裴恬看见李阿姨和陈挽月对视一眼，满脸雀跃。

裴恬张了张唇，不知怎么，仓皇低下了头。

午餐后，按照惯例，陈挽月需要回房间休息。她看起来很没精神，眉眼间俱是倦怠，似乎是觉得招待不周，又显得很局促。

还是陆池舟直接道："妈，你去休息吧，我和恬恬下午都有事，待会儿就走。"

这样似乎减轻了陈挽月的负罪感，她朝裴恬点了点头，便回了房间。而李阿姨为了给他们留二人空间，大中午的就要出门，说是购买日用品。

整个宅子安静下来。连日冷冽的气温回升，午后的阳光从落地窗倾洒进来，暖暖的，落在沙发的边角。裴恬不知不觉已经躺倒在沙发上，困倦地眯起眼睛；陆池舟就坐在她身旁，大概是有工作，一直在回消息。

裴恬打了个哈欠，看着男人的侧影，半晌也没挪开视线。孔雀就是孔雀，走哪儿都要换衣服。这件居家的卫衣，柔软熨帖，穿在他身上，满是蓬勃的少年气。

裴恬倏地回忆起年少时的无数个午后，也是这般情境。她似睡非睡时，陆池舟就坐在一旁安静地看书。少年的侧脸如雕琢的玉般，光是看着就觉得赏心悦目。

脑子蓦地不太清晰，越来越迷糊，眼睛突然就睁不开了。但裴恬记得，她还有事要问，于是嘟囔着："陆池舟。"模糊幻境中，男人似是应了声。但瞌睡虫来了就赶不掉，裴恬放弃挣扎，头一歪，任由自己睡了过去。有什么事，还是等醒来再说吧。

陆池舟刚回完杨执的消息，一转头，就看见睡得正香的裴恬，他愣了下。暖洋洋的日光照得女孩小脸酡红，纤长的眼睫挡住灵动的双眼，睡得毫无防备。在他面前，毫无防备。

心突然就软得不成样子。

陆池舟微微倾身，目光堪称痴迷地描摹着女孩的眉眼，下意识伸出手，终究是停留在半空。就这样看了不知多久，裴恬突然动了动。

许是被日光晒得燥热，裴恬掩面，翻了个身，含糊地呢喃了声。陆池舟侧耳，还没听清她说了什么，下一秒，裴恬直接脱下了本就松垮的针织衫。

女孩内里只穿了件红色吊带裙，加上睡得不老实，几番动作下来，纤细的肩带几乎滑落，大片白皙肌肤裸露。

眼看裴恬还不满意，陆池舟连忙按住她扒拉肩带的手臂。手心触感细嫩，自小娇养到大的女孩，哪怕是稍微用点力，就能留下一圈红痕。

陆池舟的眸色倏地变暗，他压着沉重的呼吸，视线隐晦地从女孩睡得通红的面上扫过。动作被制止，裴恬皱着眉，显然是委屈到了，吸了吸鼻子，陆池舟顿时溃不成军。他伏在她耳边，嗓音低哑至极："这么相信我？"可惜，回应他的只有女孩细细的呼吸。

陆池舟低叹口气，伸手打横抱起女孩，感受到手上柔若无骨的重量，低声呢喃："这些年，长到哪儿去了？"

裴恬突然在他怀中翻了个身。

陆池舟呼吸一窒，连脚步都僵硬了。他眼尾染红，极轻地吐出一口气："我都不相信我自己。"话毕，陆池舟加快脚步，抱着人，如抱着珠宝般上了楼。

楼上，有裴恬专门的房间，是自她小时候就有的。

陆琛在设计这栋房子时就想好了，要专门给他的小儿媳妇留一间，方便以后吵架分房睡。

陆池舟将裴恬放在床上，又打开空调，拿了毯子给她盖上。做完这一切，他安静地坐在床边，看着女孩的睡颜。五年来，所有无措、茫然、彷徨、绝望，百感交集的情绪，好似突然落到实处。他伸手替裴恬拂起耳边的碎发，下一秒，女孩头一侧，死死握住他的手，压在了耳下。

陆池舟手一顿，半晌未动。触手皆是细腻的肌肤，陆池舟动了动指尖，却被女孩强制按住。

"不许走。"不知梦到了什么，裴恬突然出声，声音隐隐染上哭腔。

陆池舟保持着半俯身的动作，一动未动。

"我不走，再也不走了。"他声音很轻，到后头几乎为气音，"所以，恬恬多喜欢我一点，好不好？"

裴恬这一觉睡得天昏地暗，不知今夕是何夕。睁眼时，屋内一片漆黑，窗外隐约有路灯的光亮。她揉着脑袋撑起身子，环视着陌生的陈设，记忆回笼了好一会儿，才勉强想起自己在哪儿。手机不在身边，不知到底几点，整个屋子安静得让人发慌。

裴恬打开门，压着步子下楼，到了楼梯拐角处，才看到一楼大厅的光亮，正要继续下楼，突然听到李阿姨的声音："陆总，今天见到恬恬小姐，夫人明显开心多了。"

陆池舟似是低应了声。

"但夫人的抑郁症，一直都不曾好转。"李阿姨低叹口气，"经常一天都把自己关在房间里不出来。

"李医生说，夫人的自杀倾向一直未减，这该怎么办啊？"

接下来，是一段长久的沉默。

一时间，裴恬如坠冰窖，死死握紧了木质楼梯的扶手。她屏住呼吸，随即听到陆池舟有些虚渺的声音："她不会的。"

"为了我，"似是为了强调，陆池舟又说了一遍，"就当是为了我。"

李阿姨没再说话，只悄然转移了话题："快开饭了，我去看看恬恬小姐。"

陆池舟已经站起身："我去喊。"

裴恬一愣，僵立在原地，下一秒，转身就往回跑。她也不知道自己为什么要跑，或许是不愿接受这个事实，又或许是不想看到这样子的陆池舟，所以下意识选择逃避。结果，许是太仓皇，还没跑出几级楼梯，裴恬便被绊倒在地，膝盖磕在楼梯边沿，发出沉闷的一声响。

裴恬疼得眼泪都要掉下来，正尝试着爬起来，却感觉身后楼梯震动。须臾，男人粗重的呼吸响在耳畔，坚硬的臂膀从后横过腰，一把将她捞了起来。

"跑什么？"陆池舟将她摆正，俯身看着她，声音隐隐压着火。

裴恬咬着下唇，不吭声。

男声低沉："摔疼了？"

裴恬低眼，委屈地点点头。

陆池舟抬起漆黑如墨的双眼，看见女孩像做错什么事般，试探着偷看他。他又气又心疼，半晌，半跪在裴恬身前，抄起她的膝弯，裴恬下意识就要缩回腿。

"别动。"

裴恬当即不动了。

从小就这样，一心虚，说什么都乖乖听话。

"小祖宗，"掌心覆在纤瘦膝盖上，陆池舟轻柔按压，无奈道，"我是给你揉腿。"

15

揉……揉腿。

裴恬突然屏住呼吸，放在身侧的手悄悄握紧，视线不受控地飘落到近前。从她的角度，能看见男人清俊的眉眼连接着流畅的鼻骨，再到锋利的下颌，眼睑垂下，纤长睫毛挡住黑如墨石的眼。她发现，美色真是王炸。

这样一张脸，谁能顶住？至少她顶不住。所以陆池舟这么嘚瑟，也能理解。

"这样按，疼不疼？"陆池舟抬眼，看到女孩撑着下巴，思绪不知飘到了何方。他好脾气地又问了一遍，手上的动作也加了些力气。

裴恬一惊："啊？"

陆池舟重复："疼不疼？"

"疼……"裴恬咽了咽口水，"还是不疼呢？"她哪知道疼不疼。

陆池舟静静地观察她半晌，摇了摇头，细长手指杵了杵裴恬的脑袋："摔到脑子了？"

裴恬这才回神，脸颊微烫，顾左右而言他："腿疼！疼死了！"

陆池舟深深看她一眼，薄唇紧紧抿成一条直线，下一秒他直接抄起她的腿弯，打横抱起："抱紧了。"

裴恬身体一晃，下意识环住他的脖颈。男人身上的家居服没熏香，清新的皂香扑鼻而来，伴随着自己如擂鼓般的心跳。

裴恬瞪大了眼睛，心尖似痒似麻，慌得蜷起脚趾，偏偏眼睛还不舍得从男人近在咫尺的侧脸上移开。大概是陆池舟总给她觊觎他美色的心理暗示，这一刻，裴恬觉得，他的暗示成功了。她就是喜欢他的脸，从小就喜欢。

明明她中午还发誓要和陆池舟保持距离，可陆池舟叫她小祖宗了啊；明明她五年前还发誓永不原谅陆池舟，可陆池舟给她揉腿了啊。

裴恬感觉到自己脑中那根名为理智的弦即将绷断，思绪如野马奔腾，直到李阿姨满眼焦急地看着她，又给陆池舟递了车钥匙和她的包，急切叮嘱："路上小心。"

"这是……"

陆池舟认真看她:"我送你去医院。"

裴恬:"啊?"

陆池舟已经推开大门,将她抱紧了些,敛眸问她:"不是腿疼吗?"

她一激灵,连忙按住陆池舟的手臂:"等等!"

裴恬硬着头皮:"那什么,我又不疼了。"为证明这个事实,她甩了甩膝盖,"你看,生龙活虎。"

屋内顿时安静了。裴恬稍稍抬了抬眼,对上陆池舟如有实质的视线,轻声问:"你要不,放我下来?"

陆池舟闭了闭眼,轻吐了一口气。

正当裴恬以为他要放她下来时,腰上一紧,陆池舟收紧手臂,理所当然道:"下去干什么,不想多抱会儿吗?"

确实,这种不疼装疼的行为很可疑,陆池舟有充分理由认为她是蓄意接近,虽然她真的冤枉。不过既然陆池舟认定了她的罪名,那她就认了。

"确实。"裴恬眨了眨眼,"要不你抱着我来场马拉松?多多锻炼身体棒,毕竟你眼下青黑……"

话还未说完,裴恬就被扔到了沙发上。虽说是扔,但周围铺的俱是软绵绵的毛毯,裴恬打了个滚,又爬起来,无辜地歪歪头。

陆池舟仍伫立原地,只是,似是气得别过了头。

晚餐裴恬没在兰汀吃。在她提出回家的请求后,陆池舟没半分意外,拿了车钥匙:"我送你回去。"

回去有半小时的车程。A市华灯初上,裴恬撑着手坐在后座,让陆池舟做了回司机。

车厢内一片沉默,裴恬心中盘旋着的所有疑问,终于在只有他们两人时,达到了顶峰。

"想吃什么?"陆池舟问她。

裴恬并无吃饭的兴致:"我回家吃。"

听出她语气中的倦怠,陆池舟没再多问。这时,前方似乎堵车,陆池舟拉起手刹,车停下。连风声都消失了,一时间,整个车厢无比安静。

终究，还是陆池舟先开口："你没什么要问我的吗？"

裴恬抠了抠指甲："有啊。"

陆池舟轻点方向盘的指尖一顿："嗯。"

裴恬轻呼口气，咽下了所有她原本想问的话，因为她觉得那不是个适合讨论的话题。那些沉重的话题，她就算问了，也无济于事。静了片刻，裴恬问："我怎么才能成为大总裁，和你一样砸钱捧人？？"

陆池舟沉默了好一会儿，语气极缓："什么？"

"需要我重复一遍？"

良久，陆池舟失笑。他摇摇头，浓密眼睫低垂，挡住了眸中情绪。

"成为大总裁还比较遥远，"他答，"但砸钱捧人简单一点。"

"怎么？"

"你可以试着求求我。"

"我呸，"裴恬怒了，"丑陋！"

陆池舟低笑了声："你有喜欢的明星？"

"当然。"裴恬转了转眼珠，意有所指道，"我喜欢的可都是些有颜值、有实力的演员。"

"哦？"

"反正和你喜欢的不一样。"

陆池舟不动声色："你知道我喜欢什么样的？"

裴恬啧了声。

"你是想说唐羽？"

裴恬轻哼："你自己心里清楚。"说完，她似乎听到了一声极轻的笑。

从后视镜里，裴恬能看见男人染笑的眉眼，似乎说起唐羽是件非常愉悦的事情。她在心里翻了个白眼，手指揪紧了裙摆。

听见这话，陆池舟语调慢悠悠的："我应该没有你清楚。"

"确实。"裴恬冷笑，一字一顿道，"您可是，当、局、者、迷、呢。"

前头的路况似乎好了，陆池舟重新挂挡开车，一时没有回答。裴恬撇过脸，降下车窗。凉风拂在面上，心里那点小小的郁闷也降下去了。

果然不是什么好东西，陆池舟就是只没眼光的孔雀！明明周以晴演技好人又漂亮，怎么就没人捧呢？！

裴恬还在心里吐槽，轿车已经驶进明江公馆，缓缓停在她家门口。她开门跳下车，正要挥手说"拜拜"，陆池舟突然摇下车窗。

夜色笼罩下，他的面色半明半暗，眸色很深，黑得窥不见一丝情绪："天启和唐羽团队是合作关系。"

裴恬眼睫动了动，张唇想说话，却听陆池舟的声音哑了些："唯一的目的便是争夺市场，以使利益最大化。"

凉风习习，使得男人低沉的声线有些模糊："至于当局者迷……"

这时，他停顿了好一会儿，缓缓吐出几个字："谁又是当局者呢？"

裴恬心一跳，不自觉地握紧手心，随后堪称慌乱地挥手，落荒而逃。

裴恬到家时，裴言之正坐在餐桌旁吃饭，听到声响，望过来："你怎么回来了？"

裴恬无力地往沙发上一倒："吃饭啊。"

"没留你的饭。"裴言之慢悠悠地喝下最后一口鸡汤，"你妈出去逛街也没回来，所以宋妈只做了我一个人的份儿。"

裴恬倏地抬起脑袋，幽怨地嘟囔："我有说晚上不回来吃吗？"

"我猜的。"裴言之放下勺子，轻喷了声，"你以前去池舟那儿，哪舍得回来？"

他站起身，抬步坐到裴恬身旁，不客气地敲她脑袋："起来，压着我文件了。"

裴恬撇撇嘴，默默起身挪到一边。

裴言之弹了弹纸张："都给你压皱了。"

裴恬哼了声。

宋妈收拾完碗筷，问她想吃什么，然后便去煮面了。

裴恬正躺倒放空自我，冷不丁听裴言之问："你今天怎么样？"

"啊？"裴恬蒙了一瞬，电光石火间，想起裴言之昨天对她的叮嘱，这才全部串了起来，她坐直身体，"爸，你是不是早就知道什么？"

裴言之抬眼："哦？"

"就，挽月阿姨她……"话没说完，裴恬对上裴言之的视线，止住了话头。裴言之是知道的。

"爸，你为什么不和我说？"裴恬眼睫颤了颤，神情低落。

裴言之沉默了会儿，看了眼受了极大打击的闺女，没再继续这个话题："以后多去陪陪你挽月阿姨。"裴言之拍了拍裴恬的肩膀。

裴恬垂首，低低"嗯"了声。

裴言之思忖了会儿，道："池舟这些年不太容易。"

裴恬倏地抬眼，指尖不自觉地握紧。

裴言之用手指比了个小小的距离，这么多年，他难得替陆池舟说了回话："所以，你可以稍微原谅他那么一点点。"

《危险关系》的试戏在次日上午九点。

许之漓凌晨两点到的 A 市，六点就起床化妆，七点准时给裴恬提供贴心叫醒服务。八点半时，许之漓踩着高跟鞋，风风火火地拖着睡眼惺忪的裴恬，去了试戏所在的酒店。

"为什么，为什么这么早？！"裴恬揉着眼睛，有气无力地哀号着。

许之漓一只手挂着裴恬，另一只手拎着包，高跟鞋踩在地上嗒嗒响，口中念念有词："这次我一定行，我肯定行，我必须行。"

裴恬还在嘀咕："我好困，我为什么这么困，我想睡觉怎么办？"

许之漓："那什么唐羽，什么郭盈，谁都别想和我争，这个角色非我莫属。"

两人的交谈完全不在一个频道，倒也意外和谐地一路冲到了试戏酒店的门口。

这次，裴恬是作为许之漓的助理来的，手中还拎着她的包。这是她第一次来试戏剧组，新奇战胜了困倦，跟在许之漓身后四处张望。

此时屋内似乎在试别的戏，还没轮到许之漓。而许之漓在圈内认识的人也不少，见着面后就开始互相寒暄，随后不动声色地打探消息，三句话暗藏一个讥讽，上到导演下到竞争对手，全都摸了个遍。

说到女主人选，和许之漓交谈的这几个小演员心照不宣地嗤了声，随后几人互相交换个眼色，靠近围成个圈。裴恬当即明白，这是要开始说坏话了。

几位小演员，只有许之漓有她这么个"助理"，于是裴恬自觉地点点头，后撤一步帮忙望风，但她们谈论的声音还是传进了她的耳朵。

"今天我看到唐羽身后那位亲自来镇场了，看来这女主角是非她不可了。"

"是不是中年秃顶大肚腩？"

"还真不是！今天我只看到个背影，身高腿长，光这身材，唐羽也不吃亏！"

"那谁也是真不挑。"

这天聊起来颇有些没完没了的趋势，逐渐跑偏，后面的内容少儿不宜。

裴恬有些听不下去了，往后退了一步。

好在后续的内容许之漓也不感兴趣，默默退出了这个情报中心，开始另觅目标，她一边找一边和裴恬耳语："你那小'童养婿'怎么对唐羽这么上心？"

裴恬正在环顾，找着周以晴的身影，随口答："我觉得，他应该是对钱更上心。"

许之漓正要答话，突然听见剧组人员传话，意思是女三号的试戏正式开始，请试戏人员开始准备。

听到这个，许之漓深吸一口气："恬恬，你先四处逛逛，我找一下状态。"

裴恬求之不得，连连点头，在脑袋上比了个爱心，笑容可掬地说："漓大明星，漓大女神，你永远是我心中的超级巨星！加油加油！"

许之漓回赠比个爱心，两人相互对视一笑。

她们站的地方还算隐蔽，周围有绿植遮挡，所以并没有看到人，直到拐角处突然传来一声好听的轻笑。

16

那是道非常悦耳的女声，仅是这么随意一笑，都带着百转千回的缱绻。

闺密俩放飞自我的言论被人听了墙脚，裴恬和许之漓两两相望，分别从对方眸中看到了尴尬。

"我先走了。"许之漓和她比口型，转身走得毫不犹豫，没一会儿，就不见了人影，只剩裴恬和绿植后那不知身份的女人。这时，侧后方传来高跟鞋嗒嗒作响的声音，裴恬看过去，瞳孔微微放大，一时间，连呼吸都屏住了。

女人穿着一袭墨绿色旗袍，乌黑的长卷发垂在身后，衬得身材凹凸有致。

她不是别人，正是裴恬最喜欢的演员之一，周以晴。

裴恬心中疯狂尖叫着"美女美女，我爱美女"，面上却一派沉着冷静，抬起微抖的手，从包中摸出笔记本和笔，迎着周以晴的目光："周，周老师，能给我签个名吗？"

似有些讶异，周以晴挑了下眉："你认识我？"

裴恬拿着纸、笔上前，眼睛一眨不眨地盯着美女侧脸，重重点头："当然认识！"她搓搓手，"我好喜欢您的《枪声》，我是您的小粉丝！！"

周以晴笑了，爽快地接过笔记本，认真地签上自己的名字："谢谢喜欢。"

裴恬美滋滋地接过笔记本，快乐得简直要原地蹦起来，当然她也确实这么做了，蹦跳着在头上比了个爱心："周老师试镜加油！"

周以晴眸色微动，染上温柔的色彩，便是冷艳的五官也柔和了许多："谢谢你。"

"不客气！"裴恬笑着摇摇手，"周老师，我不打扰您准备啦，拜拜。"

周以晴弯唇，点了点头。

拿到周以晴的签名，裴恬飘飘欲仙，足尖转着圈，恨不得当场跳个舞。蹦跳着穿过长廊，再左拐右拐好几个弯，走着走着，待回过神时，裴恬才发现，她找不着路了。酒店的装修风格统一，她根本不知道许之漓大概在哪个位置。

这里是个专门给剧组做筹备和试戏的酒店，平时就有不少剧组，人员流动量也很大。周围都是生面孔，各自行色匆匆，手上都有忙不完的事。

裴恬在原地愣了会儿，正准备导航找找位置，突然身后传来一道雄浑的男声："你，过来一下。"

裴恬回头，看着朝她走来，步伐铿锵的男人，疑惑地看了看周围。

"别看了，你，就是你。"

裴恬扭过头，指了指自己："我？"

男人走近，上下打量了眼裴恬，目光扫过她脖子上的工作证："没错，就是你。"似乎有什么急事，他背过身招招手，"跟我过来。"

裴恬愣了下，看了眼脖子上的绿色工作证。这是许之漓让她戴的，说有一种仪式感，让人一看就知道她是许之漓的人，但好像刚好和剧组的工作证同色系。

男人这架势，一看就是哪里缺人需要抓壮丁。裴恬想了想，默默往后退了一步。

似察觉到裴恬并没有跟上，男人倏地扭头，风风火火地走回来："快点啊，别愣着了，女二号试戏要开始了！投资方都来了，拿出点状态来！"

"女……二号？！"裴恬眼睛亮了亮，脚尖不自觉地动了动。

"是是是，快点快点，跟上。"

裴恬："来了来了！"

试戏环境是封闭的，除了评委和试戏人，其余人都进不去。虽然不知道要干什么，但这回，她可以现场观摩周以晴演戏，这是何等千载难逢的机会啊！

裴恬兴奋地跟在男人后头，走到一道门前，却见男人突然转过身："我是剧组副导演，你叫我胡导就行。进去后少说话多做事，听到没？"

裴恬："好的，胡导。"

"好几个角色在试戏，本来人手就紧张，现在投资方还来了。"胡导长叹口气，瞥她一眼，"会泡茶不？"

"会，"裴恬点头，自吹自擂道，"我泡得可好了。"

许是见她态度良好，胡导点了下头。

"你进去后就负责打打杂、倒倒茶，如果投资方有什么别的要求，时刻放机灵点儿。"

裴恬："明白！"

胡导点头，突然放低声音，指了指天花板："这回来的是高层。"说着，他仔细看了眼裴恬的工作牌，"你叫什么？"

话未说完，工作牌上"许之漓专属小助理裴恬"几个字便映入眼帘，胡导的嘴角向上抽了抽。但好不容易拉来的苦力，哪有不用之理？

胡导看了眼裴恬，心中小算盘打得啪啪响。这形象、这气质，可能会把投资方哄开心了。

"裴恬是吧？我就看你机灵。"胡导直接打开门，指了指茶水柜，语速极快，"你先去泡茶，再把桌椅摆放工整，A4纸和评分表一位一份，试戏二十分钟后开始，一会儿来人了，学着看着点眼色。"

裴恬："好的好的。"

看得出胡导是真的忙，交代完毕后便匆匆离开了。

裴恬根据他的吩咐做完了所有流程，看了眼时间，还有几分钟，于是摸出手机，在超话发了篇微博。

> 我拿到周老师的签名了！！等下次拿到弟弟的签名，我一定要把它们放到一起！

附图便是周以晴的签名。

发完，裴恬便听到门口处熙攘的脚步声，接着，门被从外推开，一排人走进来，应该是导演组的人，刚刚的胡导也在。

裴恬连忙收了手机，微笑着抬手指引座位，到最后一位时，明显感觉不太对。银灰色的夹克衫，黑色工装裤，很赶潮流。裴恬试着抬眼，对上一张面无表情的俊颜，呼吸一窒。

竟然是江深！！

裴恬很是震惊，一瞬间，脑中放了场大戏。

江深来看女二号试戏，等于江深来看周以晴，等于江深想周以晴想得发狂！

仅是这么一想，裴恬的内心就激动不已，表现在面上，便是直勾勾地盯着江深不放，以至于没注意到最中间那个空缺的位置。

杨执跟在陆池舟身后，脑中还在思考他本次的打算。

掌珠作为《危险关系》最大的投资方，杨执本以为陆总的用意是捧唐羽，但现在看来，又不是这么回事。在定角过程中，陆池舟并未指定人选，反而抽休息日的时间，亲自来剧组观摩。

"陆总，唐羽团队的意思是想靠这次的《危险关系》更上一层楼，为冲击影后做准备。"杨执低声汇报，心中却觉得唐羽此番确实有些贪得无厌。这部电影整个掌珠都下了大资本，可不是随随便便的花瓶就能独挑大梁的。

果然，陆池舟脚步不停，连语调也未曾停顿："告诉他们，适可而止。"

杨执："是。"他不免有些忧心，"但如今天启的艺人里，又确实没有比唐羽咖位更大的女星。"

"不然，你以为我今天来干什么的？"陆池舟瞥他一眼，"我就不能选长相、演技都在线的演员吗？"

杨执："……是。"

嘴上虽这么说，心中却在腹诽，自家老板之前可不管什么演技、长相，他想要的，只有商业价值，以及如何将价值变现。现在这般，是被人洗脑了？

一路来到试戏厅门口，杨执当先推开了门，目光环视一圈，猛地顿住，定定落在江深旁边的那道倩影上。一开始，杨执还以为自己看错了，用力眨了眨眼，再一看，竟然真是裴恬，但这位小祖宗在干什么？！

倒茶！竟然在给江深倒茶！而那双大眼睛就盯着人家的脸，半秒都不舍得移开。

杨执自觉不能让自家老板看到这种画面，于是猛咳一声，几位导演的注意力被吸引，连忙起立欢迎他们。

恰在此时，江深提醒道："快满了。"但女孩明显还在神游天外，继续晃悠悠地倒着水。

别人都在客气等待投资人进场，于是，这二人的动静极其明显。

胡导眼神示意裴恬拿出服务的态度和热情，却见投资人迈着长腿走近，径直站了了裴恬身后。

江深也注意到了陆池舟，意识到这就是传说中的投资人，他郑重颔首，又敲了下桌子，低声道："别看我了，看茶杯。"

到这时，裴恬才如梦初醒，脑中的婚礼现场啪啦一声，碎了。一低眼，水都要溢出来了，手一抖，开水溅出来，白皙手背瞬间起了红点。

裴恬疼得紧皱眉，但怕把场面搞砸，终究没喊出声。她默默收了水壶，正欲道歉，却突然被人强硬地转过身，还没来得及惊讶，整只手便被陆池舟包在掌心。男人低眼，细细看了几秒，眸色难辨。

他声音硬邦邦的："自己去冲凉水。"

接收到老板的眼色，杨执连忙做出"请"的手势。

裴恬悄悄看了眼胡导，胡导惊讶得嘴巴都成了圆形，还在冲她比口型"快去"。

杨执带裴恬离开后，陆池舟走向给他预留的座位，却在经过江深时，面无表情地看了他一眼，那双隐在镜片后的眼睛黑若寒潭。

江深脊背莫名发凉，回了个客气的笑容，却没收获投资人一丝友好的回应。

17

裴恬跟着杨执出去，去洗手间冲了冲手。其实只是两个非常小的红点，那一阵疼过后，几乎没有感觉了，结果弄这样一出，几位导演看她的眼神都变了。

冲了凉水后，裴恬又被杨执硬塞了支烫伤药膏。这位大特助死死盯着她，非要看她抹上药膏才放她走。

裴恬一颗心早就飘到了试戏厅，生怕去晚了错过周以晴和江深同框，于是抹完药膏，飞快地跑了。

她从后门悄悄溜了进去，此时正有人表演，她放轻脚步，溜到了角落的茶水柜旁。

《危险关系》的女二号金玉是成长型角色，开始的身份是骄纵跋扈的大小姐，却被迫经历未婚夫牺牲、家破人亡、自己险遭凌辱的惨境，最后走投无路时毅然选择投军。

今天要试的这段戏，是大小姐在惨遭灭族时，被迫躲在家中的狗洞里，情状异常惨烈。演技不好，很容易是灾难，就比如眼前表演的这位，表情扭曲、五官乱飞，哭起来像笑，看不出丝毫绝望。

为表尊重，裴恬没笑，但忍得异常辛苦。

原以为没有人注意她，结果还没站定一分钟，裴恬就见陆池舟轻敲了下水杯，这是要加水的意思。

裴恬撇撇嘴，慢吞吞地走到陆池舟侧后方，悄悄瞪了眼他的后脑勺。她弯腰，正要拿过水杯，结果手中的水壶被男人一把接过。

陆池舟侧头，盯着她的手背看了几秒，半晌才移开眼，给自己加满水。

裴恬又准备去给其余几位倒水，还没动，几位导演已经自觉接过水壶："谢谢，我自己来。"

　　在场的都是人精，到这里，裴恬哪还能不明白，倒也乐得清闲。

　　裴恬又悠悠回到茶水柜边，观看每一位参演者的表现，但无奈试戏的人实在太多，且水平参差不齐，看了没一会儿，裴恬便觉疲惫，也一直没轮到周以晴。

　　等待间，放在口袋中的手机突然嗡了两声，裴恬转了转眼珠，背过身，悄悄拿起手机，却是微博回复——"深不可测的江江"评论了她的微博。

　　你见到周老师了？
　　没错！

　　回复刚发出去，她又收到了微博消息——"深不可测的江江"发来了私信。

　　你今天见到她的？
　　嗯，在《危险关系》剧组，今天周老师来试戏呢！她好漂亮！
　　那是自然。

　　裴恬正要偷偷将手机收回去，一抬眼，扫到低头偷瞄的江深，眼睛一亮，又发消息。

　　对了，你猜我今天还看到谁了？
　　谁？
　　江深啊！他亲自来现场看周老师演戏了！
　　你又看到了？别造谣。
　　谁造谣了，我就站江深后面呢。

　　消息一发出去，那头突然没了声响。

裴恬也没再回，收了手机，一抬眼，却直直对上江深的眼睛。男人睁大了双眼，一副见了鬼的表情。察觉到她的视线，江深猛地移开头，指尖颤抖地敲敲水杯，示意要加水。

裴恬重新拎着水壶过去，这回倒不敢再盯着人看了，却是江深一动不动地望着她。

被大帅哥这么看着，裴恬还以为自己脸上有东西，满是疑问地回看过去，江深却扭开了头。

真是奇奇怪怪的。

倒完水，裴恬正欲离开，却见陆池舟面无表情地敲了下桌子，力道不轻不重，前面试戏的演员都顿了下，几个导演询问般望着他。

陆池舟却是淡瞥她一眼，细长指尖指向侧首的茶杯，上面茶香袅袅，近满杯的茶水还泛着清透的绿。

裴恬面无表情地走到他身后。

陆池舟也没让她倒水，只是目不斜视地接过水壶放在桌上，不咸不淡道："你就站这儿。"

站这儿干吗？当护法吗？但碍于他是投资方，裴恬只好乖乖站在他身后，在没人注意时，悄悄瞪他一眼。

陆池舟的眼皮半垂下，板着张脸，整个人冷冰冰的。裴恬心中轻哼一声，不再看他，抬起眼目视前方。

此时门被推开，首先映入眼帘的是一双黑色的高跟鞋，映衬着雪白的小腿，再往上，是随着步伐摇曳生姿的旗袍裙角。

从进场开始，就不同凡响。

裴恬内心疯狂尖叫，与此同时，眼神火热地跳动在江深和周以晴中间，不停地冒着火花。

周以晴进行简单的自我介绍后，便开始了表演。

裴恬一直觉得，周以晴的能力始终被低估了，因为她很少拿到合适的角色。

这段情绪大爆发的戏，她演得并不用力，只是缩在那里，眼神从惊慌到空洞再到绝望，几个起落间，就能窥得无数种感情。到最后，前方是被大火燃烧的房屋，耳畔是盗匪的狞笑，而曾经风光无限的大小姐，只能缩在狗洞苟延残喘，所有的悲怆都凝聚在周以晴眼角的那滴泪上。

裴恬看得心都被拧得紧紧的，与此同时，她还不忘偷看坐在陆池舟侧首的江深。

区别于之前的懒散，此时的江深坐得笔直，专注地看着台前。那双眼眸漆黑深邃，仿佛隐藏着万千情绪，隐忍克制又深情。

这一刻，裴恬能写出几万本缠绵悱恻的小说。

江深一定爱周以晴！

裴恬的眼神灼热又滚烫，直看得江深受不住地别开头，懊恼地红了耳根，偏偏眼神还不自主地凝在周以晴身上。

裴恬忍不住捂着脸，望着江深傻笑，直到耳畔传来茶杯轻叩桌面的响声，伴随着陆池舟低沉冷淡的嗓音："倒水。"

裴恬正在兴头上，瞥了眼没喝几口的茶水："等会儿。"

陆池舟顺着她的视线看向江深，静静凝视几秒，眼神无半分温度。随即，裴恬听到声极其冷冽的轻笑，莫名眨了下眼。

恰到此时，周以晴的表演结束，款款起身，鞠了个躬。

满室寂静中，竟是陆池舟带头鼓起了掌，接着掌声由轻到重，停下来时，余音绕梁。

裴恬动了动拍红的指尖，欣慰地看了眼陆池舟。不容易，孔雀终于做了回人。

坐在陆池舟身边的，是整个剧组的导演赵平。表演结束后，赵平突然凑到陆池舟耳边低语了几句。

不知说了什么，陆池舟轻轻颔首，随后裴恬听到赵平说："感谢周小姐的精彩表演，我们非常认可你的表演能力，但现在有一个更适合的角色，不知道你愿不愿意再试一次戏？"

周以晴明显愣了下："请问……是哪个角色？"

赵平微笑："殷凝。"

话毕，裴恬都震惊了。殷凝！竟然是女主角殷凝！

周以晴瞳孔微震，蒙了几秒，才平静答："我愿意。"

赵平："明天上午九点，还在这里，欢迎你来。"

周以晴："谢谢您。"她动了动眼睫。在离开时，周以晴突然朝陆池舟的方向微鞠了一躬，顺便冲裴恬勾了下唇角。

陆池舟颔首，裴恬冲她挥了挥手，而裴恬清晰看见，周以晴关门前的最后一眼，望的是江深的方向，而江深似乎朝她轻眨了下眼。

没错！他们在眉目传情！周以晴也爱江深！

如果不是场面所迫，裴恬是真的想蹦起来欢呼一声。

试戏还没结束，之后又有表演者进来，但珠玉在前，这些都变得索然无味。

裴恬没了观赏的心思，一遍遍在脑中回放着刚刚的情景，眼角眉梢都在笑，但人类的悲欢似乎并不能共通。

与她的开心相对应，陆池舟浑身的气压越来越低，优越的下颌线条绷得很紧，定定瞧着前方。裴恬眨巴下眼，随后，默默往后退了一小步。

试戏是在半小时后结束的。

裴恬履行起自己的职责，上前收拾桌面。

胡导看了眼陆池舟的脸色，心脏悬得不上不下，干脆上前帮裴恬一起收拾。

裴恬冲他笑笑："谢谢胡导。"

胡导抹了抹头上的冷汗："不碍事。"

陆池舟依旧坐在原地。他没走，其余人都不敢走，只能帮着一起收拾桌面。

待所有工作做完后，陆池舟温声道："几位导演辛苦了，有什么事，我们之后再议。"

几人连连点头，一句废话不说地离开。

眼看江深就要走了，裴恬急了，拿着包就要冲上去，却被人拉住手腕。陆池舟声线冷淡，再也藏不住语气中的戾气："干什么去？"

男人的力气大到出奇，裴恬一时挣不开，只能蹙着眉头嘟囔："你先放开我，江深要走了！"

听到这话，陆池舟的眸色霎时变冷，哼笑了声："我要是不放呢？"

裴恬跺了下脚，恨恨一扭头，不管不顾地冲门口喊："江深！你等等！能不能给我签个名？！"

江深一回头，便对上陆池舟冷冽的视线，背后冷汗直冒。

几人僵持几秒，还是陆池舟先朝江深笑笑，只是笑容里并无半分温度："家里姑娘不懂事，耽误江先生时间了。"

话里话外都带着十足的占有欲。同为男人，江深哪里不懂，客气点头："陆总客气了。"

裴恬这才顺了气，但还是气呼呼地拿后脑勺对着陆池舟。

这都什么人呀？！专制！跋扈！

江深走来后，裴恬拿出周以晴签过名的笔记本，极其珍重地放他面前，又翻到周以晴签名的那页纸："你能在这里签吗？"

说完，裴恬绞着手指，紧张地观察着江深的表情。他没排斥！他没拒绝！他甚至就签在周以晴旁边！

江深全程目不斜视，只在签完后和裴恬有一秒的对视，随后顶着那位越发凛冽的眼神，疏离客气地转身离开，甚至还贴心地关上了门。

试戏厅里一时只剩下他们两人。

裴恬轻弹了下写了字的纸张，笑得眼睛满足地弯起。在她眼里，这跟婚书没什么区别，"晴深不寿"已经结婚了！

"就这么开心？"冷不丁地，陆池舟这样问她。

裴恬心情好，也不计较他刚刚的行为："当然开心啦。"

她将笔记本放进包中，随后站起身，懒洋洋地挥挥手："我走啦。"

还没跨出一步，一股大力从手腕上袭来，裴恬站立不稳，整个人往后栽倒。下一秒，她的后腰抵上坚硬的桌沿，一仰头，近在咫尺的是男人清晰的喉结，略沉的鼻息拂过她的发丝，铺天盖地都是属于陆池舟身上的气息。

似乎嫌她高度不够，陆池舟直接将她抱上了桌。男人微微俯身，双手放在她身侧，这样裴恬的视线才能勉强和他平视，也由此对上那双漂亮的丹凤眼，里面似翻滚着浓墨。

这样近的距离，带来了极强的压迫感，裴恬下意识要别过脸，却被男人温凉的掌心扶正。

"看我。"

裴恬呼吸微顿，冲他眨了下眼。

"江深好看吗？"

"还……还好。"

男人似从喉间轻呵了声，抬她下巴的指尖用了点力。

"你看清楚。"

"……啊？"

他又凑近了些，清浅气息拂过她的面颊，薄唇轻启——

"他有我好看？"

18

怦怦，屋内异常安静，静得裴恬听见了自己的心跳声，然后，脸颊涨红、升温、发烫。

陆池舟当然好看，长了一副最为标志的五官，肤白唇红，丹凤眼上挑，专注看人时，缠绵悱恻，一如现在这般。

裴恬的心脏跳得越来越快，整个人都处于一种陌生的局促和慌乱中。她揪紧了裙摆，又听见自己的声音："你好看。"

陆池舟依旧没什么表情，态度平常得好似她回答了一加一等于二般。

两人沉默了几秒。

裴恬面颊后知后觉地烧得滚烫，她有些恼地伸手推他："所以就这么个问题，你不好好问，搁这儿审讯犯人呢？"

陆池舟被推得退后一步，闭了闭眼，面色难辨。

裴恬抠了抠指甲，又偷瞄了眼陆池舟，他半垂着眼睑，若有所思。她开始思考陆池舟这么问的原因。难道是看到江深后，突然产生了容貌焦虑？

陆池舟坐在她面前的椅子上，散漫靠着，慢条斯理地松着衬衫的领口，柔声问："你喜欢江深？"

这样的角度，能让裴恬自上而下地看他，从优越的颅顶，掠过精绝的五官，再到平直的肩膀，以及松开的领口中裸露的锁骨。

裴恬耽于美色，心思全不在回话上，随口答："喜欢……吧？"作为粉丝，其实她更喜欢周以晴。

陆池舟抬起眼皮，扯了下唇，不咸不淡道："他就是你口中有颜值又有演技的演员？"

裴恬："应该算是吧。"

江深是目前国内影坛上为数不多有演技、有口碑的青年演员，也算达到这个标准了。

陆池舟哂了声，没再问，突然站起身："走了。"

"哦。"裴恬跟在他身后，觉得他可能是过于焦虑了，多了句嘴，"其实，容貌焦虑是每个人都会有的。

"他是明星，平时的妆发、搭配都有专门的造型团队……"

裴恬的话说到一半，突见陆池舟停下脚步，拧眉问她："你觉得我容貌焦虑？"随后又哂了声，"我需要容貌焦虑？"

裴恬愤愤道："你不需要，那你比什么比啊？"

陆池舟定定盯着她几秒，不停告诉自己要冷静。小时候就能将他气个半死，现在也不遑多让。

他闭了闭眼，轻呼一口气。终究是他太心急了，以至于随便一点风吹草动，都能让他自乱阵脚。

打断寂静的是裴恬的手机铃声。裴恬拿起手机，看到许之漓来电，按了接听键："漓漓。"

许之漓的声音很是雀跃："恬宝，你跑哪儿去了？我绕了大半天，也没找到你。"

裴恬抬眼，对上陆池舟的视线，又移到身后的房间号上："我在1609的门口。"

许之漓："等着宝贝儿，我来找你。"

挂了电话，裴恬看了眼还笔直站在原地的陆池舟："我闺密要来了。"

陆池舟不动如山，只淡淡瞥她一眼："所以呢？"

裴恬噎住，扭头翻了个白眼。

"你不忙吗？"裴恬瞥了眼站得老远的杨执，"杨特助在等着你呢。"

顺着她的视线，陆池舟望向杨执的方向。随即，杨执往后退了两步，不见了踪影。

陆池舟没说话，只低头，视线从她斜挎的小包上缓缓而过。裴恬被看得不自觉侧身，捂住了包。

陆池舟："把你本子给我看看。"

"你要干什么？"裴恬警惕了些。

"看看江深的签名。"

裴恬犹豫地摸出笔记本，拿出去前，忍不住问："你不会是连字迹都要和人比一比吧？"

陆池舟扯了下唇，直接从她手中抽出本子。

裴恬密切注视着他的动作。陆池舟却并没有往后翻，指尖在第一页停顿，随后从西装外套的口袋里拿出一支钢笔。

裴恬急了，怕他妒火攻心把签名毁了，两步上前："你要干什么？"

陆池舟抿唇，目光凝在第一页圆润小巧的"裴恬"二字上。下一秒，他握笔，流畅地在她名字旁写上："陆池舟"。

男人的字遒劲有力，入木三分，像他本人般锋芒毕露。

好看是好看，但——

为什么要写在她的本子上？！

陆池舟写完，把笔记本塞回她的挎包，语气里没一丝反省的意味："我比他好看，你怎么不问我要签名？"

她，从未见过如此厚颜无耻之人。

但这一行为好像满足了他某种莫名的胜负欲，陆池舟愉悦地弯起唇："我还有事，"又转身，语调慢悠悠的，"先走了。"

裴恬拿着本子，目光幽深，似能将男人的背影盯出个洞。

"哟，"直到背后响起许之漓的声音，她凑近看了看本子上的内容，扑哧一笑，"你俩签婚书呢？"

裴恬啪地把本子合上："什么啊！"她心里一阵难言的躁，"是他孔雀开屏。"

说完，裴恬恨恨地把本子塞回包里。

许之漓："你今天怎么见着他了？"

裴恬叹了声："别提了。"

闺密俩许久未见，出了酒店，在附近找了家中餐厅吃饭。直到菜上齐，裴恬才说完这一上午的经过，口干舌燥地吸了口橙汁。

席间安静了会儿。感受到许之漓如有实质的视线，裴恬疑惑地回望过去。

许之漓高深莫测地盯着她："你俩干脆在一起得了。"

"喀，"裴恬一口橙汁没咽下去，猛地呛了声，睁着圆圆的眼，"你说什么呢？"

许之漓一耸肩："你不觉得陆池舟今天是在吃醋？他是不是喜欢你？"

裴恬没回答，只安静地抽了张纸巾，擦了擦嘴。半晌，她抬眸，不是少女心事被戳中的羞涩，倒像若有所思的平静。

这时候服务员来上菜，打断了两人的交谈。

许之漓愣住，观察着裴恬冷淡的表情，一时有些意外。

她高中转来 A 市读书，和裴恬同班，再加上都处在同一个圈子，一来二去就熟悉了。而裴恬给她的第一印象，就是异常讨人喜欢，身边来来去去都围着人，任谁和她说话，裴恬都能笑眼弯弯地听着。那时候，班级里过节送贺卡，几乎所有人都会送给她。

明明家境优渥，却永远穿着整洁干净的校服，让人感觉不到丝毫的距离感。和她相处，就像泡在蜜糖水里一般上瘾。而到现在为止，也只有在提起陆池舟时，裴恬才会失了表面的温和体面，露出隐藏着的尖锐，就连"陆池舟"这个名字，也是在那天偶遇后，首次在裴恬口中听到。

许之漓夹了个鸡腿给裴恬："咱不说男人，换个话题。"

"不，"裴恬又拿起菜单，点了几瓶酒，"我要说。"

许之漓见她点酒："你还要喝酒啊？"

"嗯。"裴恬咬了口鸡腿，"喝了酒，就能放飞自我，骂几句脏话了。"

许之漓："成，多开几瓶！我陪你骂！"

服务员上了两瓶红酒。

裴恬撑着头，看着汩汩的红酒倒入透明的酒杯。

许之漓："你以前怎么从没和我提过这号人？"

裴恬只是笑："坚决要离开的人，我说他干什么？"她放下酒瓶，在桌上比画了长长一条线，"当年我初三毕业，从 A 市追到 M 国。

"求他回来。"

许之漓愣住："陆家的事，连我最近也有所耳闻，他当年有什么苦衷吧？"

裴恬仰头，喝了口酒，嗤了声："他有苦衷，和我要他回来，有什么关系？"

她语气堪称狂妄："他要是愿意回来，我家能眼睁睁看他出事？"

裴恬低头："但他就是不和我走。"顿了顿，连声音都哑了，"说白了，我就是可以被丢下的。"

许之漓的心揪了起来："你……喜欢他吗？"

这一回，裴恬沉默了许久。

"喜欢"这个词，过于单薄。一个陪伴着长大的人，那样复杂的感情，又怎能用一个词来概括？

她抱着酒瓶发了好几秒的呆，突然轻佻地笑出声："自然喜欢。他那张脸，多好看啊。"

"噗，"许之漓伸手掐她酡红的脸，"小花痴。"

"食色，性也。花痴怎么了？！"裴恬也不躲，恼怒地拍了下桌子，"他就是抓准这点，使劲儿勾引我。"

许之漓一挑眉："怎么勾你了？"

裴恬已经喝上头了，掰着手指数："他天天打扮得很好看在我面前晃，当我面脱衣服，叫我小祖宗，还有公主抱……"

"这……"许之漓倒吸一口气，用手捂住唇，兴奋地补出后面的话，"谁顶得住啊？！"

"没错。"裴恬点点头，眼尾殷红，似猫儿般媚。她苦恼地敲了敲昏沉的脑袋："我快顶不住了。"

许之漓听得津津有味，又夹了块鸡肉放在裴恬的小碗里，笑眯眯地问："那要真的顶不住了，怎么办？"

裴恬鼓着腮，玻璃球般的眼珠染上迷茫，她吸了吸鼻子："那要……怎么办呢？"

许之漓察觉，裴恬是真的喝多了。

说了上句，迟迟不见下句，等去看她时，女孩拿筷子戳着碗中的鸡块，看起来还在思索。

"算了，"许之漓摇摇头，无奈点了下裴恬的鼻子，"小酒鬼。"

恰在此时，裴恬突然抬头，眼眸闪着亮光："我知道要怎么办了！"

"嗯？"

裴恬一手一根筷子，扒开鸡皮，露出晶莹的鸡肉，恶狠狠道："顶不住就不顶了，他要再敢勾引我，"裴恬将鸡肉送进口中，用力嚼了嚼，"我就把他——

"关房子里。"

许之漓震惊地张大了嘴："然后……"

"这样、那样。"

裴恬咽下鸡肉，无辜地歪了歪头："让他这辈子都逃不出我的五指山。"

许之漓发誓，她以后再也不会带裴恬喝酒了。酒量不大却喜欢喝，几口就醉，还一点都不乖，抱着酒瓶不撒手。

她费尽九牛二虎之力，才将神神道道的女孩半搂起来，带到车上，却未曾注意她们走后，隔壁卡座里站起的顾长身影。

许之漓应是叫了代驾，车子一路行驶，进了明江公馆。

直到车越行越远，不见影的时候，陆池舟才出声："走吧。"

司机应答："是。"

酒精催发了异常多的情绪。一路上，裴恬昏昏沉沉的，一直在做梦，甚至梦到一件很久之前的事情。

初二结束的暑假，裴恬按惯例在陆池舟家写作业。那年夏天格外热，陆宅墙面上错落的爬山虎已经长到陆池舟的窗台前。

裴恬撑着头，看着作业本昏昏欲睡，直到脑袋被人毫不客气地一敲："又错了。"

裴恬被吓得一激灵，瞌睡虫跑了大半，她垮着脸："要不，明天写吧。"

陆池舟将手中的西瓜汁放在她面前："你昨天也是这么说的。"

"啊啊啊！"裴恬哀号一声，猛灌口西瓜汁，"这不刚放暑假吗，为什么要写作业？"

陆池舟根本不看她，兀自坐在一边玩手机，轻呵一声："现在不写，之后给宋子墨写，是吗？"

宋子墨是她另一位发小。

而因为有过前科，裴恬当即心虚得不敢吭声。

那该是陆池舟最闲的一个暑假，拿到了顶尖学府的录取通知书，除了陆老有意给他安排的公司业务，基本没什么事，所以可以经常看着裴恬写作业。

这才刚放假，谁想写作业？裴恬抓着头发，简直快被逼疯了，好在陆池舟突然接到一个电话。挂断电话后，他说："我有事，先出去一趟。"

裴恬连连点头，嘴角的笑意快要飞上天。

似是猜到她在想什么，陆池舟扭头，补充道："我马上就回来。"

裴恬满脸认真："嗯，我一定会好好写作业的。"

门一关上，裴恬就甩开笔，随后从书包里摸出一本漫画。这是她初中同桌悄悄塞给她的，说里面有意想不到的好东西。

裴恬吸着西瓜汁，有一页没一页地翻着，没一会儿，就嫌坐椅子上不舒服，把脚放在了书桌上。又过了一会儿，她干脆靠在床边，但到底没有躺着舒服，看了眼静悄悄的门口，又胆大包天地爬上了床。反正，只要她不在上面吃东西，陆池舟从来都是睁一只眼闭一只眼。

但这漫画实在不太好看，异常久远的言情故事，没看几章，裴恬的眼睛就睁不开了。

在睡着前，她还想着，一听到门口的动静，就赶快下床，但最后的结局自然是异常惨烈。

她这一觉睡到了快天黑，懒腰伸到一半，便对上少年面无表情的脸。

裴恬动作一顿，视线下移，落在他手中拿着的漫画书上，定格。

上面白花花一片……

这不是言情故事吗？！

见她还在看，陆池舟啪地合上书，冷声问："哪儿来的？"

"冤枉啊！我还没看到那里！"裴恬急得面红耳赤。

陆池舟："我问你，哪儿来的？"

裴恬很小就知道"男女之间要睡一起做很亲密的事才可以怀宝宝"，生物课上老师也系统地讲解了这个过程，但从未如此直观地看过画册里的场景。而这种难言的羞耻感，不知为何，在面对陆池舟时，达到了顶峰。

"我同学给我的。"

陆池舟直接将书丢进垃圾桶："男的女的？"

"女的。"

"以后不许看。"陆池舟的语气缓了些，如玉的手指敲了敲椅子，"过来写作业。"

裴恬撇撇嘴，不情不愿地起身。刚动腿，她便觉得腿间有股异样的湿润感，奇怪地低头一看，瞬间煞白了脸。

早在几年前，程瑾就和她说过初潮的事情，几乎是瞬间，裴恬就明白了这是什么。

陆池舟的床单是深灰色，但再深的颜色，还是能看出被浸透的痕迹。

刚下肚的西瓜汁似乎起了作用，疼痛渐渐袭来，小腹传来下坠般的胀痛感。

从被发现看成人漫画，再到来初潮，最后甚至弄到了陆池舟床上，几番打击下来，裴恬心中那种难以名状的羞耻感达到了顶峰。她低头，蜷缩起膝盖，眼泪突然模糊了视线。

久久的安静让少年发现了不对劲，他走近，语调紧紧绷起："怎么了？"

裴恬别过脸，羞耻到说不出话，只是眼泪掉得更凶了。

陆池舟蹙紧眉，想抬起她的脸，却被避开了。

"我不凶你了。

"也不逼你写作业了，行吗？"

裴恬语句断断续续的："你，你把挽月阿姨喊来。"

"我妈出门了。"

"那你随便喊个阿姨上来。"

"到底什么事？"

裴恬深埋住脸，想着这事怎么也瞒不过去，只用气音说："我把你的床弄脏了。"

陆池舟吐了口气："我来换就是。"

裴恬摇摇头，死死咬住下唇："我是把……那个，弄到你床上了。"

屋内一片安静。

裴恬硬着头皮抬起眼，却对上一双同样无措的眼，以及少年绯红的耳根。她低眸，心脏跳得飞快，脸颊也烧得通红。

陆池舟喊来阿姨给她拿了卫生棉，等裴恬弄完时，陆池舟正在铺新的床单，两人目光一对上，又同时移开眼。

后续的事，裴恬也记不清楚了，但梦境并没有结束。

就在此时，少年陆池舟的眉眼渐渐模糊，下一秒，突然跳跃变换，变成了如今陆池舟的模样。还是年少时的那张床，男人却着衬衫、黑裤，又开腿半倚在床边。细长的手指摘下眼镜，那双隐在镜片后面的黑眸显露出来，就这么直勾勾地望着她。

　　再后面……

　　"裴恬！"犀利的女声打破了梦境中的旖旎，强行将裴恬拉回现实。她艰难地抬起厚重的眼皮，对上程瑾板着的脸，然后手里被塞了碗醒酒汤。

　　裴恬捧着醒酒汤呆了好半晌，突然低头捂住胸口，那里依旧跳得飞快。少女时代的悸动混杂着如今暧昧的奢想，成了种异常难言的羞耻感。

　　程瑾在她耳边唠叨："大白天就喝酒，还喝成这个样子！要不是滴滴好心送你回来，你今晚就睡大街吧！"

　　"我错了。"裴恬回神，舔了舔唇，吞吞吐吐道，"那以后，我晚上喝？"

　　程瑾被她气得深吐一口气，恨恨地杵了下裴恬的额头："我真恨不得马上把你嫁出去，好落个清闲。"

　　裴恬吐吐舌头，圈住程瑾的脖子："就不嫁，要烦你一辈子。"

　　程瑾被磨得没了脾气，只好无奈地摇头："快点把汤喝了！"

　　裴恬喝了汤，便被程瑾扫地出门，打包送到了学校。

　　次日。

　　周一下午的课刚结束，裴恬便在路上收到了许之滴发来的消息：宝！我好像拿到角色了！

　　裴恬开心地瞪大眼睛，直接打了电话过去："滴滴，恭喜你啊！"

　　许之滴的声音听起来很轻快，她迟疑了会儿："其实还没完全定。"

　　裴恬皱了下眉："什么叫还没完全定啊？"

　　许之滴轻咳了一声，压低声音："是这样的，我经纪人和我说，剧方很看重我的表现，但目前还在我和另外一位之间犹豫。"

　　"然后呢？"

　　"我经纪人安排我今晚和上边吃个饭，送点礼。"

　　裴恬一怔："这样靠谱吗？"

　　许之滴笑："放心啦，梦姐很靠谱的。"

梦姐大名叶梦，是许之漓的经纪人。当初许之漓偏要逐梦演艺圈，许家几乎将她的路堵死，只有当时名不见经传的叶梦接手了她。这两年，许之漓在她手上，也渐渐有了起色。

裴恬曾见过叶梦寥寥几面，心里已经对她有了功利性过强的刻板印象。

她压下心中的担忧："你晚上在哪儿？给我发个地址。"又道，"大概什么时候结束？我去接你。"

"在隆江酒店。"许之漓笑眯眯地报了酒店名字，又软声道，"恬宝，有你真好，满满的安全感。"

裴恬莞尔："你知道就好，一定要注意安全。"

裴恬去食堂吃了饭，想着时间还早，又去超话看了看，恰巧"深不可测的江江"发了博，只有简单的两个字：满足。

配图是一条泛着褶皱的暗色床单，图片拐角处有一只雪白的柔荑，上面还泛着一圈被钳制的红，在图片的色调下，无端让人想入非非。

裴恬看了眼，默默点了个赞。她想起和这人的聊天莫名其妙地断在江深那里，于是又点开和他的聊天界面，发了一张图片过去。

另一边，江深套上卫衣，又回头掐起女人的下巴吻上去。

女人轻皱细眉，一脚踹过去，哑声道："滚。"

江深闷笑，挠了挠她的下巴。

周以晴眯眼，扫他一眼。

江深笑得胸腔直颤，眸光不经意扫到亮着的手机屏幕，随手拿米点开，突然坐直了身体。他将图片放大给周以晴看："这签名，你眼熟吗？"

周以晴瞥向屏幕，一愣："怎么回事？"

"昨天试戏，站陆总旁边那姑娘，你有印象吗？"

周以晴眸光动了动，温声道："她很可爱。"

"你别想了，"江深有些吃醋，"陆总把她看得可严了。"

周以晴见他幼稚的模样，好笑道："我能想什么？"

江深蛮横道："反正你不许喜欢别人，女生也不行。"似想起什么，他又道，"我是真佩服那姑娘，怎么看出我们的关系的？"

周以晴无声笑，拿被子掩过面："有些东西，藏不住的。"

"那我们的关系也不藏了，好不好？"男声低沉地哄。

良久，寂静的卧室传来一道沉闷的女声："不好。"

隆江酒店。

正是应酬的高峰期，酒店外成排的私家车横列，内部灯火通明，无一处不奢靡。

酒过三巡，饭局却始终没有结束的迹象，包厢内喧闹沸腾，烟气、酒气混杂，交织成一股令人作呕的气息。

许之漓用力掐着手心，以使自己保持清醒。今天组局的是电影的一个小投资方，外加几个剧组工作人员。

叶梦凑到她耳边："再撑一会儿，今天这饭局过了，角色基本就定了。"

许之漓闭眼，点了点头。

叶梦拉起她的手，冲主位的男人殷勤地笑："王总，我们之漓再敬您一杯。"

王总笑得见牙不见眼："好，很好，小许啊，我很看好你。"

许之漓强忍着不适，笑容已经挂不住了，直到叶梦按上她的肩膀，她才忍住没动。

王总的手不动声色地从酒杯杯沿拂过，随后拿起自己的酒杯："来，我们干杯！"

叶梦在看清王总的动作后，眼睫一颤，定定盯着许之漓的杯子。她抬眼，便对上王总警告的神色，而此时许之漓已经仰面，喝完了酒。

这之后，又是一轮喝酒。

许之漓能感觉到自己逐渐流失的力气和越发模糊的视线，她心中顿乱，颤抖着摸出手机：恬恬，你到了吗？

裴恬收到许之漓的消息时，已经站在酒店楼下。看见许之漓的消息，她蹙了下眉：我到了，你怎么样？

许之漓：八楼洗手间，你来接我吧。

看清这回复，裴恬心中一跳，不做犹豫，给保镖发了信息后径直进了酒店。她边走边问，终于到达八楼尽头的洗手间，看到了正趴在洗手台上半天未动的许之漓。她眼睫一颤，连忙上前，从侧方挽住许之漓。

许之漓眼角泛红，整个瞳孔都失了焦，裴恬一接过她，许之漓整个人都瘫在了她身上。

裴恬疼惜地拍她背，却见许之漓往她怀里缩了缩，声音极其沙哑："我被人下药了。"

"你说什么？"裴恬猛地瞪大眼。

就在此时，背后传来道猥琐的男声："小许啊，怎么去了这么久还没回来？我可是一直在等你呢。"

裴恬起了全身的鸡皮疙瘩，扭过头，冷冷道："你想干什么？"

王总脚步顿了顿，眼睛浑浊又淫邪："哟，又来了一个。"他满意地点点头，"正好，一个清纯，一个美艳。"

裴恬扶起许之漓，脑中飞快盘算着计策，半晌，勾出抹友好的笑："先生贵姓？"

"哈哈哈哈！"王总大笑，"免贵姓王。你要愿意，喊我声哥哥也行。"

"你真会开玩笑。"裴恬无语地扯了下唇。

王总又道："那小妹妹愿不愿意跟我去喝几杯？"

"好啊。"裴恬答应得异常爽快，抱着许之漓，跟着王总去了包厢。

在座的人谁不知王总今晚的用意，都带着看好戏的心情，没想到，这一回来，又带了个小美女。

看着满桌人不怀好意的笑，裴恬面色不变，只在视线掠过叶梦时，骤然冷了眉眼。

陆池舟第三次看了眼手表。

时针已经指向晚上九点，但饭局依然没有结束的迹象，他松了松领带，压下隐隐的不耐烦。

今天谈生意的客户极其难缠，又特别爱酒，几番推杯换盏后依旧滑如泥鳅，没有任何松口的迹象。到现在，饭局已经略微陷入了僵局。

"陆总，来来来，我们再碰一杯。"客户为他斟满酒，"喝了这杯酒，我们就是好兄弟，天南地北一句话！"

哪怕再疲于应付，陆池舟还是保持了基本的礼节，他扯了下唇，举起酒杯就要送进口。这时，耳畔响起道娇滴滴的女声："林总，我们陆总不胜酒力，您就别为难他了，这杯我来替他喝，您看成不？"

说话的是唐羽，作为天启目前风头正盛的女明星，公司有什么大的应酬，都会安排她出场。

看到唐羽强出头，林总哈哈大笑，兴奋地拍着唐羽的肩："陆总当真艳福不浅，还有大明星替你挡酒。"

陆池舟的表情并无半分波动，他仰头咽下酒："这杯我干了，林总自便。"

这意思就是对唐羽挡酒的明确拒绝。在场的都是人精，已经有人猜出陆池舟的意思是尽快结束饭局，因为再喝下去，毫无裨益。反倒是唐羽这横插一脚，打乱了节奏，更有没完没了的趋势。

唐羽笑容不变："陆总喝了，我也干了，林总，您自便。"

被对方公司这么捧着，林总自觉面上有光，笑得更加开怀，酒开了一瓶又一瓶。

这可苦了唐羽，被林总盯上，无奈地喝了一杯又一杯，到胃里泛酸都不见这条老泥鳅有任何松动。

她求救般看着陆池舟，换来的却是无波无澜的一瞥，男人并无半分想要插手或者照顾她的意思。明明她是想替他挡酒啊！

唐羽低眼，委屈涌上心头，时不时幽怨地看一眼男人的侧脸，却并未收获一丝回应。

酒过三巡，杨执接收到陆池舟的示意，前去大厅买单。付完账，在回包厢的路上，他不经意一扫，看见了道熟悉的倩影。

女孩穿着卫衣、牛仔裤，长发随着走动轻轻飘起，在这样的地方，显得格格不入。

杨执顿住脚步，又仔细看了眼，看清裴恬扶着个喝多的姑娘，陪她进了包厢，而裴恬身前，还走着个猥琐的老男人。

妈呀，这小祖宗又在干什么？！

杨执心惊肉跳，连忙握紧手机，偷拍了张照片，发给了自家老板。

不远处的包厢内，陆池舟看了眼突然亮起的手机。本只是无意识地一扫，却在看清图片内容后，骤然沉了眉眼。

林总还在说话，高亢的声音响彻屋内，唐羽脸色也不太好，却见满室喧闹中，主座的男人突然站起身，一晚上未有波动的脸色变得阴鸷非常。

唐羽心跳快了两拍，下一秒，男人极其简短地说了句话："有点事，失陪。"

须臾，陆池舟的身影已经走到门口，砰的一声，大门合上。

裴恬在心中默数，她在来前，就叫了保镖。

她爸裴言之因为身份关系，有着超高的风险防范意识，于是裴恬身边从小就跟着保镖。没想到，保镖跟了她这么多年，没起到什么保护作用，反而都用来砸场子了。

比如，今天这场子。

裴恬怎么想，都觉得不能让这群蝇营狗苟之徒畅快，一定要在他们最得意的时候来个当头痛击，于是她决定亲自拖延片刻，随后把他们的窝都端了。

但这以身犯险带来的不适程度已经隐隐超出了她的忍耐底线。比如，面前这长得像个癞蛤蟆的王总，除了丑，还恶心，说出的话时刻让人想拔刀。

王总操着自以为很帅的"气泡低音"："小妹妹，喝完这杯，想要天上的月亮我都给你！"

裴恬听得额角直抽。她盯着酒水，可以确定这杯酒没有问题，服务员新拿的杯子，酒杯也未经过任何一人之手。

酒杯碰到唇边，裴恬仰头喝下，大门处突然哐当一声，传来巨响，随后酒店厚重的大门震了三震，重重摔到侧面的墙上。

裴恬一喜，保镖大叔来得这么快、这么狠吗？！

裴恬的灼灼目光望向门口，看着门被彻底打开，露出了来人的身影。入眼，是被西裤包裹的笔直长腿。裴恬咽了咽口水，再往上，对上一双深若寒潭的眼。

男人微微侧头，视线定定落在她面上，片刻后缓缓下移，凝在她手中已经空了的酒杯上。

19

原本还喧闹的饭桌突然变得非常安静，众人都僵硬着姿势，愣愣地望向门口。似以为陆池舟是混社会讨债的，一时都没人敢说话。

最先出声的是裴恬，她动了动指尖，悄悄将酒杯藏进衣袖，硬着头皮迎上陆池舟的视线，提醒道："其实，门没锁。"

陆池舟偏过脸，深吸一口气，才勉强保持了冷静："过来。"

裴恬眨了眨眼，莫名感觉去陆池舟那儿好像也没什么好下场。她脑中正飞速寻找着对策，已经有人做了出头鸟。

"你谁啊你？！"自觉被侮辱到的王总抬高了声音，嗓音粗嘎地嚷嚷，"喝多了撒酒疯是不是？竟然敢来我的场地和我抢女人！"

这话一出，裴恬顿时尴尬得抠紧了脚尖。太土了！太恶心了！和这个王总多待一秒，都是场折磨。

但这种宛如街头混混的狠话，竟也成功激怒了陆池舟。

男人眯了眯眼，扯出抹极冷的笑，往前走近两步，居高临下地看着色厉内荏的王总，声音冰冷："你又是什么东西？"

而在此时，意识已经不甚清醒的许之滴似找到了共鸣，含混不清地嘟囔："就是，你算哪只臭蛤蟆？！"

这样临门两句话浇下来，让王总怒发冲冠，脸颊都涨成了猪肝色："你你你，谁给你们的胆子？！信不信，出了这个门，我就让你们在整个 A 市都混不下去！"

"到时候跪下来求我，我都不会原……呜……"话说到一半，王总张着被馒头堵住的嘴，气得直哆嗦。

裴恬放下叉馒头的筷子，忍无可忍道："行了，你少说几句吧，听不下去了。"

本来还剑拔弩张的气氛因为这一动作产生了不同的走向，席间已经有人忍不住，扑哧笑出了声。

"呜……呜。"王总眼睛红得快喷火，他喘着粗气拿下卡在嘴里的馒头，正要破口大骂，突然看见门口站着四个大汉，抱着臂排成一排，阴沉沉地盯着他。

陆池舟回头看到保镖，紧绷着的下颌才松了些，瞥了眼得意歪头的裴恬，摇了摇头，又低笑了声。

"你们想干什么？！"王总的底气散了大半，"光天化日之下，还有没有天理了？！"

裴恬扬眉："强叔，关门。"

叫强叔的保镖点头，走到门边时却犯了难："裴小姐，门坏了，关不上。"

随即便见裴恬气鼓鼓地瞪着陆池舟，细白指尖指着大门："你去把门抵紧了。"

满室寂静。

所有人都看着刚刚还满身矜贵的男人半句话不说，堪称纵容地搬了张椅子，坐在门边。

关门这一举动，让席间其余人焦躁起来，有人口不择言："我们真的什么都没做！你们要敢做什么，是违法的知不知道？"

裴恬漫不经心地吹吹指甲："一个一个报。"

"报、报什么？"

"报我们滴滴和你们喝了几杯酒。"

众人脸色一变。今晚在场的大都是男士，在王总的授意下，自是毫不客气地灌许之滴酒。

裴恬："不说是吗？"顿了几秒，她语调陡然转厉："强叔，你说怎么办？"

"打断腿再赔点钱。"强叔将手背在身后，中气十足地呼喝。

这一唱一和，将饭桌上的几个男人说得脸色泛青。

女孩一本正经威胁人的模样像只凶巴巴的小奶猫，陆池舟懒散地靠在椅上，实在忍不住，偏头挡住弯起的唇。

终于，有人顶不住压力："三、三杯。"

裴恬点头微笑："很好。"她淡淡道："强叔，给这位先生开三瓶啤酒。一口气喝完，你就可以走了。"

说话的人连连点头："好，好，我喝。"他灌得很急，到最后憋得脸通红，酒渍顺着嘴角下流，整个人丑态毕露。在他之后，有五六个人陆陆续续地报出杯数，离开时满身狼藉，面目丑陋。

越到后头的人，喝的酒越多。

裴恬眉眼中的笑意也消散得干净，心疼地看向一旁意识模糊的许之滴。

到最后，席间只剩下脸色煞白的王总和叶梦。

"梦姐，你带滴滴上去开个房间休息，"裴恬面无表情地瞥向她，"照顾好她。"

叶梦自是连连点头，搀着许之漓离开。

裴恬又看向另一个保镖，眼神示意他跟上。

二人走后，只剩下王总一人。他彻底露了怯，扶着椅子往后缩，强自镇定道："你们到底是谁？报上名来！"

裴恬跷起腿，嗤笑了声："裴言之知道吗？"她抬起下巴，倨傲道，"他是我爸。"

王总浑身一颤，眼神下意识落在裴恬身后的陆池舟身上。男人站得笔直，单手扶住女孩身后的椅背。

仿佛才察觉到他的视线，陆池舟淡瞥他一眼："裴言之知道吗？

"他也是我爸。"

裴恬听了这话，倏地扭头，看向不知何时已经站在自己身后的陆池舟："谁是你爸了？！"

陆池舟长指立在唇边，"嘘"了声，俯身凑近她耳边，他身上淡淡的酒气轻轻拂过她鼻畔。

裴恬握紧了指尖，微微侧开了脸。

男人压低声音，慢悠悠道："我身边也没什么厉害的人，借你爸用用。"

他今天也是不要脸的一天。

"我呸！"裴恬气呼呼地鼓腮，"这么想认爸，你怎么不姓裴？"

陆池舟还真思考了几秒："也不是不可以。"

裴恬握紧拳头，咬牙切齿道："我有正事，你别捣乱！"

"行，"陆池舟轻笑一声，手肘撑在她背后的椅背上，懒洋洋地应了声，"那等会儿再说。"

眼前的二人完全没把他当回事，钝刀子磨肉的感觉异常难捱，王总背后冷汗直冒，偏偏因为"裴言之"三个字不敢轻举妄动，深深咽下这口恶气。

"你今天给漓漓下了什么药？"说到这个，裴恬脸上已经没了半分笑意。

王总张唇刚想狡辩，裴恬当先道："想清楚再回答。"

"就，就一点助眠的药。"

裴恬的脸色越来越冷，突然扭头问陆池舟："要是你，你会怎么办？"

陆池舟的指尖轻点椅背，突然低笑了声，语气无波无澜，好似谈论今天天气般回答："王总既然这么爱下药，十倍剂量还回去岂不更好？"

说实话，裴恬想了好几种处置方法：把他打一顿，拍丑照，甚至灌酒，送警局，都没陆池舟这个狠。

助眠药物短时间内大量摄入，不死也要去掉半条命，对面的王总显然已经害怕得快要翻白眼了。

裴恬盯着男人流畅的下颌线，脊背微微寒凉，面无表情道："说得很好，下次不许再说了。"

陆池舟扬唇，倒也不在意："听你的就是。"

她扭头看向王总，笑眯眯道："别怕，法治社会，我们是守法公民。"

"所以劳烦王总进一趟局子啦。"裴恬一歪头："强叔，报警吧。"

强叔当即拿起手机："是。"

王总："别，不行，裴小姐，不要报警，我们私了，多少钱我都赔。"

像他这样的人，因为这种事进了局子，那以后还怎么在生意场上混？

"可是王总，我不缺钱啊。"裴恬晃了晃腿，慢悠悠道，"你看我缺什么呢？"

"男人。"王总涨红了脸，有些口不择言，"你要什么姿色的，老的、少的，我都能给你弄来！"

裴恬有一种被冒犯的感觉。

"强叔，"陆池舟面无表情，声音冷冽，"把他嘴堵了。"

"是是是。"

王总的嘴被堵上后，室内恢复安静。

等待期间，裴恬靠在包厢的小沙发上闭目养神，她瞥了眼坐在对面的陆池舟："你怎么在这儿？"

"有应酬。"

"哦，"裴恬应了声，"应酬完了？"

似是为了回应她的问题，下一秒，一道娇柔的女声响起："陆总，整个包厢的人都在等您呢。"

听到这声，裴恬倏地睁眼，看向门口。

包厢门因为合不上而虚掩着露出一条缝，酒店经理候在门外，来来往往的人都会往里看一眼，又没人敢多管闲事。而此时，唐羽身着黑裙，妖娆地立在门外。

原来，是这种应酬。

裴恬扭过头，低垂下眼，嗤笑了声："快去吧陆总，都在等着您呢。"

陆池舟未应声。他半晌没动，若有所思地观察着女孩含霜的眉眼，看了好几秒，突然半垂下眼睑，挡住眸中的笑。而唐羽站在门外，透过开着的缝隙，看到了内里靠在小沙发上的裴恬，以及……就坐在她对面的陆池舟。

男人面上是她从未见过的柔情，漆黑如墨的眼眸定定盯着女孩。二人仅是同在一处，哪怕不说话，都带着外人无法插足的和谐，一如很多年以前。

唐羽握紧手心，更加放柔了嗓音："陆总，您听见我说话了吗？需不需要我重复一遍？我们大家都在等您呢。"

裴恬一眼也没看门外，手肘撑起头，眉尖紧紧蹙起，但那道女声依旧如魔音般不停入耳。明明是娇柔的嗓音，听在耳中竟生出一股说不出的躁。

裴恬想，可能是那杯酒起了作用，使她整个人都变得异常烦躁，胸腔中翻滚着排山倒海的恶意，直到耳边传来渐远的脚步声，原本坐在她面前的男人突然走向门边。

这一动作似乎踩着了引爆点，裴恬突然就炸了，就像五年前那般，顷刻间失去了所有理智。

她猛地站起身，哑着嗓子冲门口喊："陆池舟！

"你今天要是敢走，就不要回来！

"永远不要回来！"

第三章

送你颗心，喜欢吗

20

酒是罪恶的源泉。

喊完这中气十足的三声后，裴恬额角跳动三下，突然就清醒了。她迷糊地眨眨眼，有种灵魂出窍的恍惚感，倏地回忆起刚刚口不择言放出的狠话。

不，那不是她！

裴恬脚尖抠紧，抬头看看陆池舟。

他就距离她几步远，并没有动，但那双眼眸隐隐跳动，深不见底。

裴恬突然不敢再看，她懊恼地移开眼，硬邦邦道："我喝多了，你别当真，赶快走吧。"

陆池舟定定看她好一会儿，声音很轻："可我会当真。"

裴恬捏紧指尖，愣了愣。

男人没再往外走，反而侧身回来，微微屈身，视线和她平齐，一字一顿异常认真："我没有要走。杨执在外面，我让他代我去饭局道声歉，毕竟还有客户在那儿等着。"

裴恬无言，躲闪着视线，盯向足尖。

看着女孩越来越低的头，陆池舟用指尖轻轻捏住她泛红的耳郭，又沿着下颌轻轻抬了她的脸，以让二人眸光相触。

"至于唐羽，她的团队不和我直接接触，饭局人员都是公关部安排的。"男人的声音异常清晰，极有耐心。

裴恬臊眉耷眼，越发觉得自己在无理取闹，而不管不顾说出这一番话的后果，则是使得某种隐秘心思快要显露于外，脑子乱成一团。

裴恬眼睫轻颤，极度尴尬下突然一扶脑袋，耍起无赖："哎呀，不行了，我酒喝多了，头好疼，什么都听不清楚。"

她背过身，装模作样地重新靠到小沙发上："我得歇会儿，不要和我说话。"

这种演技，是明眼人都能看出的拙劣、浮夸。

陆池舟额角跳了跳，冷笑一声："喝多了也该记得自己说过的话吧？"

裴恬背对着她，含糊其词："记不清了。"

眼看着好不容易钻出壳的小鸵鸟又缩了回去，陆池舟气得别过头，深吸口气："可我，记、得、很、清、楚。"

这话一出，小鸵鸟又缩紧了脑袋。

室内恢复安静。

陆池舟抬步走了出去，杨执已经候在门外。

唐羽站在他身后不远处，踟蹰地看着他："陆总……"

陆池舟直接打断她的话，语调无波无澜，却似寒刃穿透心脏："我想你走到如今的位置，基本的分寸感还是有的。"

听完这话，唐羽脸色一白，指甲深陷进肉里。她抬起头，表情楚楚可怜，但并未让男人产生一丝一毫的同情心。

"我包容了你数次的逾矩行为。

"但如果连最简单的省心都做不到，我想天启也没有签你的必要。

"除了你，还有大把想往上爬的二线、三线明星。"

听到最后，唐羽是真的慌了，她眼角噙着泪："我错了，我发誓不会再有下次！一定会让您省心。"

陆池舟的眉眼未有任何波动，他垂下眼睑，看了眼手表："时间不早了，唐小姐该回去了。"

唐羽讷讷半晌，还是未敢再说半句话，失魂落魄地离开了。

"陆总，"杨执瞅瞅他，低声问，"您是有什么新的打算吗？"

陆池舟虽在门外，但眼神始终盯着门内。

"之前是我未考虑周到。"他放低声音，"以后任何地方，都不要再出现我和唐羽的谣言。"

曾屡次碰壁，他便想着用这样偏激的方式博得女孩的关注，逼她走近他，但他终究没那么浑蛋，终究舍不得她有一点难过。

杨执着实反应了几秒，点头道："是。"

"那边我就不去了，"陆池舟重新推开门，淡淡道，"你代我和那位林总道个歉。"

警察是在半小时后到达的。

几位民警来时，看到被堵住嘴的王总，一时还以为他是受害人，而裴恬就在这时奇迹般地"清醒"过来。

她带着叶梦和四个保镖，跟警察去警局做笔录。

倒是始终旁观她"清醒"的陆池舟，安静立于一旁，温声问："现在能听清我讲话了吗？"

陆池舟亦步亦趋地跟在她后头，意有所指地强调："我什么都记得。"

裴恬脚步一顿，装作没听到，继续走路。

"小祖宗，还在生气？"

裴恬脚步未变，握紧了拳头。

"小祖宗……"

裴恬忍无可忍，扭头瞪他："烦不烦？！"

陆池舟没有一丝生气，笑得胸腔直颤："我不烦，我很开心。"

裴恬闭了闭眼，加快了脚步。

一行人到了警局。

裴恬现在开始后悔，为什么不让陆池舟走。

明明这事和他没有半点关系，还一路跟着她来到警局。来就算了，但像突然变了个人般，时时刻刻用那种意味深长的眼神盯着她。

如果说原来他只是一只会开屏的孔雀，那现在就是一只性感孔雀，裴恬恨不得他立马原地消失。

做笔录的时间不长，这王总也是蠢得厉害，警察甚至还从他身上摸到了未用完的安眠药。

但狗急了，他会反咬一口。

提供所有证据和口供的是叶梦，就在她平静说完一切后，已经满脸灰败的王总突然瞪大眼睛，恶狠狠道："你还好意思高高在上地指控我，你敢说我给那妞下药的时候，你没看到？！"

"我呸。"王总一脸嘲讽，"人姑娘那么相信你，你也忍心。"

叶梦当即白了脸，她惊慌的目光从裴恬面上扫过："我，我不知道！你为什么要污蔑我？"

"哈哈哈哈！"王总不管不顾地大笑，冲裴恬道，"你们爱信不信！裴小姐，你这次能防得住我，以后可防不住这个毒妇。"

叶梦气急败坏，眉眼间的愤怒隐现，二人竟是要在警局吵起来。

当然，这种没有证据的事，最后也辩不清结果。

王总被拘留在警局，叶梦安然无恙地出了警局，又早早找了借口离开。

裴恬看着她远去的背影，一声未吭。

已入深秋，冰凉的夜里晚风习习，拂在面上带来刺骨的冷。

裴恬搓了搓手，听见身后传来男人不急不缓的脚步声，她忍不住出声问："你说，人性本善还是本恶呢？"

陆池舟迈着长腿，走到她面前，伸手替她戴上卫衣帽子，又拉紧绳带，瞬间，女孩几乎只剩下两只圆圆的眼睛露在外面。

他微俯身，揉了揉裴恬被卫衣帽包裹的圆滚滚的脑袋："我觉得，无论善恶，性本逐利。"

裴恬愣了愣，蹙眉瞪他一眼："你很不正派啊，就不能告诉我'人之初，性本善'吗？"

男人眼睫微动，凉风吹起他垂在额前的细碎头发。夜色下，他的眼眸藏在镜片后，似蒙着一层雾，须臾，他轻笑了一声。

"别人我不知道。"陆池舟微微俯身，凑近她，一字一顿道，"但我们恬恬，生下来就最是善良。"不然怎么让他无论风光无限，抑或是零落成泥，辗转多年，始终念念不忘。

已至深夜，晚秋的夜晚气温骤降，寒凉入骨。

但裴恬却感觉到自己出奇高的体温，从面颊蔓延到耳畔，而这一切，全都因为陆池舟那句普普通通的"你最善良论"。

她不自在地伸手捂了捂耳垂，又扯了扯卫衣的带子，半晌未语。

直到陆池舟看了眼时间："十一点半了，你回哪儿？"

出了警局，裴恬就让强叔他们回去了，而现在，她的身边竟只有陆池舟。

她"啊"了一声，反应半晌，突然瞪大眼睛："我完蛋了！我，我宿舍有门禁！"

陆池舟拖长声音，眼睫动了动，嘴角露出一抹笑："那你要去哪儿？"

裴恬纠结地皱紧脸。

现在这个点回家，肯定要扰到家人，到时候还会被程瑾盘问一番。

"我去住酒店。"

陆池舟低垂下眼，不动声色地说："现在这个点，大酒店基本满房，小旅馆也不安全。"

裴恬张了张唇，她不会要流落街头吧？

却听陆池舟好心提醒："我在离你学校不远的地方有套公寓。"

裴恬动了动指尖，心突然跳得快了些，听到陆池舟补充完后面的话："你可以住我那儿。"似有猫用爪子轻挠心尖，带来一阵阵酥麻似的痒。

随后裴恬发现，自己可耻地心动了。

难以置信！原来她的色心已经猖狂到这种程度了吗？！

那些不确定的、刻意隐藏的情绪，在酒后的口不择言中，撕开了一层薄雾，显现出模糊的轮廓。

在脑中惊疑半晌，裴恬回过神来："这……不太好吧。"

就在这时，司机将车停在二人近前。

陆池舟长腿轻抬，当先走过去，替她打开车门："进去坐。"

裴恬站在原地愣怔了好几秒，看着陆池舟笔直站立的身影。他在替她拉车门，所以是他先动手的。

似给自己打了针强心剂，裴恬矜持地挪着步子，默默坐上了车。

轿车行驶在路上，窗外的街景不停变化，灯光半明半暗地洒落在男人面上。

裴恬眼观鼻，鼻观心，一声不吭。陆池舟的手肘撑在窗沿上，凝视着暗色玻璃窗上映出的窈窕侧影。

女孩微垂着头，有一下没一下地摆弄着卫衣袖口，时不时纠结地咬着下唇。陆池舟轻轻弯唇，指尖轻点窗沿，眼神不经意地从窗户上女孩奶白的侧脸上轻拂而过。

小鸵鸟终于又慢慢从壳中爬了出来。

脑中突然想起女孩醉酒后放的狠话——

"顶不住，就不顶了。

"他要是再敢勾引我——"

陆池舟在心中啧了声。他这还不算勾引吗？

21

救命！救命！！

裴恬整个人被陆池舟笼罩住，男人高大的身形背着光，挡住了刺眼的光线，细长如玉的手强硬地包裹住她的手，顺着胸膛一点点往下滑。

手心下俱是紧致的肌理，还带着沐浴后灼烫的体温。明明做着这样的事，陆池舟的表情却未有一丝波动，目光紧紧凝在她的眉眼上，强势又迫人："摸到了吗？"

一阵酥麻从头顶痒到脚底，裴恬全身僵硬。

"嗯？"陆池舟尾音绵长，反问了声，见没有回应，又捏紧她的指尖，绕着倒数第三颗纽扣打圈，"要不要伸进去试试？"

这一句，总算让裴恬回了神，她似触电般抽回手，说话都结巴了："不，不要。"她整个人都快冒烟了，心中那股蠢蠢欲动不断放大，再放大，就快压不住了。

裴恬捂住脸，声音又小又颤："你走开。"

陆池舟稍微退出些，眼眸深沉。

女孩小小一只，团成个球，就差找个壳钻进去了。

小鸵鸟。

陆池舟有些懊恼地蹙紧眉。怎么他都做到这个份儿上了，还是不上钩？他低眼，看见女孩低着头，露出莹白泛粉的耳垂。

陆池舟无奈，细长手指捏了捏那露出来的耳朵尖，轻吐一口气："起来，带你去房间。"

裴恬这才缓缓抬起头，见他衣着整齐地站立在身前，没有再让她继续"摸"的意思。

主卧对面，还有个客房。

陆池舟揉了揉头发，从衣柜里抱出被褥，铺在床上。

裴恬就愣在门口，看着他。

和几年前被套半天都套不进去的少年相比，他现在的动作，实在是过于熟练了。

裴恬偏过头，声音有些闷："所以你走的这几年，都没人照顾你吗？"

陆池舟动作一顿，缓缓抬起头。

这该是裴恬首次提起过去，那个宛如天堑的过去。

陆池舟安静地将被角抚平，纤长眼睫挡住眸中神色："我自己可以照顾自己。"

国外的五年，陈挽月的病情每况愈下，身边离不得人，得亏有李阿姨陪伴照顾。

初始，他还未站稳脚跟，但学业繁忙，陆枫又步步紧逼，他身边没有任何能用的人。

不过是常人能做的事，他也能做，但这些她不该知道。

"过来。"陆池舟轻声道。

裴恬往前走了几步，见男人朝她指了指侧面的浴室："在那儿洗澡，往左边开是热水。"

她点点头，随即感到脑袋一沉。

陆池舟揉了揉她的脑袋，温声道："早点睡，明天我送你上学。"随即，男人抬步走了出去，为她带上房门。

裴恬看着被关上的门，心中有股落不到实处的空洞感。她能感觉到，陆池舟在刻意避开那个话题。

当天夜里，裴恬做了个梦，梦到了从未见过的情境。

二十几岁的陆池舟，孤身站在 M 国街头，寒冷的暮色中，青年松松垮垮地套了件黑色夹克衫，懒懒地靠在孤寂的灯柱上。他定定地瞧着某一点出神，指尖夹着的烟快要燃尽。天色完全暗下来，直到青年瓷白的侧脸隐没在无边黑暗中，再不见光。

下一刻，整个场景变换，裴恬看到自己来到了人潮熙攘的会所。但这个会所很奇怪，来来往往的都是穿着清凉的男人。

她目光跳转，突然定在不远处的卡座上。

陆池舟将珠光宝气的女人的手往自己胸膛上按："姐姐，我不想努力了。"

裴恬当即就炸了，她瞪圆了眼睛，大喊出声："陆池舟！！"

下一秒，她从床上弹起，伸手按住自己剧烈跳动的心脏，瞳孔没什么聚焦。

裴恬失神地往周围看了看，已是清晨，天大亮，阳光从窗台洒落进来。

还未等反应，屋门就被人一把推开。

陆池舟站在门口："你喊我？"

裴恬怔了下，难以置信地揉了揉脑袋，试图将梦中的场景从脑中甩出去。她恍惚了好一阵，才呢喃道："我刚刚在做梦。"

屋内安静下来。

陆池舟安静地看她几秒，突然轻笑出声："你梦到我什么了？"

裴恬看着他快要翘起的孔雀尾巴，冷冷笑道："梦到你说不想努力了，然后自甘堕落找靠山。"

"是吗？"陆池舟弯唇，"你是那个人吗？"

"那自然不是。"裴恬上下打量他一眼，扯了扯唇，"你这姿色，还差了点。"

待裴恬收拾好从房间出来，陆池舟已经一声不吭地站在墙边等她。

裴恬瞥了他一眼，拿过自己的包："走了。"

陆池舟也不答话，跟在她后面。

裴恬默默在心里翻了个白眼。她以前怎么就没发现，这人这么小气。

大概是那句"你这姿色，还差了点"伤到了孔雀的自尊，陆池舟单方面生起了闷气，二人沉默着下楼。

到楼下时，陆池舟的司机已经泊车等候，随后裴恬便看到了笑眯眯的杨执。

早上，陆池舟发消息让杨执给裴恬带早餐的时候，杨执就开始兴奋；现在，他看到一起走来的两人，心中熨帖极了。终于，终于发展到这一步了！

上车后，坐在前座的杨执客气地给她递上一个袋子："裴小姐，这是您的早餐。"

裴恬接过，笑得眼睛弯起："谢谢杨大哥！"

"不客气的。"杨执受宠若惊，余光一瞥，却看到自家老板带着冷气的眉眼。

他脊背发凉地转过身，心头讶异。怎么回事？怎么这样一副阴冷的表情？！

裴恬打开袋子，眼睛亮了亮："啊！这是我最喜欢的那家小笼包！杨大哥，你们怎么不吃？"

"我们去公司吃。"杨执客气一笑，"这是陆总专门嘱咐我买的，裴小姐喜欢就好。"

裴恬一秒变脸："哦。"

一片寂静间，陆池舟冷冷哼出一声。

裴恬也撇了撇嘴，拿出小笼包，狠狠咬了一口。

好香啊！馋死你！

杨执看着坐在后座开始吃东西的裴恬，眨了眨眼，又偷偷看了眼陆池舟。要知道，连生人坐了后座，这车都要由里到外洗护一遍，现在却任由裴小姐坐在后头吃小笼包。

杨执扭过头，在心中啧了声。

裴恬吃得两腮鼓鼓，时不时横陆池舟一眼。似乎感觉到了她的视线，陆池舟别过头，只留个后脑勺对着她。

裴恬看了眼车程，马上就到她学校了。

看在这只孔雀昨天收留她的分儿上，裴恬决定不和他计较，伸手杵杵他的手臂："你饿不饿？"

陆池舟当即转头，瞥了她一眼，满眼"你现在才想起我"的意味。

裴恬将小笼包的饭盒递给他："吃吧。"

陆池舟未动，仍坐在原地，张唇："喂我。"

裴恬闭了闭眼，在心中一遍遍告诉自己，要淡定，孔雀要哄。她夹着小笼包，在醋里重重滚了一遭，假笑着递到他唇边："吃吧。"

她吃小笼包必蘸醋，而陆池舟向来不喜酸。

显然，陆池舟将她的动作尽收眼底，却没拒绝。他侧过脸，凑近咬上筷子，将小笼包含在口中。

裴恬看着被自己碰过的筷子又被他碰着，心重重一跳。

他明明可以不碰着筷子的！

裴恬下意识抬眸，对上男人漆黑的眼，连忙别开脸。

这个孔雀！酸死你！

陆池舟咽下小笼包，看起来是开心了，他挑了下眉："再给我一个。"

裴恬一耸肩，气呼呼道："不给！"

二人旁若无人的互动，让前座的杨执看得额角直抽，恨不得原地消失。他是真的想不到，自家老板追人会是这个德行，千年的狐狸都没他脸皮。

车缓缓停在 A 大门口。

此时不早不晚，所以学校门口并没有什么人。

裴恬上午没有早课，动作也不急切。她收拾好已经吃完的餐盒，又背上挎包，扶上把手，冲陆池舟抬抬下巴："我走喽。"

男人点了下他那矜贵的头颅："嗯。"

裴恬轻哼一声，拉过门把手就下了车，一扭头，看见陆池舟跟着她一起走了下来。

"你下来干什么？"

陆池舟望着她，眼眸深深："有话和你说。"

裴恬被他这严肃的表情吓得脊背一直："你说。"

"我哪里的姿色，"陆池舟顿了顿，突然加重了语气，"差了点？"

裴恬还以为自己听错了，错愕地看着男人认真的表情。

这是什么震惊的问题？原来他真的一早上都在生这个气！！

裴恬猛咳一声，倒也说不出他不好看这种违心的话，思索两秒，斟酌道："你知道什么样的人最好看吗？"

"什么样的？"

"美而不自知的人。"裴恬严肃地打量他，摇了摇手指，"你每天都和孔雀开屏一样自恋，这是不行的。"

陆池舟安静地看着她，突然意味不明地低笑出声："那你知道孔雀为什么要开屏吗？"

裴恬一时没反应过来："啊？"

"为了求偶。"

22

裴恬这一天的课都在走神。

脑子里回荡着开屏、求偶、求偶、开屏，循环往复，宛若魔音般在耳畔萦绕，而当时她怎么做的来着？

没错，她跑了，借口要上课，转身落荒而逃。

但现在回想起，裴恬胸腔中满是一种吵架没发挥好的懊恼，她当时就该回"再嘚瑟，我把你尾巴拔了"。

让你求偶！孤单一辈子去吧！

裴恬越想越气，恨恨捶了下桌子，因此打断了正站在讲台上滔滔不绝讲课的老师，还收获了全班同学的注目。

下课时已是中午，裴恬有气无力地跟着何佳佳去了食堂，两人排队等饭。

"昨晚去哪儿了？夜不归宿。"何佳佳杵她脑袋，"说，是不是去见哪个男人了？"

裴恬一噎："我哪来的男人？"

何佳佳横她一眼："你没有男人？陆总不是你男人？"

上次汇报后，在何佳佳的追问下，裴恬老实解释了二人的关系，从此何佳佳就认定她和陆池舟有着不为人知的感情，但这回还真给她说中了。

她昨晚虽是去接许之漓，但最后还是和陆池舟搅和到一起，甚至……

昨晚的记忆涌上脑海，裴恬晃晃脑袋："不！他不是！"

与何佳佳吃完午饭，裴恬刚回寝室，就接到了许之漓的电话。

许之漓嗓音沙哑，号得厉害："恬宝啊！要不是你，我就完蛋了！救命之恩，当涌泉相报！"

裴恬："别喊了，多喝点热水。"说完，她又挑了下眉，"涌泉相报不至于，以身相许吧。"

"好！"许之漓故意掐着嗓子，"等着人家今晚来找你！"

裴恬扑哧一笑："好，等你。"

插科打诨了会儿，二人说起正事。

裴恬和她详说了后续的经过，包括叶梦的可疑。

她的一番苦口婆心，到了许之漓的脑袋瓜中，只凝结成一句："你昨晚和陆池舟睡了？！"

"你在说什么？！！"裴恬抓狂道。全世界都过不去这一茬了是吧！

"我是去他家睡觉，不是和他睡了！你搞没搞错？！"

许之漓咽了咽口水："你凶什么凶嘛。

"你们孤男寡女的，就真的什么都没发生？"

裴恬抠抠指甲："也不是什么都没发生。"她声音小了些，带着些烦闷，"就，他明目张胆地勾引我。"

"怎么勾的？"

"他按住我的手，让我摸他的腹肌！"

那头沉默了一会儿，传来声气音："我的天。

"然后你呢？你怎么做的？"

裴恬蹙眉："我能怎么做？我当然是拒绝啊！"

"你这花痴会舍得拒绝？"许之漓一针见血，"我看你就是怂了。"

顿了顿，许之漓又问："你这么喜欢他，为什么要怂？"那头一拍桌子，"当时喝醉了，说要把他这样那样的是谁？"

裴恬支吾道："那这样那样之后呢？"

"多来几次也不吃亏。"

好有道理啊。

许之漓继续教唆，阴恻恻道："听姐们儿的，下回千万不要放过他。"

裴恬想起陆池舟近来得意忘形的模样，心中冷冷一笑，撂下狠话："好，再有下次，我就给他点颜色看看。"

二人这脱缰的话题，终于在最后关头被裴恬拉回正轨，她清了清嗓子，严肃道："那个叶梦有问题，你以后一定要多加注意，听到没有？"

刚刚还欢乐说笑的许之漓瞬间萎了，良久，闷闷回答："知道了。"

和许之漓挂了电话后，裴恬托着腮，愣愣地盯着面前的墙，目光又挪到书架上的棉花娃娃上。裴恬定定瞧了娃娃好几秒，突然一声不吭地站起身，将邪恶的爪子伸向它。

这种娃娃是可变装的，意味着，她可以很轻易地将它的衣服扒了。

裴恬三下五除二，将"陆池舟"的衣服扒了个干净，随后将可怜的娃娃放在明亮的台灯下，拍了好几张"裸照"。

裴恬想起，陆池舟的微信还静静躺在她的黑名单列表里，于是翻开通讯录，找到号码，斥巨资将照片打包，发了条彩信过去。

她要杀鸡儆猴，以儆效尤，用行动告诉陆池舟，他目前的所作所为无异于在太岁头上动土。

掌珠科技，总裁办公室。

纪臣端坐在办公室的单人沙发上，看向坐在办公桌前翻阅文件的男人。

"陆氏旗下的几大子公司连年亏损，现创收的天启已经被掌珠收购，虽然暂时缓解了资金压力，但终究是强弩之末，哪怕陆枫再阴险狡诈，他们的败势已成定局。"

"所以陆总，我们什么时候……"说到后面，纪臣已有些急切。

近来，陆池舟和陆氏那边的接触已陷入僵局，好几个愿意站队的股东在听到这个风声后，又开始踟蹰不前。

一是陆池舟的态度不明了；二是陆枫那边已经有了动作。

现在老爷子的身体一日不如一日，局势却瞬息万变。

虽然陆氏连年萧条，但陆枫好歹掌权这么多年，羽翼丰满，待他真的有所动作，错过最好的时机，一切就都来不及了。

纪臣早早站队陆池舟，但纪家的身家还要倚仗陆氏，如果陆池舟争权失败，整个纪家都会沦为夺权的牺牲品。所以在纪臣看来，老爷子终究是要离开的，陆池舟不该为此停住脚步。

陆池舟是何等人，纪臣的话只说了一半，就瞬间领会了意思，那双漆黑如墨的双眸一瞬间深若寒潭，毫无温度地看着他。

"还不到时候。"

纪臣面色一僵，在心中长叹口气。

办公室内陷入一片安静，直到陆池舟的手机传来两声振动。

他低眼，看到亮着的屏幕提示有新的彩信，而发信人的备注是"小鸵鸟"。

这是陆池舟今早刚改的备注。

现在，小鸵鸟又主动探起头，发了条不知道是什么的彩信过来。

陆池舟的眉眼含着丝笑，不自主地用指尖点开短信，在看清图片的内容后，终究是忍不住，偏头闷笑了声。

他指尖轻动，在屏幕上敲了一行字，发了过去——

扫黄打非进万家，绿色文化你我他。

23

当天的谈判并没有结果。

纪臣稍有挫败，但陆池舟一如往昔的冷静态度又让他放下了悬着的心，他有些自嘲。从年龄来看，他比陆池舟还大三岁，但论手段、心性，都远远不及他。所有事情只有陆池舟点头，纪臣才觉得算是找到了主心骨。

走之前，纪臣放下快凉的茶盏，正要告辞，却见主座的男人突然接了个电话。

那头不知说了什么，向来喜怒不形于色的男人倏地站起身，整个办公室的气压骤然变沉，如乌云压顶般凝滞。

没说几句，陆池舟便挂了电话，随后直接拨通了内线电话，让杨执通知司机备车。

纪臣看着男人眉宇间笼着的寒霜，愣怔了会儿："陆总……您要去哪儿？"

陆池舟拿起西装外套，抬步就往外走。

"医院。"

男人脚步很快，消失在办公室门口。

纪臣表情一凛，脊背后知后觉地发麻，几乎是瞬间就想到了某种可能。

陆老五年来都被陆枫安置在安山疗养院。这是一家顶级的医疗康复机构，陆老出院后转至那儿，一直休养到现在。

陆老身边照顾的人都由陆枫一手打点，这就导致这么多年来，陆池舟愣是没见着陆老一面。而今日，本在疗养院的病人突然转至医院，任谁都知道，这是个不好的发展。

纪臣眨眨眼，隐隐感觉到，这一遭过去，陆氏可能要变天了。他再不犹豫，跟上陆池舟已经走远的背影。

博雅私人医院。

A市的气温陡然转凉，原本中午还能见着些太阳，到了下午竟淅淅沥沥地下起小雨，寒气渗透骨髓。

都说医院是最能看清人情冷暖的地方。

陆老的手术室外，熙熙攘攘地站了一大群人，有公司大股东、陆系旁支，但大多还是陆枫的党羽，远远望去，甚为壮观。

但陆家到这一代子孙凋零，亲缘淡薄，真正和陆老一脉相承的，只有陆池舟。

所以，陆老危急时，这样一群人的出现，实在耐人寻味。说到底，"情分"二字早已被消磨，目前在场的所有人，不过是利益驱使、各怀鬼胎。

因为下雨，天色骤暗，手术室外的走廊冰冷又昏黑，尽头处黑压压的人群倒映在冰凉的地板上，宛如一道吃人的深渊。

隔着很远的一段距离，陆池舟顿下急切的脚步，目光无甚聚焦地落在手术室明亮的大门上。

纪臣随着他的动作停下，身后的数个保镖也顺势停住脚步。他抬头，看了眼陆池舟。

陆池舟的下颌绷得很紧，眼睛深如黑渊，压抑着一股极为暴戾的情绪。

似乎是感觉到这边尤其低沉的氛围，尽头处的人一个个地扭头看过来。有人很快低下头，往两边站，给中间留出了通行的过道。唯有陆枫，不闪不避地站在人群尽头。

如同一触就断的丝线，二人间的氛围已经到了剑拔弩张的地步。

"池舟，你来了啊。"陆枫突然咻咻笑出了声，表情阴鸷，带着不顾一切的癫狂："还好，还能赶上收尸。"

这句话，便是丢进平静湖水的炸药，将整个局面轰地炸开。而记忆里那个清俊矜贵的少年，突然猩红了眼，一瞬间，宛如地狱里爬出来的鬼魅。

他偏头扯了下唇，大步往前，一把拎起陆枫的领子，细长指节根根暴出青筋，一字一字异常可怖："你、找、死？"

陆池舟的动作让周围陆枫党羽的表情一变，有几个已经蠢蠢欲动，下一秒就被男人狠厉的目光扫过，他道："拦住他们。"随后，便有成排的保镖面无表情地上前，将陆枫的所有人手压制住。

　　陆枫见状，也不慌乱，似觉看他暴怒是一件极其愉悦的事。他用气音，一字一句在陆池舟耳边低语："其实你爷爷原本可以多活几天的。

　　"这么好的底牌，我哪里舍得他死。"

　　陆池舟眼眸微动，似想到什么，胸膛剧烈起伏。他手下力气更大，死死扼住陆枫的咽喉。

　　"哈哈哈哈哈哈哈！"陆枫一边咳一边笑，眼色从癫狂到恶毒，"你爷爷呀，是、自、杀、的。

　　"你说他是为谁而死呢？！为了你啊！为了你，他要去死，哈哈哈哈哈哈！"

　　"你说我要是把这一切告诉你那患抑郁症的妈，她会不会也为你去死呢？"说到后面，陆枫声音沙哑，已经语不成调，但整个人依旧保持着诡异的兴奋，"你不是要弄死我吗？

　　"正好，让你全家给我陪葬！"

　　陆池舟的脸色彻底沉下来，眼眸黑得宛若深不见底的寒潭。他的薄唇紧紧抿成一条线，手上力气加大，一言不发地握着陆枫的头就往墙上砸。

　　砰砰砰。

　　一声又一声，皮肉砸在墙上发出沉闷的声响，光是听着就能感知到下手的人用了多大力气。

　　陆枫原本还中气十足的声音越来越小，但陆池舟依旧没有停手的意思。

　　纪臣站在原地，心惊肉跳地看着男人的动作，出了一身冷汗。他毫不怀疑，陆池舟能当场把陆枫打死。

　　他向来都知道陆池舟狠，却没想到他还能这么疯，似完全与理智割裂开，采用这种最暴力的方式解决问题。

　　但眼下，没人敢去阻止陆池舟。

　　打破僵局的，是一道低沉的嗓音。虽不大，但带着绝对的威严，俨然是上位多年才能铸就出的气势。

　　"池舟，停下。"

　　被吓傻了的众人扭头，看到来人，表情一变，又面面相觑，互相从对方眼中看到了惊讶和算计。

来人不是别人，正是目前商界威名赫赫的裴言之。

当初陆家家变，有人忌惮陆池舟身后的这位"岳丈"，没有很快站队。但后来，面对陆家这一剧变，裴言之并没有插手，大家便放宽了心。终究是商人，拜高踩低，见利眼开，又怎么会与陆枫为敌，去扶持一个单薄少年呢？

但现在这番，又是什么情况？难道陆池舟一直都由裴言之暗中支持？

裴言之的到来，将陆池舟半失的理智拉回。他怔了下，收了手，随即像扔垃圾般将陆枫甩到地上。

他从杨执手中接过纸巾，一根根地擦着手指，闭了闭眼，将眸中的暗色隐去，低喊道："裴叔叔。"

裴言之没搭理他，看了眼半死不活的陆枫，也没多惊讶，闲闲吩咐远处吓傻了的护士："抬走吧。"

休克状态的陆枫被抬上病床，不消片刻，便被推走了。

这是家保密性极强的私人医院，哪怕发生这样剧烈的冲突，只要当事人不主动处理，也没人会多管闲事。

病房外重归安静。

包括刘沛和王充在内的陆枫党羽怕祸及自己，脸色浮白地跟着陆枫的病床离开了。剩下的无非都是些闻声赶来，想要分一杯羹的中立派和陆系旁支。

陆老手段非常，至今没人知道他将遗嘱交付给了谁。

可以确定的是，依照陆老对陆池舟的看中，一旦他离去，那位神秘的委托律师就会出现，陆池舟将会是说一不二的继承人。反观陆枫，这么多年也未套出半分信息，所以精神越发癫狂，好大喜功，急功近利。

"各位干站着干什么？"裴言之瞥了眼众人各异的表情，悠悠找了个椅子坐下，"坐啊。"

"好好好。"

"谢谢裴董。"

"您真是客气了。"

陆池舟闻言，刚要落座，裴言之看他一眼："你坐什么？"

陆池舟动作一顿，又起身站了回去。

裴言之笑着，目光缓缓从众人面上移过，不咸不淡道："他们心系陆老，你是主人家，自然要让他们先坐。"

至此，谁都明白了裴言之要替陆池舟坐镇的意思。

这番话状似挤对，实际上是在警告他们，陆家的掌权人，他只认陆池舟。

这场手术很长，但只有真正关心亲人的人才会在乎手术时间的长短。

因为裴言之的到来，在场的人频频示好，本该肃穆的手术室门外变得一片嘈杂。

陆池舟抱臂，冷冷地看着他们，但赶人的话，不适合他开口。

裴言之不动声色地结束话题："看得出大家对陆老的关心，但时间不早了，我想大家应该还有事情。"他拖长了声音，赶客意味分明。

"是是是。"

"来这一趟，实在是叨扰。"

"只希望陆老平安。"

送走这帮人后，纪臣和杨执带着一帮保镖极有眼色地腾出空间，去了走廊的另一边，直到这处只剩下他们二人。

裴言之稍稍抬眼："坐。"

陆池舟低应一声，坐到了裴言之对面。

刚坐下，就见裴言之极其嫌弃地瞥他一眼："蠢。"

"我不来，你真要把他打死？"

陆池舟正色答："不会，我有分寸。"

裴言之嗤了一声："打人就是你的分寸？"

陆池舟抿唇，未再吭声。

裴言之看他苍白的脸色，移开视线，倒也没再说话。

良久，陆池舟的声音有点闷："裴叔叔，谢谢您。"

"别谢我，"裴言之别过头，"听着烦。"

时间一分一秒地过去，从下午到晚上。终于，手术室的门被打开。

陆池舟的眼睫一颤，定定看着被推开的门，放在膝上的手紧握成拳。

出来的医生，是全国有名的专家。

"哪位是家属？"

陆池舟站起身，张了张唇，嗓子哑得说不出话。

"手术很成功，"医生摘下口罩，"暂时脱离危险。"

陆池舟闭了闭眼，有些脱力地说："谢谢您。"

"我还没说完，病人各项体征衰竭，且求生意识并不强烈，这次抢救就是因为病人吞药自杀。"顿了下，医生补充完剩下的话，"长则一月，短则一周，还请节哀。"

见惯了生老病死，哪怕是这样一位传奇般的老人，医生的语调也无波无澜。

但这样平静的语调，往往比歇斯底里更加残忍。审判的刀终于落下，不过是从死刑变成了缓刑。

陆池舟的脸色一寸寸地发白，他闭了闭眼，整张脸毫无血色："我什么时候能去见见他？"

"等脱离重症监护后。"

医生走后，是一阵窒息般的寂静。

裴言之看了眼低垂着头，失神地望着地面的陆池舟，终究是不忍地移开了视线。

记忆一下被拉到五年前，少年单薄又无助的身影和此时重合。

在陆家这样的权力中心，斗争是异常残酷的。一朝云端，一夕泥里。

陆老教会了陆池舟很多，却忘了教他怎么防人，抑或是连陆老自己也错信了人，不知身边蛰伏了只不知足的狼。

当年他曾朝少年抛出橄榄枝，但陆池舟有着自己的清高和傲气。

裴言之到现在都记得，那时身处绝境的少年眼中的不可一世的狂傲。

直到现在，他做得很成功，但到底被磨平了棱角。

亲人离世、生病，没有什么能比这更能磨碎一身傲骨了。

"起来，"裴言之低首，拍了下陆池舟的肩膀，"回去好好休息。"

裴恬在收到陆池舟的回信后，一瞬间想把他的手机号也拉黑了。她都没扫他的黄，他竟然敢倒打一耙！

时间不紧不慢地过了三天。在这期间，那只孔雀销声匿迹。

裴恬尽力忽视心中的那种异样感，恼自己总会不由自主地想到他，将天天在眼前晃悠的"陆池舟"锁到了柜子里。

周五中午，裴恬正在收拾回家的行李，突然收到裴言之的信息：先别回家，下午去博雅医院看看你陆爷爷。

裴恬动作一顿，还以为自己看错了，她回：是陆池舟的爷爷吗？

裴言之：你还有哪个陆爷爷？

裴恬放下手机，看着行李箱失神，心里涌上一股不好的预感。

她已经很久没有见过陆爷爷了。五年来，陆老都在安山疗养院。

陆家对外放出的话是陆老身体欠佳，不见外客。

裴恬曾问过裴言之，是不是陆枫控制了陆爷爷，逼走了陆池舟？但向来温和的裴言之头一次严肃地告诉她，不要多管闲事，并对她封锁了所有有关陆老的消息。

记忆里，陆老是个非常和蔼的老爷爷，每次看见她，都笑得眼睛弯弯的。

虽然外人都说陆老是个笑面虎，但裴恬非常喜欢他。因为只有这样的陆爷爷，才能教出那样耀眼的陆池舟。

但现在，陆老进了医院，一贯对陆家避而不谈的裴言之主动提起让她去看望。这一切，都指向一个她不愿接受的结果。

裴恬想到了陆池舟，陆老是他在这世上两个亲人中的一个。

心突然紧紧拧成一团，压得她喘不过气来。

下午两点，裴恬站在博雅医院大门口，看到裴言之给她发的病房位置。她拎着专门去买的果篮和补品，一路沉默地上了楼，根据地址来到了病房门口。

陆老住的是高级独间病房，被单独分了出来，外面空旷得几乎没人，所以裴恬一眼就看到了站在走廊尽头吸烟处的陆池舟。

他就那么一个人，靠在墙边，半屈起长腿，盯着面前的墙壁出神。向来齐整的西装松垮地套在身上，脚边是满地的烟头。

裴恬用力眨眼，重新看了好一会儿，才确定，那就是陆池舟。

一瞬间，此时的身影和梦境中那个夹着烟靠在灯杆下的少年重合，死气沉沉的，冰冷到失了满身的人气。

裴恬心头剧震，喉间像是塞了团棉花般干涩，握在身侧的拳头松了又紧。

啪嗒。

手中的果篮没有拿稳，落在地上，发出沉闷的声响。

这一声，不轻不重，打断了不远处出神的男人。

他倏地扭过头，两人的目光相撞。

裴恬看到了陆池舟眼里快要布满的红血丝，以及疲惫到失去神采的眉眼。

下一秒，陆池舟堪称慌乱地移开视线，无措地揉了揉眉心，喉结动了动，再出声时，嗓音异常沙哑："你……来了。"

裴恬死死咬住下唇，眼睛胀得酸疼。

她从来没想到，会看见这样的陆池舟。

重逢以来，见了这么多面，陆池舟从来都是精致的、好看的，一举一动都能将她吸引得神魂颠倒。

但现在，她后知后觉地意识到，梦境里那个满身颓丧的身影，会真实地映照在陆池舟身上。

又或许，现实会比梦境还残酷。

那个天之骄子般的少年，在过去的五年中，也会无数次如同现在这般，沉默地茫然、绝望、崩溃。

太多的情绪汇聚在心头，裴恬心里疼得发慌，睁着通红的眼睛一眨不眨地看着他。

终究是忍不住，裴恬扭过脑袋，捂着眼睛，感觉到眼泪簌簌落下。

脚步声渐近，男声又哑又沉，连温柔都带着小心翼翼："怎么了？"

陆池舟抬起她的脸，感受到满手的湿润，心紧紧拧成一团，他自责道："对不起，我以后再也不抽烟了，别生我气了，好不好？"

裴恬没说话，只是呜咽着摇头，心尖涌上种天崩地裂的痛苦。

为陆池舟，也为自己。

因为她发现，自己再也没有办法对他生气，那些过不去的坎儿，在见过这样的陆池舟后，全数化为了心疼。

裴恬知道，她完了，完蛋得彻底。

这一辈子，就栽在陆池舟这个坑里出不来了。

任他如何哄，女孩只是低着头流眼泪。陆池舟深吸一口气，正要强硬地替她抹眼泪，腰间突然传来一阵柔软的触感，一双细白的小手紧紧环抱住他。

一股酥麻感倏地从脚底攀到心尖，陆池舟鼻息一窒，看见埋首在他胸前的女孩。

她闭着眼睛，将头抵在他胸前，抽泣着说："抱一抱，是不是就好点了？"

裴恬能感觉到男人瞬间僵硬的身体。这个怀抱，伴随着炽热的体温，以及未散的浓烈烟草味，不算好闻，却让始终飘着的心落到了实处。

过了几秒，裴恬感觉到脸颊开始发烫，她吸了吸鼻子，正要退开，肩上却传来一股大力，按住她脑袋的大手微微颤抖，整个人被男人严丝合缝地抱在怀里。

铺天盖地，都是陆池舟的气息，一寸一寸地将她笼罩。

裴恬听到男人沙哑的嗓音："再给我抱一会儿。"

24

电梯叮咚一声，显示到达楼层。

裴言之听着电话，时不时低应几句。他迈步，走出电梯门，拐了个弯，不经意一抬头，顿住脚步。

远处站着一男一女，男人将娇小的女孩紧紧拥在怀中，也不管时间、地点，就这么抱在一起。

裴言之啧了声，秉持着非礼勿视的态度，只瞥一眼便移开了视线。

没一会儿，电话那头的秘书结束了工作汇报，裴言之挂了电话。眼皮突然重重一跳，似终于反应过来什么，他倏地抬头，眯起眼睛，再次朝那头看过去，两个人还没分开。

良久，女孩好似害羞地推了推他的胸膛，但男人依旧狗皮膏药似的抱着不肯放。后来，不知道女孩说了句什么，陆池舟才肯松开她，只是双手依旧覆在其面上，轻柔地为其擦着眼泪。

裴言之面无表情地看完了二人拥抱的全程，也没吭声。

情绪来得太快，原本对陆池舟的那点怜惜和欣赏，瞬间就没有了。

裴言之抱臂，半倚在墙边，皮笑肉不笑地扯起唇角。他倒要看看，这二位到底能旁若无人到什么程度。

一时激动的结果，就是在这之后极其尴尬。

裴恬感觉自己整张脸都被男人捧在手中，陆池舟微凉的指尖轻轻擦拭她的眼角。

他的面容近在咫尺，向来殷红的唇色此时有些淡，整张脸都过于苍白。

察觉到二人过于暧昧的距离，裴恬的心跳猛地增快，原先被心疼盖住的羞耻感就这么突如其来地涌上心头。她有些难耐地别过脸，讷讷道："你先放开我吧。"

陆池舟扬起道清浅的笑："不放。"他按住她的后颈，从口袋中摸出纸巾，轻轻覆上她的眼角，"小哭包。"

裴恬蹙眉，睁着双水汪汪的眸子看他："你才是，大烟鬼。"她吸吸鼻子，嘟囔道，"难闻死了。"

陆池舟用手指掐她鼓起的脸颊，往外拉了拉，无赖般低笑了声："那难为我们恬恬了，主动抱我。"他语调慢悠悠的，咬重"主动"二字。

真是心疼狗都比心疼他好。

"不要你，"她气得瞪他一眼，又抽过纸巾，"我自己来。"

她低头收拾好情绪，一抬头，就对上陆池舟定定瞧她的眼神。那双漂亮的眸子已经很好地藏起了脆弱，却又染上她看不懂的深意。

那双眼黑如深渊，无声又热烈。一时间，裴恬有种被细密的网笼罩住的错觉。

"走了，"她错开视线，温声道，"去看陆爷爷。"

陆池舟喉结滚动，低应一声："嗯。"

裴恬当先转身，揉了揉脸。她努力弯唇，想让自己看起来开心些，结果刚抬眼，扬起一半的笑容顷刻间僵在脸上。

她愣怔在原地，看见裴言之就站在不远处，安静地、面无表情地看着他们，也不知道站了有多久。

如同晴天劈下一道雷，差点没把裴恬当场劈倒。

"爸，你怎么来了？"裴恬深吸一口气，说话都差点结巴。

裴言之没搭理她，只是抬起下巴，目光缓缓落在她身后的男人身上。

　　结果，对方不闪不避，眉眼间满是让人看一眼就火大的愉悦。

　　裴言之偏头低咒了声，他就知道这个死小子不是什么好东西，而自家这棵小白菜，也是一点都不争气。他还以为她这气能生多久，提醒她可以原谅"一点点"，她就是这么理解的？

　　"过来。"裴言之看向裴恬，冷冷道，"你到底是来看望谁的？"

　　裴恬窘迫地垂着脑袋，朝裴言之走了过去，整个人蔫了吧唧地捡起地上的东西。

　　陆池舟连忙上前从她手中接过果篮和补品："我来拿。"

　　裴言之现在看他是哪儿哪儿都不爽，冷哼一声，拉过裴恬就走，一眼都懒得看他："让他拿。"

　　裴恬："……哦。"

　　身后传来陆池舟低沉的嗓音："裴叔叔，这是我应该做的。"

　　裴恬瞅了眼自家老爸冷冰冰的侧脸，主动贴近挽住他的手臂，冲他眨巴几下眼："爸，我告诉你一个秘密。"

　　裴言之边走边睨她一眼，没好气道："什么？"

　　她小声嘟囔："其实陆池舟他就是想做你儿子，特别崇拜你，恨不得喊你爸。"

　　裴言之一口气差点没上来："……让他滚。"

　　就还……挺冲。

　　裴恬摸了摸鼻子，认真想了想，以后这种事还是先斩后奏吧。

　　胡思乱想中，裴言之已经定住脚步，裴恬这才发现到了病房前。

　　"我来开。"陆池舟大步走到门边，打开了门。

　　裴恬捏紧了袖角，脚步放得极轻，小心翼翼地跟在陆池舟身后，同时顺着视线，看到了躺在病床上的陆老。

　　相比五年前那个精神矍铄的老爷爷，目前躺在病床上的老人满头华发，瘦得变了形，此时还未清醒过来，同时因为中风，老人的表情并不好看。看得出是全力抢救，但整个人仍然透露着沉沉的暮气。

　　看着，就让人难过。

　　一瞬间，裴恬的眼睛胀得酸疼，她用力眨了眨眼，逼回了眼泪。她搬着小板凳坐到病床边，握起老人枯瘦的手，死死咬着下唇，一声不吭。

陆池舟安静地看着二人，目光停顿在两人交握的手上，几秒后，突然移开了眼。

满室的寂静被裴言之打破，他的声音莫名安定人心。

"我问了裴三，他已经联系了国外神经内科的顶级专家，不日将联合陈主任共同为陆老看诊。"

裴言之口中的裴三，便是裴恬的小叔叔裴言卿，裴家唯一继承医学衣钵的人。请这样的专家过来，不知道要耗费多大的人情。

陆池舟张了张唇，喉间一片干涩。

一听这话，裴恬开心地扭头，满脸希冀地看向裴言之："小叔叔认识的人肯定很厉害！这样陆爷爷是不是就能好了？"

裴言之动了动指尖，终究还是不忍心，几不可见地点了下头。

裴恬弯起眼睛："这样就太好啦！"

但陆池舟显然要清醒得多，他唇角轻轻牵起，声音极低地附和了句："嗯，我等着爷爷好起来。"

裴言之还有应酬，待的时间并不久。走之前，他看了眼黏在病床前的裴恬，倒也没强行将人逮回去，只是淡淡瞥了眼靠在窗边的男人。

后者朝他眨眨眼睛，看起来一派端正："裴叔叔再见。"

裴言之看他就来气，砰的一声，沉着脸关了门。

陆池舟要真给他当儿子，他也不会这么气。但陆池舟明显不安好心要拱他家白菜，如果不是碍着陆老爷子的面子，裴言之当场就能把他打回老巢。

裴恬在病房待到了晚上。这期间，陆老一直未醒，时不时有医生进来换药，高级护工全天候命。

她又抬头，看见陆老的病房外还站着成排的保镖，整个氛围肃穆又沉重。

裴恬靠在病房的小沙发上，不舍得走，近乎执拗地等待着陆老醒来。

陆池舟还有大量工作要忙，陪护陆老的同时，又坐在临时搭的桌前回邮件，桌上还堆着一摞文件。

裴恬看着他专注的侧脸，突然有些恍惚。

陆池舟的情绪好像是分段的，他目前的状态，和刚刚靠在墙边抽烟的男人判若两人。

裴恬托着腮想着，要是自己，肯定已经被情绪扰得不能做任何事情。但陆池舟不一样，他无往不利，无坚不摧。

裴恬看着看着，就出了神。

当她自己迈过心里那道坎儿后，被压抑了好多年的浓浓的感情突然就迸发出来。

裴恬按住胸口，那里似有人拿羽毛轻挠，止不住地痒，一如当年。

裴恬长吐一口气，放任心脏不停跳动，继续一动不动地盯着他看。

陆池舟回完最后一封邮件，才从屏幕上移开视线。不为其他，实在是那道目光太过明显，某只小鸵鸟总挑他分神时悄悄冒头。

女孩素白着一张脸，眼睛黑葡萄似的亮，眼周还带着为他哭过的红痕。陆池舟闭了闭眼，隐住渐深的眼眸。

他倏地合上电脑，扭头，半开玩笑道："再看收费了，一分钟十万。"

裴恬一怔，难以置信道："你怎么不去抢？"

陆池舟弯唇，语调慢悠悠的，似笑非笑道："那给你免费又抱又看的，我不是亏了？"

裴恬气笑了："行啊。"她站起身，径直走到陆池舟面前，居高临下地看着他，"既然要收费，那确实得明码标价。"

"看一分钟十万，那抱一分钟呢？"裴恬微笑问。

陆池舟挑了下眉，轻轻吐出两个字："翻倍。"

"行。"裴恬哼笑一声，又凑近了些，压低了声音，"那亲一下呢？多少钱？"

"再翻。"陆池舟的目光从她的眉眼下移到红唇，眼眸骤然变深。

裴恬眯了眯眼："那你还挺贵。"她状似沉思，"不过没关系，我什么都缺，就是不缺钱。"

她继续俯身，直到与男人鼻息相闻，红唇微启："那一起睡觉呢？多少钱？"

下一秒，裴恬成功听到了陆池舟突然变重的呼吸，与此同时，又伴随着另一道沙哑的男声，竟是来自不知何时已经醒来的陆老爷子——

"他不要钱。"

25

这一声，震天动地。

这……老天爷不带这么玩她的吧？说几句话，都能把陆老爷子气醒？

裴恬慌里慌张地瞪大眼睛，手脚都不知道往哪里放，直到肩膀被陆池舟揽过，男人带着她转身，朝病床方向走去。

裴恬也由此看到了真正清醒过来的陆老爷子。

这样荣光一世的老人，哪怕卧病在床，依然有一番风采。

中风后的样子实在称不上好看，但老爷子异常坦然，有种千帆过尽的镇定。

裴恬能感觉到自己肩膀上男人隐隐颤抖的手。她偏头看向陆池舟，他定定看着病床上的老人，眼尾染上一圈深红。

裴恬蓦然想起，陆池舟已经有五年未曾见着陆爷爷了，且相隔万里。再见面时，身体那样硬朗的陆老却虚卧在床，生命垂危。

裴恬张了张唇，最终还是没有出声打扰团聚的祖孙俩，只拉了拉陆池舟的衣角，示意他往前走。

陆池舟眼睫一颤，这才反应过来，愣怔着走到病床前。

陆老扭过头，抬起未扎针的手抹了把眼睛，声音还不太平稳："臭小子翅膀硬了，爷爷都不喊了。"而对这声的回应，是膝盖与地面相撞发出的沉闷声响。

裴恬一惊，看着陆池舟直接跪在床前，紧抿的嘴唇浅淡到苍白："爷爷，对不起。"

"起来起来。"陆老别开脸，长吸一口气，语气无比嫌弃，"这个样子还给媳妇儿看到，你不嫌丢人，我都嫌。"

裴恬乖巧地眨眨眼睛，后知后觉地发现，这媳妇儿，好像是她。

陆池舟惨白着脸，执拗地不肯起身。

陆老无奈地看向裴恬："你让这臭小子起来，我还没死呢，他跪什么跪？"

这句话似点醒了陆池舟，他连忙撑着床沿站起身。

陆老没好气地瞪他一眼："冒冒失失，一点长进都没有，让我宝贝孙媳妇儿看笑话。"

陆池舟动了动唇，低垂着脑袋老实地任他骂。

有那么一瞬间，裴恬以为回到了五年前。那时，陆池舟还不是现在这般面面俱到，也会因为少年意气冲动误事，被陆老当头臭骂。

陆池舟的情绪收得很快，不过几分钟，他就能泰然和陆老对话。而医生也在此时赶到，开始全面替陆老检查身体。

时间已至深夜，裴恬喊了家里的司机来接，陆池舟送她到门口。

走廊的灯光照射在头顶，裴恬踩着二人比肩的身影。她的影子，正好到陆池舟肩膀往上，也的确如他所想，稍微低头，下巴就能抵在她的头顶，是个适合拥抱的高度。

裴恬能感觉到陆池舟越走越慢的脚步，忍不住偏头瞥他一眼，低声道："我明天还来。

"后天也来。"

陆池舟的眼眸紧紧锁住她的眉眼，蓦地笑了："恬恬真要给我爷爷做孙媳妇儿啊？"

"不。"裴恬冲他一抬下巴。

陆池舟的眼睫动了动，定定看着她。

裴恬歪了下头："因为你爷爷说你不要钱。"

终于忍不住，陆池舟别过脸，笑出了声。

远处，裴家的司机已经候在车门口。

陆池舟突然张开双臂，微微耷拉下眼皮，眼中泛着涟漪，笑得像个妖孽。"那现在就再来一次，来吗？"

裴恬咽了咽口水，很想不管不顾地扑上去，但远处的司机伯伯看着，现在要来这么一下，被裴言之知道，她今晚就别安生了。

裴恬往后退了一小步，傲娇地哼了声："不来，走了。"

说走就走，很快，女孩就蹦上了车。

汽车开走，片刻不见影。

接下来的时间，裴恬抽空就会来看望陆老。

大多数时候，陆池舟都在，但有时公司事务过多，他并不能时刻待在病房，所以裴恬争取每回待的时间长一些。

她也不太懂，来也不过是给陆老解解闷，或者带些他不用忌口的美食。

这天是个艳阳天，窗外的阳光倾泻而入，气温回升，阳光照在身上暖洋洋的。

裴恬盘腿坐在床边的小沙发上，一边刷小视频，一边和陆老分享。

陆池舟不在，陆老把一直陪护的高级护工都屏退到门外，他安静地看着窗边的女孩，时不时跟着她笑。

手中握着的手机松了又紧，到后头，裴恬咽了咽发干的喉咙，忍不住喊："陆爷爷……"

那天的专家会诊，结果如何裴恬并不知道，但她能看出，陆老越来越力不从心的状态。

人老了，薄暮之时，哪怕再装作若无其事的模样，也终究掩藏不住。

这个变化，她能看见，陆池舟也能。

所以，男人眼中的红血丝越来越重，却将所有疲惫掩藏入心，外表仍是波澜不惊，去担起外界越来越重的枷锁。

门口的保镖四班轮岗，人数越来越多。

陆氏内部的纷争也因为陆老爷子的苏醒而不断扩大，眼前的安稳不知能维持到几时。

一阵长久的寂静后，陆老扬起抹微弱的笑容："恬丫头，你都看出来了？"

裴恬红着眼睛点点头。

"你这孩子，打小就聪明，什么都瞒不过你。"陆老说话已经有些含糊，但语调依旧轻快，"我们家那臭小子，也不知道哪来的福气能遇见你。"

裴恬扑哧一笑："他能遇见我，确实挺幸运的。"

"所以，爷爷今天脸也不要了，"陆老淡笑着摇头，"也不敢和你爸说，只能觍着脸求求你。

"我走前，对那臭小子怎么也放心不下。他这些年的行事风格，就像在走钢丝，我不想他走了我年轻时的路子。"

裴恬一愣，握紧了指尖。

"陆枫是我一位故人的孩子，我年轻时做事过于偏激，连累了身边的人，也让这位故人为此抵了命。这孽债终究是要还到我身上，我不冤。

"还有挽月，她也是个命苦的孩子，年纪轻轻地守到了现在。

"只是池舟，他不该背负这些。"

"恬丫头，"陆老爷子哑着嗓子，"我就把池舟交给你了。

"你就帮爷爷看着他，让他别走岔了路，好不好？"

裴恬不知那天是怎么从病房里走出来的。生老病死，这对她来说，实在是件非常陌生的事。

迄今为止，她唯一经历的生离死别，只有几年前太爷爷的去世。但她的太爷爷去世时很安详，未遭受任何病痛，以百岁高寿辞世。

裴恬从未有哪一刻这么无力。

原来，哪怕身居高位、家财万贯，在面对生死时，终究无能为力。

可那是陆爷爷啊，教出这么一个陆池舟的陆爷爷。

他在商界戎马半生，家离子散，老年病痛缠身，手下一众似亲非友、虎视眈眈，临去前唯一放心不下的，只有陆池舟。

A市迈入初冬。

最近几天，气温降至冰点，凛冽的风打在面上，带来刺骨的寒意。

傍晚时分，陆池舟从医生办公室里走出，定定看着地面出神，苍白的指尖紧紧扣住冰凉的墙面。

医生的话尤响在耳边，字字句句在脑中一遍遍地放映："陆先生，请节哀。"

他闭了闭眼，再睁眼时，眼眸中已无半分情绪，他冷冷地说："杨执，每一个入口都加强安保。"

"是。"

不出意外，今晚会有一场大戏。

陆池舟加快脚步，大步迈过医院的长廊。他来到病房门前，低头看着地板的缝隙，要推开门的手微微颤抖。

不多时，门内传来的欢声笑语打断了冥想。

女孩的笑声宛如银铃，估计又是看了哪个搞笑视频，又窝在那个小沙发上哈哈大笑。她经常一坐就是大半天，也懒得挪位置，小沙发都被她坐出了一个坑。

这样的笑声，一瞬间让陆池舟觉得，这扇门的背后，不是命运的最终审判，而是一种皈依和归宿。

陆池舟推开门，看清屋内的场景后，眼睫颤了颤。

老爷子一改往日的状态，精神显得异常好，甚至穿上了久未触碰过的唐装。

回光返照。

陆池舟的第一反应就是此。他呼吸一窒，心脏紧紧绞成一团。但对面的女孩一如往常般，笑得眉眼弯弯，看见他后，也没什么反应，继续给老爷子看她手机中的搞怪短视频。

陆池舟坐到她身边，陪着一起看，他发现这二人的笑点是真的非常低。

明明不好笑，但一老一小仍然笑得胸腔直颤，看得陆池舟自己也跟着笑。

当天，裴恬走得很早，陆池舟将她送到门口。

初冬的天黑得异常早，还未到晚饭时间，天却已经黑得很彻底了。

陆池舟站在灯柱前，看着穿着红色薄袄的女孩转身走出几步，却越走越慢，最终停了下来。

他讶异地看着她突然转身，像只翩跹的蝴蝶般奔到他面前。随后，大衣间钻进一个娇小的身影，宛如一只小火炉，暖到了心间。

裴恬埋首在他怀中，声音不大，嘟嘟囔囔响在耳畔。

陆池舟忍不住，揉了揉她的脑袋。

"你今晚，一定记得和陆爷爷多说说话。"

"好。"

"还有，不许哭，陆爷爷说这样很怂。"

"嗯。"

"最后，念在你喊我爸一声爸的分儿上，"裴恬鼓腮，认真地看着他道，"你还有我。"

26

陆池舟再回到病房时，窗边立着道人影。他定睛一看，发现老人家竟是已经耐不住，撑着窗沿站了起来。

142

听到动静，陆老转过身，又扶住把手，稳住身形坐在了窗边的小桌子前。

那是裴恬专门找人抬来的桌子。过去的几天里，她经常坐在桌前陪老爷子一起吃饭，每天还变着花样吃，看得谁都忍不住多吃几口。

"傻愣着干什么？"老爷子示意旁边的护工拆饭盒，冲陆池舟扬扬手，"还不过来？"

陆池舟的喉结动了动："好。"

他就坐着，目光没什么聚焦，定定盯着饭盒，半晌也没动作。

老爷子毫不客气地拿筷子敲他的手："一天天魂不在身的，哪有恬丫头一点机灵劲儿？"

陆池舟闻言，轻轻地笑："她机灵就行，反正都是咱家的。"

"啧，"老爷子轻嗤，又"嘘"了声，"你这话可别在裴家人面前说。"

陆池舟配合地应声："嗯，我不说。"

老爷子想了想，又补充："其实，你要真的去'倒插门'，我也没意见。"

陆池舟轻咳一声，笑得胸腔直颤："这可是您说的啊。"

老爷子睨他一眼："嗯，我说的，那丫头能要你，我就谢天谢地了。"

陆池舟仍旧是笑。

"吃吧，"老爷子指了指碗，"咱爷儿俩也很久没一起吃过一顿饭了。"

"吃碗汤圆，这走的路上也热乎点。"

陆池舟动作一顿，眼底的笑意慢慢凝固，散了个干净。

老爷子依旧平静，一口一口缓慢地吃起了汤圆，末了，还评价道："太甜了。"

陆池舟咽下口中甜得发苦的汤圆："不甜。"

老爷子瞪他一眼："就你小子，天天和我唱反调。"

陆池舟眼底染上浓浓的哀伤，他强颜欢笑道："一天不和您唱，我就不舒坦。

"所以您再等等我，成吗？"

老爷子低眼，握着筷子的手微抖，终究硬起心肠，冷声道："等什么等，你以为谁都会在原地等你吗？"

"恬丫头能等你，是你八辈子修来的福气。"

陆池舟缓缓眨了下眼，眼眶渐渐泛红。

老爷子抽过纸巾，一丝不苟地擦着嘴，深邃的眉目间再无半分玩笑之意，理智到近乎残忍。

这顿饭到了末尾。

"我走后，委托律师会在第一时间联系你，并当众公布遗嘱。虽然现在陆氏已经被那孽障搅得天翻地覆，但终究是咱家的东西，没理由让外人糟蹋了去。

"陆枫大本事没有，小动作挺多，你注意严查他，不要接手后反被对家钻了空子，把整个陆氏都拉下水。

"我半死不活了五年，原来那些能用的人，现在一个也不可信，你可以不顾我的情面处理他们，但切记，为自己留一条后路。"

说到最后，老爷子已有些气喘："至于陆枫……"

"爷爷，"陆池舟闭了闭眼，隐住冷冽的眸色，"我不会放过他。"

宛如流沙般渐渐流失的力气让老爷子的语调越来越缓，他无奈地说："你啊。"

他的目光投向病房外，那里人头攒动，隐隐传来熙攘的吵闹声。

"算了，"老爷子长吐一口气，"让他们都进来。"

陆池舟的下颌紧紧绷起："不要脏了您的眼。"

"你小子，没意思。"老爷子睨他，重复一句，"让他们进来陪我聊聊天。"

进来的人，依旧是那些熟面孔。

陆枫站在最前面，他头上还包着纱布，显然是伤未养好，就急急忙忙赶来了。他看着神采奕奕的陆老，脸色变换半响，半天吐不出一个字。

和他同来的几位，都是陆老原本最为信任的老部下。他们原以为，见到的会是奄奄一息的老人，到时陆池舟为了稳住局面，必会拒绝让他们进入。如果是那样，他们便可以让媒体大肆渲染，舆论压力下，陆池舟的行为动机不纯，势必会遭到反噬，就算通过遗嘱掌控公司最多股份，股东也不会轻易承认他。到时，陆枫也可暂时稳住地位。

这次，将是最佳的可乘之机，也是背水一战。

结果，见到的是这样言笑晏晏的陆老。

五年来，陆老大多数时间处于意识不清醒的状态，且滑如泥鳅，对遗嘱和律师绝口不谈。陆枫使尽手段，甚至将陆池舟逼至绝境，以此威胁，也未曾套得一星半点的信息。

谁都不知道，这个精明一世的老人到底留了怎样的后手。陆枫进退两难时，还得尽全力保住他的命，可老人却突然选在这个最佳时机干脆利落地自我了结。如果成功，陆池舟不必再有所顾虑，那他陆枫，当即便一败涂地。

气氛一片肃穆，所有人各怀心思。

陆池舟半靠在窗前，整个人的气压极低。

在场唯一镇定的陆老环视众人："都来了？"他略过陆枫，看向以前的手下。

在触及他的目光后，所有人都心虚难耐地垂下头。

"正巧，"老爷子弯唇，"我也有件事要和你们分享。"

他的声音不急不缓："很早之前，我就立了两份遗嘱。

"这遗嘱一，我名下不动产归池舟，公司股份池舟和陆枫七三分。

"这遗嘱二，也是某种极端情况下的万全之策，则是所有财产都归池舟。"

"这选择权，都在陆枫你自己手里。"似想到什么，老爷子讥讽一笑，"陆枫，我该说你点什么好？忙活了五年，也没见着讨着什么好。

"碍于你爸，我到现在也没动你。"

"至于池舟要怎么做，我也管不着他。这小子，现在翅膀比谁都硬。"说完，老爷子还唏嘘了声，"说实话，我还得谢谢你们，给他好好上了一课。"

陆枫的脸色由青涨到紫再到黑，宛如小丑般，他暴喝出声："我信你的鬼话！谁不知道你们陆家人最是薄情寡义，你陆秉钦尤甚！

"当初我爸为你而死，你将我收养在身边，我处处谨小慎微，可你们哪有半分真心？我样样都比你那废物儿子强，你又何曾对我有半分欣赏？我爸愿意给你家当一条忠心耿耿的狗，我可不愿！

"好不容易熬到陆琛死了，我为陆家当牛做马这么多年，你竟让我辅佐毛都没长齐的陆池舟，你又何时看到过我？！"

"还好，"陆枫大笑出声，"你造的孽太多，老天爷都不放过你！妻儿早逝，老来也只能躺在床上苟延残喘。"

他抬眼，看到陆池舟阴沉的脸色，啧啧两声："就连唯一的孙子，也要步你的老路。"

相比于陆枫的歇斯底里，老爷子的态度实在太过淡定："陆枫，哦不，袁枫。"

一听到这个姓，陆枫眼中血红，眼看就要暴跳而起。陆池舟示意保镖从后膝弯将他踹倒在地，居高临下地看着他，语气阴鸷："跪下来听。"

老爷子瞥了眼陆池舟眸中掩不住的暴戾，无语地摇了摇头。

他又看向陆枫，似有些疑惑："做忠犬不好吗？"老爷子皱了下眉，一字一顿反问，"总比丧家之犬要好吧？"

病房内倏地传来一声气愤到凄厉的号叫，还伴随着不堪入耳的谩骂，但也只是几秒，随后便被人强行捂住了嘴。

裴恬在一阵心慌中惊醒，她摸出手机，时间显示早上八点，耳畔沉沉响起学校的上课铃。

没有早课，室友还在睡觉，周围一切都静悄悄的。她翻出手机，没有任何消息。

裴恬闭眼，捂住胸膛，试图缓解那阵心悸。

她心不在焉地度过了漫长的白天。

傍晚时分，裴恬正与何佳佳在食堂吃饭，不经意一抬眼，看见了亮起的屏幕，显示有消息推送。

陆秉钦去世。

这条微博已经被顶上热门。

砰的一声，筷子掉在地上。

一时间，裴恬甚至听不清耳边的声音，只是漫无目的地盯着屏幕不说话。

昨天她走的时候，依旧像往常般和陆老说"再见"，却没听见陆老的回复，他似乎在用这样的方式无声道别。

后来，裴恬只在陆老出殡那天见过陆池舟一面。

那天下着雪，男人全身黑站在人群首位，露出的小半边侧脸白得近乎透明。

　　身边人来人往，上层圈的人闻声倾巢而动，将葬礼出席当成了商业聚会，所有人都在预估陆氏之后的发展。

　　陆池舟脸上挂着客气的笑，在一众人中游刃有余，窥不出丝毫脆弱。

　　只不过几天，他又变成那个无坚不摧的陆池舟，强大而顶天立地。

　　时间到了十二月初。

　　A 市已经下了好几场大雪，整个城市一片银装素裹。

　　一到这种天气，裴恬恨不得整天都裹在被子里。她躺在床上，只露出两只手，将围巾的线条剪掉，又抖搂抖搂，才做完了承诺送给许之滴的围巾。

　　将成品的图片发给她后，不消片刻，许之滴就打来电话："你简直是我的甜心大宝贝！等着，我马上就回来试！"

　　裴恬笑："你不是在拍戏吗，怎么要回来了？"

　　许之滴的语气很欢快："要给新剧做宣传呀。"那头顿了几秒，突然道，"对了！告诉你个好消息，《危险关系》的主演确定了！"

　　她清了清嗓子："鄙人不才，很荣幸将要参演女二号。"

　　裴恬倏地从床上跳起来："真的呀！主演呢？主演是谁？！"

　　对啊，最近发生了好多好多事，她都忘了关注荧幕情侣！而《危险关系》的工作进程前段时间进入了僵持阶段，投资方之间起了矛盾，起因便是那位王总。

　　由于掌珠方态度强硬，王氏无奈撤资，剧组也重新整肃了不良风气。这一来二去，工作进程就落下了，直到近日才重新选拔演员。

　　"女一号是周以晴。"许之滴显然也很惊讶，"陆池舟真是好大的魄力，竟然真要她演。"惊叹完，许之滴补充一句，"当然，周以晴那演技确实牛，穿上旗袍，像从书里走出来的似的。"

　　顿了会儿，她又笑嘻嘻道："当然我也很棒啦，因为个人形象贴合，重新去了女二号的试镜，这不就选上了嘛。"

　　"棒，你们都很棒。"裴恬抿唇直笑，"这样就再好不过了。"

　　许之滴："没错，一切都步入正轨了。"

　　是啊，生活还是要过，度过了艰难险阻，重新步入正轨。

近日来，A 市上层圈最广为流传的事情，莫过于掌珠科技正式并入陆氏集团。自此，整个陆氏集团正式易主，这样庞大的商业集团就这样落在一位二十五岁的年轻人身上。

伴随着陆池舟的上位，各式媒体写文章报道，坊间传了一波又一波的谣言，隐隐将这位新任掌权人推上了舆论的风口。

据传，陆老的死就和陆池舟有关。陆老辞世当天，陆池舟将医院大门层层把守，为的就是逼陆老篡改遗嘱。明明白天还颇有精神的老人，凌晨却悄然离世，死因扑朔迷离，要说和陆池舟没有关系，搁谁谁也不信。

这之后，陆池舟顺利上任，手段狠戾至极。为了争权，直接将叔叔陆枫送进大牢，条条罪状罗列清晰，除了逃税漏税，还有一系列耸人听闻的罪名。这要判下来，陆枫不是死刑也是无期。

狡兔死，走狗烹。拔除了陆枫，剩下的几位从年轻时就跟着陆老的元老级人物，也在短时间内被陆池舟架空。从上到下，走的走，裁的裁，一时间，人心惶惶。陆氏彻底变了天，各部门都有陆池舟安插的人。

当然，除了这些扑朔迷离的传言，媒体更关心的还是他的八卦。

没承想，这一扒，还真扒到不少东西。

原来，这样神秘的人也有一段让人啼笑皆非的往事。

陆池舟自小就被裴恬看上，强夺过去做了十几年的"童养婿"，二人青梅竹马，一起长大，只是现在不知发展得如何了。

但媒体将两人的身份、背景、性格仔细一合计，还是得出一个结论——不合适。

这种蜜罐子里长大的女孩，和现在这位修罗般的人物哪里相配？要是在一起了，指不定被吃得渣也不剩。

再者，这陆池舟现在要什么样的女人没有，又何必和这位带给他十几年耻辱的"小青梅"在一起？

这之后，关于陆池舟的八卦传言，被媒体炒了又炒，传到裴恬耳边已经是——

"糟糠青梅"强人所爱，"童养婿"逆袭一雪前耻。

27

裴恬被这种无良媒体的发言气得当晚少吃了一碗饭。

陆池舟是一朝逆袭，身价百亿，但她堂堂二十出头的青春美少女，怎么就成"糟糠"了？于是，她连夜将所有有关文章都举报了个遍。

睡前，她还豪气万丈地想，等把人弄到手了，就连夜发陆池舟为她死心塌地、要死要活的通稿。

陆池舟这辈子都别想逃过她的五指山。以后媒体说起什么神秘大佬，前缀就是她裴恬。

虽然只是想想，但裴恬依旧靠脑补，是以她又做了一个长长的梦。

其实，裴恬很早就对陆池舟产生了莫名其妙的情绪。这种情绪，在十四五岁时达到了最高点。

那时，裴恬刚上初三，对学习也不怎么上心，成绩马马虎虎。而陆池舟上了大学，修金融和法学双学位，同时已经越来越频繁地跟陆老出席各种商业场合。

明明只差了四岁，裴恬还在为数学题烦心时，陆池舟俨然已经步入另一个世界。

有时得闲，裴恬会去学校找他。好几次陆池舟都在忙，忙学业，忙工作。

他的身边总是围绕着很多人，其中就包括一些漂亮的大姐姐。后来裴恬得知，这些都是他一个课题组的同学。

裴恬一眼就能看出，这些大姐姐都喜欢他。

有一次，有个女生问："池舟，这个漂亮的小妹妹是谁呀？"

裴恬的心瞬间提高了一个度，她有些慌乱地眨了下眼。

有男声跟着附和："就是啊池舟，和我们介绍一下啊。"说完，这个男同学还朝裴恬抬了抬下巴，半开玩笑道："小妹妹，哥哥等你长大哦。"

也就是那次，陆池舟头回在同学面前失了分寸，几近凛冽地看向男同学："说话注意点。"

男生的笑意僵了僵："开个玩笑不行吗？"

陆池舟将裴恬往自己身后拉，冷冷道："不行。"

女生又问："她是你妹妹吗？"

裴恬抬头，眼睛一眨不眨地盯着陆池舟，也在等他回应，随后听到他说："不是。"

女生欲再问，陆池舟却已失了耐心，直接找了借口，带着裴恬离开。没听到他的答案，裴恬也有些失望。

她跟着陆池舟走在校园的小道上。

少年始终一言不发，裴恬心中憋着口气，她闷闷道："那个女生喜欢你。"

陆池舟一愣，有些好笑地看着她："你怎么看出来的？"

裴恬鼓腮，低头看着脚尖："很明显啊。"

"我都不知道，你就知道了？"陆池舟低头揉她的脑袋，"人小鬼大。"

"我不小了！"裴恬气呼呼道，"我什么都懂！"

陆池舟挑眉："你懂什么了？"

"我什么都懂。"裴恬别过脸，小声嘟囔，"我们班好多喜欢我的呢。"

一听这话，陆池舟突然停下脚步，脸上笑意尽敛，面无表情地看着她："你说什么？"

裴恬眨巴着眼："我说我们班好多……"她捂住被敲疼的脑袋，瞪他，"你干什么啊？"

陆池舟绷着一张脸，冷声训她："不许早恋。"

裴恬冷哼一声："只许州官放火，不许百姓点灯。

"你自己左拥右抱，时不时换个姐姐陪你，却不许别人喜欢我？"

陆池舟似被她说蒙了："我左拥右抱？"

裴恬别过脸，脾气也上来了："你不许我早恋，你自己就要以身作则。"

陆池舟被气笑了。

陆池舟扯唇，状似漫不经心，眉眼间却窥不得半分玩笑："你要是敢，看我会不会把他腿打断。"

"打断一个，还有九个。"

陆池舟的额角跳了跳，深吸一口气："我看你是欠收拾。"

自那次之后，裴恬成功给自己作来了一堆事。每周的作业突然翻倍，陆池舟美其名曰替她补课，暗地里却死劲压榨她，不让她有任何脱离他视线的机会。

这种情况一直持续到她中考前。

那之后，陆老突然倒下，陆池舟因为突如其来的事情分身乏术。

再之后……没有然后了。

梦境到这里戛然而止。

裴恬是被许之漓的一通电话叫醒的，那头语气欢快，嚷嚷着她已经到A市了。

许之漓问："晚上你家酒店有个慈善晚会，你要不要陪我去玩玩？"

裴恬打了个哈欠，脑子里还混混沌沌的："有点懒得动弹。"

"来嘛宝贝。"许之漓娇声道，"正巧，你把织好的围巾拿给我。"

哼，女人。

裴恬又往被窝里挤了挤："你根本只是想要围巾罢了。"

许之漓啧了声："行了，你爱来不来吧。

"今晚我帮你看着，有多少女人要对陆池舟投怀送抱。"

裴恬倏地睁开眼睛："投怀送抱？"

"你不知道？"许之漓笑眯眯道，"最近陆池舟这么大风头，不知道多少女人虎视眈眈呢。

"哦对，这些也和你这'糟糠青梅'没什么关系了。"

裴恬心中一阵堵，闷闷道："你说谁'糟糠'呢？"

"这可不是我说的。"许之漓哼了一声，"反正你整天躺被窝里发霉，媒体见不着你面，可不就随意编派了嘛。"

裴恬闭了闭眼，还是成功被气着了，她倏地掀开被子："我觉得你说得有理。"

眼看小鸵鸟就要上钩，许之漓得意弯唇："我在咱俩常去的那家造型室，等你过来。"

那头气势如虹："好，马上来。"

挂了电话后，许之漓给杨执发了个"OK"的手势以汇报进度。

前不久，许之漓和叶梦闹翻，和原来的公司解了约，而这样的结果，便是几个正在接触的资源全黄了。

眼看着就要回家继承家业，天启主动朝许之漓抛来橄榄枝，而她这么个小演员能被天启相中，背后应有陆池舟的手笔。

许之漓去公司报到时，头一回正经见到了这位目前炙手可热的陆大总裁。

陆池舟自然不是什么含蓄人，几句话洗脑下来，许之漓当即决定把裴恬卖了。

不是她没原则，实在是对方给得太多了。

那天陆池舟朝她暗示，裴恬这只小鸵鸟，除了打嘴炮，没有一点实际行动。

许之漓保证，一定会让裴恬支棱起来。

万事俱备，只欠东风。

许之漓掐指一算，今天便是时候。

裴恬出门前，看了眼今天的气温，零下三摄氏度。

这样的天气，要搁以往，她势必不会出门。但心里那阵无名火烧得正旺，被许之漓拿小扇子扇动一番，隐隐有燎原之势。

裴恬清醒地意识到，自己在生气。她被媒体编派"糟糠"，陆池舟身边还敢美女不断？！

裴恬一路快马加鞭地去了造型室。许之漓正在做头发，看到她，许之漓一打响指，几位造型师同时出现。

都是老相识，经常给裴恬做造型的造型师叫露西，她热情洋溢道："盼星星盼月亮，终于把裴小姐盼来了，多久没光顾咱这小庙了？"

裴恬上前两步，笑眯眯地放下包："今儿不就来找露西姐姐了吗？"

小姑娘长相甜美，说话时脸颊酒窝浅浅，没一点架子。

几位资深造型师围着她转，笑着问她要什么造型。

裴恬托腮想了想，还未答话，许之漓替她答："性感的，越勾人越好，最好把人的魂都勾没了。"

露西猛地一拍手："这可太棒了！"她打量了下女孩精致的眉眼，"咱裴小姐这样的，要真勾起人来，谁能受得住？"

下一刻，裴恬便被几位造型师按在椅子上，以露西为首，个个摩拳擦掌。

造型做到一半，造型室的大门突然被人推开，女人单刀直入，语速极快而不容置喙："露西，晚上有个宴会，帮我做个造型。"

唐羽进门便扔下包，跷腿坐在沙发上："要冷艳性感一点的。"

隔间内，露西听到声响，在裴恬耳边歉疚道："抱歉，裴小姐，外头有客户找，我马上就回来，您放心，一定给您做得美美的。"

裴恬笑了笑："没关系，我等你哦。"

露西走出隔间，冲唐羽道："不好意思，唐小姐，您没有预约，现在我手头还有客人，我可以让我的徒弟帮您做，您看成吗？"

唐羽一蹙眉，盛气凌人道："你徒弟？她哪能行？"她烦躁地吐口气，"这样吧，我给你双倍价格，你先给我做。"

露西不动声色地笑了笑："抱歉，唐小姐。"

经纪人徐英是个暴脾气，她懒得和露西多说，直接迈腿闯入包间："没关系，我去找你那位客户沟通一下。"

露西脸色一变，连忙跟上去，却见徐英已经推开门，正抱臂看着里面的许之漓和裴恬。

徐英是认识许之漓的，看见是她，想当然地把裴恬当成了小艺人，连说话都硬气了许多："我们家唐羽今晚有宴会，先借用一下露西，抱歉了二位。"

通知完，徐英正要离开，便听里面传来轻轻柔柔的一声："等等，我没说要同意啊。"

徐英脚步一顿，眼中满是不屑，皮笑肉不笑道："那可真是不好意思了，我们愿意出双倍价格请露西。"

露西这样的高级造型师，量她们也没有底气和她争。

听到这话，裴恬笑了声，没有回头，仍是缓缓拿着口红涂抹着唇瓣，又对着镜子抿了抿嘴唇。

整个妆容基本已经完成，饶是裴恬自己，照镜子时，都有些愣神。

原本圆圆的眼睛，被勾勒出了上挑的形状，再加上出色的眼妆，眉宇间的稚气感骤减，变得明艳而不可方物。饱满的唇瓣上色后便是点睛之笔，映衬得肤白如雪。

"可是，是我们先来的呀。"裴恬心情不错，还想先和她讲讲道理。

徐英冷嗤："先来又怎么样？"

裴恬和许之漓对视一眼，后者看好戏般挑了下眉。

裴恬抱臂，慢悠悠地转过身："所以你妈妈没教过你先来后到吗？"

站在徐英后头的唐羽看见裴恬，震惊地瞪大眼睛，她连忙拉住正要发作的徐英："英姐，我们走吧。"

徐英根本不管她，仍盯着裴恬，眯了眯眼睛："名气不大，脾气不小，你知道我们是谁吗？"

裴恬瞥了眼唐羽越发难看的脸色，故意摇了摇头："不知道。"

"行啊。"徐英哼了一声，"那你听说过陆池舟吗？"

裴恬眨了下眼，似才反应过来般，拖长声音"哦"了一声。

徐英得意一笑："知道陆池舟是谁就好。我们唐羽今天要陪陆总参加晚宴，孰轻孰重你分得清楚吧？"

听到这话，唐羽的脸色僵了僵，满脸不自在，但不过一秒，她又坦然起来。反正她终究是天启的人，借用陆池舟的名头，也没什么大不了的。

裴恬把玩着手指，半晌没说话。

她平常脾气挺好的，但今天只觉胸腔里那把从昨晚就在烧的火越来越旺，已经隐隐要迁怒于人了。

"我还真分不清楚。"裴恬抬眼，语气很淡，"你让陆池舟自己来和我说，到底孰轻孰重。"

唐羽咬着下唇，拉着徐英的衣角，小声道："英姐，我们走吧！"

许之漓突然忍不住，扑哧笑出了声。

裴恬指尖轻叩桌面，十分善解人意道："这样吧，我帮你们和他说。"她摸出手机，笑盈盈地看着徐英。

徐英脸色一变，终于意识到不对劲。她看着女孩已经拨通的手机，忙要出声阻止，但不过一秒，那头已经接通，传来道熟悉的男声。

男人那一贯没什么情绪的嗓音此时温柔带笑，宛如情人般的低语——

"小祖宗，终于想起我了？"

28

这一声，不高不低，恰好能让屋内所有人听见，一时间，众人表情异彩纷呈。

最先反应过来的是许之漓，她啧了声，受不住地别过脑袋。

裴恬能看清她用口型比了两个字——

"肉麻"。

饶是裴恬，也被陆池舟的话搞得里外不是人，她羞恼地捂了捂泛红的耳朵，凶巴巴道："你能不能好好说话？"

那头顿了会儿，放低了声音，尾音低哑："我怎么没好好说话了？"

这种声音，听在耳边和喘息没什么两样。

怎么连说话都要勾引人？！

裴恬下意识捂紧了手机的扬声器，感觉像握着个定时炸弹般，灼得手心一片滚烫。

"我有事要和你说，"裴恬抬起微颤的眼睫，"你正经点。"

陆池舟止住笑，声音稍微正常了点："好，我听着。"

裴恬看了眼不远处面色发黑的徐英和唐羽二人，难得想娇蛮一次，她轻哼了声："有人欺负我。"

徐英吓得双唇煞白，她颤着嗓出声："陆总，陆总，我是徐英。我们真的不知道这位小姐是谁，如果有任何冒犯，还请陆总大人有大量，我们保证下不为例！"

电话那头是一片令人窒息的安静。

再出声时，陆池舟并未搭理徐英，只轻声哄："恬恬继续说，怎么欺负你了？"

裴恬此时觉得，自己颇像个踩着陆池舟肩膀作威作福的反派。

但说实话，这感觉还真不赖。

裴恬抠抠指甲，倒也没有添油加醋地告状，只如实道："是我先找的露西给我做造型，但唐小姐后到，却要露西先给她做。

"我不愿意，徐小姐又说，凡事没有先来后到，还说唐羽今晚要陪你出席晚宴，要你过来评判个孰轻孰重。"

到最后，她放沉嗓音："刚好，你现在就评个孰轻孰重吧。"

电话里的男人嗓音清淡，明明是舒缓的语调，一字字却砸得人脊背生寒。

"这还需要评吗？"

唐羽沁出满背的冷汗，嗫嚅道："陆总，我错了，我也是急着做造型，您看……"

还未说完，便被男人打断，他似根本没有听见她说话般，继续道："我们恬恬，什么时候都是最重要的。"

旁边的许之漓深吸一口气，裴恬的脸色烧得更烫，连耳根都泛着软，她讷讷道："行了行了。"

陆池舟还没有停止的意思："旗下艺人私德有亏，这件事我会处理，必定给恬恬一个交代。"

裴恬"嗯嗯"两声："我挂了。"

陆池舟轻笑："好。"

挂了电话后，整个化妆间一片安静。以露西为首的几位造型师好似瓜田里的猹，满脸兴味地偷瞄着她。而徐英和唐羽满脸灰白，当真如泄了气的皮球。

徐英倒也放得开，末了，还朝裴恬道了声歉。而唐羽扭捏了半晌，躲闪视线，终究是说不出道歉的话。

裴恬懒得管她，听从露西的，去选晚上出席宴会的礼服。

换了礼服回来时，唐羽二人早已走得没影。

裴恬走到全身镜前，有些不确定地问许之漓："怎么样？这身……合适吗？"

许之漓早已装扮完毕，此时正坐在小沙发上刷微博，不经意一抬眼，手机差点掉落在地。

她整个人愣在原地。

"怎么了？"裴恬不太自在地捂住前襟，又在镜前转了一圈，看到背后大片裸露的肌肤，"是不是很奇怪啊？"

许之漓将手机一扔，直接冲到裴恬面前酸溜溜地嘟囔一句："真是便宜陆池舟了。"

裴恬没听清："你说什么？"

许之漓连忙摇头："没，我什么也没说。"

"这身儿到底怎么样啊？"裴恬又问一遍。

许之漓连连点头："好看，好看到我流鼻血。"

这身儿确实好看。

女孩的黑色长发松散地披在身后，身着一声正红色丝绒吊带礼服，细细肩带挂在细瘦的肩膀上，露出修长的天鹅颈和清晰可见的锁骨。胸前起伏绵延，勾勒出极细的腰线，体态婀娜又轻盈。

好看到身为女人，都恨不得把她抱回家，藏起来。

得到许之漓的肯定，裴恬才勉强认可了这套奇奇怪怪的装扮。她裹上来时长长的棉服，拉着许之漓，一起坐上了去君泽酒店的车。

正是下午六点，君泽酒店门前金碧辉煌，因为有晚宴，不少富豪、明星都来参加，停车场里的车成排横列。

进入宴厅内部，裴恬才舍得褪去外面套着的大棉衣，感受到屋内徐徐的暖气，整个人才算彻底"活"过来。

宴会厅内，已经坐满了大半。

圈内相熟的，都会三三两两凑成个圈谈天。有人看见裴恬，连忙朝她招手。很快，她的身边就围了一群人。

没聊几句，裴恬就失了兴致。她跟着许之漓游走在点心区，拿了几个甜点，又找了个角落的位置有一搭没一搭地吃着东西。

直到门口突然传来一阵较为沸腾的熙攘声，裴恬咽下口中嚼了一半的甜点，循声望去。

进来的人身高腿长，穿着一身笔挺的手工西装，手臂上搭着件长款大衣，从宴会厅大门口缓步走进。

他身后还跟着一大拨人，黑压压一片，走到哪儿都带起一阵声响。

不是别人，正是最近炙手可热的陆池舟。

裴恬抬眼，就看到在场诸多女星的目光随着他的身影而移动。她低低哼了一声，真是只招蜂引蝶的花孔雀。

陆池舟进场后，目光便在整个场地逡巡一圈，拂过裴恬这处时，眯了眯眼。

裴恬察觉到他的视线落在了自己身上，半晌未动。幽深的目光看得她周身萦绕着阵阵冷气，脊背生寒，不由自主地缩了缩肩膀。

陆池舟似想过来，但不断有人和他打招呼，打断了他的步调。

他身周时不时就围着人，有男有女，裴恬翻了个白眼，不再关注他。

晚宴中途，裴恬去了趟洗手间。

君泽酒店的一层楼有数个洗手间，且较为分散，凭着对地形的熟悉，裴恬能很快找到人最少且最偏僻的那个。

她在厕所的隔间里，拿出小镜子补了妆，正要出去，木门外传来细碎的脚步声，伴随着女人的窃窃私语。

"你知道吗，唐羽今晚没来。"

另一道女声幸灾乐祸地附和："谁不知道啊，不然就今天这场合，她能不炒作？早微博热搜挂着了。"

"据说是因为得罪了陆总，她晚宴的名额直接被取消了。"

"噗，陆总总算烦她了，我看她还能得意到什么时候。"

"怎么，你也想去追啊？你不知道陆总有个'小青梅'吗？"

"一个娇气的小公主罢了。陆总现在要什么样的女人没有，何必一棵树上吊死？"

另一道女声娇笑着："确实，要是陆总愿意，今晚我就等他。"

"谁不是呢。"

裴恬撑着脑袋，面无表情地在隔间里等着二人说完离开。

厕所，当真是永远的八卦聚集地。

她也是当真想不到，陆池舟这祸水，在女厕所也能威名远扬。

重回到座位时，裴恬兴致缺缺，许之滴不在原位。不知怎么，陆池舟这时候也突然不见了人影。

裴恬冷嗤一声。

指不定正在和哪个崇拜者言笑晏晏，好不得意。

她一个人坐着玩了会儿手机，直到身畔椅子被拖动，许之滴不知从哪里回来，手里还拿了一大瓶香槟。

"怎么了，闷闷不乐的？"许之漓抽出俩杯子，倒了满满两杯，还顺势将一杯放在裴恬面前，"要不要来点？"

裴恬盯着面前清透的酒水，定定看了半晌，突然，她一声不吭地举起酒杯，一口闷了进去。

许之漓吓了一跳："哪有你这么喝的呀？！你这样不醉才怪。"

裴恬毫不在意，漫不经心道："没事的。"

许之漓嗔她："你喝酒又不行，一会儿喝醉了，我可不扶你回去。"

裴恬撑着头，感受着胃中灼烧后的滚烫感，她挥了挥手："不用你扶，我要去碰瓷。"

"碰什么瓷？"

裴恬高深莫测地一笑，冲许之漓勾勾手："过来。"

许之漓将耳朵凑过去："要说什么？"

裴恬扑哧一笑："我要去找陆池舟。"

许之漓惊呆了："什么？"

裴恬皱起秀气的眉："我很不爽。"

"所以……"

裴恬定定看着她："所以，我要趁着酒劲，在众目睽睽之下，给他印个章。"

许之漓动了动唇，颤声道："好，我支持你，你快去。"

裴恬摇了摇手指："等会儿，"又指向自己的脑袋，"等我上头。"

许之漓愣愣点头，给她竖了个大拇指。

二人就坐在这里静静等着，许之漓时不时观察一下裴恬。

女孩小脸渐渐酡红，眼神也开始迷离，正撑着脑袋发呆，直到有人走到她身后。

许之漓看去，竟是杨执，她朝这位大特助礼貌地点了点头。

杨执拿着陆池舟的大衣，看着眼前这明显喝多了不在状态的女孩，一时哭笑不得，拿手在她面前晃了晃："裴小姐？

"这是陆总让我给您的衣服，他要您穿上。"

裴恬只是定定瞧着他，半晌不说话。

杨执又喊了一句："裴小姐？"

裴恬的眼眸这时才有了聚焦，她撑着桌子站起身："带我去找他。"

慈善晚会已经到了高潮。

陆池舟作为本场晚会的重量级嘉宾，坐在主场的前排，一直没能走开。此时主办方的人正站在陆池舟面前，邀请他上台合影。

陆池舟淡笑着摇头，并不想参与这种高调的宣传。

除了主办方，上前套近乎的人不断。

杨执带着晕乎乎的裴恬过来时，陆池舟面前混杂着大量媒体，谁都想通过他挖热点、引流量。

陆池舟松了松领带，有些疲于应对，渐渐失了耐心。他透过参差的人群，看到一缕红色裙角紧贴着莹白的小腿。

陆池舟霎时抬眼，看到了不远处安静站着的裴恬，眼眸骤黯。

女孩依旧穿着那身刺眼的裙子，乌发红唇，浑身肌肤雪白剔透。

她竟敢这样站在人群里，让这么多人都看着，一点也不听话。

陆池舟深吸一口气，站起身，从杨执手中接过大衣，正要替裴恬披上，眼前的女孩突然抬眼，脸色酡红，瞳孔是一望无际的黑。

女孩顿了几秒，又往上一仰脸。穿着高跟鞋的她，能很轻易地和他鼻息相闻。

空气中弥漫着淡淡的酒气，陆池舟呼吸一窒，下意识往后退了几寸，抬手按住她的后脑勺，眼眸中是风雨欲来的旋涡："谁让你在这里喝酒的？"

没碰着。裴恬气得闷哼一声，她直勾勾地盯着男人殷红的唇瓣，那里还在喋喋不休地说着什么。

烦死了。

裴恬气得一把扯住陆池舟的领带，往前几步，蛮横地将他推到后面的沙发上，与此同时，腰后被一只炙热的大掌搂住。陆池舟没有半分挣扎，就这么顺从地躺在她身下。

裴恬幽幽盯着眼前这张脸，琢磨着该在哪里印章。最终，她不再犹豫，张唇咬在他的下巴上。

男人浑身一僵，便是连呼吸都粗重了些，手掌握得她腰肢隐隐生疼。

160

只咬了一口，裴恬便松了嘴，稍稍退出些，无措地盯着男人深不见底的眼。

却见陆池舟眼角染红，胸膛随着呼吸微微起伏，丹凤眼半耷拉着，似终于得逞般，笑得像个妖孽。

裴恬被看得心慌，无措地想要往后退，下一秒，后脑勺传来一股大力，她整个人往下倾倒。

唇瓣传来湿润的触感，下唇被人轻柔地含吮，与此同时，耳畔伴随着一道沙哑的嗓音："小祖宗，亲这儿。"

29

熙攘的客厅沸反盈天，裴恬甚至听到周围媒体倒吸一口凉气的声音，但很快，她便没有时间去考虑这些了。

因为身下人的喘息越发急促，裴恬纤长的眼睫上下直颤，心慌地想要逃离，按住她后颈的手却宛如一块沉重的烙铁，牢牢将她压制住。

男人唇齿间的动作也越发肆无忌惮，裴恬呼吸不稳，紧闭的齿关被撬开，气息交融的那刻，酥麻感直冲天灵盖，随之而来的是满身的战栗。

裴恬被他这么孟浪的行为逼得节节后退，全身软得不着地，支吾着推他的胸膛，却如蚍蜉撼树，半分挣脱不得。

最终，她忍无可忍，一口咬在他的下唇上，半分不留情。

终于，陆池舟轻吸口气，温凉的掌心松开她后，裴恬才得以呼吸新鲜空气。她捂住发麻的唇瓣，羞恼地看着陆池舟。

男人的下唇被咬破了道口子，如染色般深红，唇角俱是她的口红印。他懒散地半靠在沙发边，那双漆黑的眼睛黑如寒潭，仍旧一眨不眨地盯着她润泽的唇瓣。

触及她被亲得水光盈盈的眸子，陆池舟没半分愧疚，金丝银边眼镜后，那双丹凤眼直勾勾地看着她，闷笑了声，随后慢条斯理地用拇指反手抹去了唇边的口红。

裴恬被他这个动作惹得全身火烧般滚烫。

救命。

她实在没他脸皮这么厚，被这么多人围观着，还能这样，只紧紧将头埋在他脖颈，露出一双绯红的耳尖。

陆池舟弯唇，手掌拢住她的后脑勺，继续用刚刚那件黑色大衣，将女孩裸露在外的肌肤挡了个严严实实。

"抱歉，女朋友喝多了，先走一步。"陆池舟站起身，打横抱起怀中的小鸵鸟。

自是没人敢拦着，纷纷避让，空出条道来。

经过大片媒体时，陆池舟停住脚步："拍完了吗？"

媒体拿不准他的态度，这头点也不是，摇也不是。

"散场前，杨执会找你们收底片。"陆池舟淡淡道。

这便是禁止流传照片的意思。

媒体连连点头，目送着男人大步离开的背影，直至消失不见。随后，众人面面相觑半晌，各从对方眼里看到了惋惜和无奈——可惜这么劲爆的新闻了。

裴恬躺在陆池舟怀里，身下是他有力的臂膀。尽管男人的步伐很平稳，但在酒精的作用下，裴恬依旧胸闷气短，被颠簸得全身难受。

她不安分地动来动去，怎么样都不舒服，直到头顶传来道低沉的男声，带着明显的躁："别动。"

凶什么凶？！裴恬气闷地哼了一声，委屈地将头埋起来。

陆池舟一看就知道她在使小性子，俯身亲吻她的发丝，耐着性子哄："乖，以后我随你怎么动。"

谁和你说以后？！

裴恬撇撇嘴，不理他。

陆池舟失笑，加快脚步，总算出了宴会厅，带着人上了车。

司机从后视镜里瞟了眼眉梢都染笑的老板，多问了句："陆总，今晚回哪儿？"

陆池舟关上门，刚落座，来不及回应司机的话，怀中的人就和无尾熊一般，顺势环住了他的腰。

他垂头，下巴在女孩馨香的发顶上蹭了蹭，低低道："小黏人精。"

后座二人旁若无人的互动看得司机老脸一红，他扭过头，安静如鸡。

仿佛有一个世纪那么长，司机甚至想下车抽根烟，自家老板才如梦初醒般道："回明江。"

司机愣了好一会儿，才反应过来："是。"

明江公馆才是陆家老宅的所在处，只不过这几年全然被陆枫鸠占鹊巢。现在，陆宅内的所有家具都被陆池舟换了。到今天，这是他第一次提出回老宅。

雪天路滑，司机开得很慢，为了防止自己的存在打扰到老板和老板娘，司机还默默打开了音响。

舒缓的古典音乐在车内回荡，窗外的街景缓缓向后移动。窗外又纷纷扬扬地下起雪，车窗上凝结了厚厚的一层水雾。

裴恬懒懒地耷拉着眼皮，酒劲彻底上来，脑子迟钝得很，像只慵懒的猫儿般蜷在男人怀里。

大概是受不得她这么安静，陆池舟非要招惹她，时不时把玩着她耳侧的发丝，弄得脸侧一片痒。

裴恬打掉一次，没一会儿，他又开始了。

被弄得不耐烦，裴恬打开他的手："别烦我。"

"这就嫌烦了？"陆池舟抿了下唇，那处被她咬出的深红尤其明显，"我都没计较你大庭广众之下把我扑在那儿，然后……"

后面的话被裴恬用手堵住，她红着脸："别说了。"

陆池舟弯起眼睛，掌心覆在她捂住唇瓣的小手上，眼睛直勾勾地望着她："有些事既然做了，捂嘴可不行。"

男人说话时温热的气息拂在手心，裴恬眼睫颤了颤，蜷起手指，气焰弱了下来。

她缓缓从陆池舟腿上挪下来，坐到窗边，小小一只，团成了球。

裴恬觉得自己现在脑子不太清醒，还不能替今晚这件事收摊，她瞥了眼薄唇微抿、目光幽深的男人。

算了，还是先哄哄吧，毕竟是她先动的手。

裴恬："我送你个礼物，成不？"

陆池舟愣了下，定定看着她："什么礼物？"

裴恬冲他眨眨眼睛，突然伸出手指，在满是厚厚水雾的车窗上轻画两下，画了个大大的爱心。

"送你颗心，喜欢吗？"

一秒、两秒。

一时没能等到陆池舟的回复，裴恬悄悄抬起眼，对上一双漆黑如墨的眼。

裴恬动了动眼睫。

不会吧，难道陆池舟发现她是在哄他了？

裴恬顿了下，正要继续为这颗简陋的心赋予唯美的含义，突然手腕上传来一股大力，她整个人重新栽进陆池舟怀中。

男人抬起她的下巴，细细打量她的眉眼。

轿车驶进明江公馆，又缓缓停下，司机拔出车钥匙，无声提示到地点了。而裴恬被看得心虚，蓦地，听见陆池舟在她耳畔问："我们恬恬记性怎么样？"

"……啊？"

陆池舟眼眸幽深："今晚做过的、说过的，以及送我的礼物，明天还记得吗？"

裴恬躲开视线："记，记得吧。"

"很好。"陆池舟松开裴恬的后颈，转而揉了揉她的脑袋，柔声道，"不骗人。"

陆池舟将裴恬抱下车，又伸手替她裹紧大衣："回去吧。"

裴恬回头看了看自家暖洋洋的宅子，又看了看他。

陆池舟的目光从她仍带水光的眼眸，移到殷红的嘴唇。

"我就不进去了，"他似笑非笑道，"怕被赶出来。"

裴恬一回家，看见裴言之和程瑾共同靠在沙发上，二人抱着臂，面色各异，显然都在等她。

裴言之冷着张脸，目光从她面上扫过，又下移，落在她身着的黑色大衣上，随即轻嗤了声。

程瑾面色倒是随和，吩咐阿姨端来早就煮好的醒酒汤，又拍了拍身旁的位置："过来坐。"

面对宛如制冷机的裴言之，裴恬委屈巴巴的，只敢挨着沙发的边边坐。

她试探地喊了一句："爸？"

裴言之："啧。"

程瑾白他一眼："干什么呢？！"

裴言之依旧沉着脸："你们聊，我走。"说完，他便迈步上了楼。

程瑾："别理你爸，这阵别扭劲过去就好了。"

裴恬低头喝着汤，闷闷应了一声。

程瑾观察着女儿的神色："你和池舟……"

"没，还没。"裴恬放下碗，实在不好意思讨论她今晚的孟浪行为，连忙起身，提起裙子就往楼上跑，"我困了，我好困，有什么事明天再说！"

裴恬回了房间，喝了汤后，酒也醒了大半，想着明天要给所有人一个交代，她焦躁地绕着床转圈。

不行！这样下去不行！

脑补的时候豪气万丈，等真正实施了这种行为，裴恬又羞恼地想找个洞蜷起来。

她怎么敢的呀？！

在那么多人面前！和陆池舟……

恰在此时，许之漓发来消息，首先就是一连串的坏笑，看得裴恬眉心直跳。随后，许之漓又发来张照片，后头备注"高清无码"。

是她把陆池舟压在沙发上亲的照片，而且是真的高、清，裴恬甚至清晰地看到了陆池舟纤毫毕见的眼睫，和那双紧紧凝在她眉眼上的眼眸。

画面中，她整个人都在陆池舟怀里，男人扣住她后脑的指节根根分明，无端让人想入非非。

裴恬看得眼前阵阵发黑。她看了眼目前的时间，晚上十点半。

不行，今夜她就要远航。

裴恬急急忙忙地抽出行李箱，收拾收拾细软，给许之漓发去消息：我晚上来找你睡，现在就来。

那头，许之漓发来一连串问号。

裴恬也不管她，看着家里灯都关了，拎着箱子快马加鞭地下了楼。

晚上十二点，裴恬站在许之漓公寓门口，许之漓给她开了门，又回房间坐在梳妆台前敷面膜："有鬼追你？"

裴恬深吸一口气，眼神空洞地望着她："比鬼还可怕。"

许之漓："你怕陆池舟找你负责？"

裴恬小幅度地点点头。

许之漓瞪大眼睛，严肃谴责道："你这和渣女有什么两样？

"是谁之前说，要他再也逃不出你的五指山？"

裴恬皱着张脸，绞着手指："我那是打嘴炮啊！结果，他，他就和要吃人一样。"

"不行。"她捂住脸，在被子上滚了滚，"我见不了他，我现在见他就腿软。"

许之漓面无表情地哼了声："收留你一晚，明天就给我滚蛋。"

许是酒精的作用，裴恬这一晚竟睡得异常好，等醒来时已经日上三竿。

许之漓并不在家，微信上给她留了言，说是出门去拍广告。

裴恬回了个表情包，又点开别的消息。

家人群里，程瑾大清早就问她跑哪儿去了。

裴恬翘着嘴角回：不用管我，我去漓漓家了。

程瑾：走了也不说一声，人几何一大早来，也没见着你人影。

裴恬指尖一顿，心虚地咽了咽口水。

她默默退出微信，正要摁灭屏幕去洗漱，突见屏幕上方跳出条来自"公孔雀"的短信——

别让我逮到你。

第四章 ♥

陆池舟，裴恬丢了

30

透过屏幕，裴恬都能感觉到对面铺天盖地的怨气。她缩了缩脖子，环视四周，脊背飕飕发凉，莫名有种不好的预感。

裴恬倏地从床上跳起来，快速洗漱后，当即拎起小行李箱从许之漓家跑了出去，她不能被逮到。

陆池舟现在正在气头上，得先让他冷静两天，也让她自己冷静冷静。

裴恬的预感不错，如果她再晚走一步，的确会被陆池舟在许之漓家门口逮个正着。

此时，许之漓公寓楼下，陆池舟坐在车后座，指尖把玩着手机，定定瞧着前方，半晌没说话。

饶是司机，也感觉到了后排越来越低的气压。他眼观鼻，鼻观心，尽量降低自己的存在感。

陆池舟扫了眼手机，上面是许·间谍·之漓刚刚发来的消息——

恬妹刚刚给我发消息，说她走了，至于去哪儿了，我也不知道。

狡兔三窟，您加油！

陆池舟撑起手肘，低哼一声。

当真是，好样的。

裴恬在 A 市的据点不多，几个窝都被陆池舟"端"了，落荒而逃之下，裴恬直接跑去了她小叔叔家。

她来时也没提前打招呼，急匆匆敲门时，里面的人顿了好一会儿才缓缓开了门。

开门的正是裴言卿。很快，他背后探出两个脑袋，裴洵和裴觅共同朝她眨眨眼睛。

裴恬毫不客气，直接拎着行李箱进了门，靠在墙边长吐一口气。

裴言卿上下打量她一眼，蹙起眉，声音清冷如玉："你来逃荒？"

裴恬拍着胸口："别提了。"她丝毫不见外，进门后直接往沙发上一躺，拖着嗓子哀号一声，"小叔叔，你一定要收留我！"

"嘘，"裴言卿打断她，"别吵，你婶婶在睡觉。"

裴恬放轻了声音："婶婶回来了？"

裴言卿应声，又倒了杯水放在她面前："昨天凌晨到的。"

裴恬点点头，笑眯眯地托起腮："这也太好了！"

裴觅坐在她身旁，瞅了瞅放在门边的小行李箱："姐姐，你要来我们家住吗？"

裴恬点点头："没错，小住几天。"

一听这话，裴洵突然从他的诸多模型里分了个眼神出来，又默默移开。

裴恬浑然不知，自顾自地瘫倒着。

裴言卿的话一贯不多，并未问裴恬突然到来的原因，之后便继续盯着裴觅写作业去了，只留裴恬懒洋洋地靠在沙发上刷手机，旁边的裴洵拼着模型，时不时抬眸看她一眼。

裴恬看过去时，裴洵又扭过头。

不多时，裴恬的手机嗡的一声，她心一跳，以为又是陆池舟发来的"恐吓"短信，却是何佳佳在他们三人小群里发的消息：刚刚收到掌珠科技的信息，咱们的项目被刷了。

何佳佳还附上了截图，是掌珠项目部发来的邮件，委婉地回绝了他们的项目。

裴恬眨了眨眼，想起陆池舟说，他没有给她走后门。

当真没走，不然怎么第一轮就被刷下来了。

裴恬想起，裴言之曾让陆池舟好好带带她，给她一些锻炼的机会。陆池舟是给了，破格将她们的项目捞出来，但她最终连门都没摸着。

愣了几秒，裴恬在群里给何佳佳发了几个安慰的表情包，便放下了手机。

原以为这是个小插曲，过了也就过了。

裴恬打开电视，机械地翻看着电视台，半晌，也没找到合心意的节目。她强压下心里那种莫名的异样感，又从身侧捞起手机，漫无目的地翻起微博。

裴恬点进"晴深不寿"超话。那里最近热闹了很多，两人二搭合作的消息放出去后，很多粉丝都活了过来。但就是这样的快乐老家，也没能让裴恬定下心神，心中难言的躁越烧越旺。

她突然扔下手机，漫无目的地看向裴洵。

小少年仍然在搭航模，眉眼专注又认真。

裴恬冷不丁问："奶盖，你为什么天天都在搭模型？"

裴洵眨了眨眼，似乎对她这个问题感到很疑惑："因为我喜欢呀。"

"喜欢？"

"对。"裴洵点头，找了个合适的例子做对比，"大概，就像妈妈喜欢跳舞一样。"

裴恬抿唇，胸腔里那点窒闷感更甚。她定定地看着八岁的少年，二十年来，头一回对"自己是个废物"有了模糊的认知。

这时，楼梯上传来轻盈的脚步声，伴随着一道轻柔的女声："恬恬？你来啦！"

裴恬抬眼看过去，看到来人，眼睛一亮："婶婶！"

苏念念弯唇微笑，冲她敞开怀抱："过来给婶婶抱抱。"

裴恬蹦跳着飞奔了过去。

苏念念现作为国内首屈一指的芭蕾舞者，一年四季都忙得到处飞。掐指一算，裴恬已有两个多月没见她了。

对于苏念念，裴恬基本是无话不谈。

晚上，裴恬就盘腿坐在舞房里，看着苏念念练功。

舞者，练功十年如一日。

裴恬小时候，还跟苏念念学过一段时间的芭蕾。苏念念练功时，还笑着看她："小时候我教过你这些，现在还记得不？要不要和我一起跳一段？"

裴恬抱着腿，不好意思地摇头："不太记得了。"

苏念念依旧是笑："没关系，恬恬会的东西那么多，不差这一段。"

裴恬笑意微敛，情绪低落下来。

她小时候三心二意，什么都会一点，却什么都不精，从而没有任何爱好，也没有任何她费尽力气想要做好的事。

原先，裴恬根本不会在意，因为她想要得到什么，实在过于容易。直到刚刚，掌珠冷冰冰的拒绝突然砸在脸上，恍如一桶冰水，将裴恬泼得脊背生寒。恍然抬头，裴恬才发现，她身边的人都那么优秀。

情绪一上来，便一跌再跌，一些她原本以为已经忘记的话，突然涌入脑海

"一个娇气的小公主罢了，陆总现在要什么样的女人没有？"

注意到裴恬越来越低的头，苏念念停下练功的动作："怎么了？"

裴恬摇了摇头，闷闷道："婶婶，其实我今天来，是为了躲一个人。"

苏念念盘腿坐她对面，温声问："谁啊？"

"陆池舟，你还记得吗？"裴恬低头，"就是以前给你做花童的那个。"

苏念念哪能不记得这个人，当初狠心抛下小姑娘，走了五年。

她蹙眉问："他又怎么你了？"

"是我……"裴恬顿了顿，有些尴尬地说，"是我昨天当众把他强吻了。"

苏念念张了张唇："所以，他想怎么样？"

裴恬讪讪点头，苦着小脸："他要我负责。"

苏念念："你要不想负责，婶婶帮你兜着。"

裴恬："也不是……我就想躲一躲他。"

苏念念："没关系，他要敢找过来，我帮你赶走。"

裴恬表情纠结，轻吐一口气："他暂时应该找不过来吧。"

似是为了印证她的话，下一秒，裴恬的手机嗡嗡振动起来，屏幕亮起，显示"公孔雀"来电。

裴恬看见来电人，吓得手一抖，手机直接掉在地上，她目瞪口呆地和苏念念大眼瞪小眼。

苏念念倒是异常镇定，直接从地上拿起手机，开了免提。那头，低沉的男声混着外头的风声，响彻整个舞房。

"我在你叔叔家楼下等你。"

裴恬张了张唇，半晌说不出一句话。

这人怎么能这么快找到她在哪儿？！

还是苏念念帮她回了话："恬恬不方便回话，有什么事直接电话里说吧。"

那头静默了会儿，不卑不亢道："婶婶您好，我是陆池舟。

"我只是想接恬恬回家。"

谁是你婶婶？

苏念念被喊得咯噔一下，但还是礼貌道："没关系，我家就是她家。"

良久，久到裴恬以为陆池舟挂了电话，那头突然咳嗽好几声，再说话时，男声沙哑："婶婶，外面下雪了。"

这话一出，裴恬下意识地看向窗外。

不知何时，外面又飘起了雪，混着寒风呼啸而过。

裴恬的心尖霎时就揪紧了，她咬着下唇，几乎是不加思考地从苏念念手中拿过手机，声音绷得紧紧的："我马上就下来。"

那头轻笑了声："好。"

电话挂断，苏念念看着一秒就站起身的裴恬，恍了恍神。

高，实在是高。四句话，让一个女孩和他回家。

这裴恬是招惹了个什么千年老狐狸，被勾得魂都没了。

"婶婶，我走了。"

苏念念无奈地挥挥手："去吧去吧。"

裴恬又拎着小行李箱出了大门。走前，她忍不住回头瞅了眼，随即便看见，小叔叔一家都在看好戏。

裴恬脸色一红，头都不好意思回，一下就跑没影了。

独栋小别墅前，裴恬一眼就看到了陆池舟，他举了把伞，站在车前。

漫天雪花飘舞，冰天雪地间，他就静静站在那儿。

裴恬的视线突然有些模糊，她终于明白了她所有的迟疑在哪儿。

在这样喜欢的人面前，哪怕是她，也会瞻前顾后，也会小心翼翼。而这些不确定，在见着陆池舟时，又会被坚定走向他的勇气覆盖。

裴恬加快脚步，走到男人面前，仰起小脸，圆圆的眼睛直勾勾地盯着他。

"还想跑？"陆池舟恰时低眼，面上却没半分笑意，冰凉的指尖抬起她的下巴，"不对我负责？"

裴恬不闪不避地看着他，温暖的手覆上他的手背："怎么负责？"

陆池舟的眼眸黑如墨石，低头，和她越靠越近，直至鼻息相闻。薄唇上，昨晚那点深红已经凝成了痂，宛如一点朱砂。

纤长的眼睫挡住了眸中晦涩，他用极低的嗓音暗示："白做你这么多年'童养婿'了？"

裴恬吸了吸鼻子，那些乱七八糟的情绪突然涌上心头，她别过脸，声音有些委屈："你现在太贵了，我招不起。"

陆池舟的手掌扶正她的脸颊，将她整个人更深地往怀里按，与此同时，温凉的唇瓣碰上她的，伴随着一道低沉的嗓音。

"我可以倒贴。"

31

雪越下越大，不多时，伞顶便落满了雪。

不远处的独栋别墅二楼阳台，裴言卿一家四口排排坐在透明的落地窗前，看见女孩蹦跳着站定在男人身前。下一刻，伞柄微微向下倾斜，挡住了二人逐渐贴近的侧脸。

不知说了什么，女孩突然踮起脚尖，雪白的手腕环抱住男人的脖颈。而原本稳立的伞顶因为这一动作，倏地偏移了方向，伞顶铺满的雪扑簌簌地移了位，掉下来大半，也由此让人清晰地看到了雪地里的二人正在做的事。

漫天"鹅毛"飞舞间，男人冷白的手掌紧紧按住女孩的后脑勺，二人鼻息相缠，呼吸相闻，红唇辗转间，看得人脸红心跳。

"啊！"裴觅羞涩地用小手捂住脸。

"哦。"裴洵深藏功与名，淡定地补了后一个字。

而裴言卿深吸一口气，直接拉上窗帘，无语地摇了摇头："真是……大雪天也不消停。"

苏念念扑哧一笑，伸手环住他的脖颈："你不觉得很浪漫吗？"

"怎么？"裴言卿淡瞥她一眼，"你想试？"

苏念念："……不了。"

裴恬这人，做什么事都容易激动。这时候，再被陆池舟勾一勾，更是魂都没了。

等她上了车才反应过来，自己刚刚竟站在小叔叔家楼下，光天化日地和陆池舟接吻。而陆池舟更不是什么含蓄的人，这时候，也不嫌冷了。最后，口中传来血腥味，大概是陆池舟刚刚结痂的下唇又破了。

裴恬这才反应过来，不住地伸手推他胸膛，软着声音呢喃："不亲了不亲了。"

她的唇瓣被碾磨得发麻，后腰更是被握得生疼。

陆池舟轻喘着气，低笑了声，终于松开她的后脑，随后打开车门，直接将她抱进了后座。

"回松庭。"他淡淡吩咐司机。

松庭便是陆池舟独住的公寓。

裴恬就面对面坐在陆池舟怀里，微微抬眼，掠过弧度流畅的下颌，看见他下唇伤口处又泛出深红的颜色。血色映衬着他冷白的肤色，就像……古堡中的吸血鬼王子。

这是她咬下的印记。

裴恬定定瞧着，那股占有欲突然得到异样的满足，她说："你又流血了。"

陆池舟撩起她的发丝，在她耳畔低语："还不是你弄的？"

"那我负责到底。"裴恬从男人大腿上直起身，扯着他的领带，低首在其下唇轻轻吮吸了下。末了，她还弯起眼睛，用气音冲他比口型——

"我舔干净了。"

陆池舟放在身侧的手幕地收紧，细长分明的指节隐隐泛出青筋。他一把将裴恬按在颈侧，哑着嗓音喊她："小鸵鸟。"

裴恬："你喊谁？"

"想过这么撩我的后果了吗？"

裴恬深觉被那句"小鸵鸟"冒犯到，她愤愤鼓腮，大胆又放肆地盯着他。

但终究还有最后一丝羞耻感，怕被司机听着，裴恬凑到男人耳边，一字一顿道："你之前敢那么勾引我，就该预想到会有这么一天。"

回应她这句话的，是横在腰间的手掌以一种快要将她揉碎在怀中的力道。

裴恬瞪他，嘟囔道："疼。"

陆池舟也不管她娇气的性子："忍着。"

本该是很长的车程却好似突然被缩短了距离，轿车刚刚停下，裴恬便感觉身体一轻，整个人腾空而起，被陆池舟抱下了车。接着，陆池舟放下她，一手替她拎行李箱，一手拉她进了电梯。

事到临头，裴恬习惯性地开始尿，她咽了咽口水："你真要把我带回你家啊？"

陆池舟瞥她一眼，眼神中满是"你果然又在打嘴炮"的挑衅："不然呢？"

裴恬眨巴下眼，揪紧衣角，看到电梯叮咚一声显示到达楼层。陆池舟拉着她，大步来到门前，开了指纹锁。

房门被推开，满室黑暗中裴恬被推到门边，身侧搭上男人坚硬的手臂，鼻尖铺天盖地地又晕染上他的气息。

"等等！"裴恬被吓得憋了口气，"你嘴都破了，就别乱来了……吧。"

头顶传来声极低的轻笑，接着，啪嗒一声，陆池舟按亮了灯："我乱来什么了？"

裴恬缓缓松口气，细白手指搭在身侧的手臂上，推了推："那……"

裴恬刚想说不乱来就放她出去，结果额头被蜻蜓点水般吻了下。她眼睫颤了颤，慢慢抬起眼，对上一道极深的视线。

陆池舟背着光，给她圈出方寸之地，眸中承载的重量让裴恬心头一慌，下意识移开了眼。

陆池舟扶正她的小脸，耳根却染上些淡淡的红："恬恬，看着我。"

裴恬握紧了沁满汗的手心，做了好一会儿心理准备，才再次迎上男人的目光。

那双漆黑的眼眸中，倒映着小小的她，此刻也只有她。

"你喜欢我吗？"

喜欢。

裴恬脊背紧贴着门，紧张到喉间似堵了团棉花般，说不出话。她迎着陆池舟的视线，点点头。

"喜欢就好。"

陆池舟突然握住她的手，贴在自己胸膛。

哪怕是脸也行。

隔着衣衫，裴恬感受到了那里怦怦作响的心跳，一下下，与她自己的重合。

陆池舟表情郑重，认真地看着她："接下来这三个字虽然有些俗气，但我还是想和恬恬说。"

男人眉眼一片温柔，嗓音虽低，却异常清晰地砸在她心上。

"我爱你。

"从年少至今，从未变过。"

裴恬眼睫猛地一颤，她吸了吸鼻子，别过脸，狠狠憋回要流出的眼泪。

良久，她才找回自己的声音。

那些过于温情的话，裴恬说不出口，但又没法宣泄这种如火山喷发般的情感，所有言语哽在喉间，脱口而出的只余一句——

"我现在就想和你一起。"

这话题跳转得过快，饶是骚如陆池舟，一时都没能消化下来。他表情顿住，眉眼中尽是错愕，张了张唇，半天也没发出一个音节。

裴恬却不想和他多说废话，她拉住陆池舟的领带就往下扯，踮起脚，本想吻他的唇，却在看见那深红的伤口后换了方向，从下巴往下亲，移到喉结时轻轻咬了一口。

随即，裴恬便感受到身前人全身剧烈一颤，握住她手的掌心猛地收紧："等……"

"等什么等，"裴恬含糊道，"不等了。"

反正她觊觎他很久了，他既然敢勾引，就该为此承担后果。

陆池舟往后退了几步，顺势被裴恬压倒在沙发上，胸膛上有一只四处作乱的小手，滑如泥鳅。

尽管她的动作毫无章法，但陆池舟依旧被撩起一身火，强行按住裴恬的手："不行。"

裴恬动作一顿，震惊地瞪大眼，连表情都委屈了："你说什么？"

陆池舟懒散地半靠在沙发上，胸前衬衫一片凌乱，被她扯开的领口间露出半边锁骨，绵延至看不见的肩线。他眼尾还染着红，丹凤眼半耷拉着，这样看上去，和吸人精魄的妖精别无二致。

陆池舟沉沉吐出一口气，缓解身上的燥热，又慢条斯理地扯去她放在他胸膛上的爪子："不行就是不行。"

他算是看出来了，这只小鸵鸟最喜欢的，还是他的脸。

哪能这么轻易让她得手？

裴恬气得鼓起腮，低下眼，从陆池舟腰下一扫而过："到底是我不行还是你不行？"

陆池舟被她这眼看得脸色一黑，他冷笑，低头整理胸膛衬衫的褶皱，又一点点扣上了被扯开的纽扣。末了，他站起身："我行不行不重要，反正你肯定不行。"

裴恬在心里翻了个大白眼，恼怒地从沙发上站起来："陆池舟，你等着！"

"早点睡，梦里什么都有。"陆池舟走到自己房间门前，似想起什么，弯唇笑道，"我今晚会锁门。"

陆池舟关上房门的同时，还朝她眨了下眼："晚安，小鸵鸟。"

下一刻，门被关上。与此同时，门锁传来咔嗒一声响，还真锁了门。

裴恬深深觉得自己受到了冒犯，气得猛地捶了下沙发。

陆池舟不是人！

明明上一秒还说爱她，现在却连碰都不让她碰。这种爱，太过肤浅。

裴恬默默回到自己上次睡的房间，去了浴室洗漱，路过洗手台的镜子时，她不经意抬眼一扫，眼神顿住。

裴恬看着镜子，抚上自己红肿的唇瓣，后知后觉地闹了个大红脸。但这个红脸，又导致她眼角眉梢的春情更甚，甚至盈盈泛着荡漾的水光。

这是谁？！

裴恬捂住脸，沉沉埋在臂弯里。

她怎么变成这个样子了？！

几番思考后，裴恬又想起，她都这样扑到陆池舟身上了，他还是无动于衷。想起那道被锁上的门，裴恬冷笑一声，下了最终结论——

陆池舟就是不行。

洗漱完，裴恬从浴室出来，刚躺到床上，就见手机屏亮了起来，来电显示"公孔雀"。

他人就在隔壁，却要给她打电话？

裴恬当即翻了个白眼，她拿过手机，按了接听，不耐道："干吗？！"

不给睡就别来招惹她！

那头传来一声低笑，陆池舟慢悠悠道："我想让你把我从微信黑名单里放出来。"

他不说，裴恬差点忘记这回事，她冷哼一声："放出来干什么？"

陆池舟拖腔带调的，嗓音带笑："也没什么。

"就是你男朋友想和你视个频。"

<u>32</u>

人就在隔壁他不看，非要和她打视频？还男朋友，不给碰算什么男朋友？！

裴恬没好气道："谁和你视频，我睡了。"

"那记得把我微信放出来，"陆池舟说，"不放出来不给碰。"

裴恬轻哼一声："这要看你表现。"

"要我什么表现？"陆池舟突然放低了声音。

裴恬有些困倦，她打了个哈欠，关了灯，听着男人的声音顺着电流声一点点传进耳朵。

陆池舟的声音配得上他这张颠倒众生的脸，低沉且极有分辨性。

裴恬往被褥里埋了埋，突然升起一股坏心思："你喘几声给我听听，我就给你放出来。"那头静默了会儿。

裴恬躲在被窝里，不自觉地蜷起脚尖。静夜里，她连那头的呼吸声都能清楚听到。

"真要我喘？"陆池舟问她。

裴恬又在被窝里缩了缩，团成一团，嘴上还是很嚣张："怎么，你不敢？"

"不是不敢。"那头轻笑了声，嗓音带着些轻佻，"只是我喘的时候，在想谁你不清楚吗？"

她甘拜下风。

这下，裴恬彻底团成球了，不用想，她都能感受到自己滚烫的脸颊。

"我挂了！"

虽然恼，但裴恬还是将 L 从黑名单里放了出来。想着上回是她误打误撞加了陆池舟，这回裴恬岿然不动，没一会儿，就在通讯录那里看到了小红点。

裴恬轻哼一声，勉勉强强点了同意。

她将 L 的头像点开放大，依旧是那颗卡通的糖果，朋友圈倒是异常干净，没有任何动态。

敌不动我不动，裴恬并没有主动发消息过去的想法。她往被窝下滑了滑，正要关了手机闭眼睡觉，不经意扫到微信最新的消息提示——

L 发来了消息。

裴恬没忍住，还是点了进去，结果看见条五秒的语音。她下意识点开，手机开的免提，这就导致声音在整个屋内响彻。

几乎是被烫着般，裴恬一把扔掉了手机。

这下，她连关闭的机会都没有了，只能任由那条语音从开始播放到结束。

裴恬裹着被子，将自己紧紧团成个长条，听着如擂鼓般的心跳声敲打着鼓膜，闭紧了眼。

这一觉，裴恬睡得极其安稳。

清晨，她被屋外砰砰作响的敲门声吵醒，揉着眼睛起来："别敲了！吵。"

下一刻，陆池舟直接推门进来，高挑身影出现在门边："起床了，送你上学。"

裴恬的起床气还没散，她幽幽地盯着陆池舟。

男人早已梳洗完毕，西装革履，内里的衬衫一丝不苟，处处透露着禁欲冷感，和昨晚那个发语音喘给她听的判若两人。

瞬间，裴恬脑海里蹦出一个词——

斯文败类。

"你怎么回事？"裴恬瞥他一眼，懒懒地打了个哈欠，"女孩子的房间是你能随便进的吗？"

陆池舟扯唇，似笑非笑地上下打量她一眼，眼眸微黯。

女孩睡眼惺忪，素着一张不施粉黛的小脸，从小娇养到大，皮肤白到窥不到半点瑕疵。

他理所当然地反问："我女朋友的也不能随便进吗？"

裴恬跷着腿下床，倏地想起什么，瞪他一眼："不能！"

这只孔雀昨天还把房间反锁，今天进她房间却如入无人之境，他哪来的胆子？！

裴恬走到门前，毫不客气地将他推了出去："等着吧你。"

陆池舟看着重重关上的大门，低笑着摇摇头："还挺记仇。"

裴恬洗漱完毕，又换了套衣服，拎着小行李箱从房间里走了出来。

房门外，陆池舟坐在餐桌前，听见动静，侧头看过去，随后缓缓将目光移到裴恬右手提着的行李箱上，顿了几秒。

陆池舟移开视线，低眼盛了碗粥："来吃饭。"

裴恬："你还会做饭？"

"之前学着做过，会点简单的。"他将粥放在她面前，试探地扫过她的眉眼，"你试试。"

虽然不合时宜，但裴恬还是被整个大桌就这点白米粥砢碜到了。

如果是贴心女友，自然要含泪吃下三大碗，但她不是。

裴恬举起勺子，很给面子地喝了几口，朝陆池舟点点头："做得很好，下次别做了。"

陆池舟道："下回我请个阿姨。"

"不用。"裴恬摇头，咽下口中寡淡的粥，"你不都去公司吃吗？"

陆池舟的目光移到那边放着的行李箱上，闪烁了下。他并未回答那个问题，反而自顾自道："你说请个会做虾饺、小笼包和馄饨的阿姨，怎么样？"

末了，陆池舟还补充了句："每天早上变着花样做。"

裴恬喝粥的动作一顿，眨了眨眼。

"到晚上，再让她做红烧排骨、酸菜鱼，饭后点心是红豆沙抹茶。"

裴恬无意识地搅动着碗里的粥，若有所思。

未等她应声，陆池舟低头看了眼表，笑容温和："你可以吃慢一点，毕竟这里离你学校不远，开车十分钟的路程。

"八点的课程，七点一刻起床都行。"

裴恬彻底停下动作，几秒后，她笑得弯起眼，冷不丁喊："几何哥哥。"

"嗯？"

"你介不介意我继续在这里小住几天？"

"再住几天？"陆池舟无声弯唇，看向不远处的行李箱，"你行李箱不都拿出来了吗？"

"什么行李箱？"裴恬对答如流，"不过是换个位置放罢了。"

陆池舟唇角的笑意加深，继续逗她："那小住几天，是几天呢？"他倏地放下瓷勺，慢悠悠道，"恬恬，鉴于你昨晚的孟浪行为，我总感觉那种事可能会经常发生。

"我可能需要时刻为自己的清白感到忧心。"

"不过，我向来不舍得拒绝你。"陆池舟笑容不减，"所以，你什么时候搬过来？"

裴恬正想说等她回寝室收拾收拾就来时，突然后知后觉地反应过来什么，她眯了眯眼睛："等等。"

"怎么？"

"你是不是在诱惑我和你同居？"

陆池舟瞥了眼只相隔一个走廊的两个房间，闲闲道："我们这不叫同居。"随后又伸手揉了揉她毛茸茸的脑袋，脸不红心不跳，"顶多叫合住。"

33

裴恬回寝室后，认真思考了下"合住"的事情。

A大可以申请外住，手续也简单，所以如果现在收拾行李，当晚就可以拎包走人。这事虽说简单，但实施起来的风险不小。

裴恬自是不敢和家里说她要去陆池舟那儿住。裴言之本就对她和陆池舟的关系睁只眼闭只眼，如果被他知道"合住"的事，指不定两只眼都不闭了。

但……裴恬想起今早离开时，陆池舟坐在车里，温声叫住了她。

男人的衬衫纽扣扣到了最上一颗，金丝眼镜架在鼻梁上，俨然一副端方禁欲的派头。

陆池舟在外头向来像个人。

被喊住，裴恬询问地看他几秒，却见男人轻眨下眼，缓缓朝她张开双臂，笑得眼眸潋滟生波："不抱抱再走吗？"

裴恬脊背一麻，被勾了魂似的重新跨上车，被陆池舟接了个满怀。

她靠在他颈侧，听见男人在她耳畔低语："住过来，嗯？"

裴恬眼睫动了动，不吭声，却听见陆池舟更加放轻的声音："住过来，每天都给你抱。"

他说话时的气息丝丝缕缕地拂在她耳畔，裴恬受不住，连连"嗯"了两声。

"我可听见了。"陆池舟抚着她耳后的发丝，半开玩笑道，"再骗我，就把你开除。"

好厉害的威胁。

几番纠结后，裴恬还是坐在寝室桌前，给辅导员发了封申请外住的邮件。

发完后，吃午饭时，裴恬与何佳佳说了这件事。

何佳佳最近被掌珠那封冷冰冰的拒绝邮件打击得一蹶不振，有一口没一口地吃着饭，骤然听到她这话，差点没把盘子掀翻。

她举起手，毫不留情地掐了把裴恬嫩生生的脸蛋："你怎么回事，这么容易就被钓了？"

裴恬揉揉脸，委屈嘟囔道："我也不想被钓啊，但顶不住嘛。"

何佳佳举起两根手指，放一起碰了碰，放低声音："你俩真的……"

一说这个，裴恬更丧气了："还没。"

何佳佳："那你住过去图什么？"

裴恬想了会儿："大概是为了……聊以自慰？"

何佳佳血压都上来了，长舒一口气，恨恨杵她额头："没出息。

"你就等着被陆池舟那无良企业家吃得死死的吧。"

二人吃完饭，正准备收盘子，班级群里突然发了消息，又是熟悉的"提醒全体成员"。

何佳佳扫了眼消息，沉吟了会儿，突然坐直身体，喃喃道："上帝为我们关上一道门，势必会开启一扇窗。

"案例赛组队吗，宝贝？"

裴恬也在细细翻着群里刚刚发来的赛事文件。这是一个针对商科学生来说，含金量极高的比赛。大致流程是取一个业内有名的公司作为案例，分析它从初创到融资再到上市的全过程，随后根据这个案例，自己拟写一个公司上市方案。

整个分析报告的撰写都需要投入大量的心血，且给的时间不多，如果确认要参加，几乎从现在开始就要做好详细的准备。但如果真的在赛事上崭露头角，在以后的履历上也是金光闪闪的一笔，毕业后不愁好去处。

要搁以往，这种一看就是神仙打架的比赛，裴恬只扫一眼就会滑过去。但今天，可能是昨天那点激情还没退去，裴恬罕见地觉得自己不能再继续躺平，热血上脑，答应得异常干脆："组！为什么不组？！"

"很好！"何佳佳握紧拳头，两人对视一眼，"等我再去拉几个人。"

几分钟后。

"伤感了，"何佳佳垂头丧气地趴在桌上，"终究是我们太菜。

"找了一圈都找不到人，别人都组好队了，不愿意带咱。"

裴恬静默了会儿，再次清晰认识到自己是个废物，她跟着趴下来："伤感了。"

两人面对面叹了口气，却听到放在桌上的手机共同响了声，上回那个名叫"未来CEO"的三人群里，向来神龙不见影的周奕出现了：组队吗？

"你有没有听过一句话？"何佳佳表情微凝，和裴恬面面相觑，幽幽道："三个臭皮匠……"

裴恬补充完后面那句："顶个诸葛亮。"

兜兜转转，还是他们三只咸鱼。裴恬和何佳佳忍不住，共同笑出了声。

说干就干。

当天下午的课上完后，何佳佳便带着裴恬和周奕去了图书馆，三人找了个角落，就这个比赛开始了详细的战略部署。

何佳佳放下电脑，看向眼睛都睁不开的周奕，揶揄道："你怎么想到来参加比赛？"

"小学期挂了一科。"周奕揉着眼睛，懒散道，"我爸说如果我再不做出点成绩来，就回家挖煤。"

"挖煤？"裴恬忍不住问，"你家还有矿不成？"

周奕瞥她一眼，懒洋洋地抬起眼，痞笑道："怎么，不能有？"

末了，周奕又补充一句："你要不信，下回请你去我家挖煤。"

裴恬："……打扰了。"

两人一来一去，眼看着话题要被带歪，何佳佳拍拍桌子："别贫了，集中注意力，别忘了我们是来干什么的。"

"开始吧。"

一阵沉默后。

周奕："……从哪儿开始？"

裴恬："……怎么开始？"

何佳佳："我也不知道。"

时间慢慢流转，天色暗下来，图书馆的屋顶亮起大灯，逐渐有人离开。

三人围坐着的桌上堆起了半人高的书，电脑屏幕上满是层层叠叠的网页。

众多言辞深奥的文献砸下来，裴恬逐渐耷拉下眼皮，下巴一点一点的，就差趴上桌上。直到脑袋被人拿书轻敲了下，瞌睡虫走了大半，裴恬被吓得一激灵，刚抬眼，就听到周奕坏笑着恐吓她："再睡就把你丢去挖煤了。"

裴恬重整旗鼓，慢悠悠撑起头，看到电脑下的时间显示，六点半。恰在此时，放在桌上的手机嗡嗡振动，陆池舟打来电话。

裴恬拿着手机，悄悄跑出了自习室。

她走后，周奕看了看她空着的位置，又抬眼，透过自习室透明的玻璃窗，看见了半靠在走廊栏杆上笑眼弯弯的女孩，不自觉地扬了下唇角。

这边，裴恬接通电话，听到那头传来熙攘的车流声，男人低沉的声音顺着电流声传来："回家了吗？"

裴恬："……没。"

陆池舟："我现在来接你。"

裴恬抬眼往自习室看了看，何佳佳和周奕都在努力奋斗，她一个人跑了，不太好吧。她迟疑了下，就听那头继续道："我带你出去吃饭。

"你想逛街吗？想买什么都行。我今晚没事，可以陪你。"

这一通话说下来，陆池舟眼睛都不眨，坐在前排的杨执却连笑容都快挂不住了。

陆总说他今晚没事，为了哄小姑娘，这话也能说得出来。公司合并期间，事情多如牛毛，今晚没事，等于压榨白天时间。杨执一想到白天那恐怖的工作量就头皮发麻。

陆池舟细长的指尖一下下轻敲着座椅，等待着那头的回应。

按理说，这时候小鸵鸟应该要咬钩了，但今天那头顿了顿，最后竟期期艾艾地冒出一句："要不今晚算了吧，我还有事。"

"有什么事？"陆池舟指尖一顿，笑意敛了些，"不可以回家做吗？"

裴恬："这个要团队合作的。"

"团队？"

陆池舟想起了裴恬上次汇报的项目内容。分析报告的想法不够成熟，项目可行性和盈利模式上还存在不少漏洞，在项目部提交评估报告之前，他就已经猜到了结果。但没关系，她还小，他可以一点点教她。

裴恬听见他的反问，笑眯眯地回答："没错，我们一起合作的。"

"你们？"陆池舟淡淡道，不动声色地问，"是你同学吗？"

"对的。"裴恬老实道，"你见过的，女生是何佳佳，男生是周奕。"

"周奕？"陆池舟轻轻读出这两个字，低哼一声，"上次和你斗地主的那个非主流？"

其实周奕怎么说也该是潮男，怎么到陆池舟嘴里就成非主流了？

但这件事，也让裴恬瞬间回忆起那个在陆池舟眼皮子底下的项目第一轮就被刷的事实。裴恬还是觉得丢脸，于是更想做出点成绩让他刮目相看。

裴恬不欲再和他掰扯："我还要看书呢，先挂了，回聊吧。"

"等等。"陆池舟的声音沉了些，他放缓语调，"所以你今晚不回来住了，是吗？"

"嗯。"裴恬说，"其实搬走这事也不用这么急，等我忙完了自然会回去。"

那头沉默了会儿，不说话了。

裴恬觉得他有些不高兴，于是耐着性子和陆池舟甜甜地说了三声拜拜，然后陆池舟就真的挂断电话，以行动和她拜拜了。

裴恬看着熄灭的屏幕，轻哼一声。

这孔雀的脾气还挺大。

她把手机揣到兜里，慢慢走回了自习室。

因为这个突如其来的赛事，每到下课，裴恬都会被何佳佳拉到图书馆，但忙活了三四天，他们还是没有从大片的文献资料中找到头绪。

首先，这个案例的公司选择就是个非常棘手的难题；其次，这个公司必须具有研究的典型性，且数据透明公开。

哪一点，都难以下手。

除此之外，他们的专业知识不够牢靠，甚至找不到分析的切入点。

周五下午，三人走出图书馆，将研究地点换到了校门口的咖啡厅。

何佳佳坚信，换个地方，换种思路，说不定喝喝咖啡，整个人就茅塞顿开了。周奕这位"矿二代"竟也深深认同这种说辞，甚至还豪气万丈地请了咖啡。

裴恬撑着头坐在咖啡厅，双眼无神地盯着电脑，脑中一遍遍循环着"冷冷的冰雨在脸上胡乱地拍"。

当初有多热血，现在就有多绝望。

又是枯坐的一个下午。

夕阳西下，深冬的天黑得格外快，咖啡厅亮起了灯。手机嗡了声，显示陆池舟发来了消息。

这几天，她都会和陆池舟聊天，但聊得不算多，甚至随便往上翻翻，还能看到陆池舟给她发的那条喘气语音。

陆池舟的话题永远重复着这几句话：

L：在哪儿？在干什么？

甜味仙女：图书馆，搞比赛。

L：和非主流一起？

甜味仙女：还有佳佳。

然后，话题就此终止。

第二天，陆池舟又会不厌其烦地再问一遍，周而复始，且每次都断在同样的位置。到今天，裴恬懒洋洋地打开手机，看到陆池舟发来的消息，瞪大了眼睛：

出来，我在你学校门口。

跟我回家。

34

别乱看了，出来。

看到陆池舟发来的消息，裴恬霎时抬起眼，下意识往窗外环视一圈。

看到这条信息，裴恬心一跳，所以陆池舟早就看见她了？！

裴恬扶着椅背，撑起身子四处张望，终于在校门口的停车处看见了那辆熟悉的黑色宾利。驾驶座漆黑的窗户打开一半，懒散搭着只骨节分明的手，露出来的冷白手腕戴着只黑色腕表。仅仅露出只手就勾得人心痒痒，忍不住想要窥视里面的全貌。

直到头顶被人敲了下，传来道吊儿郎当的男声，周奕顺着她的视线往外望去："看什么呢？文献看完了？"

裴恬捂住头，好脾气道："别敲别敲，再敲脑子真坏了。"

周奕扯唇笑了声："我看你是脑子哪儿哪儿都灵光，一看书就坏了。"

"你……"裴恬佯怒地瞪他一眼，"瞎说什么大实话呢。"

周奕偏过脸，笑得停不下来。

裴恬莫名其妙地看他一眼。这人怎么回事，笑点这么低。

手机再次振动两下。这次，间隔时间很短，听起来还挺急的。

裴恬低眼扫过屏幕，看到陆池舟接连给她发了两条消息：

还没说完

要我下车过来接你吗

看看，连标点符号都没有了。

透过屏幕，裴恬感觉到陆池舟的耐心即将告罄，但她稍微能理解。再怎么样，也这么多天没见了，裴恬也是挺想他的。

"要不今天就到这儿吧。"裴恬关了电脑就开始收拾东西。

周奕懒洋洋地问了句："不一起吃个晚饭吗？"

何佳佳："就是啊，这都要吃晚饭了。"

"不了，"裴恬拎起电脑包，笑了笑："有人来接。"

"哦……"何佳佳秒懂，唇角的笑意加深，冲她挤眉弄眼，"好的，那我们就不打扰你啦！"

周奕看了何佳佳一眼，面色稍顿，他站起身，直接合上电脑："那就一起出去吧。"

裴恬："也行。"

三人离开前，周奕还去吧台拿了两盒小蛋糕，递给何佳佳与裴恬一人一份："我之前多点的两份，你们带回去吃吧。"

大概是因为家里有矿，周奕对人一直很大方，对待女孩子也有着独份的绅士，这些天大大小小请了很多小零食。

何佳佳爽快接过："谢谢周老板。"

裴恬也收下了小蛋糕，笑眯眯地跟着附和："谢谢周老板。"

三人前后出了咖啡厅，天已经全部暗下来。不远处的商场挂着大型广告屏，街道两旁往来的车灯闪烁不停，整个城市华灯初上，依旧亮如白昼。

裴恬一抬眼，便看到了站在街对面的陆池舟。不知什么时候，他已经从驾驶座里出来，长腿微屈，斜斜靠在车边。隔得这么远，她还是能感觉到那双漆黑的眼眸正定定落在自己面颊上。

他长得太好，来来往往的学生不可避免地都会悄悄看他，有几个还蠢蠢欲动地交头接耳，大有要上前要联系方式的意思。

这只公孔雀，又跑出来勾人。

裴恬气闷地鼓起腮，脑子里想的都是把陆池舟扔进车里藏起来，脚步不自觉地加快，并未注意侧面突然转过来的自行车。

直到手臂被人往后一拉，裴恬整个人差点栽进周奕怀里。下一秒，她的头顶被人轻拍一下，男声带着淡淡的责怪："也不看路。"

"哦，谢谢啊。"裴恬不好意思地道了谢，下意识抽回自己被周奕握住的手臂。

周奕弯唇，看着女孩温软的眉眼，抬起手惯性地想要揉她的脑袋，下一刻却碰了个空。

"多谢周先生。"一道低沉的男声凭空出现。

周奕错愕地抬眼，却对上一双冷冽的眼，虽说是道谢，面上却无半分笑意。而刚刚还乖巧和他道谢的女孩，此刻被男人牢牢按在怀里，严丝合缝地贴近他，未有半点挣扎。

是……陆池舟。

周奕向来不记人，但眼前的人，实在让人过眼难忘。同为男人，他能感觉到对方身上透露出的浓厚占有欲，以及那双犀利到一眼就能将人看透的眼。

周奕顿了顿，勉强扬起抹虚浮的笑，一字一顿地强调："不用谢，应该的。"

陆池舟却已经低下头，动作极其自然地轻抚女孩的头发，又替她戴上棉服的帽子，高大的身影完完全全地将她笼罩住，竟是一眼也不让人看。

再抬眼时，他轻笑出声："周先生实在是古道热肠，将照顾别人的女朋友作为分内之责。"

周奕的脸色白了白，身侧的手悄然握紧，隐隐暴出青筋。

陆池舟依旧是那副淡定自若的样子，细看，黑眸中尽是薄凉。他揽住裴恬的肩膀，朝何佳佳轻轻颔首，客气道："我带恬恬先走一步，二位慢行。"

裴恬乖乖跟着他转过身，同时朝身后了挥了挥手："拜拜啦！"

何佳佳："拜拜！"

目睹了修罗场全程的何佳佳轻拍下胸口，视线投向站在他身旁的周奕，同情地摇摇头。

真是惹谁不好，偏惹陆池舟。

裴恬落进他手中，早就被吃得死死的，哪能容其他人有一丝一毫的觊觎？

裴恬跟着陆池舟上了车。未承想，刚刚还温柔摸她头、抱她搂她的男人，一上车就变了张脸。

整个车程异常快，且一片沉默。就这十分钟的路程，也能被他开出荒野飙车的感觉。

轿车在停车场缓缓停下。

裴恬一颗心悬得高高的，看着陆池舟大步下了车，随后一把拉开她这侧的车门，眼神似笑非笑的："还不下来？"

　　裴恬连忙开始整理自己手上的东西，有电脑、有挎包，还有周奕送的小蛋糕。

　　当她拿着小蛋糕下车时，裴恬听到头顶传来一声不咸不淡的轻嗤，带着些难以抑制的戾气。

　　陆池舟背着光，眉眼隐在一片黑暗中，语气沉沉听不出情绪。

　　"你还挺宝贝它的。"

　　裴恬看了眼小蛋糕："为什么不宝贝？这是粮食呢。"

　　陆池舟紧紧抿唇，轻呼出一口气，沉沉压抑着情绪。末了，他握住她的手腕，大步走进公寓楼："先跟我回家。"

　　裴恬讷讷跟在他身后，消化着他语气里的这个"先"字。

　　先回家……然后呢？

　　但回了家，陆池舟也没有什么过激的行为。进了房门，他和往常一样，脱去了外面的大衣，开始解西装外套，随后便进了房间洗澡，全程没理她。

　　裴恬跟在后头，放下手中的东西，去了自己房间。想着陆池舟的态度，她顿时气不打一处来。

　　他吃醋了就直说嘛，非要这么不上不下地生闷气。

　　烦人。

　　裴恬气呼呼地拿了衣服，也去房间洗了澡。等她搓着湿润的头发，准备出房门给自己倒杯水时，一推开门，便看到了坐在沙发上的陆池舟。

　　看清他的模样，裴恬脚步一顿，深深打量他两眼。

　　和以往扣到脖子以下的睡衣不同，陆池舟今晚穿了件松松垮垮的 V 领睡衣，锁骨清晰可见，冷白的胸膛露出小半，隐隐往下延伸。他的发梢还滴着水，水珠顺着脖颈流到喉结，从锁骨蜿蜒而过，再顺着胸膛流到看不见的地方。

　　屋内开了暖气。

　　看到这幅活色生香的孔雀图，裴恬原本就渴的喉间变得更加干燥。她在自己脸边扇了扇风，忍着心尖被勾起的痒意，缓慢挪去中岛台倒了水，然后仰头狠狠灌下一口。

直到沙发上传来男人低哑的嗓音："过来。"

裴恬扭头望去，看见陆池舟手中正翻着她从图书馆借来查资料的书，里面还夹着张 A4 纸，是她为比赛画的思维导图，上面的思路自然是一团糟。

见裴恬愣在原地，陆池舟又瞥她一眼，细长指尖拍了拍沙发旁边的位置："还要我请你？"

裴恬撇撇嘴："干什么呀？"她走过去，一把从陆池舟手里抽过书，有些不好意思地道，"你别看。"

陆池舟的眼睛动了动："你在准备案例赛？"

裴恬惊问："你怎么知道？"

"我大一参加过。"

大一……裴恬低下眼，想起那时候他还没走。

她问："结果怎么样？"

"还行，"陆池舟漫不经心道，"也就国家级金奖吧。"

裴恬冷笑，转身就要走："我等凡人不配和你说话。"

陆池舟一把拉住她的手腕，薄唇微启："和我去书房，我可以教你。"

裴恬动作一顿，可耻地心动了。

有了陆池舟的帮忙，虽说丢人了点，但也比现在这般毫无头绪要好。

她点了点头，试探着回头看他："你真有这么好心？"

陆池舟气笑了："那自是没有。"他站起身，一把将裴恬打横抱起，凉凉道，"教你就教你，哪来这么多废话？"

书房内，裴恬坐在木桌前，正在打第十个哈欠。陆池舟拿着笔，对着风险投资的专业书，给她讲专业课。至于为什么是讲专业课，时间回到十分钟前。

陆池舟本要以掌珠为例给她将公司从初创到上市的整个过程，其中涉及一些基本的专业知识，他讲得很随意，自是以为裴恬知道这些，而裴恬听得也很随意，只因为她半点都不懂。

听不懂的结果就是，裴恬开始被男人近在咫尺的美貌吸引了注意力，目光时不时顺着他的胸口往下瞄，以至于陆池舟问的问题一个都没听到，然后就被现场抓了包，几个问题回答得颠三倒四，自此测出她就是半桶水的事实。

陆池舟被她气得眉心直跳，长吐一口气，逼着她翻出专业书，就这样讲起了课。

裴恬苦不堪言，哈欠连天，用水光盈盈的眸子可怜巴巴地看着他，又伸手扯他衣角："几何哥哥，我想睡觉了。"

陆池舟根本不理她，指尖敲了下桌上的书，扯唇看她："你这样还睡得着？"

中学时期的阴影再度降临。

不行，她受不了了。

裴恬咬着下唇，直接一不做，二不休，坐在了陆池舟的腿上。

男人被她的动作惊了下，全身肌肉绷紧，掌心握住她纤细的腰，连声音都哑了："干什么？"

裴恬仰头，薄薄的呼吸从他耳侧轻拂而过，红唇落在他的耳垂，若即若离。突然，她张唇，贝齿轻轻咬他的耳垂："几何哥哥，不讲了好不好？"

陆池舟呼吸一窒，连眼尾都染上深红，握着裴恬腰的手越收越紧。

裴恬听不到他的回应，直接堵住了他的唇。这是她第一回主动，动作生涩又笨拙。男人大手按住她的后脑勺，加深了这个吻。

就在这时，桌上的手机嗡嗡振动起来，陆池舟瞥过去，看到裴恬的手机屏幕发出光亮，上面跳动着微信消息。

是一个叫"未来CEO"的群发的消息。

何佳佳提出，现在大家一起打个语音通话，再整理一下思路，接着手机传来群语音通话的提示。很快，头像变成两个，群里另外两人已经进入通话。

陆池舟眼神晦暗，他低垂眼睑，看着被亲得长睫直颤的女孩，眯了眯眼，她并没有听到手机传来的动静。

陆池舟懒散地抬手，在语音电话那儿按了接听键。

一阵嘈杂声后，手机里传来何佳佳的声音："大家都进来了吧？周老板，在吗？"

"在。"男声低低应。

"恬恬呢？你在吗？"

这一声，才将裴恬喊回了魂。她大惊失色，急忙就要推开陆池舟，下一秒，却被他更深地按在怀中。

下巴被高高抬起，唇齿碾磨间，裴恬被迫接受男人所给的一切，带着一种濒临失控的力道。

她被逼得小声低泣，睁开蒙眬的双眼，对上一双深不可测的眼眸。

这边的动静终于传到手机收音孔，何佳佳奇怪地问："恬恬，你在吗？什么声音？"

"恬恬？"

终于，陆池舟稍微放松了对她的钳制，只是嘴唇还轻轻贴着她的。

裴恬还未来得及喘一口气，下一秒，便听陆池舟用极其沙哑的嗓音对电话那头道——

"抱歉，她在忙。"

35

陆池舟的声音低而沉，说话时呼吸还不太平稳，听在耳边和"事后"别无二致，透过手机传到那边是什么模样，就不得而知了。

那头是一片窒息般的安静。几秒后，叮咚两声，两个头像一前一后地退出群聊。

周奕一字未说，后退出的何佳佳尴尬地说了句："……打扰了。"

不多时，群里只剩裴恬一人，陆池舟伸手，帮她按了结束通话。

伴随着重新安静下来的房间，一股恼意从脚底升到头顶。裴恬从陆池舟身上起来，往后挪坐到桌子上，没忍住，还是踹了他一脚。

"你变态啊？"

相比于她的羞恼，陆池舟淡定得不像话。他的肤色是一种冷感的白，又因为刚刚做了那样的事，染上些绯红，金丝眼镜后的眸光有些松散，和"斯文败类"别无二致。

他低头握住她白皙的脚踝，替她套上拖鞋，末了，还淡淡补充一句："嗯，我变态。"

裴恬气到失语，又踹了他一脚。

陆池舟此时脾气好得不得了，也不反抗，任她踢，鞋子掉了后，又不厌其烦地给她套上。

来往几次，裴恬踢累了，索性坐在桌上不再动弹。

看她气消了大半，陆池舟将她抱下桌，放到椅子上，轻声道："你继续看书，我等会儿再来。"

裴恬见他做完这种缺德事就跑，刚消下去的火又噌噌冒了上来，凶巴巴地喊住他："你干什么去？"

陆池舟微侧头，定定看着她，似乎在描摹她的眉眼。

这目光如有实质，看得裴恬的脊背莫名升起些燥热。片刻后，他喉结滚动，意味不明道："去做更变态的事。"

裴恬："什么？"

陆池舟已经走到门边，细长手指握住金属门把手，握得有些紧，手背因为用力而现出青筋。他依旧看着她，喉间溢出一丝笑，轻轻吐出两个字："洗澡。"

陆池舟说完这句话，咔嗒一声，门被重重关上。裴恬愣在原地，一时还没反应过来。

洗澡？洗什么澡……

电光石火间，裴恬明白过来什么，绯红从脖颈直冲上脸颊。

裴恬心慌地开始环顾，瞥到桌上的教科书，撑着头，强逼自己看书。本就枯燥的文字此刻更是宛如天书般晦涩，半点知识也不进脑。

裴恬蓦地想起，陆池舟在离开前让她在这儿看书，却又故意说了那几句话扰乱她心神。

陆池舟就是她学习路上最大的绊脚石！

裴恬气得一把将书甩在一边，拿过手机，拉开书房门便回了自己房间。随后，随意去网上找了幅"洗手"注意事项的宣传海报，给陆池舟发了过去，后面还备注六个大字——

讲卫生，勤洗手。

谢谢。

隔了好久，陆池舟都没有回复，外面也一片寂静，隔壁房间没有开门的动静。

他怎么这么久？

陆池舟大半天不出来，裴恬却没有精力等了。因为这个比赛，她每天都起得很早，不消一会儿，便缩进被子里沉沉睡了过去。

按照往常，周六裴恬一贯会睡到中午。但今天，她还沉沉处在梦乡中时，美梦便被人深深敲碎。

不知道是几点，反正肯定是早上，门外就传来接连不断的敲门声。

无论陆池舟怎么作弄人，礼节和教养还是刻在骨子里的，敲起门来客气礼貌，往往是轻敲三下，隔几秒后又敲三下，绵绵不断，不绝于耳。

裴恬试图忽视门外的声响，但依旧被这种钝刀子磨人般的声音折腾出满身火气。她一把将被子按在头上，捂住耳朵紧紧闭起眼睛，好在声音终于停了。

裴恬一秒入睡，半梦半醒间，一只冰凉的手突然贴上她的右脸，刺激得她一激灵，倏地睁开了眼睛。

今天是周六，陆池舟依旧衣着整齐，西装革履，看起来是要出门。

男人半俯身在她面前，脸色不太好看："听不见我敲门？"

裴恬打开他冰凉的手，翻过身背对着他，重新闭上眼："我都没嫌你吵。"

"别吵我，"她不甚清醒地嘟哝，"我要睡觉。"

直到脸颊被人用手掐了下，裴恬眼睫颤了颤，没理。几秒后，昨晚的记忆突然涌入脑海，她猛地翻身，眼睛直勾勾地盯着陆池舟刚刚掐她脸颊的右手。

骨节分明，白皙细长，哪儿哪儿都好看的一只手，如果它没有做过那种事的话。

裴恬出神地盯着那只手，不受控制地问出声："你昨晚洗手了没？"

陆池舟蓦地想起裴恬昨晚来的那条气死人不偿命的消息，忍了忍："洗了。"

裴恬细细端详着，还好奇地问："洗了几遍？"

陆池舟脸一黑。

"这么嫌弃，"他扯了下唇，似笑非笑地看着她，慢悠悠道，"下次你帮我？

"反正你那么会洗手。"

裴恬闹了个大红脸，一把打开他的手："滚！"

这样来一遭，裴恬也睡不着了，她愤愤地瞪着始作俑者："你要再敢这么早把我吵醒，我就回家去住！"

陆池舟根本不搭理她这个话题："阿姨给你做了小笼包和馄饨。"

裴恬的起床气依旧没散，她噘起嘴："谁家没阿姨啊，我家阿姨也会做。"

"但你家没我。"

陆池舟已经站起身，他看了眼手表，伸手揉了把女孩蓬松的发顶，放轻了嗓音："乖，起来了，一会儿陪我去个地方。"

裴恬的眼睛亮了亮："陪你干什么去？"

难道……是给她准备了惊喜的约会吗？！

"陪我加班。"

裴恬瞬间蔫了，拿起枕头扔过去："滚！"

陆池舟闷笑一声，并无半分愧疚之心，他接过枕头重新放在床上，又转身给她带上门。

"我在外边等你吃饭。"

裴恬深深吸口气，缓了好一会儿，才掀开被子下了床。

等洗漱完毕，裴恬从房间里出来，看见陆池舟坐在餐桌前，从阿姨手里接过小碟子，给她倒了一小碟醋。

这个请来的阿姨裴恬还是第一次见，礼貌地朝她弯唇笑了下。下一刻，阿姨极其上道地喊了声："太太好。"

太……太？

她一个青春美少女，谈恋爱才一个礼拜，怎么就成太太了？

裴恬蒙了一瞬，瞅了眼陆池舟，却见他对这个称呼并无半分异样的反应，很显然，不是主谋就是同伙。

裴恬额角抽了抽，点了下头，坐到陆池舟对面，倒也没有当面纠正称呼。

陆池舟抬起眼，定定看她几眼，唇角微微扬起。他将醋碟放在她面前，温声问："晚上想吃什么，可以和王阿姨说。"

裴恬正在翻手机，昨晚睡得早，很多消息都没看到。

这不翻不要紧，一翻吓一跳。

昨晚，在她和裴言之、程瑾的"二对一"三人小群里，裴言之问了她数遍：

今天没回来？

人呢？

你在哪儿？

直到最后两条消息——

裴恬。

附带三个微笑的表情。

三个死亡微笑堆在屏幕上，裴恬的脊背飕飕发凉。

救命。

裴恬抖着手："晚上不吃了，我回家。"

"所以呢，"陆池舟的动作顿了顿，没有丝毫慌乱，反而淡定自若地问，"你什么时候带我回家？"

裴恬眨巴着眼："我家你又不是没去过。"

陆池舟弯唇："但这回你要保护我。"

"怎么？"

陆池舟："我怕被咱爸赶出来。"

裴恬听得眉心直跳，他还挺有自知之明的。但她都自身难保了，还保护他。

"那你还是再等等吧。"裴恬一耸肩，"你最近做的每一件事，都会让你被他赶出来。"

陆池舟不否认，他垂下眼睑，半开玩笑地说出一句："那恬恬和我私奔吧。"

裴恬差点没把筷子丢了："私你个头。"

吃完饭，裴恬跟着陆池舟下了楼。

他这模样，是真的要去上班，裴恬也顺势带上了自己的电脑和专业书。

坐在车上，裴恬拿出手机，看着那三个死亡微笑，琢磨着怎么给裴言之一个合理的回复，绞尽脑汁想了通，最终还是决定拿学习当挡箭牌。

裴恬翻开书放在膝上，拍了张专业书的图片过去，附上消息——

爸，我在学习。

这些天学得好辛苦，昨晚很早就睡了。

附上两个可怜的表情。

图片刚发出去，便见裴言之回了条语音。

裴恬屏住呼吸，用指尖轻轻点开，听到一声冷冷的男音："嗯，坐在宾利里学习。"

裴恬震惊。她这张照片只露出个座椅边角吧，裴言之是长透视眼了，这都能看出来是在车里？

直到头顶传来陆池舟无奈的嗓音："咱爸早知道了。"

"啊？"裴恬猛地偏头看他。

说实话，陆池舟这一口一个咱爸，喊得极其顺溜，裴恬听得眼皮直跳。

"他昨晚给我打电话了。"陆池舟今天没叫司机，目不斜视地开着车。

裴恬屏住呼吸："他和你说什么了？"

"他说……"前方堵车，陆池舟顿了下，他停车，拉起手刹。

"让我做个人。"

36

被警告要做人的陆池舟依旧没有要收敛的觉悟，前方车流疏散，他面不改色地转着方向盘驶进了停车场。车稳稳停下，他走到裴恬这侧，一只手替她拎着电脑和卡通书包。

裴恬还处在已经被裴言之半抓包的状态里："所以呢，你说什么了？"

陆池舟脚步不停，长腿抬起，牵着裴恬进了电梯。今天并非工作日，这个时间人也不多，所以电梯里一时只有他们两人。

他侧头："我也没说什么。"

"怎么？"

陆池舟思忖了会儿，很是淡定道："我就喊了声爸，咱爸就把电话挂了。"

裴恬愣在原地，心中一万句"无语"奔腾而过。

她气得甩开陆池舟的手："你这还叫没说什么？我看你是想让我也被赶出来。"

看着女孩鼓起的腮帮，陆池舟的唇角浅浅弯起，他重新牵起她的手，手指从指间穿过，直至十指相扣。

"其实，我做人了。"他轻声道，"还有句话，我没来得及说。"

裴恬睨他一眼，静等下文。

陆池舟慢悠悠地说完了下句："她有点累，睡着了。"

裴恬腹诽：还好你没说。

她伸出细白手指，毫不留情地掐他手臂，口中还凶巴巴地威胁道："你要真说了，我势必让你看不见明天的太阳！"

陆池舟忍笑，他将扑腾乱蹦的女孩揽进怀里，低头把玩她的手指："你这细胳膊细腿的，怎么让我见不着明天的太阳？"

裴恬气不过，又挣脱不开，整个一无能狂怒的状态。

"我咬你了！"

陆池舟笑得胸腔微颤，长指轻点嘴唇："来，咬这儿。"

上次的伤口已经愈合，只在殷红的唇瓣上留下道小小的褶痕。裴恬露出小尖牙，踮起脚，张口就在那个位置上轻轻咬了一口："你真以为我不敢……"

下一秒，后脑被温凉的掌心禁锢住，裴恬眼睫一颤，瞬间就要被反客为主。恰在此时，叮咚一声，显示电梯到达楼层。

裴恬还以为到了，却是听见有人进电梯，她连忙推开陆池舟的脸，听到男人有些不耐地轻吐一口气。

不知是什么特别的缘分，来人正是唐羽。零下的天气，她只着一件单薄的大衣，小腿裸露在外，脚上套着一双极细的高跟鞋。

按净身高，裴恬应是比她高一点的，但此刻，她穿着臃肿的棉服和雪地靴，又被陆池舟按在怀里，这样一对比，愣是让裴恬觉得自己矮了好几厘米。

相比上回见面，唐羽又瘦了不少，眼下还有浓厚妆容也掩饰不住的黑眼圈。她身后跟着徐英，另一个帮忙拿包的应是助理。

几人目光一对上，电梯里便充斥着几秒窒息般的沉默。

裴恬记起，自己上回就是倚仗着陆池舟在唐羽和徐英面前作威作福。这次见面，她又靠在陆池舟怀里，而唐羽几人唯唯诺诺。

这样一看，她是不是也有祸水那味儿了？

最终，还是徐英打破了寂静。

她搓着手，笑得满脸殷勤："巧啊，陆总！"她的目光移到裴恬面上，闪烁了下，依旧扬起滴水不漏的笑："裴小姐早！"

被这么多双眼睛盯着，裴恬不太好意思地推开陆池舟，沉静道："早。"

陆池舟看着被推开的手臂，抬眼看向来人，几不可闻地"嗯"了声。

有了徐英的开场，唐羽和助理也分别朝他们连声问了好。

看得出来，唐羽的精神是真不怎么好，除了一开始的错愕，整个人都不怎么在状态，便是见着陆池舟这个老板，打起招呼也没什么热情。

徐英惯会看眼色，寒暄过后便拉着唐羽往后退，微笑道："我们不赶时间，等下一班就好。"

裴恬还犹豫了会儿，陆池舟却半分不客气，轻点了下头。

电梯门重新合上。

徐英深吐一口气，瞥了眼唐羽，语气有些严厉："你这段时间怎么回事，刚刚见着陆总是什么态度？这段时间跑了多少资源，你自己不清楚吗？"

唐羽仿佛没听见她说话般，依旧失神地盯着电梯门："在一起了，他们真的在一起了。"

听到这话，徐英的脸色更难看了："所以，那丫头是陆总的新欢？那你呢？你和陆总分手了？"她抱臂，似终于找到问题的关键点，"我就说，你最近的资源怎么越来越差，周以晴和许之漓这俩十八线都快爬你头上了！"

唐羽轻笑出声："在一起？我什么时候和陆池舟在一起过？你可曾见他正眼瞧过我一次？"

徐英紧紧抿唇："没有关系？那些绯闻是你自己炒起来的吗？"

唐羽未答，脚步漫无目的地往另一头走去。徐英强忍着脾气，跟上去。

"你知道她是谁吗？"唐羽有气无力地问。

"谁？"

"不知道她是谁，总知道 A 市裴家吧？"唐羽突然顿住脚步，定定看向前方，似受了什么刺激般，倏地抬高语调，"她就是这样！！

"做事情永远比别人简单，轻易就能得到想要的东西、想要的人！

"那些不值一提的人，轻易就能忘记。

"不仅如此，还能轻易毁了我现在所拥有的一切。我今天取得的地位，因为她对陆池舟撒娇似的几句话，毁于一旦！

"你让我怎么服气？她凭什么？

"她不配！我一定不会放过……"

说到后头，唐羽语调凄厉，隐隐有压不住的趋势。徐英连忙捂住她的嘴，环顾左右，厉声道："闭嘴！你疯了吗？"

徐英这一嗓子将唐羽的理智拉回些许，她字字冷酷："既然知道人家什么身份，就认清自己，不要还自不量力地往陆总跟前凑！"

唐羽握紧手，没说话。

徐英看出她的桀骜，语气更加冷厉："我话放在这里，你想找死不要拉上我！

"今天要接的这个本子，是我好不容易帮你拿下来的，和《危险关系》自是差得远，你爱要不要吧，我手下也不止你一个。"

徐英向来是个暴脾气，说完，便转身头也不回地离开了，高跟鞋踩在瓷砖上发出嗒嗒嗒的响声。

唐羽眼神晦暗不明地站在原地，她闭了闭眼，良久才勉强调整好情绪，又恢复往日的微笑，从包里拿出墨镜挡住脸，朝徐英离开的方向跟了上去。

电梯门还没完全关上，裴恬的手就重新被扣住。

陆池舟伸手，指尖顺着她的指节往下滑，直至重新十指相扣。

除了动情，其余时候，陆池舟的手都冷得像块冰。而裴恬因为穿得多，手温很高，陆池舟这一握，简直就是在源源不断地汲取她的温暖。就这样，裴恬的手越来越冷，相反，陆池舟的掌心越来越热。

裴恬动了动指尖，想神不知鬼不觉地抽出手，却被握得更紧。直到这时，电梯显示到达楼层，陆池舟牵着她往外走，途中源源不断遇到人，沿路一片此起彼伏的"陆总早"。

众人目光极快地从老板身侧肤白貌美的年轻女孩面上扫过，又不约而同地移开视线，面面相觑一番，纷纷从对方眼里看到了相同的情绪。

平时分秒必争的工作狂今天没坐专属电梯，还牵着个小姑娘这么大张旗鼓地进来，没点炫耀成分在里面，他们都不信。

而面对众人的问好，陆池舟轻轻颔首，面上还是一副端方严肃的表情，握着她的手却越来越紧。

"不许放开我。"他目不斜视，却不忘在裴恬耳边强调，"人前人后，都得这样牵着我。"

裴恬眨巴下眼，蒙了片刻，后知后觉地意识到这人竟还在生刚刚推开他的气，有些好笑。

"陆总，"她嗲着嗓音，作里作气地喊，又给陆池舟递了个意味深长的眼神，"拉着现任见着绯闻对象，有没有什么感想呀？

"陆总？"

陆池舟淡瞥她一眼，未说话，只脚上加快了速度，途中经过长长的总经办。

今天是周末，但在陆池舟这种变态老板的带领下，有不少人都在加班。

裴恬心中啧啧两声，嘴上故意气他般，软着嗓子"陆总陆总"喊个不停。直到她被按在办公室的门上，陆池舟似笑非笑地看着她，大有"你再喊一句试试"的威胁意味。

裴恬最识时务，脊背紧紧贴着办公室的门，一秒便安静如鸡，眼看着陆池舟越靠越近。

陆池舟微微侧首，呼吸似有若无地拂过她的耳畔。裴恬拿不准他要干什么，愣怔着未动。

过了半晌，耳后传来男人淡到有些冷漠的声音："没什么感想。"与此同时，陆池舟抬起女孩快要垂下去的脸，"如果非要说的话，也有。"

裴恬眼睫动了动，询问般看过去。

"大概就是，她们打扰到了我和唯一的女朋友……"陆池舟俯下身，声音越来越低，直至逐渐湮没在唇齿间。

良久，陆池舟微喘着气，退开些许，眼眸深深地看着她殷红的唇瓣，补充完了后一句话：

"做这种事。"

37

裴恬盘腿坐在办公室的沙发上，捂住脸，时不时抬眸瞅向那边。陆池舟专注地盯着电脑，桌上是一大堆待审批的文件，姿势半天也没变换一下。

当真是无比专注，就好像一进门说那些话的人不是他一般。而她的作用，大概真的是当陪他加班的工具人，还是个可以亲亲抱抱的工具人。

想起自己大好的睡眠时光被陆池舟无情占据，裴恬顿时怒不可遏。

这种男人要来何用？是觉不好睡还是床不软？

算了。

裴恬的目光定格在男人精致的面容上，就当看个观赏盆栽吧，但就这么盯着盯着，裴恬的神思还是跑了大半。

不自觉地，她想起了唐羽，又恍然发现，唐羽应是真的认识她。

裴恬在脑海中翻了很久，从小学到高中，但身边来来往往的人太多了，是否真有唐羽这么个人，她还真的记不清了。

她翻出手机，去网上搜索了唐羽的个人资料。指尖翻动间，裴恬看到资料上写，唐羽只是艺名，至于本名是什么，并未透露。再往下看，教育经历一栏倒是详细介绍了她从小学到大学上过的学校。

看到初中学校，裴恬指尖一顿，唐羽是她的初中校友，但她翻遍脑子，也没能在记忆的角落里想到这么一个人。

裴恬找到许之漓的微信，发了条消息过去：你知道唐羽的本名叫什么吗？

那边一时没有回复。

裴恬想起，许之漓前两天就出省进组《危险关系》了，现在应当在拍戏。她退出微信，又回到搜索界面，看到有关唐羽的新闻资讯。

陆池舟不知何时抬起了眼，沉着声道："玩多久手机了？还不过来看书。"

她从拿起手机到现在，最多五分钟好不好？反而是盯着他看了那么久，他怎么不说？所以，看他行，看手机不行是吧。

这只双标孔雀。

裴恬鼓腮，无奈背起书包坐到他旁边。

"先把我昨天问你的问题弄明白。"陆池舟的指尖轻点她书本，又看向电脑，"我忙完就和你讲，再给你理比赛的思路。"

裴恬"哦"了声，慢吞吞地翻开书，末了，又坏心眼地伸出手轻挠他的手背，嗓音清甜："谢谢学长。"

陆池舟深深看她一眼，明明是最不正经的人，此刻却用最严肃的语气教育她："好好看书。"

下一秒，他冲她眨了下眼，丹凤眼潋滟生波："看完学长再给你勾搭。"

当真是正经不过一秒。

陆池舟工作起来异常专注，裴恬懒散惯了，刚开始还集中不了注意力，到后头，也渐渐认真起来。她翻着书，借助电脑，一点点弄清楚陆池舟昨晚问的问题。

越是往深里了解，裴恬越是惊愕。陆池舟随意抛出的问题，竟都是一环扣一环的，全部吃透异常吃力，涉及一个庞大的知识框架。裴恬一不留神，就投入进去，她抽出张纸，画了个大大的思维导图。

时间一分一秒过去，再回过神时，裴恬发现自己整个人都被从后圈在怀里。男人的手肘撑在她两侧，难得赞赏了句："理解得不错。"

裴恬得意地抬起下巴："那是自然。"她耸肩挣了下，翻脸不认人道，"你起开，别打扰我学习。"

陆池舟不应，掐她脸颊，闲散道："没良心。"

"我现在教你分析案例，再给你点内部资料。"陆池舟拖开椅子，坐到她身旁，突然放轻了声音，"恬恬准备拿什么报答我？"

一般这种时候，都该说以身相许，但陆池舟又把他那点清白当宝贝一样护着，于是裴恬静静等着他提条件。

"你让周奕离你远一点，"陆池舟拿过她的专业书，有一下没一下地翻着，"可以吗？"

裴恬表情顿了顿，忍不住道："你觉得就你昨天那种变态操作，人家是疯了还是傻了，还能喜欢我？"

"这样最好。"陆池舟敛眸，淡淡道。

想到昨天那事，裴恬心里又是一阵莫名地堵。她以为这事就算过去了，但陆池舟依旧耿耿于怀，就好像她真的干了什么似的。

气氛一时凝滞下来。裴恬想了想，还是缓声道："昨晚那种事，不要再有下次了，我不喜欢。"

陆池舟翻书的手骤然停下，哂了声："还能有下次？"

这是什么态度？

裴恬沉默了会儿，突然将笔丢在桌上，笔顺着桌面滚到地面上，发出沉沉一声响。陆池舟表情未变，握住书页的手却不自觉地收紧，映出一圈深深的褶皱。

"这种事，五年来多着呢。"裴恬面无表情地说，"追我的人，帅的很多，聪明的更不少，家世、样貌样样顶尖的也不是没有。

"我随便答应一个，还能有你陆池舟？这么多年一走了之，你谁啊你？"

说到后头，裴恬深吸一口气，及时压抑住更加负面的情绪。

说完，她便对上陆池舟的眼眸。那里面的温度渐渐冷却，未等她细看，陆池舟倏地别过脸，他并未说话，只弯下身去捡她掉落的那支笔。

似是找不到那支滚落的笔，陆池舟半蹲在原地好一会儿，久久，裴恬都只能看见他的背影。

裴恬咬着下唇，瞬间就开始后悔自己的口不择言。但她知道，陆池舟的出走是横亘在他们之间一直都没有解决的刺，只是他们互相粉饰太平，暂时压住了这期间的罅隙。

裴恬低垂下眼，凝视着脚尖，斟酌着该怎么哄他。直到陆池舟突然捡起笔，默不作声地在空白的纸上随意画了两下，画出断断续续的两条波浪线。

笔摔坏了。

裴恬张了张唇，正要说话，陆池舟眼睫动了动，突然抬眼看她。那里面融汇了太多她难以辨别的情绪，最终凝成一团深不可测的黑。

"可是，"陆池舟轻轻笑了，已隐隐有些失控，"五年、十年，还是多少年，不也只有我吗？"

裴恬站起身，着实恼了，她微微抬高声音："你是不是以为我非你不可？"

陆池舟安静地看着她："是我非你不可。"

裴恬哑然，一时失了语。

满室寂静中，裴恬的手机响了，她低眼看去，是裴言之打来的电话，裴恬连忙按了接听键。

头一回，她觉得裴言之的电话是这么及时。

"中午回来吃饭。"裴言之丢了句话，末了，又加一句，"中午不回来，你以后就别回来了。"

裴恬："……知道了。"

电话被挂断。

裴恬握紧手机，找到了落荒而逃的理由："我爸让我回家。"

陆池舟低低应了声："我让司机送你。"

"……嗯。"

裴恬到家的时候，看到了多日未见的裴言之。看到她进来，裴言之闲闲地打量她一眼，好似看到空气般，移开了视线。

程瑾端着杯牛奶从厨房出来，看见她："哟，回来了？"

裴恬"嗯"了声，将书包放在裴言之旁边的单侧沙发上，拿手在他眼前晃了晃："爸，你看不见我吗？"

"你是谁？"裴言之懒懒地将视线移开，"陆恬？"

裴恬眨眨眼，还殷勤地赔着笑："您怎么不喊裴池舟呢？"

裴言之轻呵一声："我倒没见过哪个招婿的，天天往人家里跑。"

裴恬揪了揪衣角，闷声道："你总不能不让我谈恋爱吧？"她还举了个身边的例子，"当初，小叔叔就是把只有十九岁的婶婶拐回家的。"

裴言之站起身就想走："他是禽兽你拿他比？"

裴言之撑了裴恬几句，但很快就被程瑾骂老实了，闷闷坐在旁边不说话。

程瑾坐在她旁边，小声问："你和几何怎么样了？"

裴恬想起她走时陆池舟静默不语的模样，瓮声道："吵架了。"

"正常，"程瑾倒没多大反应，极其自然道，"我和你爸也天天吵。"

可是，不太一样。

裴恬抿唇，没有说出口。

裴恬在家住了一日，又回了学校。她还没把东西搬到陆池舟那儿去，寝室还能住，所以便没再去公寓。陆池舟向来倾向于和她见面，本就不经常发消息，在知道她要继续住寝室时，话就更少了。

裴恬渐渐意识到，这架还有愈演愈烈的趋势。

不过在这期间，还有两件好事：第一便是这案例赛的截止日期往后延了两个月，到明年三月，也就是说他们还有一个寒假的时间准备；第二便是临近元旦，算上没课的两天，裴恬将迎来五天小长假。

假期还没开始，裴恬就收到了许之漓的消息。

许之漓：跨年夜怎么过呀宝，是不是要做一些事？

末尾还附带两个坏笑的表情。

许之漓：我们剧组不放假，而且拍摄地在江南，我小时候长大的地方。

对了，你上次叫我打听的事情，我已经在问了。唐羽这个真名还真难挖，要我说，指不定就是什么土鳖名不好意思放出来。

裴恬：我不急。

许之漓：对了，你不是让我盯着"晴深不寿"吗，我真觉得他俩纯路人啊，片场都不带讲话的。

裴恬：你根本不懂！！越这样越可疑！

许之漓：反正我不信他俩真在一起了，如果是真的，我倒立洗头！

裴恬：你等着，我来现场讲给你听！

许之漓：啊？你要过来吗？

裴恬：嗯，男人算什么东西，我来和你跨年。

许之漓感动极了：没错，男人算什么东西？！

我等你，宝！

裴恬：好！

说走就走，裴恬三十号中午就开始收拾行李，坐上了去江南的飞机。

近日来，整个陆氏总部一片肃穆，总经办的人战战兢兢，没人愿意进去交文件。这就苦了杨执，作为老板面前的"红人"，自是成功成为与陆池舟朝夕相处的天选之子，但他也确实不知道，有多少年没见过这样情绪外露的老板了。

陆池舟的教养在骨子里，做得多说得少，有问题基本不动口。近日临近年终，事情多如牛毛，各部门都有或大或小的问题，东西交到陆池舟那儿时，他用词犀利又不留情面，吓哭了好几个胆子小又粗心的女员工。

杨执拿着一摞文件，敲门进了办公室。男人正倚靠在座椅上，轻轻按着眉心。

"陆总,"杨执将文件放在桌上,"这是财务部交上来的年终报表,总经办已经审核校对过,没有问题。"

"放那儿。"多日连轴转的工作,让陆池舟的声音沙哑干涩。

杨执:"是。"

陆池舟:"明天多少号?"

"三十一号。"

"有什么安排吗?"

杨执倒背如流:"上午九点到十一点半年终总结会,下午和……"

"晚上,"陆池舟打断,"晚上有安排吗?"

"有,六点和忠瑞的李总有饭局,之后公司年会是否露面还在等您确定。"

陆池舟闭了闭眼:"都推了,我有事。"

杨执腹诽:您还有我不知道的事?

下一秒,杨执便见自家老板的唇角微微扬起,用一种"你这种单身狗自是不能理解"的眼神看着他,悠悠吐出几个字——

"我要陪女朋友。"

38

从 A 市到 H 市的航班需要两个小时左右。裴恬下午出发,于当日傍晚到达 H 市机场,顺利和在机场外等待的许之漓见面。

相比已经下了好几场雪,在外哈一口气都能结冰的 A 市,H 市天朗气清,连空气都清新了许多,但气温依旧冰冷刺骨,才下飞机一会儿,裴恬便感觉无孔不入的冷空气直往骨缝里钻。

这样的天气,许之漓依旧秉持着女明星的基本素养,穿着件长款呢绒薄风衣,脚踩长到膝盖的黑靴,戴着墨镜抱臂站在那里。原本该是潮得让人不停打量的装扮,结果其修长的脖颈上系着条粉色围巾,看起来愣是有些不伦不类。

看见裴恬穿着件笨重羽绒服,边走还边打哆嗦的模样,许之漓啧啧摇头，替她接过行李箱："走吧走吧，上车。"

裴恬瞅她："你有专车了？"她笑了笑，"新公司不错啊。"

许之漓原先那小破公司，除了让她不停赶公告、站台，连最基本的配备也不齐全，好几次车辆不够，许之漓还要自己打车。

裴恬自是知道许之漓和叶梦闹翻的事，至于后续签了哪家，许之漓总说在考虑，她也就没再多问。

许之漓动作一顿，轻咳了声："那是，演了这个电影，姐怎么也该是个二线了，还不能有专车了？"

"挺好的。"裴恬点点头，冲她竖了个大拇指，"新公司老板真大气，一看就是能干大事的人。"

帮许之漓开车的助理是个新面孔，看见裴恬，中气十足地喊了声："裴小姐好！"

裴恬笑眯眯地点头，还不忘和许之漓咬耳朵："你看，连员工都这么热情。

"所以，你新公司签的哪家啊？"

许之漓坐上保姆车后座，转了转眼珠，低低切切说了句："就那什么……天启吧。"

裴恬满眼"你是不是已经和某人达成什么黑暗交易了"的眼神看过去，幽幽问："所以？"

"我保证不是我主动出卖你的！"许之漓一秒倒戈，举起手保证，"是陆总先动手的！"

啧，不打自招。

"晚宴那次，是不是他让你带我去的？"

许之漓："……是。"

"你也把我跑到你家的事情告诉他了？"

许之漓："……嗯。"

"我小叔叔家的地址，你也说了？"

许之漓："……嗯，嗯？！"

"我没有啊！"

裴恬睨她，满脸"你的信用值已为零"的冷漠。

"这个真没有！我发誓！"许之漓举起四根手指，"不是我做的，我绝不承认！"

裴恬依旧狐疑地看着她。

"你别不信。"许之漓又伸出友谊之手挽住裴恬的手臂，还不忘祸水东引，"指不定你身边不止我一个'内鬼'呢。"

好像也不是没有这种可能。

裴恬眯了眯眼，几个可疑人选在脑中晃了一圈，倏地便想起裴洵手里的限量版模型，轻哼出声。

裴洵这个卖姐求荣的小鬼，她当初撮合他爸妈都是免费的。吃水不忘挖井人，没有她，有没有他裴洵都不知道。

当真是忘恩负义！

所以，她身边竟然潜伏了这么多没有立场的卧底？！但裴恬到底舍不得和他们生气，所以这些账，一笔一笔都得算在陆池舟身上。

他自己的心眼跟针尖一样小，吃那种莫名其妙的醋，最重要的是，这么多天，他竟然都不来哄她，每天只发诸如"早""我这些日子有点忙""什么时候回家"这种机器人语录粉饰太平，快跨年了，也没见他有任何表示。

所以，他不配有个陪他跨年的女朋友！

裴恬瞥了眼身旁这个一号卧底："我来 H 市的事，你没打小报告吧？"

"没没没。"许之漓赔着笑，表情突然一凝，"陆总不知道吗？"

"他不知道，"裴恬横她，"不许说。"

"是是是。"许之漓连连点头，冷不丁问，"你俩怎么了？"

裴恬拉下羽绒服拉链，绷着张小脸道："吵架了。"她又看向若有所思的许之漓，笑得温和，拉拉其脖子上的围巾，"所以，是选择姐妹还是选择名利，咱们漓漓可要考虑好了。"

许之漓的表情凝固住，咽了咽口水，她选择名利。至于姐妹……从哪儿来回哪儿去，现在打包送上飞机就再好不过了。

当晚，许之漓没有戏要拍，作为半个本地人，她带着裴恬走街串巷，去吃巷子深处藏着的地道美食。两人每到一个地方便疯狂拍照打卡，一晚上走了几万步，占领了大半个朋友圈，回到酒店时已经是晚上十点半。

许之漓累到站不稳，洗完澡就趴在床上人事不省。裴恬却未有半分睡意，躺在床上翻看着"晴深不寿"的超话。

最近，活跃的粉丝多了起来，但"深不可测的江江"销声匿迹了，再没发过一丝物料。

怎么回事？正是超话蒸蒸日上的大好时机，作为奠基人的江江去哪儿了？！裴恬找到之前和他的私信框，发了条消息过去。

江江，你最近很忙吗？

那头立刻回复了一个问号。这大半夜的，江江竟然还在，裴恬也立刻回复过去。

饿，想吃饭。

那头彻底蒙了，连发了两个问号过来。

你最近怎么不发物料了？是不是没有灵感？
……对。

裴恬的表情严肃起来，想了想，指尖激动地在屏幕上翻飞。

没关系！正好明天我要去片场看姐姐和弟弟演戏，到时候我悄悄告诉你细节，这样你就有灵感了。

想到这个绝妙的主意，裴恬激动地吸口气，"晴深不寿"有她，简直是如虎添翼。

裴恬等待着江江的回复，等到眼睛都快睁不开了，也没见手机响一下。

这人这么回事？难道已经默默脱粉了吗？

裴恬越来越困，连手机都要握不住时，忽然听它嗡的一声。她下意识睁眼，在看清亮起的屏幕后，翻了个大大的白眼。

L：明天下午我来接你，好吗？

这条消息往上，还是陆池舟问她今天回不回家，裴恬冷淡地答了句"不回"。

裴恬：接我去哪儿？

那头静默了会儿，突然发了条语音过来。

裴恬现在对他发语音有阴影，不敢直接点开，怕是什么少儿不宜的东西把许之漓吵醒，还下床去找了耳机。

她深吸一口气，点开语音。低沉还带着些笑的男声顺着耳机钻进耳郭，在安静的夜晚，打着旋般在她脑中奏响。

"接你去我心里。"

虽然这情话很土，但经由陆池舟的口说出来，裴恬竟可耻地被撩动了。她摸了摸有些发烫的耳朵，做贼心虚般环顾左右，指尖轻点屏幕，又听了一遍。

裴恬一边听一边扬起唇角，还掀起被子捂住脸，听到那头又一连发了好几条语音。

"小祖宗，我错了。

"我想见你。

"明晚都陪你好不好？

"你想干什么都行。"

那头的声音越来越低，到最后一条时，几近气音，还带着些哑。

"来找我，也行。"

裴恬的手机差点没握稳，被窝下的脸红到爆炸。

说实话，如果陆池舟能早几个小时说，或者是在她上飞机前，事情说不定还有所转圜，但他非要熬到最后一天深夜才来开屏。

裴恬想了想，相比跨越几百里，还是近在咫尺的荧幕情侣更好，而且这人认错的方式竟然是献身。

不可取，不可取，她才不是这么肤浅的人。

裴恬轻咳一声，用微颤的手在手机屏幕上敲打，发了句义正词严的话——

请不要试图用睡不睡这种话来解决我们之间的问题，我就问你，你错哪儿了？

"你喜欢上次那种变装视频，是吗？"

这哪儿跟哪儿啊？

"我可以拍给你看。"

她，她要说什么来着？

"校服、西装，还是……"那头顿了下，似有些玩味，"不穿？"

裴恬彻底埋住脸。没有什么问题是美色解决不了的，如果有，那一定是还不够美。

直到此时，裴恬才开始真情实感地后悔，甚至不敢说她已经私自跑到H市。如果说了，陆池舟说不定立马把刚刚的话撤回，所以还是能拖一时是一时吧。

裴恬：我再考虑考虑吧。

那头也没逼太紧，顺从地发了句：好。

裴恬：那视频……你可以当面给我拍。

裴恬：我截图了。

似乎是觉得这事已经翻了篇，陆池舟正常起来，没说几句，便提醒她早点睡觉。裴恬撇了撇嘴，轻哼了声，反正天高皇帝远，她也始终没答应他，明天陆池舟找不到人，也不能把她怎么样。这般想着，裴恬笑眯眯地闭上眼睛。

第二天一早，裴恬混混沌沌间，被许之漓匆忙起床的声音吵醒。

早上八点的戏，许之漓一觉睡到了七点，此时急急忙忙地洗脸、刷牙，顺便把赖在被窝里的裴恬也拉了起来。

裴恬昨晚十二点多才睡着，此时整个人都是蒙的，头发乱糟糟地看着许之漓，几秒后，又闭上眼睛，重新躺倒。

许之漓敷着面膜，同时掀她的被子："起来了，陪我去片场。"

裴恬装死。

许之漓眨巴眨巴眼睛，突然提高声音："起来了，江深和周以晴今天有床戏！"

"哪里？"下一秒，裴恬直挺挺地抬起身，"快带我去！"

许之漓翻了个白眼，趁热打铁将人捞起来："梦里。"

"快去洗漱！"

好不容易将人打发去了洗手间，许之漓坐在床边，转了转眼珠，悄悄摸出了自己的手机。她打开微信，指尖快速跳动，编辑了个朋友圈文案——

和恬崽在 H 市的快乐之行！

随后，许之漓又在后头附上自己和裴恬的九宫格照片，最后她在"提醒谁看"那里填了杨执，同时屏蔽了裴恬。

做完这一切，许之漓悄悄将手机塞了起来。

看看她许之漓多么精明，姐妹她要，名利自也不能放过。

与此同时，在去往陆氏集团的车上。

今天的总结会议异常重要，作为总裁特助，杨执还兼当主持人的工作，此时他正对着手机备忘录默念着发言词。突然，手机叮咚响了声，屏幕上方跳出朋友圈提示。

杨执下意识点进去，看清许之漓发的内容后，疑惑地眨了眨眼。他透过后视镜，看向后座闭目养神的男人，想了想，还是开口喊："陆总。"

"嗯。"

杨执："您是自己订了今晚去 H 市的票吗？我的记忆里，您好像没有让我帮您订。"

后排的陆池舟缓缓睁开眼，定定往前看了几秒。

"什么 H 市？"

39

远在 A 市的陆池舟此刻是什么心情，裴恬自是不得而知，但对刚到剧组的她来说，哪怕是陆池舟亲自来现场，也别想把她逮回去。

剧组驻扎的影视基地在市区下面的县城，裴恬跟在许之漓后头，望着基地内成排复古的民国建筑，新奇地探着脑袋。

"这里还有别的剧组，鱼龙混杂，一会儿你就跟着我，千万别乱跑。"许之漓抱着臂，边走边嘱咐，却半晌也没听到回应。

"听到没，恬宝？"

许之漓脚步一顿，扭头看去。

人呢？！

找了好半晌，许之漓才在侧首的建筑旁捕捉到一抹鹅黄色的衣角。

裴恬早已被不远处的民国钟楼吸引了注意力，正静静地立在那里，仰头凝视着楼层，动也不动一下。女孩全身裹得严严实实，头戴白色毛线帽，黑发慵懒地披散在身后，肌肤白里透红，大眼睛玻璃球般通透，乍一看就很好骗。

裴恬这种温室玫瑰般的气质，让许之漓心里骤然升起些老母亲般的担忧，她两步上前，拉着人就走，一路上还不停叨叨："你就跟着我！不许乱跑！不然被别人骗走了都不知道！

"听到没？！"

裴恬莫名眨巴两下眼睛："……听到了。"

许之漓踩着高跟鞋，风风火火地拉着她进了《危险关系》所在的剧组。

裴恬一路左右打量，惊奇道："在这里拍戏的剧组还挺多。"

"正常。"许之漓应着声，似突然想到什么，顿住脚步，警惕地打量四周。

这是许之漓要讲坏话的标准动作，裴恬自觉地将耳朵凑近。

"喏，那边那个组，女主角是唐羽。"许之漓压低声音，朝对面抬抬下巴，"《危险关系》，陆池舟宁愿捧周以晴也不用她，徐英退而求其次，给她拿了这个资源。"

"本来这种不上星的网剧，唐羽哪里愿意演。"许之漓得意地笑，扬眉吐气道，"这不，一而再，再而三地作，惹到我恬宝了。

"咱们陆总英明神武，哪能给她好果子吃？"

裴恬原先还点头，听到后头也觉得有些尴尬。

许之漓这个卧底已经没救了，如此轻易地被陆池舟洗了脑，连"英明神武"这种词都说得出来。

许是背后真不能说人，许之漓话音刚落，对面摄影棚就走出一个穿着深黑旗袍的人影，不是别人，正是唐羽，她边走边皱着眉将手上的咖啡放在身后的助理手里。不知说了什么，助理讷讷点头，转身急匆匆地往另一头跑。

大概是接收到某种信号，唐羽突然抬起眼，朝这边看来，几人目光对了个正着。

说实话，撇开许之漓不谈，除了造型室那次，裴恬始终没和唐羽有什么正面冲突，但唐羽这眼看过来，裴恬还以为自己和她有什么世仇。

她越发怀疑自己初中干了什么事将人得罪死了，又或是再夸张胡扯一点，是她爸裴言之一把人家搞破产了。

一片僵持下，最先表明态度的是许之漓。她跋扈地甩了个"看什么看"的眼刀过去，充分将小人得志的态度发挥到极致，拉着裴恬头也不回地离开。

转身后，许之漓一秒变脸，凑到裴恬耳边笑得满脸狰狞："爽，爽死我了，这拉着未来老板娘的感觉就是不一样，腰杆都直起来了。"

裴恬看她开心，也跟着笑。

"你说咱俩这样，像不像小说里的炮灰女配？"

"哪能啊。"许之漓可不依，"我拿的可是爽文剧本。"

"至于你嘛，"许之漓兴味的眼光从裴恬脸上扫过，"甜文剧本。"

许之漓进了剧组后，就开始上妆、换衣服。裴恬陪着看了几分钟，忽听外面一阵响动。没一会儿，化妆间的帘子被人掀开，裴恬循声望去，看到了一道高挑的身影。

来人身高腿长、剑眉星目，穿着件民国时期的深蓝色制服，脚上踏着干净的靴子，正是江深。

江深在电影中饰演一位心怀天下的少将，正气凛然，和周以晴饰演的卧底殷凝互相试探，却又不自觉地相互吸引，相爱相杀。二人相处过程中，氛围感极强，张力拉满，却时刻充斥着立场不同的悲凉。

江深进来后，和几个演员打了招呼，目光淡淡扫过一圈后，便垂眼坐在一边。

裴恬坐在许之漓侧首，开始激动了，他必然是在找周以晴！

于是裴恬清清嗓子，和许之漓对眼色："周老师呢，还没来吗？"

"应该还没。"

许之漓自是懂裴恬的意思，为了证明自己的看法是正确的，她还问了下江深："是吧，江老师？"

江深连眼皮都没抬，一副漠不关心的样子："不太清楚。"

许之漓朝裴恬挑了下眉，满眼"他们如果是真的，我就是假的"的意味。

裴恬鼓腮，冲她比口型："你等着瞧吧。"

两人谁也不服谁，直到化妆室的帘子再次被人掀开。来人脚步轻盈，帘子摇摆间，裴恬甚至闻到一股香味。

"上午好。"周以晴笑着朝屋内众人打招呼，目光落在裴恬面上时有些错愕，但不过一秒，便恢复了微笑。化妆师上前要给她化妆，周以晴朝其客气点头，坐在了化妆椅上。

裴恬捧着脸，目光如雷达般在二人面上扫过，简直快忙不过来了。

他们在剧组确实十分避嫌，打招呼表情都不带变的，但他们！绝对！有问题！因为原本散漫看剧本的江深在看见来人后，立马坐直了身体，连腿也不架了。

裴恬捧着脸，唇角疯狂上扬的同时对上江深的眼神，不过一秒，江深便错开视线，后似意识到不妥，又别过脸，僵硬地朝她点了点头。

就在这时，导演赵平风风火火地走了进来："都在呢，我来讲一下戏。"

怕赵平还记着她，裴恬摸出个口罩戴上，尽量降低存在感，乖巧地听他讲戏。听到后头，裴恬眼睛发亮地捂住脸。

救命！

这真的是她能听的吗？！

赵平真的很懂，知道观众最爱看什么。今天这场戏，需要周以晴蓄意勾引江深这个正义军官，而赵平的意思是，怎么暧昧怎么拍，怎么勾人怎么拍。

这真的是她能看的吗？！

相比粉丝的激动，两位主演的反应平静无波。

周以晴笑容温和："好的，我试试。"

江深沉稳点头："都听您的。"

大戏开拍的时候，裴恬沾着许之漓的光，站在她身后，顺利进了片场。

赵平最懂得用场景烘托暧昧。不大的房间内，橙红的烛火摇曳，再加上灯光师对光影的布置，暗欲丛生。

女人扭着胯，身着旗袍的曼妙身躯随着步伐摇晃，她眯了眯眼，红唇微启，两指从口中抽出香烟。高大的军官岿然不动地坐在书桌后，眉眼深邃，似并未对眼前妖精般的女人产生半点兴趣。

周以晴依旧娇笑着走近，缓慢将烟头踩灭在脚底。她走到军官面前，莹白玉足从高跟鞋中抬起，顺着其小腿就往上滑。江深的大手一把包住她的脚，抬起漆黑的眼，里面有抹狠意一闪而过。

"找死？"

周以晴还是笑，红唇微启，将口中的烟雾轻轻吐在男人面上，媚眼如丝道："哪敢啊。"

江深的眼眸一黯再黯，呼吸逐渐粗重起来，两人近乎耳鬓厮磨。

下一刻，灯光更暗，烛火摇曳更甚，摄影机的画面也模糊起来，伴随着二人越发重的低吟，以及女人抹着蜜般的嗓音。

……

最后，打破这段戏的是赵平激烈的鼓掌声。他面容兴奋到发红，当即站起身："好！太好了！简直完美！

"两位老师辛苦了。"

赵平这么一嗓子，才让裴恬回过神。她摸了摸鼻子，还好，没有流鼻血。

而周以晴和江深似乎还没出戏，尤其是江深，手掌还贴在周以晴的腰上，眼眸漆黑一片，半晌也没回神。

直到赵平再次出声："好了好了，这条一次过，我们直接下一场！"

周以晴这才推开江深。她拂了把耳后的发丝，礼貌地笑了下，却并不如之前那股从容。江深似乎并不想放，在抱了个空后，轻轻摩挲了下尚有余温的手指。

二人的小动作被裴恬尽收眼底。她屏住呼吸，心中有了个大胆的猜测——

戏拍得这么熟练，指不定现实实践过多少回了！

裴恬看完这场后，便心满意足地跟许之漓离开了。

许之漓之后还有几场戏，裴恬这回依旧用助理的身份陪同。等待间，她那阵兴奋劲还没下来，甚至摸出手机，忘乎所以地发了个朋友圈——

啊！！爱上了！

末尾还附带两个爱心的表情。

A 市依旧大雪纷飞，不过才傍晚，乌云压顶，天色已经要全黑下来。只不过是跨年的日子，街边依旧灯火通明，人头攒动。

宾利行驶在去机场的路上，与外面的喜庆形成对比，车内是一片窒息般的安静。

杨执低声汇报着："陆总，四点的航班，您六点可以抵达 H 市。根据许小姐提供的信息，裴小姐应该是陪她去剧组了。

"我帮您在她们晚上居住的酒店订了间房，您下飞机后可以直接去……"

"剧组在哪儿？"陆池舟沉沉打断。

杨执一愣，连忙应："在影视城。"

跟了陆池舟这么久，杨执自是瞬间就能明白他的意思，极其上道地说："我马上和赵导联系，说您有探班的意愿。"

后座突然没了声音，杨执往后一看，望见陆池舟正盯着手机未说话。

好半天，他突然问："江深今天在剧组吗？"

杨执："男主角戏份重，他该是在的。"

下一秒，陆池舟收了手机，低哼了声，语气没有半分温度："小没良心的。"

40

当天许之漓的戏份很重，还有夜戏。裴恬一直陪着她，看着太阳西斜，天边逐渐映起层层叠叠的晚霞。

手机已经快被她玩没电了，此时，弹出百分之十的电量提醒，等裴恬发现时，又往下掉了一格。她这才意识到问题的严重性，以及终于想起被丢到角落的陆池舟。

裴恬心道不妙，连忙翻开微信，准备来个撒娇、求饶，结果点开的却是 L 一片寂静的聊天框，聊天记录还停留在昨晚的"晚安"上。

裴恬眨巴下眼，冷笑着发了个：你不用来接我了，我不在 A 市。发完，裴恬便面无表情地将手机塞进了衣服口袋。

陆池舟他不配有个陪他跨年的女朋友，他不配。

裴恬顶着个助理的名头，也不是全然无所事事。快到晚饭时，她便被喊出去帮许之滴拿盒饭，跟在剧组人员后头排队。

突然，肩膀被人拍了下，她下意识回头看过去。来者是个有些面熟的中年女人，如果裴恬没记错的话，这该是《危险关系》剧组的场务人员，主要负责跟着道具师打杂。

女人看了看她，似辨认了半晌："你是不是许老师的助理？"

裴恬点头："是我。"

"许老师下场戏需要用的道具，有几样落在仓库了，你和我去拿一下。"

裴恬愣了愣，看了眼正在排的队，迟疑了会儿。女人看她犹豫的模样，皱了下眉，语气有些不耐："你是不是刚来的啊，拍戏重要还是吃饭重要？"

吃饭重要，裴恬在心里默默答。

"行行行。"女人随手拉了个人过来，吩咐道："你站这儿，替她排，一会儿把饭带给许老师。"裴恬这才勉强从队伍里走出来。

其实她也想吃饭，但想了想，觉得还是不能给许之滴带来不好的名声。

裴恬跟在女人身后，往摄影棚外走。女人脚步很大，还有些匆忙，裴恬需要加快速度才能跟上她。

到了晚上，气温越来越低，寒风顺着衣领一阵阵地往胸口钻，裴恬默默拉紧了衣服拉链。

这个路程还挺长，走了五六分钟，裴恬跟女人跨过了周围一片片熙攘的人群，夕阳也顺势收回最后一丝余晖，直至天色彻底暗下来，周围的人越来越少。

裴恬搓了下冰凉的手："姐姐，还没到吗？"

女人只回头看她一眼，淡淡道："仓库向来在比较偏僻的地方，路程比较远。"

"好的。"裴恬应了声，眼睫动了动，"我们认识也算是个缘分，姐姐怎么称呼？"

女人语调顿了顿："我姓汪。"

"好的，汪姐。"

"今天咱们要拿什么道具啊？"裴恬继续问，"就咱俩吗？"

女人不冷不热地答："道具自然是拍戏要用的道具。"

又走了会儿，天边隐隐现出弯月，在漆黑的冬日夜晚隐隐放着冷光。

到了夜晚，影视城的人走了大半，沿着这条路往前走，人更是少之又少。到此处，就只有她俩了。

眼看着女人还有继续往前的意思，裴恬顿住脚步："汪姐，还没到吗？"

"到了，"女人突然转身，指了指前方，"就在这儿。"

裴恬顺着她手指的方向看过去。那是个漆黑的宅院，和影视城大片的民国建筑类似，只是这处稍显诡异，外边挂着两条红绸带，墙面也斑驳不清。

似是看出她的疑虑，女人解释道："这处年久失修，做仓库摆摆东西自是正好。"

裴恬点点头，握在口袋中的手却悄悄蜷了起来，她顺着女人的话头："好，我这就来。"

裴恬一步步朝宅院门前走去，里面黑黢黢的，看不清陈设。女人似乎要拉她，裴恬淡定地朝她伸出手。未等女人反应，裴恬突然将手臂转了方向，毫不客气地一把将其推进屋内。女人被门槛绊倒，摔倒在地，低咒了一声。

裴恬咬着下唇，拔腿就要跑，但下一秒，身后突然传来股大力，裴恬躲避不得，也绊着门框被推进了门内，手背与地面摩擦，传来阵火辣辣的疼。而女人先裴恬一步起身，吃痛地瞪了她一眼，捂着摔疼的手臂出了门。下一刻，宅院漆红的大门在裴恬面前重重合上，随后传来上锁的声音。

"你就好好在里面待着吧。"女人的声音带着些愠怒。

与此同时，旁边传来另一道低低的女声："怎么办，我是不是已经被发现了？姐说要是让她跑了或者被她发现了，我就死定了。"

那个叫汪姐的有些不耐烦："不过是关起来吓吓她而已，能出什么事？"

"这丫头的手机还在身上，人也聪明得很，能关她多少时间？"

另一道女声也镇定下来，呢喃道："对，对，不过是吓吓她而已，没事的。"

汪姐："所以，你们姐说给我介绍个好活儿，现在可以兑现了吗？"

"姐说话一定算话。"

两人的声音离远了些，显然已经有离开之意。

门内，裴恬忍着手背的疼，从地上撑起手肘。她缓缓站起身挪到门边，脸贴在门上，透过木门中间的缝隙，看清了另一张脸。

裴恬眼神一凛。那张脸很平凡，但如果没记错，已经和她有过数面之缘。每次都是跟在唐羽后面，不太敢抬头的模样，大概是她的随行助理。

门外，二人低低的声音越来越远，直至听不见。

屋内是伸手不见五指的黑，裴恬轻轻喘着气，空气中寂静得只能听见她的呼吸声。裴恬蜷着身体，脱力地靠在角落，从口袋中摸出手机。手机显示，百分之三的电。

裴恬深吸一口气，指尖滑动着找到许之漓的微信：我被人关起来了，就在影视城。

裴恬抖着手给许之漓发定位，她看着转圈的消息，心中祈祷手机千万不要关机。但天不遂人愿，未等发送成功，整个屏幕漆黑一片，手机自动关机。

裴恬没忍住，不管不顾地爆了句粗，烦躁地揉了把头发。直到此刻，裴恬才算达到后悔的顶峰。要是没来 H 市，指不定现在已经睡在陆池舟身边了。

一阵凉风吹来，传来沙沙的声响，裴恬环抱住自己的膝盖，突觉有些冷。

江南冬天的夜晚有着阴冷到能钻进骨缝的寒。裴恬半分也受不住，只觉连脚丫都凉成了冰，手背上的伤口也因为严寒，传来丝丝刺痛。而此时，眼前逐渐适应了黑暗，整个宅院内的陈设也慢慢浮现在眼前。

裴恬缓缓抬眼，终于意识到她们口中的"吓吓她"是什么意思。

如果她没猜错，这恐怕是影视城专门用来拍恐怖片的鬼宅。整个宅院的色调阴森，墙面上挂着的全是诡异的画，不远处的檐梁上还挂着个身着红衣的人偶，随着风摇晃。

看清这一切，裴恬全身止不住地抖，不敢出声，只敢将头埋在膝盖里，嗓音哽咽着，眼泪顺着膝盖往下淌，又是害怕又是惊怒。

裴恬觉得，她是真的不会放过唐羽了，不管她以前是不是真的做过什么对不起唐羽的事。还有陆池舟，都是他要惹她生气，不然她怎么会这么倒霉，跨年夜被关在这里？！

裴恬越想越气，她出去后，就要和陆池舟冷战一个礼拜。

许之漓今天的戏排得非常满,从下午到晚上,连饭都没来得及吃,但她从裴恬去拿饭后就再没看见她的身影。

许之漓心里着急,奈何这是场大戏,参演人数众多,不是她说停就能停的。其间,每一条都拍了数遍,许之漓根本走不开,便是连喘口气的机会,都是因为导演赵平听说投资方那要来探个班。

知道这个消息时,导演赵平一副见了鬼的表情。

谁能想到,投资方会在跨年夜这个节点来探班,可不是被什么勾了魂吧?但惊讶归惊讶,该动起来的还是要动。

赵平风风火火地指挥着片场,意思是势必要给投资方留一个好印象。

许之漓得了自由,出了摄影棚便开始找裴恬,但整个剧组找了个遍,也未能看着那抹明黄色的身影。她又回了片场,颤着手从包中摸出手机,直奔微信。

看到裴恬消息那刻,许之漓眼前发黑,她勉强定住心神,打电话和打视频都尝试了一遍,全都没有结果。

许之漓站立不稳地扶住墙壁,冲到赵平面前:"赵导,我要请假。"

杨执带着陆池舟,跟着剧组派来接应的副导演,找到了剧组的位置。

"陆总,这边请。"杨执指着方向,能感觉到身后男人略显急切的步伐。

杨执轻呵一口气,搓了搓手,叹了句:"这 H 市是真冷啊,风都往人骨头里刮。"

副导赔着笑:"是啊,刚来都难适应。"

陆池舟淡晒:"我看有些人还挺适应的。"

杨执自是知道老板在说谁,面对副导的疑惑,他随便找了个话题引开了。

他们来的阵仗不大,脚步也不重,所以未等完全进入摄影棚,便听到里面传来的吵闹声。

男声正是赵平,此刻似是真动了怒:"我说不能走就不能走!投资方马上就要来了你不知道?下一场戏你挑大梁,你走了我导个屁啊!"

而那道向来明快的女声此时哽咽了:"不行,赵导,我助理出事了,我得去找她。"

"别跟我助理不助理的!"赵平不耐地挥手,"你要是敢走,以后就别来了!"

"谢谢赵导，"许之漓止住哭声，安静地抹了把眼泪，"那我走了。"

赵平难以置信地瞪大了眼，随后烦得一脚踹翻了小茶几。整个剧组没人敢说话，满室窒息般地安静。

站在外面的杨执右眼皮突然跳了跳，心中涌上种极为不好的预感，而这种预感在他们进去后，彻底得到了印证。

站在最中心的许之漓正在套棉服，精致的妆容花成一片，表情是种慌乱到极致的无措。听到脚步声，她下意识抬眼，愣了几秒，目光定定落在她身前的陆池舟身上。

似找到救命稻草般，许之漓长吸一口气，颤着唇，勉强说出句完整的话——

"陆池舟，裴恬丢了。"

‖ 第五章 ♡

我只喜欢你这样的

41

　　许之漓这一嗓子震惊了在场所有人，赵平尤甚，他一口气差点没上来。

　　这个女演员是不是疯了？对投资方直呼其名，和他说助理丢了，人家还能说帮你找吗？！

　　赵平瞪了许之漓一眼，两步便走上前，手在身上擦了擦才伸出去："陆总，真是难为您这么大老远还跑一趟，剧组小演员不懂事，您别见怪……"

　　话还没说完，陆池舟却已经抬脚大步越过他，定定看着许之漓，那双原本还带着些温度的眉眼此刻凝成了冰。

　　许之漓抬眼，看着片刻间已经走到面前的陆池舟。男人全身上下裹挟着寒气，眉眼间倦色明显，此刻因为她的话，薄唇抿紧，下颌线也绷出明显的弧度。

　　"说清楚。"他的声音很低，甚至带着些颤，"什么叫……丢了？"许之漓的手握得生疼，心中的悔恨和难受一瞬间达到了顶峰，她将手机递给陆池舟，语不成调。

　　"我不知道。恬恬去帮我拿饭后就不见了，我拍戏走不开，刚刚找遍剧组也没看见她。

　　"恬恬一个小时前就给我发消息说她被关起来了，呜呜呜……我怎么才看到，该去哪里找她啊？！影视城这么大，她根本不认识路。"

　　"手机也关机，发消息也没音信。"许之漓越想越害怕，一种灭顶的绝望涌上心尖，她捂住脸，颠三倒四道，"我在干什么啊我，她要是出什么事，我一辈子都不会原谅我自己。"

　　"许之漓，"男人连名带姓地喊她，"不要乱说话。"

　　许之漓心一跳，抬起眼，看见陆池舟盯着手机屏幕，眉眼笼在阴影里，看不真切，再出声时，嗓音很哑："她不会有事。"

许之漓连连点头，懊恼地闭上嘴。

几秒后，陆池舟轻声喊："赵导。"

赵平连忙收拾错愕的表情："在的，陆总。"

"你应该听到了，我女朋友在你们剧组失踪了。"

他声音不大，却能让所有人都听到，一瞬间脊背生寒。

赵平的表情变了变，冒出满脑门的冷汗，心中直骂娘，关于陆池舟手段非凡的传闻当真没错。

遇见这种事，没有自乱阵脚，也没有兴师问罪，做的第一件事就是扣黑锅，让剧组为这事负责到底。

赵平仍保持笑意，顺着话头道："陆总，实在是对不起，剧组人多眼杂，但人多力量大，我们现在就帮您找，您看行吗？"

"多谢。"

陆池舟语调淡淡，冷峻的目光在室内所有人面上一扫而过，被看到的人都屏息凝神，不自觉地移开视线。

"感谢大家的帮忙。"陆池舟的长指抬了下眼镜，嗓音低沉，带着蛊惑人心的味道，"若找到了人，我定有重谢。"

杨执立于一旁，接收到老板的示意，补充完了后面的话："若帮忙找到了裴恬小姐，我们老板将以一百万作为酬谢。"

这话一出，整个剧组沸腾了。

赵平一挥手，顿时，所有人一哄而散，三三两两就往影视城各处涌去，此起彼伏地喊着裴恬的名字。

天边的弯月被乌云遮挡，天黑如浓墨，气温也逼近零摄氏度，每呼吸一口，都能看见厚重的水雾。

杨执跟在陆池舟身后。男人一身黑色，仿佛下一秒就要融入这冰冷的夜色中，他速度极快，杨执需要小跑才能跟上。

前路陡峭，路边的灯光有些暗，杨执打开手机自带的手电筒，白光不经意从陆池舟面上一晃而过，看见男人泛红的眼角。

他指尖一颤，关了手电筒。原来，在众人面前强撑出的镇定也会在这如墨的暗色中转为不安，如藤蔓般滋长。

杨执摸了摸鼻子，蓦地感觉到，在外看起来无坚不摧的老板，好像比谁都害怕。

这个宅院是个迎风口，寒风从墙外呼呼而过，吹得不远处倒挂着的红色人偶恍如真的鬼影般可怖。

裴恬手脚冰凉，缩在角落里抖个不停，实在是太冷了。

在这儿待久了，最开始的害怕少了些，寒冷和饥饿似乎更加难熬。

裴恬从未觉得夜晚这般漫长。她开始自嘲地想，自己可能明天就要上新闻头条了，还好心地帮媒体拟了标题——

惊悚！二十岁妙龄女学生惨死影视城鬼宅，原因竟然是……

思绪飘到这儿，她又忍不住胡思乱想，自己要是真没了，陆池舟会怎么样。

裴恬觉得，他大概会难过一段时间，然后按照剧本，失意总裁很快就会遇见生命中的真命天女，拯救他出囹圄。而自己……好像就是小说男主的早逝白月光。很多年后，男、女主会抱着花，站在她的坟前，一起缅怀她。

好气啊！裴恬恨恨咬牙，她是绝对不可能祝福的！

时间一分一秒地过去，到后头，裴恬已经冷得意识不太分明。不知是做梦还是什么，她突然回忆起一件十分久远的事。

破碎的场景在脑中倒映着，纷纷杂杂一片，而记忆里那个已经快要模糊的脸，此刻骤然清晰起来。电光石火间，裴恬眼睫一颤，也是在此刻，她终于忆起唐羽的身份。

六年前的今天，裴恬正在念初三，学校即将举办元旦晚会。按例，每个班都要出一个节目，裴恬他们班排的节目是《睡美人》。

排节目前，班级需要推选演员。那时的裴恬在学校很受欢迎，再加上她有个能侃的同桌，每天下课后，课桌前来来往往都是人。

她记着，好像有人在聊天时，问她想不想演公主。裴恬那时候满脑子都是陆池舟，每天就数着和他见面的日子，哪想什么公主不公主的，随口就回答了不想。

后来，裴恬随手在报名表里填了演棵树，而最后的公主人选，好像还经历了一场厮杀，几个女生四处送零食拉票。

最令裴恬印象深刻的女生叫唐小雨，给她送了很多糖果。

唐小雨坐在她前排，长长的刘海挡住了眉，平时在班里话不多，下课后便常常安静地听她们聊天。

最后，唐小雨顺利选上了公主的角色。选上那天，她很真诚地冲裴恬道谢："谢谢你。"

裴恬愣了愣，很坦诚地回答："对不起小雨，我选的是欣然。"

毕竟王欣然和她的关系更好，裴恬没多犹豫就选了。至于唐小雨送给她的糖，裴恬也回了巧克力。没想到，唐小雨并无半分诧异，只意味不明地说了句："我知道，但我不是谢你这个。"

这件事，裴恬根本没放在心上。

那时候陆池舟已经很忙了，连和她见面的时间都越来越少。裴恬绞尽脑汁制造和他相处的机会，在知道他跨年夜有应酬时，撒娇耍赖非要让他去看她演出。

她还记得，陆池舟当时正在看文件，闻言瞥她一眼："演出？你演的什么？"

裴恬："……树。"

陆池舟笑出了声，抬了下鼻梁上的眼镜："没关系。"他伸手指向墙面，悠悠道，"你去那儿笔直地站着，我也算看过你演出了。"

裴恬当场气到失语。

离元旦晚会越来越近。

唐小雨排练时，掀起了厚重的刘海。她的肤色不够白，五官也有些扁平，但穿上了一条让所有女生都羡慕的粉裙子，和童话里公主的款式很像。

当时唐小雨骄傲地说，这是她妈妈给她买的。

裴恬认出，裙子的款式是 C 牌春夏季高定，价格被抬得很高。

排练当天，班主任也到场了，抱着臂站在旁边观看。

裴恬走着流程，安静地当一块木头。但不知是由于紧张还是什么，当天唐小雨出了很多错。

班主任的眉头越皱越紧，最终还是忍不住出声，不知怎的，就提到了她："裴恬，你试过这个角色吗？"

正在发呆的裴恬："啊？"

班主任看了眼面色发白的唐小雨，又问裴恬："你要不要试试公主？"

裴恬还没说话，身旁很多女生就跟着附和——

"是啊，恬恬你试试嘛。"

"我觉得你超级适合公主的。"

"对呀对呀。"

当时裴恬没思考很多，只想着，如果陆池舟知道她要演公主，是不是就会来看了？于是，裴恬做了件让她后悔很久的事。那天，她朝班主任点头："好的，老师。"

当天，公主的人选换成了她。

后来，裴恬和唐小雨道了歉。

当时唐小雨的脸色很不自然，只抿唇摇了摇头，淡淡道："没关系。"

那时裴恬在心里告诉自己，以后一定要对唐小雨更好，有什么好吃的都分给她。而知道她要演公主后，陆池舟皱着眉反问："你演的是《睡美人》？"

"对呀。"

"被王子亲一下就醒了的那个？"

"没错。"

陆池舟哂了声，情绪并不高："你们班选的都是些什么戏，知不知道什么是这个年纪该干的？"

裴恬被说烦了："你到底来不来？"

陆池舟沉默了会儿："……来。

"你们真亲假亲？"

裴恬："当然是假的呀。"

没一会儿，裴恬又抱着平板问他："你说我选什么礼服比较好？"

陆池舟依旧不太开心的样子："随你。"

裴恬看他不上心的模样，冷哼了声，气呼呼地走了。

当时离晚会的时间已经很近了。

一次排练后，唐小雨问她："裴恬，你是不是还没准备戏服啊？"

裴恬："我还在找呢。"

"还在找啊。"唐小雨的声音低了些，不太开心道，"你怎么一点也不上心啊？！"

裴恬顿了顿，琢磨着该怎么答这句话，排练室的门却突然被人叩响。

"请问裴恬小姐在这里吗？"门外是一道轻柔的女声，所有人的注意力瞬间被其吸引。

门外走进来位穿着西装裙的大姐姐，手中抱着个大大的礼盒。她目光逡巡一圈，看到裴恬，躬身喊："裴小姐好。"

裴恬认出这是陆池舟的秘书之一。她笑了笑，问道："姐姐，是几何哥哥让你来的吗？"

"是的。"秘书姐姐异常有仪式感，面对一屋子的少男少女，笑眼弯弯地将礼盒打开，将里面的衣服捧出来，"您看看喜不喜欢。"

"啊！！"

比裴恬反应更快的，是其余女生的惊呼声。

"这也太漂亮了吧！"

"天啊，我简直不能呼吸了！"

"恬恬，你好幸福啊！几何哥哥是谁，从实招来！"

直到秘书姐姐将衣服全部展开，她们又同时安静下来。几个女生面面相觑，时不时瞅一眼僵硬在一边的唐小雨。

这条裙子和唐小雨那条的款式一模一样，但论颜色、材质、板型，明眼人都知道孰好孰坏。

一个猜测在众人脑海中形成，而唐小雨煞白的脸色也证实了这一猜测。

几个女生已经抑制不住地阴阳怪气起来，看着她的侧脸窃窃私语，不屑地嘲笑出声。

裴恬很快就将裙子收了起来，她看着礼服盒，心里有些过意不去。她几次三番去找唐小雨解释，却始终被其不冷不热地拒绝。裴恬有些挫败，但终究不舍得不穿陆池舟送她的礼服。

时间到了元旦晚会那天。

当天，陆池舟在她的节目开始前，急匆匆赶到。

裴恬给陆池舟留的座位在自己旁边，少年过于优越的相貌引来了周围一群人的注目。

裴恬挽着他的手臂不肯放。她能感觉到无数视线都落在他们身上，心中暗爽。但那天陆池舟的话异常少，沉默地看着她的笑容。在她上台后，安静地坐在位置上看完了她的表演。

演出很成功。话剧的最后一幕，是苏醒的公主拥抱住救她的王子，裴恬在一片掌声中谢幕。

下了台，裴恬便要去找陆池舟，却在偏僻的后台被一双大手拉住手臂。裴恬还未回神，便落入一个怀抱，是陆池舟。

裴恬心跳得极快，连呼吸也屏住了，纤长的眼睫上下跳动。

裴恬紧张到手抖，试着抬臂回抱住他，一抬眼，动作顿住。因为她在另一侧的角落里看到了唐小雨。唐小雨表情难辨地看着他们，随后落荒而逃。

与此同时，陆池舟在裴恬耳畔说话了，声音哑到似塞了团棉花，隐隐濒临失控——

"恬恬，我爷爷生病了。"

再之后，裴恬的记忆里只剩那年跨年夜 A 市纷飞的大雪，以及少年怀抱里的温度。不像多年后的今天，冷意从外到内，凉到了骨子里。

裴恬上下眼皮直打架，头沉得快要支撑不住，鼻子也堵得快要呼吸不过来，她该是发烧了。

在失去意识的前一刻，裴恬感觉自己整个人陷入一个温暖的怀抱，和少年时期的如出一辙。

来人用了很大的力气，似乎要用这力度将她揉碎，融进身体里。

裴恬努力抬起沉重的眼皮，随即对上一双泛红的眼眸。

42

如果裴恬没看错，将她抱起的人是陆池舟，本该在几百公里外的陆池舟。只是他脸色好差，唇色也浅淡到发白。

裴恬眨了下眼，眼泪突然就顺着眼眶往下掉，所有的惊慌、无措、绝望，在见到他的那一刻，顷刻间散去，取而代之的是一种绝对的安心。

此去经年，兜兜转转，幸好，她还能在他的怀抱里。

裴恬的声音带着哭腔，低低呢喃着："你怎么才来啊？！"

"我的错，"陆池舟的脚步重重一顿，无措地将她往怀里按，几近慌忙地替她擦着眼泪，"都是我的错。"

裴恬吸了吸鼻子，将脸颊贴在他温暖的胸膛中。她头疼得厉害，眼皮也开始上下打架。

"别睡，"男人的嗓音颤得不成样子，加快了脚下的步伐，"抱紧我。"

但怀里的女孩烧得厉害，脸色也是一种病态的白，她在他怀里低颤，一遍遍重复着："好冷。"

陆池舟的心疼得快要揪起来，此刻理智尽失，几乎是抱着人跑了起来。

杨执知道陆池舟关心则乱，只能跟在他后面跑。

"陆总，您冷静一点。"

陆池舟红着眼："我冷静不了！"

杨执："剧组的车正在赶来的路上，不用您跑。"

车开来，已经是五分钟后。

车内空调开到最高，杨执开车，许之漓坐在前座，时不时看一眼裴恬苍白的脸色，静静地抹着眼泪。

整个车厢内，静到令人发慌。

陆池舟的脸到现在才有了些血色，他低眸抱紧怀里的人，好似抱着失而复得的珍宝。

许之漓适时地问出声："你们真的是在鬼宅那里找到的恬恬吗？"

陆池舟垂下眼睑，不答。

许之漓本就心虚，不敢正对上他，此刻讪讪地摸了摸鼻子，不说话了。

还是杨执礼貌地做了答复："是的。"

"天哪。"许之漓又想哭了，"那里我白天都不敢进去，他们竟敢把恬恬关在那里！"

"她连恐怖片都不敢看，怎么在那里熬过来的？"许之漓一连抽出好几张纸巾，胡乱往眼眶上抹。

车内的氛围在她的声音里越发凝滞。

杨执瞅了眼许之漓，又透过后视镜看了眼自家老板的脸色，在心里叹了口气。

他是真的怀疑许之漓不会说话，不然怎么一说话，字字句句都往人心窝子上捅？没见人已经心疼成什么样了吗！

杨执跟随陆池舟这么多年，除了老爷子出事那天，这是第二次见陆池舟失态到这种程度。

他是跟着陆池舟一起进鬼宅的。整个宅院阴森至极，连他这个大男人都差点被远处的人偶吓得叫出声。

当时裴恬将头埋在膝盖里，整个人蜷在角落发抖，冷风呼呼往她耳边灌，环抱住膝盖的手背血红一片，触目惊心，看起来是要多可怜有多可怜。

杨执下意识看向自家老板。男人还因为急急赶来而低喘着气，眼睛定定看着角落里的裴恬，扶住门框的手用力到发白。

如果不是扶着门框，杨执都怀疑，他能当场栽倒下去。

不过还好，总算找到人了。

裴恬的位置，还是熟悉方向的剧组工作人员确定的。否则，这样一个偏僻的地方，光靠他们，这一夜估计都找不到人。到那时候，自家老板估计要疯。

杨执开车很稳，半小时后，车子停在了医院楼下。

早在见到裴恬的那一刻，杨执就已经和就近的医院打了电话，所以从办理入住到送进病房，整个流程都很快。

医生进行检查后说是高烧，给裴恬打了点滴，又将她手背上的伤口上了药。

到一切结束，已是凌晨。

裴恬躺在病床上，唇色浅淡，无一丝血色，手也被包上了厚厚的纱布。

"你晚上在这儿陪着她。"陆池舟看向许之漓，"等她醒了再给我个消息。"

许之漓点头，对上男人暗沉的眼，讷讷地问了句："你不陪着她？"

陆池舟安静地看裴恬几秒，声音有些哑："我马上就回来。"

轿车行驶在回影视城的路上。

这辆车是杨执提前租的 H 市本地车，开着还不太顺手。

"陆总，我刚刚已经和影视城方取得了联系，经过沟通，他们同意让我们查监控。"

"嗯。"陆池舟应了声，淡声问，"今天带我们找人的那位，你有联系方式吗？"

"有的，"杨执回答，"我会尽快给他汇款。"

陆池舟扯了下唇，眼里无半分温度："不急。"

杨执表情一顿，后知后觉领会到什么，他奇怪地问："陆总，您是怀疑汪斌？"

汪斌便是今天带他们找到裴恬的人，在剧组打杂。

"只是猜测。"

而事实证明，陆池舟的猜测确实有理有据。

监控录像的结果，让杨执背后细细密密出了一层汗。

画面中，裴恬原本在等饭，直到被一个中年女人喊住。

两人交谈了会儿，不知说了什么，女人随手拉了个人塞进等饭的队伍，随后便将裴恬带走了。而塞的这个人，就是汪斌。

鬼宅那边，是监控死角。翻遍整个监控，也只能看见这一段。

但裴恬出事，大概和这个女人有关。

陆池舟的指尖一下下地叩着桌面，眸中漆黑一片："截屏发给赵平，让他查这两个人是什么关系。"

杨执惊愕地摸出手机，连忙将截屏发给赵平。

等消息时，杨执看着陆池舟的脸色，还是忍不住问："陆总，您为什么会怀疑剧组的人？"

陆池舟低眸。

"她没那么傻，不会轻信陌生人，"他交握起双手，轻声呢喃，"但终究涉世未深。

"所以，最大的可能便是被剧组的人带走。

"而能做出这种事的人，不过是些耽于钱、利的宵小罢了。"

陆池舟的语调异常平稳，堪称残忍地分析出始末，侧脸隐在暗沉的灯光中，无端显得薄凉又冷漠。

所以，短短时间内，他就已经想了这么多，并在找到人的同时，一点点将幕后黑手钓出来。

杨执无端起了满身冷汗。

直到这时，赵平回了消息：男的叫汪斌；女的叫汪茹，是汪斌的姑姑。

到此时，真相基本已经浮出水面。

大致逻辑便是：汪茹受人指使带走裴恬，听到陆池舟悬赏一百万的消息，为得钱财，联合侄子汪斌做了出戏，事成之后，二人再分赃。

却不知，这自始至终就是个圈套。

杨执将二人的关系告诉了陆池舟，并将自己的分析娓娓道来，颇有种志得意满之感。

说到最后，他问："所以您下一步有什么打算？"

陆池舟撑着手肘，长指一下下地揉着眉心，轻声吐出几个字："陪女朋友。"

杨执："啊？"

陆池舟站起身，淡扫他一眼。

"这件事的背后主使你来查，假期时间五倍工资，我没时间。"

杨执笑意一僵，石化在原地。

末了，还听陆池舟悠悠补充一句："反正你也没有女朋友。"

43

裴恬醒来时，周身似蒙了层雾般昏黑，屋内唯一的亮色便是从门缝中透出的些许灯光。她恍惚了好一会儿，直到看到床边的吊水架，才意识到自己已经到了医院。

时间大概是半夜。她美好的跨年夜，最后竟倒霉到在病床上潦草度过。浑身还是松软无力，但有些事不得不去做。

裴恬在包裹严实的被褥下动了动腿，缓缓掀起被子，看到自己被包裹成粽子的手，无语凝噎。

谁知刚动一下，另一只手就被紧紧握住，与此同时，头顶传来男人带着些鼻音的声音。

"干什么去？"

裴恬动作一顿，这才注意到自己床边还伏着个人。

陆池舟抬起漆黑的发顶。他摘了眼镜，漆黑的眼眸淹没在无边夜色中，看不真切。

"怎么是你？"裴恬愣了下，"不是滴滴在这儿的吗？"

昏睡时，许之滴拿热水给她擦脸，裴恬还有印象，那时陆池舟并不在。

裴恬甚至以为，自己昏过去前见到的陆池舟，是个臆想出来的梦。

陆池舟沉默了会儿，低声道："我让她回去休息了，我来陪你。"

裴恬点了点头表示理解，手上动作不停，继续掀开被子。

"要什么？"陆池舟的长指揉了揉眉心，恢复些清醒，"我去给你拿。"

裴恬委婉道："不用你。"

说完，她撑着床就要站起身。

陆池舟却先她一步站起身，又将她抱回床上，膝盖弯起搭在床沿处，俯身撑在她脸旁。那双眼，自上而下，深深地在她眉眼处逡巡。

看起来一派平静的人不知被触动了什么神经，此时的情绪看起来隐隐带着失控。

好几秒后，他低低问："你是不是还在生我的气？"

裴恬眨巴下眼。

其实在鬼宅里，情绪上头时，她是生气的，气陆池舟给她惹了这么多事。

可以说，没有他，她就不会和唐小雨再次扯上关系，也不会跑到 H 市被关这么久。但这种生气，早在见到他的那一刻，就消失了。

按理说，此情此景就该互诉衷肠，再互相告白说几波情话。但人有三急，裴恬实在没有心思和他风花雪月，只简短道："我没生气。"

说完，她手上微使了点力，想推开他。

陆池舟的眼睫动了动，薄唇紧抿，整个眉眼隐没在黑暗中，显现出隐约的轮廓。他并未被推开，甚至握住她推他的手，顺着指节滑近，直至十指相扣。

"不会再有下次了。"陆池舟定定看着她，轻轻道，"对不起，我的宝贝受委屈了。"

说实话，不受触动是不可能的。这么多年，陆池舟只在今天喊了她句"宝贝"。

但，为什么要挑这种时候？！

她是真的忍不住了啊！！

裴恬连在梦里都在找厕所，幸运的是，在找到厕所的前一刻，她醒了过来。

她动了动唇，面上一派纠结，实在不知道该说些什么。

难道要在这种氛围下，插一句"你的宝贝快忍不住了，要先去个厕所，等会儿继续"吗？

久久没得到回应，陆池舟比往常更没耐心，他轻吸一口气，微凉指尖抬起她的下巴，倾身凑上来就要吻她。

"等等，"裴恬下意识往后一缩，"你别过来！"

陆池舟动作一僵，眼睫也颤了颤，看起来有点受伤。

"我真的不是怪你，"裴恬实在无可奈何，瓮声道，"我只是想上厕所。"

所以这种关键时候，不能受刺激。

说完，裴恬心如死水。她不染纤尘的仙女形象，就这么碎成了渣。

病房内是一片诡异的安静。

陆池舟别过脸，先是浅浅弯起唇，到后来，终是忍不住笑出了声。他弯腰，打横将她抱起，还淡淡反问她："你为什么不早和我说？"

裴恬："……"

谁能想到你大半夜突然这么矫情啊！

她反驳道："仙女怎么能让人知道她要上厕所？！"

"那以后和我结婚了，你也不上厕所？"

裴恬脸一烫，将头埋起来，闷声道："谁和你结婚啊？！"

陆池舟瞥她一眼，淡哂道："你想和我睡觉，却不想和我结婚？这不是耍流氓是什么？"

裴恬瞪他："那你得先让我耍到流氓啊！"

陆池舟走到洗手间门口，将裴恬放下来，指尖从她的耳垂轻抚而过，突然意味不明地笑了声。

"你要不乱跑，今晚就该在我床上。"

裴恬被他看得脊背一麻，半句话不说，拉开洗手间的门就钻了进去。

门被重重关上，发出砰的一声响。

这个门的隔音不太好。

裴恬站在门边，羞恼地冲外头道："你走远点。"

外面传来陆池舟懒散的声音，他轻叩一下门："你自己行不行？要不要我进来……"

裴恬捂住耳朵："滚哪！"

陆池舟低低笑了声，随后脚步声渐小，他真的走远了。

从洗手间出来后，裴恬的脸还没恢复常温。她倍觉丢人，闷闷地回到床上躺着。陆池舟依旧坐在床边，安静地看着她。

许是太过疲惫，一躺下，裴恬的睡意又上来了，她耷拉着眼，模糊间，看到陆池舟疲惫的双眼，咕哝道："旁边还有个床，你怎么不去睡？"

暗色间，陆池舟摇了摇头，随后伸出微凉的手，重新将她的手拢紧："睡吧。"

裴恬闭上眼，手指在他掌心间蹭了蹭，连声音都带上了她自己都未意识到的娇气："你怎么不喊我宝贝了？"

空气安静了几秒。

陆池舟摩挲着她的手心，又起身替她拢紧被子，俯身下来的同时，在她耳边轻声道："宝贝。

"晚安。"

男人的嗓音映着夜色，宛如大提琴般低沉，听得耳朵酥了半边，裴恬心满意足。

她放空大脑，正要沉沉睡着时，不知怎的，一股战栗从脚底传到头顶。

在鬼宅看到的一切——

墙面上诡异扭曲的画、红衣木偶阴气森森的脸，突然在此刻一一灌入脑海，耳畔似乎还回响着凄厉的风声。她还是手脚冰凉，如坠冰窖。

裴恬心慌地皱起眉，像抓住救命稻草般握紧陆池舟的手。

"怎么了？"

察觉到她情绪的变化，陆池舟再次起身，声音紧紧绷起。

裴恬摇头。她睁开眼，定定看着陆池舟，突然轻声喊他："几何哥哥。"

"我在。"

裴恬："今天我在那里，胡思乱想了很多。

"其中便有如果我真的没了，你会怎么……"

未等她说完，陆池舟便皱眉，冷声打断了她："没有这种可能。"

裴恬："……"

陆池舟语气冷硬，再无半点温柔，催她："很晚了，你还睡不睡？"

裴恬："……"

怎么就许他深夜矫情，不许她做作一次？

裴恬胸腔间那点多愁善感没了；怦怦乱撞的小鹿，啪叽一下，摔死了。

她恨恨地闭上眼。这一睡着，再也无梦。

从三更到清晨，浓墨般的夜色退去，天边三两颗星星也消失在放晴的天光中。

新的一天，也是一年伊始。

陆池舟几乎一夜未睡，他坐在床边，看着女孩安静的睡颜。

夜里那种灭顶的绝望和无措也终在此刻消散，心落到了实处。

他倏地想起女孩夜间胡言乱语问他的话。

这个问题，他哪里给得出答案？

世人都在奔向最终的目的。

他也是如此。

只消离别片刻，只消不见瞬时。

就百折不回地奔向你。①

杨执领了五倍工资，为了发扬敬业精神，元旦一早就踏上了揪出幕后

————————————

① 引用自马雅可夫斯基的《我也是如此》。

主使的路。

他自认没有陆池舟那种城府，也没有和人客气寒暄的打算。

约出汪茹后，杨执旁敲侧击地透露陆池舟的手段，暗示她看着办。

这汪茹也是个色厉内荏的，一开始就被吓倒，没一会儿就全交代了。

杨执适时打开手机录音，将汪茹透露的信息全部存证，而这幕后主使就这么顺藤摸瓜地抖搂出来了。

知道是唐羽的那一刻，杨执还惊了会儿，实在不明白裴恬小姐哪里惹到她了。

一个女人能恶毒成这个样子。

到后头，将录音发给自家老板时，杨执觉得自己明白了一部分：自家老板这样的男人，也算是个祸水了。

陆池舟收到信息的时候，裴恬还没醒。

医院的护士过来给她打了针。女孩那双细白的手，一只包着纱布，另一只因为吊水瘀青一片。

陆池舟闭了闭眼，心疼地别过脸，低眸听着杨执发来的录音。

杨执做事很干净，录音清晰，听在耳边异常清楚。

但每听一句，陆池舟的心就沉一分。到后头，已经抑制不住胸腔中的戾气。

老爷子走时，三令五申，让他凡事留一线。除了处理陆枫，陆池舟事事严守老爷子的话。但当事情波及裴恬时，这种理智几近于无。

裴恬再次醒来时，看见陆池舟背对着她坐在床边。

男人脱了大衣和西装外套，只着件黑色衬衫，宽肩窄腰一览无余，当真是赏心悦目。可惜手上打着吊水，不能动，没办法抱他。

裴恬从被窝里伸出只嫩生生的脚丫，从背后踢踢他。陆池舟下意识转身，看过来。

对上他阴鸷的目光，裴恬怔了一瞬："你干什么呢？"

不过陆池舟的情绪转变得非常快，不过一瞬间，眸中刚才的情绪便消失得干干净净。

"在想事情。"他淡淡道。

裴恬疑惑地问："什么事？"

陆池舟扯了扯唇，语气里无半分温度。

"什么样的惩罚才刻骨铭心。"

44

听完这句话，裴恬怔在原地，被陆池舟语气中的薄凉和冷意所慑。几秒后，她吸了吸鼻子，委屈地往后缩了缩。

"明明夜里还叫人家宝贝。"裴恬抬眼，瞪着他，"白天就想着惩罚我？还要刻骨铭心？陆池舟你是不是人？"

陆池舟："……"

胸腔间压抑着的戾气上不下，被这娇憨的三言两语化解了大半。

他指尖一下下轻点着床沿，表情变换半晌，才忍住喉间的笑意。

此时女孩气愤地鼓起腮，像只炸毛的小猫，看他的眼神逐渐传达出"你好变态"的意味。

光是看着，就让人想欺负。

陆池舟眼波流转，没有否定，他站起身，朝她倾身而去，在离面颊几寸远处停住。

"你提醒我了，"他低低笑了声，嗓音很轻，"确实该罚。"

裴恬感觉到危险，往后退了退。

不会吧，一夜过去，孔雀黑化了！

裴恬不服气地垂下眼睫："这不是我的错，是有坏人害我。"谈到这个话题，她的心情突然就不好了，她愤愤瞪向陆池舟，"还和你有关。"

陆池舟敛眸，沉默半晌才答："我知道。"

裴恬别过脸："你不知道。"

"我知道。"陆池舟重复一遍，揉了揉她的脑袋，眸中闪过一丝冷冽，"这件事不用你管，我来处理。"

裴恬狐疑地问："你怎么知道的？"

"查过了。"

"所以你昨晚就去查这个了？"裴恬惊问。

这是什么速度，也太快了吧。

"嗯。"

裴恬鼓腮，反应过来："所以你说要惩罚也是惩罚唐羽？"

"嗯。"

陆池舟的回答言简意赅，他显然对另一个话题更有兴趣。

男人定定凝视着她的眉眼，尾音绵长："但我现在觉得，你也该罚。"

裴恬看着陆池舟突然伸手，温凉手指贴上她的脸颊，细细摩挲着她细嫩的肌肤。

裴恬被摸得不自在地移开眼睫，气势弱了许多。

"你别乱来啊。"

陆池舟的目光落在她打着点滴的手上，意味不明地笑了声："现在也乱来不了。"

裴恬还在思考这个"乱来"和她想象的"乱来"是不是一回事时，陆池舟已经俯身，轻轻往下拉开她毛衣的衣领。

裴恬吓了一跳，惊到忘了反应。随后，男人埋下脑袋，毫不客气地咬上她雪白的脖颈。

裴恬眼睫直颤，哼出几声细细的低吟。

但这声音好似更加刺激了男人。他的呼吸重了些，唇瓣一点点向上移，若即若离地沿着脖颈轻吻，又移到耳后侧，突然张唇，一口含住她的耳垂。

他的掌心插入她的黑发，紧紧扣住她的后脑。

裴恬无力地半靠在床头，半合着眼，任他动作。

心里涌上隐秘的刺激感，她自是喜欢和他亲近的。

屋内空调温度调得很高，气温骤升，裴恬脸上泛起滚烫的温度，失神地望着他侧首时侧脸精绝的下颌线。

暧昧的氛围被门锁的转动声打破，下一刻，许之漓高亢的声音响彻屋内。

"累死我了。"许之漓长吐一口气，同时重重关上门，"宝贝，快看我给你带什么了！一大早就去老字号给你排的小笼包。

"感动不？要不要尝……"

许之漓大步踏进门，一抬眼，话卡在喉里，自动消了音。

床上二人还没来得及分开，脸颊贴得极近，几乎耳鬓厮磨，不知道在干什么混账事。而被男人挡住大半的女孩只露出脸颊几寸肌肤，却泛着蜜桃般的绯红。

许之漓僵在原地，脑中只有一个想法，那便是——

陆池舟真是个禽兽。

但禽兽本人好像并没有这种自觉，听到动静，他轻揉一下快缩成鸵鸟的女孩的头，慢悠悠地从床上下来，末了，还淡睨许之漓一眼，眸中竟满是被打断的不满，大有"你资源没了"之意。

而许之漓难得硬气起来，并无半分自己在发亮的自觉，踩着高跟鞋噔噔走过来坐到裴恬旁边。

"余记的小笼包，上过电视的。"许之漓抱着饭盒，看着裴恬并不方便的两只手，"恬宝，我喂你吃？"

裴恬乖巧点头，眼睛发亮地盯着饭盒："谢谢漓漓。"

闺密俩到一起，三言两语就挑起了话题。

在知道背后主使是唐羽后，许之漓怒目圆睁，气愤得差点把手中的饭盒扔了。

"气死我了！这个蛇蝎女人！这种人就该浸猪笼！"许之漓咬牙切齿地骂，口不择言道，"谁给她的胆子敢对你出手？她是不是自我陶醉，真把自己代入总裁的掌心娇宠了？"

气愤上头，许之漓不管三七二十一就睨向对面的男人："陆池舟，就是退圈，这话我也要说！这事你要不给个交代，你以后别想进裴家大门！

"恬恬不和你分手，我以后也天天唆使她和你分！"

一号卧底倒戈了。

裴恬咽下口中的小笼包，偷偷瞥了眼被劈头盖脸一顿骂的陆池舟。他脸色不悦，但不是对许之漓生气，倒像是对这两句话不满。

陆池舟语调沉沉，嘁道："你让她分她就会和我分？"

许之漓的怒火瞬间被点燃。什么都可以被质疑，但她和裴恬的友谊绝对不允许！

"我和恬妹可是多少年的好朋友。"许之漓指着自己脖子上的围巾，"这是恬妹给我织的，你有吗？"

她抱臂，得意道："你没有。"

陆池舟的目光一顿，凝在那条粉色围巾上。

围巾织法缜密，还绘了个许之漓模样的可爱版头像。

他的目光看向裴恬，后者默默移开视线装死。

许之漓看他表情难看，不知哪儿生的狗胆，继续道："而且你不在的五年，陪在恬妹身边的都是我，只有我。

"我们的友谊坚不可摧。

"所以，你要不把唐羽处理了，就别再想靠近我恬妹！！"

听完这话，陆池舟面无表情，眼眸黑得瘆人。

许之漓对上他的眼神，上头的愤怒退去，只一瞬间就尿了。

她冷静了些，默默往后退了退，躲到裴恬后面，假惺惺地哭诉："恬恬，我好怕，呜呜呜……"

裴恬自是要护着许之漓的，她蹙着眉冲陆池舟道："你别吓她，漓漓就是气过头了。"

陆池舟："……"

许之漓的到来，成功霸占了裴恬所有的注意力。

陆池舟被排挤出病房，坐在医院的长廊里，与此同时，收到杨执的消息：陆总，事情都办好了。

许之漓始终在病房陪着裴恬，从早到晚，将唐羽三百六十度无死角地骂了个遍。

陆池舟在中午的时候有事离开了。

许之漓倒戈得理直气壮，等陆池舟走得不见影时，她狠狠吐槽："有事，有天大的事，能有你重要？"

裴恬觉得许之漓今天是骂红眼了，递了杯水给她，安抚道："少安毋躁，消消气。"

许之漓狠灌口水，冷哼一声。

"我宣布，我的卧底生涯就此结束。"

"你还好意思说。"裴恬横她一眼，"所以我这次来H市的事又是你透露的？"

许之漓顿时心虚地转移视线，却不经意瞥到裴恬颈侧的红痕。

她在心中啐了声，坦然起来："我要不透露，你俩今天能在医院耳鬓厮磨？"

裴恬脸一烫。

"我现在倒是庆幸透露了。"许之漓的声音低落下来，"要不然，唐小雨那坏女人能把你关到现在。"

这时，许之漓的手机收到微博消息提醒，她下意识打开手机，看清内容后，气得差点一口气没上来。

"气死我了，气死我了！

"陆池舟竟然还能让唐小雨去参加颁奖典礼！！"

"她配提名最受欢迎女演员？！"许之漓恨恨道，"我呸！最蛇蝎心肠女演员吧！"

许之漓出奇地愤怒，不停翻看着微博消息，口中还喋喋不休地骂着："陆池舟干什么吃的？！"

裴恬倒没多大感触，她淡淡道："我和唐小雨的恩怨，我自己也能处理。"

今晚的金玉奖颁奖典礼的线下地点便定在 H 市。

当晚，星光熠熠。

颁奖典礼也是女星争奇斗艳的场合。

唐羽无比重视这个典礼，从中午就开始准备造型，做头发时，徐英中途匆匆接了个电话，再回来时，喜上眉梢。

她笑眯眯地凑到唐羽耳边："公司专门向品牌方给咱定了高定礼服。"

说完，徐英将手机立在唐羽眼前，指着模特身上的粉色高定礼服："看，是这款，C 牌秋冬季新款。"她又立起五根手指，"据说，价格要这个数。"

徐英压低声音，满是暗示的意思："定这件高定，没有点儿上面的意思，我都不信。"

唐羽面上洋溢着大大的惊喜，嘴角笑意放大再放大。

"这真的是给我的吗？是不是陆总……"

徐英拿手在唇边"嘘"了声，得意道："你这么争气，陆总能不看重吗？"

没一会儿，造型室外头便有人送来礼服。来人打开大大的礼盒，露出里面的礼服。

礼服是粉色收腰设计，宽大的裙摆上还点缀着碎钻，熠熠生辉。

唐羽眼前有些恍惚，一瞬间以为自己看到了年少时的那件公主裙。但不知为什么，这件却没有给她那样的惊艳感。

她进圈这么多年，也穿过不少奢侈品牌，看到这件礼服的第一秒，便觉得它像个上不得台面的赝品。但这感觉只在脑中晃过一秒，便被唐羽狠狠否定。

不可能的。

陆池舟给的东西，肯定是最好的。

她的心跳得极快，心中的喜悦快要冲破心脏。终于有一天，他也给她送了 C 牌的高定。

唐羽试穿礼服，出乎意料的是，并没有惊艳的效果，甚至和她原定的礼服相比，平凡得不像话。

一瞬间，唐羽以为看到了原来的那个唐小雨。

强压下这种不妙感，唐羽抚平裙摆，和助理道："我们走吧。"

助理讷讷点头，不知该怎么说，这件礼服真的不适合她。

颁奖典礼现场，面对一排排的媒体相机，唐羽游刃有余地微笑着，心中无比通畅。

此时，她是大明星唐羽。

每逢红毯，微博头条必被明星造型占满，唐羽一人占了三条。唐羽工作室发出数张精修图，全网营销"在逃公主"名号。

> 啊啊啊啊，姐姐真的好美！！
> 真"在逃公主"吧！啊啊啊啊啊！！
> 期待羽羽获奖！
> ……

前排粉丝狂吹彩虹屁，压倒了一众路人发言。

直到典礼中途，一个话题悄悄爬上了热搜。

唐羽山寨礼服

45

唐羽看到这条热搜时，完全是蒙的。

哪个女星如果被证实穿了山寨礼服参加典礼，肯定会遭到全网的嘲笑。除此之外，还会被钉在耻辱柱上，失去品牌方的青睐，从此与高奢品牌无缘，时尚资源严重受损。

唐羽的第一反应是这是对家发的黑通稿，连忙让工作室砸钱反黑。但网上舆论一边倒，热搜位次越来越高，偏偏证据充足，找不到一丝可以辩驳的地方。

唐羽还是不信。

不可能，陆池舟怎么可能给山寨礼服？但桩桩件件摆在眼前，根本无法辩驳。

一种可怕的猜测浮现在脑海。唐羽出了一身冷汗，连忙否定这种可能。

这件事做得神不知鬼不觉，而且自己不过是吓一吓裴恬，也没收手机，她可以随时找人放她出去。

相比这微不足道的小事，自己才是天启的摇钱树。

陆池舟就算知道，应该也不会因为这件事，和她过不去。

典礼进行到一半，下一个颁布的便是提名她的最受欢迎女演员奖，唐羽对这个奖项很有信心。

但不知怎的，因为这件赝品礼服的事，唐羽心中那种不妙的预感愈演愈烈。这种预感，终于在大屏幕放介绍时，达到了顶峰。

这是个全网直播的颁奖典礼，无数网民共同观看。

前几个演员的介绍，播放的都是作品中的片段。到她时，整个大屏幕突然一片黑，接着画面跳转，闪现出一张清晰的照片。

一阵安静后，全场哗然，众人奇怪地窃窃私语，同时朝她的方向看去。

唐羽瞪大眼睛，在看清照片后，脸色霎时变得惨白如雪，放在身侧的手握得死紧。

那张照片不是别的，正是那年话剧谢幕时，班里整个参演人员的合影。

裴恬众星捧月般站在最中间，肌肤莹白如雪，大大的眼睛笑成了弯月的形状，粉色的高定礼服穿在她身上，宛如真正的公主。而那时，站在她身旁的自己，穿着丑陋的大树衣，五官皱成一团，皮肤暗淡到发黑。

当真是云泥之别。

似乎只是一个插曲，很快照片跳转，像是上位者冰冷的警告，但唐羽手脚冰凉。

不出意外，这张照片会很快在全网疯传，她一辈子都摆脱不掉丑小鸭的阴影。

......

唐羽是被徐英搀扶走的。她的情绪异常失控，和平日里温婉可人的模样大相径庭。

徐英将唐羽送上保姆车，紧紧绷着脸。哪怕是她，也对今天的情况束手无策。

这幕后之手是谁，无须多猜。

唐羽再怎么说也是天启这样的大公司护着的艺人，敢这么不留情面撕开遮羞布的，只有陆池舟。但徐英没想到，这一切并没有结束，她的手机突然进了一条信息。

上面的要求言简意赅，给她发了指定位置，要她把唐羽送进去待一晚。

语气不带任何威胁，甚至还很客气，大有选择权在你手里，做不做随你的意思。

徐英从来都是利己主义者，不过片刻，她便做好了最佳选择。

走了唐羽，她还在天启，有大把的新人可以带。

徐英默不作声地将车开到影视城，停在鬼宅门口。

唐羽显然还没从情绪中脱身，眉目扭曲地坐在后排。

直到徐英停车时，她才意识到周围的景象不对。看到这熟悉的诡异宅院，她的头皮轰的一声炸开，难以置信地望向徐英。

"你带我到这儿来是什么意思？"

徐英一耸肩，拉开车门："我不过是奉命行事罢了。"

说完，她便毫不客气地将唐羽拉下车："你在这儿待一晚上，好好反省，我也好和陆总交代。"

唐羽慌了，强自镇定道："你知道这是哪儿吗？你把我放这儿？"

徐英自是知道："那有什么办法呢？"

唐羽重重摇头，眼里冒出泪花："我不去，英姐，你不能这么无情。"

"我无情？"徐英突然就火了，拉开鬼宅的门把人往里一推，"我早就告诉过你不要作死，但你偏偏要作死。我没怪你毁了我这么久的心血，你还说我无情？

"心比天高，命比纸薄，不好好搞事业，非要弄一些歪门邪道。"徐英不耐烦地说，"你给我好好在里面待着吧！"

唐羽在里面狠狠拍着门，害怕到变音，她哀求着："英姐，我以后一定不做坏事了，你放我出去吧。

"求求你了！

"我真的害怕！"

徐英长吐一口气，重新坐上了车。

她还不能走。要是人真交待在里面了，她也玩完了。

徐英找出根烟，点着，对门里喊到几乎嘶哑的嗓音熟视无睹。她不知道唐羽做了什么，陆池舟要将事情做得这么绝。

唐羽这一遭，颜面尽失，后期免不了被业内雪藏封杀。天启因为她，自是要损失一大笔钱。

陆池舟明明有更多迂回婉转的法子，却偏偏要选这种最直接粗暴的。

徐英轻喷了声，竟也生出些庆幸。还好自己识时务，没有跟着唐羽一错再错。

裴恬看到唐羽的消息时，已经是夜里了。

许之漓靠在旁边的小床上，突然抱着手机直挺挺地起身。

"陆池舟牛啊！"

裴恬当时正半迷糊着，眼看就要睡着了，被许之漓这一嗓子喊醒了。

下午还在喊天骂地的人，此刻满脸笑意，就差把陆池舟吹上天了。

"他做什么了？"裴恬揉了揉眼睛，咕哝着。

许之漓把手机给她："你自己看，这难道不是陆池舟的手笔？"

裴恬原本只是随意翻一翻，到后头才认真起来。

她是真没想到，从救她出来，到惩罚唐羽，陆池舟只用了十几个小时。

这种惩罚方式，比裴恬想象的要犀利可怕得多。

陆池舟明显已经查清唐羽的所有底细，甚至知道了当年的那件事，随后直接选了这样不留情面的方式，揭开唐羽最不愿让人知道的一段往事。而裴恬在最生气的时候，想的不过是找个机会，把唐羽也关在鬼宅里几个小时。

此时此刻，全网一片嘲声。

山寨礼服被不喜欢唐羽的网友肆意嘲弄，小时候的照片被做成表情包，甚至修在了整容医院的广告模板上。也出现了一些自称唐羽同学的匿名用户，将唐小雨沉默又自卑的中学时期编成故事供吃瓜网友欣赏。

没有什么比过去被翻出来供众人咂味嘲讽更能让人崩溃的了。

当晚，陆池舟过来时，许之漓和上午撑天撑地的态度判若两人，一句废话不说地拎包走人。走前，她还朝裴恬抛了个媚眼，眼中满是"我不影响你俩发挥"的兴味。

裴恬的病来得快，去得也快，手背也是皮外伤，根本不需要住院。

陆池舟显然也不喜欢医院，在她提出要出院后，难得顺从了一次。

他牵着裴恬的手走出医院，自己开车带她回了酒店。

"杨执呢？"

这晚，裴恬始终未见着这位几乎和陆池舟形影不离的大特助。

陆池舟开着车，偏头看她一眼，满是"你问他干什么"的意味。

半晌，他才简短回答："放假了。"

陆池舟并未带她回她和许之漓待的那家酒店，而是重新订了一家。

裴恬默不作声地看着他从前台小姐手里接过房卡。在进电梯后，她摸了摸鼻子，含混不清地问了句："你……订的什么房？"

陆池舟："大床房。"

裴恬愣住，她轻轻眨巴两下眼睛，说话都有些不利索，问出了个此地无银三百两的问题。

"大床房有几个大床？"

陆池舟缓缓偏过头，看着女孩明明很紧张却故作镇定的模样，低笑了声。

"那自然只有……"他顿了顿，声音低了些，"一个。"

末了，还意味深长地补充一句："两个人睡的床。"

46

随着电梯的上升，楼层数字也跟着一下下跳动，裴恬看得眼皮也跟着一起跳，脑中回荡着那句话——

两个人睡的大床。

这个睡和她想的那个……是同一个意思吗？

因为这个臆想，裴恬的手心沁起一层薄汗，她瞅了眼自己包着纱布的手背，蹙了下眉。

她这样是不是不太方便？

不过时间没有再给她胡思乱想的机会，随着叮咚一声，电梯到达楼层。

裴恬安静如鸡地跟着陆池舟进了房间。

裴恬在屋内四处打量。不愧是孔雀，随意落脚的地方都这么奢华。欧式装修风格，房顶的水晶吊灯闪着绚丽的光，将一切照亮，纤毫毕见。

她进屋后，盘腿坐在单人沙发上，默默看着陆池舟的动作。

他正在脱大衣，里面的西装和衬衣有些凌乱，不如从前规整。数个日夜没有好好休息过，男人眼下环绕着一圈青黑，看起来很是疲惫。

裴恬咽了咽口水，不禁脱口而出："要不今天算了吧。"

恰好此时，陆池舟也开口问她："你自己能洗澡吗？"

屋内安静下来。二人都因为对方的话陷入沉默。

裴恬揪着自己右手上的纱布，脑子飞快转了转。如果说不能，陆池舟难不成还亲自帮她吗？

妈呀，这也太……那个了吧。

裴恬的脸红了红，她讷讷摇头："我自己可以。"

陆池舟看着她，喉结滚动，轻轻点了点头。

"你先去洗，"他别过脸，嗓音沙哑，"有事喊我。"

裴恬从许之漓带过来的小行李箱里摸出睡衣。

她来时，也没想到会有这么一晚，所以带的睡衣也很随意——一条烟粉色真丝质睡裙。领口不大不小，长度垂到膝盖。唯一的问题便是，它是吊带的。

裴恬默默拿着换洗衣物进了浴室。

她伤的是左手，洗头不方便，洗澡倒还好，只要小心点，便可以不触碰到伤处。

本来一切都还顺利，但到扣内衣时，犯了难。包着厚重纱布的手根本伸不到背后，哪怕够到了，也没办法扣起来。扣到最后，裴恬暴躁起来，连额角都沁出了薄汗，气愤之下，她直接套上了睡裙。

目光对上镜中的自己时，裴恬愣住。她的手指钩了钩睡裙细细的肩带，捂住逐渐发烫的脸。

这样子出去，十张嘴也说不清。

陆池舟该不会以为她蓄意勾引吧?

裴恬放下长发。这样子，是不是好一点?

她抬眸看着镜子，长长的黑卷发从锁骨往下蔓延，挡住起伏的雪白弧度，和肌肤的颜色形成鲜明的对比。

这样，好像又有种欲语还休的勾引味道。

许是她磨蹭的时间太久，浴室的门被人轻轻叩响。

裴恬忙偏过头，看见磨砂玻璃门外透出男人颀长的身影，伴随着陆池舟低沉的声音："恬恬，好了吗?"

"好，好了。"裴恬回答，"马上出来。"

说完，她一咬下唇，伸出白皙的手臂转开门。

陆池舟正站在门外，半耷拉着眼皮，有些懒散地靠在墙边。听到动静，他下意识垂眸，看清裴恬的模样后，眼眸骤然变深，浓如稠墨。

女孩刚洗过澡，肌肤似牛奶般白皙细腻。长长的黑发披在脑后，有几缕垂在胸前，随着那处雪白的起伏而微微晃动。似有些害羞，她被水雾氤氲得满是雾气的眼眸带着躲闪和无措。

男人对这方面有种无师自通的敏锐力。只一眼，陆池舟就看出，女孩只穿了这件睡裙。

一瞬间，燥热灼烧上脑，带着能让人失去理智的燎原之势。

因为裴恬的病还没全好，陆池舟本意也只是将她带在身边看着，但到了此刻，所有的顾虑和犹豫都被本能取代，再禽兽他也认了。

裴恬被他这样的眼神看得脸颊越烧越烫，偏偏不愿意认怂，挺直背回视过去。

还没站直，一股大力袭来，二人的位置掉了个边，待反应过来时，裴恬直接被压在了身后的墙壁上。

背后是温凉的墙壁，墙纸摩擦着细嫩的脊背。身前，男人俯着身，从她脖颈上本就有的红痕开始，啃咬吮磨，一点点加重印记，似要将这个痕迹永远烙在这个位置。

直到一阵手机铃声突兀响起，陆池舟按住她腰线的手一顿，充耳不闻。

裴恬伸手推他，几近站不住，她声音战栗着："我有电话。"

陆池舟眼尾染红，声音极低极哑："不管。"他禁锢住她纤细的腰线，诱哄道，"陪我再洗个澡，嗯？"

按往常，裴恬一上头，说不定就答应了。但此时这个电话，一遍过后，不过几秒又响起。

裴恬的心跳得快极了，她心虚至极地摇摇头："不行，这是我爸的电话，他的专属铃声。"

陆池舟愣了会儿，闭了闭眼。

他抬头，额头和她相抵，末了，沉沉吐出一口气。

"你去接电话，"他无奈道，"我去洗澡。"

裴恬匆忙点点头。

她红着脸，拉起自己已经滑落到手肘的肩带，跑去拿手机。与此同时，浴室门被关上。

在第二遍铃声即将结束时，裴恬接通了电话。

此时不到十点，按照裴言之往常的习惯，这个点如果不是应酬，就该在工作，按理说不该想起她，更不会突然来两通电话。但偏偏在今天，像掐着点一般，将她即将要做的事打断个正着。

裴恬调整着依旧错乱的呼吸，争取让自己的声音听起来正常些，她甜甜地喊着："爸爸？"

"你刚刚在干什么，打这么久才接？"

裴恬一噎："我，我刚洗澡出来。"

"和漓漓一起？"

裴恬咬着唇，实在编不出谎话，只"嗯"了声。

裴言之不咸不淡地反问："你以为我不知道你和谁在一起？"

裴恬立马慌了，沉不住气道："对不起爸爸，我不是故意骗你的，我……是和他在一起。"

"他？"裴言之冷笑一声，"果然。"

裴恬："……"

所以是诈她的！！

"让那小子来接电话。"

裴恬更慌了。且不说陆池舟现在在干什么，要是到关键时刻再打断一次，以后还能不能行了？！

她张了张唇，紧张道："他，他在洗澡，不方便接电话。"

殊不知，这句话透露的信息比她想的多了太多，电话那头陷入一种诡异的沉默。

"行。"裴言之短促地蹦出一个字。

"挂了。"

裴恬愣是从那个"行"字里，感觉到些咬牙切齿。

不过她自是不敢再多生枝节，既然电话挂了，那裴言之便是天高皇帝远，管不着这么多了。

裴恬拿着手机躺到床上，又钻进了被子里。她看着另一边空缺的床位，脑中又不自觉放映着刚刚的场景。脖颈上的红痕仿佛还残留着那样炙热的温度，她羞得拿被子挡住脸。

不知过了多久，久到裴恬都快睡着了，浴室的门才被打开。

陆池舟穿着浴袍，手上擦着半干的头发，冷白的肤色依旧泛红。男人的表情有些散，目光环视一圈，最后落在床上的她身上。

裴恬打起精神，朝他眨眨眼，软着嗓子喊他一声："几何哥哥。"

陆池舟抬起头，眸色一顿。

裴恬笑眯眯地说完后半句话："人家给你暖好床了。"

她承认，她就是喜欢看他失控的模样，更想深一步地看他为她沉沦。

但今天，陆池舟的自制力真的不算好。之前守身如玉的原则，在今天晚上全部碎成了渣。

裴恬错愕地看着陆池舟欺身上前，双手撑在她两侧，带着些咬牙切齿："故意招我是不是？"

"对啊。"她用未伤的手钩住他的脖颈，丝毫不惧地凝视着他。

"那你给不给嘛！"

这句话像个导火索。陆池舟的胸膛剧烈起伏着，深深地看着她。

裴恬从他的眼中看到了很多情绪。

"给。"他说。

裴恬的心跳得更快了，紧张得呼吸都不太顺。

"但睡了以后，"陆池舟的吻从她的眉心轻轻往下，极其珍重地落在每一处，"恬恬就要对我负责一辈子。"

他继续往下亲："不许看别人，不许喜欢别人。

"自始至终，只有我。"

男人的声音很轻，却一字一句，不含半点玩笑的意思。

"我数三声。"他紧紧凝视着她，不放过任何一丝情绪，"数完，你不答话，那就容不得反悔了。

"三。

"二。"

"零。"裴恬一把按下他的脖颈，闭上眼道，"我帮你数好了。"

陆池舟的动作剧烈一颤，下一秒，反客为主。

裴恬同样忘情地回应，二人都有些失控。

但或许他们今晚注定不能成。一时忘乎所以的后果，便是裴恬手背的伤口被压着，她吃痛地嗯了声。

这声霎时让陆池舟止住动作。他恢复些理智，连忙低头捧起她的手。

手背的纱布，隐隐泛出些血迹。

这伤口让陆池舟彻底冷静下来。他的表情变了变，轻轻抚摩裴恬的手："对不起。"说完，陆池舟翻身下床，抬腿便去找药箱。

裴恬靠在床头，脑子还没清醒，甚至还充满着差点就要成功的懊恼。

她看着陆池舟走来，细致地给她重新换药包扎。

包扎完毕后，他拿走药箱。重新上床时，陆池舟只轻吻下她的额头，温声道："睡吧，我不碰你。"

随后，男人关了灯，似是刻意保持距离，睡在离她很远的另一侧。

裴恬："……"

良久，裴恬在黑夜中轻眨下眼，后知后觉地意识到这个问题——

所以，她今晚忙活了这么久，就只闻了闻车尾气?

窗帘紧闭，遮挡住外面如水的月色，也隔绝了车水马龙的喧闹。

万籁俱寂中，裴恬出奇地清醒。

这还是她第一回和男人同床共枕，然后什么也没发生。

裴恬不甘心。她侧耳，细细听那头的动静。陆池舟呼吸平稳，大概已经睡着了。

裴恬叹口气，心里直痒痒。明明是两个人的快乐，却变成了她一个人的郁闷。

算了，不给睡，那抱抱总行吧。总不能一张床，隔得比两张床还远吧。

裴恬在心里这样安慰自己。她在被窝里悄悄背过身，和陆池舟面对面。

她轻轻挪动着身子，动静极其轻微地往另一侧移，在离陆池舟几寸远时，将自己嵌进了他的怀抱。

裴恬伸出细白手臂环抱住男人的后腰，在他怀里找了个舒服的姿势，埋头酝酿睡意。

殊不知，她刚闭眼，男人就睁开了眼睛。

他轻呼一口气，抬起手臂，动作轻柔地将女孩往怀里捞，有了一个更为亲密的姿势。

裴恬开始困了，她打了个小小的哈欠，迷迷糊糊就进入了梦乡。

这下好了，她睡着了，陆池舟温香软玉在怀，却了无睡意，他静静看着女孩精致的眉眼。

裴恬闭上眼时，五官的无辜和精致放大，光是看着，就能让人心情很好。

想这样一辈子抱着她，想每天醒来就能看到她。

寂静的深夜里，陆池舟的心软成一片，他忍不住，下巴在她头顶上蹭了蹭。

"真乖。"

结果，"真乖"的某人并不如他想象的那般老实。

睡意刚刚袭来，腰上便横上一截柔软的小腿，还隐隐有向上滑的趋势。

睡梦中的女孩俨然把他当成了大型玩偶，整个人八爪鱼般抱上来。本就柔滑的睡裙根本禁不住她这样动作，几乎横在腰间，露出两条在黑夜里都白得晃眼的腿。

触及都是细腻的白，陆池舟深吸一口气，下意识移开眼。

陆池舟头疼地闭上眼，忍不了了。

几秒后，他翻身将女孩压在身下。

裴恬被他的动静惊醒，迷迷糊糊地睁开眼睛，嗔他一句："你干什么呀？"

陆池舟的眼眸深深，扯了扯唇，语气没什么温度："我不睡，你也别想睡。"

裴恬：？他又行了？

她的睡意散了大半，期待着他下一步的动作。

下一秒，被窝里未受伤的左手被男人紧紧扣住，顺着胸膛，一点点往下滑。与此同时，男人在她耳畔低语，甜言蜜语不要钱似的撒——

"乖宝，我教你。"

第二天，裴恬醒得很晚，接近日上三竿，中途甚至都没醒过。

本来不该是这样的。

如果是十点多就睡着的话，而不是中途被喊醒，做那种费力不讨好的事情。她一只手使不上力，也没技巧，到最后困得眼睛都睁不开，陆池舟都没动静。

就这样蹉跎了大把时光，洗完手回床上时，已经不知道是几点。

陆池舟是满足了，抱着她一口一个肉麻的乖宝，但她再入睡时，却不得半分安稳。

好像连梦里，都是男人那双漆黑深邃的眼，以及响在耳畔的低低的喘气声。

陆池舟连轴转了这么多年，大概今天才得到彻底的休息，裴恬醒的时候，他依旧沉沉地睡着。

多少年没见过陆池舟在她面前睡觉了？

不是多少年，是这种机会绝无仅有，哪怕是在年少时。

裴恬转了转眼珠。这种天赐的大好时机，不好好利用，简直是暴殄天物。

裴恬悄悄从柜旁摸出手机，打开原相机，对着男人的脸，想找些死亡角度拍丑照。

这只孔雀整天嘚瑟自己长得好，下回他再嘚瑟，自己就把丑照甩他脸上！

但很快，裴恬便惊悚地发现，陆池舟竟然没有一个角度是丑的！

可恶，怪不得这么勾人。

可惜她没睡到，甚至还赔上了自己的手。

裴恬气呼呼地掐住陆池舟的脸，令他做出个鬼脸，包着纱布的手不够利索地拿着手机拍。

还没按着拍照键，陆池舟突然睁开眼睛。

他不戴眼镜时的眼睛，更加锋芒毕露。裴恬一惊，手机没拿稳，顺着掌心便掉下去，直直砸到了陆池舟脸上。

陆池舟闭眼，被砸得哎了声。他抬手捂住鼻梁，声音还带着刚醒的哑："大早上的，你想把我砸毁容？"

裴恬吓一跳，拿开他的手，看见高挺的鼻梁上有一个红红的印子。

她心疼地摸上去："没事吧，不会毁容吧？"

陆池舟的掌心按住她的手，缓缓撑起身体。他半耷拉着眼皮，半开玩笑地威胁道："真毁容了，你也要负责一辈子。"

裴恬张了张唇。

"不行。"她连忙否决。

陆池舟眯了眯眼睛，气笑了："你胆子不小，敢就因为样貌对我始乱终弃。"

裴恬依旧坚定立场，摇摇头："如果毁容了，你就先去整个容再来找我。"

察觉到男人危险的眼神，裴恬半分不退让。

"毕竟，你这样的相貌世间独一份。"她笑着歪头，直接扑上去环住他的脖颈，软着嗓音哄，"我喜欢得很。

"别的样子都不行，我只喜欢你这样的。"

陆池舟喉结滚动，没再说话，显然是顺毛了。

裴恬唇边的笑意放大。

看看，这才叫三句话，哄好一个男人。

47

和裴恬恨不得一天都躺在床上相反，陆池舟是醒了就绝不在床上多赖一秒的人。刚醒几分钟，他便掐裴恬的脸颊："起床了。"

裴恬趴在他怀里摇头，懒洋洋地拖长了声音："不想起。"

陆池舟冷漠无情地掀开被子："那我起了。"男人下去的同时，还把她从身上扒拉下来。

裴恬骨碌碌滚到床上，气呼呼地捶了下被子："床上长针了还是怎么的，你就不能陪我多躺一会儿？"

"床上长你了。"陆池舟正在解浴袍的带子，闻言深看她一眼，声音带着警告，"手没好别招我。"

对上他的眼神，裴恬一秒安静如鸡，隐隐感觉自己左手又开始酸了。

她看着陆池舟半敞着浴袍，去行李箱里拿了要换的黑色套头羊毛衫和长裤，随后当着她的面，脱下了浴袍。

裴恬连忙拿被子捂住半边脸，但依旧忍不住，扑闪着长长的眼睫看着男人的动作。

经过昨晚，陆池舟现在是彻底在她面前放飞自我了。原本脱个衣服还要含蓄半天，睡觉还要锁门的孔雀一去不返。

男人宽肩直背，脊背肌肉线条清晰，坚硬的肩胛骨随着手臂的动作上下鼓动。

裴恬掩在被下的手揪紧，心里直泛痒痒，她清了清嗓子，故作害羞道："你怎么回事，就这么大大咧咧地当着我的面脱衣服？"

闻言，陆池舟转过身。

他已经穿上了长裤，正低着头系皮带。黑色的西裤勾勒出劲瘦修长的双腿，再往上，是精壮的上身。

陆池舟未言，似乎在用转身的行动告诉她"你什么没看过，这样看是不是更方便"。

裴恬躲在被窝里脚趾蜷紧，直勾勾地盯着他，冷不丁冒出一句："你记不记得你承诺过，要给我拍变装视频看？"

陆池舟套上衣的动作一顿，咂摸半晌，终于想起些不那么美好的回忆。

"我是承诺过，"他说变脸就变脸，拉下衣服再不露半分，抬眼瞥她一眼，"但你去哪儿了？"

"剧组的男演员好看吗？"

裴恬："……"

来了，他带着82年的陈醋秋后算账来了。

裴恬转了转眼珠，故意顺着他的话点头道："江深新电影的那套服装确实帅，宽肩窄腰大长腿，性张力极强，"末了，还补充一句，"看得人心怦怦直跳。"

陆池舟的表情越来越淡，唇紧紧抿成一条线。

裴恬观察着他的表情，意有所指道："不过嘛，要是你穿，肯定比他还好看。"

陆池舟轻呵一声，直接抬步去了浴室，冷着张脸："我哪里比得上他？"

与此同时，浴室门传来砰的一声响。

啧啧。

阴！阳！怪！气！

裴恬躲在被子里，耸了耸肩。

趁着陆池舟洗漱的时间，裴恬摸出手机，逛了逛超话。

说来还真是巧，今天H市某商场，正巧有江深的站台活动，而另一个品牌方请的嘉宾是周以晴。

时间就定在今天下午三点。这简直是天降的糖好不好？！！

裴恬看到手机显示时间十一点，当即从床上弹跳而起。她拿过要换的衣服，直接冲到浴室门口，哐哐拍起了门。

里面应该在刷牙，陆池舟的气应该还没消，声音有些不耐："干什么？"

裴恬中气十足："我要换衣服出门！"

"在外面换。"陆池舟淡淡道。

裴恬:"万一你突然出来怎么办?"

里面又呵了声,语气懒散,欠揍得很。

"我要看昨晚就看了,不然你以为你今天还能下得了床?"

好狂妄的语气哦。

"一次两次都是你不行。"裴恬气得回撑过去,"等你真能让我下不了床再说吧。"

里面倏地安静下来,吓人得很。

裴恬默默走远了些。她脱下睡裙,在拿起内衣时才发现,昨晚的难题再次出现。

裴恬默默套上了裤子,听着浴室内的动静。

没什么动静。

罢了,人在屋檐下。

最终,裴恬还是套上内衣,臂膀紧紧夹住两侧,挪到浴室门边,小心翼翼地喊:"几何哥哥,帮个忙好不好?"

下一秒,门被打开,男人半靠在门边,没戴眼镜,脸上还挂着水珠,刚刚应是在洗脸。

"帮我扣一下。"裴恬指指后背。

陆池舟静默了会儿,转身回去擦脸,又戴上了眼镜。

回来时,他的目光放在她雪白的脊背上,指尖的动作一顿。

陆池舟轻吐口气,随后,声音很低地问出一句:"扣哪排?"

裴恬怔了下,她轻抚耳畔的发丝,挡住绯红的耳根,故作镇定道:"最外面那排。"

陆池舟"嗯"了声,垂头替她扣上,还带着湿意的指尖从她的脊背一扫而过。

"好了。"他说,"还要我做什么吗?"

裴恬连连摇头:"不用不用。"

说完,她迈着步跑远,一股脑儿地套上衣服。

等两人全部洗漱完,已经快十二点了。

陆池舟看着时间,蹙起眉尖,看向裴恬:"带你出去吃饭。"

"好。"裴恬连忙去套棉袄。

长棉袄不算，她还戴围巾、毛线帽、手套，最后只露出一双眼睛。

她用戴着手套的手去勾搭陆池舟，却见男人避开手，目光落在她毛茸茸的围巾上若有所思。

裴恬顺着他的目光，低下眼，看到自己的围巾，蓦然心虚起来。在给许之漓织完后，她用剩余的毛线给自己织了一条。

相比自己，只穿羊毛衫和大衣的陆池舟显得异常单薄。

几秒后，裴恬将自己的围巾取下来，踮起脚尖围到陆池舟的脖子上："给你戴。"

陆池舟取下围巾，重新绕她脸上，声音冷冰冰的："我不要。"

裴恬眨巴下眼："你怎么了呀？"

陆池舟不语，只拉着她往外走。

裴恬又拉他衣角："你真的不要围巾吗？我那儿还有毛线。"为了哄人，她还违心地加了一句，"都已经给你织一半了。"

"真织一半了？"陆池舟显然不怎么信。

裴恬顿了顿，声音弱了点："在脑中织一半了。"

陆池舟："……"

他闭了闭眼。

不和她生气，一条围巾而已。

几秒后，陆池舟睁开眼，这气消不下去。

为什么许之漓有的，他没有？

"什么时候织好给我？"

裴恬抱住他的手臂，信誓旦旦地保证："回去就给你织！日日织夜夜织！让哥哥整个冬天都暖洋洋的！"

陆池舟的掌心按住她的脑袋："少来。"但终究抑制不住上扬的唇角，失笑出了声。

二人在酒店一楼吃完了早午饭。

"你想什么时候回去？"陆池舟问她。

裴恬双手托腮："你能陪我几天？"

陆池舟算着日期："最迟明天下午要到 A 市，晚上我有应酬。"

"好。"裴恬应声，"那就明天回去。"

她长长叹一口气："回去就要到考试周了，我该怎么办？！！"

"考试周？"陆池舟弯起唇，不动声色道，"我可以帮你。"

"真的呀！"裴恬猛地抬眼，惊喜道，"哥哥要怎么帮我？"

"陪我上班，"陆池舟理所当然道，"我可以看着你。"

裴恬："哼！"

这个提议被裴恬无情否决。

眼看着时间不早了，她站起身："走吧。"

"想去哪儿？"陆池舟牵住她的手，低头问她。

裴恬眼睛亮晶晶的："商场！！"

节假日的商场人满为患，而今天因为有明星站台，更是人声鼎沸。

还没进去，裴恬便听见了里面粉丝的尖叫声。

江深的知名度很高，粉丝很多。周围一片都是举着牌子的女粉丝，她们口中喊着一致的口号。

江深的名字响彻云霄。

陆池舟顿住脚步，看着拉着他的手兴奋地往商场里钻的女孩，突然面无表情地顿住脚步。

"怎么了？"裴恬见他不动，"活动快开始了，快点呀！"

陆池舟的语气很淡："你今天就是来看江深的？"

"是，也不是。"裴恬一颗心早就飞了进去，"来不及了，快快快，进来呀！"

陆池舟紧紧抿唇，半晌，才极不情愿地挪动半步。

商场入口处，站着潮水般的人，裴恬娇小的身影在里面行动得异常迅速。

陆池舟并不适应这种氛围，好看的眉尖轻蹙着，他冲裴恬道："你慢点。"

他生得太好，长得又高，周围很多女生都不自主地顿下脚步，朝他看过去。这就导致陆池舟身边的人太多，寸步难行。

到此时，裴恬已经顾不上他了，被周围汹涌的人群簇拥着往一个方向去。

陆池舟拧眉看向汹涌的人群，安保急得满头大汗，可人群依旧源源不断，显然已经到了商场容量的边界线。最重要的是，他找不到裴恬了。

陆池舟深吸一口气，耐心告罄，沉着声对周围堵着他的人说："抱歉，借过。"

裴恬是被人群冲散的，在她和陆池舟的手分开后。

后续的走向，完全不是她能控制的。粉丝太多，全朝一个方向走，她被迫随着人流移动。

人数已经到了商场的最高容量，广播紧急通知安保及时疏散人群，但人流量早已不是人为所能控制的。

裴恬再次被碰撞的人群往出口方向挤，好几次差点被人绊倒。直到腰后被一双有力的臂膀搂住，来人呼吸不太平稳。

陆池舟看起来是真的生气了，神情有些可怕："你再乱跑一回试试？"

男人身姿如松，被他抱着，瞬间就有了无与伦比的安全感。裴恬悬着的心放下，紧紧回抱住他，小声道："我错了。"

陆池舟抿唇，下颌线绷得很紧，只沉默地护着她往紧急通道走。

裴恬理亏地低下头，良久，头顶才传来男人低低的声音。

"还好你没事。"

48

品牌方主持人临时通知本场活动取消。去往安全通道的路被堵住，寸步难行。

裴恬的手被男人握得生疼。陆池舟深吸一口气，停顿住脚步，将裴恬的脑袋紧紧按在怀里。

随着向外涌的人群，商场一楼逐渐空下来。有人受伤了，商场被封锁。救护车赶来，医护人员面色严肃地将她们抬走。

裴恬愣怔地看着，凉意从脚底升到脊背，她无措地别开脸，却被陆池舟按住脑袋。他的嗓音很沉，理智到近乎残忍："看清楚。"

裴恬颤着声："不想看。"

陆池舟不给她反抗的余地，硬是按着她的脑袋，让她看完了整个过程。救护车呼啸着离开，陆池舟这才拉着她去停车场，将人抱上了后座。

裴恬打他胸膛，声音有些哽咽："为什么要我看？她们还不够可怜吗？"

陆池舟面无表情地按住她的手，冷声道："看了才能长教训。

"自己说说，来 H 市出了多少事？"

裴恬心虚地颤了下眼睫，眼巴巴地看着他，不作声了。

"小聪明有，却缺乏社会经验；遇事不算傻，但极容易冲动上脑。"

陆池舟不为所动，一字一顿，不留情面。

她终究是被保护得太好了。

裴恬咬着下唇，难耐地低下头。在她家，裴言之向来废话不多；程瑾除了唠叨，比谁都宠她。唯有陆池舟会这么严肃地教育她，从小就是，一点面子都不给。

裴恬哑口无言，绞着手指不说话。

陆池舟伸手抬起她的下巴，直至二人四目相对："你不服气？"

裴恬动了动唇，惊惧了一下午的眼泪顺着眼眶流了出来，她推着陆池舟的胸膛："你好烦。

"明明她们都那么可怜了，你还逼我看。"她吸了吸鼻子，"我都这么害怕了，你不哄我，还怪我。"

末了，她语无伦次地骂出一句："你好冷漠。"

陆池舟沉默地任她打，半晌，指腹轻抚她的眼角："哭完了吗？"

裴恬顿觉丢脸，她恶狠狠地揪起陆池舟的羊毛衫衣领，猛地一擦眼泪。随后，她感觉自己被拥入男人温暖的怀抱，轻吻落在她的额角。

"不是怪你，"陆池舟闭了闭眼，嗓音很低，"是这种事情，我真的再也承受不住了。"

裴恬眼睫重重一颤，心脏被泡在柠檬水中，又酸又胀。

她哑着声吐出三个字："对不起。"

后续的旅程，二人去了 H 市最有名的几个景点打卡。

陈挽月喜欢旅行，每逢寒暑假，都会带着陆池舟四处游玩。裴恬从有记忆起，就跟着他们去了很多很多地方。

算起来，裴恬已经很久没有和陆池舟一起旅行了。

这次本该是个很好的时机，但裴恬恹恹的，有些提不起兴致。

她脑中还回荡着陆池舟刚刚说的话，心中很是懊悔。

陆池舟后续的话不多，只是牵着她的手，在景点内部无甚感情地逛了逛，完全诠释了"无效旅游"的精髓。

相比旅游，他更像是在找一个方法来平复情绪。

裴恬安静地陪他逛，难得不多话。

二人去许之漓推荐的江南菜馆吃了晚餐。陆池舟口味清淡，裴恬嗜甜，和江南的风味很搭。

席间，裴恬翻到微博，看见 H 市商场踩踏事件已经上了热搜。

江深出道以来便顺风顺水，演技好，形象佳，不知抢了多少人的蛋糕。一时间，江深被推上了风口浪尖。

裴恬看得指尖发凉。

这时，陆池舟放下筷子，目光从她愣愣盯着的手机屏幕上一扫而过："你还吃不吃？"

裴恬面前还有小半盘桂花糕："吃，为什么不吃？"

"那你还看？"

裴恬默默放下手机，犹疑半晌，还是忍不住问："你说江深这次会不会有事？"

陆池舟表现得异常冷漠："我管他有没有事。"

"你好歹投资了电影，这你也不管吗？"裴恬恨恨咬着桂花糕。

"反正现在电影刚开始拍，他不行，换人便是。"陆池舟将投资人的无情无义发挥到极致。

裴恬惊得连桂花糕都忘记咽，她抬高了声音："不能换！"

"怎么，你急什么？"陆池舟淡淡地瞥她一眼。

"你换了，周以晴怎么办啊？"

陆池舟蹙眉："什么怎么办？"

"你难道没发现？"裴恬一拍桌子，像透露什么机密般凑到他耳畔，神秘兮兮道，"他俩在谈恋爱。"

陆池舟："你在说什么？"

裴恬冲他一眨眼睛："哎呀，反正你信我，他俩肯定在一起了。"

陆池舟一敲她额头："你脑袋瓜里一天天都在想这个？你管人家在没

在一起。"

裴恬："……"

果然，这种快乐不是人人都能拥有的。

既然不能共通，那她就不说了。

陆池舟却没结束这个话题："所以，你知道江深和周以晴在一起了，你还喜欢他？"

"你可不要乱说，"裴恬皱眉，"我什么时候和你说我喜欢江深了？

"我是喜欢他们两个人，你懂不懂？"

没错，他根本不懂。

陆池舟忍了忍："你不喜欢他，那你去剧组、去商场干什么？"

"我说了多少遍了，今天周以晴也在，你不知道吗？"

陆池舟揉了揉眉心，长吐口气："……我怎么知道？"

二人就这个问题，没有谈出个结果。

趁女孩不注意，陆池舟拿出手机，打开软件，专门搜索了一下这种"爱好"。

看清手机屏幕跳出来的页面，陆池舟的眼皮跳了跳，半晌，也没理解这种行为的动机。

据传，嗑圈有句最著名的话："我可以单身，但我喜欢的小情侣一定要结婚。"

怎么会有人为别人的爱情要死要活？

陆池舟摁灭手机屏幕，转而看向裴恬，面无表情地吐出几个字试探。

"全是假的。"

49

夜晚的湖边灯红酒绿，景区人群熙攘，洋溢着浓郁的人间烟火气。

裴恬正兴致勃勃地拿着手机拍照，微风将陆池舟的话吹到耳边时，她眨巴下眼，大脑宕机了两秒，才将这句大逆不道的话在脑中过滤了一遍又一遍。

裴恬连气都生不起来了。因为有的人活着，他已经死了。

见她没有回应，陆池舟还淡定问了一遍："有什么问题吗？"

裴恬深吸口气，安静地将手机塞回口袋。

她慢悠悠地转过身，扬起手就冲男人的手臂捶去，口中还威胁道："你再说一遍？"

陆池舟还当真要重复："你嗑的……"

是可忍，孰不可忍！

裴恬的火气噌噌往上涨，一把捂住他的嘴，瞪着他："你找打啊！"

陆池舟看着她，面上没有丝毫惧色。

他好大的胆子！

裴恬急急地说出一大通："我是假的，我单身，他们都得是真的！

"你再多说一句，好走不送，咱俩拜拜。"

末了，她踮脚，凑到他耳边，提高了声音："听见没？！！"

陆池舟越听脸色越沉，他拿下她的手，掌心贴在她的额头上做试温度状："你是走火入魔了吗？"

裴恬："……"

天气凉了，多盖点土。

裴恬气得甩开他的手，一个人插兜往前走。但想到今天下午乱跑的教训，裴恬停下脚步，在原地等他，末了，又无可奈何地原地跺了下脚。

真是讨厌。

她好心透露这个振奋人心的秘密，渴望以此来感化投资人的无情无义，结果这只孔雀当头就是这么一句大逆不道的话，谁忍得了？！

两人一前一后。

裴恬耷拉着脑袋慢悠悠地往前走，陆池舟亦步亦趋地跟在后面。

谁也不服谁，随后，陷入一种诡异的沉默。

这里来来往往都是人，时不时有目光投在他们身上，实在不是吵架的好地方。

裴恬回头，横了陆池舟一眼："我要回去。"

陆池舟递给她个"回去就回去"的眼神，面无表情上前拉住她的手，大步往出口方向走。

裴恬别开脸，小手从他的掌心抽出，只留一根食指给他牵着。

一根手指，是她最大的让步。

陆池舟抬眼，轻哂了声，随后大掌直接包裹住她整只手，一起塞进了大衣口袋。

半小时后，车子驶进酒店的地下停车场，还未彻底安稳下来，裴恬一抬眼，透过前方玻璃，看到了一大拨儿奔跑的人。

他们扛着摄影机，往一个方向跑。

裴恬好奇地按下车窗，听到他们口中嚷嚷着："在那边！B3口往上走。"

"不对！我明明看到的是C口。"

又有人大喘着气："假的！那是他经纪人假扮的！人早跑了，咱跟丢了！"

亲眼看见这追人现场，裴恬撑着下巴，陷入思索，直到头顶被人敲了下。随后，陆池舟开了她这侧车门："不要多管闲事。"

裴恬讪讪噘起嘴，不说话了，陆池舟牵着她出去。

"我还没消气。"裴恬冷哼一声，"那事没过去，你别想浑水摸鱼。"

"我没想。"陆池舟的眼睛眨都不眨，揉她脑袋，好脾气道，"回去再吵。"

裴恬听话地安静下来，几秒后，越咂摸越觉不对。什么叫回去再吵？明明是他嘴贱，怎么就和她无理取闹一样？

"不行，"裴恬停下脚步，"你现在就说'晴深不寿'是真的给我听！说到我满意为止。"

陆池舟："好，我说。"随后，他像念经一样，毫无感情地一遍遍重复着这句话。

边说，陆池舟边牵着她往外走。他的目光从就近的电梯边扫过，蹙了下眉。

那里满满当当站着大片狗仔，应该是在堵人。

陆池舟改变方向，拉着裴恬进了对面的安全通道。

"咱们要走上去吗？"

陆池舟："'晴深不寿'是真的。"

"这还是我第一次见到明星躲狗仔呢。"

"'晴深不寿'是真的。"

"感觉做明星也挺难的。"

"晴深…"

"停！"裴恬有些火大，鼓腮问，"你是不是故意的？"

陆池舟没说话，桀骜不驯地看着她，眸中轻飘飘地透露着"是你让我喊的"的意味。

冥！顽！不！灵！

所以这只孔雀根本没有认识到错误，相反还自顾自地生她的气。

他们根本没有在同一频道交流过！

裴恬深吸一口气，不停告诉自己要冷静，人不和孔雀计较，有什么事关门再吵。她踩着楼梯上楼，将男人甩在后头。

酒店安全通道的楼梯很长，每上一层，裴恬都要长嘘几口气。

陆池舟订的房间在七楼，听起来不算很高的楼层，但因为酒店过大，这段路长得离谱。

到不知道第几层时，楼梯处出现了一个大大的弯道。裴恬抬起眼，看着漫漫的长阶，累得撑着扶手直喘气。

她低头，看见闲庭信步的陆池舟，顿时不想让他好过，正想开口让他上来背自己，头顶静谧的空气中，突然传来一道很轻的女声。

女声淡淡的，但听起来依旧妩媚："人甩掉了？"

"嗯。"男声低低闷闷的，听起来有些委屈，"多亏姐姐帮我。"

接下来是一阵衣料窸窣的声音。

"先别抱我。"女声听起来情绪不怎么好，"这事你打算怎么处理？"

"公司已经和后援会沟通过了，我先道歉，承诺做好粉丝管理，之后后援会再发文表明态度，针对不法诽谤行为公示律师函警告。"

"嗯。"女人轻吐一口气，低低应，"这事影响不小，你以后行事要更加小心。"

"我今天可害怕了，"男声软下来，像是在撒娇，"姐姐不给抱抱吗？"

"这里不行，"周以晴拒绝，"随时有人上来，赶快走。"

"这里没人，"江深拖长了声音，"就抱抱好不好？"

一阵沉默。

周以晴没再说话，似是同意。

裴恬趴在扶手上，连呼吸都停了，小腿因为激动不自觉地打着战。

此时，陆池舟跟上来，站在她身侧，目光从女孩睁着的大大的眼睛上扫过，他张了张唇，正要说话，却被人一把捂住嘴。

裴恬冲他挤眉弄眼，大有一种"你要敢出声就送你到千里之外"的意味，陆池舟适时闭上嘴。

裴恬没再管他，只伸长了脖子全神贯注地听上面的动静。

不知江深要做什么，周以晴阻止他："干什么？"

江深嗓音低哑："想亲你。"

"不行。"周以晴说，"这里不行，要是被人听见了……嗯。"

随后，是一阵令人脸红心跳的声音，伴随着接吻时唇齿交缠的水渍声，以及男人女人低低的喘息声。

"听见就听见，"男声满不在乎地说，"正好让全世界都知道你是我的。"

……

与此同时，仅有一梯之隔的楼下，裴恬已经全然石化在扶手上，嘴巴张成了圆形，脑子已经不能思考。

这种剧情是真实存在的吗？！做梦都不敢这么做吧！

呜呜呜呜呜，他们是真的！是真的！！

妈妈，她出息了！！

偏偏裴恬此时还不能出声，胸腔中的激动快要冲破心脏，她只好死死揪紧陆池舟的衣袖。而陆池舟并没有听出这两人是谁，他神情复杂地看着女孩兴奋得快要晕过去的表情。

这种事，她也不是没有做过，更亲密的都做过，所以为什么听别人的比她自己亲身体验还要激动？

陆池舟的眸色明明灭灭，不多时，他缓缓低下头，噙住女孩殷红的唇瓣，很轻地吻她。

裴恬：？？

她错愕地睁大眼睛，不敢乱动，只敢一动不动地承受他的吻，这就引得他的动作越发放肆。

裴恬不敢发出一点声音，脸都憋红了，只能愤愤地瞪他，随即对上男人恶劣的眼神。

喂，110吗？这儿有个变态啊！！

不知过了多久，楼下传来的高亢嗓音才将这一切打断。

"搞什么东西，等半天电梯也不下来，还不如自己上来。"

"累死老子了！"

这一声，让楼上的二人如惊弓之鸟般分开，接着便是一阵慌忙的脚步声。须臾，脚步声渐远，听不见声响。

陆池舟也在此时放开她，长指慢条斯理地轻抚过她唇上的水光，随后满面轻松地拉着她继续上楼。

裴恬还是不敢出声，只好憋着一口气，等到了房间关上门才敢发作。

"你干什么呀？！"她气得转圈圈，控诉道，"要是被他们发现了怎么办？"

陆池舟不知悔改地弯起唇，一边脱大衣，一边懒散出声："怎么，楼梯是他们开的，就他们能亲？"

裴恬："别人就算了，但你不知道他们是谁吗？"

陆池舟回答得理直气壮："不知道。"

裴恬翻了个白眼。

算了，和这人沟通不了。

她捂住脸卧倒在床上，脑中一遍遍回放着刚刚的情景，胸腔中的兴奋依旧挥之不去，她翻来覆去打了好几个滚。

当事人不想公开，苦于没有人能分享，裴恬只好捶床，做只快乐的尖叫鸡："啊啊啊！"

陆池舟走过来，垂首看她，再次伸手贴她的额头："到底怎么了？"

"哈哈哈哈，"裴恬心情好，也不和陆池舟计较了，伸手钩住他的脖子往下拉，抱着笑得停不下来，"这种快乐是真实存在的吗？"

"你听我说，'晴深不寿'是真的！他们真的在一起了！"

50

次日早上，H市下起了小雪。据说，这还是H市今年下的第一场雪。这样的天气，在被窝里睡觉应是最好的归宿，但裴恬没这福分。她一大早就被陆池舟毫不留情地喊醒，睡眼惺忪地踏上了去机场的路。

陆池舟这人，真是变态到令人发指。晚上有应酬，他订早上的机票。

裴恬怨气冲天，气呼呼地抱怨他为什么要走这么早。

"一日之计在于晨。"陆池舟回头，淡瞥她一眼，难得正经地说，"起得早，你会发现一天的时间更长，能做更多的事。"

裴恬："……"

好有道理哦。

她噘起嘴，轻轻哼了声，嘟囔道："你还给不给普通人留活路了？"

裴恬还没完全清醒，她脚步很慢，插着兜晃悠悠地走在男人后头。

男人身材高挑挺拔，哪怕是临时来 H 市，着装依旧一丝不苟。

陆池舟现在的时间观念精密严谨到分，在他看来，多余的睡眠等于浪费人生。

但很多年前，少年陆池舟也会有闲散的时候。他会选一个下着小雨的周末，盘腿坐在房间的单人沙发上玩游戏机，也会在夕阳西下的傍晚去篮球场打球。而这些，早就随着时光洪流消失在了岁月的缝隙里。

裴恬想了想，忍不住道："做人开心快乐就好啊，干吗要这么累嘛。"

陆池舟正看着手机回消息，闻言，脱口便答："和你在一起我就很开心。"

裴恬一噎，悄悄低头，揉了揉快绷不住笑的脸颊，不吭声了。

好吧，看在他的嘴如抹了蜜般，自己就不计较了。

飞机上，裴恬昏昏沉沉的，一直在补觉。

昨晚过于兴奋，三更半夜她还在被窝里偷笑，连带着陆池舟也没怎么睡。最后，陆池舟忍无可忍，直接威胁加恐吓，裴恬才不敢乱动。

至于威胁的内容，不提也罢。

裴恬半梦半醒时，陆池舟一直在旁边滑动平板，半句话不说，屏幕上是密密麻麻的曲线和数据。

裴恬看一眼，打了个哈欠，更困了，她戴上眼罩，眼不见为净。

一小时后，飞机在 A 市机场降落，早有司机在机场外等候。

陆池舟："回松庭。"

司机"嗯"了声。

"等等！"裴恬懒洋洋地睁眼，"先送我回明江。"

一旁的陆池舟缓缓抬起头，目光落在她身上："你不和我回家？"

"嗯。"

有好一阵子没回去了，自从那晚裴言之挂电话后，裴恬再没收到他一个标点符号。

司机已经改变导航方向。

陆池舟语调淡淡："然后呢？"

裴恬疑惑了："什么然后？"

陆池舟理所当然道："你不带我回去？"

裴恬："……"

见她没反应，陆池舟又慢悠悠地补充一句："我今天下午正好有时间，好久没见咱爸了。"

裴恬："……"

她咽了咽口水，胡诌道："我爸下午不在家。"

"这样啊……"陆池舟笑容更甚，"陪咱妈聊聊天也行。"

裴恬面无表情："我不回家了。"

"老张，"下一秒，陆池舟朝前排司机淡淡吩咐，"回松庭。"

"是。"

裴恬："……"

她终于知道裴言之为什么一直对陆池舟没什么好脸色了，这搁谁谁不气？！

算了，今天再陪陪他，明天没课时再回家吧。

于是，裴恬从兜里摸出手机，在三人群里冒了个泡——

裴恬：我明天就回来啦！

发完这句后，她又发了一个拥抱的表情。不多时，群里回了几条消息。

程瑾先回复了两个拥抱的表情。

裴言之：还记得回家的路怎么走吗？

程瑾：几何在你旁边吗？

裴恬选择性忽略裴言之的那句话，挑着程瑾的回：在的。

程瑾：挺好的，你要不把他也拉进群？

裴言之：拉他进来干什么？

程瑾：这不一家人嘛！

裴言之：结婚了吗就一家人？

裴言之：他来，我走。

程瑾：裴言之你怎么回事？坐对面不说话，倒是在网上和我上纲上线？

这之后，裴言之没声音了，裴恬忍笑忍得极其辛苦。

在裴家，裴言之向来上撑爷爷裴勋，下撑叔叔裴言卿，裴恬自己也时不时被他拉出来嘲几句。倒是对程瑾，霸王裴言之毫无办法，经常被撑得半句话说不出。

裴恬笑够了，倒也没把陆池舟拉进去。

毕竟裴言之向来大方，随手就会给她卡做零用钱。要真把爸爸惹急了，零用钱飞了就得不偿失了。

冒着被裴言之怒撑的风险，裴恬跟陆池舟回到松庭。但这人好像只是想单纯地带她回来，然后待在一起。

没有什么特殊的目的，就是单纯地待在一起。

陆池舟很忙，进屋后便进了书房工作。与此同时，他还不忘拎着裴恬去书房，将一摞厚厚的资料放在她面前。

"这是我当年比赛的资料，前几天我又整合了一遍，你好好看看。"

裴恬：？这是人话？

刚进屋没一会儿，连暖气都没热起来，他就让她学习？？

陆池舟已然坐在书桌前，见她愣在原地，右手拍了拍身旁的椅子："过来，坐这儿。"

裴恬皱着脸，苦巴巴道："我暂时不想学习。"

陆池舟："那你也坐过来。"

裴恬挪着步子，坐到他旁边的椅子上，懒洋洋地撑着头。

"你不比赛了？"

"比赛延期了，"裴恬打了个哈欠，"要先忙过考试周，等寒假再弄。"

"寒假？"陆池舟看向她，不动声色地问，"你寒假还要和他们一起？"

裴恬"嗯"了声："都报名了，总不能退赛吧，报名费都一百多呢。"

陆池舟沉默了会儿："我记得这个有个人赛。"

裴恬哈欠打一半，突然止住。之前陆池舟的话她都是听一半过一半，此时终于明白了他的意思。

合着这一茬是过不去了是吧。

"这个团队里还有佳佳，"裴恬尽量心平气和，"而且我们前期也做了很多努力。"

陆池舟抿唇，视线淡淡地盯着电脑："行，我知道了。"

"我们之前就是因为这个吵架，你不也说你错了吗？"裴恬试图和他讲道理，"周奕至今没有对我表示出超过友谊的任何行为。"

"而且，就你上次那种……"裴恬表情一言难尽，"反正你真没必要因为这事过不去。

"等之后明确分工了，我们就都各做各的，我保证，除了必要的交谈，我绝对不和他有任何交流。

"而且，我只、只、只喜欢你，不是吗？"裴恬托着腮，朝他眨眨眼睛。

陆池舟低垂下眼睑，纤长眼睫挡住眸色，他"嗯"了声："知道了。"

好在陆池舟之后也没再因为这事吵吵，安静地看着电脑。

裴恬发着呆，实在支撑不住，困得趴桌上眯了会儿。

等快要睡着时，陆池舟的声音在头顶响起："我抱你去小沙发上睡。"

书桌的对面有个小沙发。

裴恬迷迷糊糊地睁开眼，摇了摇头："不睡了。"

按照她的经验，现在这个点睡，醒来时必定是星星挂满天，而这等同于半夜失眠。

当然，这种阴间作息，陆池舟是不会懂的。

裴恬清醒后，实在百无聊赖，于是翻开陆池舟给她的资料，有一搭没一搭地看起来。倏地想起，无论是睡觉还是走神，抑或是看书，陆池舟都没管她。

男人唯一坚持的，是让她待在他身边。

裴恬翻页的手一顿，万千思绪涌过，心底难以自抑地涌上丝娇情。

陆池舟说，和她待在一起就开心。既然这么开心，为什么当初舍得走，还一走就是这么久？

从在一起到现在，这个问题始终被裴恬压在心底，也只有在上次吵架时，口不择言地质问出了声。

哪怕她说那样的话，陆池舟也没给个解释，也从未和她说过那五年发生的一切。这就像个不愿提起的禁忌，被他牢牢藏在匣子里。

裴恬轻吐口气，强迫自己静下心看书。

这沓资料很厚，每页都有陆池舟的批注。当然，这不是原件，能保留到现在的也只有电子文件。

少年陆池舟的字和现在大有不同。以往，字迹龙飞凤舞，带着锋芒毕露的傲；现在，字迹平稳遒劲，所有尖锐隐藏，于不见处现凌厉。

裴恬一页页翻着，结合着批注，竟也将这密密麻麻的文字看了进去。看到后头，她额角直跳，心中长长叹口气。

自己竟然连五年前的陆池舟都比不过！！

不行，她一定要振作起来！

一小时后，裴恬揉着长发，小脸皱成一团，实在是太让人伤脑筋了。

为什么世界上会有这么难的东西？

裴恬伸手，扯了扯陆池舟的衣袖，极尽苦恼："这知识它不进脑子呀。"

陆池舟抬起眼，指尖慢条斯理地抬着眼镜，悠悠道："那你就想办法让它进去。"

"不行。"裴恬揉着乱糟糟的头发，摇着头，严肃道，"这绝不是我的问题，是我两天没洗头的问题。"

因为右手裹着纱布，这两天，裴恬都没洗头。

陆池舟："所以……"

"你帮我洗。"

"我帮你洗？"

两人同时出声。

裴恬当即站起身，冲"发廊小哥"陆池舟勾勾手："过来吧。"

裴恬的本意是和理发店一样，找个地方躺着，陆池舟站着给她洗。但想象美好，现实实施起来却很困难，最后的情景便是，陆池舟搬了个小凳子去浴室："你坐那儿。"

裴恬："……"

浴室里，她憋屈地坐在小椅子上，满头黑发垂在眼前，一点也不唯美。

视线外，陆池舟细长的指尖正在试着水温。

随后，温和的水流从她后脑往下淋，伴随着男人温和有力的手掌："这个温度怎么样？"

"还行吧，"裴恬满足地眯起眼，"马马虎虎。"

陆池舟轻笑一声："满意就给个五星好评？"

"这才刚开始，你就想要好评了？"裴恬哼了声。

等洗发水打起泡沫时，陆池舟并不娴熟的手法才显露出来。

"洗发水进、进眼睛里了！！"裴恬紧闭着眼，连声嘟囔，"要擦眼睛！你快帮我擦啊！！"

"我忘拿毛巾了。"陆池舟沉默了会儿，连忙大步往外走，"你等我去找找。"

裴恬："……"

就这还五星好评？负二分送给你，好走不送。

一阵兵荒马乱后，陆池舟才勉强给她洗完头发，拿着干毛巾一下下替她擦着发梢。

裴恬的气还没消，坏心眼地抬起头，长发飞起，趁机甩了陆池舟一脸水，末了，看着他脸上的水，笑出了声。

"你还快乐吗？"她歪着头，无辜地冲他眨眨眼睛，"反正我很快乐。"

陆池舟默默抹去脸上的水，下一秒，脸上极轻地扯起一抹笑。

裴恬下意识觉得不妙，还未来得及逃跑，便被人按在原地。陆池舟抬手，大毛巾毫无章法地替她擦着头发，长发上的水珠溅了她满头满脸。

啊啊啊！陆池舟这只狗！

不用看裴恬也知道，自己此时肯定像个小疯子。

"现在还快乐吗？"陆池舟的声音含笑，凑到她耳边问。

裴恬气得用脑袋在他怀里拱了拱，陆池舟搂住她。几秒后，两人不约而同地笑出了声。

裴恬环抱住他的腰，笑意渐渐收起，那句一直卡在嘴边的话，此时突然问出了声："那五年。

"你快乐吗？"

51

小小的浴室安静下来。

裴恬埋在他怀里，头发上的水珠还在往下滴。陆池舟顿了会儿，细长手指穿过她的发间，继续用毛巾给她擦着长发。

女孩的头发乌黑浓密，缠绕在指尖，往下梳理时能一通到底。

"恬恬不该问我快不快乐，"陆池舟弯唇，声音很轻，听不出什么特别的情绪，"该问我有没有快乐过。"

裴恬眼睫一颤，张了张唇，喉咙苦涩得一个字也吐不出。

男人掌心拢住她的后脑，随后大毛巾包裹起她的长发，牵着她往外走。

二人站在洗手台的梳妆镜前。

透过镜子，裴恬看到了立于她身后的陆池舟。

他正敛眸，右手拿过吹风机，替她吹头发。乌黑长睫垂下，看不清眸中情绪。

风声中，陆池舟突然又说了句话："当然，还是快乐过的。"

裴恬："嗯？"

他似是故意将吹风机拿近了些，沙沙的风声让男人的声音不太清晰。

"想你的时候，快乐过。"陆池舟压低了声音。

裴恬愣在原地，耳根因为他说话时呼出的热气而泛红，发丝被吹风机拂过，从耳后痒到心尖。

她压下快要起飞的唇角，暗戳戳地等待陆池舟后续的话。

等着等着，等到陆池舟关了吹风机，宽大掌心揉着她的发顶。

"差不多了。"陆池舟低头看了眼表，"时间刚好差不多，晚上我有应酬，一会儿阿姨会过来做饭。"

说完，他低头吻了下裴恬的发顶，像哄小孩般道："乖，在家等我回来。"

裴恬：？撩完就跑？

想她的时候快乐过，然后呢？

想她什么？怎么想的？这么想她，怎么这五年就和人间蒸发一样？

裴恬看着他出去穿衣的背影，气得在原地跺了下脚。

陆池舟走后，上次做饭的王阿姨便过来了，依旧是笑眯眯地喊她太太。

裴恬顺势和她聊起天来。

王阿姨似早已被陆池舟成功茶毒，一边做饭一边和她聊了起来。

"太太您好福气啊。

"您喜欢和忌口的，先生早早就给了我个清单。

“我从没见过像陆总这么会疼人的先生。”

裴恬噘起嘴：“我们小时候一起长大的，他的口味我也知道呀。”

“啊！”王阿姨一听更激动了，惊叹了句，“青梅竹马，十几年到现在，再好不过的感情了。”

“不算。”裴恬坐在餐桌前，摇了摇头，“我还没长大他就走了，这顶多叫久别重逢。”

王阿姨也是个能侃的，立马改了口：“久别重逢岂不是更好！”

她择着菜，笑出了声：“太太，您想想，若先生历经千帆，兜兜转转数年，还是不能忘记您，这该是有多爱您啊。

“是吧，太太？”

裴恬蒙在原地，脸微微泛红，双手捂住脸，低低应了声：“是……吧。”

吃过饭，王阿姨动作麻利地收拾了碗筷，随后便离开了。

看时间还早，裴恬慢悠悠地去洗了个澡。洗完澡，她懒洋洋地靠在沙发上，刷了会儿超话。

自从知道这个全世界除当事人只有她和陆池舟知道的大秘密后，裴恬一度对超话失去了兴趣。她恨不得拿个喇叭向全世界宣告“‘晴深不寿’是真的”，但显然不能。

这种心痒难耐的感觉，实在是太煎熬了。

指尖无意识地刷新着微博页面，“深不可测的江江”突然弹跳出了新的动态。

什么也没有，只是一张让人一头雾水的照片，裴恬随手就要翻过去。

这个江江现在再没发过一点物料，对于这种半路脱粉的粉丝，她是绝不会多给一个眼神的！只是翻到一半，裴恬动作顿住，眼神凝在照片上，不自觉地挺直了背。

这照片里的情景怎么看起来这么眼熟？照片简简单单，拍的是高楼下的风景。

如果没看错，这和她在H市住的酒店是同一个，因为窗外的风景一模一样。

只是这张照片的玻璃上放着两只手，十指相扣，显然是一男一女的两只手。纤弱的那只，被青筋突起的大手强制按在玻璃上。

裴恬咽了咽口水，脑中不可抑制地飞起一些乱七八糟的东西。

她和这江江还挺有缘，住过同一家酒店。或许这段时间江江不发物料是有原因的，这不忙着谈恋爱吗，哪有时间。

这般想着，裴恬也不生气了。她悄悄给其点个赞，还评论了句"祝福"，便滑了过去。

在沙发上躺了会儿，裴恬有些困倦。她看了眼时间，九点半，但陆池舟依旧没有回来的迹象。

他还挺野。

临走前让她乖乖在家等他，结果这么久还不回来。

裴恬打了个哈欠，困得眼泪都出来了。

不等了。

她摸出手机，给陆池舟发了个消息：不等你了，我先睡觉了。

发完，裴恬便迈着昏沉沉的步子离开沙发，却在路过陆池舟房间门口时，脚步顿住。随后，裴恬掉转了方向，理直气壮地进了陆池舟的房间，倒在他的床上打了个滚。

想起这只孔雀之前还锁门，她今晚就把他的雀窝端了。

裴恬心安理得地钻进男人叠得一丝不苟的棉被里，末了，还关了房间的大灯，酝酿睡意。

棉被上除了男人常年熏香的冷杉气息，还有丝丝薰衣草味的洗衣液味。

看来这些年，陆池舟用的洗衣液都没变。

和少年时期的他一模一样的味道。

裴恬揪紧被角，心底难以自控地涌现出小小的雀跃。

她形容不出这种感觉，就好像抓住了岁月逝去的一角，随后侥幸地发现了它还没变的地方。

早上起得太早，很快，裴恬便迷迷糊糊睡着了。

许是今日种种勾起了回忆的心思，她的思绪被拉回了很远的地方。

那年元旦联欢会后，A市一连下了数日的暴雪，满目雪白。也是那时，陆老爷子病了。

病来如山倒。谁也想不到，叱咤商场的传奇人物，一夕之间就倒下了。

医生说，老爷子经年忧思过重，精神压力大，便是铁打的身子也熬不住。身体早有预兆，但老爷子置之不顾，最终才因为受寒引发了中风的病症。

陆池舟被这个消息打击得沉寂了很久。

那次之后，裴恬见他的次数越来越少，而她自己也因为冲刺中考而分身乏术。

陆家再有消息传来时，已经是她中考前夕。

裴恬还在别人和裴言之聊天时，听到了几句。

大致便是陆老爷子昏迷不醒，陆枫"挟天子以令诸侯"，在陆氏呼风唤雨。陆池舟目前的处境很不妙，极有可能作为"废太子"被驱逐出境。

那时候，裴恬已经有一个月没见陆池舟了，便是联系也只是通过手机。

裴恬时不时会给陆池舟发消息。消息没什么内容，有她自己的碎碎念，有问他和陆老的近况的，有转发的一则笑话。

陆池舟会告诉她，陆老情况稳定，他很好，就是有点忙，等她中考结束，就陪她出去玩。和外界所传的完全两个状态。

再见陆池舟时，是裴恬中考结束的那个晚上。

她嚷嚷着要和裴言之一起去宴会，裴言之深看她一眼，默许她跟去。也就是那天，裴恬真正看到了陆池舟的处境。

说是宴会，A 市上层圈子去了大半，倒更像个商业性质的应酬。

裴恬问过陆池舟，他说今晚有个晚宴，应该和裴言之去的是同一个。

裴言之去的时候，晚宴已经开始有一会儿了。

裴恬跟着他进场，很快便在桌前看到了陆池舟。和他一桌的，裴恬大致都有印象，是陆氏集团的一些中高层股东。

若陆老爷子坐主位，这些人和他共桌的机会都没有。但今晚，陆池舟竟然还要站着给他们倒酒。

推杯换盏间，陆池舟喝了一杯又一杯。他肤白，稍微喝多了些就会上脸，但那些人依旧没放过他。

陆池舟没什么表情，一杯杯地喝得异常干脆。

裴恬突然不敢上前去找他，只躲在裴言之后头，去了别的桌。

陆池舟肯定不想让她看到这样的他。

他不想她知道，那她就不知道。

整场晚宴，裴恬都心不在焉，她会时不时抬眼，透过层层叠叠的人群看陆池舟。

少年的唇色有些苍白，眉头微蹙着，像是强忍着胃里的不适。

裴恬的心揪成一团，难受地抹了把眼睛。

突然，那桌不知发生了什么，陆池舟突然面无表情地将酒杯一把摔在地上。玻璃碎地，发出刺耳的响声。

这道声音很大，整场的人都朝那边看去，带着看好戏的眼神。

被他拂了面子的，是主位上一个肥头大耳的男人。

男人气极反笑，满脸褶子显得异常狰狞："你小子敢给我砸杯子？还把自己当'太子爷'呢？

"别说你，就是老头子在，都要给我两分面子，你算个什么东西？"

陆池舟处在众人目光中间，双唇紧抿，握在身侧的手不断收紧再放开，眼神中的戾气已经快压抑不住。

"你这样看着我是什么意思？不服气？"男人冷哼，笑容猥琐，"就你妈那狐媚长相，还不让人说了？"

这话一出，周围一圈人不怀好意地笑。

因为陈挽月长得漂亮，又年纪轻轻就丧夫，有关她的恶劣揣测向来不少。原本有陆老爷子坐镇，没有人敢当面提，现在所有恶意都浮出水面。

男人肮脏，女人嫉妒。

陆池舟闭了闭眼，突然一脚踹翻了桌子。整个实木桌往男人身上倒，桌旁其余的人作鸟兽散。

现场不少人发出惊呼，但没人上前。

男人受到惊吓，开始口不择言，难听的话在整个场内响彻："陆池舟，你好大的胆子！

"就你，你现在敢这么对我？老头子倒了，你算个什么东西？

"你现在唯一能做的就是去跪着，求求裴董看在他女儿的面子上帮帮你，然后早点收拾收拾入赘，哈哈哈哈哈。"

……

裴恬听得眼睛发酸，她拉住裴言之的衣袖，语无伦次地小声说："爸爸，你去帮帮哥哥吧，不该这样的，他不该这样的。"

裴言之揉了揉她的脑袋："好，我帮，我帮。"

在场的人都买裴言之的面子。男人在见到他时，一秒变脸，口中的话戛然而止，霎时转变成一副谄媚的表情。

裴恬站得远，不知道裴言之说了什么，那桌人全都挂上副虚伪的和善面孔。

她直勾勾地看着站在裴言之身后的陆池舟。

少年有些脱力地靠在墙边。他喝的酒太多，眼尾通红，就像哭过一般。

不知是感应到什么，他突然转过头，和裴恬的目光对了个正着。

那瞬间，耳边的熙攘声、私语声突然消失，似乎全世界都静止了。

裴恬无处可躲，只是瘪着唇，红着眼睛，看起来比陆池舟还委屈。而陆池舟只看了她一秒，便移开目光，是从未有过的惊慌狼狈。

是的，狼狈，这个本不可能出现在陆池舟身上的词。

少年的傲骨在那一天被彻底敲碎。

而这一眼，让裴恬记了好久好久。久到五年间，数次噩梦时，都会因为其从头寒到脚，最后流着眼泪醒来。同样地，裴恬今天也被惊醒了。

来不及思考屋顶的灯为什么已经开了，裴恬极其无助地环抱住膝盖，小声抽泣，默默流着眼泪。

昨日种种，在今日想起，依旧是沉重到能让人崩溃的程度。

下一秒，头顶的灯光被一道高大的身影挡住，男人有力的臂膀将她整个人搂在怀里。

陆池舟一下下轻吻她的额角，声音放得极柔。

"怎么了，做噩梦了？"

裴恬止住哭声，抬起眼，看到陆池舟的脸。

他刚从浴室出来，身上还带着水汽，呼吸不太平稳，面色带着不正常的红，一看就是喝了好多酒。

过去和现在重合。

裴恬还未从那令人濒临窒息的梦境中回神，她崩溃地揪紧陆池舟的衣角，声音哑得听不出原调："你又喝酒了？"

陆池舟眼眸微顿，轻点了点头："喝了。"

今晚的应酬是他组的局，有笔大单子，对方诚心合作，自己自然也要拿出诚意。

谁料，这句话竟不知为什么点燃了裴恬的情绪，女孩像只龇牙咧嘴的小猫般，哭着推他："你不要喝了，不要陪他们喝酒了。"

"不喝大概不行，"陆池舟用指腹擦去她的眼泪，低声保证道，"但我以后尽量少喝。"

裴恬不吭声了，只用双手环住他的脖颈，小声抽噎着。到此时，她的意识才清醒过来，但依旧像抓住救命稻草般，抱着他不撒手。

陆池舟的掌心轻抚她的长发，顺势转了个身，让女孩趴在他身上。

裴恬安静地蜷缩在他身上，声音还带着蒙蒙眬眬的睡意。

她小声嘟囔着："你想我吗？"

"这不才分开几个小时吗？"陆池舟失笑，捏她鼻尖，"这就想我了？"

裴恬缓缓摇头，发丝轻拂过他的脖颈，带来酥麻的痒。

"不是今天，是……"她顿了顿，咕哝着，"是那五年。"

陆池舟的笑意渐敛，右手指尖轻轻顺着女孩的发丝往下抚。

过了好几秒后，他回答："想。"

"有多想？"

"不知多少。"

"不知？"

陆池舟苦笑："是真不知道。"

因为这种想念无法衡量，几欲摧毁心肝，让他病入膏肓。

"行吧。"裴恬撇了撇嘴，许是困了，声音越来越低，"那你想我些什么？"

陆池舟一时没有回答，长指揉了揉眉心。

他伸手关了灯，周围陷入一片黑暗。

今晚他确实喝多了，多到让他矫情得欲把想念说出口。

陆池舟轻轻低头，凑到裴恬耳畔，声音极轻。

"想的可多了。"

女孩的呼吸声渐渐均匀，大概已经睡着了。

陆池舟抬首，看向漆黑的对面，不知是说给谁听。

"会想你在做什么，有没有认真听课，有没有好好学习、生活。

"还会想，我们恬恬现在是什么样子，有没有喜欢的男孩子。"

"以及有没有，"陆池舟顿了顿，嗓音极其艰涩地吐出几个字，"忘了我。"

52

元旦后，裴恬开始忙碌起来。

数门课程都在结课中，要交的论文和作业数不胜数。同时，考试周也悄然逼近，裴恬为作业和复习焦头烂额之余，还会因为忧虑挂科而瑟瑟发抖。

她忙，陆池舟更忙。

知道她结课后，陆池舟再次提出让她陪他加班的建议，并且态度坚决。

他的原话是这样的："有我看着，你的效率最少提高一倍。

"我们这叫合作共赢。"

裴恬被他三令五申地洗脑一番，在考试周正式开始后，便收拾了个大行李箱，住进了松庭。

被陆池舟看着，再加上考试周复习任务重，裴恬养成了早起的习惯，和上班打卡般，每天都跟着他去公司。

裴恬的学习效率是提高了，但复习之外的时间，却尽数被陆池舟霸道地占据。

休息时，男人会凑到她身旁。

日日夜夜在一起，也没什么话要说，既然不说话，陆池舟便会动起来，于是他们经常莫名其妙地亲起来，晚上回家也是。

裴恬终于明白"合作共赢"中的"共赢"在哪儿。她提高效率的同时，方便陆池舟亲她抱她。

她手上的伤渐渐结了痂，纱布也揭去了，只是伤口较深，留下的疤看起来很难看。

上次回家，裴恬受伤这件事没有瞒过程瑾。

程瑾气得叉腰直打转，一边骂她笨，一边要和裴言之告状，裴恬连忙制止。

那件事之后，唐羽再没露过面，不知是她自己隐退了还是被业界雪藏。

裴恬太了解她爸了，护短至极，还喜欢迁怒。这件事要是捅出来，别说唐羽是什么下场，陆池舟进门的事说不定都遥遥无期。

　　程瑾无奈，一个电话便给裴恬预约了美容医院，说什么也要把她的疤去了，裴恬自是不敢违抗。

　　她和陆池舟说起这件事时，正是晚饭后。

　　裴恬正懒洋洋地靠在沙发上。至于为什么是沙发，原因便是裴恬嫌书房的椅子太硬，坐着不舒服。

　　难得地，陆池舟晚上没什么事，正拿着平板看股市。而裴恬明天有一门考试，她皱着小脸，哗啦啦地翻着书速记知识点。

　　裴恬的手机亮了下，她分神看了眼，发现是美容医院发来的消息。程瑾给她预约的日期正是一个礼拜后。

　　裴恬伸脚踢了踢坐着的陆池舟，和他说了这件事。

　　陆池舟骤然抬起眼，定定看着她，随后目光从她的面颊移到握住书的右手背。

　　他一句话没说，只是倾身过来，垂下头，轻吻她的手背，酥酥麻麻的。

　　后来，自是一发不可收。

　　裴恬的脸变得通红，她隔着衣服，按住他作乱的手。

　　他怎么，怎么突然就……

　　"等等！"裴恬趁他喘息的间隙，"今天不行！"

　　哪一天不好，为什么要在今天？！

　　"我明天要考试，书到现在还没看完……"裴恬满脸踌躇，"要是挂科了怎么办？"

　　裴恬在心中懊恼地长叹口气。

　　她要是个学霸，今天还会这样推三阻四吗？！

　　不存在的！

　　但看到陆池舟难辨的表情，裴恬又有些不忍心。她闭了闭眼，视死如归道："你要真的难受，那就来吧！在半小时内结束就行！"

　　裴恬算了算，半小时后差不多是九点，再加上事后说点情话，最迟九点半，她还能爬起来看书。

　　空气中一片安静。

陆池舟伏在她颈侧，眉心直跳。他需要深吸口气，才能保持冷静。

"你记不记得我上次说过什么？"陆池舟撑起身子，自上而下地看向她。

"什么？"

陆池舟凑近她耳边，声音似笑非笑的："要让你……"

"等我考完吧。"裴恬打断他，"还有五天，五天我就考完了。"

陆池舟掐她的脸，眸中的晦暗和情欲依旧没有退去。

"可我三天后要去海市出差。"

"啊？"裴恬满脸失望，"你要出差？要去多久？"

"大概要半个月，年前回来。"陆池舟从她身上起来，将压着的书重新放到她面前，"快看书。"

说完，男人便站起身，直接朝浴室走去。

裴恬看着他的背影，皱了皱鼻子。她翻着书，试图摒弃杂念，但依旧忍不住在心里惋惜。

出乎意料的是，今年的期末试题非常简单。

经过这段时间的苦读，裴恬兴奋地写完了整张试卷。

折磨人的考试周终于过去，裴恬顺利开启了悠闲的寒假。陆池舟也依言，两天前出发去了海市。

裴恬一个人在松庭住也失了乐趣，索性搬回了家。除此之外，因为陆池舟不在 A 市，裴恬每隔几天便会去兰汀陪伴陈挽月。

说起来，裴恬还有些愧疚。这小半年，她来兰汀的次数不多不少。她会在周末找个时间，去兰汀待一会儿，带一点好吃的点心。

一开始她去得比较频繁，但陈挽月的作息和常人不同，这之后，裴恬便会挑她最可能清醒的时间，但后续陆老住院，再加上比赛，她自己也分身乏术。

听李阿姨说，陈挽月常年在夜里失眠，睡觉时间很不规律，有时能一睡一整天，有时又几天都睡不着觉，而且她时常处在一个非常纠结的状态。

她喜欢别人的陪伴，却在潜意识里害怕陪伴，这点在面对陆池舟时尤甚。

陆池舟每周都会回兰汀，以往是每周都在兰汀住，现在是抽时间回来。

因为心理医生告诉他，可能他的母亲并不能适应他频繁的陪伴，但又不能缺少关心，他必须保持一个合适的距离。

至于原因，李阿姨告诉裴恬，是陈挽月认为自己是陆池舟的累赘，她愧疚于自己的病会耽误他的精力、时间、金钱，所以很惧怕他分出大量时间来陪伴她。另外，她又很渴望陆池舟能关心她。

裴恬听得眉心紧蹙，李阿姨又给她解释了陈挽月这般想法的原因。

去国外后不久，陈挽月曾为了让陆池舟解脱，在夜里吞了安眠药自杀，所幸被晚归的陆池舟发现，紧急送去医院洗胃才救下来。

那段时间，陆池舟除了忙学业，每天还要和李阿姨轮班照顾陈挽月，一天睡不了几个小时，三餐颠倒，后来直接熬出了胃病，严重到在后续创业时胃穿孔进了医院。

因为这个，陈挽月的抑郁症更重了，每天活在愧疚、绝望和自责中，恶性循环。

这些年，陈挽月的自杀倾向始终没有减轻。原以为回国后病情会有好转，但并没有起色。

裴恬听得心情异常沉重。

她坐在兰汀的沙发上，有一搭没一搭地剥橘子。

已近中午，但陈挽月没有起床，对于她来说，最难得的便是一个好睡眠。

李阿姨正在一边择菜，笑眯眯地看着她："恬恬小姐和陆总一定要好好的，这样夫人也会开心，她可是最喜欢您了。"

裴恬吃了瓣橘子，闻言，笑得弯起眼："也多亏挽月阿姨，不然几何哥哥哪能是我的。"

李阿姨深深看她一眼，突然没忍住，抹了把眼睛："不，陆总能遇见您，是他的福分。"

李阿姨突然说起了陆池舟的五年。

当年，陆池舟申请了出国交换，学业上并不轻松。陈挽月早早便有了抑郁症倾向，但在国内时，她还有热爱的教学事业。地点转换成国外后，这成了抑郁症的诱发因素，她的病情突然就加重了，但陆池舟并不知情。这一切，在陈挽月自杀未遂后，才现出端倪。

陆池舟不缺钱。陆枫再如何相逼，陆池舟终究还有个人资产。只是，对于他来说，精神上的折磨是加倍的。

爷爷被困，母亲生病，自己被逼至绝境，却无能为力。

没多久，陆池舟便开始创业。

一开始，自是碰得满头灰。

他有头脑有胆量，也有魄力，能让一个优秀的团队愿意跟着他。而陆池舟赌上自己的所有资产，才能养得起这么一个团队。

一步步如履薄冰，如踩刀刃，才走到如今。

说到这里，李阿姨的声音有些哽咽："我这个老太婆自是什么都不懂，但也知道，陆总这一路吃了多少苦。

"陆总手上的钱，不愁这辈子的吃穿，但他偏要走这最难的一条路。"

裴恬怔在原地，仓皇地低下头。

明明是酸甜的橘汁，咽在喉间，却溢出让人揪心的苦涩。

李阿姨继续说："我想，陆总不仅仅是因为陆老、因为夫人，更是因为您。

"只有他站得高高的，才能堂堂正正地和裴董说，他想和您在一起。"

53

当天，裴恬一直在兰汀待到午饭后。

陈挽月在饭后足音极轻地下了楼。她没穿鞋，赤脚站在瓷砖做的地板上。

陈挽月瘦得厉害，脸色也异常苍白，但依旧漂亮，整个人从上到下都透露着一种易碎的美。

陆池舟的眉眼尤其像她，所以才会有那么出色的一副相貌。

裴恬嘴角上扬，朝陈挽月招手："姨，看我，我在这儿！"

她拿着自己带来的点心盒，几步蹦到陈挽月面前："这是香坊的糕点，姨你尝尝，看看味道变没变。"

这家糕点是他们以前常吃的，陈挽月经常给他们买。

"好。"陈挽月动了动唇，细瘦的手伸进糕点盒，取了一块放在口中。

"没变，"她点头，"很好吃。"

裴恬眼睛一亮，拉着陈挽月便坐到沙发上，和她一起吃糕点。

她能感觉到，陈挽月整个人的状态要比上次好一些，甚至会主动问她问题。

"几何对你好吗？"陈挽月问。

裴恬吃着糕点，连连点头："好，特别好。"

说完，她故意神秘地放低声音："除了一点。"

对上陈挽月微凝的视线，裴恬凑到她耳边，搞怪地说："我还没和他……"

裴恬欲言又止，陈挽月反应了几秒，表情空白了一瞬，下一刻，唇角不自觉地扬起。

她捂住唇，看着女孩古灵精怪的眉眼："他这么不主动吗？"

"不仅如此！"裴恬放下糕点盒，一拍沙发，愤愤道，"他之前睡觉还锁门，生怕我能把他怎么样似的。"

陈挽月莞尔，笑得眼睛弯起。

这天，陈挽月和裴恬聊了很久，似是通过她，打探陆池舟是否幸福。

"他当然很开心啦。"裴恬笑眯眯地说，"他说和我在一起，就很开心。

"他说，如果再和姨一起，就更开心啦！"

陈挽月的眼睫剧烈地颤了颤，她张了张唇，在心中摇了摇头。

不，几何和她在一起时，不开心。她能给他带来的，只有无尽的痛苦和无望。如果没有她，他会少很多烦恼。

未来，几何和裴恬会组建一个新的家庭，一个健全的、幸福的家庭，而自己不该阻碍他。

现在，他成功抓住了光，自己就不能再拖他进无尽的淤泥与黑暗里了。

最重要的是，陈挽月觉得自己撑不下去了。

如坠入深海般无穷无尽的冰冷痛苦，每时每刻都在席卷着她，而且她想陆琛了。

陈挽月闭了闭眼，再睁眼时，眸中一片安静。

她冲裴恬露出个极温柔的笑容："你们能在一起，我很开心。

"恬恬，谢谢你。"

当天裴恬回去时，陈挽月还走到门口，送她离开。

她和李阿姨站在门边，身形瘦弱到单薄，但眉眼一如往昔般温柔。

裴恬走出几步就回头，笑眯眯地冲她招招手。

直到快要上车，裴恬一只脚已经踏上车后座，她眨了眨眼，动作突然停顿住，接着她收回脚，复转身，朝陈挽月的方向奔去。

裴恬张开双臂，将陈挽月抱了个满怀。

陈挽月全身一僵，她迟疑地伸出双手，回抱住裴恬。

"姨，我就是想抱你一下，"裴恬声音软糯糯的，"抱抱就不冷了。

"哥哥和我都很需要你。"

陈挽月的眼睫上下颤了颤，她痛苦地闭了闭眼，极轻地点了下头，几秒后突然出声："恬恬愿不愿意喊我声妈？"

裴恬的脸红了红，她扬起唇角，很小声地喊了句："妈。"

陈挽月点头，闭上眼，藏住眸中的泪光。

"我在。"

裴恬走了，粉红色的衣角消失在轿车的车厢中，再不见影。

良久，李阿姨给陈挽月搭上外套："夫人，外面天寒，咱们回去吧。"

"我不冷，"她轻轻搓着手心，"抱抱就不冷了。"

陈挽月没有吃晚饭，而是回了房间。

这个房间，还是陆琛在时设计的婚房，每一寸每一毫都是她喜欢的样子，只是外物终究抵不过岁月的侵蚀。

哪怕陆池舟后续翻修，也没回归原来的模样。

陈挽月在这儿度过了漫长的孤独岁月。她想，在这里走，也许还能跟上陆琛的脚步。

陈挽月在房内的摇椅上枯坐了很久很久，久到时间似已经静止，黑夜浓墨一般地稠。

陈挽月拿出手机，拨通了那个烂熟于心的号码。

在等待电话接通的时段里，她淡漠地从抽屉里摸出几个药瓶。药瓶表面写的是抗抑郁的药物，但实际上早已被她替换成了安眠药。

自从那次后，陆池舟严禁家里出现任何助眠药品，以及锋利的匕首。但她失眠太严重了，医生还会开少量的安眠药，由李阿姨盯着她吃。

这些药，她从来就没吃过，攒着，也有这么多了。

陈挽月漫不经心地把玩着药瓶，目光没什么聚焦。

吞药是一个生不如死的过程，她承受过一次。这第二次，是惩罚也是赎罪。

她是个懦弱的母亲，不配拥有体面的死法。

陈挽月一粒粒吃着药，口中苦涩一片。

电话嘟嘟两声，显示被接通。

那边低沉的男声压得很轻："妈？"

陈挽月："几何，你是在出差吗？"

"是。"陆池舟回答，又道，"我过几天便回家看你。"

陈挽月低下眼："恬恬会经常过来陪我，你忙，不碍事儿的。"

说起裴恬，陆池舟的声音霎时涌现笑意："她在哪儿，哪儿就热闹。我争取早点把她娶回家，让咱家热热闹闹的。"

陈挽月轻轻牵起唇角："所以你要好好努力，对她再好一点。"

陆池舟："嗯。"

二人不着边际地聊了会儿，到最后，陈挽月低声道："我有些困了，准备睡了。

"你也要早点休息。"

陆池舟："好，听你的。"

电话挂断，陈挽月突然流了满面的泪，她捂着脸，后脑靠着桌角。

意识渐渐模糊起来。这个剂量，还不够。

她颤着手，继续拿药瓶，倾倒了半瓶的药就要往口中塞，却在最后一刻顿住动作。

一道清脆的嗓音突然响在耳畔——

"哥哥和我都很需要你。"

需要。

陈挽月的唇瓣抖了抖，她真的被人需要吗？

陈挽月脑海中突然倒映出五年前，意识快要消失的前一刻。

那时正是深夜，少年破门而入，看清她的模样后，突然栽倒，重重跪到她面前，一滴滴泪落在地板上，像是血般映出深色。

他哆嗦着手臂，却不敢碰她，只第一时间打了急救电话。

快要彻底失去意识时，耳畔是一声声沙哑到破碎的呼唤。

"妈。

"妈……

"……我只有你了啊。"

装着药片的手突然失去了所有力气，陈挽月闭了闭眼，崩溃地将手中的药片一把甩到地上。

药片与地板碰撞，哗啦啦一片响。

陈挽月用最后的力气站起身，跌跌撞撞地走进洗手间，想把已经咽下去的安眠药催吐出来。

这时候，房间的大门被人一把推开。李阿姨看到滚落满地的药片，抱头失控地尖叫一声。她握着手机，极度惊惧地说："陆总，夫人、夫人她、她又吞药了!

"怎么办，您说怎么办啊？！"

电话那头是死一般的寂静。

李阿姨颤抖着嗓音，试探着喊："夫人，夫人，您在哪儿?"

终于，她在洗手间的地上，看见了已经失去意识的陈挽月。

下册

近我者甜

槐故 著

四川文艺出版社

目录

CONTENTS

┃┃ 第六章 ♥

你还是要我的，对不对

54

Ａ市近日下了好几场大雪。雪花漫天飞舞，纷纷扬扬一片，气温也一度降到了零下。

李阿姨在那天后给裴恬打了电话，说天气冷，她一个小姑娘就别跑来跑去了。

裴恬本想说这不碍事儿，但转念一想，陈挽月的情况毕竟和常人不同。对陆池舟，她都会经常感到抱歉和愧疚，自己如果再冒雪去兰汀，可能还会给她徒增烦恼。

裴恬答应下来。反正陆池舟马上要回来了，到时候自己再和他一起去就好。

虽然放了寒假，但裴恬也不是全然没有事情要忙。

上次的比赛还在进行中，裴恬抽时间，将陆池舟给的资料读了一遍，预备理出大致的思路和框架。但不知怎的，陆池舟不在的日子好像突然长了起来，可能是他工作忙，裴恬能和陆池舟聊天的时间并不多。

偶尔打一次电话，男人的声音也带着沙哑，似乎很是疲惫。

裴恬算着日子，大概还有三天，陆池舟就要回来了。

这时候，已经逼近年关。

晚上十点，琢磨着这是个合适的时间，裴恬给陆池舟打了电话。

过了会儿，电话才接通。

陆池舟清了清嗓子，才喊她："恬恬？"

裴恬托着腮，伏在床上，低眼看着手机屏幕，唇线不自觉地扬起："在呢。"

她想他了，尽管不想承认，但就这样说几句废话也好。

裴恬："你在干什么呀？"

电话那头，陆池舟的眼睫动了动，朝医生抱歉地点点头。医生一耸肩，表示理解。

此时，M国正是上午，国内时间应是深夜。

陆池舟沉默了会儿，找了个合理的答案："我刚到酒店，准备洗澡。"

裴恬"哦"了声，又期待地问："还有三天，你是不是就回来了？"

陆池舟握住手机的手骤紧，他低垂下眼，喉间一片苦涩。

"这个项目有点麻烦，可能要再过几天。"

"啊……"裴恬有些失望，"怎么要这么久啊？你不会到过年都不能回来吧？"

"我……"陆池舟顿了顿，还没说完，就听那头半开玩笑道："不过没关系，你要不回来，我去找你就是。"

陆池舟："我会尽快赶回来。"

裴恬顿时眉开眼笑："好呀。"

没聊几句，裴恬便嚷嚷着挂电话，让他快点去洗澡睡觉，然后早点回来。

电话挂断后，陆池舟盯着墙面，半晌未动。

"陆，女朋友？"声音从背后传来，问话的人金发碧眼，正是陈挽月的主治医师凯文博士。

陆池舟抬腿，重新坐回原位，点了点头："是，女朋友。"

凯文了然地一挑眉："是那个女孩吗？"

陆池舟弯唇："是。"

凯文耸肩，似是随口一说："你不该瞒着她。"

陆池舟表情一顿，薄唇紧抿成一条线。

"我是怕她多想。"

凯文："怕？怕她觉得月的自杀和她有关？"他不赞同地摇头，"你骗她，她就不多想了吗？"

凯文观察着他的表情，笑嘻嘻地吐出句话："陆，我不喜欢你这种做事方式。

"你总将自己的想法强加在别人身上。"

陆池舟的表情变了变，隐在金丝眼镜后的眼眸晦暗不明。

凯文向来有话直说，他一字一句毫不留情："除了怕她多想，你更怕她知道你的过去，你的无能为力。

"你费尽心思，想呈现给她你觉得最完美、最强大的外表，一如五年前的那个形象。"

"最根本的，是你害怕她这样的人，会对这些负能量的事情感到厌倦。"凯文迎上他越来越沉的目光，一耸肩，轻飘飘吐出几个字，"然后，不要你了。"

"凯文，"陆池舟眉间仅存的三分笑意退了个干净，隐隐现出阴鸷，"你今天的话太多了。

"你只需要治好我的母亲，我的事，不要你多管。"

"是是是。"凯文吐了吐舌头，双手插进白大褂的口袋，"谁让您是我的客户呢？"

陈挽月还未清醒过来。这是她第二次自杀，虽然最后心生悔意而自救，却是一个严重的警示。

陈挽月在国内的医院脱离危险后，陆池舟便用私人飞机带她来了M国。凯文是治疗她五年之久的心理医生，比世上的任何人都更加了解她的心理状况。

回国前，凯文说过，如果回国后陈挽月依旧有自杀倾向，甚至恶化，则第一时间送她回来，必要时会开始电击疗程。

目前，陈挽月各项身体体征已经恢复正常，但依旧未清醒。

凯文记录了各项指标，一边比对数据，一边和陆池舟道："月在最后一刻有了求生意识，她控制了剂量。

"这是一个非常好的信号。"

陆池舟骤然抬起眼。

对上他的视线，凯文泼了层冷水："但只是信号而已。

"人的大脑非常复杂，可以说月的自杀倾向是长期的，但改变这种倾向的诱因是暂时的，或许只是那天发生了什么，让她在最后一刻改变了主意。"

时间缓慢地爬，裴恬数着日子，才堪堪过了三天，但陆池舟还没回来。

裴恬头一回觉得，原来假期也可以过得这么慢。

所以陆池舟是不是故意的？！故意吊她胃口、搞她心态，让她望眼欲穿。

饭桌上，裴恬耷拉着眼皮，有一搭没一搭地嚼着米粒。

裴言之看她整天魂不守舍的模样，冷笑一声："你是在数有多少粒米吗？"

裴恬："……"

程瑾顿时打断裴言之这没来由的气话，敷衍地转移了话题："还有五天就过年了，你有没有问几何今年怎么过？"

她迟疑了会儿，又提议："要是挽月方便，可以让他们来咱家过嘛，不然大过年的，就他们母子俩，也怪冷清的。"

裴恬眼睛一亮，爽快答应："好呀，我一会儿就去和他说。"

想了想，她又改了主意："不对，我明天就去找挽月阿姨，先和她说！

"等哥哥回来，我再给他个惊喜吧！"

"可以啊。"程瑾笑眯眯地用手肘碰了碰裴言之："听见没？你提前准备个红包，到时候包给几何。"

裴言之："？"

他在心中冷笑。这母女二人刚刚还一唱一和，完全将他排除在外，现在要钱了就找他了？

"他做梦。"裴言之嗤了声，"陆池舟要真倒插门，我还能考虑考虑给个红包。"

裴恬："……"

次日，A 市是个难得的艳阳天。

裴恬打了鸡血般，起了个大早，又请家中阿姨做了份小汤圆，随后便兴冲冲地拎着饭盒，请司机送她去了兰汀。

裴恬撑在车窗上，看见暖洋洋的阳光顺着透明窗户从膝盖爬到脸颊，开心地眯了眯眼。

说不出心情为什么这么好，但就是好。

如果能一起过年，就再好不过了。就好像一切都没变，还是多年前的模样。

轿车行驶到别墅门口，裴恬蹦下车，冲到栅栏前按门铃，按了一下又一下，但里面始终没应。

裴恬蹙起眉，拿出手机，找到李阿姨的号码，按了拨通键。等了良久，那头显示无人接听。

裴恬只好站在原地，继续按着门铃。按理说，家里不该没有人在。

陈挽月几乎不出门，李阿姨就算出去，时间也很短，她等一等便好。

一刻钟后，裴恬有些站不住了，想着也没什么人路过，便坐在了门前的石阶上，将饭盒抱在怀里保温。

她翻着手机打发时间，不知等了多久，面前突然传来道粗粗的喘息声。裴恬一抬眼，发现是只萨摩耶，正伸着舌头朝她吐气。

萨摩耶脖子上还套着根绳，只是主人不知所终，很可能被撒欢的狗狗甩到了后头。

裴恬看着朝她笑的萨摩耶，没忍住，伸手笑眯眯地揉了揉它的脑袋。

直到头顶传来声音，有人长身立在她面前，伸手就去牵狗绳，凶巴巴道："过来，乱跑什么？"

裴恬抬头看去，愣在原地。

来人不是别人，正是周奕，一个让她看一眼都会尴尬到抠地的男人。

那次之后，虽然两人还是一起上课的同学，但大学课堂不想有交集是非常简单的，再加上比赛的延迟，两人就默契地没再联系。

所以，当此刻没有外人，二人又四目相对时，气氛一时变得有些尴尬。

"你……"周奕蹲下身，手顺着萨摩耶雪白的毛，漫不经心地问出了后面的话，"也住这儿吗？"

"不是，"裴恬摇头，"我是来看我……妈妈的。"

"妈妈？"

裴恬有些不好意思地低下头，解释道："是我男朋友的妈妈。"

周奕给狗顺毛的动作一顿，喉结滚动，半晌没说出话。好在这时，有人打断了二人尴尬到窒息的对话。

"你乱跑什么？！再乱跑别吃饭了！"

裴恬被声音吸引，抬眼望去，发现是一位精神奕奕的老太太。她中气十足地走近，拉过狗绳，一边拉还一边骂。

"还有你，连大白都拉不住，让它乱跑，跑丢了怎么办？！"老太太又凶了周奕一句。

周奕摸了摸鼻子，讪讪朝裴恬介绍："这是我奶奶。"

裴恬连忙站起身，朝老太太打了招呼："周奶奶你好，我是周奕的大学同学。"

老太太一愣，看见她，又瞅了瞅周奕，几个来回后顿时眉开眼笑："哎。

"你是来……？"

裴恬指了指身后的院子："我是来看我妈妈的。"

"妈妈？"老太太面色一凝，看起来无比惊讶，"住这儿的是你妈妈？"

裴恬的脸微红，她抿唇笑，坦然道："以后就是啦。"

老太太拖长了声音，有些失望地"噢"了声。

下一秒，她面色疑惑地问："姑娘，你是不是走错门了？

"这儿的女主人不在啊。"

裴恬一时还没反应过来："不在？"

老太太环顾左右，走近在她耳边，谨慎地放低声音："这户人家啊，前段日子女主人闹自杀。

"大半夜救护车都隆隆的，直接将人带走了。

"唉，也不知道救没救过来。"

55

明明是个艳阳天，裴恬却觉得彻骨般寒冷，她恍惚了下，右手撑住墙壁才勉强站稳。

周奕看到她苍白的脸色，又瞅了眼老太太，不赞同道："奶奶，你可别又听风就是雨，有些话不能乱说。"

老太太瞪他一眼，毫不客气地伸手拍他后脑："谁乱说了？我什么时候乱说过？

"救护车隆隆响，就你睡得和死猪一样听不着，邻居们都传开了。"

周奕还想说，裴恬却打断他，冲老太太点点头，哽咽道："谢谢周奶奶，我知道了。

"请问，是哪一天的事啊？"

老太太："我记得清楚，就一周前，很好记。"

一周前，就是她来的那天。

裴恬闭上眼，吸了吸鼻子。

老太太看她这样，轻叹了声："唉，姑娘，这人生就没什么过不去的事。你别太担心，你男朋友没和你说，肯定就是没太大事。"

说完，她牵起狗绳，冲萨摩耶说："走了！回家！"

萨摩耶围在裴恬腿边打圈子，还吐着舌头笑，就是不肯走。

看老太太半天拉不走，周奕拉过狗绳："奶奶，你先回去吧，我一会儿带大白回去。"

"也行。"老太太怜惜地扫了眼女孩恍惚的神色，随后一步三回头地离开了。

裴恬捂住头，似脱力般，后背沿着墙壁缓缓下滑。

狗狗很通人性，凑到她身边，蹭着她的脸。

周奕牵着狗绳，不远不近地站着，沉默地看着她。

裴恬有一搭没一搭地揉着狗狗的脑袋，想了好一会儿，还是觉得这事过不去。她面无表情地从口袋中摸出手机，拨通那个烂熟于心的号码。

几秒后，电话被接通。

裴恬单刀直入，语气很冷："你在哪儿？"

那头沉默了好几秒，久到裴恬失了耐心，她骤然提高声音："我问你在哪儿！你为什么不回答我？是你口中的海市，还是 A 市？"

但陆池舟给了她一个意想不到的回答。

"我在国外。"

一瞬间，裴恬想砸了手机。

仿佛回到五年前，陆池舟突然带着陈挽月消失得无影无踪，留她一个人傻傻等待，相信他不会走。

她被同一个人骗了两次。

陆池舟是不是真的觉得，她的信任和包容是无止境的？

情绪上脑，达到崩溃的节点。良久，裴恬轻轻眨了下眼，眼泪突然毫无预兆地成串滴了下来。

大白舔了舔她的脸，将眼泪全部舔走，糊了裴恬满脸口水。

"不好意思，"周奕连忙从口袋中抽出纸巾，递给裴恬，"擦擦吧。"

裴恬接过纸巾，真诚道谢。

此时电话那头一片寂静，很明显，陆池舟将二人的话尽收耳里。

陆池舟语速很慢，一字一顿："你现在和谁在一起？"

裴恬深吸一口气，语不成调："你管得着吗？我爱和谁在一起就和谁在一起！你要是乐意待在国外，就在那儿一辈子不要回来！"

说完，未等那边回话，裴恬便直接挂断了电话。

她拿起纸巾，胡乱在脸上擦了一通，随后站起身朝周奕点点头："谢谢你，我先走了。"

周奕轻抿着唇，低头牵着狗绳："没事，回去慢点。"

裴恬"嗯"了声，又伸手揉了揉大白的脑袋："也谢谢你，下回我给你买火腿肠。"

大白摇着尾巴，开心地朝她叫了两声。

裴恬直接打车回了家。其间，她的手机不停地响，陆池舟一直在给她打电话。

裴恬只瞅一眼，便干脆地挂断电话。她找到了李阿姨的号码，拨了过去。

这回，那边接通了。李阿姨的声音不大，似刻意压着嗓子："恬恬小姐？"

"李阿姨，我什么都知道了。"裴恬的语调异常冷静，她问，"挽月阿姨现在怎么样？"

李阿姨迟疑了会儿。

裴恬猜测，她该是在等待陆池舟的指令。

果然，几秒后，李阿姨回答："夫人很好，现在就等她醒过来了。"

裴恬悬着的一颗心终于放下，她继续问："你们在哪家医院？

"不要和陆池舟说！我和他吵架了，并且暂时不想原谅他。"

话毕，裴恬还威胁道："李阿姨，你要是不站我这边，我就哭给你看！"

最后李阿姨还是成功倒戈，悄悄给她发了定位。

裴恬回家收拾行李。

对于她突然要出国这件事，程瑾表示难以理解："马上就过年了，你还出去野什么野？"

裴恬收拾行李的动作一顿，心虚地嘟囔："我就是想出去玩嘛！在家里都闲到发霉了。"

和程瑾磨了好半晌，裴恬才获得批准，当天下午便踏上了去机场的路。

　　裴恬坐在候机室，翻看着李阿姨给她发的地址。与此同时，陆池舟还在不停换号码给她打电话，打一个，裴恬拉黑一个，而且陆池舟的微信再次被她关进了小黑屋。

　　但在拉黑之前，裴恬还是舍不得那条喘息的语音，翻了好久才翻到那条，悄悄点了收藏。

　　十一个小时的飞行时间。裴恬撑着头坐在飞机上，心情复杂难言。她突然想起五年前，现在该说是六年前的自己。

　　那时候裴恬连信用卡都是绑定的裴言之的手机，自以为天衣无缝偷买的机票，早在下单的后一秒就被裴言之知晓。

　　裴言之默许了她的行为，同时喊了数个保镖一路跟着她，才使她没在下飞机后就被偷了钱包。

　　似乎他早就知道，这是场没有结果的见面，权当她是去和陆池舟道最后的别。

　　那场一腔孤勇的旅行，最终只感动了裴恬自己。

　　回忆起这些时，裴恬眼睛发酸。

　　话说得比谁都狠，但生气后，眼巴巴跑去国外的，还是她。

　　说到底，裴恬还是舍不得，舍不得让陆池舟自己一个人面对再次被抛下的局面。

　　想让他知道，她还在。

　　但心疼归心疼，陆池舟这种行为，根本不能容忍。

　　她是绝对不会理他的，绝对不会。

　　一路上，裴恬的心情复杂难言，索性不再想。她戴上眼罩，昏昏沉沉地睡了一觉，再次醒来时，空姐提醒她飞机降落。

　　裴恬下午登的机，下飞机时，她有些不适应地眯了眯眼。

　　裴恬搭车，以最快的速度去了李阿姨发来的医院。她还拖着大行李箱，一路气势汹汹地冲进了医院。

　　她曾想过，再见到陆池舟时，一定立眉竖眼，本着把他当空气的原则，一定要让他知道自己生气了，还是很难哄的那种。

　　裴恬来时想得好好的，但她忽视了陆池舟的不要脸程度，而大脑在见到他时，也不争气地有了自己的想法。

她是在陈挽月的病房外看见陆池舟的。当时，他长腿弯曲，脑袋靠在墙上，正在和一个金发碧眼的男医生说话。

陆池舟的喉结滚动，表情笼罩着一层纱雾般的愁绪。

不知说了什么，男医生哈哈笑出声，语调带着幸灾乐祸和玩世不恭。

"这还能怎么办？"他吹了吹口哨，用流利的中文道，"当然不给她说话的机会，抱她、亲她，然后扔床上，让她没力气闹。"

裴恬愣在原地，还在思考这个"她"是谁。下一秒，似有什么特殊的感应般，二人同时扭过头，和她的视线对个正着。

裴恬被看得心里发毛，还没来得及做好冷若冰霜的表情，便见男医生"哦"了一声。随后，陆池舟像被按了什么开关般，抬起长腿，大步朝她走近。

男人漆黑的眼眸中隐隐有光跳动，深不见底。

裴恬被他一把抱入怀里，当着男医生的面，陆池舟近乎疯狂地从她的眉心往下亲，连呼吸都失了控，他低声呢喃着，一声声地喊她宝贝。

"你还是要我的，对不对？"

56

陆池舟的吻还在往下，从鼻尖到唇瓣。

裴恬起先还跟着沉沦了几秒，直到男人的动作越发放肆，她才后知后觉地反应过来。

这人，这人简直不要脸！

他以为喊几句宝贝再装装可怜就可以蒙混过去了吗？！

裴恬的眉眼染上寒霜，她紧紧抿住唇瓣，阻止他更深入地侵占。

得不到女孩的回应，陆池舟的眼睫颤了颤，冰凉的掌心按住她的后颈，额头和她相抵。

似确认什么般，陆池舟一遍遍低声强调："你来找我了，你没有不理我。"

裴恬推开他，冷冷地扯了扯唇，别过脸，不去看男人因为连日未休息好而显得异常疲惫的眉眼，硬下心肠反问："你怎么就知道我不是来看挽月阿姨，然后再和你说分手的？"

这话一出，陆池舟还没反应，倒是看热闹的男医生张大了嘴。似察觉到危险，他轻轻迈腿进了走廊最里面的问诊室，还顺手关上了门。

空气里一片窒息的安静。

陆池舟直直站立在她面前，面上没什么表情，只是刚刚眼角还有的三分笑意敛了个干净，眼底的温度瞬间降至冰点。

他突然低笑了声，低低重复了一遍："分手？"

裴恬未吭声，她低头看了看脚尖，也不后悔自己刚刚说的话。

这种被蒙在鼓里的感觉实在太糟糕了。

如果她不干脆一点，把这根刺拔了，陆池舟能瞒着她让其埋一辈子。

他从来都是这样，从未真正认识过自己的错误。

上次是，这次还是。

沉静几秒，似是难以置信，陆池舟再次问她："恬恬想过要离开我？"

裴恬眼睫动了动，没有理他，突然转身，拖着行李箱往病房走。

透过门上透明的玻璃，她看见了正看着他们的李阿姨。被发现后，李阿姨连忙缩回了头。

裴恬的脚步很慢，喉间有些苦涩。

自始至终，她都没有想过。

她向来连放狠话都是虚张声势的。

离开的从来都是他。

大概是她沉默的态度彻底点燃了男人的情绪，身后传来两道沉重的脚步声，在裴恬的手搭上病房门的那一刻，她被人以一种快要将她揉碎的力道，从后面紧紧禁锢在怀里。

陆池舟连呼吸都不再平稳，彻底低下了头。

"不分手。"他哑声在她耳畔道，"只要不分手，怎么样都行。"

"不要不理我，我受不了。"

裴恬转开门把手，不为所动："你先放开我。"

一吵架就这样，上次也是。

看似是他妥协了很多，实际上退让的只有她。

矛盾就是在他这种态度下才不了了之的。

陆池舟没动，甚至将她抱得更紧，向来骨节分明的手隐隐泛出明显的筋络。

裴恬挣了下没挣开，她提高声音："你再不放，我现在就订机票回去！"

男人身体一僵，呼吸都放轻了。几秒后，陆池舟面色苍白地松开了手。

裴恬毫不迟疑，直接推开病房门。

李阿姨眼观鼻，鼻观心，看着二人难看的脸色，只简短地和裴恬打了招呼，随后便去柜台前给她倒水。

裴恬坐到病床前，看着陈挽月毫无血色的面容。

原本就清瘦的人，躺在病床上，看起来更加了无生气。

仅仅是这样，裴恬都看得两眼酸涩，无法想象亲人自杀在眼前的痛苦，而这种痛，陆池舟一人承受了数次。

上次她不在身边，这次他却不告诉她。

裴恬又心疼又难过。

李阿姨倒了水，放在裴恬面前，语带安慰："恬恬小姐，夫人应该很快就能醒了，您别担心。"

裴恬轻轻点头。

李阿姨扭头，看了眼陆池舟。他正靠在墙边，眼眸漆黑，面无表情地看着病床边愣神的女孩。

李阿姨背后一麻。她自认还算了解陆池舟，在他心情异常不佳，或是盘算什么时，便是这般模样。

病房里一时没人说话，最先打破沉寂的竟是从外推门而入的凯文。

"嘿，各位好。"他的目光在屋内转了一圈，在掠过陆池舟时，了然地笑笑。

裴恬朝他轻轻颔首，随即便见凯文朝她招手："姑娘，我认识你。"

他似是很了解中国的礼节，直接朝她伸出手："我是月的主治医师，你可以叫我凯文。"

这时候，靠在墙边的陆池舟突然走过来，横在两人中间，一个眼神扫向凯文，后者无语地收回了手。

裴恬懒得管他，只问凯文："你怎么……"

凯文一挑眉："陆偷偷藏你的照片，"他顿了顿，突然坏笑了声，"连梦里都是……"

"凯文。"陆池舟带有警告地冷声打断他。

凯文立马做了个手拉拉链的动作，闭了嘴。

凯文检查了陈挽月各项精神指标后便离开了，走前他朝裴恬眨眨眼。裴恬回眨一下眼，两人达成了共识。

她能看出，凯文应该是陆池舟过去五年较为亲近的人之一，和他聊聊应该不是坏事。只不过下一秒，裴恬的视线便被陆池舟挡住。

他横跨一步，直接站在她面前，居高临下地看着她，眼中蓄满不悦。裴恬在心中翻了个白眼，移开脸，不理他。

"我先带你回家，把行李放下。"陆池舟语气平淡，一副冷静自若的模样。

裴恬也不吭声，只站起身跟在他后头，拿过行李箱走了。

陆池舟下意识地想牵她的手，却被裴恬故意避开。他眼睫微颤，动作僵了半晌，最后只好一言不发地接过裴恬的行李箱。

二人一前一后，一路无话。

半小时后，裴恬到了陆池舟的住处。这也是她第一次见到陆池舟那五年的住处，心松了松。

还好，生活条件挺好的。

裴恬又想起李阿姨说过的话，他向来是不缺钱的。但他这样的人，注定不会平庸。

裴恬随陆池舟进了楼。这里应是提前请了人打扫，东西不多，但都很干净。

裴恬环顾左右，看见陆池舟打开了房间门，拖着行李箱就要进去。她连忙上前往里一看，着实被不要脸到了。

这房间明显是陆池舟的，还有他这段时间住过的痕迹。

裴恬拦住他的动作，鼓起腮："我不住这里，我不和你睡。"

陆池舟淡淡扫她一眼，理直气壮道："别的地方不给你睡。"

裴恬气得要去拿行李箱，却被陆池舟避开。他两根手指松着领带，垂下眼睫，突然示起了弱："我可以和你一起。"

裴恬："……"

来了，他又要故技重施了。

裴恬："请你认清我们现在的关系。"

"是吗？"陆池舟脱下大衣，连同领带一起扔到了单人沙发上，"我们什么关系？"

他突然上前两步，将裴恬堵在墙边，与此同时，抬手按紧了卧室的门，语气没什么温度："需要我现在坐实关系吗？"

裴恬被逼得贴紧了墙壁，她抬眼，对上陆池舟的视线，心里咯噔一跳。

陆池舟开始解自己的衬衫纽扣，只是眼睛仍旧定定落在她面上。

裴恬慌了，支支吾吾道："我告诉你，你现在不要乱来啊。"她有些语无伦次，"我不想，我现在不想要你。"

陆池舟解纽扣的动作一顿，他的眼尾渐渐染红，累积的情绪突然就失了控。

原来语言也能有这么大的威力。女孩随便几个字，都能砸得他溃不成军，让他退无可退。

一瞬间，他甚至想把她关在这里，这个承载着他卑微过去和阴暗回忆的地方。

裴恬抬眼，对上陆池舟晦暗不明的眼神，里面明明灭灭，带着沉重的侵略性。

但只是一瞬间，陆池舟的眼眸便恢复了清明。他抿唇，没再说什么，只抬腿退出几步："我去洗澡，你不愿睡这儿，其余的房间都可以住。"

裴恬看着男人抬腿进了浴室，她脱力般坐到小沙发上，疲惫地捂住脸。

裴恬心里并没有任何吵架吵赢的痛快感，反而充满了无力感。

她根本舍不得陆池舟难过，而自己竟成了让他难过的人。但陆池舟他不改，甚至给她一种"我下次还敢"的嚣张态度。

裴恬抬眼，细细打量着这个陆池舟住了五年的地方。

和他在国内的住处不太一样。窗帘很厚重，拉上后能挡住所有的光；书架和书桌很空，整个房间的摆设异常简单，似乎只是个用来睡觉的地方。

浴室里的水声停了。

出来时，陆池舟换了件宽松的毛衣，眼眸彻底恢复了往常的沉静。

他走几步上前，朝裴恬解释："我这两天都在医院，没有洗澡。"

说完，陆池舟又补充一句，声音很哑："也没睡觉。

"因为你，我睡不着。"

裴恬的表情顿了顿，一时不知该说什么。

果然，男人洗个澡就冷静多了，孔雀都知道卖惨了。

明明知道他在卖惨，但裴恬的心还是揪了下。

她低下眼："那你现在睡吧。"

"可是不抱着你，我还是睡不着。"

陆池舟坐到她身侧，突然伸手环抱住她，灼热的呼吸落在她耳后。

裴恬指尖动了动，想了想，还是没推开他。

陆池舟开始沿着她的耳郭朝下吻。

这只得寸进尺的孔雀！

裴恬张唇，刚要制止他，便听陆池舟边喘息边说："恬恬想知道些什么？我全都说。"他声音很轻，满是示弱，"恬恬原谅我，好不好？"

裴恬忍住耳侧的酥麻，心彻底软了下来。

她开口道："我想你亲口告诉我，这五年发生的一切。"

陆池舟眼眸微动，只是动作依旧没停，薄唇从她耳侧移到脖颈，吻得一下比一下重。

亲吻间隙，他才会闷声开口。

"这五年，很孤单，很枯燥，还很疲惫。

"前期忙学业，后来开始创业，吃了很多亏，也丢了很多人。

"我的生活一团糟。"

陆池舟突然深吸口气，开始说不下去了，他还是不能将自己最卑微如尘的样子剖析给她看。

裴恬低下眼，能理解他突然的沉默。

算了。他能开口，就已经是很大的突破了。

自己可以先不逼得这么急，给他一点缓和的空间。而陆池舟早已感受到她态度的松动，他惯会见缝插针，不多时，又开始凑近一下又一下地亲她。

裴恬根本没有那方面的心思，她还在提问："凯文是看过我的照片吗？他还说什么你的梦，什么梦……"

话还没说完，突然被陆池舟打断。

"那些梦不太干净。

"但你要是想知道,我现在就可以给你演示。"

57

裴恬被抱到了床上。说是抱,其实更像是扔。

这种时候,她的脑子里竟还能想一些乱七八糟的话。

为什么陆池舟能做这种不干净的梦?

意识到问题的严重性,裴恬仰躺在床上,伸手推倾身而来的陆池舟,很严肃地问:"你怎么什么时候都能禽兽得起来?"

深色的被单上,女孩的肤色是亮眼的白,像一抔莹雪般,勾得人爱不释手。

陆池舟的双手撑在两侧,黑眸定定落在她面上。几秒后,他突然懒散地低笑一声,慢条斯理地摘下眼镜,放在一旁。

男人在外素来端方矜贵的眉眼,此时却涌上种漫不经心的轻佻和妖冶,他伸手,指尖摩挲着裴恬的下巴,像是道明一个最简单的道理般:"永远不要高估一个男人的下限。"

裴恬脑中的弦错搭了几秒,终于后知后觉地意识到,他是要来真的。

在这种终于要坦白的时候,就像他自己说的,他没有下限。

似猜到她心中所想,陆池舟观察着她的表情。

"但我还是有下限的。"

她的呼吸急促了些,羞恼地别开脸,还忍不住踢他一脚:"陆池舟,你这个大变态!"

陆池舟的手掌握住她的脚踝,往下一拉,一瞬间,裴恬已经彻底躺在他身下。

男人只安静低头看她一眼,似在告诉她"这就变态了"。

他开始解她大衣的纽扣,动作看起来不急,但很快。

裴恬脑中名为理智的弦要断了。

但裴恬还是打开他的手,冷冰冰道:"你一天不把话说明白,我就一天不和你睡觉。"

陆池舟未吭声，只是直起身，突然脱去了刚穿好的上衣。入眼皆是紧实的肌理，腹肌块块分明。

啊啊啊！

裴恬被近在咫尺的美色闪了眼，她咬着下唇，强迫自己移开视线，坐怀不乱道："你别以为献身有用。"

当然，真的有用。这话她绝不会说。

陆池舟的动作不停，开始解腰带。

男人出来时，随意套了款松垮的棉质长裤，脱起来也很方便。

他神色平淡，甚至还理智地观察她的表情，就好像现在还穿戴整齐一般。

裴恬的脸烧得通红，脑中几百上千只尖叫鸡齐齐打鸣。

他，他不要脸！

好在陆池舟还有最后一点分寸。

他直直在她上方，大方地任她偷看，甚至还淡声问她："睡吗？"

见她不答，又继续问："睡吗？

"睡不睡？"

裴恬要疯了，她用最后一丝理智，紧紧抿着唇："你必须……"

陆池舟似已耗完最后的耐心，直接俯下身含住她的唇："你说。"

只要你还能有力气听。当然，这话他自是没说。

裴恬的眼睛染红，终于妥协，她伸手怀抱住他，唇齿交融间，含糊地呜咽："睡。"

这声之后，再没她说话的份儿。

陆池舟发狠地钩缠着她，屋内的温度很快就升得异常高。

裴恬沁了一身的汗，她像一条干涸的鱼，或是漂游的浮萍，灼烧成片的渴望只能由身上人缓解。

直到陆池舟的动作突然停下，他在她耳畔懊恼地长吸一口气，哑声道："等我一会儿。"

随后陆池舟起身，开始套衣服。男人眉眼中的欲念还未消，眼中似笼着厚重的浓雾。

裴恬反应了会儿，才难以置信地睁开眼。

肌肤贴近寒凉的空气，上面仿佛还残留着男人掌心炙热的温度。

她拿被子挡住自己，看到陆池舟已经穿戴整齐，拉开房间的门就要出去。

裴恬有些火大，他到底在干什么？！

是欲擒故纵？还是他真的不行？

这般想着，裴恬也这般问出口了。她扬声，冲门口气势汹汹地喊了句："陆池舟！

"你总这样是什么意思？你是不是真的不行？"

听到这话，陆池舟关门的动作一顿。

他眉心跳了跳，低声威胁："我行不行，你一会儿就知道了。"

裴恬根本不信，心中呵呵一笑："我看你就嘴上行。

"不然你现在跑什么跑？"

陆池舟："……"

他站在门边，定定看着她嚣张的面容。

如果可以，他现在就该把她按在床上，十个月后她就能给他生个孩子，然后父凭子贵。

但他还是人，不是畜生。

"我要去买必需品。"

门被彻底关上的前一秒，裴恬听到陆池舟这样说。随后，轰的一下，像被蒸熟的虾米般，裴恬从头红到了脚。

完了完了完了。

她刚刚说的那些话，是不是对一个男人最大的挑衅？

裴恬连忙从床上跳下来，羞窘地满地打圈子。

这种事，说做就做还不紧张，但如果是提前预告，就紧张得要命，而且还是在她这般作死的前提下。

救命。

裴恬猛地冲进浴室，等下哄哄他，是不是能让男人消消气？幸好，居民区离便利店很远，开车都要好久，还来得及。

裴恬洗了个澡，还吹了头发，随后飞奔到行李箱前摸出身体乳和护发精油，擦到香得走一步满室留香的地步时才满意。最后，裴恬爬上床，用被子紧紧包裹住自己，数着自己越来越快的心跳。到后头，她开始胡思乱想。

古代皇帝的待遇也不过如此吧，真是便宜陆池舟了。

罢了罢了，自己一会儿一定要睡到他服，然后让他把所有事情一五一十地抖出来。

想着想着，裴恬忍不住扬起唇角。

因为洗了个澡，再加上屋内太过暖和，裴恬的意识渐渐蒙眬，眼看着就要睡着，房门的锁被转动开。

咔嗒一声，很响，裴恬头皮一麻，瞌睡虫也被赶走大半。

她睁开眼睛，意识还未完全清醒，便被男人一把从床上捞了起来。

裴恬哝了声，软声道："冷啊。"

陆池舟进来后便直接朝她而来，连呼吸都带着一路赶来的迫切。在看清女孩的模样后，他的眼睫重重一颤，一瞬间，眼眸深不见底。下一秒，他直接将手中的袋子往床头柜上一扔。

男人跪在床上，铺天盖地的吻当头落下。

……

已经快到晚饭时间，天色暗了下来，再加上厚重的窗帘，整个房间昏暗得只能看清基本轮廓。

月亮也羞得躲在了乌云后，使得屋内越发黑。

一只细长的手按亮了灯。

女孩声音极哑："不许开灯。"

陆池舟吻她的眉心："乖，让我看看你受没受伤。"

"你变态啊！"裴恬躲开他的触碰，拿被子裹紧自己。

她除了满身的汗，眼睛也哭得通红，气不过，又踹了他一脚："还是个骗子，只做不说。"

"我说了。"他撑起身体，自上而下地俯视着她。

裴恬埋住头，冷冰冰地反问："你说什么了你说了？"

这么久，他除了"等一下""再来一次"，以及那些肉麻至极的情话，他说什么了？

陆池舟深深地看着她："我做的，就是我想说的。"

这是什么话？

"我的梦里，最多的就是你。

"从小时候到长大，再到我见不到的模样。"

似控制不了情绪，陆池舟突然翻身，两臂撑在她上方，眼睛定定瞧着她。

裴恬脸上还带着未褪去的潮红，她抵挡不了他近在咫尺的美色。

"梦里无数次，我都像现在这样……"陆池舟低头，在她耳边用气音说出两个字。

轰的一声，裴恬头皮炸了，脚趾蜷成一团，纤长的眼睫上下翻飞，凤成了一颗鹌鹑蛋。

陆池舟却不觉有他，将她更紧地往怀里按，一字一句说得异常慢。

"我们之间隔的不只是山海。"

裴恬骤然抬眼。

"你还是你，所有人的掌上明珠。

"但那时的我，无能到没法给你一个安稳的未来。"

裴恬："不是……"

陆池舟亲了她一下："我知道恬恬的意思。"

裴恬抿唇，垂下眼睫："你不知道，你遇事只想瞒着我，离开我。"她的声音染上哭腔，"我到底是不是可有可无的存在？

"比不上你的事业，抑或是自尊？"

这次，陆池舟沉默了好久。

他突然开口："我想过和你走的，在你来找我的那天。"

裴恬怔住。

"在你走后，我想过跟过去告别，未来的日子仅仅是陪着你就好。"

"但我回去便看见了倒在卧室的母亲。"陆池舟的额头和她相抵，喉间俱是苦涩。

"说我不自量力，抑或是空有自尊都行。

"但我身边不好的事情真的太多了。

"终有一天，恬恬见过更好的男孩了，可能会厌倦这样负能量且平庸的我。

"哪怕只有万分之一的可能，我都不会让它发生。"

裴恬听得眼泪簌簌往下流，她崩溃一般抱住男人的脖颈："我怎么会，我怎么舍得……"

　　陆池舟吻去她的眼泪："别哭。

　　"哪怕只有万分之一的可能，我都会重新站到你身边。"

第七章

我们私奔吧

58

裴恬初三毕业的那年暑假，A 市的夏天异常炎热。

中考前，裴恬做了很多很多的旅行计划，每个计划都有陆池舟。

裴恬从未这么用心地做过这些。原本是想让自己开心，但后来是想让陆池舟开心。

她想用行动告诉他，岁月漫长，这些没什么大不了的，就算天都塌下来了，自己还在。

虽然她裴恬暂时没什么用，但还有她爸，再不济，裴家没倒，有她一口饭吃，就有他一口汤喝。

裴恬给陆池舟发了很多条类似这样的励志短信，还把自己备忘录里的所有计划通通发给他，而陆池舟的回应好似也不像一个不告而别的人。

他应是细细看了所有计划书，还认真地在每一份攻略后加了批注。

他还会一本正经地帮她估分，选择高中，甚至细致到将他所有的笔记都搬到她的房间。

他还参加了她的毕业典礼。

那年，裴恬还因为他专门报了一个节目。她捡起小时学过的芭蕾，苦练了半个月，才堪堪在毕业典礼前会跳。

典礼后，陆池舟突然将她模样的棉花娃娃作为毕业礼物送给她，不多时，又莫名其妙地用他自己的换走了娃娃。

那是裴恬最快乐的一个暑假。

殊不知，少年的每一步都在为离开做准备。

他为旅行攻略做了很多批注，却始终没有答应她的建议；他为她选学校、送笔记，也顺势搬空了自己的房间；他换走娃娃，更像是和她做最后的道别。

关于陆氏内部要逼走陆池舟的谣言愈演愈烈，但裴恬始终不相信。

陆池舟不会离开的，他不会舍得她的，就像她舍不得他般，而且裴恬问过陆池舟。

那时候有关陆氏纷争的谣言，已经到了裴恬不听也会入耳的地步。

她不过是随口一问："怎么大家都说你要走呀？这些人整天乱传什么？"

裴恬记得很清楚，那天陆池舟拿了一整个行李箱的书送到她房间，正坐在书桌前，随手翻着书本。

他翻书的手一顿，良久，温声回答："我会看着恬恬长大。"

后来裴恬才知道，这是个最可恶的谎言。

她辗转数年，终于理解了整句话的意思——

我会在你看不见的地方，看着你长大。

陆池舟走得无声无息，甚至在经年之后，裴恬也不清楚他到底是哪一天走的。

高中开学便是军训，裴恬没有了可以自由支配的时间，连发现不对劲也是在军训一周后，因为她再没收到过陆池舟的消息。

无数个电话打过去，回应的始终是冷冰冰的机器人女声。

等开学两周，裴恬再打过去时，整个号码已经成了空号。

到那时她才发现，一个人想要掐断和另一个人的联系，简直是再简单不过的事情。

明明他们从未分离过。

裴恬记不清那时的感觉，愤怒、伤心、茫然兼有之，但更多的是想找到他。

找不到陆池舟，她会疯的。

她怎么能接受？

裴恬哭着跑去公司大楼找了裴言之，而向来对她温和的裴言之头一回显示出堪称淡漠的态度。他语气很淡，也没有和以往一样哄她。

裴言之端坐在办公桌前，连名带姓地喊她。

"裴恬。

"别说我不知道，就算我知道他在哪儿，也不会告诉你。"

裴恬愣在原地，脸上满是未干的泪痕。

裴言之拧着眉，面容严肃："你不该为一个坚定要走的人，让自己狼狈成这个模样。

"作为父亲，我并不看好你这样。"

裴恬知道裴言之是护短，才会对陆池舟不满，但她只想先找到他。

分别的痛苦远远大于他不告而别带来的生气。

见裴言之没有帮忙的意思，裴恬又自己跑去了陆池舟的学校，在专业楼前等了好久，才等到几个眼熟的面孔，也由他们得知了陆池舟可能去的学校。

当然，这些只是可能，只因为有人看到他早前浏览过的院校信息。

裴恬抓住这小小的可能，孤注一掷地去了异国。但茫茫人海，哪能找得到他？

裴恬赌着最后的运气，给他很早就不用的 QQ 发了消息。

裴恬：我在 M 国，就在你学校门口。

裴恬：这里有很多人看我，如果你不来，说不定我就被人骗走了。

她说的不是假话，确实有很多人在打量她。

在满腔孤勇冷却后，后知后觉的害怕才涌现出来。

当时那里已经入秋，昼夜温差很大。

裴恬穿着单薄的外套，坐在行李箱上，看着天色由明到暗，冷得不住搓手。也会有人上来和她说话，有流里流气的学生，有看起来就不怀好意的地痞。

裴恬一律装作听不懂英文的模样，不予理会。

有的人不过是想撩妹，撩不动就走了；有的撩不动便要开始动手，但手还没伸出来，便被人一把推到老远。

裴恬心一跳，惊喜地看过去。结果来人不是陆池舟，是强叔，她的保镖。

裴恬瞬间怂得缩起头。

原来她爸早就知道了啊，但还是放她来了。

裴恬从傍晚等到晚上，等到心也如气温般冰冷。

眼睛酸胀得要命，裴恬吸了吸鼻子，忍住眼泪。这时候，濒临绝望的窒息才如潮水般涌现。

她真的找不到他了。

突然肩膀被人拍了拍，强叔沉声道："裴小姐，您抬头。"

他冷冰冰地按了按指节："是不是那小子？"

裴恬猛地抬起头，在不远处的路灯下，看到了陆池舟。

快一个月未见，他头发短了些，右手拿着伞，满身的黑仿佛融入这无边夜色，显得肤色越发苍白。

看见她，陆池舟伫立在原地，唇瓣嚅动着，半天也没眨眼。

强叔隐去身形，替他们留出空间。

二人静静对视了一会儿，谁也没说话。

裴恬受不住，当先垂下头，闷声道："你跟我回去，我就不怪你了。"

脚步声靠近，少年伫立在她身前，带来满身寒气。他像是什么都没发生般，拿过她的手焐在口袋里，低声问她："吃饭了吗？"

裴恬瘪着嘴，摇了摇头。

陆池舟敛眸，替她拖过行李箱："我先带你去吃饭。"

裴恬记得，那天去吃的晚饭很难吃。

陆池舟似是全然乱了阵脚，或许他自己也不知道带她去吃的是什么。

裴恬安静地吃完了饭。她吃完的时候，陆池舟的餐盘却没动几口。

他只是看着她，却在她看过去时，又仓皇地低下眼。

"我吃完了。"裴恬说。

她抬起的手握住陆池舟的。

他的手也很冷。

两只冰凉的手碰到一块，也达不到取暖的效果。

"你和我回去吧。"裴恬声音里带上了自己也未曾发现的颤抖，"回去吧哥哥。

"我不是说了，你不用担心吃饭的事吗？有我在。

"你回去，我就不生气了，我真的不生气了。"

陆池舟的眼睫抖动得更快了，他握紧她的手，久久未语。

轰隆隆——

天上突然传来雷鸣，闪电的寒光倒映在玻璃窗上。这一声，似突然惊动了少年。

再出声时，陆池舟的嗓音很哑，他接过她的行李箱："我先带你找个地方住。"

裴恬压下心中的不安，跳下椅子，顺从地跟着他出了餐馆。

已经有细细密密的雨落下来。

陆池舟撑了伞，将她完全笼罩在伞下。

裴恬抬眼看他："哥哥，今天就走吧。

"咱们回去和挽月阿姨说，一起走。

"这里一点都不好，东西不好吃，天气也不好。"

陆池舟的唇动了动，握住伞柄的右手隐隐泛出青筋。良久，他闭上眼。

"对不起。"

裴恬脸上的笑意散了几分："什么意思？"

"我不会回去的。"

裴恬的指甲快要陷进肉里，她强忍着鼻腔的酸意："我都来找你了啊，你不告而别，我都没计较了。

"你怎么，你怎么……"

她开始语无伦次："只有这一次，我下回不会再来了，我真的永远不会再来看你了。"

陆池舟的脸色煞白，连血色也散了个干净，但始终没能说出除"对不起"外的任何话。

裴恬突然就崩溃了。

她猛地推开他。细细密密的秋雨当头淋在她头上，落进眼睛里，不知是眼泪还是雨水，眼前一片模糊。

陆池舟被推得一个趔趄，还没站稳，便要过来给她打伞。

裴恬制止住他："你不准过来！我不想看见你！"

好在，强叔很快站在她身后，给她打了伞。

陆池舟站在原地，喉结滚动，放在身侧的手松了又紧。

裴恬闭上眼，任凭眼泪落了满脸，她声嘶力竭地哭喊："你听清楚了！你今天要不和我一起走，我就再也不会原谅你了！"

回答她的，是更响的一道雷声。

陆池舟的回应，也被淹没在这道巨响中。

裴恬颤着唇："你刚刚说什么？"

陆池舟抿起干裂的唇，声音几乎听不出原调。

他说："我送你去机场。"

又一声惊雷，伴随着雨敲打树叶的声音。

裴恬被惊醒，全身一颤，倏地睁开眼睛，眼泪再次在梦中流了满脸。

"怎么了？"

陆池舟立马就醒了，翻身捧过她的脸，却触及满手湿润。

窗外的雨势加重，冲刷着万物，好似和当年重合。

裴恬低头，埋在他胸膛哭。

"我又梦到了，梦到你不肯和我走。

"你以后，不要再这样了。"

她抽噎着："我受不了，我真的受不了。"

陆池舟全身重重一颤，他闭眼，右手顺着她的长发，一声声在她耳畔呢喃着。

"对不起。"

但女孩依旧没有止住的趋势，甚至越哄越娇气，就像水做的一般。

到最后，裴恬连手指头也不想动，有句话下意识就问出了口。

"当年，你到底和我说了什么？"

陆池舟瞬间领会，他轻吻她耳侧，低声道："我们私奔吧。"

裴恬："啊……什么？"

"我说。

"我们私奔吧。"

59

"私奔"。

时隔多年的雨夜，裴恬重新听到这个词时，心脏仍旧止不住地跳动。

这是个神秘又带有引诱性的词。

裴恬甚至无法保证，如果少女时期的自己真的听到这句话，会不会不管不顾地抛弃一切，真的跟陆池舟"私奔"。

但窗外雨势骤急，穿破乌云，重重拍打着万物。

裴恬很快便没有胡思乱想的心思，完全沉浮在陆池舟给的一切中。

这是个只有他们二人的小小空间。

她钩住他的脖颈，喘着气，小声说："爸爸妈妈都不知道我来找你了。

"你说我们这样，是不是也算私奔了？"

男人在床上似乎听不得这种话，下一秒，他动作一顿。

不多时，裴恬的脑袋撞到床板，却连疼都来不及喊，只顾着哭了。

当事人现在就是后悔，非常后悔。

陆池舟不是人。

裴恬再次清醒时，已经是第二天中午，还是被饿醒的。

这边的外卖并不方便，时间久，也不好吃。

裴恬浑身都没力气，连床都没下，被陆池舟喂着吃了几口，便软绵绵地躺在床上。

裴恬揉了揉昏沉沉的头，连在被窝里转个身都疼得蹙眉。

"疼？"

腰上贴上一只手，轻轻按压着，向来绝不多睡一秒的男人竟也陪她躺到了现在。

明明好几夜未睡，但他看起来神采奕奕，像个妖精。

裴恬别过脑袋，懒得理他，只伸脚踢了他一下："我饿了。"

这种时候的陆池舟极好说话，他在她耳畔问："想吃什么？"

"想喝粥，加点糖，你去给我做，这儿的不好吃。"

陆池舟："好。"

陆池舟低笑了声，懒洋洋地直起身子，起了床。

趁陆池舟去煮粥的时候，裴恬也起了床，穿上衣服，进了浴室洗漱。全身依旧酸，但好在疼痛感不明显。

裴恬耳朵都红了，她站在镜前，不好意思看自己身上深深浅浅的痕迹，只闷头刷牙。

她吐出牙膏沫，在洗手间磨蹭了好一会儿才出去，下楼后看到陆池舟刚买了米和调味料回来。

他右手拿着的塑料袋里装着很多菜和瓶瓶罐罐，透过透明的袋子，裴恬还看到了一样红红的东西。

"那是什么？"裴恬问。

陆池舟伸手将对联拿出："路上看到有位华人当街写对联，就买了一副。"

裴恬一愣，张了张唇，这才意识到快要过年了。

没错，快过年了，而她竟然还在国外和男人厮混。

裴恬已经能够想出裴言之冷笑着说她小白眼狼的模样了。

裴恬托腮，面上满是纠结，她抠了抠指甲："等挽月阿姨醒了，我可能就得回去了。

"再不回去，就赶不上年夜饭了。"

末了，她还补充一句："机票我来时已经买好了。"

陆池舟轻轻放下塑料袋。他就站在不远处，直直站立着，长睫垂下，看起来孤独得有些可怜。

裴恬："那天去找挽月阿姨，就是想和你们说一起过年的事。"

后面的事，不说他也明白。

陆池舟弯腰，从袋中一样样地拿出买的东西。

"恬恬不用为这个纠结。"他低声说，"我在这边这么久，已经没有这个概念了。"

也不是不过。往常这种时候，李阿姨会多炒几个菜，然后吃一顿比往常稍微正式的晚餐，但偌大的宅院依旧空荡到发慌。

平时还不觉得，但每到这种时候，他才会比往常更有孤家寡人的感觉，也会比任何时候都更想她。但女孩毕竟没完全属于他，跋山涉水过来，不是为了和他分享孤独的。

陆池舟的指尖触碰到对联，眼睫几不可见地动了动。

不，买对联不是心血来潮。他就是恶劣地、贪婪地想让她放下一切来陪他，哪怕她还没完全属于他。

这种感觉，在他得到更多后，燃烧得越来越旺。

下一秒，女孩的脚步轻轻挪近，她撑着头，大眼睛闪烁着观察他的表情，眸中含着心疼和越来越明显的纠结。

陆池舟浅浅弯唇，面上依旧无一丝改变。他当着裴恬的面，将对联往袋子的深处藏，淡淡道："还是不挂了吧，这边也不过春节。"

"挂呀，挂了喜庆。"裴恬拦住他的动作，软声道。

陆池舟的眼睫动了动，垂首道："可是没人会过春节。"

"我，我过啊。"裴恬说。

"你？"陆池舟不动声色地反问，"你不是要回去吗？机票不是买好了吗？"

裴恬的眼睫心虚地颤了颤，像是做了一个重大决定般，她鼓起勇气。

"我会和我爸商量的。

"我爸……应该会理解的。"

陆池舟弯起眼睛："咱爸肯定会理解的。"

60

裴言之理不理解裴恬不知道，但某只孔雀的尾巴好似突然翘起来了。

陆池舟低头亲了她一口，声音里是明显到藏不住的愉悦。

"我买了很多菜，除了粥，恬恬还想吃什么？"

"除了粥，"裴恬狐疑地瞅他一眼，"你还会做别的吗？"

其实和他睡觉实在是一件异常消耗体力的事，喝粥是根本不能满足的。但裴恬猜测，这人应该只会煮粥，连粥都和白开水一样，寡寡淡淡的。

"我可以学。"陆池舟挑眉，理所当然道，"学好了，今年说不定可以给你做年夜饭。"

"那你还挺厉害。"裴恬半信半疑地看向袋中他买的菜，思忖几秒，道，"我想吃松鼠鳜鱼。"

陆池舟沉吟了会儿："……嗯。"

裴恬翻了翻塑料袋："还想吃酱鸭。"

"再来个简单的，"她抱臂，悠悠提议，"油焖大虾怎么样？"

陆池舟的眼睫抖了下："……好。"

裴恬："一会儿还要带去医院给李阿姨尝尝，再炖点排骨汤吧。"

"都是荤菜也不好，"裴恬继续朝袋中探头探脑，"再炒个……"

还未说完，便被男人搂住后腰，陆池舟无奈地笑："小祖宗，这些难度有点高。

"给我留点面子。"

裴恬轻哼一声："这些都不会，你还说做年夜饭，拿什么做？"

"我要是在家吃，菜可好了。"她絮絮叨叨，列举着往年的春节，"我家过年人超多，有爷爷奶奶，还有叔叔一家。婶婶手艺超级好，而且每年她都会专门给我做一道菜。"

说起这个，裴恬两眼亮如星辰。她弯唇道："然后，除夕我们会一起守岁，奶茶还会缠着我放仙女棒，整个老宅都暖乎乎的，别提多热闹了。"

裴恬自顾自说着，直至说完，她才注意到男人突然的沉默。

她眨了下眼，倏地回忆起，这些陆池舟是知道的。

在很早的过去，他也会在除夕夜来她家，也会在每年新年钟声敲响时和她说"新年快乐"。只是缺席了好多年，有关陆池舟的新年记忆，连她都模糊了。

几秒后，见她不作声，陆池舟轻声问："恬恬是不是想回去了？"

裴恬点头，又摇头。

她用手盖住陆池舟的，低声道："我是想回去，但我更想带你回去。"

陆池舟沉默了几秒，突然笑了。他埋首在她颈侧，气息拂过她的头发。

"那明年你再带我回去，好不好？"

裴恬抿唇笑，心里满是喜悦，她不假思索地回答："好。"

"那我以什么身份呢？"男人明知故问。

裴恬脸微烫，她低头不留情地掐了下他的手，瓮声道："倒插门的身份。"

陆池舟倏地失笑，他尾音绵长："都行。

"我的要求很低，只要恬恬对我负责就行。"

裴恬垂下眼睫，藏住快要溢出的甜蜜，思索几秒，清清嗓子，豪情万丈道："只要你懂事，我是不会亏待你的！"

两个小时后，陆池舟才把菜做好。

怕饿晕，裴恬早早喝了点白粥垫肚子。

她依旧没力气，只能虚弱地靠在沙发上养神。

在陆池舟端着餐盘出来，并通知她开饭时，裴恬才懒洋洋地站起身，晃去餐桌旁，看着几样菜陷入了沉思。

严格来说，陆池舟算是不负期望的，因为他每样菜都做了，但要评价起来，只能用一句话概括——

不能说一模一样，至少也是毫不相干。

松鼠鳜鱼等于切碎了的红烧鱼，酱鸭等于红烧鸭，油焖大虾等于红烧虾，再加上一个炒小青菜。

裴恬甚至已经替陆池舟交出了答卷——不管怎么做，反正红烧就对了。

陆池舟边解围裙，边观察她的表情，面上透露出一丝不易察觉的紧张："怎么样？"

裴恬伸手，陆池舟递上筷子。

她首先夹了块红烧鱼，嚼了几口，咽下去。其实不太好吃，有点腥，还有点咸。她又尝了块鸭肉，大概用的是一样的调料，和鱼一样的味道。

裴恬娇气惯了，遇见不好吃的东西后，吃一口便不会再碰。但这天，大概是久违的女友力作祟，面对陆池舟真诚的提问，裴恬倒也不忍拂了他的面子。

她委婉道："你第一次能做成这样，很厉害了。"

这种时候，陆池舟霎时就懂了她的含蓄。

他闷不作声地接过筷子，尝了几口。

裴恬不动声色地问："你觉得怎么样？"

陆池舟的喉结滚动，将口中的菜缓缓咽了下去，面不改色道："我觉得这手艺足以开饭店了。"

裴恬："……？"

他靠什么开？到底是开饭店还是开什么店？

随即，陆池舟淡定补完后面一句："去中学食堂开。"

裴恬愣了几秒，总算明白了陆池舟的意思，扑哧笑出了声。

他这手艺，确实和食堂的盒饭差不离，还是那种打包卖饭卡的窗口。

她从前怎么没发现，陆池舟还会这种冷幽默。

"可以啊。"裴恬托腮，揶揄道，"你光往那儿一站，多少小妹妹道都走不动了。"

"真的吗？"陆池舟挑眉，"那恬妹妹呢？"

裴恬突然夹了块鸭肉放在碗中，拿筷子戳了戳。

"我啊……"她咬了口鸭肉，当着他的面咽了下去，笑眯眯道，"我自然和别的妹妹不一样。"

"哦？"

"我会问，"她眨了眨眼，满脸无辜道，"帅哥，今天做鸭吗？"

陆池舟轻轻弯唇，黑眸高深莫测地看着她碗里的鸭肉。

良久，陆池舟笑了声，笑得有些轻佻。

"做啊，"他含笑道，"今天不是做了吗？"

他压低声音："恬恬还想要，嗯？"

裴恬："……"

她无视他的孟浪，猛地低头扒饭。论不要脸，她是永远比不上他的。

吃完饭，裴恬收拾了一下，便随陆池舟去了医院。

这次，陆池舟的脚步有些急。他说，凯文发消息过来，大意是陈挽月可能要醒了。这次，她是有意识地醒来。

饭菜还剩下很多没吃完。走前，陆池舟还准备了两个饭盒，看起来是要带饭。

裴恬看着他的动作，咽了咽口水："这……不太好吧？挽月阿姨刚醒，就要吃这种东西？"

陆池舟动作一顿，看向她，缓慢重复："这种东西？"

裴恬连忙改口："这种美食。"

她在心里翻了个白眼。真是，自己都知道不好吃，还不让人说了。

当然，只吃不做的她，只敢在心里吐槽。

"我这是带给凯文和李阿姨吃的。"陆池舟打包完，慢悠悠地解释。

裴恬："啊？"

陆池舟顺势牵住她的手，理直气壮道："浪费粮食不好。"

"而且，美食要乐于和别人分享。"

裴恬："……"

我真是信了你的鬼话。

从住宅到医院，大概有半小时的车程。一路上，陆池舟都牵着她的手。

他们走到病房门外时，凯文刚好在，他正闲散地靠在单侧沙发上。与此同时，屋内另外几个医生正围在床前，给陈挽月检查身体。

裴恬一抬眼，竟看见陈挽月已经醒了。她的脸色依旧有些苍白，但看起来精神还不错。

似有感应般，陈挽月骤然看过来，视线正巧和站在窗外的他们对上。

裴恬笑眯眯地冲她招招手，却在下一秒，感觉到另一只手突然被男人紧紧攥在手心。

陆池舟的掌心依旧没什么温度。

裴恬侧头看过去，看见男人紧抿起唇，原本就浅淡的唇色更加苍白。几秒后，似受不住般，他突然错开了视线。

"恬恬。"男人的声音不太平稳。

裴恬："嗯？"

"只是想喊你一声。"

裴恬张了张唇，还未说话，便见陆池舟已经拉着她推开病房门："没什么，进去吧。"

屋内的人还挺多。凯文跷着腿，目光从二人紧握的手上扫过，意味深长地啧了声。

这人眼光太毒辣，只是被看一眼，裴恬就有种自己吃了几碗饭，做了什么坏事都被看透的感觉。

她往陆池舟身后躲了躲，陆池舟顺势挡在她面前，并将手中的饭盒放在凯文面前："饿了吧？

"中餐，尝尝。"

"谢了啊。"凯文向来爱中式菜系，毫不客气地接过饭盒。

陆池舟笑容温和："客气。"

裴恬："……"

不多时，替陈挽月检查身体的医生散去，陆池舟和李阿姨去了医生办公室，留下裴恬和凯文坐在病房里。

凯文吃了几口饭，皱起眉头："是我舌头的问题吗？"他站起身，"我必须喝下一吨的水才能缓解。"

他站起身，朝裴恬挥挥手："我离开一会儿。"

裴恬忍住笑意，面不改色地朝他点点头。

凯文走后，病房内只剩裴恬和已经清醒的陈挽月。裴恬挪动脚步，坐到病床边，有些羞涩地喊："妈，你好些了吗？"

这一声，不知怎么触动了陈挽月的情绪，她突然别过脸，低泣着说出一句："对不起，对不起恬恬。"

裴恬摇摇头，握住陈挽月冰凉的手："我没事的，我能理解您，我也相信您一定是不舍得哥哥和我，才会留下来的。"

陈挽月看向她，眼中蓄满了泪。

裴恬微笑着看向她："哥哥其实很开心，为您留在他身边。

"我们都很开心。"

陆池舟重新进病房时，看到的便是女孩笑眼弯弯地牵着他母亲的手，一如往常那般，像对待一个最普通不过的人。

陆池舟知道，一些抑郁症病人最怕别人把其当成易碎品般看待。

便是他，也会因为过于重视而失了说话的分寸，而他能看出，陈挽月此时是真的开心。

和裴恬在一起，确实甜得让人上瘾。

陆池舟在门边站了许久，听着裴恬叽叽喳喳的，从当地能不能放鞭炮说到家里电视能不能播放春晚，再到吐槽他做的菜，说就这还想做年夜饭。

"我听到了，"陆池舟敲了下门，佯装生气道，"又在说我坏话。"

看到他来，裴恬"喊"了声："自己手艺差，还不让人说了。"她笑着看向陈挽月："您说是吧？"

陈挽月看向门边站着的高挑身影，只一眼，便仓皇移开视线。

"嗯。"

裴恬自是将二人僵硬的氛围收在眼底。

陆池舟进来后，话并不多，只是她说几句，他会时不时捧一句。一来一回，倒像是在陈挽月面前打情骂俏。

裴恬有意给他们留空间，找了个借口出去，跑到了凯文的办公室。

凯文还在喝水，面前的矿泉水瓶空了好几个，一边喝，还一边吃。

裴恬托腮："这么好吃吗？"

凯文翻着白眼耸肩："说实话，这是我吃过最难吃的中餐。厨师可能有多年帕金森综合征，不然撒不了这么多盐。"

裴恬极力忍着笑。

凯文生气一吐舌："但该死的，米饭这么珍贵，我并不想浪费它。"

凯文是个有趣的人，和他说话，永远不会让人感到无趣。

裴恬和他聊得忘了时间，直到门被陆池舟叩响。

他推开门，半靠在门边："回家了。"

裴恬还讶异了下："这就回去了吗？"

"就？"陆池舟抬手看了眼表，面无表情道，"需要我提醒你，上厕所上了一小时三十二分钟吗？"

裴恬："……"

凯文："啧。"

回去已是晚上。裴恬坐在车上，时不时瞥一眼陆池舟的表情。

他目不斜视地望着前方，车窗外的灯光倒映在他的侧脸上，窥不出半分情绪。

裴恬忍不住问："怎么样了？"

不知陆池舟是不是装傻："什么？"

裴恬撇撇嘴："聊得怎么样了？"

"挺好的。"陆池舟对答如流。

无效问答。

裴恬轻哼了声，也不问了，摸出手机翻了翻。这不翻不得了，一翻吓一跳。国内现在应该已经是早上了，也就是说，裴言之看到了她发的信息。

裴恬：亲爱的爸爸，如果我说我今年不回来过年了，您是不是能够理解呢？

裴言之只字未回，只用行动表示了对她的答复——

停卡。

除了一张够她苟活数月的卡，裴恬手中所有的信用卡都被停了。

冷冷的冰雨从头浇下，裴恬觉得自己一瞬间从小公主变成了小乞丐。她皱着张苦巴巴的脸，盯着手机，半晌未动，直到车驶进小洋楼的车库停下。

陆池舟拉开她这侧的车门，伸手轻拍她的脑袋："还不下车？"

裴恬缓缓扭头，幽幽看向这个罪魁祸首。

陆池舟看着她幽怨的神色，微微俯身："怎么了？"

"我落魄了。"裴恬苦大仇深地垮起脸，"因为你，我爸把我所有卡都停了。"

听罢，陆池舟的表情顿了顿，似是极力忍着，才没笑出声。几秒后，他轻咳一声，抬手掩饰住快要抑制不住的唇角。

"真的吗？"

裴恬没有回答，只伸手环住他的脖子，惨兮兮道："呜呜呜，我没钱了，我穷了，我该怎么办？"

陆池舟顺势像抱小孩般将她抱起，另一只手顺势关上车门。

"我养你。"他笑着吻她发顶。

裴恬顿时停止了假哭，她振奋起来："真的吗？！"

陆池舟答应得不假思索："嗯。"

"我要什么你都买，多少钱都给吗？"

"那自然……"话到嘴边转了个弯，陆池舟淡淡道，"是有条件的。"

裴恬蒙了："啊？"

像诱拐小孩般，陆池舟拖长了声音："我养你，你该喊我什么？"

裴恬想了想，颤颤巍巍喊："爸爸？"

陆池舟脸色一黑，脚步猛然顿住。

裴恬后知后觉地开始恼怒，打他肩膀："你不要脸！你竟然想占这种便宜！"

正巧走到门边，陆池舟一把打开门，下一秒，裴恬便被强势地抵在门边。

陆池舟抬起她的下巴，眸色漆黑，一字一字地纠正她："是叫老公。"

61

屋内没开灯，只有月光从阳台倾泻而入。陆池舟背着光，离她很近，清俊的眉眼此时似在蛊惑人心。

裴恬的脸在黑暗里红了个彻底。她撇开脸，躲开男人的掌握，连说话都结巴了："你，你想得美！"

裴恬往客厅走了几步，抬手捂住脸，放话道："我裴恬就是饿死，无家可归，也不会喊你……"

话还未说完，啪嗒一声，陆池舟打开了灯。

裴恬红扑扑的脸颊也在灯光下无处遁形。

陆池舟走到她面前，手伸进衣服口袋，目光意味深长，定定落在她面上。随后，男人低眼，慢条斯理地从口袋中摸出皮夹，裴恬看见他抽出张银行卡。

灯光下，银行卡泛着闪亮的光泽。

裴恬咽了咽口水，听见他说："这张卡钱不多，大概五百万，密码是你生日。"

"你要给我吗？"

裴恬眼睛发亮，含蓄地看着他。

只不过银行卡在陆池舟手里转了个圈，又收了回去。

"我都是你的，"陆池舟笑，挑了下眉，"不给你给谁？"

裴恬兴奋弯唇，她抬起手，指尖捏住银行卡的另一端，拉了半天也没拉动。

她狐疑地看他一眼："不是说给我吗？"

陆池舟："叫一句老公。"

裴恬："……"

她鼓腮，瞪着陆池舟，满眼"你不要脸"的意味。

显然，"不要脸"对陆池舟的攻击力度几近为零，他表情不咸不淡的，半分不退让。

裴恬闭了闭眼，脑子转得飞快。

两个字等于五百万，两个字让一个男人为她花五百万，好像也不亏。

憋了半晌，裴恬才从喉间挤出两个字："老公。"

声音很小，但娇滴滴的，就和小猫在心头挠痒痒般，听得陆池舟的耳根酥了半边，直接就松了手。

这使得小猫瞬间叼走了小鱼干。

女孩大大的眼睛得意地看着他，满是愉悦。

陆池舟长吸一口气，伸臂一把将女孩揽在怀里抱着，含住她的耳垂。

"怎么这么会撒娇？"

裴恬握紧卡，塞进了自己的口袋。

"谁撒娇了？"她脸红了个透，"这明明是正经的钱货交易。"

陆池舟失笑，低低哄道："再喊几声，嗯？"

裴恬别过头，傲娇道："不喊。"

陆池舟继续往她手中塞卡，声音哑了些："这张限额一千万，再喊两句。"

裴恬沉默了几秒，又默默收了卡。

"老公。"

"嗯。"

"老公。"

"我在。"

裴恬闭上眼。

罢了，谁能躲过这一千万的诱惑呢，至少她不能。

直到手中又被塞了张卡，这只孔雀还有完没完？

裴恬刚要开口，便听陆池舟在她耳畔道："这张卡绑定我的主卡，不限额。

"密码都是你的生日。"

裴恬："？！"

陆池舟继续诱惑着："给你了，以后就都得喊老公，嗯？"

说实话，便是裴言之都没给她这种级别的卡。

裴恬低眸，看着这张闪闪发光的黑卡，可耻地心动了。

不行！

这到底是道德的扭曲还是人性的沦丧？！

"我不要。"裴恬闭眼，咬牙把卡塞回去，"你以为这点蝇头小利就能收买我吗？"

"这还蝇头小利啊？"陆池舟拖长声调，伸手掐女孩红得泛粉的脸颊，"那怎么样才能喊老公？"

裴恬哼了声，傲娇地翘起唇："这要看你表现。"

"表现？"陆池舟突然压低声音，慢悠悠道，"我昨天的表现还不够好？"

裴恬："……"

她一把推开陆池舟："我懒得理你，洗澡去了！"

陆池舟懒洋洋地跟上去："一起？"

裴恬走得更快了，边走边骂："滚吧你。"

谁知还没走出几步，男人的脚步声便已靠近，从身后将她扛到肩上。

裴恬的惊呼声在喉间卡了一半，听见陆池舟在头顶轻飘飘说出一句："我来伺候小祖宗沐浴。"

"谁要你……"

话未说完，陆池舟在她耳畔低语了句："我看看还需不需要上药。"

裴恬瞬间消了音，只将脸紧紧埋着："不要。"

从浴室出来时，裴恬整个人都和煮熟的虾米般，蜷缩进了被子里，脑中一遍遍回想着二人刚刚肌肤相亲的滋味。

原来，亲密无间也会如此恼人，让人情不自禁便沦陷其中。

陆池舟先给她吹的头发，所以出来得比她慢些。

想着想着，裴恬有些困了，但突然想到她这两天收获还挺多。

虽然自己目前在自家的地位岌岌可危，但两相抵过，还是挺值的。

后续两天，白日里，裴恬会随陆池舟去看陈挽月。

陈挽月的气色相比之前又好了不少，安眠药带来的副作用基本已经散去，生理上是可以出院的。至于陆池舟最担心的，凯文也给了确切的回复。

"你们中国不是有句老话叫……'大难不死，必有后福'？又或是'破茧成蝶'？"凯文合上陈挽月的病历，面色颇有些惊喜，"原本我的预判是，如果出现二次自杀的行为，将会是最严重的一种状况，未来我将不得不开启电击疗程。"

"但……"凯文一耸肩，目光悠悠从男人微凝的面色上扫过，"好像不需要了。"

"月的求生欲在有意识地复苏，只要有求生欲，就等于找到了突破口。"凯文按上笔盖，"先不停药，继续观察，症状很可能会转为中轻度。"

裴恬一直陪陆池舟听着，心情像是坐过山车般，最后终于落到实处。

陆池舟还没开口，她当先问出声："所以是不是现在就可以出院啦？！"

"理论上是可以的。"凯文挑眉。

裴恬兴奋地摇了摇陆池舟的手臂："这简直太好了！还能赶得上过年！"

凯文反应了几秒："过年？"

裴恬："就是春节。"

凯文："介意我来蹭饭吗？"

裴恬还没说话，一直挂心陈挽月情况的陆池舟马上回了话："介意。"

凯文："……"

裴恬在后头掐了陆池舟一下，陆池舟扭头看她，见女孩不理他，只好扭过头，勉强改口："不介意。"

凯文："感谢陆总的真诚邀请。"他咬重"真诚"二字，"我突然想起那天还有事，就不去了吧。"

陆池舟看向裴恬："你看，他有事。"

凯文："……"

最后走的时候，裴恬想了想，还是回头冲凯文道："凯文医生既然喜欢中餐，年夜饭我们打包一份送给您，您看方便吗？"

凯文："当然方便！"

这就是天使吗？！

凯文看着二人离开的背影，饶有兴味地挑了下眉，也终于明白为什么陆能对这个女孩念念不忘这么多年。

陆池舟虽生于云端，却又零落成泥，但无论哪个时段，这样的女孩都该有着致命的吸引力。

陈挽月当天便可以出院，带着李阿姨一起，回到了久违的小洋楼。她们都有各自的房间，都在三楼。

其实二楼还有间客房，但从外看着客房紧锁的门，都能知道这客房肯定没人住过，所以裴恬来后住在哪里可想而知。

好在陈挽月和李阿姨都没有点破的意思，扫一眼房门便径直上了三楼，留下后知后觉的裴恬在原地不知所措。

陆池舟似毫无所觉般："怎么了？"

裴恬捂住脸，小声说："妈妈和李阿姨估计知道我和你睡一起了！"

"所以呢？"陆池舟反问。

他的表情太过理所当然，以至于裴恬还以为他们睡在一起才是最正常不过的事。

裴恬有些不好意思："上次我还和她说，还没睡你。"

结果这回见面就睡一起了。

估计陈挽月连他们哪一天上的床都能推测出来，实在是……太不好意思了。

陆池舟弯身："所以恬恬的意思是……"他顿了几秒，突然伸手拉下自己的衣领，平直白皙的锁骨上还有一道浅浅的齿印，"让我和妈汇报，你已经做了什么？"

他轻捏她的鼻尖，状似为难的模样："这种事也要炫耀，不太好吧？"

裴恬："……"

她恼怒地拉上他的衣领："您能不能别开屏了？！"

陆池舟笑得胸腔直颤，笑够了才正经起来。

"妈知道更好。"他用气音道，"因为她儿子我，终于梦想成真了。"

不知道那天陈挽月和陆池舟聊了什么。

李阿姨和裴恬说，二人的相处模式和以往基本没差，甚至陈挽月的状态明显比以前好。说起这，李阿姨感叹起来。

"这人啊，必定讲究个福祸相倚。夫人这些年太苦了，下半辈子一定会幸福的。"

裴恬听得连连点头。

陆池舟是急急赶来的国外，工作还未处理完，现在生活重归正轨，他每天还得抽时间去书房工作。

陈挽月的作息还没调过来，身子虚弱，大部分时间还是躺在床上休息。所以裴恬常常在楼下陪李阿姨聊天，顺便偷偷织起了围巾。

上次答应陆池舟的围巾，兜兜转转这么多天，还剩下个尾巴没织完。裴恬加紧了速度，预备在新年时作为礼物送给陆池舟。

时间一转眼到了中国的农历新年。因为时差原因，那边除夕时，这边才刚刚天亮。

当天，裴恬醒得还挺早，早得连陆池舟都没醒。她拿出手机看时间，显示刚过六点半，正要继续睡，余光瞥到一直跳动的微信消息。

裴恬点开，发现是自己家的大群在发消息，不知发了什么，她被提醒了好几次。

群中消息一秒跳动好几条，她好奇地从最上方看起。

苏念念：裴恬，跑哪儿去啦？

凌静：就是，恬恬多久没见奶奶了，怎么过年都不回来？

凌静：裴恬，你人呢？问你爸，你爸一副死样子。

她那时在睡觉，哪能收到这消息。

过了很久，大概她奶奶凌静问了程瑾，知道了她的去向，又在群里问她：你跑去那么远干什么？把几何带咱家来不好吗？

裴恬的表姐楚宁突然冒泡：嗯？？裴恬，你翅膀够硬啊，大过年的不回家敢去陪男人？你这还没结婚呢！

便是八千年都在潜水的裴言卿都悠悠回了句：女大不中留。

窥屏的裴觅顺势"踩"她一脚：爸爸，我可中留了！

裴言卿满意回复：嗯。

裴言之：呵呵，老三，有你哭的时候。

后面还有密密麻麻的消息，全是"踩"她的。

裴恬在不知情的时候，被全家人钉上了"为了个男人要死要活而罔顾亲情"的耻辱柱。

随后，裴言之开始在群里发红包，发了不知道多少个，但每个红包的个数刚好比群人数少一个，等裴恬点开时，全都是空红包。

她的眼睫颤了颤，被气得头疼。

这简直是家庭暴力！排挤！

她为陆池舟这个男人付出了太多。

裴恬委屈地噘起嘴，退出了群聊。这个群，她多看一秒都要血压飙升。

她的微信和QQ出现了很多消息，有很多同学和朋友给她发祝福消息。裴恬一一点开回了消息，在点开下一个时，指尖一顿。

周奕也给她发了祝福消息，很简单的一个小视频——

大白冲着镜头笑，前爪靠在一起拱着爪爪，憨态可掬，视频下方还配了文字"新年快乐"。

裴恬忍俊不禁，指尖轻点屏幕，正琢磨着发点新年贺词，肩膀处突然搭上一个下巴。她动作一顿，不知怎的，下意识便摁灭了屏幕，但这个动作刚做出来，裴恬便觉坏了。她摸了摸鼻子，讪讪别过脸，看向他。

陆池舟没戴眼镜，眼眸深邃又漂亮，但此时这般情境对上这双眼睛，裴恬不心虚也心虚了。

"这么早就醒了？不再睡会儿？"

陆池舟淡淡地瞥了一眼："那也没你醒得早嘛。"他的目光从她的面上移到已经息屏的手机上，看了好几秒，突然笑了声。

"回啊，怎么不回了？"

62

裴恬原本还心虚，但是人有三分气性，被陆池舟这么一激，那点逆反心瞬间便脱了缰。

"回啊，怎么不回？"裴恬重新点亮屏幕，还故意把手机抬高给他看，回了条消息过去：新年快乐！大白真可爱！

陆池舟未吭声，裴恬睨他一眼。

男人就靠在她身后，面无表情地盯着屏幕。很快，屏幕上方再次跳了条消息。

不是周奕，而是程瑾在大群里提醒她，又说了上次的提议。

程瑾：裴恬，你在干什么？怎么不回消息？

程瑾：你干脆把几何也拉进来吧，以后都是一家人了。

不过这两条消息只存在了一秒，下一刻，便被管理员裴言之撤回去了。

裴恬也适时藏起手机，随后瞅了眼陆池舟，淡定道："回了。"

陆池舟扯了下唇："哦。"

"然后？"

裴恬顺着被子往下滑，揉了揉眼睛，困倦道："没有然后，就是为了向你说明我和周奕是纯洁的同学关系。"

而陆池舟似乎并不打算放过这一茬，突然和她秋后算起了账。

"我记得你那天和我打电话的时候，他就在你旁边。

"你还凶我，让我不要管你和谁在一起。"

裴恬不知道这人哪来的勇气和她翻旧账，她气呼呼地睁眼瞪他："他家就住兰汀那边，碰巧遇上也是有缘，我能有什么办法？"

"有缘？"陆池舟笑了声，不置可否，"是挺有缘的。"

裴恬懒得理他这酸劲，拉上被子就要盖住头。

陆池舟拉开她的被子，声音也放低了："那你不该哄哄我吗？"

裴恬闭眼，不耐道："哄什么哄？"

"你那天凶我。"

裴恬啧了声："那你还骗我呢。"

陆池舟自动忽视了这句话："你还祝他新年快乐。"

裴恬："我现在躺你身下。"

陆池舟："你还说他的狗可爱。"

裴恬着实迷惑了，她反问："你和狗比？"

陆池舟的手伸进被窝，温暖掌心握住她的，和她十指相扣："你怎么不把我拉进'相亲相爱一家人'的群？"

终于，孔雀露出了他的最终目的。

"你没看到我爸都把消息撤回了吗？"裴恬瞅他一眼，实话道，"大过年的，你别进群碍他眼了。"

陆池舟："可咱妈让我进去。"

"你自己来。"裴恬无奈地把手机丢给他，"我看你就是想让我彻底被我爸扫地出门。"

"那正好，"达到目的，陆池舟弯唇笑了笑，伸手揉了揉她的脑袋，"老公养你。"

裴恬翻身，埋住红通通的脸，不说话了。

此时，国内正是晚上十点，距离新年的到来还剩两个小时。

裴家老宅灯火通明，熙熙攘攘一片。因为刚刚结束牌局，以凌静为首的几个牌友还在讨论激烈的战局，叽叽喳喳的，吵得裴言之头疼。

因为刚刚滥用管理权限得罪了程瑾，裴言之现在已经被她单方面冷落了。突然，一直偷偷拿苏念念手机看视频的裴觅兴奋地捂住嘴。

"妈妈，这是不是姐夫进来啦？"

裴言之："？"

苏念念："真的吗？"她接过手机，扫了眼内容，突然抽了抽嘴角。

"甜味仙女"邀请"L"进群。

下一刻，L便在群里一个一个地和大家问了好。与此同时，L的群内名称改成了"裴恬的 L"。

众人不约而同地打开手机，看到这个后，嘴角抽了抽。

真是……太秀了。

倒是凌静忍俊不禁，停止了牌局讨论，笑眯眯道："你们别说，这小年轻谈恋爱还挺甜的。"

裴勋看向裴言之："池舟这孩子我很久没见了，现在怎么样了？"

自从把家业交给裴言之后，裴勋和凌静基本在四处旅游，已经很久不管外事了。

裴言之还没答，程瑾在他前头抢答："我看着几何从小长到大，自然是哪儿哪儿都满意，很俊俏很有能力一小伙子，您一定喜欢。"

"对！姐夫好好看的！"裴觅说，又突然激动起来，"上回姐姐和姐夫还在我家楼下……亲亲！"

裴洵适时插了句："姐夫很大方，一见面就送了我很多绝版航模。"

苏念念："小伙子很机灵，追恬恬的时候，一见面就知道喊我婶婶。"

众人你一嘴我一嘴，全是夸的，简直要把陆池舟捧上天。

裴言之身处其间，脸色越来越黑，指尖有一下没一下地敲着沙发，眉眼间俱是不爽。

群里消息翻飞，陆池舟一连在群里发了很多红包，裴觅跟在后面发"撒花"的表情包，俨然已经成了这位"姐夫"的粉丝。

陆池舟一次就发一个，一个两百，这激起了大家的胜负欲，一个个抢得不亦乐乎。

裴言之长吁一口气，气得头疼，这年没法过了。

罢了，女儿白养了。

陆池舟在群里撒完钱就起床了。他洗漱完，裴恬还在睡，陆池舟也没再吵她，直接出了房间。

李阿姨一贯起得早，此时已经围着围裙在厨房准备年夜饭了。

陆池舟难得没什么事，他从柜子里拿出上次买的对联，走到大门边。

以往在陆宅，老爷子是个极其讲究规矩的人，春节的程序从腊八便开始了。到了年三十那天，全家更是一尘不染，红灯笼高高挂起，而贴对联这事更是早早就吩咐人做了。

陆池舟放下对联，突然进屋，拿了瓶酒和三个瓷杯走进后院。

也没什么，只是最重要的人都在身边，在一个屋子里。

目前的状况，已经是他几年前所不敢想的最好的结局了。但在这样的节日里，他仍旧不可避免地遗憾。

后院有一个石桌，陆池舟坐在桌后，将两个空杯放在对面。一个是给老爷子的，另一个是给陆琛——记忆里已经不太分明的父亲的。

陆池舟将酒杯给他们满上，又给自己倒了杯。他沉默地抿了口酒，一字未说。

一杯酒慢慢抿着，也见了底，直到身后传来一道很轻的脚步声，来人坐在他身边。

看清来人，陆池舟讶异了下，起身喊："妈。"

陈挽月轻拍他的肩膀，坐了他身边。她的目光从石桌对面的两个酒杯上扫过，顿时了然。

陈挽月未说话，只是拿起酒瓶又倒了杯酒，仰头喝下。

看到陆池舟并不赞同的表情，陈挽月摇头："我可以喝酒。"

她说："你爷爷走的时候，我没能见他最后一面，这杯酒我该喝。"

陈挽月又倒了杯酒，沉默地仰头喝下。

陆池舟知道她喝这杯酒是为谁。

母子俩安静地坐了会儿。

陈挽月在他小时候还是个会笑会哭、喜怒形于色的母亲，随着他的长大，沟通少了，这些年因为她的病情，更是几近于无。

上回在医院，陈挽月向他保证过，不会再有下次。

阳光突然热烈了些，拂过头顶，驱散了所有寒意。陆池舟突然低下头，眼眶有些红。

"我有些想爷爷了。

"以前他在的时候，我不敢想，但我现在只能想了。"

他话只说了一半，陈挽月却听懂了。

在一切都在变好时，亲近的人却已不在，这是多么残忍又冷酷的事实。所以她得好好活着，因为她的孩子已经成长为最可靠的保护伞，他有能力保护好亲人、爱人，她从来不是他的累赘，只是他想要好好爱护的母亲。

陈挽月红了眼眶，她低下头，一遍遍呢喃着："我知道……我知道。"

陆池舟伸手，替她抹去眼泪。

"妈，"他轻声说，"一切都过去了。"

他伸手展开对联，大红的纸页上还嵌着金色的线，在艳阳下泛着璀璨的光。

百世岁月当代好，千古江山今朝新。

横批：万事胜意。

裴恬醒来时，太阳已经顺着窗沿爬进了房内，顺势照在了她的脸上。她皱眉，脑袋往里缩了缩，但这太阳好似和她作对一样，没一会儿又爬到了她脸上。

折腾了好一会儿，裴恬睡不着了，她无奈地翻身起床。

都是陆池舟，起来就起来，还拉窗帘，这样她还怎么睡？！

裴恬气呼呼地下床，懒洋洋地走去洗手间洗漱。

想着今天过年，裴恬坐在梳妆镜前，化了个迎新妆，头发也梳起来，在头上团成两个鬏鬏。化完妆，裴恬还换了件喜庆的红色小袄。

等一切收拾完，裴恬对着镜子照了照，害羞地捂起脸。

她怎么能这么可爱？！这样一看，说她十五都有人信。

裴恬从行李箱里拿出织完的围巾，蹦蹦跳跳地下了楼。

她笑眯眯地和厨房里的李阿姨打了招呼："李阿姨早！"

李阿姨回头，看清她的模样，顿时就笑了："这是哪里来的小福娃啊？"

"天上来的，"裴恬指了指天，"吾乃太上老君座下童子！"

李阿姨被逗得直不起腰，指了指门外："你几何哥哥在外面贴对联。"

裴恬冲她比了个"OK"的手势，绕过客厅，跑去了大门外。还未出去，她便在外边看到一双笔直的长腿，因为抬手的原因，衣下劲瘦的腹肌若隐若现。

想摸，裴恬舔了舔唇，但怕把人吓得掉下来，还是没伸手。

因为门檐遮挡，裴恬看不见他的脸，只扬声问："你贴完了吗？"

听到她的问话，陆池舟弯腰，从门檐下方看清她的模样后，眼睛都笑弯了。

"好看吗？"裴恬歪头，冲他挑了下眉。

陆池舟只是盯着她，不说话。

裴恬鼓腮，只觉得他有些不怀好意。

她又问了一遍："你贴完了吗？"

"还有横批。"

裴恬连忙道："你等我上来，我也要贴。"

陆池舟回绝得不假思索："你不行。"

"为什么不行？"

"不安全。"

"为什么你都可以？！"

"你个子不够。"

裴恬干脆利落地耍起赖来："不行！我一定要贴！贴了才能有福运。"

未等陆池舟答，裴恬已经跑出去，爬上了椅子。

陆池舟无奈地往后退一步，还顺势给她腾出了空间。原本只容一人的椅子，瞬间逼仄起来。

陆池舟气笑了，他比画着裴恬的高度，又指向门檐："你够都够不着。"

裴恬搂住他的脖子，娇声道："你抱我上去贴。"

陆池舟伸手，揉了把她头上的鬏鬏，随后将横批交给她："贴吧。"

裴恬顺利贴上了横批。

"万事胜意。"她低低念出来，被陆池舟放下的那一刻，又问，"你来年有什么心愿吗？"

陆池舟的额头贴着她的，眼眸定定看着她："有。"

"是什么呀？"

"你。"

裴恬："啊？"

陆池舟低头，亲了亲她涂了口红的唇："娶你。"

阳光下，裴恬的脸被晒得滚烫，还似火般烧了起来。

她有些受不住，想要别过脸，却被陆池舟捏住下巴。他俯身，撬开她的唇齿，炙热的气息袭来。

眼看着在这种地方都要亲起来，背后突然传来声响。

裴恬吓一跳，仓皇回头，看见陈挽月正站在他们身后，手中的水壶掉到了脚边。

她应是刚从后院浇水回来，然后看见他们贴个横批都要亲起来。

陈挽月掩住上扬的唇角，拿起水壶又往后院走："奇怪，我的花呢？"

裴恬："……"

她还未反应过来，陆池舟再次凑上来，没羞没臊地哑声道："我们继续。"

罢了，他应是早就不知"脸皮"二字怎么写了。

裴恬过个这么多年来最为安静的一个年。

李阿姨的手艺比那只孔雀好得多，裴恬吃得异常满足。她想，给凯文打包过去的那份，他应该也会很满意。但本该静谧又安宁的春节，尽数毁在了一瓶威士忌上。

年夜饭，裴恬贪杯，悄悄喝了好多杯，最后上脸又上头，整个人趴在陆池舟身上起不来。陈挽月和李阿姨不约而同地移开视线，随后十分有默契地上楼，各自回了房间。

此时黑夜已经笼罩，秉持着守岁的规矩，整个屋子灯火通明。裴恬喝多了，说话连舌头都捋不直，偏偏那张嘴还一直不停歇。

"陆池舟，"她突然耍流氓，杵了杵他的腹肌，"你这儿真好摸，嘻嘻。"

陆池舟按住她的手："不许摸。"

"你早就是我的了，"裴恬睨他一眼，"还装什么？"

陆池舟警告地压低声线："裴恬，你明天还想不想下床了？"

裴恬喝了酒，一点儿也不怕，她眼神迷离地直接跨坐到他身上，还胆大包天地摘下他的眼镜。

"问你个问题。"

陆池舟的目光锁在她的眉眼上，喉结滚动了下："嗯。"

"你什么时候喜欢我的？"

陆池舟怔了片刻。他张了张唇，发现这个问题他竟回答不出来。

"喜欢"这个词太浅了。

从有意识开始，他的身边只有她。

裴恬见他不答，气呼呼地扯着他的脸颊往两侧拉："你什么意思啊，连什么时候喜欢的都不知道？

"那你什么时候开始做梦的？"

陆池舟看着她，依旧不答。

裴恬："还不说？"

她突然伸手摩挲他的唇角，明明是最稚嫩的装扮，但眉眼妩媚得似含着春水，她吐气如兰道："我今天是不是和梦里一样？"

陆池舟上下打量她一眼，眼神看起来很平静，但并不平稳的呼吸终究泄露了他的情绪。

裴恬依旧笑着钩着他的脖颈："你是不是最喜欢这样看起来就很嫩的？"

陆池舟突然一把将她打横抱起，长腿抬起，大步踏上楼梯。他笑了声，在她耳边说：

"我最喜欢你。"

63

后来，裴恬觉得，那天晚上她不是喝多了，是脑子坏了，才会那样想不开，拼命招惹陆池舟。

在这种事情上，他永远无师自通，而他的梦是真的不干净。

酒劲上脑，裴恬难耐地闭着眼睛，听见男人在耳畔一遍遍地呢喃。

"听话。

"宝贝好乖。"

她受不了刺眼又晃动的光线，也不想自己这般模样被陆池舟尽收眼底，于是伸出手臂摸索着房间吊灯的开关。但手伸出一半，便被男人强势地按在墙上。他声音低沉，理由冠冕堂皇。

"要守岁，今夜不能关。"

裴恬面上还有未消的泪痕，双眼婆娑地看着他。

殊不知，这般情态并不能挑起男人的怜惜欲，只会让他肆意到放纵。

他吻她，声音很轻。

"而且我喜欢看。"

裴恬后来理解了，也哭着过完了新年的第一夜，并成功在第二天上午爬不起床，连早饭都是陆池舟端来的。

他倒是神清气爽、人模狗样，似乎知道自己昨夜有点过了，今天对她的态度细心又良好，裴恬却更想把他的头按进土里。

他这么大张旗鼓地端早餐上来，是生怕别人不知道他们昨天晚上做了什么吗？！

"我解释过了。"陆池舟将她抱去洗手台洗漱，坦然道，"我说你昨天喝醉了，所以今天没力气。"

裴恬："……"

"这种解释，她们只会觉得你在欲盖弥彰！！"她洗完脸，气得拿手捶了他一下。

陆池舟却不以为然，以身作则何为没脸没皮。

"她们就算知道，也只会骂我禽兽。"

见裴恬不答话，他揽住她的后腰，半分不知悔改。

"不过，我乐意做禽兽。"

裴恬："……"

但无语归无语，个把月前就承诺的围巾，裴恬还是在新年第一天送给了陆池舟。

本来昨天就该送的，但贴个对联后，她便忘记了。到了晚上，裴恬又喝多了，到后头陆池舟又做了一晚上禽兽，禽兽是不配有新年礼物的，所以在吃完早餐后，裴恬才重新摸出围巾。

她坐在床上，将围巾神神秘秘地藏在背后，又冲陆池舟招招手："你过来。"

陆池舟正在收拾她的餐盘，闻言抬起头，看见她笑意盈盈的模样，配合地往床前挪动几步。

"猜猜我给你准备了什么礼物。"

陆池舟："围巾。"

"没意思。"裴恬呆了会儿，气闷地将藏在背后的围巾拿出来，"你怎么一猜就猜出来了？"

"因为我早就看见你织了。"陆池舟低头，指了指自己的脖子，"不给我戴上吗？"

裴恬哼了声，伸手将围巾在他的脖子上绕了个圈，暗示性地看他一眼："既然你有新年礼物了，那我的呢？"

陆池舟低头，长指抚着温暖的围巾，突然笑了。

那双惯来冷黑的眸色染上滚烫的温柔："想要什么？"

"我有的，都是你的；我没有的，会想尽办法帮你得到。"

裴恬愣了下。虽然陆池舟这话有些玛丽苏，但依旧该死得让人着迷。

这一刻，裴恬觉得自己是幸运的。

这样令人疯狂的男人，早早就是她的了，而且从年少到现在，一直都是她的。

裴恬突然感觉无比满足。她伸手，环住他的脖颈，额头和他相贴。

"我不要什么，只要你不离开我，一直在我身边就好。"

陆池舟的眼睫动了动，突然一把将她抱起，他喟叹一句，声音里满是怜惜。

"我哪舍得离开我的恬恬？

"从来都不舍得。"

过去五年，黑夜连接着白天，昼夜流转间，他弄丢了他的甜。

生活充满酸苦辣咸，独独没有甜。

好在，他重获了他的糖，也重获了新生。

既然陈挽月的病情有了好转，且不需要进行最后的电击疗程，回国的日期也就敲定下来，便定在三天后。

算算日子，到 A 市的日期大概是年初五。

裴恬从知道要回国的那一刻开始，就发愁该怎么哄她爸。

虽然按照陆池舟收买人心的本事，他进门是早晚的事，哪怕是土霸主裴言之应该也无法力挽狂澜，但毕竟是一贯宠她的爸爸，而且丢下老父亲和一大家子亲人独自出国只为陪男人这事也的确做得不厚道。

裴言之缺什么呢？

裴恬绞尽脑汁，也想不出自己能拿什么哄他开心。

他什么都不缺，什么都有。

回去的飞机上，听到裴恬絮絮叨叨地说出她的烦恼，陆池舟轻飘飘地回答一句："他缺个女婿。"

裴恬的额角抽了抽，表情一言难尽："我看是你缺顿毒打。"

陆池舟掩唇忍笑，他握住裴恬的手："什么时候我能上门拜访咱爸咱妈？"

"你这么急干什么？"

陆池舟凑到她耳边，一本正经道："恬恬不是满二十了吗？"

裴恬心一跳，听见陆池舟的下句话便是："可以结婚了。"

裴恬连忙甩开他的手，急急忙忙道："我还小。"

她心里一阵兵荒马乱。

陆池舟之前数次提过这件事，但裴恬没深想，一律当情话听。但现在看来，陆池舟是认真的，他的每一句情话都该是认真的。

"小？"陆池舟反问，突然轻笑了声，他压低声音，"哪儿哪儿都不小了。"

裴恬听得眉心直跳，有理由怀疑他在耍流氓。

不过陆池舟这人，目的向来清晰，做任何事时都会极早下网，随后一点点收网，温水煮青蛙般，等目标对象反应过来时，早已被他捞上了岸。不然，裴恬也不会在几个月内就彻底沦陷，从硬气的永不原谅到哭唧唧地说哥哥别走。

意识到这点，裴恬倏地提高警惕。

男人就是不能求什么应什么，她可不想早早成为有夫之妇。

裴恬在心中发誓，自己一定不能轻易松口。

飞机平稳降落在 A 市国际机场。十几个小时的长途飞行，裴恬有一半时间都是睡过去的，降落时才被陆池舟喊醒。下飞机后，陆池舟喊了司机来接。他的意思是，将陈挽月和李阿姨送回老宅，兰汀的房子暂时不住。

兰汀承载了陈挽月太多的记忆，有好有坏，凯文说，这并不益于养病，所以空出来的老宅成了最佳去处，而裴恬早早就喊了自家司机来接。

这么多天了，她肯定是要回去的。

大概是认识到了自己的过分，得知裴恬的决定，陆池舟难得没再得寸进尺，只是缠缠绵绵地看她好几眼，欲言又止的模样。

裴恬试图安慰他："我就在离陆宅五十米远的裴宅，四舍五入等于我们依旧一起睡觉，只不过这是张五十米宽的大床。"

陆池舟："……"

裴恬从老宅离开时无声无息，回来的时候倒是见着了一屋子人。她家人多，正月里走亲戚，整个屋更是熙熙攘攘一片。

　　裴恬拖着大行李箱进门时，门口正站着好几个小孩在玩过家家，都是七大姑八大姨家的小孩。

　　小孩子多了，裴恬也对不上脸，大眼瞪小眼几秒，几个小孩突然欢呼。

　　"她是不是就是那个被男人迷得神魂颠倒的姐姐啊？"

　　裴恬："？"

　　"过年和男人私奔的那个？"

　　裴恬："？？"

　　"为了哄男狐狸精抛弃亲人的那个？"

　　裴恬："？？？"

　　裴恬心中有一万头羊驼奔腾而过。这都哪儿跟哪儿啊，她家人就是这样宣传她的？

　　"胡说什么？"她当场和几个小孩斗起嘴来，并撸起袖子，"信不信姐姐揍你？"

　　真理可见，小孩子是最不能惹的。

　　裴恬这么一凶，几个小孩子当即瘪了瘪嘴，哭声一片。

　　裴恬："……"

　　门口的动静当即引来了门内的大人，裴恬那些表姑表姨从门内探出头来，包括凌静和程瑾，站在最后只露出双眼睛的是裴言之。

　　他只扫她一眼，似冷哼一声，头也不回地进了门。

　　裴恬被冠上欺负小孩子的罪名，进门的那段路被程瑾耳提面命地唠叨，还得给这些肆意践踏她名声的熊孩子道歉。

　　真是的！没她家奶茶、奶盖一半省心！

　　裴恬委屈地瘪嘴进门，她放下行李箱，朝跷腿坐在沙发上看股市的裴言之看了一眼，柔柔弱弱地喊："爸……"

　　裴言之懒懒地抬起眼："陆池舟没给你饭吃？"

　　凌静瞪他一眼："说什么呢？恬恬这刚回来，不能好好说话吗？"

　　程瑾："就是，没看恬恬多委屈吗？"

　　裴恬顺势坐下，吸了吸鼻子，可怜兮兮道："就是，爸爸把我的卡都停了，哪还有钱吃饭嘛。"

裴言之："……"

裴家人都护短得很，听到连银行卡都停了，可把凌静和程瑾气坏了。二人你一言我一语，把裴言之喷成了筛子。

"爸爸，"裴恬抽抽噎噎的，时不时抬眼偷看裴言之的脸色，"你不养我，几何哥哥说他养我。"

"我给你的卡开了，"裴言之听得眉心直跳，沉下脸色，"不许用他的钱。"

裴恬乖巧点头："……嗯。"

可惜已经晚了，你女儿已经为了钱无下限地喊了他三声老公。

这话裴恬自是不敢说，只心花怒放地看到自己的银行卡一张张复活，扬眉吐气。

也许是她一次次破格的行为让裴言之的底线一再降低，裴恬回来一会儿，就发现她老爸的心情渐渐变好，甚至还愿意陪她聊天。

裴恬是给点阳光就灿烂的典型人选，几句话就能将人哄得服服帖帖，没一会儿，她就又是爸爸的贴心小棉袄了，但小棉袄也会漏风，尤其在谈及陆池舟时。

这么多亲戚齐聚一堂，就喜欢谈情情爱爱的八卦。

众人对于这位将裴恬迷得神魂颠倒的男狐狸精很是好奇，表姑表姨们很快就开始打探他的消息，你一言我一语中，便将陆池舟的身家、样貌、学历扒了个彻底。

表姑表姨们听了这段故事后，久违的少女心乱颤，纷纷表示这门亲事她们同意了。

整个屋子喜洋洋的，只有裴言之的心情冰凉凉的。

裴恬被打趣得脸通红。

真正喜欢一个人时，便想和全世界分享他的好，她毫不吝啬对陆池舟的喜欢。

有人问："打算什么时候结婚啊？今年年底结吗？"

"就是就是，这还不结婚？"

"结婚通知二姨，二姨一定要随份子。"

"这从小看到大的感情，可把三姑甜死了。"

裴恬咽了咽口水，偷看了眼裴言之的表情。他抱臂一言不发，眼角眉梢原本还算和煦的表情突然就消失了。

"结什么结？人还没上门就想结婚？没门儿！"

众人眼观鼻，鼻观心，噤声，互相对视一眼。

看得比眼珠子还重的小公主从小就找了个小"童养婿"，刚刚长大就这么被拐跑了，老父亲可不比谁都难过。

理解，理解。

殊不知，这上门的事，第二天就有了后续。

新年还在继续，裴家的年味很浓。裴恬当晚在自己房间，久违地睡了个好觉。

和陆池舟睡一起，很暖和，很舒服，就是她偶尔吃不消。

第二天裴恬还在睡，就听见楼下吵吵嚷嚷的，声音很大，还伴随着昨天那几个熊孩子兴奋的欢呼声。

起先裴恬还不想理，但这声音越来越大，不知道的还以为是什么领袖欢迎仪式。她无奈，踩着拖鞋拉开房间的窗帘往下看，瞪大了眼睛。而那人似乎也有感应，回视过来。

裴恬悄悄屏住了呼吸。且不说别的，陆池舟今天实在是过于好看了。

他正站在庭院中，打扮得很规整，是长辈看一眼就喜欢的那种装扮。头发全部用发胶固定在了发顶，失了几分慵懒，却更显五官精致。

男人的笑容斯文矜持，客气地和每一个人打招呼。他还找了司机和阿姨，搬了好多东西进她家，每个人都有价值不菲的礼物。

一瞬间，裴恬以为回到了古代，她是深闺小姐，陆池舟上门提亲。

七大姑八大姨笑得合不拢嘴，叽叽喳喳，很是喜庆。

裴恬隔着老远，和陆池舟对视几秒，心突然跳得极快。

裴恬害羞地拉上窗帘，靠在墙边长呼出一口气，脑中想起一句词："见客入来，袜划金钗溜。和羞走，倚门回首，却把青梅嗅。"

裴恬按捺住心跳，步履轻盈地跳到浴室，快速地洗漱，随后换衣。她沿着楼梯往下走，还未转弯，便听到几声俏皮的童音，又是昨天那几个熊孩子。

"别说，这男狐狸精真的好帅！"

"不怪姐姐神魂颠倒！"

"就是，"小女孩声音荡漾，扭扭捏捏道，"我也顶不住啊！哥哥刚刚还揉我脑袋，还送我一个玉娃娃。"

"我理解恬恬姐姐了。"

"我也是，这搁谁谁不迷糊？"

"……"

裴恬靠在墙边偷笑，幸福感盈满胸膛。

谁能不喜欢陆池舟呢？

 第八章

因为我最喜欢你

64

裴恬从拐角处缓步而下，看着几个熊孩子的后脑勺，清了清嗓子。小朋友们扭过头来看她，随后尴尬地对视几秒。

裴恬傲娇地抬抬下巴，动了动脚尖，颇为得意地说："让让啊，别挡着我去看我男朋友。"

熊孩子："……"

他们愣是和她对着干，冲她比了个鬼脸，四五个孩子靠紧了些，将楼梯挤得满满当当。

裴恬气得又起腰："信不信我打你们屁股？真以为我不敢是吧？我喊我男朋友来揍你们了！"

"哥哥才不会呢。"

"就是，哥哥那么温柔，姐姐凶死了。"

真是见鬼，陆池舟给他们灌了什么迷魂汤？

裴恬气到失语，就在此时，楼梯下方传来笑声。她抬眼望去，陆池舟就靠在楼梯角的墙边，笑着看她和几个熊孩子斗嘴。

他今日的打扮正式又绅士。

此时在室内，男人脱了大衣和围巾搭在手臂上，内里只穿了简单的衬衫，没戴领带，再往下，西裤包裹的腿修长笔直。

乍一看，确实勾人。

就像小说里的温柔男二，端方有礼，温润如玉，颇得小朋友和老阿姨的青睐。但其实，陆池舟只是只开屏的孔雀。

陆池舟一出现，几个小朋友顿时往边上靠靠，给他留出条道。

小女孩还羞答答地问："哥哥要上楼吗？"

裴恬："……"

"谢谢倩倩。"陆池舟抬腿上楼的同时，又送了倩倩一个小玉佩。

倩倩顿时开心地捂唇偷笑。

目睹全程的裴恬瞪大了眼睛，额角直抽，她好像突然理解了裴言之的心情。

这大概就是众人皆醉我独醒的无奈吧。

明明是只一年骚话能绕地球一圈的孔雀，偏偏在别人眼里摇身一变，成了温柔深情、一表人才的绝世好男人。

陆池舟上楼，站在她面前，几个小朋友像看偶像剧般盯着他俩。

裴恬干巴巴地问："你怎么来了？"

陆池舟答得顺理成章："想见你，就来了。"

几个偷听的小朋友兴奋地倒吸一口气。

裴恬可没有当人面谈恋爱的爱好，顿时转移话题："……我爸呢？"

陆池舟轻咳一声，回答："他说出去散散心。"

裴恬："……你和他说什么了？"

为什么能把裴言之刺激出门？

"我没说什么，"陆池舟对答如流，"只是给大家送了礼物。"

裴恬："送礼物干什么？"

"拜年。"

拜年？有谁拜年和提亲一样？

"谁拜年和上门一样？"裴恬忍不住，拿手杵他胸膛。

陆池舟的手掌顺势包裹住她的手，他放低声音："那我可以上门吗？"

两人说话的声音越来越小，靠得极近，几乎耳鬓厮磨。

几个小朋友捂住脸，看得脸颊红红的。

裴恬低下头，有些不自在地说："这事不急，还早。"

"可是我急。"

裴恬实在不知道他在急什么，她就在这儿，还能跑了不成？

两人没谈几句，客厅传来程瑾的喊声："几何啊，裴恬这懒虫估计还没起，你先坐下吃点东西吧。"

陆池舟应："恬恬起了，我带她一起来。"

说罢，陆池舟牵着她往下走。

厅内坐着大片亲戚，陆池舟拉着她走出来时，个个眼睛发光地盯着他们看，饶是裴恬都被看局促了。

自己私下里怎么腻歪都不觉得，但这事一被长辈看着，裴恬便觉得哪儿哪儿都不自在。

陆池舟倒比她还像主人，牵着她便往沙发上坐，还和投喂小猫一样，当着众人的面给她拿东西吃。

裴恬只顾埋头吃，听着陆池舟和亲戚们唠家常。

陆池舟向来不是个性子热烈的人，但此时，也能哄得表姑表姨们眉开眼笑。

裴恬咽下口中的糕点，时不时看他一眼，又低下眼睫。他真的很努力地在讨她家人的欢心。

裴恬思考着他所说的急，并不能理解。明明不结婚他们也在一起啊。

裴恬开始思考结婚的用处：结婚可以合法同居。然后呢？裴恬绞尽脑汁，突然想起什么般，睁大了眼睛。

陆池舟不会是急着想要孩子吧？

不行！她自己还是个孩子呢！

像是要印证般，裴恬又细细观察陆池舟一眼，他正笑着回答她姨奶奶的一个问题。

"我挺喜欢孩子的。"

此时，刚好姨奶奶家的小孙女想拿桌上的糕点，小短手扑腾半晌也碰不到，陆池舟直接将她抱到腿上，替她拿了小蛋糕。

小孙女开心得直笑，蛋糕糊了满脸，陆池舟还抽了纸巾替她擦脸。

因为有照顾自己的经验，陆池舟的动作娴熟又温柔。

裴恬张了张唇，越发觉得陆池舟是想要孩子了，她的心情越发复杂。

正聊着，大门突然打开。裴恬抬眼望去，看见是裴言之回来了，正脱了大衣递给阿姨。似乎感应到什么，他看过来，目光打了个圈，倏地在他们那边定住。

裴恬连咽糕点的动作都忘了，脚趾抠地。她还在发愣的时候，陆池舟已经极其主动地站起身，给裴言之让了位置："爸，您坐。"

听到这句爸，裴言之脚步一顿，周围好歹有这么多人。他没应，但也没置之不理，径直坐到了陆池舟让的位置上，陆池舟坐到了另一侧的单人沙发上。

裴恬讨好地朝坐在身边的裴言之笑了笑，还把陆池舟给她剥的核桃仁一股脑儿地放在裴言之面前。裴言之看她一眼，唇角扬了扬，接过了她给的核桃仁。

不知是示威还是什么，他不动声色地往陆池舟那侧扫了眼："还算有点孝心。"

裴恬笑眯眯地挽住他的手臂。

见人都到齐了，亲戚们问出了最关心的问题。

姨奶奶满脸八卦地问裴言之："言之啊，池舟今天都上门了，是不是好事也快了啊？"

听完这话，裴言之笑意收敛，凉凉睨了眼裴恬。裴恬无辜地眨眨眼睛，满脸"我不知道，与我无关"的懵懂。

裴言之拿起桌上的茶盏，淡淡笑了声，不置可否道："今天算上门吗？"

陆池舟自然地接过他的话，温声道："您说算就算，我随时都可以。"

"我说不算。"裴言之回答，算是给这件事下了定论，"恬恬还小，这事不急。"

姨奶奶不知道多稀罕陆池舟，不赞成道："言之啊，这女大当嫁，人小年轻相爱着呢，就想早点在一起，你就别做这拦路虎了吧。"

说完，她还问凌静和程瑾："你们说是不是呀？"

一群被陆池舟俘获的表姑表姨附和着点头。

"可不是吗，早点结婚，早点把事办了，多好。"

"就是就是，再早点生个孩子，更好了。"

凌静笑了笑，满意地看向陆池舟："我们都没意见，看恬恬的意思。"

程瑾也微笑着点头。

裴恬正埋着头吃东西，没注意他们说什么，突然整个客厅安静下来。她奇怪地抬起眼，看见所有人的目光都灼灼地落在自己身上，似乎在等一个答复。

"……啊？"裴恬张了张唇。

裴言之几近是咬牙切齿地问她："姨奶奶问你想不想结婚？"

裴恬呆住，她下意识看向陆池舟，男人看她的眼神比任何时候都温柔，带着蛊惑人心的味道。怎么看，怎么像是在诱惑她给他生孩子。

裴恬想起满屋子吵吵嚷嚷的熊孩子，惊惧地蹙起眉头。

不行，不能这么快结婚。

裴恬别过脑袋，不再看陆池舟，斩钉截铁道："不，我还小，结婚不急。"

裴言之轻揉一下她的脑袋，愉悦道："说得对。"

他轻飘飘地瞥了眼陆池舟，扯起唇角，不知在说给谁听："我就说吧，这事不急。

"最早也得恬恬毕业以后。"

"不行。"裴恬严肃摇头，"毕业也早了，最起码五六年，七八年吧。"

"确实。"裴言之点头，笑了笑，"结婚只是个形式，什么时候都无所谓。"

众人："……"

裴恬放下那番豪言壮语后，几乎不敢看陆池舟的表情。尽管他的言辞依旧体面礼貌，挑不出半分毛病，但裴恬就是能感觉到其并不高的情绪。

陆池舟留在裴宅吃了午饭。

饭后，他便提出要告辞。与此同时，手机嗡了声，陆池舟给她发消息：一起走。

裴恬指尖一顿，低着头装作若无其事地扒饭，一抬眼，看见陆池舟似笑非笑地看着她，她顿时心虚地垂下脑袋。

陆池舟要走时，送他的人很多。裴恬站在门口朝他挥挥手，便要脚底开溜。谁知道，以她姨奶奶为首，都被陆池舟洗了脑，她们你一言我一语地说着话。

"恬恬去送送池舟呀。"

"是是是，瞧瞧，人家在等你呢。"

送什么送啊？！

他家就在斜对面！！

随后，裴恬被推到了陆池舟身边，还没站稳，男人便牵住她的手："走吧。"

"等……"

"等什么？"陆池舟笑着打断她，"等八年吗？"

裴恬："……"

陆池舟牵着她出了裴宅的大门。

"好了。"裴恬眼巴巴看着他，"送好了，我要回家了。"

陆池舟充耳不闻，拉着她就往陆宅走，脚步越来越快，裴恬顿时有种羊入虎口的惊慌感："等，等等！"

她委屈巴巴的："我不想结婚，你总不能逼我嘛。"

陆池舟的脚步放缓了些，但依旧牵着她往家里走。

他的语调听不出什么情绪："不想？"

"……嗯。"

男人追问："是不想结婚，还是不想和我结婚？"

裴恬想了想，迷惑道："这有区别吗？"

陆池舟的眼眸明明灭灭一片，他伸手推开陆宅的大门。

陆家的宅院相比靠医起家的裴家，处处精雕细琢，整个布局要多一些匠气。陆池舟应是重新装修过，此时看起来更显恢宏大气。

裴恬很俗，她就喜欢这种看起来很有钱的房子。仍在四处乱看时，大门突然哐当一声，在她背后合上。

裴恬僵立在原地，看见男人的手臂放在她两侧，从内插上门闩，咔嗒一声，门从内锁上。

她全然在他怀抱中。

"有区别。"陆池舟低头，细细打量着她的眉眼，"不想结婚，我可以等。

"不想和我结婚，说明恬恬不够喜欢我。"

裴恬缓缓眨了下眼，像是为了证明什么般，钩住他的脖颈，又踮脚凑到他唇边："我喜欢你，超级喜欢你。"

陆池舟别开脸，不给她亲。

"我不听空话。"

裴恬低头，声音也低下来："我是真的不想结婚。"

"为什么？"

裴恬眼神躲躲闪闪的，随便找了个理由："我恐婚。"

陆池舟抬起她的下巴，一见她颤抖的眼睫，就知道说的是假话。

"恐什么？"他突然笑了声，意味不明道，"怕我吃了你不成？"

陆池舟目光灼灼，似硬是要逼出个答案，裴恬越发觉得他是想要孩子了。

"我，我……"裴恬急了，也顾不得不好意思，鼓起腮，"我是暂时不想生孩子！"

她言之凿凿："你天天藏着一肚子坏水，说什么想结婚，就是想找个合法理由生小孩而已！"

陆池舟："……"

他长吸一口气，怎么也想不出，她是怎么产生这种匪夷所思的想法的。

"生小孩？"陆池舟扯唇，似笑非笑道，"我要真想你生，还需要结婚？"

裴恬怔在原地，没明白他的意思，却见陆池舟凑近她耳畔，低声说："要真想生，现在就该有了。"

65

果然，陆池舟在她家装得人模狗样，一到他们两人时就原形毕露。

此时，裴恬只想把他的骚话录下来，然后做个集锦在全网循环播放，让所有人都认清他的真面目。但最终，她表情变换半晌，憋出一句："你可真有自信。"

听到这话，陆池舟挑眉，轻声反问："怎么，你不信？"

他的眼神大胆又直接，大有"你不信就试试"的意味。

裴恬别过脑袋，伸手推他的胸膛，却没推动，她无可奈何："我不是来和你谈这个话题的！"

"好，不谈这个。"陆池舟应声，稍稍往后退了两寸，垂头专注地看着她，"谈结婚。"

裴恬揪着自己的衣袖，瓮声道："你到底在急什么？"她小声说，"这结不结婚，不该干的事都干了。"

"是啊，"陆池舟抬起她的下巴，对上她躲闪的视线，一字一字重复，"不该干的事都干了。"

裴恬望向他漆黑的眼眸，心突然跳得有些快。

"不想结婚就不结。"陆池舟压低声音，连名带姓喊她，"裴恬，你这是在玩弄我。"

裴恬瞳孔地震。她的本意是，人家结婚是为了合法同居，而他们早早地什么都做了，结不结婚并不重要，结果陆池舟竟能这样曲解她的意思。

"我玩弄你什么了？"裴恬怒了。

"身体，感情。"陆池舟坦然答。

裴恬震惊，这都能上纲上线？！

"等八年后，我年纪一大，你就顺理成章把我抛弃了。"

裴恬："……"

得，不用等八年，她现在就想抛弃了。

她无语地搓搓脸颊，深呼一口气："所以，你到底想怎么样？"

陆池舟直视她的眼睛，异常认真地说："我想和你结婚。"

裴恬的脸倏地涨得通红，她鸵鸟般缩起脑袋，盯着脚尖出神。

"可是，可是我身边都没人结婚。"她的语气踟蹰起来，眼睫也上下翻飞着，"我这也太早了吧。"

陆池舟："要做就做第一。"沉吟片刻，他面不改色地补充，"羡慕死他们。"

裴恬："……"

离谱。

"而且我记得婶婶一到年纪就领证了。"陆池舟的声音又低又缓，带着蛊惑人心的味道，"恬恬过了年都二十一了，比他们还晚一点。"

裴恬："可是……"

可是了半天，她也没说出个所以然。

陆池舟却已经继续往下说了："结婚以后，生活也不会有什么改变，你想住哪儿我就陪你住哪儿。"

他开始吻她的眉心，慢慢轻啄，一点点下移，清浅的气息拂过她的面颊。

"恬恬还可以天天看见我。"

裴恬的眼睫动了动，心尖泛起涟漪。

"至于孩子，都听你的。

"不生也行。"

裴恬的眼睫颤动得更厉害了，心尖像被羽毛轻挠般痒。

"在家里，你随时可以亲我、抱我、睡我，"陆池舟的掌心搂住她的后腰，低头衔住她的唇，低沉的嗓音也逐渐淹没在唇齿间，"对我为所欲为。"

裴恬怔在原地，屏住呼吸，连眼睛都忘了眨。

"结吗？"陆池舟的额头和她相贴，"嗯？"

裴恬喉间一片干哑，她抿了抿被亲得红润的唇瓣，未吭声。

"结婚吗？"陆池舟不厌其烦地问她，又轻轻喊，"陆太太。"

裴恬整个人都晕乎乎的，红晕从耳根涌上脸颊，她埋首在他胸膛前，声音几不可闻："结。"

陆池舟笑得连眼睛都弯起。他低眸，藏住眼角眉梢快要压抑不住的愉悦，一下下亲吻着女孩的发顶。

亲一下，他就会呢喃一句："我的小太太。"

一声声低沉的嗓音响在耳边，裴恬听得连脚底都飘了，恨不得现在就去民政局和他领证。

她轻轻闭上眼睛，揪紧男人的衣摆。

为什么有人能这么蛊啊？！

不对，应该是她昏了头了。

罢了，昏就昏吧，她不早就栽了吗？

大年初七之后，新年算是过了大半，家里来往的亲戚散了个遍，便是裴勋和凌静也离开老宅重新开启了环球旅行。

一切都开始回到正轨。

裴恬的假期还有一小半，除了她，别人都重归忙碌。

裴言之重新早出晚归，陆池舟更是忙得不见人影。但结婚的念头在那天埋下种子后，在这些日子里都宛如藤蔓般疯长，特别是在见不着陆池舟时。

从年底到现在，裴恬几乎天天和他待在一起。由奢入俭难，现在一天不见，裴恬就有些不适应，她开始重新审视结婚的意义。

陆池舟说，结婚了就可以天天见他。

裴恬翻书的手一顿，盯着书上的笔记出了神。

这正是案例赛的资料，也是陆池舟给的那份。她将资料扫描下来，往群里发了份，没说是谁的，只说这是宝贵资料，让何佳佳和周奕一起参考。

从年前到现在，裴恬看了大半，从最开始的漫不经心到现在的五体投地。便是看了小半的何佳佳也惊叹，问她从哪里开的挂。

裴恬想起，这是陆池舟大一时候的参赛作品，里面扎实的知识功底和清晰的思维脉络包括犀利的点评总结，都让裴恬望尘莫及。

到此时，她终于对陆池舟的优秀有了个更为清晰的认知：他本该如此耀眼骄傲。

裴恬抱着书，久久未吭声。她要是再优秀一点就好了。

裴恬又翻了一页，盯着书上的笔记，几秒后，突然坐直了身体。她可以慢慢变优秀，但陆池舟必须现在就是她的。

结婚，她要结婚。

这个念头一起来，便消不去。裴恬全身的血液上涌，起了一个尤其大胆的想法：择日不如撞日，她今天就可以去领证。

裴恬起了一手心的汗，几分钟后，她蹑手蹑脚地打开房间门，又轻轻下了楼。

此时，客厅一片安静。裴言之已经去上班了，程瑾和老姐妹约好去了美容院，家里阿姨这时候也在各忙各的。没人注意她，也没人会注意少了一本户口本。

裴恬的心越跳越快，她轻吐一口气，又上了楼，站在裴言之的书房门口。她知道，裴言之的所有重要文件都在书房。

裴恬蹑手蹑脚地进了门，脚步放得极轻。因为是第一次做这种事，裴恬的心脏都快跳到嗓子眼儿了。

她靠着墙酝酿情绪，又摸出手机去测吉凶的软件算了一卦，焦急等待半晌后，瞅了眼结果：大凶。

裴恬："？！"

她连忙摁灭屏幕，默念几句："不信谣不传谣。"

说完这些，裴恬安心了些，她屏住呼吸，跑到裴言之的桌前。她猜，户口本这种东西，应该被藏在柜子里。

柜子上了锁，裴恬又从抽屉里找了钥匙。因为手心满是冷汗，裴恬试了好几次才顺利打开柜子。

裴恬从满满一柜子不动产证中找到了藏在最下面的户口本。这样一看，她更放心了，任谁也不会发现少了这么个小户口本。

裴恬将一切回归原位，将户口本藏在怀中，足音极轻地走到门边。

一切都很顺利。

裴恬越发觉得网上这些算卦的都是江湖骗子。她的手搭上门把手，还没动，下一秒，大门便从外侧被人推开。与此同时，伴随着裴言之低沉的嗓音："嗯，通知会议延迟半小时。"

裴恬还没反应过来，裴言之已经站在她面前。他还在打电话，但目光已经审视地自上而下地扫过。

一瞬间，裴恬的魂儿都飞了，她连做什么表情都不知道。

咔嗒一声，怀中的户口本掉落，落在地板上，发出清脆的一声响。

裴恬宛如木偶般立在原地，看见裴言之挂了电话，目光下移，落在了地上的小本子上。

红色小本子上，"居民户口簿"五个字清晰可见。

裴言之："……"

陆氏集团总部，总经办人来人往，虽然手头都有干不完的事，但整体气氛还算轻松。

原因无他，大概是新年新气象，众人都觉得陆总最近的心情尤其好，逢人带笑，连声音都似包了糖般和煦得很。不少女职员汇报工作时，连头都不好意思抬。

这，谁顶得住啊？！

心情好的陆池舟简直像狐狸精转世。老板心情这么好的原因，大家私底下都在猜测，不少人明里暗里还会跑去和杨执套近乎。

杨执卖着关子，笑而不语。

这也的确是件大喜事。

第一天上班的时候，陆池舟便让他联系圈内最难约到的设计师米兰迪，定制对戒。

作为一个合格的特助，杨执瞬间领会了意思："陆总，是送裴小姐的情人节礼物吗？"

陆池舟从繁杂的工作中抬首，长指轻抬眼镜，唇角噙着抹极其温柔的笑："不是，求婚用。"

那时，杨执还未从这光速的发展中回过神来。

这，这也太快了吧！

裴小姐还那么小，没谈几个月就想着拐回家，这是不是太急了？！

当然这话他自然不敢说。

怕自家老板太急把人吓着，杨执难得多了句嘴："那裴小姐那边……"

陆池舟连眼皮都没抬，慢条斯理地打断他："这个不用担心，她已经答应了。"

杨执："……"

"但该有的仪式还是要有，"陆池舟笑容温和，指尖一下下轻点着桌面，"而且要最好的。"

杨执摸了摸鼻子："是。"

莫名就被塞了一嘴狗粮，有点酸。

但陆池舟依旧没有收敛的意思，他突然抬头瞅他一眼，用很错愕的语气道："杨执，我单身的时候你单身。

"怎么我快结婚了，你还没消息？"

杨执："……"

这是人话？

以前惨兮兮追老婆的时候，他还帮着指点，这就恩将仇报了？

当然，满肚子的吐槽杨执自是不敢说出口。

陆池舟思忖了几秒，突然道："这样吧，月底你休个长假。"

杨执："！"

他还没来得及热泪盈眶，便听陆池舟慢悠悠地说出后半句话："别把找不到对象的原因归结于我不给你放假。"

杨执："……"

他深吸一口气。要不是工资高，这种老板，狗都不要。

年初，该做的工作一样不少。

陆池舟一日的行程排得很满，光是上午，便排了两场会议。会议过程中，陆池舟的手机向来静音，也基本不会在中途看手机。

杨执站在一边，看着自己不停振动的手机，额角突突直跳。重要的号码，他早就做了备注。如果没猜错，这该是裴董事长的号码。他该是打不通陆池舟的，转而打到了他手机上。

杨执抹了一把头上的冷汗，透过手机，都能感觉到一股巨大的压迫感。他是真的猜不出能有什么大事，裴董即便是打他的手机也一定要联系上自家老板。

杨执权衡了好几秒，长吸一口气，还是不敢不接这个电话。他悄悄从会议室出去，做足了心理准备，才敢按下接听键。

杨执用平生最客气的语调："裴董？"

那头的声音冷得快要掉冰碴子，直呼其名道："陆池舟呢？让他给我接电话。"

杨执屏住呼吸，连声道："是是是。"

他也顾不得什么了，走进门，低声在陆池舟耳边道："陆总，裴董的电话，很急。"

陆池舟的眼睫动了动，有些疑惑："裴董？"

"是。"

陆池舟颔首，朝在座的所有人轻点下头："抱歉，稍等片刻。"

他走出会议室，从口袋里拿出自己的手机，果然看到了好几个未接电话。

不知怎的，陆池舟的眉心跳了跳。他回拨了电话，不过几秒，那头便接通了。

"爸……"

裴言之："谁是你爸？"

声音不大，但力度极重，哪怕是站在一边的杨执都听到了细微的声响，骇得抿了抿唇。

"你想结婚，光明正大来提亲，走程序，我不会太为难你。"说到一半，裴言之突然加重了语气，"你让裴恬来偷户口本干什么？"

他冷笑一声："我养这么大的女儿，你不明媒正娶，倒想着这种歪门邪道？"

陆池舟怔了片刻，饶是他，也没很快从这一串问话中回过神来。

"罢了。"裴言之应该是冷静了点，深吸口气道，"我告诉你，短时间内，结婚的事，你想都别想。"

66

"想都别想"。

杨执站在一边，隐隐约约听到了这四个字。他有些错愕地偏头，悄悄看了眼陆池舟的脸色。

男人薄唇抿紧，很明显，手机那头的裴董事长不是他能惹得起的。最终，陆池舟轻轻吸了一口气，话说出口时异常小心翼翼。

"爸，您听我说……"

只不过，似乎话说了一半，电话就被挂断了。

杨执眨巴下眼，看着自家老板缓缓放下手机。随后，他另一只手抬起，揉了揉眉心。

他张唇："陆总……"

陆池舟一抬手，语气里听不出什么情绪，他直接迈步进了会议室，淡淡道："先开会。"

怕惹火烧身，杨执连连点头："是是是。"

会议继续。陆池舟坐在主座上，表情虽和走时没什么变化，但不知怎的，整个会议室的氛围突然凝滞起来。正在做工作汇报的营销部经理磕磕巴巴地做完报告，屏息凝神，讪讪看向主座上的男人。

男人指尖轻轻敲着桌子，又翻了页他们交上来的报告，突然扯了下唇。

"做得很好。"

营销部经理抹了把额上的冷汗，稍稍放下心来。还好，还好大家都说陆总最近心情好。

他还没放下心来，突见陆池舟轻飘飘地将手中的文件甩在桌上："下次还拿这种东西敷衍我，就别做了。"

经理面上的轻松还未散去，又惊起一身寒凉。几十岁的人，被逼得支支吾吾说不出一句完整的话。

营销部本来就是陆池舟重点整顿的部门之一，但新年伊始，本也不会闹得太难看，谁知半路出了这么一档子事，正好撞枪口上，只能自认倒霉了。

有了营销部打头，之后的各部门经理无一不战战兢兢，众人再一次在心中对"陆总心情好"这事打了个大大的问号。

会议在一小时后结束。杨执收拾好材料，跟在陆池舟身后，看见他松着领带，大步往办公室走。

"晚上有什么安排？"

杨执："晚上和成瑞的何总……"

"联系何总，改日再谈。"

杨执记下来："是。"又试探地问，"那晚上……"

陆池舟坐在办公桌前，垂下眼睑："回明江公馆。"

杨执点头，他看着备忘录，一件件汇报："米兰迪给了回复，说最早两个月才能交戒指的设计稿。"

话毕，室内氛围一滞。

等了半天，杨执也没得到陆池舟的回应。

"陆总？"

好半天，陆池舟才淡淡"嗯"了一声。

"告诉他，力求最好，不用赶时间。"

杨执："？"

不是昨天还催他说越快越好吗？但陆池舟显然没有继续往下谈的兴趣，他闭眼，后脑靠在办公椅上。

杨执怔了片刻，才后知后觉地从这话中琢磨出点意思。

裴董那句"想都别想"在脑中一闪而过。

杨执突然就悟了，但他并不同情，甚至有点想笑。他轻咳一声，竭力忍住快到喉间的笑声。

不行，他不能笑。他受过专业训练，无论多好笑，他都不会笑，除非忍不住。

"噗。"

一道极轻的笑声在静谧的空间内响起。下一刻，陆池舟骤然睁开眼，审视的目光落在他面上。

杨执连忙掩面，装作咳嗽般咳了好几下："不好意思陆总，最近有点感冒。"

另一边，裴恬托腮，耷拉着眼皮，有气无力地趴在房间的桌上。她的结婚计划彻底泡汤了。

裴恬能感觉到，裴言之今天是真动怒了，只不过是不舍得朝她发火。

他是中途回来拿文件的，后面还有重要的会要开，所以只拿走了户口本。但裴恬了解她爸，这火气是绝对要发出去的。既然没有教训她，那势必会转移怒火，所以倒霉的不是别人，只能是陆池舟。

裴恬握着手机，看着和陆池舟的聊天框，小脸满是纠结。犹豫了好一会儿，她还是因为心虚，没敢找陆池舟。于是，裴恬找上了许之漓。算算时间，她也很久没见许之漓了。

许之漓和家人的关系不太好，一年也只有过年会回一趟家，其余时候都在四处拍戏。但今年过年，裴恬跑去了国外，被许之漓骂了好几句重色轻友。

裴恬：漓漓，在吗？

许之漓回得很快：哟，终于记起我了？

怎么，今天没和你男人在一起？

裴恬：没在一起，他上班。

她又发了个甜甜的"和姐妹贴脸"的表情包，然后继续说：想漓漓了。

显然，许之漓瞬间就心软了：想我，下午就来找我啊。

裴恬答应得毫不犹豫。偷户口本被发现这种倒霉事，也只有和许之漓说了。

下午，二人约了一起逛街。

许之漓一见着她，嘴就和机关枪一般，说个不停，而且内容异常丰富，圈内上到名导下到十八线，全都被她拿捏了。作为她唯一的听众，裴恬听得异常认真，却始终没有找到插嘴的机会。

二人逛了逛，便找了家甜品店坐着聊天。

此时，许之漓的话题突然从某个偷偷谈恋爱的流量小生跳到了江深。她四处打量一圈，凑近裴恬，小声说："恬恬，这个秘密我只和你说。"

"嗯？"

"你赌赢了，江深和周以晴真有一腿。"

裴恬连忙咽下口中的蛋糕，掩藏住兴奋，她问："怎么说？！"

许之漓："电影已经拍到中期了，明明是男女主，也该是交流最多的，但他们仍然避嫌到了可疑的地步。"

裴恬连声附和："没错！事出反常必有妖！"

"最重要的是，"许之漓压低了声音，"我无意中看见江深在逛'晴深不寿'超话！这个超话一般人还真不知道，我还是通过你才知道的。

"而且他看得特别专注，我走近了都没发现。等发现我，江深第一件事就是摁灭手机。"

裴恬听得眼睛发亮，但不好明说，只能拼命暗示："这还能不是真的吗？！"

"而且，"许之漓摸出手机，神秘兮兮地说，"我还知道了江深的微博小号。"

裴恬惊了："这你都能知道？！"

许之漓一耸肩，无辜道："当时他一慌乱，没点到退出，反而点进了主页。谁让我视力太好，不想看也看见了。"

"所以……"

许之漓摸出手机，用气音道："所以我发现了一个大秘密！"她指着屏幕上的微博，"你看，他小号就这个。"

裴恬看过去，一秒后瞪大了眼睛，她颤着唇："你确定是这个？"

许之漓："确定，就是这个，头像是海贼王，我记得很清楚。"

恍惚了好久，裴恬才讷讷道："所以，我竟然和本尊一起嗑他的糖？"

她翻出自己的手机，找到和江江聊过的微博，一页一页翻着，原来她竟已无数次逼近真相。那些细节，那些图片，那些青春伤痛文学都是真的。许之漓却没明白她的意思，直到裴恬把手机放在面前，她才从头细细将聊天记录翻到尾。

她顿时佩服得五体投地，朝裴恬比了个大拇指："嗑学大师，我谁都不服，就服你。"

裴恬还没从这个巨大的震惊中回过神来，便听许之漓继续道："上回那事对江深的影响其实挺大的，倒是周以晴，人美演技好，再加上陆氏愿意捧，这未来指不定怎么红呢。

"他俩也不知道能走多久。"

裴恬："不。"她立起根手指，摇了摇，"江深陪着周以晴走过低谷期，周以晴也绝不会放弃江深。"

"互相走过苦难，才会更珍惜眼前人。"

许之漓看着裴恬满脸认真的神色，忍俊不禁，她捏了把女孩白皙的脸颊："你恋爱没谈多久，分析起别人倒是头头是道啊。"

裴恬低头吃了口小蛋糕，故意揶揄她："那是，比你有经验得多。"

许之漓喷了声，笑得不怀好意："那是，除了谈情说爱，这其他经验也没有你丰富啊。"

裴恬闹了个大红脸，嗔怒地瞪过去："你不许说这个！"

这种事，裴恬和许之漓说悄悄话时说过几次。

"行行行，我不说。"许之漓笑，转移了话题，"不过，你知道以周以晴的条件，为什么一直接不到好资源吗？"

裴恬抬眼，疑惑地看过去。

"周以晴是被陆枫半雪藏的，当初陆枫喜欢她，她不愿意。"许之漓顿了顿，又道，"可惜陆枫眼有点瞎，不然又怎么看上唐羽了？"

裴恬撑着脑袋笑出了声，趁这个空当，她道："有件事，我想告诉你。"

许之漓："什么？"

裴恬长叹口气，随后将自己答应陆池舟结婚，悄悄去偷户口本却被裴言之抓了个正着，短时间内别想结婚的事告诉了许之漓。

原本还想让许之漓帮着出谋划策，结果话音刚落，便被许之漓狠敲了下额头。

"裴恬！你好大的胆子，竟然被狗男人几句话钓着去偷户口本！别说裴叔叔生气，便是我都想把你吊起来打屁股！"

裴恬捂着脑袋："……啊？"

许之漓："我问你，陆池舟向你求婚了吗？"

"算是求了吧。"

"怎么求的？"

裴恬思忖几秒："就那么求啊，他说想和我结婚。"

许之漓翻了个白眼："戒指呢？"

裴恬卡住，轻咳一声："这个，还没有。"

"他预备给你多少彩礼？"

"彩礼？"裴恬蹙起眉尖，"他已经给了我几张卡了。"

"几张卡算什么东西？"许之漓杵她脑袋，满脸恨铁不成钢，"你这么好骗的吗？"

"财产划分清楚了吗？"许之漓继续问。

裴恬："这些不用区分得很清楚，我们都不缺钱。"

许之漓凶巴巴道："你不缺钱，和他表不表态是两码事！"

裴恬恍然，愣愣的模样："……哦。"

"那怎么办？"

许之漓："还能怎么办？"她一拍桌子，掷地有声。

"我和你爸一个态度，这结婚的事，他现在想都别想！"

回家的路上，裴恬脑中还萦绕着许之漓的 N 连问。照许之漓的意思，陆池舟的罪名简直十恶不赦，而她就是被迷得找不到北的傻子。

裴恬相信陆池舟不可能骗她，偷户口本都是她自己的主意，但经过这么一遭，她发热的脑袋瓜也算清醒过来。且不说裴言之还让不让他们结婚，但这事确实不急。

这么多程序都没走，陆池舟就想娶她，不可能！！

刚厘清思绪，裴恬便收到了陆池舟的消息：我回来了。

正巧，汽车驶进明江公馆内，隔着不远不近的一段距离，裴恬看见了陆池舟的车。

男人站在车外，穿着简单的大衣、西裤，脖子上围着她送的围巾。仅这么随意站着，便好看得不像话。似有感应般，男人看过来。

裴恬愣是从他清俊的眉眼中窥得丝委屈，倏地想起，他是挺委屈的。这不明不白的锅从天降。

裴恬下了车，挪动脚步到他面前，伸手替他理了理围巾。

陆池舟握住她的手，放在口袋中暖着。

"带我一起进去，嗯？"

裴恬下意识往庭院看了眼，裴言之的车已经停在车库，她有些心虚地舔了舔唇，轻声问："进去干什么？"

陆池舟无奈弯唇："和咱爸请罪。"

"嗯？"

陆池舟又伸手，扶正了裴恬的毛线帽，笑了笑。

"我知道恬恬今天去偷户口本了。我们就结婚这件事，已经达成了共识。"

裴恬轻轻眨巴下眼。

"所以要早点和咱爸解释清楚。"

裴恬咽了咽口水，慢吞吞道："其实，这事也不急。"

陆池舟眸色微敛："怎么？"

"那什么……"裴恬不好把话说得太明白，总不能和他讨要戒指和彩礼吧。

这事得凭自觉。

最终，裴恬别过脸，躲开男人灼灼的视线，干巴巴道："我可能，大概，突然……

"就不是那么想结婚了。"

<h1 style="text-align:center">67</h1>

裴恬这句话说得磕磕巴巴，等勉强说完，一时间，好像连空气都安静下来。她眼巴巴地看着他，放在陆池舟口袋里的小手也轻轻在他手心挠了挠，而男人眉眼间那丝若有若无的委屈凝固，随后放大，再放大。

他纤长的眼睫上下翻动了下，低低道："我今天被爸爸骂了。"

裴恬钩起他的指尖，小声说了句："是我，我不该去……"

还未说完，陆池舟伸手，指尖竖在她唇边，笑了声："说实话，知道你去偷户口本，我还挺开心的。"

裴恬微微抿唇，不好意思地低下头。

陆池舟凑近她的脸颊，连眼皮都耷拉下来："可是我现在又很难过。"

裴恬看着他，切身实地一想，顿时更觉愧疚了，但她这回极有分寸："我觉得等我毕业最好。"

陆池舟："那还有一年半。"

"你这样想，"裴恬说，"明年夏天是不是就很快了？"

陆池舟轻轻拥住她，似很无奈，轻叹口气。

"但我受的委屈不能白受。"

裴恬自知理亏，软声问："那你要什么补偿？"

陆池舟低眸看她一眼："那就要看你的诚意了。"他垂首，唇瓣在女孩的耳侧若即若离，"这年也该过完了。

"我晚上一个人睡有点冷。"

这话中的意味含而不露，暧昧难言。

裴恬的脸颊微烫，她低垂下眼睫，几不可闻地应了声："知道了。"

二人站在外面有一会儿了，虽然气温依旧寒凉，但气氛陡增暧昧。直到裴家大门突然被人从内打开，裴言之站在门边，眼神慢悠悠地从抱在一起的二人身上一扫而过，下一刻嫌弃地移开眼。

他没好气地咳了声，声音清晰可闻，不远处的二人才缓慢分开。

裴恬看见裴言之，有些讪讪。

裴言之出了门，打开庭院的铁门，嘲讽地看了眼陆池舟："我看你们也不嫌冷。"

陆池舟笑容不变，客气地朝裴言之点头："……爸，我们进去说？"

裴言之："……"

他很想拒绝，但看到裴恬眼巴巴地朝他眨眼，只好咽下烦躁，几不可见地点点头。

裴家正准备吃晚饭。暖橙的光从房顶倾泻而下，深红色实木桌上早已摆好餐盘，玉白的瓷盘泛着温润的光。

阿姨见到陆池舟，不等指示，连忙多添了一副碗筷；而程瑾见到陆池舟，早已拉着他坐上了餐桌。

后者没半分迟疑，顺着程瑾的指示抬步上了桌，而裴恬跟着他的脚步坐到了旁边。

二人时不时对视一眼，连小动作都亲昵得很。

裴言之看得牙齿都酸了，他默不作声地坐上饭桌，刚拿起筷子，突然见陆池舟摘下围巾，递给阿姨，笑着说："这是恬恬给我织的。"

阿姨愣了下，末了，陆池舟慢悠悠地补充一句："麻烦和大衣一起挂起来。"

不远处，裴言之握筷子的手骤然一顿。他抬起眼，目光落在阿姨手中的深灰色围巾上。

几秒后，埋头喝汤的裴恬突然感觉头顶传来道冷飕飕的视线，她疑惑地抬起头，和裴言之冰凉的眼神对了个正着。

下一秒，裴言之便移开目光，但裴恬愣是从这一眼中领会到了不妙的预感。

这预感在接下来成了真。

席间倒是非常安静，无人说话。吃完饭，话题不知怎么起来了，还是陆池舟开的头。他正襟危坐，朝裴言之和程瑾点点头："爸，妈，今天这事是我的错，我向你们郑重地道个歉。

"对不起。"

裴恬蹙起眉尖，否认道："不是，这事是我……"

陆池舟看她一眼，打断道："是我，我的错，程序没走对。"

程瑾对这事没什么意见，倒被二人抢着认错的态度逗着了："这事儿都不算事，反正早晚都要……"

"这事还不算事？"裴言之沉着脸，从几人面上扫过。

陆池舟的视线不闪不避，态度恳切："算，是我没做好准备，心急了。"

裴言之冷哼一声，语气没像之前那般强硬："我也不是不讲道理的人。"

陆池舟点头："是。"

"这婚期……"

陆池舟态度极好："全凭您做主。"

"恬恬还在上学。"

陆池舟："我可以等。"

"毕业以后……"裴言之拖长了声音。

陆池舟的眼睫动了动："嗯。"

"还要读研。"

裴恬："？"

陆池舟："……"

裴恬小声："读研也可以结婚。"

裴言之拧眉："你说什么？"

裴恬连忙心虚摇头："没什么。"

"我会让恬恬安心读研。"陆池舟回答。

裴言之略微满意地点了点头："嗯。"

"一定会好好照顾她。"陆池舟补充。

大概是看陆池舟态度良好，裴言之没再多说，连脸色都好了许多。

吃完饭，陆池舟礼貌地提出告辞，裴恬顺势跟出去送他。

裴言之又瞥了眼陆池舟手中深灰色的围巾，看着裴恬小跑着出去送的身影，实在忍不住，冷嗤了声："多走几步就能到的地方，我都不知道送什么送。"

程瑾顺着他的眼神往外望了眼："人小情侣谈恋爱，你这么酸干什么？

"你追我的时候，不也天天变着法子送我回家？"

一听这话，裴言之尴尬地轻咳一声，不说话了。

恰巧，外边的裴恬正踮着脚给男人系围巾，一双眼睛笑得弯起。

裴言之冷冷道："我养她这么多年，也没见她送我条围巾。"

程瑾无语："她送你的礼物还少了？"

"但没亲手做。"

程瑾："……"

父母在聊什么裴恬自是不知晓，她只顾着问陆池舟："所以，你要等我研究生毕业吗？"

陆池舟握住她的手，轻轻挑眉："我说了吗？"

"不是你和我爸说的吗？"

"是，我说了。"陆池舟顿了顿，"你安心读研，这和结不结婚有什么必然联系吗？"

裴恬："……"

"而且我也说了，我会好好照顾你。"

裴恬："……"

"等这件事过去，爸的气就消了。"陆池舟捏了下她细白的脸颊，又抬起她的下巴，在她唇上轻吻了下。与此同时，伴随着一声低低的诱哄："这些天我都会在松庭等你。"

裴恬的脸微红，几不可见地点点头。

距离开学还有一星期，裴恬开始全心全意地准备比赛，每天花大半的时间在上面。

有了陆池舟给的"宝典"，比赛进程也顺利得多，各人开始有了明确的分工。但准备工作到了中期，很多事情线上讲不清楚，需要见面一起合作，而搞比赛也成了裴恬提前搬出家的最好理由。

在和程瑾说要回学校后，她没有丝毫讶异，挥了挥手："去吧去吧。"

裴恬连应两声，还没走远便听程瑾说："你想去几何那儿就去，和我有什么遮遮掩掩的。"

她脚步一顿，缓缓回过头。

"去去去。"程瑾欣赏着自己新做的美甲，轻飘飘道，"你俩到哪个程度，以为我猜不出来？"

裴恬尴尬地揉着脑袋，瞬间闹了个大红脸。

"但这也正常，"程瑾不以为意，提醒道，"记得做好措施就行。

"我可不想年纪轻轻当姥姥。"

裴恬更尴尬了，这头摇也不是，点也不是，捂着脸匆匆上楼收拾行李去了。

裴恬没和陆池舟说，直奔松庭放下行李。

和何佳佳他们约的地点是学校的图书馆。裴恬放下行李后，背着书包就赶去了学校。

还未开学，学校的人并不多，三人见面后，互相道了"新年快乐"。

一个月未见，何佳佳烫了个酒红色长发；周奕更离谱，原来不过是挑染，年后竟成了冰蓝色，乍一看，还以为是从漫画里走出来的美少年。

裴恬瞅了他们二人一眼："你说我要不要也去染个发，咱们就是非主流三人组。"

周奕转了下笔，点头赞同："你可以把头发染成绿的。"

"你别说，"裴恬还真的仔细想了想，"绿色还挺显白的。"

何佳佳倒吸口气："别别别，你要真染了，你家陆总可不得疯。"

提起陆池舟，周奕的笑意淡了些，敛眸不语。

裴恬耸肩："又不是染他的，他疯什么？"

"啧，"何佳佳笑，意味不明道，"他要是绿了，可能更疯。"

听到这话，周奕笑了笑。

插科打诨一会儿，三人便开始了今天的工作。

过年期间，各人都就自己的部分进行了细致的准备，再加上资料辅助，一下午整个进程如有神助。何佳佳满脸惊叹，冲二人比了个大拇指："你们别说，我有点飘，我甚至觉得我们可以获奖。"

有了上次的教训，裴恬不敢乱说话了。

倒是周奕回答："我也觉得可以。"

"对，我都忘了问你，"何佳佳拍了下周奕的肩膀，"你寒假去哪儿进修了？士别三日，当刮目相看啊。"

裴恬也看向他。从今天下午的讨论中，她就发现，周奕明显和之前不同了，显然是在寒假做了很多准备。

周奕作为名字常年出现在重修名单上的头号选手，做得最多的事情便是上课睡觉。但他应该很聪明，短时间内的学习能力很强，不然也不会进步得这么快。

面对何佳佳的疑问，周奕懒洋洋地揉了揉眼睛："我就把所有专业书都翻了翻。"

何佳佳提高了声音："所有？看完了？"

周奕"嗯"了声，疑惑地看她一眼，似乎在问"有什么问题吗"。

"我的天！"何佳佳拍了下桌子，"你这脑子不好好学习都是浪费好吧？"

周奕撑着脑袋，目光似有若无地扫过裴恬，懒散道："原本不想学。"

何佳佳："为什么？"

"不是说了吗，"周奕挑眉，痞笑了声，"家里有矿。"

何佳佳："……"

裴恬："……"

"怎么现在就想学了？"

周奕有些自嘲："大概是想更优秀一点吧。"

结束后，几人约好每三天见一次面，就三天内的工作做个总结。在周奕走之前，裴恬从包里拿出一袋火腿肠递给他。

周奕："怎么？"

"给大白的，"裴恬说，"我之前答应过它。"

说起大白，周奕顿时想到了那天的事情，他的笑意敛了些："替大白谢谢你。"

裴恬："不客气。"

这次，周奕沉默了好一会儿："上次……"

"没什么事。"裴恬摇头，"我们很好，大家都很好。"

"……那就行。"

周奕走后，何佳佳才出声，她试探地问："你们在打什么哑谜？"

裴恬并不太想说那段不太愉快的回忆，只笑着答："寒假偶然碰见了周奕一次，大白是他的狗。"

何佳佳点头，没再多问。

二人也有许久未见了。女孩子聚在一起，吃饭和逛街是必不可少的。吃过晚饭，何佳佳便拉着裴恬逛起了商场。因为前不久才和许之漓逛过，今天裴恬并没有购物的欲望。她一路跟着何佳佳，帮她做参谋，直到何佳佳带裴恬进了一家内衣店。

"哎呀，"何佳佳在琳琅满目的货架中转来转去，"这些都好好看啊。"她低头看了看自己的，"但我撑不起来。"

裴恬安慰她："没关系，没人看，好不好看都没关系。"

何佳佳："……"

这安慰还不如没有。

她目光幽幽地从裴恬胸前一扫而过，惊呼了一声："是不是又长大了？"

裴恬一把捂住她的嘴，羞恼道："我要喊警察叔叔把你抓走！"

何佳佳倒不觉有他，反而冲她使了个眼色："我穿没人看，你穿有人看啊！"她伸手，指向模特身上的一套内衣，"这套，这套你真不试试？"

裴恬看过去，看着那点轻薄的布料，瞪大了眼睛。

这真的是内衣吗？

光是想着，裴恬就涨红了脸："我不穿。"

何佳佳摇着她的手臂，小声道："真的不穿吗？！听我的，你穿肯定好看。"

裴恬想摇头，又听何佳佳不停唆使："让陆池舟走不动路那种。

"你不想看他为你沉沦，为你要死要活的样子吗？"

裴恬："……"

如果没猜错，到时候要死要活的应该是她。

裴恬想拔腿就跑，就在此时，她的手机嗡了声。她举起手机，看见陆池舟发来好几条消息。他应是看到行李箱，所以知道她回了松庭。

陆池舟首先便问她在哪儿，不久后，男人又发来句意味不明的消息——

今晚恬恬是不是要补偿我？

68

裴恬看了一眼，只瞬间，便摁灭了屏幕。做完这些，她还做贼心虚般环顾左右，倏地她的目光重新落在那套内衣上。

裴恬开始乱想，脸颊烧得更烫。

何佳佳见她看了眼手机后，便头也不转地盯着内衣，眼睫剧颤，不知想到了什么，连耳根都红了。她尝试着碰了碰裴恬，谁知下一秒女孩便如惊弓之鸟般，惊呼出了声。

何佳佳："怎么了？"

裴恬蜷着手指，连眼睛都不知往哪里放。她咬唇，突然朝导购小姐道："姐姐，那套，麻烦帮我包了。"

导购连忙应好。

何佳佳激动地捏住裴恬的手臂："你可以啊，裴恬恬！"

"不行不行，"何佳佳还夸张地捂住鼻子，"我要流鼻血了！"

裴恬羞恼地杵她额头："又不给你看，你流什么鼻血？"

"别啊，"何佳佳笑得不怀好意，"我就不能想象吗？"

裴恬听得整个人都在冒热气。

好不容易逛完街，直到坐上车，裴恬才成功摆脱何佳佳这个大色魔。

裴恬到家时，公寓内的灯还开着，却没见陆池舟的身影。她悄悄打开书房门，往里探了个脑袋，果然看见陆池舟就坐在书桌前。他戴着耳机，正盯着电脑屏幕，不知道在干什么。坏心思一起，裴恬脚步放得极轻，蹑手蹑脚地预备绕到其后方，刚走近就被陆池舟发现了。

男人看她一眼，但没说话，只是抬手搭在耳机上，正要拿下来，手背就被一只绵软的小手搭上。

女孩走到他身后，亲昵地用双手环住他的脖颈，声音嗲得要人命。

"哥哥，你猜猜我今晚给你什么补偿？"

裴恬低头凑到他耳边，看见耳机也没多想，顺势取了下来。

裴恬欲再说，未等开口，便被男人捂住嘴。下一秒，不知陆池舟在和谁说话，淡淡出声："抱歉，今天的会就到这里。"随后，未再看视频那头的公司高层们满脸错愕和尴尬的表情，陆池舟抬手便合上了电脑。

裴恬还未从这一惊悚事实中回过神来，便被男人一把抱在膝上。

陆池舟的掌心捧住她的后脑，炙热的气息也随之覆上来，他连声音都哑了："什么终生难忘的补偿？说给哥哥听听。"

裴恬愣怔着，脑子里噼里啪啦的，哪还管得了什么补偿。

会议，什么叫会议，会议是什么东西？？

啊啊啊！

这个地球再也容不下她了，今夜她就要远航。

裴恬再没这方面的心思，她躲过男人的吻，伸手推他的胸膛："你为什么不说你在开会？！"

陆池舟却没有任何局促，他把玩着她的手指，闲情逸致地笑了声："我也没来得及说啊。"

裴恬的额角突突直跳。她闭了闭眼，深吸一口气，强硬地从他腿上下来。

"很好，"她说，"你的补偿没了。"

"我今晚要和你分房睡。"

陆池舟："？"

他从后面一把环住裴恬的腰，蹙起眉尖："你说什么？"

裴恬紧紧抿唇，脚趾却已经尴尬地抠出了一套房。

虽然是自己鲁莽，但陆池舟显然也不是什么省油的灯。他完全可以给她一点点提示，但他没有，而且她没他不要脸！

裴恬越想越气，直接甩开他的手："没了！没有补偿了！"

陆池舟看着女孩因为羞恼而鼓起的腮，知道她还在气头上，识趣地转移了话题："今天去哪儿了？"

裴恬将手中的购物袋捏紧："下午在学校，晚上和佳佳逛街。"

她自觉这个回答很巧妙，既完整交代了她在干什么，还可以让某人不吃飞醋。但陆池舟这人是不讲道理的，零星两句话，便能迅速找到重点。

他倏地抬眼，指尖轻点桌面："学校？你下午和周奕一起？"

裴恬："是。"

陆池舟扯唇，不说话了。

裴恬也懒得再就这个事情和他解释什么："我去洗澡了。"

陆池舟没有应她，这种态度就很有问题。

裴恬气呼呼地哼了声："你不理我？"

陆池舟抬头，长指扶了下眼镜："我该说什么？"男人目光露骨，上下打量着她，"一起洗吗？"

裴恬气得掉头就走。

果然，给孔雀三分颜色，他就能蹬鼻子上脸。

他不配拥有补偿！

裴恬决心和他分房一晚，将行李箱都拖去了隔壁房间。最后，她的目光落在购物袋里的内衣上，红着脸将其塞进了衣柜的里层。

就像何佳佳说的，这件衣服只能作为战服，等她闯了祸，才能用来哄人的战服。

陆池舟这样的人，本就不该惯着。

裴恬去浴室洗了澡。冬天的时候，裴恬隔几天便要泡一次澡。

她兴致满满地放了一浴缸的水，又丢了颗精致的气泡球进去，最后还在满浴缸的气泡上撒了一把花瓣。等一切做完，裴恬正欲开启快乐的泡澡时光，外边的房间门却突然传来响动，被人从外打开。

裴恬一愣，从浴室探出头，一抬眼，便看见陆池舟懒洋洋地靠在浴室门口。

"你干什么啊？"

陆池舟弯腰，伸手扶住门，意味不明道："来讨要。"

讨要什么？裴恬还未问出口，突然浴室门被男人毫不客气地推开，接着她被堵在墙边，铺天盖地的吻落下。

陆池舟反手关上门，目光从浴缸精致的泡泡上扫过，陡然转暗，再出声时，他连嗓音都哑了。

"你……"

裴恬脱力地靠在浴缸边沿，发出猫一般细细的嘤咛，红着眼看着俯首在她上方的陆池舟。

他说她不听话。

裴恬呼吸一颤，陆池舟的声线依旧平稳："喜欢我吗？"

裴恬咬着下唇，不答。

陆池舟轻咬她的耳垂："喜欢我这样对你吗？"

裴恬蜷起脚尖，手指攥紧他的手臂。

她最为识相，知道讨饶说好话该是最好的选择。

"我错了。"

陆池舟笑容温和地问："哪儿错了？"

裴恬哭着说："没给补……补偿。"

"还有呢？"陆池舟突然抱着她翻了个身。

位置骤然转变让裴恬低呼出声，她声音不太平稳，还隐隐带着哭腔："下回去图书馆，一定和你说。"

陆池舟吻她的唇，再到脖颈。裴恬闭上眼，感受他温柔的安慰。

记不清时间，好似连万物都颠倒了。

裴恬再次醒来时，屋内挡光窗帘拉得很紧，一片漆黑。她习惯性地摸向旁边，一片冰凉。本来想再睡的裴恬猛地睁开眼睛，果然，被子旁边一片空，陆池舟早已不见了人影。

裴恬清醒了，她动作缓慢地从床上撑起来，从床头柜上摸到手机。时间显示十点，陆池舟肯定早就走了。也是，他多爽啊，可不得精神奕奕地上班去。

但为什么受累的只有她？！

裴恬疲惫地靠在床头，深觉穿不穿战服对陆池舟来说并没有多大意义。

裴恬翻着手机，看到陆池舟发来的消息，大意是王阿姨早上已经来做了小笼包，现在放在保温箱里温着，她起来就可以去吃。

事后献殷勤。裴恬翻了个白眼，懒得理。

洗漱过后，白天裴恬也没什么事做，索性拿了电脑，靠在懒人椅上准备比赛工作。看到一半，裴恬便开始犯困，头一点一点的。

裴恬是真的很想学习，但实在耐不住困倦，头一歪，索性睡了过去。临睡着前，她有些生气地想，不是她不努力，是这一切都怪陆池舟，是他榨干了她的精力。

不管怎么样，以后是绝不会纵着他像昨晚那般放肆的。

裴恬本意是稍微打个盹，但事与愿违，眼睛一闭，就不知何时能睁了。

陆池舟今天难得按时下班，便径直回了松庭。

白天一天，裴恬都没理他。陆池舟心知，大概是把女孩惹恼了，所以早早就吩咐杨执订了小天鹅家的慕斯蛋糕，预备回去好好哄。谁知，回家便看到阳台边，躺在懒人椅上熟睡的女孩。

夕阳金色的余光洒在她精致白皙的面上，细看还能看到脸庞细细的绒毛；针织衫松垮垮地搭在肩边，上面隐约可见红痕。

确实是，欺负得过了些。

怕惊动她，陆池舟轻轻关上门，步至裴恬面前，仔细逡巡着她的眉眼。

真是哪儿哪儿都让人爱不释手，便是外貌也能精准得一分一毫都长在他的审美点上。

陆池舟半蹲在她面前，也不说话，就这么安静地看着。也不知是不是一看书就犯困，女孩睡着的时候，电脑就这么搭在腿上。

陆池舟摇头失笑，伸手，帮着将电脑拿下。移动间，黑屏的电脑亮了起来，显现出比赛的论文报告。

陆池舟一眼就看到了标题下最显眼的成员名字，裴恬在中间，右边便写着"周奕"二字。

陆池舟眼眸骤黯，他扯了下唇，滑动页面往下翻。

陆池舟知道自己的情绪有些过，但那又怎样？早在几年前他便知道，珍爱的人与物，必须靠手段牢牢攥在手里。他的珍宝他弄丢过一次，便不可能有第二次。

69

似是有感应，不多时，裴恬眼睫动了动，悠悠转醒。她揉了揉眼睛，一睁眼便看到了身侧的陆池舟。

他的腿上搭着她的电脑，细长指尖在触摸板上轻轻滑动，应该在看他们的论文报告。陆池舟看东西很快，快得和她看小说差不多。

裴恬懒洋洋地伸出脚，踢踢他膝盖，咕哝着："你看我们报告干吗？"

陆池舟未答，一手握住在他腿上作乱的脚，眼睛还没从电脑上移开。他弯唇，难得夸奖："产业预测这部分，写得不错。"

听到这话，裴恬表情顿了顿。

她眨巴下眼，不动声色地问："那前面产业分析那部分呢？"

"我正要说这个，"陆池舟淡淡回答，"这块有问题。"

裴恬追问："有什么问题？"

"样本量太少，行文多为主观臆断，数据缺乏信服力。"

裴恬越听越蔫巴，她噘起嘴，耷拉着眼皮。

陆池舟瞥到她苦巴巴的小脸，有些好笑地问："怎么了？"

裴恬重新躺回去，哀愁地别过脸。

"后期还可以改，"陆池舟捏她的脸蛋，笑道，"哪有作品一开始就很完美的？

"而且报告整体是有亮点的，你要做的便是取其精华，去其糟粕。"

听到这话，裴恬更发愁了，她闷闷道："可是精华不是我写的。"

"嗯？"

裴恬叹口气："你说的产业预测是周奕负责的部分，而产业分析是我写的，也就是你口中的糟粕。"

陆池舟："……"

似乎一时不知做什么表情，陆池舟又低下头，扫了眼电脑屏幕："刚刚看得太快。"

几秒后，他冷冷扯了下唇，面不改色地说："现在再看，他的问题更多。

"哪儿哪儿都不行。"

裴恬额角抽了抽，她忍着笑，低头小声嘟囔了句："幼不幼稚？"

陆池舟应该没听见，依旧专注地盯着电脑。

裴恬有些百无聊赖地环视一圈，突然看到了陆池舟放在桌上的蛋糕礼盒，是她最喜欢吃的那家。裴恬顿时从懒人椅上弹起来，拆了盒子，看着精致的小蛋糕笑弯了眼。

她在旁边尝小蛋糕，吃了几口，抬起眸，刚想问陆池舟要不要。谁知，不知陆池舟在搞什么，正抱着她的电脑笔直地坐在沙发上，指尖快速地在键盘上轻敲。

裴恬顺势凑到他肩旁，看见他做的事后，顿时感动得热泪盈眶。他们何德何能，能让陆池舟用他金贵的脑子，亲自帮忙做批注。

但等裴恬看清他在写什么后，面色瞬间一言难尽。如她所说，陆池舟就是幼稚！还小心眼！不然为什么只在周奕写的那里逐字逐句地挑刺？不说逻辑方面的问题，便是标点符号和错别字，他都要在旁边画个圈标记。

裴恬咽下口中的蛋糕，实在看不下去了，问道："你这是干什么呀？"

陆池舟淡瞥她一眼，颇为理直气壮："帮你们做批注。

"有什么问题吗？"

裴恬："……"

她委婉提醒："做人胜负欲太强不好。"

听到这话，陆池舟指尖一顿。他瞥向她，重复一遍："胜负欲？"

裴恬："……嗯。"

陆池舟冷笑："我有负过？"

他这副目空一切的骄傲模样让裴恬有些牙痒痒，她耐着性子："是是是，你哪儿都胜，哪儿都强，哪儿哪儿都很行。"

她说完，陆池舟还弯唇"嗯"了声，顺理成章地接收了赞赏。

"你吃不吃蛋糕？"过了会儿，裴恬举起叉子问他。

印象中，陆池舟口味清淡，并不喜欢吃蛋糕这种过于甜腻的食物。

裴恬本也是礼貌一问，谁知陆池舟顺势应下。他张嘴，目光还未从电脑上移开："喂我。"

"惯得你。"虽是这么嘀咕，但裴恬还是举着勺子递到他唇边。

陆池舟未张嘴，仍旧专注地盯着电脑。

裴恬举着勺子，有些不耐，正要开口问他还吃不吃，下一秒，便被他抵在沙发靠背上。

陆池舟将电脑丢在一边，一把握住裴恬纤细的手腕，随后低头，衔住她的唇，撬开唇齿，整个动作一气呵成。与此同时，伴随着一道低沉的嗓音："让我尝尝。"

陆池舟并未深入，浅尝辄止。但亲了这么多次，他的技巧越发高明，裴恬差点连手中的叉子都拿不稳。几秒后，陆池舟退开些，拇指轻轻抹了下唇瓣，嗓音性感得让人腿软。

他低笑："恬恬怎么这么甜？"

裴恬睁着水润润的双眼，似嗔非怒地瞪着他。殊不知，她这副情态是陆池舟最喜欢的，喜欢到了爱不释手的程度。

裴恬伸脚，轻轻踹了他一下："你少来。"

"改完了？"

陆池舟懒散地应了声，就着她手上的叉子吃了口蛋糕，咽下后，他道："今晚你就发给他，让他改。"

裴恬："那我的怎么办？"

"我教你。"

说话间，陆池舟又凑近，清冽的气息似有若无地拂过她的面颊、颈侧："我还要。"

裴恬受不住他这黏糊劲，讷讷转移了话题："你不是不喜欢太甜的吗？"

"现在喜欢了。"

"嗯？为什么？"

陆池舟环抱住她，突然轻笑了声："因为你。"

裴恬："我怎么了？"

陆池舟垂首，额头和她相抵，有些答非所问。

"因为我最喜欢你。"

因为喜欢你，所以爱上了人世间所有的甜。

假期时光转瞬即逝，一转眼，开学已一周有余。距离比赛的日子越来越近，再加上这学期课多，裴恬每天的时间都安排得很满。

陆池舟照例很忙，但再忙，晚上的时候，陆池舟依旧会抽出时间教她分析数据，写论文。

他们组在比赛进程中如有神助，而周奕竟是个隐藏天赋流，交出的报告内容越来越完美。

当然，这一切都源于陆池舟。

这么久，周奕每次交出的内容，陆池舟都要大刀阔斧一通批。

裴恬每次发群里时，也没明说是谁这么事儿精，但她想，周奕应该知道是谁，而他也相应地和陆池舟杠上了。

比赛截止前，周奕交上来的内容便是陆池舟也再找不出半点差错。但他依旧没给好脸色，冷笑一声，嘲道："改了这么久，才交出这么一份勉强能入眼的东西。"

裴恬："……"

说实话，周奕真的是她见过的人中智商靠前的人物了，陆池舟这番话属实昧良心。

这话，她自是不敢说出口。不然，就陆池舟这脾性，指不定未来几天都要拿这个说事。

好在裴恬现在已经能够准确拿捏孔雀的情绪，她不动声色地转移话题："决赛结果大概半个月后出来，决赛组要上台汇报。"

陆池舟翻报告书的手一顿，长指缓缓抬了下眼镜："所以？"

"我们都觉得，这次应该能进决赛。"裴恬说，"但佳佳胆子小，周奕说他形象不宜上台，所以这事又交给我了。"

听完这话，陆池舟轻哼一声："他还挺有自知之明。"

裴恬："……"

她无语地掐陆池舟的脸："我说我要上台。"

陆池舟覆上她的手背："我听到了，你要上台。"他思忖一会儿，似想到什么，浅浅弯起唇，"你只要站在那里，就让人移不开眼。"

裴恬脸一红："你能不能正经一点？"

"我很认真。"陆池舟安静地看着她，目光深邃又温柔。

但裴恬仍觉得他是在拿情话哄她。

他现在总能用最温柔的语调，哄得她晕乎地找不着北。

她顺势钻进他怀里："所以你那天要过来给我加油。"

陆池舟抿唇，没答话。

意识到不对，裴恬抬眼看他，睨他一眼："嗯？"

陆池舟低头，轻轻笑了："我当然要与你同在。"

裴恬被他撩得眼前晃星星，埋着脸，小猫般在他脖颈处蹭蹭："这样最好。"

她的声音陡然低落："以往好多次上台，我都在想，你要是能看着我就好了。"

裴恬又往他怀里钻了钻，低声道："我也可以很努力很优秀的。"

陆池舟的眼睫动了动，掌心贴近女孩漆黑的发顶，将她抱紧了些。他张了张唇，欲言又止半晌，将话咽了回去。其实他是见过的。

在女孩生日宴和高中毕业典礼上，他也曾沉默地、笨拙地寻着她的成长轨迹，试图在她最美好的那段岁月里，留下那么一丝一毫的痕迹。

就如他所说的，会看着她长大，只不过是在她看不见的地方。但这些早已淹没在岁月的褶皱里，他知道就够了。

陆池舟轻轻吻她发顶。

"未来我一直在。"

案例赛的初选结果顺利在半个月后公布，不出所料，裴恬他们进入了决赛。

这期间，裴恬严阵以待，细细准备了PPT和讲稿。不知为何，她的精神压力骤然大了起来，每天睁眼闭眼脑子里混混沌沌，全是汇报的内容。

她的焦虑情绪感染到了陆池舟。在决赛前三天的晚上，陆池舟看着书桌前表情严肃的裴恬。

"你紧张什么？"

裴恬绷着张脸："你不懂。"

她握起拳，义正词严道："这该是我证明自己的机会，我再也不是原来的那条咸鱼了。"

陆池舟撑起头，语气不太正经："恬恬不向我证明，我也依旧死心塌地。"

"你别自我代入，"裴恬哼了声，"谁说是向你证明？

"我是为了证明我以后也能当个裴总。"

"裴总？"陆池舟重复一遍，看着女孩故作威严的小脸，笑出了声。

裴恬被他这声笑惹恼了，抬高了声音："陆池舟你什么意思呀？你是不是看不起我？"

陆池舟摇头，目光慢条斯理地从她面上扫过："恬恬不该叫裴总。"

裴恬："嗯？"

"是恬总。"

裴恬疑惑地问："为什么要叫恬总？"

男人的声音似带着钩子，喉间隐隐藏着笑。

"因为甜到心坎里了。"

第九章

近你者甜

70

气温回升，冰雪消融，A市悄然入春。眨眼间，时间移至三月底。

决赛当天，裴恬很早就到了比赛地点，而地点恰好是君泽酒店。

为此，裴恬还专门暗戳戳地问裴言之，是不是要内幕她。毕竟哪怕这比赛的含金量再高，主办方应该也不会一掷千金，去租她家这贵得要死的酒店。

当时，裴言之悠悠扫她一眼。大概是她最近的努力又让裴言之升起些"吾家有女初长成"的骄傲来，他的口气异常狂妄。

"你不需要我内幕。"

裴恬听得满脸受宠若惊。且不说她爸是不是在吹牛，但就算是吹牛，她也舒坦了。

不过裴言之还慢悠悠地说："谁让你这么多年就支棱这么一次。"

裴恬满脸羞愧。

比赛在上午九点正式开始。全国二十几支队伍，便是老牌名校A大入选的也只有三支。所以，他们这支一开始就不被看好的队伍，最后竟过关斩将进入决赛。这在整个专业掀起一阵波澜，三条咸鱼在班里狠狠风光了一把。

裴恬中学的时候还能被叫几句学霸，到了学霸云集的A大后，便失去了这种特权。

久违的学霸光环让裴恬有些飘飘欲仙，倒也冲淡了比赛的紧张。

很快，到了比赛时间。

早在进场前，裴恬便去抽了签，顺序挺好，第八个上场。

裴恬坐在汇报的选手席上，伸长脖子，环视四周，张望了好久，也没看到陆池舟。观众席上，有组内非汇报成员，也有很多慕名前来观赛的学生和老师，但就是没见着他。

裴恬有些失望，她拿出手机，给陆池舟发了消息：你来了吗？在哪儿呢？

等了好几秒，也没等着回应。这时候，台上主持人开始讲话。惯例的一通套话后，按理说，主持人要开始介绍本次比赛的评委，但这次形式却和以往有些不同。

主持人最先介绍的不是别人，竟是本次比赛最大的赞助商，也就是裴言之。

一阵慷慨激昂的措辞后，在众人小小的低呼中，主持人隆重介绍裴言之，热情得恨不得让他上台说几句。

不过裴言之向来低调，朝看台轻轻颔首，便重新坐了回去，就像是特地来抢最佳看位的。

在场的商科学生谁不知道裴言之，知道他来，俱窃窃私语，语气里满是兴奋。只有裴恬绞紧了手，有种立马要献丑的羞耻感。就在这时，身边有两道男声传进裴恬的耳朵。

"裴董！竟然是裴董！传说般的大人物，今儿见着了！"

"叫什么裴董，是家父。"

"要是今天表现得好一点，被裴董看重，进君泽工作还不指日可待。"

"大胆点，进什么君泽，表现得好，指不定人家让你做女婿。"

裴恬："……"

竟然有这么多人想认她爸做爸。

可惜了，女婿已经有了。

想到这里，裴恬悄悄勾起唇。她按亮手机屏幕，却依旧没有见着陆池舟的回复。愣神间，主持人的声音突然再次高昂起来，接着场内开始沸腾，裴恬甚至听到了女生的吸气声。

她下意识抬眼，正好看到最前排西装挺括的男人站起身，冲观众席躬身示意。

男人的丹凤眼微微上挑，惯含三分笑意，气质斯文矜贵，只看一眼便让人挪不开视线。

他作为另一大赞助商，就坐在裴言之旁边。二人作为颁奖嘉宾，挤开评委，占据了最中心的位置。

相比裴言之这样活在传说里的大佬，陆池舟最近的风头则更盛。撇开那些有关他手段狠辣的负面传言，他这些年的创业历程和管理手段堪称教科书式模板，是不少商科学生五体投地的对象。但陆池舟几乎从未露过脸，网上也未有一张他的照片。

直到今日所见，和盛传的阴鸷狠戾不同，男人容貌极盛，连后脑勺都赏心悦目。

裴恬的另一侧，两位女生小声低呼着，声音穿透空气，再次涌入裴恬的耳朵里。

"我的天啊，他怎么能那么好看啊？！"

"一想到陆总要看着我汇报，我现在就开始紧张了。"

"别紧张别紧张，好好表现。"

"呜呜，要能进陆氏工作就好了！怎样才能得到这个男人啊？！"

听到最后，裴恬低头，按着跳得越来越快的心脏，那里涨得满满的，连眼睛都有些酸。

她自是明白，这种赛事，哪里需要他们亲自露面，不过是用这种最朴素的方式见证她的成长，而她是最幸运的。

这两位很多人仰慕的人，正全心全意地爱着她。所以，裴恬也该变得更优秀以回馈他们。

君泽酒店向来喜欢用绚丽又磅礴的色彩。站在台上，远远往下望，满是黑压压的人群，所以在视觉上会给人带来泰山压顶般的压力。

裴恬坐在选手席上，看到前几位选手无一例外，都因为过于紧张出现了失误。她握紧了手，能感受到满掌心的汗，直到主持人喊到了她的数字。

裴恬深呼一口气，肃着张莹白的小脸，抬步上了台。她接过主持人手中的PPT无线笔，在指挥台上点开早就准备好的PPT。

整个PPT有三十几张，需要在五分钟内说完，时间非常紧张，需要对整个流程非常熟悉。

裴恬闭了闭眼，朝台下深深鞠躬。

或许，裴言之和陆池舟的气场对别人来说是极具压迫感的存在，但对裴恬来说，他们的视线却在此刻带来了出奇的安定感。

再睁眼时，裴恬眸中一片清明。

整个讲稿，她早已经磨碎，一点点吃透，所以不该紧张。

裴恬嗓音清澈，听在耳边不慌不忙，再加上思路清晰，哪怕是枯燥的商业报告，听在耳边也能不知不觉地引人入胜。除此之外，他们组的论文报告犀利老练，到了令人惊艳的地步。

场内鸦雀无声，几个评委坐直了身体，表情也由散漫变为严肃。

裴言之一页页翻着报告书，眼中有不易察觉的笑，他低声问："你教的？"

陆池舟弯唇："大部分是他们自主完成的，我给了意见。"

裴言之点头。

"恬恬很聪明。"

裴言之横他一眼，陆池舟读懂了他眼中"还用你说"的意味。

他掩唇挡住笑意，好像突然理解了裴言之的心情。

作为父亲，他的爱一点也不比他少，却还是得眼睁睁看着娇养到这么大的女儿被他娶回家。

陆池舟抬眸，静静看着台上的女孩。

裴恬应该不知道，优渥的出身带给她的底气和自信有多么耀眼，让他跌落泥里，摔碎一身傲骨也想重新拥有，只为与她重新相配。

汇报完毕，裴恬还需要对评委提出的问题进行答辩，这也是所有选手最害怕的环节。

评委的问题犀利又精准，如果对整体思路少了一分理解，便很有可能回答不上。

裴恬的手背在身后，屏息凝神地听着评委的问题。待评委问完后，她在心中长呼一口气。

还好，她会。

问的问题正是陆池舟教了她很久的产业分析。

裴恬的眼睫动了动，突然就对上了陆池舟的视线。他的目光沉静又温柔，如一汪泉水般让人安定。

裴恬的嘴角轻轻扬起，利落又连贯地回答了整个问题。待她说完，评委怔了一瞬。

最先响起的是一道清脆的掌声。

陆池舟安静地注视着她，带头鼓起了掌，评委随即跟上他的动作，接着是满室雷霆般的掌声。

裴恬平复着跳动极快的心跳，面上再也藏不住笑，深深朝台下鞠了一躬。

她突然发现——

原来不做咸鱼也挺快乐的。

毕竟被人认可的感觉真的很不错。

比赛的时间大约是两个小时，而且当天就能出名次。

在主持人宣布名次时，裴恬正低头快速翻着手机，表情看起来还很镇定。

裴恬不停地告诉自己，她不紧张。

对，她不紧张，但颤抖的指尖终究泄露了情绪。

三人群里，何佳佳和周奕已经提前放鞭炮庆祝，裴恬混于其间，跟着放鞭炮以缓解紧张。

二十多支队伍，最后的奖项名额只有六名，金奖只有一名。

主持人开始卖关子，从铜奖开始宣布，报一名，裴恬手抖一下，到最后只剩下金奖时，裴恬甚至连呼吸都忘了。

伴随着主持人慷慨激昂的嗓音，全场大部分目光一瞬间就聚焦在她面上。而此时，裴恬的手机嗡的一声，陆池舟发来消息：哥哥来给你颁奖。

与此同时，主持人请所有获奖队伍上台领奖。

从铜奖开始，但铜奖和银奖都是评委上台颁奖，裴言之和陆池舟未动。

到金奖时，裴恬被兴奋至极的何佳佳拖着上台，身后周奕懒洋洋地跟着。

这时候，裴言之整理一下衣摆，站起身。陆池舟也随之站起来，跟在他身后。

裴恬站在台中间，头顶的聚光灯倾洒，给一切都镀上一层绚丽的光彩。这该是她的荣光。

裴恬的心跳得越来越快，眼睛眨也不眨地看着前方，整个人似踩着云，飘飘欲仙。余光瞥见陆池舟朝她走来，手中拿着奖牌。她弯唇轻笑，等着他来给自己颁奖。谁知，陆池舟还未靠近，便被裴言之拉住，他身后的礼仪小姐捧着三本证书。

他瞥了眼陆池舟："我来颁。"

陆池舟："……"

他尝试着商量，低声询问："要不您来颁证书，我来颁奖牌？"

裴言之半分不退让："恬恬的我都得颁。"

陆池舟："……"

裴恬不知道他俩在窃窃私语些什么。

过了几秒，大概是陆池舟做了什么妥协，裴言之正立于她面前。

裴恬开心地抿唇，冲她爸笑得眼睛弯弯。

裴言之的心情显然很好，替她挂上奖牌，又将证书递给她，与此同时，伴随着一道低沉的赞许："继续努力。"

裴恬重重点头。

陆池舟扫了眼裴恬右侧的周奕，果断抬步去了何佳佳面前，给她递上证书和奖牌。何佳佳连连道谢，余光却揶揄地瞥着裴恬。

而此时，趁裴言之抬步去周奕面前时，陆池舟走到裴恬面前，微微张开双臂。裴恬往旁边看了两眼，疑惑地怔在原地。

陆池舟突然凑近了些，他挑了下眉，语气理所当然："按惯例，不该和颁奖嘉宾抱一下吗？"

裴恬脸有些红。不过未给她犹豫的机会，陆池舟已经轻轻环抱住她。

"我们恬恬真棒！"

很礼貌的一个拥抱，一触即分，却引来台下一片低呼。

陆池舟满意地勾唇，正准备在周奕面前走个过场，却对上其略微挑衅的眼眸。

周奕冲他张开双臂，冷冷扯唇："咱俩不抱一个？"

71

明明台下依旧是喧嚷一片，但台上，尤其是裴恬旁边，好似突然安静了。

听见周奕的话，裴恬张了张唇，眉心突突直跳。

救命，这到底是什么可怕的发言？！

裴恬偷偷瞅了眼陆池舟的脸色，他眉间开始凝固，随后换上了更为嚣张的态度。

"不好意思，我挑，"陆池舟晒了声，冷冷补充，"只抱女朋友。"

周奕放在身侧的手松了又紧，半晌，到底没想到什么能回过去的话。

被迫夹在中间的裴恬颇为无奈，她往何佳佳的方向移了移，以尽力降低自己的存在感。她知道，陆池舟向来是不可能吃亏的，哪怕在言语上也不会落了下风。

这一处的动静，裴言之尽收眼底，他审视的目光从两个男人身上扫过，几个来回便了解到个大概。

他冷嗤一声，都不是什么好东西。

最后，打破这种僵持的是不明情况的主持人，他兴致高昂地邀请大家合影。

眼见着两个大佬排排站，主持人恨不得自己也站进去拍。

拍照前，裴恬回眸，目光在身后的两个男人身上打转，忍不住弯唇。她捏紧了胸前的奖牌，冲镜头笑得弯起眼，画面定格。

颁奖礼后，工作人员开始疏散现场。

等人走得差不多后，裴言之揉了下裴恬的脑袋，问道："回家吗？我让司机送你回去。"

裴恬噎了下，余光瞥了眼旁边的陆池舟，心里虽痒痒的，嘴上却不敢反驳："……嗯，回家。"

裴言之点头："行，我和你一起，回家吃个午饭。"

说完，他抬眼看向此刻显得有些多余的陆池舟，但陆池舟并不觉得自己多余，顺势道："正巧，我也没吃饭。"

一听这话，裴言之淡淡喊："江经理。"

"在的，裴董。"

酒店经理江进不知从哪儿突然出现。

裴言之："陆总说他还没吃饭。"

经理立刻会意："陆总，这边请，君泽酒店定为您提供最满意的服务。"

陆池舟："……"

"噗。"裴恬忍不住笑出声，又急忙憋了回去。

看来能让陆池舟吃瘪的，只有裴言之了。

触及男人幽怨的视线，裴恬轻轻拉了拉陆池舟的衣袖："这儿离你公司近，你中午就在这儿吃吧，免费。"

裴言之皱眉："谁说免费？"他冲经理点头示意："五折，最多了。"

经理忍笑："是。"

最后，裴恬是挽着裴言之的手臂走的。走前，她冲站在原地的陆池舟摆了摆手，跑得飞快。

能看出来，她爸心情好得不得了。这时候再顺着他一点，往后的日子可不得快乐到起飞。

明江公馆。

一回到家，裴恬便拿着证书和奖牌在程瑾面前显摆。程瑾用一种"祖坟终于冒青烟"的欣慰眼神望着她。随后，裴恬的证书和奖牌便被程瑾找人挂在了家中的荣誉墙上。

荣誉墙上的东西很多，乍一看，全是拿出去如雷贯耳的大奖。家中各人的都有，她小叔叔的最多，但这么多里面就是没有她的。

裴恬盯着自己的奖牌，后知后觉地意识到——

她不仅在外是个大废物，在家也是个小废物。

裴家绵延到现在，出了那么多人，最不成器的竟然是她！怪不得她获了个奖，裴言之和程瑾能那么开心。

裴恬摩挲着荣誉墙上的奖状，闭了闭眼。

她，也是可以很优秀的。

裴恬难得自省一次，但刚自省一半，便被程瑾的操作雷了个外焦里嫩。起因便是程瑾拿着她获奖的照片四处显摆，家人群和朋友圈都不够她炫耀的，圈内塑料姐妹的小群更是来了个遍。

很快，谣言一传十，十传百。

裴恬获的奖从全国企业案例金奖演变成全国十佳青年。

裴恬也来不及自省了，忙着四处澄清。

下午，连陆池舟都听到了些风声。

他给她打了电话，笑声隔着手机就传了过来，他故意喊她："恬总，在忙吗？"

裴恬羞恼地抬高了声音："陆池舟！"

"恬总这么厉害，"陆池舟还在笑，"以后我就靠恬总罩着了，好不好？"

见他变本加厉，裴恬鼓腮："你是不是故意的？"

回应她的，依旧是男人低沉的笑声。

终于，在裴恬发作的前夕，陆池舟停止了这种危险行为，他轻声道："恬恬，你不用觉得谣言里的那些都是遥不可及的东西。"

"嗯？"

陆池舟温声补充："你要相信，这些在未来不是没有可能的。"

裴恬的嘴角止不住地上扬，她低头，轻轻应声："……嗯。"

裴恬和陆池舟聊了会儿。

被他这么三言两语哄了几句，很快，裴恬便忘记了烦心事，晕乎间答应了晚上和他回家。

挂断电话后，裴恬放空几秒，低低呢喃了句："恬总。"

刚说完，裴恬便羞涩地将脸埋进沙发的枕头间。这么喊也不是不可以。

傍晚，裴恬在家中收拾了些换季要穿的衣服，预备搬去松庭。行李收拾到一半，裴恬看见身侧的手机屏幕亮起，定睛一看，发现是"未来CEO"群里打来的语音电话。

裴恬按了接听键，听见何佳佳嘹亮的嗓音："今晚出来吃饭不？咱好好庆祝庆祝。"

裴恬还未回答，周奕已经应了"好"。

何佳佳："恬恬呢？来吗？"

裴恬想了想，答应下来。这段时间，大家的合作还是蛮愉快的，现在结束并取得了好的结果，理应庆祝一番。

晚餐地点定在 A 市很著名的一家烤肉店，叫"二师兄"，这些年不知开了多少家分店。

裴恬将收拾好的行李先放进松庭，随后给陆池舟发了消息：我今晚和佳佳他们出去吃，你不用等我了。

裴恬到烤肉店时，比约定时间还早了几分钟，而何佳佳和周奕已经到了。因为这家店太火，没订着包厢，他们坐的位置就在大厅。

裴恬走过去，顺势坐在了何佳佳和周奕对面。

何佳佳将菜单递给她，问道："你们要来点酒吗？"

裴恬比画出一个小拇指："我可以喝一点点。"

何佳佳询问地看向周奕，他想了想，点头道："我也可以。"

"好！"何佳佳一拍手，"那就点几听啤酒。"

啤酒配烤肉，很有滋味，几人聊开了话题。

其实撇开那些似有若无的尴尬，裴恬和周奕是很谈得来的。他是个很有趣的人，最喜欢的便是打游戏，也经常因为通宵打游戏而在第二天的课上睡得天昏地暗。

周奕还有很多别的爱好，他喜欢骑摩托，喜欢打篮球。反正就如他所说，除了学习，什么都乐意干。

何佳佳笑问他："那你不学习，怎么考上 A 大的？"

酒过三巡，何佳佳和周奕喝得都有些多。裴恬知道自己酒量差，只抿了小半杯啤酒，此时还算清醒。她低眸，看见自己的手机亮起。

陆池舟：吃完了吗？我来接你。

裴恬给他发了定位：还没，你等会儿再来。

那头没再回复，也不知道看没看见。裴恬没再管，她摁灭了屏幕，继续听何佳佳和周奕聊天。

周奕慢条斯理地喝着酒。他喝酒上脸，此时脸已经醺得通红。

"高三的时候，我爸说我再不学习，考不上大学就回家挖矿。"

"噗。"裴恬撑着头笑。

周奕深深看她一眼："以前是挺浑的，好在考上来了。"

何佳佳："以后想做什么？"

"本来没什么想做的。"周奕托腮，眼神有些迷离地看着前方，"我以为我什么都不缺，结果……"他没再说话。

何佳佳："结果？"

周奕低眸，自嘲地扯了扯唇角："结果，我什么都不是，什么都缺。"

"你怎么这么妄自菲薄？"何佳佳安慰他，"你聪明又有钱，长得也帅，怎么就什么都缺了？"

周奕低着头，指尖摩挲着酒杯，好半晌后，他突然抬起眼，看向裴恬。

周奕眼眸被酒精熏染得有些蒙眬，他就这么一眨不眨地看着她。

不知怎的，氛围突然凝固起来。

裴恬被盯得有些慌，她拿手在他面前晃了晃："你是不是喝多了？"

周奕缓缓摇头，轻声呢喃她的名字："裴恬。"

这一声，便是何佳佳都意识到不对了，目光在二人身上打转。

周奕闭眸，揉了揉眉心："这话今天不说，以后应该没机会了。"

裴恬已经知道他要说什么了，但没有阻止。她知道，周奕既然选择说，便是要彻底斩断联系。

"我真的，"他顿了顿，缓声道，"挺喜欢你的。

"所以才会主动再找你们组队。"

裴恬真诚地看着他："谢谢。"

"谢我什么，"周奕笑了笑，"你本来就很容易让人喜欢。"

裴恬再次笑着道谢。

周奕："你怎么……"他摇头，无奈道，"你这样，让我怎么不喜欢你？"

裴恬点头："那我是不是该凶一点？"

周奕掩面，忍不住笑出了声。

"他对你好吗？"沉默好久，他嗓音有些艰涩，"还会不会让你难过？"

裴恬知道周奕的意思。当初她蹲在门外哭的样子，只有他和大白看见了。

裴恬温声回答："不会了，他对我很好。

"一直都很好。"

周奕低下头，很轻很慢地点了下头。

"这样……"他回答，"就好。"

两人一来一往，可苦了何佳佳。她埋头吃肉，尽全力降低自己的存在感。在二人谈话间隙，何佳佳悄悄抬起眼，准备伸手夹比较远的那块肉，倏地，一片剪裁精致的黑色衣摆闯入眼帘。

何佳佳莫名有种不好的预感，她缓缓抬起头，目光倏地凝固。

烤肉店的人实在太多了，但来人气质极佳，是一眼便能看见的存在。但由于陆池舟站在裴恬身后，周奕又喝多了，所以看见他的只有自己。

此时，男人显然心情不佳，安静立在那儿，眉宇间带着料峭的寒。只是不知站了多久，又听到多少。

72

席间一时有些沉滞。裴恬不知道该说什么，只是低着眸，无意识地小口抿着酒，直到她的手肘被何佳佳碰了下。裴恬望过去，看到何佳佳朝她使劲使眼色。

酒精有些上头，过了好几秒，裴恬才后知后觉地扭过头，随后和陆池舟的目光对了个正着。

男人表情很淡，情绪显然不是愉悦的，但好像也不是生气，只是一种似有若无的烦闷。

"你……"裴恬踟蹰了下，问道，"这么早就来了？"

陆池舟很轻地点头，上前两步，淡淡的目光从周奕面上扫过。后者并不闪避，二人无声对视。

"不早了，"陆池舟伸手，移走裴恬手上的酒杯，"回家了。"

裴恬眨巴着眼，悄悄观察他的神色，见还算平静，心中稍微安定了些。

她惯为识相，乖巧回答："好，回家。"

陆池舟"嗯"了声。

他牵着裴恬站起身，帮她提起了座位上的包。

待裴恬套上棉衣，她与何佳佳和周奕点头告别，随后扯了扯陆池舟的衣角："不走吗？"

陆池舟顺势牵住她的手："走。"

只是在走前，他还是礼貌地朝周奕与何佳佳点了头："再见。"

裴恬一边朝二人招手，一边跟着陆池舟往外走，神情还有些愣怔。因为她发现，陆池舟好像是第一次对周奕这么客气。

裴恬有些欣慰地在心中点点头。陆池舟的心眼，总算大了那么一丢丢。但还未欣慰多久，刚走到门口，陆池舟就突然加快步伐。

裴恬被迫拉着往前走，寒风呼呼从耳边刮过，把围巾都吹歪了。

"慢点，"裴恬喊他，"你走慢点呀！"

陆池舟顿了顿，稍微放慢了些脚步，但依旧没说话。

裴恬挽住他的手臂，因为喝了酒，声音有些含糊，听在耳边软糯糯的："你生气了？"

陆池舟脚步未停："没生气。"

"谅你也不敢和我生气。"

裴恬哼了一声，整个人没骨头似的，抱住他的手臂。

她没问他到底听到多少。万一根本没听到多少，她自己提出来，不就是自爆了。

陆池舟几乎将她抱起来。说话间，两人走到车前。

陆池舟弯腰，直接将裴恬抱进后座，同时吩咐前排司机："回松庭。"

裴恬靠在他怀里。

车窗外的灯光明明灭灭，映得男人的眉眼深邃又幽深。裴恬坏心眼地抬手，揉他头发，将前额的碎发弄得乱糟糟的。但陆池舟任由她作怪，没什么反应，只是收拢手臂，将她抱紧些。

裴恬后来多喝了几杯酒，虽不至于很醉，但脑子越转越慢，又晕又沉。她将头埋进陆池舟的颈侧，男人清冽又好闻的气息涌进鼻畔。

过了好久，久到车子已经驶到公寓楼下。裴恬迟钝的脑袋瓜突然闪现一道灵光，她缓缓眨巴眨眼，终于意会到陆池舟的反常。

他的情绪确实不是生气，但更多复杂难言的情绪被陆池舟埋进心里，没有说出口。

裴恬轻轻拿手指杵了杵他的胸膛："你怎么了呀？"

正巧，轿车停在公寓楼下。陆池舟打开车门，半抱着她下了车，一直到回了家。

门咔嗒一声，在裴恬背后关上。

"你不用担心，"陆池舟揉了揉眉心，看向她，"我大概是有点累。"

裴恬半信半疑。

陆池舟脱下大衣："我还有点工作，你先去洗澡，有需要叫我。"

看着他进书房的背影，裴恬淡淡"嗯"了声。

反常，太反常了。

他确实不是生气。听到周奕和她表白，他哀愁什么？难道是发现她太抢手，产生了危机感？又或者这是孔雀的新型吃醋方式？指不定就等着她眼巴巴跑去哄他呢！

男人心，海底针。

裴恬想了半天，也没弄清原因。她晃了晃脑袋，没再想，慢吞吞地跑去房间，预备先去浴室泡个澡。

她走到衣柜前，懒洋洋地随手抽了件睡衣，正欲关衣柜门时，不知什么被带出来一半。

裴恬垂眼看去，在看清是什么东西后，她眼睫重重一颤，僵立在原地。

这一瞬间，裴恬的表情复杂，脑中突然涌现出一些不可言说的画面。随后，莫名其妙地，一个大胆的想法现出雏形，甚至愈演愈烈。

几秒后，像是做贼般，裴恬弯腰，轻轻伸手，从衣柜中摸出另一半。裴恬雪白的面颊透着瑰丽的红晕。她放轻脚步，小跑进了浴室。

沐浴结束后。

裴恬闭上眼，穿上衣服。到这时，她才敢正眼看镜中的自己，但下一秒便别开了眼，而镜中的女孩也随着她的动作，将脸偏到一边。

杏腮粉唇，眸色水光盈盈，潋滟生波。

裴恬回到卧室，躺在床上，时不时看一眼时间，感受自己越来越快的心跳，随后又躲进被子里挡住脸。

裴恬就不信，她这么有诚意，还哄不好陆池舟？就看这只孔雀能装到几时。

与此同时，书房内，陆池舟坐在书桌前，低垂着眼，宽大的掌心把玩着手中精致的红丝绒礼盒。他指尖微用力，展开礼盒。

精致的夹层间，粉色钻戒在灯光下泛着异常绚丽夺目的光，是成色极佳的钻石，光线透进去后，窥不得半丝杂质。

几秒后，陆池舟合上礼盒，轻轻将其放在一边。

一切都准备好了，但临门一脚，踟蹰的竟是他自己。

脑海中，裴恬和周奕说的话一遍遍放映。

原来，她始终是那样坚定，那样一往无前地选择自己。到头来，慌乱无措的只有他。

自己做的这些，究竟配不配得上这样的她？

毕竟，连周奕都知道，他让她难过了，还不止一次。

裴恬的话没错。这么多年，肯定不止一个周奕，毕竟她这样讨人喜欢。也曾有许许多多的少年人，在他看不见的地方，给予她最赤忱的喜爱和热情。

他该是有万分的运气，才能兜兜转转数年，重新拥有她。

不，这不该是他的运气，而是她足够爱他。

裴恬在床上等了好久，到后头，连眼睛都睁不开了。但她好不容易穿一次，如果就这么睡过去了，那之前不就白紧张了？于是裴恬睁大眼睛，努力保持清醒。

又过了二十分钟，裴恬哈欠连天，突然有些火大。

陆池舟这点情绪还有完没完了？！他到底在做什么？！

裴恬正要掀被下床，突然，房间门锁传来被人拧动的声音，下一秒，陆池舟的身影出现在房间门口。

许是怕打扰她睡觉，他去另一个房间洗了澡，浴袍还松松搭在身上，而裴恬也立马安静如鸡。

她往被窝里缩了缩，眼睛转了转，扭捏半晌，没先开口说话。

倒是陆池舟先走到了床的另一边，像是什么都没发生般，俯身看向眼珠滴溜溜转的女孩："还没睡？"

裴恬委婉暗示："我在等你。"

陆池舟掀开被子，躺到旁边，轻吻了下她的额头："困了就睡，不用等我。"

裴恬终究是害羞的，动作小心翼翼，嘴上也在说些有的没的转移话题："你到底怎么啦？"

她埋首在陆池舟怀里，只露出半边绯红的耳郭："我以后也不会联系周奕了，你不要放在心上。"

陆池舟揉她发顶，低低应了声。

裴恬已经开始掀浴袍的衣摆了。动作进行到一半，她突然被陆池舟紧紧抱在怀里。

男声很低："对不起。"

裴恬："嗯？"

"是我一直都做得不够好。"

裴恬："啊？"

"谢谢恬恬，"陆池舟顿了顿，嗓音有些沙哑，"愿意一直爱我。"

隔着胸膛，裴恬听到了陆池舟有力的心跳声，伴随着她自己的。

原来如此，裴恬总算明白了陆池舟情绪的根源。

在撞见周奕和她表白后，他不是吃醋，也不是闹别扭，他只是有些难过和内疚。

"你不用道歉，我早就原谅你了。"裴恬声音闷闷的，"谁让我这么喜欢你呢？"

"睡吧。"

陆池舟的说话声带着不易察觉的鼻音，似不想让她看见他的模样，下一刻，他已经伸手按向灯的开关。

等到要关灯了，裴恬才想起她原本的打算。

不行！不能关灯！

关灯了，她这身可就白穿了！

于是裴恬连忙起身，按住陆池舟的手："等等！"

她挺直脊背，对上了男人微红的眼。随后，裴恬半跪在他面前，倾身，从床头柜前拿过早就准备好的猫耳朵，当着陆池舟的面套在头上。

裴恬脸颊通红，一时竟不知该说什么。

万般纠结下，她索性不说话，只是看着陆池舟，张了张红唇，极轻地喵了一声。

73

时间已至四月，深夜的气温依旧有些寒凉，但房间内却是另一番光景。

肌肤乍然接触温凉的空气，本该是冷的，却被屋内骤然升温的滚烫氛围灼热。几乎是下一秒，裴恬便掉了个边。

陆池舟的眼眸深得看不清情绪，定定落在她面上，从头顶的猫耳朵缓缓下移。

一瞬间，裴恬觉得自己是刀板上的小绵羊。

陆池舟看起来并不急。他以往在这事上没什么耐心，但今晚，他这样不慌不忙的模样，像是暴风雨前的平静，让裴恬有些惴惴不安。

"明天要出门吗？"

裴恬分神，不明所以地摇了摇头。

"这样最好。"

陆池舟再没给她说话的机会，男人越发肆意的吻让裴恬的眼睫不住颤抖。

满室温度好似突然到了最高点，将空气蒸腾至尽。

……

裴恬几近是一夜未睡，直至熹微的光从半掩的窗帘透进时，才堪堪合眼。

临睡前，她被陆池舟紧紧抱在怀里，以一种最亲密的姿态。

裴恬在他怀中蹭了蹭脑袋，安然睡去。等再次醒来时，已然天光大亮，将近中午。

每次放纵后都是这个结果，裴恬已经习惯了。

还真是……毫不意外呢。

只是今天有些不太一样。

陆池舟难得什么都没做，就这么陪她躺在床上。

虽是已经起床洗漱过，但好在进步了，知道不该把她一个人扔在床上。

裴恬睁开眼睛时，他就侧着头，目光安静地落在她面上，却在触及她的视线时，倏地移开了眼。

"起床？"

裴恬懒洋洋地点头，随后伸手杵杵陆池舟的侧腰，使唤道："要你抱我。"

陆池舟伸手将她抱起，边去浴室边问："膝盖还疼吗？"

见裴恬不答，陆池舟掀起盖到腿的浴袍，看清精致的膝盖骨上未散的痕迹，怜惜地揉了揉。

"下次我轻点。"

裴恬捶他肩膀，羞恼道："你还想有下次？"

陆池舟只是笑，不和她正面对上。

裴恬慢吞吞地洗漱完，走出房间，看见了王阿姨做好的小点心。

不过王阿姨已经走了，此时餐桌前坐着的只有陆池舟。

他似在出神，指尖一下下敲打着桌面，不知道在想什么。看见她来，陆池舟倏地站起身，表情顿了顿。

裴恬径直走到位上，没太在意地问："怎么了？"

陆池舟轻蹙眉尖，眼睫动了动，又在触及她的目光后移开，罕见地含蓄又委婉。

裴恬不知道他葫芦里卖的什么药。明明昨晚缠着她，孟浪又不要脸，这会儿却装着一副无辜样。

她在心里轻哼了声，随后开始慢悠悠地吃点心。

直到陆池舟突然清了清嗓子："我有个朋友。"

"你哪个朋友？"

陆池舟默了默："合作伙伴。"

裴恬："嗯。"

"他最近要和女朋友求婚。"

裴恬："哦。"

陆池舟放下勺子，静静观察着裴恬的表情："他准备了戒指。"

裴恬咬了口点心，有一搭没一搭地点下头："然后呢？"

陆池舟的声音也放轻了些："你觉得，他要怎么制造惊喜才好？"

"光制造惊喜有什么用？"裴恬不假思索道，"女孩子能不能答应求婚肯定要从平时表现入手啊。"

"平时表现？"

裴恬说："那就要看他平时有没有做个'二十四孝好男友'了。"

陆池舟指尖一顿："怎么说？"

"这第一要点，自然是守好男德。"

陆池舟："……男德？"

"不在外拈花惹草，一心只有女朋友。"

陆池舟："这个自然。"

裴恬竖起第二根手指："这第二嘛，就是坚守女朋友说什么都对的原则。"

"比如？"

"比如，我现在说的就是对的，你该绝对服从。"

陆池舟弯唇："遵命。"

"第三，女朋友说东他不能往西，事事以她的意愿为先。"

陆池舟"嗯"了声，眸中闪烁着笑意："没有特殊情况吗？"

"特殊情况？"

"比如……"陆池舟如有实质的目光从她的眉眼往下拂过，落在她依旧明显的红痕上，压低了声音，"床上说的话。"

裴恬："你……"她语塞，半天说不出话，最终只能愤愤下结论，"这种只顾着自己的男的更不能要！"

陆池舟的目光停留在她的眉眼上，似笑非笑的："是吗？"

她握紧拳头，一字一字道："这第四，是要知道哄女朋友开心，常常惹她生气的男人也不能要。"

陆池舟拖长声音，"嗯"了声："还有吗？"

"还有，"裴恬轻哼，"女朋友得足够喜欢他才行。"

话音刚落，裴恬听见陆池舟的轻笑声，抬起眼看过去。

"那我朋友，"男人眼角眉梢都是笑意，顿了几秒道，"应该稳了。"

裴恬的心跳得快了些，指尖也悄悄缩起。她知道，陆池舟自不是对他人感情评头论足的人，这般问她显然是故意为之。

这人真是坏了个彻底。

求婚就求婚，他一个人紧张就得了，还提前和她预告，让她也开始紧张起来。

这顿饭，裴恬吃得有些心不在焉，脑子里的弹幕乱飞。

她已经开始思考，到时候陆池舟单膝跪在她面前，她该说些什么。而且，万一，万一他是在众人面前表白呢？她是直接答应，还是该矜持一会儿？

这个问题，直到吃完饭，裴恬也没有得出个确切答案。

陆池舟先她一步吃完，站起身径直便要去书房："我还有点工作。"

裴恬："？"

她下意识便问："那我呢？"

陆池舟的脚步顿了顿，回眸看了她一眼，似乎在说"你想做什么就做什么"，就好像刚刚还在谈论求婚话题的人不是他一般。

裴恬张了张唇，握紧了拳。

岂有此理！他就这么把他的紧张转移给了她。

秉持着敌不动我不动的原则，裴恬鼓腮，绝不开口多说一句。结果，日子不紧不慢，就这般僵持着过了好几天。

裴恬每天都正常上课、放学，相应地，等得越来越心焦。

陆池舟，他！究！竟！在！干！什！么！

她明明都准备好了啊！

裴恬甚至根据他可能说的话，整理了好几种回应方式。

如果他打直球，突然单膝下跪，满口情话，言辞恳切地递上戒指和她求婚，自己就直接答应了；如果他一脸平静地把戒指递给她，自己就肯定要端着点架子；如果是在很多人面前搞了个感人的求婚仪式，自己还得给点面子地假哭几声。

但等了这只孔雀这么多天，也没见他有什么反应。

裴恬被吊足了胃口，觉得自己像个充满气的气球，濒临爆炸点。她甚至想，如果陆池舟再不行动，她干脆去订个戒指，把他强娶了。这以后，陆池舟不做"倒插门"也得做。

裴恬一边等，一边开始整理寝室。

这学期，她基本住在松庭，寝室里要用的东西，每次想起时，裴恬都会带一些走。逐渐地，寝室里的东西基本被搬空。

到今天，裴恬收拾了些书本，在走时，目光突然定在书架上的"陆池舟"上。

自从和本尊在一起后，她竟然差点把它忘了！裴恬连忙走近，将娃娃抱在怀中，出了寝室门。

回去的路上，裴恬杵着娃娃的脸，恨恨道："浑蛋。"

"为什么还不求婚？！快和我求婚！"

但气归气，一回家，裴恬便立马收了这副急切的表情，变得平静如水。

看谁耗得过谁！

裴恬抱着娃娃，一如往日般打开了门。屋内静悄悄的，和往日没什么区别，陆池舟应是还没回来。

裴恬脱下外套，准备给"陆池舟"找个位置，就去了主卧。谁知刚推

119

开门，不知触动了什么开关，整个房间骤亮，便是连墙面都闪烁着绚丽的灯光。

裴恬愣怔了好一会儿，才确定她没走错。

这房间颇具 20 世纪 80 年代的歌舞厅风格，墙面被五颜六色的糖果围绕起来，还贴了个大大的爱心。

丝带，气球，一样不落。

陆池舟背对着她，身着白色衬衫和黑色马甲，听到动静，倏地转过身，对上裴恬的目光，怀中还抱着一束火红的玫瑰花。

他就安静地站在那里，好看得像一幅画。看见她突然出现，陆池舟的表情失了往常的平静和镇定，头一回现出些窘迫。

二人对视几秒，裴恬站在原地，屏住呼吸，死死压抑住喉间的笑。

她是真没想到，陆池舟憋了这么多天，到头来还是用了这么俗套的方式。

但没关系。她俗，她就喜欢俗的。

"要不……"裴恬稍稍往后退了一步，无辜地眨巴下眼，"你继续？"

陆池舟无奈地笑，回答道："是我们继续。"

这几天，他想了很多方式，最终听从杨执的建议，选在今天下午，将家中布置成了这样。

原先他还不觉得有什么，毕竟电视剧里都是这么演的。但到这一刻，和裴恬四目相对时，陆池舟才认识到，杨执找不到对象是有原因的，而他还真敢信他的话——

这样求婚，女朋友都会感动哭。

裴恬看着陆池舟抬步走近。

他打扮得很正式，清俊眉眼里满是温柔和滚烫的爱意，盛放的玫瑰在他怀中都成了陪衬。

陆池舟微微弯膝，不知怎的，裴恬下意识便伸手拉住他，闷声道："不用。"

"怎么？"陆池舟认真地望向她。

裴恬伸手接过玫瑰花，坚定地摇着头。

她不想他跪。哪怕是求婚，也不需要。

她接过玫瑰花后，屋内就陷入了一种诡异的沉默。

其实，尽管平日里相处自然，但真正弄这样的仪式时，二人反倒都有些尴尬，或许这也是仪式感的魅力。

裴恬知道，哪怕她早就愿意和他结婚，陆池舟也不会少她应有的仪式和程序。

相比她，陆池舟似乎更迟钝一些。他和她对视良久，久到裴恬低垂下眼，忍不住提醒："我的戒指呢？"

似才想起什么，陆池舟轻吸口气："抱歉。"

他从口袋中拿出戒指盒，打开后，粉钻在色彩斑斓的房间内泛着夺目的光。

男人握住她的指尖，似想给她戴上。

裴恬故意缩回手，对上陆池舟稍显疑惑的眸色，她端着架子："不和我说些好听的，就想我答应求婚？"

"我想娶你。"他不假思索。

裴恬忍笑："不够。"

"想好好爱你。"

她脸色微烫，指尖不自主地握紧手中的娃娃："再说。"

"恬恬是……"陆池舟顿了顿，眸中是温柔又清澈的光，"我的糖。"

裴恬："……啊？"

面对她的疑惑，陆池舟只是笑，突然伸臂，一把将她搂在怀里。与此同时，戒指顺着她的无名指滑入。

"因为，近你者甜。"

番外篇 ♥

一、至死不渝

1

四月以后，A市草长莺飞，气温彻底回暖。又一年春天来到，裴恬悠闲的大学生活来到了大三下学期，似乎弹指间便到了尾声。

周围的同学似乎突然为自己的未来忙碌起来，便是何佳佳都开始四处找实习，经常下课后不见人影。而《枪声》的拍摄进程很长，年后裴恬见到许之漓的次数寥寥无几，只在四月初和她匆匆吃了顿饭。

许之漓瘦了许多，手臂上还有拍戏时受的伤，整个人看起来憔悴了不少，但一双眼眸出奇地亮。

她说："吃这些苦都是值得的。"

裴恬看着许之漓双眼含光的模样，开心地翘起唇角。但在当天回去时，裴恬靠在车窗边，看着窗外的街景，渐渐有些走神。

乍一回想，她身边的人好像都异常地优秀，他们都有自己的目标，并百折不挠地为其努力。但对裴恬来说，裴言之和程瑾从未替她做过任何选择。

做不做，怎么做，全凭她自己。

晚上，裴恬回松庭时，陆池舟还没回来，正欲问，便收到了他的消息：晚上有应酬，要晚点回来。

裴恬独自吃了饭，之后便拎着包去了书房，开始看专业书。

陆池舟说过她好多遍，基础理论不扎实，知识框架漏洞大。裴恬当时还不服，反问他管公司还要捧一本《西方经济学》吗，随后便成功收获了一个爆栗子。

陆池舟毫不客气地敲她脑袋："你走都不会，还想跑？"

裴恬："……"

自那之后，为了争口气，裴恬每天都会在书房认认真真地看书。

遇见特别难懂的知识点时，裴恬也会走神，她无聊地把玩着手指，转着无名指上在灯光下熠熠生辉的粉戒。

她有很多很多戒指，但只想戴这一个，甚至不想摘下来，但最后摘下它的竟是陆池舟。

原因便是夜里，她受不住他的孟浪，手上一用力，戒指不小心划到了他的手臂。

那个时候，陆池舟浓雾一般的眼眸稍微清明了些，他报复性地咬住她的耳垂，低喘着道："小猫怎么还挠人？"

当时，裴恬的戒指被男人毫不客气地取下，之后自是叫天天不应，叫地地不灵。

想到这时，头顶突然被人用指骨轻叩一下，裴恬全身一激灵，晃去脑袋中那些带着些颜色的东西，一抬眼，便看见了不知何时已经回来的陆池舟。

男人进门时连西装外套都没脱，就直接来了书房，带来春夜里微凉的寒意。

他该是喝酒了，冷白的肤色透着红，眼中含着笑："一看书就发呆。"

"哪有？！"裴恬有些恼地托起腮，用力翻了几页书，"就刚刚那一会儿，我都看了好多了。"

陆池舟顺势坐到她身边，轻声问："准备考研？"

裴恬动作一顿，怔了下。

说实话，她到现在都没想到要考研。虽然毕业后大概率是继续读书，但考不考得上对她来说问题都不大。

因为只要裴恬想读，裴言之一定会让她读，国内不行就国外，总能给她提供最好的环境。

面对陆池舟的问题，裴恬斟酌着回答："应该要考吧。"

"考哪儿？"

裴恬撑着脑袋回答："A大就挺好。

"不过……"

陆池舟："嗯？"

"要是考不上，我就只能出国镀层金了。"

一听这话，陆池舟蹙眉："不必。"

裴恬："那怎么办？不读书了吗？"

"我教你便是。"

裴恬弯唇，突然凑到陆池舟身边，爬上他的大腿，揶揄道："你该不会是舍不得我出国吧？"

陆池舟顺势搂住她的腰，带着酒意的呼吸拂过她的脸颊，目光描摹她的眉眼，直白又坦然："嗯。"

裴恬凑近他，直至鼻息相闻，红唇微启："那我非要出去怎么办？"

陆池舟眯了眯眼。裴恬直起身，抬手摘去他的眼镜。

细软的小手捧住他的脸，裴恬对上他漂亮的黑眸，嘴上还不知死活地试探着："一声不吭地跑掉。

"让你五年都找不到我。"

她每说一句，陆池舟眉眼的笑就散一分，揽住她腰的手越来越紧，握得人生疼。

裴恬直直看着他，非要得出一个答案。因为这些都是他对她做过的，她就想看看，如果反过来，他会怎么样。

"那就一直找。"

裴恬鼓腮，哼了一声："找到了，我也不跟你回来。"

陆池舟压低了声音，面无表情道："找到了，就由不得你了。"

"怎么？"

陆池舟的手背映出根根分明的指骨，突然握住她的后颈，咬上她的下唇。

"关也要关起来，然后……"

然后什么？不过这也轮不到裴恬思考了。

她睁大了眼眸，感受到男人灵活的舌尖，酒气沁入口腔，熏得她脑袋也晕乎乎的。下一秒，陆池舟扯开领带，直接将她打横抱起。

裴恬晃着腿："你要干什么？"

陆池舟垂下眼睑，似笑非笑地瞥她一眼，补充完上一句话："然后，让你没力气跑。"

裴恬哑然，脚尖蜷起来，闭了闭眼。

论下限，她真的是永远比不上他。

自那以后，裴恬确立了考研目标，便是考本校 A 大的研究生，殊不知，这正是她地狱生活的开始。

　　裴恬从小做事便极容易三分钟热度，且对任何荣誉和成绩都没有什么执念，故而心态极好。

　　说来也是幸运，大概就是这种做事留三分的心态，让她一路走来都是顺利的。所以一开始，裴恬未将考研上岸作为必须达到的目标。

　　可当陆池舟知道她的想法后，这一切就改变了。

　　晚上，陆池舟回来时，裴恬正抱着平板看江深和周以晴共同参加的一档综艺，笑得满脸荡漾。

　　陆池舟掐她的脸颊："书看多少了？"

　　裴恬支吾了下，眼神闪躲："看……看得挺多了吧。"

　　陆池舟面无表情，随口便提了几个问题问她。

　　裴恬正被综艺甜得乱叫，这时候哪能答得出来，对答得不知所云。

　　"知道现在什么时候了吗？"

　　裴恬："四……不，五月了。"

　　她的声音越来越小，因为陆池舟的表情越来越淡，凶巴巴的。

　　额头又被敲了一下："都五月了，剩下半年时间，你还不努力？"

　　裴恬捂住头，"嗷"了一声："别骂了别骂了。"

　　陆池舟盯着她，薄唇微扯："所以你是真的打算考不好，然后出国吗？"

　　裴恬眨巴下眼，终于后知后觉地领会了陆池舟的意思。

　　那天的话，他当真了。怕她不求上进，然后真的被裴言之送出国，没心没肺地把他一个人扔在国内。

　　裴恬握住他的手，软着嗓子，委屈巴巴道："好好好，我知道。我以后努力，一定努力好不好？"

　　陆池舟一把将她从沙发上捞起，依旧冷着张脸："现在就开始看书。

　　"我陪你一起。"

　　裴恬因为综艺而疯狂上扬的唇角瞬间耷拉下来，她被陆池舟放在书房的桌前，有气无力地趴在如山般的复习资料前。

　　从五月到十二月，从入夏到入冬，一年经过了三季，而裴恬发现陆池舟竟真的如此狠心。

每天早上他起床时，必会喊她起来学习，对她丝毫不手软。

裴恬不愿随他去公司学习时，陆池舟倒也不强求，但她依旧没办法偷懒。因为陆池舟会在晚上回来时抽查她的复习进程，而且没有规律。有的时候查，有的时候不查，让裴恬苦不堪言。

前期，裴恬也的确需要盯；到后期，不知怎的，她自己也养成了早起看书的习惯。到这时，陆池舟竟也不盯她了。

除此之外，他还逼着她健身锻炼。

顶着精神压榨，裴恬泪水涟涟。

此时已经入冬，距离考研日期也越来越近。

屋内暖气开得很足，裴恬躺在床上，脊背出了一层薄汗。乌黑长发贴着脸颊，肌肤如雪，唇色染出深红色。

她张着唇，轻轻喘着气，想了想还是气不过，伸腿在被窝里踹了陆池舟一脚。下一刻，整只脚都被男人炙热的掌心握住，动弹不得。

"你变态，你根本不是人！"裴恬嗔怒地瞪着陆池舟，"我每天复习都很累了，你还……"

陆池舟凑近了些，他撑起手肘，悠悠地望着她，拖长了声线："我还……"

裴恬装模作样地抹眼睛，咕哝着："你还不放过我。"

陆池舟翻身，撑在她上方，同时放下了她那只作怪的脚，挑了下眉，义正词严道："复习太累，更应该劳逸结合。"

A市步入十二月，雪下了好几场，一片银装素裹。

裴恬穿着厚重的羽绒服，冲车内的陆池舟摇手："我进去啦。"说完她便转身，准备进考场大门。

车内，陆池舟摇开车窗，低沉嗓音被风雪吹得有些听不清："等等。"

裴恬拧眉转过头："又怎么啦？"

不是裴恬不耐烦，而是陆池舟已经吧啦吧啦和她说了好多话了，刚刚才哄上车。

裴恬怀疑，要不是必须得凭准考证入场，陆池舟甚至要跟着她进教室。裴言之和程瑾加起来都没他操心。

"你再检查一下，"陆池舟说，"准考证，身份证……"

裴恬："带了带了！全都带了。"

都查了三遍了，还要怎么样呀！

"嗯，"陆池舟低低应了声，又道，"还有……"

裴恬歪头走近几步："怎么啦？"

陆池舟望着她，眼眸中蕴含着一种极其温柔的笑，他揉揉她脑袋："有个好消息，等你出来再说。"

裴恬"喊"了声，瞪他一眼："卖关子就别说了。"

她重新转身："我真走啦？"

"嗯，加油。"陆池舟弯唇，轻声喊，"我的硕士太太。"

听到这话，裴恬背后泛起酥麻，害羞地捂住泛红的耳朵，几步飞奔进了门内。

奋斗了大半年的考试，终于在两天后结束。

裴恬无波无澜地参加完所有考试，如她一贯的那般平静，只在最后放下笔的那一刻，才有少许的轻松。

为实习奔波的何佳佳问过裴恬好多次，为什么她无论遇到多大的事都不会紧张。裴恬当时回答的是，遇事淡定是因为她不努力。但直到今天，裴恬才明白，她没有不求上进。之所以能保持这种心态，是因为她的身边有一群足够爱她的人，他们用绝对的宠爱，给了她绝无仅有的底气，让她大胆去做想做的事。

裴恬背着书包，慢悠悠地走出考场，隔着很远，就看见了英俊的陆池舟。

外面下着小雪，虽然举着伞，但依旧有几粒雪花落在他的发梢上。

男人仅是站在那儿，就如同一幅画。

裴恬加快脚步朝他走过去，陆池舟顺势牵住她的手，放进了口袋。

他什么也没问，拉着她就上了车。

"想吃什么？"

裴恬伸手，拂去男人发梢上的雪花，笑眯眯道："火锅。"

"好。"

去火锅店的路上，裴恬突然牵住他的手，直至十指相扣。

"你说有个好消息要告诉我，"她眨巴下眼，期待地问，"什么好消息？"

陆池舟看她一眼，低头把玩她的手指，眼角眉梢满是笑意："陆太太喜欢中式还是西式婚礼？"

裴恬蒙了："……啊？"

陆池舟突然扣紧她的手指，低声说："暑假我们办婚礼。

"至于程序，我一项项来。"

"但婚礼，"他说，"现在就可以开始筹备了。"

2

十二月底，转眼间，又是新的一年。

考完研，陆池舟再没管裴恬做什么，故这段日子，裴恬快乐得忘乎所以。

她开始四处搜集婚礼的信息。陆池舟问她喜欢中式还是西式的，裴恬在其中摇摆不定。小孩子才做选择，她全都想要。

月末的一天晚上，裴恬和陆池舟谈起了这个话题。

当时男人翻平板的指尖一顿，很平静地替她做出了选择："那就办两次。"

裴恬一惊："两次？"

"嗯。"

她脑子没转过来，张口就答："那我还不得找人再结一次婚？"

屋内的空气突然凝固下来。陆池舟倏地抬眼，看向她。

察觉到危险，裴恬下意识地默默缩回横在他大腿上的脚。

"找个人？"陆池舟一把按住她欲往回缩的腿，语气没什么温度，"你还想找谁？"

裴恬殷勤摇头，讪讪道："我口误……口误。"

陆池舟将怀中的平板丢到一边，顺势把懒洋洋地倚在沙发上的女孩拎起来。

"你要喜欢，两种仪式我们都办。

"国内中式，国外西式。"

裴恬"啊"了声，小声说："这样是不是就可以收两次礼金了？"

陆池舟失笑，细长的手指捐了把女孩的脸颊："你说得有道理。"

"不过，"裴恬顿了顿，伸手搂住男人的脖颈，弯起唇角，"还是办一次好了。"

陆池舟轻吻她的发顶："怎么？"

裴恬长睫微垂，声音低低的，放得很轻："因为婚礼和你一样，都是唯一的。"

"只要是和你一起，"她说出后面的话："中式、西式都好。"

话音刚落，裴恬突然被抬起下巴，陆池舟嗓音里是藏不住的笑："哪儿学的哄我的话？"

他捏她鼻尖："嗯？"

"谁哄你了，"裴恬自己的脸颊也涨得通红，她别开脸，"都是真话好不好？"

陆池舟闷声笑，将她更紧地往怀里带："就算是哄我也信。"

裴恬低头把玩着他的指尖："跨年夜你有时间吗？"

一算时间，跨年夜就是几天后的事情了。

"怎么？"陆池舟的表情有些闲散，"恬恬要和我约会？"

裴恬瞪他一眼，愤愤鼓起腮："不是我约你，是你约我！"

"好。"陆池舟笑出声，"那恬恬愿意和我约会吗？"

裴恬这才顺了气，沿着台阶往下爬，轻哼一声："我勉强可以挤出点时间。"

"想去哪儿？"陆池舟"嗯"了声，掌心自上而下抚摩着她的长发。

女孩的长发乌黑浓密，抚在手中宛如上好的绸缎，让他爱不释手。

"去看电影。"裴恬回答，同时按住他的手背，嗔怒道，"你别薅我头发了，再薅就秃了。"

因为考研，头发每天都掉几十根，他竟然还摸！

听完这话，陆池舟还当真往她头顶看了眼，哄道："别说秃，恬恬光头都好看。"

裴恬："……"

下一秒，她撑起身体，伸出魔爪在男人头顶乱揉一通，怒道："你说什么呢？

"谁要秃了？谁光头了？！"

陆池舟："……"

他斟酌下语气："那我该说什么？"

裴恬叉腰，直勾勾盯着他："你该说，仙女永不秃头。"

陆池舟不敢忤逆："仙女永不秃头。"

裴恬满意了，散漫地在陆池舟怀中躺下，她滑动着手机，订好了票。

"要去看《危险关系》？"陆池舟问她。

"当然呀，首映礼呢！"裴恬晃晃手机，"这可是江深和周以晴的电影，可不得包几个场支持一下。"

倏地，裴恬又想起这电影还是陆池舟投资的，她偏头眨巴两下眼，拱了拱手："祝票房大卖，陆总赚个盆满钵满呀。"

陆池舟挑眉，回敬一句："感谢恬总支持。"

跨年夜下起了不小的雪，漫天雪花飞舞，但街上依旧车水马龙。

知道裴恬想吃法餐，陆池舟很早便让杨执订了餐厅。

十几层旋转餐厅的楼上，透过透明干净的巨大落地窗，裴恬托着腮往下张望。不知想到什么，她说："我们好久没一起跨年了。"

听到这话，陆池舟怔了下，明白了她的意思。

去年这时候，她跑去了 H 市，所以他们并不在一起；而更早的那几年，陆池舟已经记不清了，或者说是不想记住。

似察觉到他的沉默，只感叹一句，裴恬又立马将脑袋扭回来，强调道："但往后我们都在一起！"

陆池舟轻轻笑了："嗯。"

二人赶在电影开场前吃完了饭，随后慢悠悠地进了电影院。

裴恬买了两桶爆米花和两杯可乐，陆池舟张了张唇："我不……"

裴恬却不听，她将爆米花一股脑儿地塞到陆池舟怀中："你拿着。"

两桶爆米花堆起来，快遮住陆池舟的脸了。

他相貌精致，生得人高腿长，再抱着两桶爆米花，在电影院里极其显眼。

裴恬手中拎着饮料可轻松多了。她穿着件蓬松的粉色小袄，因为跨年，还扎了个圆圆的丸子头，快乐地迈着步伐往前走。

女孩走在前面，还不停朝后嘟囔："你快点呀，要排队进场啦。"

陆池舟迎着众多打量的目光，无奈抿了抿唇，亦步亦趋地跟在裴恬后头。

跨年来看电影的人异常多，他们这场在八点，更是高峰点。

裴恬专门订的情侣场，一路拖着陆池舟的衣袖往里走，直至坐到座位上。

刚坐下，离播放电影还有些时间，裴恬拿起手机翻着微博。

江深和周以晴自是早早就在微博为电影宣传，再加上天启的大力营销，以及放出的几个大气磅礴的预告片，这部电影的声势造得很大，也不知陆池舟往里砸了多少钱。

这时候，周围几乎已经坐满，来的全是情侣，整个放映厅充斥着甜腻腻的气息。

不知哪里传来了娇嗲的嗓音："老公，我要吃爆米花。"

然后是一阵窸窸窣窣的声音，男声问："还要吗媳妇儿？"

"要，"女声娇滴滴的，"要老公喂。"

后来的声音有些暧昧难言，像是在接吻。

裴恬咬了口爆米花，听得耳根发热，又不自觉地往旁边看了眼陆池舟。男人手中还替她拿着爆米花，而此时正巧也在望着她。

裴恬往他唇边递了个爆米花，他张口含下，嚼了两下，喉结微动，咽了下去。

见他还看着她，裴恬问："你是还要吃吗？"

陆池舟的眼眸有些深，他张了张唇，拖腔带调地说："要媳妇儿喂。"

裴恬："……"

连这个他都要和别人比是吧！

裴恬拿手在脸侧扇了扇风，想了想，有些不服气。她扭过头，绽放出一个腻歪歪的笑容，故意嗲着嗓音道："要老公亲亲才给喂。"

她说完，便发现陆池舟的眼眸更黑了。

他缓缓靠近，似要倾身过来。裴恬瞪大了眼睛，有些急了。

这时候电影还没放，所以灯还是亮的，大庭广众之下多尴尬啊！

她往后缩了缩，开始认怂："别……"

突然，所有的灯骤暗，伴随着电影开始的响声，所有声音几乎都淹没在其中。

陆池舟再无顾忌，加快动作，在她唇上亲了一口，没深入，很快便分开。

裴恬眼睫骤颤，脸颊在黑暗中染上绯红，听到陆池舟在她耳畔哑声道："喂我。"裴恬慌忙地随手抓了把爆米花放在他唇边。

陆池舟似是笑了声，低头咬住爆米花，只是有意无意地，舌尖从她手指上一扫而过。

裴恬连忙缩回手，羞恼地捂住脸，讨厌死了。

她努力平静下来，开始凝神看电影，不知不觉地就被电影吸引。

不得不说，背靠财大气粗的陆氏集团，电影的质感、光影、剧本都是一流的，而且演员的表现异常出彩。

周以晴明显比江深更老练，连眼神都是戏；而江深虽然演技青涩些许，但二人的磁场太合，很轻易就能将人代入其中。

裴恬看得屏息凝神，连爆米花都忘了吃。

二人有不少亲热戏，导演表现得并不露骨，却更显香艳。

裴恬看得脸红心跳，垂着头将脸埋在陆池舟怀中，掩耳盗铃般，从露出的空隙中看向大屏幕。

"害羞？"

裴恬在他胸膛前，矜持地点点头。

直到耳垂被男人轻捏一下，陆池舟用气音在她耳边道："我们不是试过吗？"

他的意思大概是，试都试过了，还害羞什么？

裴恬气得脸都红了，她猛地抬起脸，狠狠瞪他一眼，又伸手捶他好几下，小声骂道："你不要脸！"

陆池舟笑得胸腔直颤，顺势拉住她的手。

不过，后面裴恬没有心思理他了，注意力全在电影上。

电影中，许之漓饰演的女二经历了一场灭顶之灾，此时正躲在狗洞里哭，绝望又哀伤，满是撕心裂肺的模样。

尽管是演的，裴恬依旧见不得许之漓这种模样。她低下头，悄悄地抹眼泪。

怕被陆池舟笑话，裴恬的动作很小心。

直到头顶传来男人的一声低叹，陆池舟按住她的脑袋，拿纸巾轻柔地替她擦眼睛："小哭包。"

裴恬吸了吸鼻子，依旧难过得说不出话来，索性恶狠狠地把脸埋在男人的衣襟前蹭。

陆池舟的下巴放在她头上，掌心按住她的后脑，另一只手轻轻拍她的脊背。

整场电影下来，裴恬的情绪被耗了个干净，半晌都回不过神来。

看完电影，裴恬的妆花了大半，她没好意思再逛，拉着陆池舟便回了家。

裴恬的两只眼睛肿胀得像个灯泡，坐在家中的梳妆镜前，仰着脸让陆池舟给她卸妆。

"你用点力啊！"裴恬伸脚踢陆池舟的小腿，"不用力卸不干净，会闷痘的！"

陆池舟低眼，看着女孩雪白细嫩的脸颊，忍不住捏她的鼻尖，似笑非笑。

裴恬摸出手机，随手翻着微博。

果然，今天的微博被电影《危险关系》刷了屏，刚刚开播，某软件打分已经高达 8.9。

微博话题的讨论度持续加热，已经隐隐有了年度爆款的趋势。

裴恬和许之漓发着消息，恭喜她票房大卖。

二人聊了会儿，裴恬就回到微博上。结果刚进去，就在微博热搜那里看到了一个红得发紫的"爆"，后面跟着话题——

江深周以晴恋情曝光

3

终于，江深和周以晴的名字，在今天以这种方式出现在微博首页。

这一幕，裴恬畅想过数遍，此时她颤着指尖，迟迟不敢点进去。

虽然裴恬早就知道他们是真的，但只能苦苦守着这个大秘密，天知道她恨不得向全世界宣传她的"晴深不寿"！！

裴恬屏住呼吸，突然一把打开陆池舟的手："你等会儿。"

陆池舟看了眼被拍开的手，又见女孩盯着手机，理也不理他。

他扯唇，掌心握住她头顶梳得齐整的丸子头，记仇般揉了把，俯身凑到她脸侧，目光也顺势落在她的手机屏幕上。

裴恬正专心致志地看一段高糊的视频。画面很黑很沉，不知是哪个地方的边角，周边几近无人。一男一女俱穿着简单，但依稀可见精致的骨相和仪态。突然，男人一把将女人按在墙上，二人唇齿交缠在一起。

在这样安静又隐晦的角落里，他们再不需避讳，放纵又自由。

拿摄像头的人似乎被惊到了，低低骂了一声，画面镜头不太稳。但江深的动作越发放肆，他抬高女人的脸。这一下，使得女人的面容在镜头中清晰起来。乌眸似水，红唇如火，隔这么远，都媚得蛊惑人心。

视频很短，下面的评论却已经高达几十万，且每分每秒都在增长。

裴恬甚至忘了动，一遍遍循环着视频，捂住脸，眼睛笑得看不见影。而在这条视频之上，江深刚刚发了微博。

早在新闻刚爆出来时，粉丝根本不信，都让江深出来辟谣。

就在刚刚，江深的回应更是推高了热度。

不是谣言，我们是真的。@周以晴

有粉丝发长文表示脱粉。

但这条长文下，江深亲自下了场。

可我喜欢。

简简单单的四个字，江深用自身挡住了一切流言蜚语。

舆论渐渐开始扭转。

江深从来不走流量。他正经戏剧学院在读，自小就活跃在荧屏上，再加上实力强劲，在年轻一代演员中脱颖而出。换句话说，他是演员。

演员不靠粉丝吃饭，为什么不能谈恋爱？故江深狂热粉丝的失态行为引来了众嘲，而网友们除了一开始的惊讶，更多人献上了祝福。

《危险关系》的热度更是上了一层，再加上口碑极佳，后面场次的票房被抢售一空。

不少网友笑称，本次最大的赢家或许是坐在背后数钱的投资方，免费有了这么一波流量。

唯有裴恬，倾注了所有的真情实感，看得心里酸酸胀胀的，她吸了吸鼻子，又抹了把眼睛。

陆池舟看她这模样，轻叹一声，伸手轻轻擦拭她通红的眼尾："看别人谈恋爱也能哭？"

裴恬瘪着嘴，完全沉溺于别人的绝美爱情中。她摇头，瞪了眼陆池舟："荧幕情侣成真的快乐，你是不能懂的！"

陆池舟微微倾身，直视着裴恬的眼睛："那恬恬说说，这是种怎样的快乐？"

裴恬不假思索地回答："和自己谈恋爱一样快乐。"

或许，比自己谈恋爱还要快乐一点。但在陆池舟这样的小心眼面前，她不敢说。

"那正好，"陆池舟捏了把她莹白的脸颊，"今晚可以拥有双倍的快乐。"

裴恬蒙了一瞬："双倍？"

下一秒，男人手臂抄在她的膝弯下，一把将她抱起，大步走向浴室："除了荧幕情侣成真。

"你还可以和我谈恋爱。"

裴恬："……"

司马昭之心！

这只孔雀怎么满脑子都是那些废料！

裴恬打他的肩膀，有些抓狂："为什么要去浴室？面对面谈心吗？"

陆池舟脚步不停，语气理所当然。

"谈恋爱最重要的不是谈。"

"那是什么？"

后面是一阵窸窸窣窣的响动。

良久，裴恬听见陆池舟在她耳边低声说："是爱。"

那时候，裴恬连手指都不想动，她张了张唇，无声反对。

根本不是爱，少了个字。

一月始，陆池舟仍然忙碌，裴恬依旧是大闲人。

放了寒假，荧幕情侣成真，还不需要刻苦学习，裴恬仿佛进了快乐星球，无忧无虑到每餐都能多吃一碗饭，以至于腰间长了一圈肉，连脸颊都圆了一小圈。

裴恬为长肉这件事感到无比忧愁，但陆池舟的态度却与她相反，显然是爱极了这个状态。

亲近时，他会经常上手捏她腰间的软肉，唇角向上轻勾："总算养胖了一些。"

裴恬表情顿住。

似是察觉到危险，陆池舟亲她脸颊，低声道："但这样更好看，我好喜欢。"

裴恬心里瞬间舒坦了，软乎乎的，宛如小奶猫般卧在男人怀里，任由他亲近。但渐渐地，事态开始失控，变得一发不可收。

几次三番都是这样，偏偏陆池舟温柔至极，让她沉溺其间。

后来裴恬发现，温柔乡也不是好待的。她有些受不住，索性收拾了个小行李箱搬回了家。

当天晚上，她正窝在沙发上玩手机，裴言之从外面回来，经过时，轻飘飘瞟她一眼，吐出两个字："胖了。"

裴恬连忙坐起身，惊恐地揉了揉脸上的肉，羞恼道："哪有？！"

裴言之："你自己照照镜子。"

"订的礼服是你原来的尺寸，"裴言之有些嫌弃地看了眼裴恬，"现在估计……"

他没说完后面的话，但意味深长，比说完更让人扎心。

裴恬满脸呆滞。

裴言之说的礼服，便是她早早选好的婚服。

从去年开始，陆池舟已经委婉地朝裴言之提了好几次结婚的事情。裴言之次次和他打太极，却早已经让裴恬自己选起了礼服。

裴恬懂他的意思。

裴言之虽然心中有气，不想让陆池舟轻易得逞，但还是顾及她的意愿，早早便给她准备最好的东西。

因此，裴恬被感动得七荤八素，也没告诉陆池舟其实她爸早已松口的事。但现在因为长胖，裴恬彻底悲伤了。

不多时，陆池舟发来消息，问她什么时候回去。

那时裴恬正在家里的跑步机上健步如飞，看到消息，气呼呼地回复：不回去了！

随后，陆池舟直接拨了视频电话过来。

屏幕里，女孩站在跑步机上，肤色白里透红，显得娇憨又可爱。

陆池舟的眼眸黯了黯，继续问："什么时候回来？"

裴恬轻哼了声，满脸坚定地说："什么时候瘦成仙女，什么时候回来。"

那边安静了几秒，语气理所当然："可恬恬现在就是仙女啊。"

裴恬脸一红，支吾了会儿，并不买账："你少来。"

陆池舟低笑了声，拖长了声线，听在耳边酥麻一片："那我明天来接仙女回家好不好？"

裴恬跑步的动作缓了缓，又听陆池舟轻声道："给你买了小天鹅的蛋糕。"

"放在家里，不吃就坏了。"他继续道，"浪费食物不好。"

"可是……"

陆池舟温声打断："而且我明天刚好有空，带你出去玩，嗯？"

眼看又要被这只孔雀牵着鼻子走，但在最后一刻，裴恬还是清醒过来："不去！就是不去！

"再胖下去，婚服都穿不上了！"

裴恬挑了好多好多套礼服，有好几件已经完工就等她去试了，如果到时候穿不上，那该有多尴尬。

仙女怎么能够允许这种尴尬出现？！

听到这话，陆池舟的关注点显然不在这里。

"婚服？"

裴恬表情一变，慌忙捂住了嘴。

裴言之为了端架子，才不会这么早让陆池舟得逞。于是，裴恬就看着屏幕对面的男人，眼角眉梢的笑意越放越大。

"恬恬连婚服都准备好了？"他低低问，"咱爸是不是已经答应了？"

裴恬彻底闭上了嘴，但闪躲的眼神终究泄露了心事。

她一把挂掉视频，只有一道气呼呼的声音："烦不烦呀？！"

陆池舟的心情似乎极其愉悦，顺从地回答："好，我烦我烦。"

"那……"等到那头没那么生气时，陆池舟才顺着毛捋，"我什么时候能上门？"

裴恬咬着下唇，半晌憋出一句："随你。"

因为裴言之的那句"胖了"，年前裴恬都在家中为减肥奋战，但最终收效甚微，原因便是家中也大鱼大肉不断。

裴言之嘴上说她胖，在吃上依旧纵着。到最后，裴恬开始自暴自弃。

算了，她还是个体重不到三位数的美少女，胖什么胖？！

时间一晃而过，直直逼近年关。

裴言之近两日有些沉默，裴恬下楼喝口酸奶，都能被他幽幽瞥一眼。相反，程瑾脸上堆的笑就没散去过，每天一大早就起来，指挥着阿姨将裴宅里里外外打扫了个干净。同时，家中很多陈设都焕然一新。

裴恬看着，心中隐隐有了猜测，而后心脏像被羽毛挑过般，乱了节奏。

直到腊月二十九，陆池舟给她发了消息，说明天来看她。

他要来她家过年啦！

裴恬看完消息后，抱着手机，面上的笑容藏也藏不住。

她终于能把他带回家了。

到晚上时，裴恬的爷爷奶奶已经到了老宅。吃饭时，凌静问裴恬："今年是不是要把几何带回来啦？"

裴恬咬着筷子，矜持地点了点头。

这时候，程瑾正好给凌静斟了杯酒，笑着说："不仅是带，这结婚的事也该谈谈了。"

一听这话，凌静侧头瞥了眼身侧的裴言之，见他表情无波无澜，不见半分喜色，心中好笑。

主位上的裴勋适时开口："结婚不是小事，虽然池舟这孩子我放心，但该有的程序一样也不能少。"

说罢，他淡淡看了眼裴言之："你好好替恬恬把关。"

裴言之扯了扯唇角，语气凉凉的："这是自然。"

裴恬吃着饭，不敢吭声。

这次也是她说漏嘴，让陆池舟提前听到风声，所以钻了空子。不然依照裴言之原本的打算，可得到年后才真正松口。

凌静又问："时间定了吗？"

程瑾抢在裴言之前头答："几何的意思是定在暑假。"

凌静看向裴恬，裴恬朝她轻轻点头，随后抬手掩住快要起飞的唇角。

凌静沉吟了会儿："这个时间还挺合适。"

两个女人三言两语间便确定了时间，只余裴言之在一旁安静地仰头喝了杯酒。后续，凌静又和程瑾一起，唠起了她的嫁妆。

凌静挥手就送了几套房和店面，再加上大大小小的股份和不动产，听得连裴恬都瞪大了眼睛。

程瑾却笑着说嫁妆不用担心。裴言之一贯嘴硬，其实哪舍得女儿受一点委屈。

裴恬顺着凌静的视线，看到坐在沙发上试图屏蔽这边声音的裴言之。她眨巴下眼，突然觉得眼睛有些酸。

当晚，裴恬陪着聊了很久的天。

往常裴家老宅又大又空，唯有过年过节的时候，才满是温情。聊着聊着，几人的声音都不自觉地低了下来。

凌静抹了把眼睛，突然将裴恬搂在怀里："我的好孩子啊，怎么一眨眼就要出嫁了？"

裴恬闭了闭眼，回抱住她："出嫁了也是自家人。"

说完，她又小声补充："几何哥哥也是我们家人。"

凌静轻轻拍了拍她的脊背。

年三十的大清早，睡梦中的裴恬便听到楼下庭院内传来的喧闹声响。

今年，姑姑裴言悦和叔叔裴言卿两家都会回来过年，再加上陆池舟和陈挽月，众人一起，成了这么多年来最热闹的一个年。

感觉到大家都来了，裴恬了无睡意，迅速起床，洗漱完便下了楼。

裴恬下楼时，一眼便看到了许久未见的婶婶苏念念和表姐楚宁。

她们二人是多年的闺密，一见面便嘀嘀咕咕停不下来，其余人连话都插不进去。最为突出的便是她小叔叔裴言卿，此时只能在一边带崽。

苏念念知道她爱睡懒觉，见着裴恬弯起唇："恬恬今天起这么早，是不是想我们了？"

楚宁看见她，"哟"了一声，故意打趣她："哪能想我们啊，可不是想她的几何哥哥了。"

裴恬大步走到楚宁面前，羞恼地一跺脚："谁想他啦？！"

她故意气楚宁："倒是表姐你，笑我不如赶快去找个男朋友。我婶婶只比你大一岁，奶茶、奶盖都长到我腰了。"

楚宁气得一敲她脑袋："谁没男朋友了？我一年五个男朋友。"她欣赏着新做的指甲，悠悠开口，"谁和你们一样，只知道在一棵树上吊死。"

"恬宝，听姐姐的，"楚宁突然压低声音，"趁还没踏入婚姻的坟墓，再去找几个男人尝尝味道，指不定……"

眼看着这话越来越不着调，一直没出声的裴言卿警告性地瞥楚宁一眼："楚宁。"

楚宁只好讪讪闭嘴，又捏了捏裴恬的指尖："你男人现在长什么样？小时候还不错，也不知道现在长没长残。"

"哪有长残！"裴恬托着腮，不自觉地笑弯了眼睛，咕哝着，"他好看，特别好看。"

楚宁被勾起了兴趣，问她："有多好看？"

话音刚落，玄关处恰时走来一道黑色身影。男人身高腿长，眉目清秀俊逸，气质斯文矜贵。一举一动明明是最寻常的动作，却让人移不开眼。

看见来人，裴恬下意识便从沙发上弹了起来，脚步如飞，像是蝴蝶般翩跹到男人面前。

像是炫耀最了不得的宝藏般，裴恬挽住他的手臂，转向沙发上的众人。裴恬清了清嗓子，抬起下巴，骄傲道："介绍一下，这就是我巨好看的男朋友。"

陆池舟看着被抱紧的手臂，面对众人显然被酸到的神色，轻轻笑出声。他顺着裴恬的话，声音清朗如玉，掷地有声。

"大家好，我就是恬恬巨好看的男朋友，陆池舟。"

裴言悦一家和裴言卿一家："……"

4

今儿是大年三十，一大早，裴家人便全都露了面。

为了讲究个年味儿，过年时的工作裴家人向来自己做。人来齐之后便要明确分工，各自都有任务。

老宅大门、小门加起来有四五个，每处都需要贴对联，正经的大门处还要挂灯笼，弄起来费时又费力。除此之外，厨房里的饭菜准备也少不了人手。

陆池舟作为"新婿"，非常自觉地揽下了大门处的灯笼和对联。

这自然没人拦着他。毕竟在以往，这事都是谁丢骰子输了谁干。而在和霸王裴言之的对决中，裴言卿年年都输，基本已经承包了这项工作。直到今年，突然有人上赶着干。

陆池舟接过大大的灯笼和对联，笑容温和地冲裴言卿道："叔叔，以后都让我来，这事我爱做。"

这话一出，裴言卿还没表示，倒是悠闲地坐在沙发上的裴言之受不了地嗤了声，引来众人的注视。

裴言之一个个回看过去："看我干什么？"他跷起腿，慢悠悠道，"既然他这么喜欢贴对联，家里这么多门，够贴了。"

最先沉不住气的是裴恬，她躲在陆池舟身后，咕哝道："爸！那么多门，他要做好久的。"

陆池舟钩住她的指尖，笑着说："没关系爸，这些都不是问题。"

"不要。"裴恬依旧不服气，小声嘀咕道。

听到这话，裴言之淡瞥一眼裴恬："这么心疼，你怎么不去帮忙？"

裴恬："……"

最后当和事佬的还是凌静，她佯怒般瞪了眼裴言之："瞧瞧你，像什么样子？！"

说完，凌静拍了拍陆池舟的肩："别听他的。几何，你想做什么就做什么。"

"谢谢奶奶。"陆池舟冲凌静露出一个异常乖顺的笑容,"爸一直对我很好,刚刚他应该只是和我开玩笑而已。"

凌静顿时无比感动。说实话,在他们家,就裴言之这种脾气,狗都不惯着。

凌静又拍了拍陆池舟的肩:"你不用解释,奶奶都懂。"

听到这里,裴言之冷笑一声,气得别过头。

但除了裴言之,其余人见着陆池舟的心情还是很好的。

他应是早早便做了功课,送每个人的礼物都送到了心坎上,连裴洵和裴觅也不忘笼络。陆池舟又送了裴洵几个绝版航模,而给裴觅的是几个时下最火爆的男团签名照。而他们全家看起来最冷淡的裴言卿,也为陆池舟主动替他揽去事务的态度所打动,甚至当着裴言之的面慢悠悠道:"你差不多就得了。"

裴言之:"……"

他顿时看向叫他好好把关的裴勋。

此时,裴勋正拿着陆池舟送来的上好歙砚细细观摩,脸上的满意掩都掩不住:"池舟啊,咱爷俩今晚可以切磋切磋。"

陆池舟正拿着对联和灯笼往门外走,拱了拱手,谦逊道:"切磋谈不上,是小辈献丑了。"

"少来。"裴勋笑着说,"你那一手丹青可得秉钦亲传,谈何献丑?"

陆池舟低头,抿唇笑了笑。

裴恬一直托腮盯着他看,感受到渐快的心跳,面上的倾慕和喜欢藏都藏不住。她好似突然就明白了,何为君子如玉,风华正茂。

"齁死了。"直到楚宁拿着陆池舟送的巨额购物卡在裴恬眼前晃了晃,"天天看还看不够?眼睛都快挂人身上了。"

楚宁声音很大,丝毫不知给她留点面子。这一声使得所有人都看向裴恬,然后不约而同地笑着摇头。

裴恬闹了个大红脸,她羞恼地把脸埋在苏念念背后,又伸手打了下楚宁,娇声道:"哎呀,你烦死啦!"

陆池舟拿着灯笼和对联去了外面的大门,剩下的一屋子人也开始各忙各的。

这次和陆池舟一起过来的，还有久未露面的陈挽月。

陈挽月一进门，便被热情似火的程瑾和裴言悦拉去一边说起了悄悄话。

早在五六年前，三人是美容、下午茶、推牌九都要约在一起的好闺密。但自从陈挽月离开后，再次相聚时，已经是这么多年以后。

这一年来，陈挽月的气色相比从前好了许多，抑郁症的应激反应也减弱，开始慢慢接触人群了。

昔日的姐妹受了这么多苦，自己却始终蒙在鼓里，此刻看到重新选择光明的陈挽月，程瑾红了眼眶。

她握住陈挽月的手，一遍遍道："都过去了，过去了。"

裴言悦微笑："未来会越来越好。"

陈挽月眼中隐含泪光，重重点了下头。

在众人都紧锣密鼓做自己手头的事情时，裴恬作为气氛组，在其中浑水摸鱼。

往年，裴恬仗着年纪小，始终扮演着这样的角色。现在有了比她更小的裴洵和裴觅，裴恬依旧没有自己已经是姐姐的自觉，甚至带着弟弟妹妹四处晃荡，走到哪儿便去哪儿聊会儿天，抑或是顺便搭把手。

但今年，裴恬的心思全然不在这上面。

趁着众人忙碌，裴恬安顿好搭模型的裴洵和看电视的裴觅。

厨房有新做好的炸丸子，还是苏念念亲自掌勺。裴恬悄咪咪夹了两个，自己先偷吃一个，趁着还热乎，便脚底抹油跑到门外。

陆池舟的身影出现在门外的铁栅栏边。对联已经贴好，男人正低着头整理灯笼穗子，红通通的颜色映衬得尤其喜庆。

栅栏边有两堵高大的石墙，挂灯笼需要踩着高高的梯子。

趁着他还没上去，裴恬端着碗，蹦跳着跑过去。

听见声响，陆池舟偏头望过去，看见是她，男人唇角扬起笑："怎么过来了？"

裴恬端着小碗，将里面唯一的炸丸子放在他眼前："想给你吃好吃的。"

陆池舟配合地低下头，张开唇："喂我。"

裴恬夹起丸子："我给你吹吹。"

陆池舟笑看着她鼓起的两腮，几秒后，咬住她递过来的丸子。

"好吃吗？"裴恬睁大眼睛，期待地问，"这是我婶婶做的，是不是超好吃？"

陆池舟点头，温声"嗯"了一下。

"外面冷，"他替裴恬拢紧外套，"这个我一会儿也能吃，你跑出来干什么？"

裴恬表情认真地说："可我吃到好吃的，就想你立马也吃到。"她伸手环抱住他的腰，"而且，这是对你做事的嘉奖！"

"嘉奖？"陆池舟笑，用未拿灯笼的那只手揉了揉她的脑袋，"这点小恩小惠可不够。"

裴恬张了张唇："不够？"

陆池舟指了指自己的唇："你亲我一下。"

裴恬倒是毫不扭捏，踮起脚尖便凑了上去，很快就被男人反客为主。

自从她回来，二人也有快十天没见了，陆池舟亲她亲得有些急。

直到二楼窗户被打开，楚宁隔空喊她："裴恬！跑哪儿偷懒去了？过来帮我贴窗花！"

下一秒，裴恬还没和陆池舟分开，便听到楚宁又叫了一声，声音高亢："裴恬你有完没完？大门口的就亲嘴你不冷吗？！"

裴恬："……"

楚宁喊起来比广播还响，余音绕梁。

裴恬耳根都红了，她急切地想要推开陆池舟，结果男人低笑了声，不放开她。

他贴着她的唇，哑声道："都被发现了，不亲完不是浪费？"

裴恬："……"

忙活大半天，终于在下午临近傍晚时，整个裴宅都装饰完毕，阿姨已经在客厅中央摆起一个能容二十人的大圆桌。

年夜饭正式开始。

裴恬让陆池舟坐到她身边。她在家里辈分小，这种时候身旁坐着的都是裴洵和裴觅，到今天还有陆池舟。

上桌前，裴恬还和陆池舟咬耳朵，放下了狂言："以后在咱家，你就跟着我混。"

"嗯。"陆池舟笑得胸腔直颤，跟着呢喃了句，"在咱家，我就跟着恬总混。"

直到上桌，陆池舟看着老老实实坐在下首的裴恬，忍笑偏过头。他凑到裴恬耳畔，尾音绵长："恬总。"

裴恬捏他手指："干什么？"

"好像跟着你……"陆池舟的语气意味深长，"也混不开啊。"

裴恬："……"

她顿时翻脸，气呼呼地甩开他的手："你还想怎么混？！有位就不错了。"

"不然你去和奶茶、奶盖坐。"

陆池舟重新去钩她的指尖："那我还是跟恬总吧。"

裴恬这才顺气地轻哼一声。

二人一来一往，甚至不知道席间所有人已经入座，最后所有人的目光都朝他们看来。

凌静忍俊不禁："小情侣感情就是好啊，一刻也分不开。"

楚宁摇头："那可冤枉小情侣了，也就裴恬谈恋爱这样。"

裴恬炸毛了："哪有？！"

"哪里没有了？"楚宁乘胜追击，伸出两根手指，"大门边也在亲亲呢。"

裴觅偷喝了口饮料，跟着抢答："还有上回在我家门口，姐姐也在亲亲！"

便是陈挽月都掩住唇，挡住笑意，显然是想到了些什么。

所有人你一言我一语，连裴言之都嫌弃地递了个眼神过来。裴恬埋着头，简直想找个地洞钻进去。反倒是陆池舟，半分不自在也没有，甚至还有心思在那儿笑。

到后头，裴恬也不害羞了，索性厚起脸皮，反问道："怎么，我亲我男朋友不可以？"

楚宁："谁还没个男朋友了？"

"你有本事带回来呀！"

楚宁："你……"

"停！"最后还是裴勋看不过去，制止了二人没完没了的斗嘴，"你们弟弟妹妹还在，适可而止。"

眼看楚宁吃瘪，裴恬悄悄朝她做了个鬼脸。

年夜饭开始后，不断有人开始敬酒，觥筹交错间，氛围极好。

裴恬以还没毕业为由，依旧坦然接受长辈的红包。她说起漂亮话来滔滔不绝，逗得所有人频频发笑，最后自是收了满口袋的红包。

但今年，陆池舟借着她的光，收获了同样数量的红包，便是裴言之都很给面子地给了个。

这顿饭裴恬吃得异常满足，可能是喝了酒的缘故，开心到脚底打滑，好似随时都能飘起来。

到后头，她有些晕乎乎地靠在陆池舟的肩膀上，听着亲人们的谈笑声。

不知何时，话题转了方向，到了她的婚事上。似乎是裴勋问出的问题。

"池舟，虽然你很优秀，但裴恬是我们家实实在在的掌上明珠。

"实不相瞒，她的婚事我绝不会轻拿轻放，而且你应该有耳闻，我和言之最是护短。"

陆池舟伸手，托住裴恬往下滑的脑袋，郑重地点头。

"所以，"裴勋表情严肃，"你做好娶裴恬的准备了吗？"

席间突然变得非常安静，所有人都静静等待着他的回答。

陆池舟另一只手握紧裴恬的，随后朝主座上的裴勋微微躬身。几秒后，他开口，无半分迟疑。

"爷爷您放心。

"我所有的坚持和努力，都是为了更好地爱她。

"我愿意以所有身家作聘，换裴恬嫁与我为妻。"

这一声不轻不重，却直直击进裴恬混沌的小脑袋。她晃了晃头，确定自己没听错，几秒后心中泛起了千层浪。

裴恬也不顾众多家人看着了，酒精一上头，便呜咽着抱紧陆池舟的腰。

"呜呜呜，我嫁我嫁。

"不嫁给你嫁给谁啊！"

陆池舟嘴角噙着笑，轻轻揉了揉她的脑袋。

在座的所有人表情一顿，被迫喂了一嘴狗粮。唯有裴言之，似是实在难以直视，无语地扭开头，一眼也没往那边看。

年夜饭后，裴恬因为多喝了几杯果酒，当先便躺在沙发上一睡不醒，周围干什么的都有。

电视上的春晚被放到了最大音量，客厅的小桌上还有打麻将的声响，再加上阿姨收拾餐盘的声音，熙熙攘攘混杂成一片。而裴恬在这样的噪声里，睡得很安稳。

等裴恬醒来时，周围人各玩各的，她环视一圈，并未看到陆池舟的身影。

沙发旁边坐着裴言之，裴恬揉着眼睛，咕哝问："几点了，爸？"

裴言之该是在回信息，懒懒扫了眼手机屏幕："九点。"

裴恬"哦"了声，继续在沙发上伸了个懒腰。

"几何哥哥呢？"

裴言之哼了声，没好气答："和你爷爷在楼上。"

裴恬撑起身子，接过阿姨递来的醒酒汤，喝了下去。

等清醒些后，裴恬试探着问裴言之："爸……我今天喝了酒，没说什么吧？"

裴言之抬眼，睨了她一眼："说了。"

"说了什么？"

"你说陆池舟是绿茶，最喜欢装模作样。"

裴恬蒙了："……这样吗？"

"不然呢？"裴言之理所当然地反问，"他不绿茶吗？"

"……嗯，"裴恬，"绿茶。"

她半信半疑，总觉得彻底醉过去前，好像听到过什么了不得的东西。

裴恬扶着楼梯扶手慢悠悠地晃悠上楼，看到了书房半掩的房门，透过空隙能看见书桌前的二人。

她爷爷裴勋立在一边，眉目间是少见的惊叹和激赏。陆池舟则长身立于桌前，低垂下眼，专注地盯着桌案上的宣纸，清俊眉眼如画，细长如玉的指尖紧紧握着毛笔，隐隐现出青色的筋络。

裴恬趴在门边，看了好一会儿。

"池舟啊，"随后听到裴勋不住地赞赏，"你继承了你爷爷十成十的风骨。"

陆池舟摇头："您谬赞了，我不及爷爷半分。"

说起陆老，陆池舟的情绪有些低落："爷爷撑起了整个家。

"而我……

"我却连他都护不住。"

裴勋重重拍了下陆池舟的肩膀，喟叹道："孩子，事情到如今这般，你已经做得很好了。"

二人沉默了会儿。

裴恬脚下不稳，踩在地板上发出声响，引得屋内二人同时向她看来。

裴恬缓缓移步，挪到了书房内，不太好意思地扬起脸，朝他们笑了笑。她低眼，看到陆池舟刚写好的四个字。

裴恬眨巴下眼，默念了声："花好月圆。"

陆池舟将笔放在砚台边，低低笑了声，补充道："和你。"

这话没头没脑的，但裴恬顿时明白了他的意思——

和你花好月圆。

她脸微红地走到裴勋身边，不知想到什么，突然抱住裴勋的手臂，凑到他耳边问："爷爷，我们家的族谱在哪儿呀？"

裴勋："族谱？"

迎着陆池舟打量的目光，裴恬小声用气音道："您能把几何哥哥写进我们家族谱吗？"

话音刚落，裴勋笑着轻点她的鼻尖："你啊。

"真的想好了？就是他了？"

裴恬郑重点头。

不多时，裴勋便命人拿来了放在他房间密码柜里的族谱。

听到这儿，陆池舟瞬间站直了身体，呼吸都放轻了。他倏地看向裴恬，似乎在求证这个事实。

裴恬冲他弯唇，抿着嘴笑，就是不给一个确切的答案。

族谱是一本纸质已经泛黄的厚重的书，从第一页到现在，一字一字都是岁月的痕迹。而翻到裴恬的名字时，旁边正留着一个空位。

裴恬拉了把似乎已经傻了的陆池舟："快看。"

陆池舟低眼，同时握紧她的手，用的力气很大，像是要融进骨血。

裴恬看着自己名字旁的空位，朝陆池舟道："我让爷爷把你写入我家族谱啦！"

陆池舟的目光凝在书页上，看着裴勋握着毛笔，一笔一画，写下了他的名字，就在裴恬旁边。

这样一个古老的小仪式，这样紧密地、郑重地将他们绑在一起。

裴恬从后面环抱住他的腰，语气无比认真。

"这样，你就再也，再也不能离开我了。

"你记住。

"这一辈子，陆池舟都是裴恬的。"

5

春节之后，时间也宛若指间流沙，似乎眨眼间，一切便重归了正轨。所有人都重归忙碌，裴恬尤甚。

研究生初试成绩在年后不久便公布出来。

查分时，大概是望女成凤的心思迫切，裴恬身边围着程瑾和裴言之，陆池舟都得往后站。分数一出来，最先说话的不是裴恬，她还没反应过来，脑门就被程瑾亲了一口。

"我的好乖乖，给妈妈亲一口！"

裴恬睁大眼睛，捂住自己额头上程瑾大大的口红印，发蒙般看向电脑。

总分自不必说，便是在 A 大的复试名单上，分数也位列第一。

裴恬盯着电脑，心尖像是被什么拨弄了下，整个人飘飘欲仙，傻笑出了声。直到脑门又被裴言之揉了一把，他面上是难得的不加掩饰的笑："表现不错。"

裴恬面对着程瑾仿佛看天才般看她的目光，还谦虚了下，保证道："复试我会好好准备的。"

查完分后，裴言之要去公司，程瑾忙着和塑料姐妹们炫耀，一会儿便没了影。只余陆池舟立于裴恬面前，歪头朝她伸开双臂，轻轻笑着："不抱一下？"

裴恬立刻像个无尾熊般扑到他身上，双腿环住他的腰，刚刚的含蓄和谦虚不见半分踪影。

"我考上 A 大了！"她嗷嗷两声，"我还是第一啊！"

陆池舟失笑，将怀中的女孩往上颠了颠，理所应当地反问："这不是很正常吗？"

"不行不行，我太开心了。"裴恬笑着钩住他的脖子，"要举高高转圈圈！"

陆池舟托住她往上举了举，举到一半，他故作为难地蹙了蹙眉头："恬恬过年……是不是重了点？"

裴恬面上的笑意突然一僵，环住男人脖颈的手眼看着就要握成拳，结果下一秒，裴恬整个人被往上抛了下，一阵失重感传来。她还未惊叫出声，便被陆池舟接住，有力的臂膀抱着她转了个圈。

陆池舟的额头和她相抵，目光一眨不眨地描摹她的眉眼："公主可还满意？"

裴恬瞬间便将他刚刚那句"重了点"抛在脑后。

她忍不住绽放出一个大大的笑容，轻点了下头："满意。"

陆池舟开始吻她，裴恬钩住他的后颈回应，顿时满室一片旖旎。

成绩公布后不久，裴恬便开学了。这是最后一个学期，除了研究生复试，她还需要准备毕业论文。与此同时，裴恬还乐此不疲地筹划着婚礼的所有细节。

已经准备好的十二套礼服，裴恬还需要从中筛选出三套作为婚礼当天的礼服，但这十二套中没有婚纱。

因为陆池舟说，婚纱他想给她买。

裴恬勉强相信了孔雀的审美，没有反对，答应下来。除此之外，陆池舟将婚礼的所有选择权都交给了裴恬。

"玫瑰花要粉色的还是大红色的？"裴恬躺在陆池舟大腿上翻着图册，对比着两种搭配装饰，只觉得异常地难以抉择。

陆池舟正在看股市，闻言投去一个目光："都行。"

裴恬继续翻着图册："地点呢？巴厘岛怎么样？"

陆池舟沉吟几秒："挺好的。"

不知看到什么，裴恬又否认："不行！"

"嗯？"

"暑假那儿气温过高，降雨概率还很大。"

陆池舟煞有介事地点头："嗯，那确实不行。"

"教堂呢？教堂怎么样？"

"行，"陆池舟捏她的脸颊，顺着话头，"在哪儿都行。"

裴恬点点头，又继续问："伴手礼呢，伴手礼选什么？你有没有想好？"

陆池舟揉了揉眉心："我都听你的。"

裴恬："那……香水？"

"可以。"

"还有巧克力。"

"加上。"

裴恬继续问："那要哪种口味的呢？"

"都行。"

听到陆池舟句句简短的回答，裴恬气呼呼地撑起身子，突然一把丢下图册："你是不是在敷衍我？！"

陆池舟："我……"

"你对我们的婚礼根本不上心。"

陆池舟张了张唇，还未说话，便被打断。

裴恬抱臂，瞪了他一眼："你是不是觉得把我骗到手了就可以不上心了？

"果然男人就是这样。这才一年你就对我这样，那到以后可不得早早被你嫌弃。"

裴恬原本只是借机发点小脾气，但说到后头，代入情绪，还越发真情实感起来。

陆池舟百口莫辩，甚至不明白怎么一恍神的时间，刚刚还和小猫一样乖的女孩突然就生气了。

"为什么不说话？"裴恬眯了眯眼，语气危险，"你是不是心虚了？"

陆池舟："……"

他的大脑飞速运转，终于在几秒后，寻找到了最佳答案。

"没有不上心。"

裴恬别过头，不理睬。

"恬恬的选择肯定是最好的。"

裴恬眼睫动了动，冷哼一声。

"而且，"陆池舟顿了顿，朝她一点点凑近，"婚礼在哪儿，做什么，

153

都不重要。

"只要是和你结就好。"

裴恬心中的天平晃了晃，嘴上也有些结巴："你……你整天就知道说些甜言蜜语来哄我。"

说完，似想起什么，她又说了一句："渣男！"

陆池舟："……"

他一时不知道说什么。

想起裴恬曾经说过女朋友说什么都对的原则，他退了半步，语气诚恳："对不起，都是我的错。"

原以为女孩能消了气，结果裴恬突然睁大眼睛，小脸绷得紧紧的。

"你道歉是不是因为心虚了？

"果然，你的甜言蜜语都是骗人的！"

陆池舟："我……"

"我们冷战一晚上。"裴恬从沙发上走下去，走向自己房间，关门的同时扔下一句，"什么时候认识到错误，我什么时候理你！"

陆池舟怔在原地，眉心跳了跳。

"我错了，"趁着门还没被全部关上，他道，"再也不敷衍了。"

裴恬关门的手一顿，接着门被彻底关上，里面传来一道愤愤的嗓音。

"好啊陆池舟！你果然在敷衍我！"

陆池舟："……"

不过还算是孺子可教也，大概经过了一晚上的反省，陆池舟深刻认识到了错误。

自那以后，陆池舟对婚礼的任何细节，大到婚礼地点，小到裴恬该选择哪款耳环都亲自过问，裴恬的小脾气彻底被哄好。

但陆池舟显然不是什么能受委屈的人，他记仇，特别记仇。她撒过的小脾气，全部在床上被他尽数讨回。

有好几次，裴恬泪眼婆娑地丢盔弃甲，一遍遍朝下了狠力气的男人求饶。那时候，陆池舟会轻柔地吻她鬓角，笑得唇角扬起。

"还敷衍吗？"陆池舟的手轻轻揉着她的后腰，"嗯？"

裴恬气不过，咬牙回："敷衍！渣男！"

陆池舟的指尖抚过她通红的眼角，拖长了声音，意味深长地笑："这还敷衍啊？"

察觉到他眸中的危险，裴恬眼睫一抖，当即可怜兮兮地钩住他的脖颈求饶。

"不，不敷衍。

"这样，这样可以了。"

陆池舟吻住她的唇，嗓音很哑："还不够。"

就这样，在准备考研复试、毕业论文和复杂的婚礼中，裴恬度过了忙碌的一学期。

复试结果不出所料。裴恬初试成绩就好，再加上考的是本校，最后顺利上岸 A 大。

时间步入六月，A 市的初夏悄然来临。

毕业论文基本已经修改完毕，只剩下最后的论文答辩。

本科生的论文答辩压力还不算大，裴恬早早做好了准备，通过得很顺利。

忙忙碌碌中，闷热又匆忙的六月过了大半，裴恬正式毕业，迎来了暑假。

毕业典礼定在六月底。那天，天朗气清，学校的大会堂坐满了穿着学士服的毕业生。典礼完毕后，便是各自找老师和同学合影留念。班级的合影地点在学校最为标志的雕像前，那里还有一棵高大的老槐树。

裴恬穿着宽大的灰边学士服，长发披在脑后，学士帽的穗子随着她的动作四处摇晃，她在找人。

陆池舟一定在，他绝不会错过她的毕业典礼。

环顾左右，裴恬目光一顿。葱郁的老槐树下，男人穿着简单的衬衫，英俊挺拔。

显然，他很轻易地便在人群里找到了她，一寸寸描摹着她的模样，似在记住她此刻的样子。

人群里，裴恬冲他绽放起笑容，看到陆池舟勾起唇角，似乎很轻地笑了下。

但陆池舟这样的人，实在是太显眼了。他出现没多久，班里的女同学便注意到了他的存在。有人惊呼，有人窃窃私语地想上去要微信，还有人蠢蠢欲动，谈论着要去表白墙大海捞针。

直到何佳佳往后扫一眼，故意挽住裴恬的手臂，声音不大不小："哎呀，恬恬你看，老槐树下面不是你暑假就要结婚的男朋友吗？！"

裴恬知道她的意思，忍笑，故作矜持地点了点头："是，他说要来看我。"

何佳佳继续道："这结婚之后记得给我发喜糖啊！"

裴恬点头："那自然。"

二人一唱一和，等她们说完，周围静谧一片，刚刚还在讨论的几个女生瞬间安静如鸡。

裴恬心中轻哼一声，又暗骂一句——

陆池舟这个祸水。

毕业照拍完，便是自由拍照时间，裴恬和老师、平日里相熟的朋友各自拍了照。这期间，陆池舟始终站在原地耐心地等着她，直到裴恬拍完。

裴恬拍完，迈步朝他跑去。

陆池舟低眸，伸手替她扶正学士帽，又牵住她的手，似乎要离开。

裴恬钩住他的手指："等等。"

"嗯？"

裴恬在他手心里轻轻挠了下，故意嗲着嗓音："学长不想和学妹……拍一张照片吗？"

陆池舟脚步一顿，回眸看她。

男人原本古井无波的眼底泛起些波澜，他似笑非笑地问："怎么拍？"

"图书馆，教室，体育场，操场……"裴恬一个一个列举，笑得弯起眼睛，"都要拍。"

最后陆池舟叫来司机替他们拍照。

裴恬想起，很久以前，以往的每一年，陈挽月都会给他俩拍一张照片。她从尚在襁褓到蹒跚学步，再到青涩的豆蔻年华，陆池舟始终在她身边，一年又一年。

虽然曾各自分离，但好在他们彼此相爱。

空无一人的教室内，斜阳透过窗户洒在地面上，倒映出斑驳的光影。

裴恬拉着陆池舟坐在教室靠窗的位置，站在讲台上拍照的司机笑眯眯道："裴小姐再靠近一点试试？"

裴恬往陆池舟的方向凑近了些。

司机继续道："再近一点试试？"

裴恬继续靠近，直至几乎靠近男人的侧脸。从她的角度，甚至能数清陆池舟的眼睫。恰在此时，陆池舟转过头，目光和她相碰，两人的距离只在咫尺之间。

裴恬不知哪来的色心，突然一把钩住他的脖颈，微微倾身，抬头吻住他的唇。

陆池舟动作一颤，但不消片刻，他便按住她的后脑，手顺着学士帽往下抚，细长指尖轻轻缠绕在学士帽的穗子上。

司机看得老脸一红，仍抓住时机，快速按下手机的快门键。

斜阳倒映出最为浪漫的光影，倾泻在二人头顶，就好像他们仍然是年少的模样，画面就此定格。

红色本子与木质桌面相撞，发出一声响。裴恬抱着臂，小脸绷得紧紧的，气闷地不说话。她面前的陆池舟微微倾身，笑着拿起桌上的红本子。

"这不是挺好看的吗？"

陆池舟看着红色背景布下女孩绽放出的大大笑容，只是两只水葡萄似的眼睛因为笑，显得没原来那么大，但他喜欢得很。

裴恬简直要气炸了。天知道她为了结婚证上的这张照片准备了多少！六点就起来做头发化妆，连眼睫毛都力求根根完美。

仙女不都该浅浅微笑的吗？为什么到最后她会笑得像个村头二傻子？还有，她的眼睛呢？！

裴恬恨恨地瞪了一眼满脸笑意的陆池舟。罪魁祸首就是他！

今儿这日子，是陆池舟一个月前就精挑细选出来的。本来一切都不错，天朗气清，气温清爽，唯一不正常的就是陆池舟。

他的愉悦和开心都有些不寻常，甚至在领证拍照时一直笑，裴恬被他的情绪感染，也跟着笑。但最后拍出的结果是，陆池舟的笑容得体又温和，眉目如画。

小丑竟是她自己！

"我和你说，"裴恬抱臂，"这事儿过不去。"

陆池舟珍重地将结婚证锁进盒子，慢悠悠道："可是我们已经结婚了。"

"而且，"陆池舟顺着毛哄，"这张照片，往后只有我们两个人看得见。"

裴恬依旧不服，别过了脑袋。

结婚的第一天，因为结婚证照片酷似村头傻妞，裴恬忧郁了。这心绪在当日最盛，随后缓缓下降，最终还是因为婚礼的到来才渐渐平复。

最终的婚礼地点定在英国的塞尔比教堂。这个地点是陆池舟定的。

在定婚礼地点的过程中，裴恬犹豫过好多次，因为她觉得教堂过于神圣和严肃，正在纠结时，陆池舟读出了宣传册上的广告语。

男人声音低沉，似是读广告语，但一字一字无半分玩笑。

他说："我想为你至死不渝。"

八月的英国气温适宜，清风拂在面上，轻缓又温柔。裴恬站在试衣镜前，指尖轻抚婚纱的裙摆。

这是陆池舟给她买的婚纱，他的眼光确实好。

婚纱古典又优雅，而且极其保守，高领设计，虽然几近看不见半寸肌肤，却依旧能勾勒出窈窕身形，好看到夺目。

裴觅戴着花环站在她旁边，眼里似有星星："姐姐，你今天好美呀！"

裴恬低眸，揉了揉她的脑袋："我哪天不美了？"

穿着小西装的裴洵也托着下巴端详她，难得夸了一句："但姐姐今天最好看。"

裴恬勾起唇，面上是藏不住的笑意。

她的花童是裴洵和裴觅。

虽说这俩做花童大了些，但裴觅撒泼打滚的同时还振振有词："当初姐夫十二岁还在做我妈妈的花童，我才不到十岁，怎么就不能做了？！"

最后，为了配对，裴洵无奈被拉来充壮丁。

试衣镜前站着许许多多的人，便是向来对这婚事乐见其成的凌静和程瑾都突然红了眼睛。程瑾站在裴恬身后，伸手抚摩着裴恬的头纱。她半句话没说，裴恬却能感受到她淡淡的哀伤。裴恬努力逼回自己的眼泪，握紧她的手。

陈挽月坐在一边，安抚地拍着凌静的脊背："您信我，我们绝不会让恬恬受半分委屈。

"恬恬是我的儿媳，她也是我当女儿宠到大的姑娘。"

凌静握住她的手，重重点头。

裴言用力逼回自己的眼泪，看到大门突然被打开，作为伴娘的许之漓和何佳佳拿着婚礼需要的戒指和捧花走过来。

她们朝裴恬点了点头，和屋内所有人道："差不多到时间了。"

与此同时，裴言之身着正装站在大门边，表情有些严肃，目光落在站在最中间的裴恬身上。不多时，他朝她伸出手。

"恬恬，下面这段路爸爸牵着你走。"

裴恬的眼泪突然就止不住了，顺着脸颊往下滑。

程瑾见她掉眼泪，连忙抽纸巾替她擦拭眼角："好了好了，出嫁了，恬恬还是家里的宝贝。"

裴恬缓步朝裴言之走去，伸手挽住他的手。

裴言之的臂膀有力，脊背依旧如往常那般笔直挺拔。

就是这双手，在她褴褓中时抱着她，在她蹒跚学步时牵着她，在她牙牙学语时喂她吃饭，以及在此时牵着她走向另一个男人。

裴恬瘪着嘴，汹涌的情绪再也绷不住，似想抓住什么，她紧紧握住裴言之的手臂。

察觉到她的情绪不对，裴言之似乎还想像往常那般，伸手揉她的脑袋，但在要触及她工整精致的头纱时，又放下了手。

也在此时，教堂前的大门被缓缓打开，接着满耳俱是赞颂的歌声和吟诵。

灯光、鲜花、红毯，一切都是那样梦幻和温柔。而道路的尽头，陆池舟笔直站立，一如往常般，坚定又温柔地等待着她。

6

绚丽的红毯蜿蜒至尽头，陆池舟仅仅是站在那里，就能让满堂的灯光黯然失色。

这是一段很短的路，但又好长好长，长到"陆池舟"这三个字贯穿了她的过去、今天，以及往后余生。

裴恬轻轻眨了下眼，连呼吸都放轻了。

距离在不断缩减，直到走至陆池舟面前。他的眼眸似含着一湾温泉，静谧又温柔，抚平她心尖所有的不安和局促。

直到裴言之轻拍她的手背，她的手臂被陆池舟缓缓接住。

裴恬心中一空，眼睫不自觉地上下颤动。但下一刻，她的指尖被陆池舟紧紧扣在手中。他的掌心有力又滚烫，裴恬下意识回握住他。

教堂的歌声到了最高潮，陆池舟低低和裴言之道了句谢。

台上站着笑容温和的牧师，裴恬迎上他的目光，听见他问——

"你是否愿意嫁给你身边这位英俊的青年，爱他、安慰他、尊重他、保护他，像爱你自己一样，不论他贫穷或富有，生病或健康，始终忠诚于他？"

牧师的声音，一字一字落在裴恬心上。

她吸了吸鼻子，重重点了三下头，声音有些哽咽："我愿意。"

牧师笑着点头，继续看向陆池舟，问道："你是否愿意娶你身边的这位女士，无论贫贱或富裕，直到永远？"

陆池舟直视裴恬的眼睛，声音缓慢而坚定："我愿意。"

说完，他微微低头朝她面颊靠近，眸色不再平静，宛如汹涌的波涛，宛如情人的低语，用只有他们二人能听见的声音。

"比爱我自己更爱你。"

裴恬用力眨眼，逼回自己又快要流下的眼泪，却再也克制不住地钩住他的脖颈。陆池舟顺势搂住她的腰，低头吻上她的唇。

所有的声音似乎都消失了，唯有他的温度最清晰。

后来，裴恬关于婚礼的记忆其实没有那么明晰，唯有这一刻的感觉，似乎成了永恒。

婚礼仪式结束后，便要去早已订好的酒店招待宾客，裴恬事先准备好的十二套礼服也有了用武之地。

站在酒店的试衣镜前，裴恬端详着镜中的自己，一时还不舍得褪去身上的婚纱。

直到门外传来动静，化妆师和造型师恭敬地喊了一声："陆总。"

裴恬从隔间走出去，看见陆池舟进了门，而其余人应是为他们留下私人空间，已经出去了。

眼下距离晚宴开始还有一个多小时，裴恬问："你怎么过来了？"

陆池舟的目光定定凝在她面上，将裴恬从头细细描摹到脚，突然他低低道了句："真美。"

其实陆池舟很少会这般直接地夸她。

裴恬有些羞涩地低下头，指尖轻轻摩挲着裙摆，轻哼一声："我本来就好看。"

陆池舟低应一声，突然大步走近，从后面搂住她的腰。裴恬动作一僵，看见巨大试衣镜前的他们，有些不好意思地抿唇笑了起来。

陆池舟低头握住她的手，目光定定地，却几近痴迷地望着镜子里的她。他用脸在她颈侧蹭了蹭，突然道："很久之前，我便会想象你穿婚纱的模样。"

裴恬捏着他的指尖，眼睫动了动，小声问道："是现在这样吗？"

"没现在好看。"陆池舟开始轻轻吻她的耳侧。

他的吻有些痒，裴恬稍稍侧开头躲开他的亲昵。

"你这样说，我都不舍得脱婚纱了。"

陆池舟低笑一声："见过一次就够了。"

裴恬又继续问他："那你想象里的婚礼是怎样的？"

陆池舟吻她的动作顿了顿，淡笑着回答："和今天一样。"

"很大的礼堂，满室的玫瑰，亲近的家人朋友。"

裴恬笑得弯起眼睛："那可真好。"

陆池舟只是沉默地从一侧扳过她的下巴，不管不顾地贴上她的红唇。

是的，梦境里的一切都很好，唯一不好的是新郎不是他。

那时，他作为她远方并不十分相熟的来客，看着她笑容清甜地嫁给了别人，而这曾经也是数次午夜梦回时，他最难以面对的梦魇。

裴恬不太明白陆池舟这忽然而来的情绪，拿手轻轻推他肩，声音不太稳当："口红，口红又花了。"

陆池舟这才稍稍退开些许，眼中恢复几分清明。他的指尖慢慢地从裴恬唇上抚过，擦去她氤氲的口红。

裴恬低下头："你要不先出去？我要换衣服。"

陆池舟打量她一眼："换什么衣服？"

裴恬指了指衣架上挂着的大红色礼服。这件礼服很有特色，且属于穿起来麻烦，脱下来特别简单的款式。

前面剪裁合身，紧紧勾勒身形，后背有一个大大的、精美繁复的蝴蝶结，穿的时候需要几个造型师一起系，脱的时候只需要握住两角轻轻一抽，整件礼服便能从后背散开。

当然，这种奥秘裴恬是绝不会告诉陆池舟的。

陆池舟的目光从礼服背后的蝴蝶结上缓缓而过："我出去等你。"

裴恬朝他挥挥手，又抬臂理了理他喉结下的温莎结："嗯，等仙女变完装。"

陆池舟轻笑一声，抬步走了出去。

裴恬看着他的背影，眨巴下眼，突然不太明白他过来的动机。

似乎……就是专门过来细细看她穿婚纱的模样。

晚宴没有什么特别的，倒霉的只有陆池舟。

一桌桌过去，要灌他的人一轮又一轮，倒是没有人舍得让裴恬喝很多酒。但大约是心情好，陆池舟来者不拒。

裴恬其实一直不太清楚陆池舟酒量的深浅，只觉得大约是不错的，因为她从未见过他真正喝醉的样子，又或者以往是陆池舟掩饰得太好。

毕竟他今晚大概是真的醉了，握住她的那只手的温度越发滚烫，冷白的肤色染上一层瑰丽的红色，而喝醉了的陆池舟也和孔雀开屏差不离。

那双在平时冷静平淡的眼眸被酒精氤氲得缱绻又勾人，没有招待宾客时，他就会一直盯着她看，从脸颊到她身后的大蝴蝶结，再无半分含蓄。

裴恬直觉他发现了什么秘密，连忙转了个方向，不让他看蝴蝶结。随后，头顶传来陆池舟的一声轻笑，像是在笑她的掩耳盗铃。

直到酒过三巡，周围宾客渐散，回了安排好的房间。

站在酒店门口，裴恬望着陆池舟，问他："你还能自己走回去吗？"

陆池舟的视线没有聚焦，瞳孔漆黑而厚重，他回答，语气里带了些撒娇的意味："扶我。"

"扶你扶你。"裴恬好脾气地哄，挽住他的手腕，"那现在就回去了？"

陆池舟淡笑着点头，伸手将她耳边被晚风吹起的碎发别在脑后。

"你现在意识清醒吗？"

裴恬扶着他的同时，并未感觉到他的重量，看来没全醉。

"好像……"陆池舟摇了摇头，尾音绵长，"不太清醒。"

裴恬不太信："但你可以自己走啊。"

此时，裴恬已经拉着陆池舟来到酒店的房门前，这里早已按他们的新房布置完毕。

才刚刷门卡进门，裴恬便被陆池舟压在墙上。

他呼吸粗重，胸膛也随着上下起伏，似是笑了声："在你面前，我就清醒不了。"

裴恬别开脸，哼了一声："那你自己去洗澡。"

陆池舟低头，和她凑得很近，二人几近呼吸相闻，男人身上馥郁的酒气寸寸侵入她的鼻尖。似乎是要无赖般，他耷拉着眼皮。

"可是我醉了。"陆池舟埋首在她脖颈里，眼巴巴地看着。

"你哪有醉？！"

陆池舟捧住她的脸，眸中是温柔的笑，又似包裹着一层朦胧的雾："不是说了吗？

"一见到你就醉了。"

裴恬耳朵通红，声音也弱了下来："可是你可以自己洗澡的。"

陆池舟轻笑，似乎不想再和她废话，一把将她打横抱起，大步走向浴室。

浴室的门在裴恬身后被重重关上。

陆池舟随手脱下西装外套，随后一拉一扯，衬衫很容易便松开了大大的领口，露出里面平直的锁骨。

裴恬看他这行云流水的动作，张了张唇。

他一点都没醉！

裴恬："你不是醉了吗？"

陆池舟笑得胸腔直颤，呼吸落在她背上，他答："醉了。"

裴恬正要反驳，就听见他说："又好像没醉。"

"陆池舟你不要脸！！"

陆池舟掐住她的下巴，吻得很重。

"叫老公。"

婚礼在浪漫的教堂落下帷幕，但早在之前，陆池舟便策划好了婚礼后的蜜月之行。

正巧，婚礼的举办地在英国，所以蜜月之行从英国到法国，终点为意大利的罗马古城。

婚礼后，所有家人和宾客踏上了返程的飞机。裴恬送走他们后，在酒店瘫了一天。

结婚累，和陆池舟睡觉更累。

裴恬感觉自己被吸走了所有精气神，哪有力气度蜜月？！

旅程的所有攻略都是陆池舟做的，裴恬做起了甩手掌柜，安心度过了半个月的旅行时光。等再回到 A 市时，已经临近九月，竟然由离去前的盛夏悄然入了秋。而陆池舟因为结婚，把这一年的假都休完了，回来之后每天的工作从早排到了晚。

婚后，裴恬随陆池舟住进了新的婚房。据说，这是他回国后从一位华人富商手中拍下的地皮，从那时候开始便请人设计图纸、装修，到现在已经全部完工，装饰一新。

新房的装修风格完全符合裴恬的审美和爱好，裴恬对它的喜爱度直线上升。

在这儿住了几天后，裴恬问他是不是早就藏着一肚子坏水，所以才这么快就将婚房准备好。

当时陆池舟正在收拾衣服，即将去上班。

裴恬撑起脑袋，懒洋洋地望着他，还顺势打了个哈欠。

"当时没想这么多。"陆池舟正在低头扣领带夹，难得解释了一句他的动机。

裴恬："嗯？"

"这房子只是给你买的。"

"那时候你就知道我一定能嫁给你？"裴恬轻哼了一声，掀起被子盖在头上，"你未免也太自信了吧。"

裴恬有些不爽地噘起嘴，就好像在这场感情里，她始终被陆池舟轻易拿捏。

似乎察觉到女孩的情绪，陆池舟弯腰掀开裴恬的被子，随后轻柔地在她额头上亲了一口。

"我没把握。"

裴恬眼睫动了动，等他后面的话。

"但就是想买。"

裴恬不耐地挥挥手："行吧行吧，就你有钱。"

陆池舟低笑一声，随后表情变得认真起来。

"当时想的是，"他顿了顿，一字一字道，"如果在一起了，我们婚后就搬进来。

"如果还有其他可能，让它空着便是。"

说到这里，男人的语气倏地低沉下来。

这个"其他可能"，裴恬咂摸了片刻，好一会儿才终于懂了陆池舟的意思。

原来在感情里，他从来不是游刃有余的，他也会踟蹰、观望、丧失安全感。

裴恬压下快要上扬的唇角，清了清嗓子道："那你可太幸运了。

"为了不让你浪费这豪宅，我替你消费它。"

陆池舟看着她傲娇的表情，忍不住吻她的鬓角："那陆太太好好消费，我上班去了。"

裴恬躺在被窝里，伸了个懒腰，满意地挥了挥手："去吧去吧，努力上班，赚钱养家哦。"

已经走到房间门口的陆池舟脚步一顿，闻言回眸看了眼床上的一小只。女孩已经缩回脑袋，床单下一抖一抖的，似乎是躲在被窝里笑。

"遵命。"陆池舟忍着笑摇摇头。

7

陆池舟那声“遵命”喊得裴恬心中异常熨帖，但不得不说，裴恬婚后的日子确实安逸。

陆池舟每天早出晚归，再加上研究生新学期还没开学，家中也没人能管她，裴恬经常在陆池舟走后一觉睡到日上三竿。

周而复始，这种阴间作息带来了不小的弊端。

那便是一到晚上裴恬的精神便异常高亢，到深夜也并无一丝睡意。按照往常，睡不着时裴恬便会躲在被子里偷偷看她喜欢的荧幕情侣，抑或是找本小说打发时间，到后头扛不住了，自然而然就能睡过去，但现在床上多了个人。

陆池舟的作息和他本人一样变态，除非有临时工作，或者是因为某些不可描述的事丧失理智，否则他十二点前必须入睡。

这可苦了裴恬，漫漫长夜，她睁着大大的眼睛，酝酿了好久依旧无半分睡意。

这人啊，睡不着的时候，便觉得哪种姿势都不舒服。

被窝里有些热，陆池舟喜欢抱着她睡，源源不断的体温从他身上传来，裴恬甚至觉得自己闷了满身的汗。

她忍不住，从被窝里悄悄伸出一只脚，感受外面的冷空气。但没一会儿，裴恬便觉得有些凉，她又将脚缩了回来。

缩回后，裴恬又小幅度地翻了个身。谁知这回，身体刚翻一半，腰间便被男人宽厚的掌心搂住。

陆池舟的声音从她头顶传来，还带着些被吵醒的鼻音：“还睡不睡？”

裴恬往上拱了拱，委屈地噘起嘴：“我睡不着嘛。”

“睡不着？”陆池舟瞬间便领会，沉下声音，“白天几点起的？”

裴恬有些扭捏地回答：“就……十二点吧。”

陆池舟：“可我回来时你还在睡。”

裴恬心虚地绞了绞手指：“这不是在睡午觉。”

中午十二点起床，玩到晚上六点，可不就又累了。

"午觉？"陆池舟气笑了，伸手捏她的鼻尖，"你晚上八点还在睡午觉。"

其实裴恬也有些不好意思。她最近没有什么要忙的事，而陆池舟又乐意惯着，可不就宠坏了。但这话裴恬憋在心里，自是不会轻易认错，她理直气壮地反驳："都是你的错。"

陆池舟掐她的脸颊："我的错？"

裴恬卖乖地朝他眨巴下眼睛，伸手环抱住他的腰，软绵绵道："谁让你这么惯着我？"

这话一出，陆池舟的呼吸似乎重了些。下一刻，裴恬腰间的手渐渐往上移，她脑中警铃大作，按住他的手："你干什么？"

黑暗中，陆池舟的眼眸很暗，他似是笑了一声："不是睡不着吗？"

裴恬睁大了眼睛，难以置信地反问："所以呢？"

男人咬住她下唇轻轻含吮，目光定定落在她面上，眸色有些轻佻："做点有益睡眠的事。"

裴恬："……"

夜色越发浓稠，眼前是虚虚幻幻的交叠人影，裴恬被热得出了满头的汗。

"不来了，"她颤着声音低低求饶，"我想睡觉了。"

虽然她依旧不想睡，但是好累啊！

裴恬挤出两滴眼泪，装可怜地抽泣两声："哥哥怎么一点都不惯着我？

"人家不是你的小祖宗了吗？"

陆池舟笑了，凑到她耳边："我刚刚在反省。"

裴恬："……啊？"

"你说得对，"他一字一字理直气壮，"我就不该惯着你。"

裴恬："！"

她也不装可怜了，下一秒就翘起唇，气呼呼的，似要凶人，但未等发作，便被堵住了嘴巴，再没机会。

早上七点半，裴恬只觉自己刚睡下没多久，便被人无情地摇醒了。起床气作祟，她不耐地打开那双作乱的手。

见她这般，陆池舟面无表情地摸出手机，打开一段音频。随后，音频里放出噼里啪啦的电子鞭炮声，在安静的室内响彻。除非聋了，不然没人

167

能在这种声音下安然入睡。

裴恬听得眼皮直跳，彻底夽毛了。她一把掀开被子，凶得要命地喊他："陆！池！舟！"

陆池舟顺势将她从被窝里捞出来，走向洗手间："陪我去上班。"

裴恬："我不去不去不去！要睡觉。"

"乖。"陆池舟将她抱到浴室的洗漱台上，"白天不许睡，把作息调回来。"

裴恬绷着小脸，趴在他怀中打着小小的哈欠，整个人没骨头似的。

陆池舟捧着她的后脑，替她梳理着长发，温声提醒："你快开学了。"

裴恬哈欠打一半，停顿住，她捶了一把男人的肩："你好烦。"

为什么要哪壶不开提哪壶？！

陆池舟："所以陪我去上班，把作息调回来。"

裴恬不服，起床气还没散，愤愤道："谁家太子妃还要上班？不该在家享福吗？"

她杵杵他胸膛，戏瘾一上来，学着古装片里的台词道："而且，后宫不得干政。"

陆池舟似被逗笑，凑近她耳畔道："但太子妃夜里侍寝有功，吾心甚悦，这是特别嘉奖。"

裴恬："……"

不要脸。

虽说心里一直在吐槽，但因为陆池舟盯着，裴恬还是不情不愿地刷了牙。到洗脸和换衣服时，她当起了甩手掌柜，全程让陆池舟替她做。

感受着温水轻轻拂面，裴恬舒服地眯起眼睛，拖长声音道："小舟子啊，伺候得不错。"

陆池舟动作一顿，"你喊我什么？"

裴恬："……"

"小？"

"大！"

似乎也觉得好笑，陆池舟忍俊不禁，在给她上完一排瓶瓶罐罐的水、乳、面霜后，轻敲她额头："起驾了。"

有了陆池舟这种反人类的调作息方式，裴恬在一周后成功养成了早七晚十一的良好作息。

九月上旬，裴恬正式开学。

研究生的时间分配相比本科自由许多。裴恬的导师是院里鼎鼎大名的教授，相比循规蹈矩的学习，更倾向于学术方面出成果，故而分配到裴恬头上的项目只多不少。

也是从这里开始，裴恬拥有了实践的机会。

虽然说时间是自由的，但因为要做的事情多了，故相比于本科，时间更显紧张。除此之外，裴恬发现，陆池舟似乎有意无意地开始让她接触公司的项目。

最开始只是翻翻公司文件，到后头陆池舟会询问她的意见，然后指出优点和不足。

裴恬不知从哪儿听来的，两人在一起久了，新鲜感会减弱，便是再汹涌的爱意也会在平常的周而复始中逐渐消磨，直至虚无。但她觉得，不是这样的。

陆池舟于她来说，就像怎么也探索不尽的宝藏，每多了解一分，都能让她更喜欢一分。故从小至今，积累了无数点的喜欢，并且这喜欢将随着时间的无尽而永恒。

裴恬研二的时候，开始独立做导师分配的项目。与此同时，寒暑假时，她开始抽时间找公司实习。

不是君泽，也不是陆氏集团。

繁忙似乎加快了时间的推移速度，一眨眼，裴恬来到了研究生的最后一年。看着导师麾下新入学的学妹，一眨眼，裴恬也成了别人口中能力、样貌顶尖的大师姐。而有时，无意间看到的资料卡，也在时刻提醒着裴恬，她二十五了。

裴恬不知从哪儿看来的，女人到了二十五岁，青春和美貌都会逐渐下滑。为此，裴恬每天睡前护肤时，都会对着镜子细细凝视自己的眉眼，生怕在眼角或是眉头看到半丝皱纹。

浴室门被打开，陆池舟穿了件松垮垮的浴袍就出来了，细碎的头发慵懒地搭在额上，露出的小片胸膛白皙如玉，依旧是一副活色生香的模样。

陆池舟抬起眼，便看到镜前堆着一排瓶瓶罐罐和专心护肤的裴恬。

女孩只穿了件轻薄的吊带裙，脊背细瘦，腰肢盈盈一握，裸露在外的肌肤无一不细腻如膏，像上好的羊脂玉。

听到动静，裴恬淡淡回眸，瞥他一眼，又无动于衷地移开视线。

她有些气。因为她发现，陆池舟二十九了，依旧和妖精一样，都不会老的，明明平时也不护肤。

其实裴恬知道，尽管陆池舟就差把"已婚"两个字刻在脑门上，但别有心思的女人还是只多不少。想到这儿，裴恬在心中轻哼一声，扭过头继续抹着眼霜，直到背后的脚步声靠近，腰被男人有力的手臂从后面搂住。

陆池舟微微弯腰，呼吸轻轻从她颈侧往下移，轻柔又细密的吻落下："喷了什么香水？"

裴恬脖颈被他亲得泛痒，受不住地躲开："没有喷香水。"

手渐渐上移，陆池舟压低声音："那怎么这么香？"

"我怎么知道？"裴恬拍开他的手，翻了个白眼，"你别打扰我护肤。"

陆池舟低眸，目光细细逡巡她的脸蛋。这样近的距离，依旧窥不得一点瑕疵。

她被养得太好了。眉眼间氤氲的天真和娇憨，是轻易就能让他疯狂的模样。

陆池舟忍不住亲了下她的额头，低声暗示："我等你。"

裴恬脸微红。

在这方面，他向来是一点也不含蓄，而且比她自己还清楚月事时间。这个月的，刚好到今天结束。每次到这时候，陆池舟就会比以往还过分些。

想到这里，裴恬动作顿了顿。

其实，如果从这方面看，陆池舟似乎对她的身体还是一如往常般着迷。

想着这些有的没的，裴恬脸更红了，动作不由自主地慢了些。等她慢吞吞地弄完，一回头便见着男人不加掩饰的目光。

陆池舟应是一直盯着她。

裴恬脚步再慢，还是得上床。她的手臂刚碰到被褥，便被陆池舟一把拉上了床。

直到床头柜的抽屉被拉开，陆池舟动作一顿。

裴恬的意识也不太清醒："怎么了？"

"我忘记买了。"男人在她耳边低语。

裴恬瞬间心领神会。

距离上次也有一个礼拜了，这周两人都比较忙，这事儿自然就忘了。

两人无声对视几秒。

陆池舟再次深吻她，几十秒后，倏地撑起身子，站起来："今天算了。"

裴恬闭上眼，想起他隐忍的黑眸。其实这么不上不下的，她自己也不太好受。

裴恬深深吸了一口气，几秒后，伸手揪了揪他的衣角，做出个异常认真的决定。

"其实不用那个……

"也行。"

8

陆池舟已经起身。床头的灯光是橙黄的暖光，渲染出迷离的色彩，映衬在他周身。

他缓缓转身，目光定定落在她眉眼上："你说什么？"

裴恬呼吸紧了紧，指尖绞紧了身下被单，但还是鼓起勇气回视："我安全期，应该……嗯。"

话未说完，她便重新被压在床头，男人的吻有些凶。过了片刻，他退出些许，一字一顿地提醒："安全期并不安全。"

裴恬眼睫动了动，心脏也随之加快跳动，怦怦似要跳出胸膛。她钩住他的脖颈，咬着下唇，声音很小："要真怀了，就生吧。"

陆池舟扣住她的后脑，吻一下下落在她的眼角眉梢。

"我数三下，你再想一想。"

裴恬垂着眼睫，听着他在耳边慢数，指尖甚至沁出了冷汗。她闭了闭眼，心一横，直接钩上陆池舟的脖颈，吻上他的唇："不用想了。"

陆池舟低笑一声，反客为主。

他亲昵地贴她额头，嗓音温柔地问她："愿意做妈妈了，嗯？"

裴恬环抱住他，老实回答："其实从前没想过。"

陆池舟的呼吸放轻了些，几秒后，他吻了下裴恬的额头，抱着她翻了个身："睡吧。"

裴恬原本趴在他身上，一听这话，撑起身体望他："你……不来了吗？"

她能明确感觉到他的身体变化。照往常，就这种情况下，他是绝不会忍的。

陆池舟揉了揉她的发顶，嗓音很轻："我也不舍得。"

裴恬张唇，愣在原地，明白了他的意思：他不舍得她因为怀孕而受苦。

裴恬鼻子有些酸，她埋首在他脖颈，闷闷道："但只要是和你，我就愿意。"

陆池舟抬起她的下巴，紧紧盯着她的眼眸，生怕错过一丝情绪。裴恬坦然回视。

陆池舟眉眼沉静，但微微变重的呼吸终究泄露了他的情绪，他说："你别哄我。"

裴恬瞪他："你不信我？"

男人指尖抚摩她殷红的唇瓣，摇了下头："是怕你后悔。"

裴恬没想到，陆池舟在面对这件事上，是这样慎重又犹豫，她心尖涌上暖流："你到底行不行？"

陆池舟："……"

他低眼，似是冷笑一声，居高临下地看着她："你要不要试试？"

自那晚之后，裴恬发现陆池舟回来得越来越早。

以往他的应酬不少，也会时不时坐飞机出差，现在却少了许多。真正需要陆池舟碰酒的应酬不多，也有，但现在陆池舟是滴酒不沾。

家里的计生用品没有再添，似乎莫名其妙地，他们就备孕这件事达成了共识。

陆池舟显然是爱极了现在这种状态，床上的花样也多得很。裴恬一时不知道，他到底是想要孩子还是单纯地耍流氓。

时间不急不缓地过了一个月。

裴恬有条不紊地完成手上的事。硕士毕业论文她很早便着手准备了，现在已经到了收尾阶段。事情大多堆在研二，现在反倒没有之前紧迫。

国庆的时候，许之漓主演的第三部上星剧正式杀青，得空便回了 A 市。

前些年的《危险关系》正式成了许之漓上升的跳板。那以后，她开始接触好的资源，再加上背靠天启这样的大公司，事业可算是顺风顺水。短短四年间，许之漓便成了圈内喊得上名的新生代小花。

许之漓早早便约了裴恬去郊外的度假村。陆池舟那几天出差，裴恬在家闲得发闷，不假思索便答应了。

二号下午，许之漓开车来到裴恬家楼下。驱车一小时，二人便到了度假村。到庄园时，天色已经有些晚了，二人便决定先去住处休整。

不知怎的，裴恬有些倦怠，一躺床上便懒得动弹。

许之漓平时忙活惯了，最见不得她这懒散样，拉着她的手臂直嚷嚷："走啦。"

裴恬揉了揉有些酸的腰，闭着眼睛咕哝："累啊，不想动。"

"累什么累？！"许之漓杵她额头，抱臂道，"我都没说你，中午才起床，就下午坐坐车，你说说你累哪儿了？"

"我也不知道为什么。"裴恬抬起眼，伸手捶了捶肩膀，嘟囔道，"整天都腰酸背疼的。"

许之漓托腮想了想，突然坏笑道："难道是……最近太频繁了？"

裴恬脸一红："哪有？！"她不好意思说，只竖起根手指严肃地冲她摇了摇。

许之漓见她这懒样，无奈也跟着躺在床上："那等会儿再出去吧。"

两人这一躺，便躺到了日暮。

就和床上有刺似的，许之漓是躺得哪儿哪儿都不舒服，她实在受不了这种慵懒的生活，猛地撑起身子看向另一张床上的裴恬。结果，裴恬不知是睡神转世还是怎的，趴在枕头上呼吸均匀，拿手在她跟前晃都没有半分反应。许之漓服气了，又不舍得喊醒她，只能无奈躺回去，等着裴公主自然醒。

裴恬这一睡彻底睡到了天黑。她醒的时候，屋内只在床头留了一盏小夜灯。许之漓半倚在床头翻手机，不知道看到了什么，笑得合不拢嘴。

裴恬打了个哈欠，问她："几点了呀？"

许之漓瞥她一眼："四点。"

"才四点吗？"

许之漓："凌晨四点。"

"啊？！"裴恬吃惊地揉了把脸，"我睡了这么久吗？"

见她一副丢了魂的模样，许之漓掩面嘲笑她："瞧你那傻样。"

裴恬摸出自己的手机，看到是傍晚六点半，松了口气。

"漓漓，我饿了。"她摸了摸肚子，"咱们吃饭去吧。"

许之漓作为自律的女明星，对吃饭的敏感度几乎为零，她上下打量一眼裴恬："你怎么睡好就吃？"

裴恬："……"

她怒了："你吃不吃？！不吃我自己去吃了！"

许之漓连忙拉住她，好声好气地哄道："吃吃吃，这就去吃。"

二人去了度假村的特色餐馆。

裴恬进来时便盯上了别桌的东坡肉和羊肉汤，忍不住在点菜时都点了一份。许之漓在旁边疯狂计算卡路里，只敢点份小青菜。

裴恬可以肯定自己饿了，明明她刚刚还那么馋。可服务员上菜时，羊肉汤的膻味拂面而过的那一瞬间，裴恬蹙紧眉尖，强忍了好一会儿，才堪堪咽下胃中的不适。

许之漓看到她的脸色："怎么了？"

裴恬摇摇头："没事。"

她低下头，尝了口先上的小青菜，却是一口没碰那罐羊肉汤，直到东坡肉也上来。

裴恬见这肉的成色不错，忍不住馋，伸手夹了一块。

谁知这不吃还没事，一入口，油脂在齿间爆开，裴恬慌忙抽了张纸巾，捂住脸冲到了饭店的洗手间。许之漓拿了瓶矿泉水，连忙跟过去。

裴恬只是难受地撑在洗手台上，像是在忍着恶心。

"先漱漱口。"许之漓把矿泉水瓶递给裴恬。

等漱完口，裴恬的脸色恢复正常，朝许之漓摇了摇头："我没事了，大概是最近吃坏东西了。"

许之漓依旧盯着她。

裴恬："怎么了？"

"没事。"许之漓拉着她走回去，"这些太油腻，你别吃了，给你点一碗面吧。"

裴恬乖乖点头。

这家饭店的面倒很清淡，味道也不错，裴恬这回吃得还挺香。

裴恬埋头吃面的时候，许之漓却没什么胃口，她盯着女孩的脸色，满脸欲言又止。

饭后，她们也没急着回去，四处逛了一会儿，回住处时裴恬又被楼下的温泉池吸引了兴趣。二人回房间收拾了下，便换衣服去了这有名的温泉池。

初秋的天气泡温泉实在是一件惬意的事。裴恬泡在温泉水里，满脸享受。许之漓却依旧撑着头，若有所思地盯着裴恬的侧脸，直到她突然把手放在裴恬的肚子上，轻轻揉了一把。

裴恬倏地睁开眼睛，护住小肚子："漓漓你干吗？"

许之漓："你那什么，多久没来了？"

裴恬想了想，回答："我那个不太准。"她仰起脖颈，"不过按理说，现在也该来了。

"上次来是八月底。"

听到这里，许之漓表情一变："你们最近那啥，做措施了吗？"

裴恬的眼睛慢慢睁大，她猛地转头看向许之漓："没有。"

她有些急了："但是不可能这么快就有了啊。

"而且最早那次，还是安全期。"

许之漓："那玩意儿能信？"

裴恬："……"

其实她潜意识里也知道，按照和陆池舟同房的频率，她迟早会怀上，但确实没想到会这么快。

裴恬长吐一口气，靠着温泉壁缓缓下移，试图冷静一下。

许之漓："你不发表下中奖的看法？"

"看法就是，"裴恬悠悠道，"你早点给你干儿子或者干女儿准备份子钱。"

许之漓："……

"明天回去吧，去医院检查确定一下。"

裴恬点头，"嗯"了声。

乍然得知自己可能怀孕了，裴恬也没了泡温泉的心思。

果然，刺激陆池舟的话不能说，谁能知道小丑竟是她自己。

裴恬魂不守舍地从温泉池里爬出来，脑中还乱七八糟的，像是有两个小人在吵架。

一个小人说："你真的要当妈妈了！"

另一个反驳："可我还是个宝宝呀！"

脑中吵得厉害，裴恬便也没注意脚下的动作。温泉池本来就滑，这一脚滑下去，裴恬连反应也来不及便往下栽倒。耳边是许之漓的惊呼声，裴恬下意识护住肚子，好在最后是两膝落地。

许之漓连忙过来扶起她，吓得声音都在抖："你有没有事啊？"

裴恬跌蒙了，一时也不知道自己有没有事。但跌倒终究是疼的，裴恬愣愣地朝许之漓点头，唇色吓得有些苍白。

"还是先去医院检查一下吧。"

许之漓惊惧地点头，直接打电话找人上去收拾行李，然后快马加鞭地带裴恬上了车。

哪怕是距离最近的医院也有半小时车程。许之漓一边开，一边焦急地观察裴恬的脸色。

裴恬低着头，无助地绞着手指，眸中尽是茫然。其实那一跤不是很重，到现在全身都没有异样，但她还是害怕。怕因为自己的过失，对那个可能的生命造成任何伤害。

裴恬握紧手机，给陆池舟打了电话。那头只响了一声，便被接通了。

陆池舟身边还有人声，应该还在外边。

"恬恬？"

裴恬咬着下唇，鼻子也酸酸的，闷闷道："你什么时候回来？"

似是察觉到她语气的不对，陆池舟没和往常一般调侃。

他说："我会尽快赶回来。"

裴恬："我大概怀孕了。"

那头突然安静，似乎连呼吸都放轻了。

裴恬又吸了吸鼻子，可怜兮兮地说："但我刚刚摔了一跤。"

9

许之漓带裴恬去了最近的医院做检查，还跑上跑下订了一间病房。

等待结果时，许之漓一直担忧地望着裴恬的侧脸，时不时神情恍惚地问她："怎么样，感觉怎么样？"

裴恬低头抚上自己的小腹。那里平平静静的，没有任何感觉，便是连跌倒的膝盖都不疼了。

她看向许之漓，讷讷道："如果我们再来晚一步。"

许之漓瞪大眼睛："是不是就糟了？"

裴恬摇头："大概就好了。"

许之漓："……"

裴恬又伸了伸腿："应该是没事的，那一跤摔得也不重。"

许之漓心放下来的同时又觉得有些好笑："那你委屈巴巴地找陆池舟，现在他已经在飞机上了吧？"

蓦地想起这一茬，裴恬抿唇，朝她点点头。

许之漓哟了声，做了个抹脖子的动作，装可怜道："你每次和我在一起都出意外，陆池舟会不会不让你和我玩了？"

"不会，"裴恬哼了一声，"他不敢。"

许之漓笑："看来你家庭地位还挺高嘛。"

裴恬挑眉："那可不？"

检查结果还没出来，许之漓撑着头陪裴恬等待。无聊时，目光忍不住落在裴恬的小肚子上。

那里很可能已经揣了一只小崽崽，真的是一件奇妙的事情。

许之漓再次伸手，摸了摸裴恬的肚子："里面是男宝还是女宝呢？"

"是晚上吃的面。"裴恬无语地把许之漓的手往下移了移，"你位置放错了。"

许之漓："……"

她又问："你想要男孩还是女孩？"

裴恬弯起唇角："这不还没确定有没有嘛。"

177

"我不管，"许之漓蛮横道，"你给我生个干女儿。"

裴恬："干儿子不好吗？"

许之漓："我就想要软乎乎的女儿，你给我生！"

裴恬忍俊不禁。

为了谨慎，裴恬检查的项目很多，一时半会儿没有全部出结果。

等待的时间有些漫长，裴恬靠在床上，迷迷糊糊地睡着了。许之漓倒不敢睡，躺在靠椅上时不时看一眼裴恬。

女孩睡颜恬静、乖巧，躺在那里的模样像一只小猫，哪怕是睡梦里也是无忧无虑的。

该是被人疼到骨子里了。

夜色渐深，许之漓也渐渐有了睡意，眼睛刚闭上，病房门便被人推开。来人虽已极力压着步调，但在静谧的医院走廊间，依旧不难感受到其急切，她下意识抬眼。

不知道是不是因为走廊灯光太过昏暗，倾泻在陆池舟面上时，显得他的脸色异常苍白。他还穿着西装，但衬衫领却失了平时的规整，一看便是风尘仆仆赶回来的。

男人指尖紧紧扶住门把手，目光却定定落在裴恬面上。看见裴恬只是安静地躺在那里，陆池舟压低声音问许之漓，嗓音很哑："她，怎么样？"

"你先别急，恬恬只是睡着了，"许之漓赶忙坐起来，"具体的还在等结果。"

陆池舟沉沉吸了一口气，轻轻点了下头。

他压着步子走近，坐在裴恬床边，一直紧握成拳的手此时才微微放松，握住裴恬的手。

"我在这里，"陆池舟低眼细细描摹着裴恬的五官，冲许之漓道，"你先回去吧。"

许之漓点头，开始收拾东西。

在她离开前，陆池舟朝她颔首："多谢。"

许之漓有些不好意思地摇头："你照顾好恬恬。"

走时，许之漓戴上墨镜和帽子，遮挡得严严实实的，生怕被无良媒体拍到从妇产科出来，她从医院小门走了出去。

等坐回车上，许之漓给裴恬发了消息：陆池舟来了，我就先走了，醒了发消息告诉我。

大概是白天睡得太多，裴恬这一觉醒得很早。

窗外天光还未大亮，透出朦朦胧胧的薄雾，她眯着眼睛望了会儿。

下一刻，头顶传来道低哑的男声："醒了？"

裴恬望过去，脸上露出惊喜，她直接伸臂环抱住陆池舟的腰："你来啦！"

陆池舟伸手拢住她的后脑，低低"嗯"了声。

"漓漓是回去了吗？"

陆池舟："嗯。"

两人静静地拥抱了好一会儿。

不过是两天没见，裴恬却想他想得要命。

"结果出来了吗？"

"要等天亮。"

"嗯。"裴恬乖乖点头，怕他担心，小声解释，"我没事，哪儿哪儿都不疼了。"

不知怎的，今天陆池舟的话少了许多，他只是一下下轻抚着她的长发，指尖有些凉。几秒后，陆池舟突然停止动作，轻声道："是我不好。"

裴恬："没……"

"是我这方面意识不够。"陆池舟止住她的话。

裴恬摇头，手指杵了杵他的胸膛："我这不是没有事吗。"

陆池舟将她严丝合缝地抱在怀里，轻声问："不再睡会儿？"

裴恬早已注意到他眼底的疲惫，只埋着头小声撒娇："要你抱我一起睡。"

医院的床很小，很难容下两个人。陆池舟只好自己半靠在床头，将裴恬抱在怀里。

裴恬在他脸上亲了一口："我们比赛，看谁先睡着。"

听到这有些幼稚的话，陆池舟浅浅弯起唇："好。"

但最后，这比赛谁也没赢。

裴恬睡得太饱，这时候是睡不着了。但陆池舟显然也没有睡觉的意识，哪怕裴恬在装睡，也能感觉到头顶那道视线正安静地落在她面上。但裴恬没有戳破，她用脸蹭了蹭他的胸膛，找了个更为舒服的位置。

两人谁也没说话。

没多久，窗外的天渐渐放明，病房外喧闹起来。

裴恬悄悄探起头，伸出手指，轻轻点了下陆池舟的唇。下一秒，手就被握住。

陆池舟睁开假寐的眼，抱着她起身。

"我现在去找医生，嗯？"

裴恬眼睫动了动，有些紧张地点了点头。

"你快些回来。"

陆池舟走后，裴恬靠在床头发呆，心跳得越来越快。等待的时间似乎突然变得格外漫长，明明只有十几分钟，却恍如一个世纪。

裴恬愣愣地低头，盯着自己的小肚子发呆，开始胡思乱想。

会不会昨天的那一跤让宝宝有事了？

光是想到这种可能，裴恬就鼻子发酸，仿佛天即将塌下来般。

不知过了多久，久到裴恬觉得自己已然成了一尊望夫石，病房门突然被推开。陆池舟手中拿着好几张报告单，就那么站在门口，直勾勾地盯着她。

裴恬不自觉地抓紧被子，声音颤巍巍的："怎、怎么样？"

陆池舟未语，只是抬步朝她走近。他眼睛很亮，眼尾也有些红，像是压抑着汹涌的情绪。

裴恬观察着他的表情，心中直打鼓。正要问，男人突然动作很轻地将她抱在怀中。

"谢谢你，恬恬。"

裴恬脑中空白了一秒。随后，她回抱住他，身体有些颤："我是不是……有了？"

陆池舟点了点头，似想到她看不见，又应声："有了。"

顿了顿，他重复般呢喃了一遍："我们有孩子了。一个月，目前很健康。"

裴恬的一颗心到此刻才落到实处，像是泡在柠檬水中，酸酸胀胀的。

裴恬指尖一下下缠绕着男人的黑发："几何哥哥，你开心吗？"

这次，陆池舟回答的时间间隔得有些长，他说："开心。"

只是声音很小。虽极力压制，但还是能听到里面隐藏着的鼻音。

猜测到一种可能，裴恬轻轻推他胸膛，想看个究竟。但刚动，便被陆池舟察觉意图，按住了后脑，语气里带着恼羞成怒的凶："别动，给我抱一会儿。"

裴恬心尖酸酸麻麻的，她揪紧他的衣角："你是不是哭了？"

"没有。"

陆池舟否认得很快。

裴恬在心中偷笑，倒也没有戳穿他。

她伸手把玩着他的手指："你是不是很喜欢孩子呀？"

陆池舟："嗯。

"但最喜欢我们的孩子。"

似乎调整好了情绪，陆池舟松开她，视线渐渐下移，落在她依旧平坦的小腹上。

"我能……摸一摸吗？"

裴恬直接拿住他的手放了上去，眼睛温柔地弯起："宝宝，这是爸爸哦。"

那儿依旧平坦，宝宝小到可以忽略。但不知怎的，似是"爸爸"这个称呼刺激到了陆池舟，他纤长的眼睫再次颤了一下。

他再次出声，语气无比认真："谢谢你，恬恬。"

裴恬轻杵他胸膛："为什么谢我？"

陆池舟很轻地笑了下，极其珍重地吻她眉心。

"因为这个世上，我又多了一个可以爱的人。"

不知是不是怀了孕情绪更加敏感，只是瞬间，裴恬就明白了陆池舟的意思，眼泪绕着眼眶打转。

陆池舟和她不一样，半生飘零，亲人离散。最简单的所求，不过是希望世上所爱俱在。

如果有了一个孩子，那对他是多好的事呀。

裴恬怀孕的消息像长了翅膀一般，当天下午就传遍了两家。

因为备孕这件事本就是临时起意，前前后后不过一个月的时间，裴恬从未想过能这么快就怀上，故并未向家人露过口风。这一下子，肚里突然就多了个崽崽，可不得让整个裴家都震了两震。

程瑾最先接到裴恬的电话，一时间不知道是该高兴还是生气。她嘱咐了一大通，在得知裴恬昨天还摔了一跤后，当天便急急来到了他们的新房。

裴恬臊眉耷眼的，乖乖坐在沙发上任凭程瑾训。陆池舟正襟危坐在一旁，伺候程瑾喝茶。

"你们备孕，这么大的事为什么不早早和家里说一声？"程瑾说得嘴皮子发干，仰头灌了口茶，"说了我也早早地提高警惕啊！

"只能说还好昨天没事。"

裴恬抠着手指。她耷拉着眼皮，可怜巴巴的模样。陆池舟握紧她的手，在一边低声冲程瑾道歉。

看两人的模样，程瑾倒也没再生气，她挥挥手："算了算了，你们都还年轻，不懂正常的。"

程瑾走之前，打电话请了最有经验的几个孕期护理师轮班上门看护。除此之外，凌静、陈挽月再加上苏念念，隔三岔五就会上门，在裴恬耳边叨叨着所有的孕期注意事项。便是裴言之都在出差结束后，急急赶了过来。只不过他没找裴恬，而是单独找陆池舟谈了谈。

不知说了什么，陆池舟当晚一副虚心受教的模样。而且自那以后，陆池舟的书桌上放了成沓的孕期书籍，每天将裴恬看得更紧，连上楼都要亲自抱。

一时间，裴恬似乎成了易碎的花瓶。

明明肚子里还是个两个月不到的小不点儿。

肚子里的小不点儿大概很乖，除非碰到很膻的食物，否则裴恬的孕吐反应并不强烈。再加上所有人都如珠如玉般地盯着，裴恬平稳地度过了前三个月，并进行了第一次产检，所有的指标和体征都显示正常。

怀孕到三个半月时才渐渐显怀，第二次产检在怀孕的第四个月。

每逢产检，陆池舟势必会陪同。

A市已至十二月，到了最冷的时候。冰天雪地间，裴恬被迫穿上了几乎长到脚踝的宽松大棉服，全身上下密不透风。陆池舟扶着她下车，谨慎又小心地牵着她一步步走进医院。

给裴恬做产检的也是当年给苏念念做产检的姚主任，妇产科圣手，和裴言卿相熟。

产检结果一切都好。

到这时，陆池舟有些严肃的面上才露出些许轻松的笑，他朝姚主任道了声谢。起身的时候，裴恬挽住陆池舟的手臂，听到他说："走吧。"

昨天，陆池舟就轻抚着她的肚子，提议产检完去给"妹妹"挑衣服和日用品。裴恬当时满头雾水，难以理解他的建议。宝宝连男女都不知道，怎么就"妹妹"了？

当时她便问出了口："可万一是男宝宝呢，买错了怎么办？"

陆池舟的指尖竖在她唇边，"嘘"了声，难得幼稚地说："我说是女儿，就是女儿。"

裴恬："……"

10

商场母婴店里，陆池舟半俯身在货架前，替"妹妹"选着小奶瓶和围兜。暖黄色的灯光倾泻在他的侧脸上，清俊眉眼涌现出别样的温柔。

"这个好看吗？"陆池舟举着一个粉色娃娃状的奶瓶问她。

裴恬动了动唇，还未说话，店内的导购便当先道："先生，您的眼光实在太好了！这个是我们店卖得最好的一款。"

一听这话，陆池舟转而看向裴恬。裴恬眉心跳了跳，斟酌几秒，几不可见地点了点头。

得到她的认可，陆池舟展颜，买东西的动作也不再含蓄，拿出了横扫商场的气势。凡是他看中的小物件，想都不想，直接扔进了购物车。

裴恬数着车中直逼七个的粉色奶瓶，连忙按住陆池舟的手臂，小声问："你买这么多奶瓶干什么呀？"

"七个，"陆池舟数了数，满脸疑惑地看向她，"很多吗？"

裴恬："……不多吗？"

陆池舟理所当然地答："一天换一个，可以一周不重样。"

裴恬："……"

她伸出细白小手，从购物车里拿了个粉色奶瓶出来，又当着陆池舟的面挑了个蓝色的男宝款，放了进去。

陆池舟表情一凝。

裴恬委婉地说："万一……'妹妹'就喜欢蓝色呢？我这叫未雨绸缪。"

陆池舟勉强点点头："好吧。"

这之后，裴恬就跟在陆池舟身后，他选什么，她就暗戳戳加一份，几乎将母婴店席卷一空，最后东西太多还需要送货上门。

晚上，家里的婴儿房堆满了母婴用品。虽然粉色物件占了大半，但在裴恬的努力下，蓝色也开辟出一角。

裴恬在心中暗叹口气。买这么多可爱的粉色裙子和娃娃，最后也可能只好捐了。

新的一年很快就到了，A 市大雪纷飞，白雪皑皑一片。

裴恬怀孕到了第六个月，因为吃得好、喝得好，心情顺遂，肚子大了一圈，已经明显能看到孕态。但她被养得好，脸蛋白里透红，状态极佳，乍一看像个玉娃娃似的。

大概是宝宝很乖，裴恬怀孕到现在一切都很顺，唯一的问题大概是她变得异常馋嘴。

脑子里时时刻刻都天马行空的，想到一出是一出，有时候半夜想吃糖葫芦，吃不着还偷偷流眼泪。但裴恬知道这算无理取闹，也不好意思说，更不想打扰陆池舟。他白天上班，晚上回来还要哄她，时刻为她的状态操心。

裴恬觉得她怀孕，度劫的好像是陆池舟。虽然她的动静很小，但向来浅眠的陆池舟还是有所察觉。感觉到裴恬微微颤抖的双肩，陆池舟连忙翻身，手掌扳过她的脸。

透过昏暗的光，他看见她脸上错落的眼泪，眼睫动了动，语调有些急："怎么哭了？"

裴恬只觉得不好意思，绞着床单摇头，不愿说。

陆池舟直接打开了床头灯，将她揽在怀里，指尖轻柔地替她擦着泪："是不是哪里难受？"

裴恬咬着下唇："没有。"

陆池舟仍旧耐心："做噩梦了？"

裴恬将脸埋进他的脖颈，仍然摇头，但陆池舟很快便问出了第三个问题："是不是想吃什么了？"

裴恬当即不动了，窘迫地将脸埋紧，几不可见地点点头。

陆池舟似是低笑一声，他用指尖顺着她的长发，低低道："小馋猫。"

"哪有？！"裴恬脸微红，将他的手放在肚子上，"是你的崽崽想吃。"

"嗯，是她想吃。"陆池舟失笑。

"想吃什么？"

裴恬小声道："糖葫芦。"

"好。"

陆池舟瞥了眼床头的电子钟，时间显示凌晨五点半。

"吃你小时候最喜欢的那一家，嗯？"

裴恬纠结地揪着他的衣角，点点头。

那家是 A 市的老字号，离这儿的位置很远，开车要一个小时。这时候去，差不多刚刚开门，而且外面还很冷。

裴恬拉住陆池舟的衣袖，摇头道："不要，我不吃了。"

陆池舟温热的掌心轻抚她的小肚子，轻笑一声，低语道："宝宝吃了，就别馋妈妈了，嗯？"

他似在和宝宝说话，但裴恬内心的纠结被奇异地抚平了些。

她勾了勾陆池舟的手指："那你快些回来。"

陆池舟站起身，在裴恬额上落下一吻："好。"

冬日的天亮得很晚，直到七点多，白日的亮光才从窗帘的缝隙漏进来。

裴恬睡了又醒，迷迷糊糊间似乎听到了房间外阿姨的声音。

"先生，您这么早就出门了吗？"

陆池舟低应一声："太太起了吗？"

"还没。"

阿姨大概是看到了陆池舟手中的糖葫芦，突然微微提高了声音："天哪，先生，您是亲自去买糖葫芦了吗？"

陆池舟："嗯。"

听到这里，裴恬的眼睛有些热，她一把掀开被子下床，又一把打开了门。

门外的陆池舟还没离开，正站在楼梯口，即将下楼。他手中拎着满满

185

一袋糖葫芦，还有她喜欢的冰糖草莓。

"还想吃吗？"听见声响，陆池舟偏头望向她。

其实，那种抓耳挠心的感觉也就那一会儿。现在，裴恬并没有特别大的胃口，但她依旧扶着门，掩住眸中的泪，扬起唇角冲陆池舟重重点头。不过，陆池舟还是让裴恬先吃早餐。

看护的阿姨是程瑾请来的孕期护理师，裴恬平日里的伙食都是她配的。

早餐时间，阿姨看到陆池舟买回来的冰糖葫芦，笑眯眯地看了裴恬一眼。

"太太最近是不是很馋酸口的？"

裴恬想了想，发现确实是这样，于是点了点头。

阿姨一拍手："这就对啦，酸儿辣女。

"这一胎肯定是个男孩。"

阿姨话音刚落，坐在裴恬对面喝粥的陆池舟倏地放下勺子，喃喃重复一遍："酸儿辣女？"

阿姨连连点头："可不是吗。"

"封建迷信，"陆池舟扯了扯唇，淡淡道，"我们还是要相信科学。"

裴恬咽下口中的小米粥，聪明地选择了沉默。

A市从初春迈入初夏，时间一晃而过。到了五月初，距离预产期也越来越近。

裴恬早早便住进了私人医院，陆池舟更是几乎将家都搬了过来。每天除非是必须露面的工作，其余时间陆池舟都陪着她在病房。除此之外，裴恬病房里里外外总是不缺人的。

陆池舟紧张到将医院一整层都包了下来，甚至请了安保，每个人的进出都需要打内线确定身份。便是A市最负盛名的姚主任，都要从附院亲自过来主刀。

裴恬本想说，这样是不是太夸张了，但又倏地想起，当初陆老住院也是这阵仗。

陆池舟他不是夸张，他是真的在很用心地保护他爱的人。

大概是孕妇的情绪都有些敏感，有时候，裴恬看着自己挺得高高的肚皮会很害怕。

她胆子一向很小，也没吃过苦头，一想到网上关于分娩的痛苦，就会自我代入。而且冷冰冰的手术室，没人能陪她，大家都不在。

越临近产期，裴恬的情绪就越紧张，到晚上更是焦虑得睡不着觉。

陆池舟能清晰感知到她的情绪，面上是肉眼可见的心疼和无措，然后陪着她，熬过一宿又一宿。

姚主任给裴恬的建议是顺产，因为她的胎位很正，顺产会非常顺利。

裴恬生产前预想过抵挡疼痛的十种方式，但这一天说到就到，她连第十种方式都没想到，便被推进了手术室。

听说孕妇生产的样子很难看，裴恬严禁陆池舟进手术室，所以她也只能在进手术室前，看到陆池舟红着眼睛，茫然地靠在手术室的墙边。

阵痛的感觉一下下侵袭着裴恬的神经，她咬着下唇，感觉到眼泪不停地往下流。但这阵痛很快过去了。

没过多久，就听见了一声婴儿高亮的啼哭声。

姚主任在她耳边淡笑道："很顺利，母子平安。"

余光间，裴恬似乎看到了宝宝小毛猴似的脸。虽然很丑，但裴恬还是喜欢得要命，激动得流下了眼泪。

就这样，裴恬一种忍痛方式也没用到，就被推出了手术室。这一瞬间，裴恬很想感谢上天。或许她真的是被上天眷顾的人，所以才会拥有这样多的幸运。

手术室门口，站着黑压压的一大片人，裴家几乎所有人都来了。

便是一直安慰女儿不要紧张的程瑾都沉默地坐在椅子前，低着头，不停地搓着手。裴言之一句话不说，垂首看着地，半晌，目光也没什么聚焦。陆池舟靠着墙，怔怔地望着手术室的门。

他听不见里面的声响，只觉得好像连时间都拉长了，便是每一寸呼吸都是一件艰难的事情。

直到里面传来一声婴儿的啼哭，所有人的注意力都被吸引过去，直勾勾地盯着大门。

"这么快。"程瑾捂住唇，长长吐出一口气，"真是老天保佑。"

与此同时，陈挽月轻拍不知作何反应的陆池舟："宝宝，宝宝生出来了。"

陆池舟眼睫动了动，好几秒后，才突然直起身子。他呼吸急促了些，张了张唇，却不知道说什么。

直到手术室的门被推开，姚主任抱着孩子出来，还未说话，便看见为首的陆池舟直接越过她，扶上被推出来的病床。

陆池舟握住裴恬的手，放在唇边轻吻，嗓音哑到有些语不成调："辛苦了。"

"对不起。"

裴恬不在意地轻笑，勾了勾他的指尖："你看到宝宝了吗？"

陆池舟的眸色顿了顿，到此时，才缓缓扭过头。宝宝正在裴言之怀里，小小的一团，像轻飘飘的云朵。

一旁的姚主任看到他这时候才想起来要看孩子，失笑着摇摇头，她微笑祝福："恭喜陆先生，母子平安。"

陆池舟突然直起身子，定定瞧着裴言之怀中的宝宝。

姚主任："怎么了？"

陆池舟仍是盯着宝宝，随后闭了闭眼。好半晌，他扶着墙，定定重复一遍："母……子？"

11

裴恬的生产过程很顺利，术后三天便出院回家进行调养了。

家中的婴儿室里还有之前买的两个婴儿床，一粉一蓝。宝宝被放在了蓝色的婴儿车里，除了睡着的时候，每时都有人抢着抱。

所有人都欢声笑语的，当然，除了陆池舟。

裴恬发现，陆池舟最近似乎总有些恍惚，就比如现在。

为了方便裴恬看宝宝，婴儿车被推到了他们卧室。

已经入夜，卧室里开了盏暖白的小吊灯，陆池舟刚从公司回来，此时就坐在婴儿车旁，安静地看着宝宝。光影倾泻在他的侧脸上，裴恬默默观察着他的表情。

良久，陆池舟移开视线，随后极轻地叹了口气。

裴恬乐了。自从女儿梦破碎后，陆池舟到现在也没从那种淡淡哀伤的状态中脱离出来。

这时候，似乎感觉到了爸爸微含嫌弃的视线，婴儿车中睡着的宝宝突然眯起眼，哇哇大哭出了声。

这一声石破天惊，似要穿透屋顶。

陆池舟眉心一跳，伸臂将他抱在怀里，掌心轻拍宝宝后背，语调平静无波地哄："不哭了。"

裴恬也没插手，就靠在床头，悠闲地看着陆池舟哄崽。

也许是哄人的诚意不够，小孔雀根本不买账，甚至伸出脆藕般的双臂，嫌弃地推陆池舟的脸。

其实早在孕期，陆池舟就和阿姨学过怎么抱孩子。躺在他怀里该是舒服的，偏偏小孔雀不买账，总能在一众人的怀抱中分辨出陆池舟，然后伸手推他的脸。除此之外，陆池舟对小孔雀的耐心显然有限，哄了两句就不哄了。

到后头，裴恬看不下去了，伸出双臂："把宝宝给我。"

陆池舟轻吐一口气，无奈弯腰，将哭闹的宝宝放进裴恬怀里。

也不知道是什么神奇的效应，小孔雀一到裴恬怀里，立马就不哭了，甚至还开心得吐了个泡泡，小脸埋在裴恬怀里，找了个舒服的位置。

裴恬忍不住弯起眼睛，在宝宝脸上亲了一口："真乖。"

陆池舟："……"

他目光幽幽地盯着小孔雀，半晌没挪动。

不知是不是察觉到他的视线，小孔雀突然瑟缩起小脚丫，小嘴瘪了瘪，眼看着就要哭出来。

裴恬抬起眸，眼风横向陆池舟："你别这么凶，宝宝被你吓着了。"

陆池舟揉了揉眉心，气笑了："我怎么凶他了？"

裴恬："你瞪他。"

陆池舟语塞，他深吸一口气，勉强温和地伸出手指握住小孔雀的小手："妈妈要睡觉了，起来好不好？"

小孔雀把手一缩，偏过头，理都不理。

裴恬笑着将宝宝抱紧了些："今晚让他和我睡吧。"

陆池舟皱眉："他半夜要喝奶。"

"我喂他。"

陆池舟不赞同道："会打扰你睡觉。"

陆池舟不想因为喂奶的事打扰裴恬休息，所以到了晚上，一般会让阿姨泡奶粉。

裴恬温柔地看着怀中的小孔雀，顿时母爱泛滥，她摇了摇头："就一晚上，没关系。"

"要不你晚上换个房间睡吧，"裴恬说，"不然宝宝哭会打扰你休息。"

陆池舟脸色变了变，他控诉般望向裴恬，缓声问："你为了他，赶我走？"

裴恬："……？"

她一时还没弄明白陆池舟的脑回路，就见陆池舟突然倾身，一把将安逸躺在她怀中的小孔雀抱了出来。陆池舟也不管他的哭闹，直接将小孔雀放回婴儿床，喊了阿姨过来推走。

做完这一切，陆池舟转过身，面不改色地说："让他走。"

裴恬："……"

小孔雀一天天长大，六月中旬的时候，已经一个多月大了。

宝宝从刚出生时的小老头模样，一眨眼，变成了精雕细琢的模样。现在五官还小，看不出什么，但唯有那双眼睛，像极了陆池舟。漆黑明亮，眼尾上挑，直直望着你的时候，能让人心都化了。

这段时间，裴恬没什么事，毕业流程也很顺利，因为繁重的论文和项目早在研二末和孕初期就弄完了，所以她暂时就闲在家看着宝宝。除此之外，取名的事也提上了日程。

裴恬总喜欢一口一个"小孔雀"地喊宝宝。说来也神奇，她这么喊多了，宝宝也会对此做出反应，甚至会咯咯地笑。

于是，这个连宝宝本人都认定的名字就这样被盖上了戳。

陆池舟对裴恬取的小名没有什么反应。又或是说，别说小孔雀，便是宝宝叫翠花、狗蛋，他也没意见，实在是因为最近的父子关系有些紧张。

自从小孔雀出生，陆池舟胸腔中的郁闷就一直没散干净。这就算了，陆池舟最近还一直遭受小孔雀的冷待。小孔雀是属于逢人就笑的开朗性子，黏人得很，只要抱上他，几乎就不舍得撒手。但不知怎么回事，许是父子俩磁场不太合，只要是陆池舟抱，小孔雀就伸手推他，口中还咿咿呀呀的。

陆池舟对上他，智商也直降二十岁，就比如现在。

陆池舟今日回来得早。为了缓和父子关系，裴恬让他抱抱崽崽，然后好好哄一哄他。可不过一恍神的时间，父子俩顿时又是鸡飞狗跳。

小孔雀瘪着嘴，眉头蹙得紧紧的，看到裴恬走过来，连忙伸出小爪子，眼巴巴地望着她。

陆池舟最见不得他这般装可怜的样子。明明小崽子什么都没做，但裴恬依旧会因此心软，她对这只小孔雀的包容简直到了没有底线的地步。

陆池舟低头看向这奥斯卡小影帝："哭啊，继续哭。"

他优哉游哉地将小孔雀往上颠了颠："哭大声点，不然没效果。"

小孔雀："……"

他虽然听不懂爸爸的话，但从爸爸那不太好惹的表情里，依稀感觉到了冒犯。

小孔雀突然哇的一声，哭得撕心裂肺。

陆池舟："……"

裴恬见小孔雀委屈得要命的模样，有些心疼，连忙上前将其抱在怀里："你怎么又欺负宝宝？"

陆池舟难以置信："我欺负他？"

裴恬瞥他一眼，满脸"不然呢"的神情，似乎在她的世界观里，谁装得可怜谁就是弱者。

陆池舟看着那个奥斯卡小影帝，又望向低头温声细语哄宝宝的裴恬，冷哼一声。

"就他会哭？"

裴恬："？"

陆池舟抱臂坐在沙发上，直勾勾地盯着她。

"有了他，我是不是就不重要了？"

裴恬抱着小孔雀坐到他身旁，听到这话，还呆了一会儿。

"你说什么？"

陆池舟抿唇不语，同时垂下眼睑，看起来心情有些低落。

"他不亲近我，"陆池舟低低道，"恬恬也不关心我了吗？"

裴恬怔住，忍不住低眸，细细观察着陆池舟的表情。

他……好像还挺可怜的。

裴恬舔了舔唇，随后去牵他的手："我没有不关心你啊。"

大概是陆池舟变脸和翻书一样快，便是裴恬怀中的小孔雀都惊呆了，一时忘了哭，张着小嘴直愣愣地盯着陆池舟。

陆池舟的目光从小孔雀身上扫过，嘴角扬起一抹极浅的笑，转瞬即逝，再说话时，面上仍旧一派平静。

"小孔雀还小，他不懂事，你关心他是应该的。"

顿了顿，陆池舟又继续道："不像我。

"只会心疼你太操劳。"

陆池舟这番话堪称情真意切，而裴恬自怀孕后比以往更容易心软。

一听这话，裴恬当即又朝陆池舟靠近了些，头枕在他肩上，柔声道："这段时间你也辛苦了。"

陆池舟往旁边看了一眼，阿姨见着他的眼色连忙上前，从裴恬手中接过小孔雀："太太，我来照顾宝宝吧。"

小孔雀睁大了眼睛，连泡泡都只吐了一半，随后身体一空，他瞬间就离开了妈妈柔软的怀抱。

变故发生得太快，就像龙卷风。到最后，小孔雀也没想明白，他输在了哪儿。

到六月下旬的时候，小孔雀的大名依旧悬而未定。

因为这个大名，裴家群里讨论得热火朝天，为此还开了两次家庭会议。

虽说是姓陆，但裴家人操的心是一点不少。

程瑾天天抱着本《新华字典》，再结合一些箴言，为小孔雀的名字操碎了心。但无论取了多少个，最终都会被一些乱七八糟的理由否定，导致裴恬现在看到家人群里发来的长长一串名字就头疼。

今天，程瑾又发了八个名字过来让她选：终版就这个，不会再变了，你和几何好好选一选。

裴恬粗略扫了眼，额角抽了抽。

为了追求意境和气质，程瑾提供的名字是一个比一个复杂，并且是那种别人已经写了三道题，小孔雀依旧在写名字的复杂。

裴恬已经预见，如果取了这些名，小孔雀一定得在小本本上记仇。

不过，这大名也确实不能再拖了。晚上，陆池舟回来后，裴恬和他商量了这件事。

"名字？"陆池舟瞥了眼趴在床上傻笑的儿子，又低头扫了眼程瑾发来的候选名，一个个默读出声。

"陆懿栩。

"陆樾。

"陆嘉玺。"

到后头，他没忍住，低笑了声。

裴恬："你也觉得……"

陆池舟再次看了眼床上正无忧无虑的小孔雀："我觉得这些名字都挺适合的。"

他走近，笑容温和地抱起小孔雀："喜欢这些名字吗，嗯？"

小孔雀半点不懂爸爸在说什么，但莫名不敢动。

陆池舟见儿子这模样，愉悦地笑出声，他看向裴恬："他说他很喜欢。

"他还说，笔画越多，他越喜欢。"

小孔雀脊背凉飕飕的，伸脚踹了下陆池舟，眼泪说掉就掉，满脸委屈的模样。

裴恬看着小孔雀宛如下一秒就要天塌的神情，表情凝了凝。

"你确定……他很喜欢？"

陆池舟："……"

他忍笑，轻轻捏了下小孔雀的脸颊："小人精。"

"刚刚开玩笑的，"陆池舟抱着小孔雀朝裴恬走近，"名字我已想好了。"

裴恬惊喜地挑眉："真的呀？叫什么？"

"陆天锦。"

<u>12</u>

A大的硕士毕业典礼也安排在六月底。接到通知时，裴恬还有些不真实感。这突然连孩子都生了，到头来，她竟然还没毕业。

裴恬从怀孕到生产，整个过程都很顺利，生下来后，恢复得也很快。

等裴恬穿上深蓝色学位袍站在全身镜前时，一瞬间，她觉得自己还可以是个少女。她在衣帽间磨蹭的时候，在外等待良久的陆池舟似乎耐心告罄，抱着小孔雀开门走了进来。

陆池舟抱着两个月大的小孔雀站在门前，裴恬和父子俩目光对视的同时，看见二人不约而同地微微睁大了眼睛。

父子俩眉眼肖似，这会儿，便是连讶异的表情都同步起来。

裴恬有些好笑地看着二人，往近前走了几步，伸手在小孔雀面前晃了晃："怎么了，不认识妈妈了？"

小孔雀一动不动，直勾勾地盯着她，小嘴张开一半，似乎忘了反应。

陆池舟拿纸巾替小孔雀抹去了因为张嘴而流出的口水，啧了声："没出息。"

裴恬倒是对这效果很满意，她笑眯眯地凑到陆池舟耳边低语："我是不是还像个少女？"

她也只是揶揄一句，说完便退开了些。谁知下一刻，裴恬的腰被男人一把揽住。

陆池舟的呼吸有些重，和她轻声咬耳朵："晚上再穿一次，嗯？"

裴恬蒙了一瞬，晚上穿干什么？直到触及陆池舟意味深长的视线，她才缓缓理解了他的意思。

一瞬间，裴恬脸涨得通红，伸手就推他的胸膛："我拒绝。"

说完，她把小孔雀从陆池舟怀里抱出来，捂住他耳朵："你爸爸坏得要命。

"他的话，咱们不听不听不听。"

裴恬抱着小孔雀有些落荒而逃，陆池舟看着她抱着崽大步往前的背影，忍不住低笑一声。直到抱着小孔雀上了车，裴恬脸上的红晕才渐渐退去。

裴恬长长呼出一口气，盯着小孔雀毛茸茸的脑袋，好久才平静下来。但始作俑者本人依旧维持表面那副斯文矜贵的模样，只有在触及裴恬躲闪的视线时，才会轻轻挑眉，随后意味深长地轻笑一声。这样下来，裴恬的整个车程都如坐针毡。

等到了 A 大，她连小孔雀也不抱了，将崽崽往陆池舟怀里一塞，拉开车门便下车，跑了好远。直到到了大门口，裴恬才回头，看一眼陆池舟。

因为宝宝怕晒，他还撑了把伞，随后抱着小孔雀，一步一步地跟在她身后。

今天 A 大的人很多，处处都是穿着学位袍的学生和随同而来的家长，陆池舟这样抱了个宝宝的，在其间尤其显眼。

他身量高，样貌好，更何况抱了个精雕细琢的小娃娃，走到哪儿都能吸引众人的目光。

裴恬站在大礼堂的阶梯前等了会儿，看着陆池舟抱着小孔雀朝她慢慢走近。突然，她的肩膀被轻轻一拍，裴恬回头看去，发现是她的同门师弟师妹们。

"师姐，好久没见到你了！"说话的是小她一级的师妹白芩，裴恬曾带她做过导师布置的项目。

白芩看她好几眼，面上满是惊奇："师姐，你真的生了孩子吗，怎么一点都看不出来啊？比以前还漂亮了。"

被这么夸谁能不开心，裴恬掩不住笑："谢谢师妹。"

白芩笑眯眯道："我今天是专门来看师姐的，听说师姐要作为毕业生代表发言？"

裴恬点点头。她硕士几年没有划水，确实独立研究成了几个项目，优秀毕业生评选时，裴恬填了信息表，最后成功被评选上了。到今天，还要代表优秀毕业生发言。

这发言，也算裴恬长到现在为数不多的光辉时刻。

本来，裴恬还担心因为生崽崽，美貌值回不来了，但白芩这番话，可是让裴恬里里外外都熨帖了。

这时候，白芩不知道看到什么，突然握住裴恬的手臂叫出声来："师姐，你快看！那个极品男人，还有那个宝宝！"

裴恬顺着她的目光看过去。男人不是别人，正是陆池舟；宝宝也不是别人，是她的小孔雀。

白芩握紧她的袖子，压抑着兴奋："天啊，这是哪位人生赢家的老公和宝宝？！"

"学业、家庭两不误，卷死谁了就是说。"

裴恬不动声色地弯起唇。原来，她不太喜欢那些在朋友圈和群聊里炫耀孩子的亲戚，但现在裴恬头一回起了炫耀的心思。

她清了清嗓子，低声道："介绍一下，宝宝是我家的。"

白苓石化在原地，张了张唇，深呼吸好几口气，才差点没尖叫出声："天啊！这宝宝可爱到我能亲秃十个！"几个一同来的师弟师妹都沸腾了。

裴恬忍俊不禁，嘴角止不住上扬："就普通可爱吧。"

"啊啊啊！"白苓还是克制不住胸腔的激动："师姐，你好幸福啊，宝宝和爱人能一起看着你毕业。"

裴恬微笑，轻轻点头："我也觉得好幸福。"

眼看着时间差不多了，裴恬和白苓他们打过招呼后便进了大礼堂。

A大的毕业典礼向来隆重。在这个可以容纳千人，古老又庄重的大礼堂内，裴恬站在最中心，无数闪烁的灯光从她的头顶倾泻而下，却不见她半分局促。

所有人的目光落在裴恬身上。她的优秀，有目共睹。

陆池舟早就托关系订了座位，甚至为了让小孔雀拥有视觉体验，坐到了前三排。

小孔雀头一回遇见这阵仗，激动得大眼睛四处看，随后似是发现了什么了不得的熟人，定定看着前面。

陆池舟轻轻钩他软软的小手，指着台上："妈妈就在上面。

"陆天锦以后要和妈妈一样优秀，嗯？"

小孔雀怔怔地看着他。难得地，崽崽没和陆池舟唱反调，而且不知在想什么，突然张嘴笑，大大的眼睛弯成了小月牙。

陆池舟捏了捏小孔雀的小手，有些欣慰。总算，这是自陆天锦出生以来，陆池舟拿到的唯一一张父慈子孝体验卡。

毕业典礼结束后，按照惯例，裴恬再次和导师、同学拍了几组毕业照。

结束后，裴恬走到陆池舟的车边，随后打开了车门。裴恬扶住车门，上车的动作一顿。

小孔雀出来时间长了，需要喂奶。陆池舟一大早就备了奶瓶，现在正坐在车里给宝宝喂奶。他低着眸，清俊眉眼俱是认真和专注，喂奶的动作娴熟又轻柔。小孔雀咕咚往下咽，漂亮的眼睛满足地弯着。

不知怎的，裴恬的心重重跳了下，眼眶也有些酸。

陆池舟爱一个人时，从来都是毫无保留的。

小孔雀是他的宝宝，更是他爱的人，所以他会做到最好，去承担一个父亲的责任。

不过，裴恬还没感动几秒，就见陆池舟轻拍一下小孔雀的屁股，语调满是嫌弃："怎么又尿了？"

裴恬往车厢内一坐，抱臂道："你嫌弃他？妈妈和我说，你四岁还尿床。"

陆池舟："……"

他开始给小孔雀换尿不湿，一时语塞到无话可说。

直到将小孔雀整理好，陆池舟问裴恬："一起拍个照？"他晃了晃手中的小崽崽，"带着他一起。"

裴恬眼睛一亮，连连点头。

她想起，三年前的自己也穿着学位袍和陆池舟在教室里拍照；而三年后的今天，她依旧穿着学位袍，但他们之间多了一只小孔雀。

同样的教室，照片再次定格。

裴恬确定，他们之间，还会有很长很长的未来。

当天回去后，小孔雀因为太过疲惫，路上便呼呼睡着了，这之后，更是躺在婴儿床上不知道醒。但具体的，裴恬也不知道他睡了多久。

晚上吃完饭后，她就被陆池舟按在房间的门边。

裴恬有些紧张。

她拿下陆池舟捧在她颊边的掌心："等……等会儿。"

陆池舟的声音有些含糊："嗯？"

裴恬很认真地问他："我和之前比，还好不好看？

"会不会因为生过孩子……"

裴恬的话还没说完，便被陆池舟半分不留情的吻打断。他一声未吭，似乎在用动作告诉她答案。

裴恬原本就是想听他说点好听的哄她，但陆池舟恶趣味满满，不说。

裴恬脱下的学位袍还在卧室的单人沙发上，而陆池舟还不忘慢条斯理地问她："喜欢吗，恬恬师姐？"

裴恬咬着下唇，不答。

"嗯？"

裴恬忍不住骂他："你，不要脸。"

直到陆池舟突然低头，微微湿润的前额贴着她的，对刚刚的问题做出了回应。

"我依旧对你着迷。

"爱不释手。"

"甚至，"陆池舟以吻封住她的唇，溢出一声低笑，"比从前更甚。"

裴恬心跳得越来越快，胸腔像是灌了蜜一般，她正要说话，陆池舟再次按住她的后脑吻她，他根本没有满足。

眼看着裴恬又要被他带入旋涡，迷迷糊糊时，隔壁房间突然传来嘹亮的哭声。

裴恬顿时清醒过来，下意识便要推开陆池舟。

陆池舟："干什么去？"

裴恬："宝宝哭了。"

陆池舟："让他哭。"

13

裴恬还在凝神听小孔雀的哭声，但下一秒，她就被陆池舟抱起来，丢在了卧室的床上。

男人抬起她的下巴，眼眸漆黑如墨："你不专心。"

裴恬："可那是宝宝……"

"有阿姨，"陆池舟打断她，淡淡道，"她们会哄。"

"你无须为孩子操太多心。"他埋首在她颈侧，同时握住她的手往下移，"你想想。"

"嗯？"

陆池舟的声音在她耳畔响起，又低又沉："你冷落我多久了？"

裴恬眼睫猛地一颤，手上连力都使不出，脸颊红了个彻底。

偏偏陆池舟半分不害臊："你不能偏心，继续。"

裴恬闭了闭眼，随后几不可见地点了点头。

陆池舟愉悦地低笑一声，轻吻她额头："宝贝真乖。"

就这样，二人默默达成了忘崽的共识。而隔壁的婴儿房里，小孔雀睡醒后，干号了一会儿，原以为能等到香香软软的妈妈，谁知号了好一会儿也没等着妈妈，一时间天好像都塌了。

小孔雀委屈地抽噎着，几个阿姨哄的哄、抱的抱、冲奶的冲奶，忙活了好一会儿，才暂时用奶瓶堵住了小孔雀的嘴，但喝过奶的小孔雀明显更有力气哭了。

几个阿姨都是明白人，面面相觑片刻，互相点了点头。相比现在去打扰陆先生，还是先委屈小崽崽吧。

就这样，小孔雀被几个阿姨抱到楼下，换着哄了好一会儿，最终哭累了，才悲伤地睡了过去。

从五月到十月，裴恬在家待了近半年，看着小孔雀从襁褓到能够在床上爬着找玩具，整天满室都是他咯咯笑的声音。

小孔雀不属于爱哭的宝宝，有点小玩具就能自娱自乐地玩得很开心。据阿姨们说，小孔雀哭得最难过的一次，就是那天晚上了。

听到这儿，裴恬默默地闭了嘴，心虚地没说话，但陆池舟依旧没有半分愧疚。

这样下来，陆池舟是快乐了，每天神清气爽，连带着对小孔雀都和颜悦色了许多。只是小孔雀似乎并不买账，经常拿小脚蹬他爸的手。

陆池舟当时没和他计较，只不过为了防止晚上他的哭声吵到裴恬，陆池舟把婴儿房的位置换到了离主卧更远的卧室。

到了十月，裴恬开始认真思考未来。

很早之前，裴恬从未细想过未来该做什么。她的人生向来按照既定的轨道运行，并且每一步都超乎寻常地顺利。

"你想去哪儿？"

夜里，陆池舟搂住她的腰，在她耳边低声问。

裴恬想了想道："去君泽，慢慢开始。"

陆池舟"嗯"了声，几秒后，他说："工作会很辛苦。"

裴恬："但我还这么年轻，总不能一点事不做吧。"

陆池舟沉默很久，终究没有说出阻止的话。

他知道，裴恬比谁都清楚，她其实无须做什么，就能获得很多人一辈子都奋斗不到的优渥生活。

"准备什么时候开始工作？"

"我和爸爸商量过了，"裴恬说，"就最近。"

"好的恬总。"陆池舟揉了揉裴恬的脑袋，"遇到问题和我说。"

裴恬笑着弯起唇，亲昵地环抱住他的脖颈："谢谢老公。

"以后出门在外，我就靠老公罩着啦。"

"好。"陆池舟笑着将她揽进怀里，"那以后恬总罩我？"

裴恬豪气万丈："好！"

陆池舟失笑。

"我等着。"

国庆假期过后，裴恬便正式去君泽上班，裴言之为此尤其欣慰。

裴恬上班第一天，就去了裴言之办公室报到。

"裴董事长，您好。"裴恬站立在裴言之面前，有模有样地朝他鞠了个躬。

裴言之的唇角几不可见地勾了勾，他的眼睛还未从电脑上移开，颇为官方地说："本来按照你的资历，进君泽还有点困难。"

裴恬笑容不变，狗皮膏药似的说："那还得谢谢裴董赏识，是您的慧眼识珠，让我得以进入君泽这样的地方学习……"

裴言之有些破功，他挥了挥手："行了行了，去上班。"

"是的裴董！"裴恬笑眯眯地后退几步，临走时，还朝裴言之眨巴两下眼，"爸爸，你外孙小孔雀说想你啦。"

裴言之的唇角露出浅浅的笑意："晚点去看他。"

女儿空降君泽的消息不算秘密，而裴恬也没有隐姓埋名做小可怜的意思，虽不说敲锣打鼓般高调，但周围大部分同事都知道她的身份。除此之外，裴言之特地派了他最得力的副总李晏做裴恬的师父。

君泽酒店的业务基本归李晏总管，而酒店是君泽集团庞大产业群中最核心的业务。不少人开始猜测，未来裴董事长是不是真的要将整个公司都交给女儿。

裴恬硕士毕业便空降公司核心部门的事，在君泽内部掀起一阵浪潮，成了茶水间和厕所的谈资。但谈来谈去，除了羡慕和唏嘘，也没人敢有意见。

这一来，谁不知道裴董事长护短的性子。目前整个君泽的大权都在他手上，在他的公司说他女儿的坏话，可不是找死。二来，裴恬还有个狠名在外的老公，陆氏集团董事长陆池舟，手段相比裴言之有过之而无不及。如果把这两人都得罪了，那以后在 A 市还怎么混？除此之外，裴恬本人也实在没有什么可诟病的地方。

裴恬长相甜美，待人慷慨，工作出现问题时还会谦虚道歉。或许平常有人刻意教导过，再加上在校独立跟过几个项目，所以她处理问题的能力很强。哪怕在座的都是元老级人物，但裴恬在职半年，也挑不出半分问题。

就这样，来年开春，裴恬正式在公司立稳脚跟，升到了君泽酒店物控部经理的位置，走到哪儿，都会有人喊裴恬一声——

"恬经理"。

时间到了初夏。五月初的时候，裴恬放下手头的事，开始为小孔雀准备周岁宴。

这半年，裴恬和陆池舟都忙，小孔雀更多时候被送到了裴宅，由程瑾和阿姨照料。原本日日都能见着的崽崽，变成了一周见两次。

小孔雀已经能认人了，十个月就会喊爸爸妈妈，现在周围的亲人都会喊了。但小家伙过分聪明就导致他比其余孩子都要敏感。

他知道裴恬一周只会看他两次，所以每次裴恬走时，他都会泪眼迷离地望着她，小嘴委屈地瘪着，但下回裴恬来时，他又忘记了不开心，咯咯笑着往她怀里钻。

大概是距离产生美，便是陆池舟，小孔雀都丢下傲娇，见着他便亲昵地要抱抱。

小孔雀的抓周宴办得红红火火。当天，裴恬早早就留意着周围有没有什么漂亮小姑娘，看到一个便恨不得把她拎到前排去。

陆池舟得知她的意图，失笑问："你这是教你儿子当抢媳妇儿的恶霸？"

一听这话，裴恬不乐意了。

"你什么意思？"她杵了杵陆池舟的胸膛，"说我是恶霸？"

"抢了你，你还委屈了？"

大概是当上了恬经理，裴恬最近的小脾气见长。

陆池舟连忙顺着毛哄："没有，被你看上是我的荣幸。"

裴恬这才顺气，哼道："这还差不多。"她又伸手挠了挠陆池舟的下巴，"你还得谢谢这张'妲己脸'，不然你哪能娶到我？"

陆池舟忍着笑摇头，他按住裴恬的手在掌心握了握。

"看看你儿子选了些什么。"

说话时，毯子上的小孔雀已经开始动作。他绕着周围罗列的物件爬了一圈，漂亮的眼睛好奇地转着。

裴恬屏息凝神，直到小孔雀的目光停留在一根漂亮的孔雀尾羽上，咯咯笑开。随后，他便伸手拿了孔雀尾羽，抱在怀中，同时另一只手顺势拿了个算盘敷衍一下。

裴恬瞠目结舌。孔雀羽是装饰品，想着和小孔雀的名字相应，裴恬一开始便是放在待选物品里充数的。

对于这个结果，裴恬拉着陆池舟回去苦思冥想了好一会儿。最后，她盯着陆池舟的脸，若有所思地说："这难道就是……血脉觉醒？"

陆池舟："……"

许是冥冥之中的指引，小孔雀越长越漂亮，到三岁时，已经成为走到哪儿都有回头率的小帅哥。

小孔雀的眉眼长得尤其像陆池舟，但下颌线和嘴巴很像裴恬，中和了陆池舟五官的凌厉，更加憨态可掬。

裴恬对小孔雀的抵抗力为零，每回见他都抱在怀里不肯撒手。

小孔雀的性子也像陆池舟。面对不熟悉的外人时，矜持又冷淡。但在对着裴恬时，就成了甜言蜜语不断的小糖豆，经常将裴恬哄得心花怒放。

裴恬在物控部两年，今年正式成了君泽酒店的副总裁。

虽说工作繁忙，但她每周都会专门抽出一天时间陪小孔雀。而陆池舟这几年不断扩充商业版图，闲余时间越来越少，裴恬和他的相处都在夜里。倒是小孔雀睡得早，陆池舟回来时，他已经入睡。有时候，父子俩一周都见不着几面。

这天是周日，也是裴恬和小孔雀的"亲子世界"。

陆池舟一大早便因为谈生意出了门。小孔雀醒的时候，裴恬正在给他穿衣服。

"妈妈，"一睁眼就看到裴恬，小孔雀揉着眼睛，开心地在裴恬脸上亲了好几口，"妈妈今天又好看了。"

裴恬扑哧一笑："有多好看？"

小孔雀的长睫上下翻飞，状似思忖了好久，他朝裴恬眨巴两下眼："好看到我心里了。"

裴恬捏他鼻子："谁教你的？"

小孔雀鼓腮，很认真地问："赞美你，还需要人教吗？"

裴恬沉默了。不可否认，她被自己的儿子撩到了。

裴恬笑："你爸都没你会啊。"

一说到陆池舟，小孔雀霎时就变了脸，他抱臂别过脸，哼了一声。

"我可比他更会夸妈妈。"

裴恬忍着笑给小孔雀穿好衣服，又带他去洗脸刷牙。

"今天想去哪儿玩？"

洗完脸，裴恬给小孔雀雪白的脸擦了面霜。

"想去游乐园。"

裴恬答应得很爽快："好啊。"

吃完饭，裴恬便去房间化妆。小孔雀晃着腿，坐在一边看。

裴恬看着手臂上的口红试色，问他："哪种颜色好看？"

小孔雀托着腮，肃着张小脸仔细观察了所有颜色。

"这个，"他指向裴恬最喜欢的豆沙色，"好看。"

裴恬化妆时经常会参考小孔雀的意见，因为无论何时，他都会给出认真又耐心的意见，简直秒杀当代一众男性。

"好，"裴恬笑着说，"那妈妈就涂这个。"

等裴恬打扮好再回身时，突然没看见小孔雀的身影，她找了好几圈，才在主卧陆池舟的衣柜边找到了小家伙。

他整个身子都埋进了陆池舟的衣柜，裴恬有些惊奇地问："怎么了？"

小孔雀将脑袋探出来，有些不好意思："要和妈妈出门，我得打扮打扮。"

她走上前，将小家伙扒拉出来："你打扮什么？"

这不看不知道，一看裴恬差点没笑出声。小家伙把陆池舟最常用的香水往身上喷了好几个来回。

他不会喷，大概是觉得味道不够，所以一瓶香水差点被他喷掉半瓶。除此之外，小孔雀还把陆池舟现在已经不怎么戴的胸针、尾戒全都扒拉到身上。

尾戒太大，于是他将其硬生生卡在了大拇指上。

迎着裴恬打量的目光，小孔雀还含蓄地问她："妈妈，能不能给我也买一套西装啊？"

裴恬再也忍不住，将小孔雀抱起来亲了几口。

为什么？为什么会有这么可爱的小孔雀？！

"做，给你做！必须做！"

果然，血脉觉醒了，她的小宝贝开始帅而自知了。

坐在车上的时候，裴恬抱着支棱起尾巴的小孔雀，打量了他好几眼，喟叹一声："真像你爸爸！"

小孔雀睁大眼睛，顿时不服气了："哪有？！我不像爸爸，像妈妈。"

裴恬失笑："好好好，像妈妈。"

裴恬没有带小孔雀去游乐园，而是先带他去商场的童装店给他买了一套小西装。

第一次穿西装的小孔雀站在商场的镜子前打量自己，许是为了保持酷哥的形象，他刻意压着快要上扬的唇角。

小孔雀还在对镜自照时，裴恬接到了陆池舟的电话，再一看时间，已经快中午了。

陆池舟许是已经到家，却并未看见他们。

"在哪儿？"

裴恬："在商场，我带宝宝出来啦，下午还要去游乐园。"

"我陪你们一起。"

裴恬扬唇："你下午有时间啦？"

陆池舟"嗯"了声："有，来陪你们。"

想着给小家伙一个惊喜，裴恬没有告诉他陆池舟要来的消息。

裴恬陪小孔雀在商场吃午饭，为了迎合小孔雀第一次穿西装的氛围，她带他去了西餐厅。明明坐在沙发上连脚都够不着地，小家伙却依旧挺直了背。

他拉了拉自己颈上的温莎结，表情一派端庄，还给上菜的服务员绅士地道了谢。说完，小孔雀无声地看了眼裴恬，裴恬愣是从这一眼中窥出"快夸我帅"的意味。

她正要夸，突然有脚步声从背后传来，随后陆池舟坐在裴恬身侧。坐下的同时，陆池舟的目光从对面的小孔雀身上缓缓扫过。

小孔雀被看得抬高了下巴，脊背绷得更直。

陆池舟淡笑着，吐出几个字："这是谁家的……小门童？"

小孔雀还不知道门童是什么，但看字面意思，大概就知道不是什么好话。顿时，小孔雀脑瓜子嗡嗡的，感觉到了深深的冒犯。

他握紧了身侧的双拳，委屈巴巴地看着裴恬，渴望个说法。

裴恬打了陆池舟一下，不停和他使眼色："怎么说话的？"

"见过这么帅的小门童吗？

"这明明是小绅士、小王子！"

接收到裴恬眼中的信号，陆池舟又瞥了眼多日不见、翅膀渐硬的陆天锦，不置可否地应了声。这声应得无半分诚意。

小孔雀气鼓鼓地抱臂，别过了脑袋。

陆池舟开始给母子二人切牛排。他手指冷白细长，再加上动作慢条斯理，身着未换下的西装，映衬得整个人越发英俊。

小孔雀看得有些发愣，他低头看了看自己的小手和短腿，有些懊恼。

想着安抚小家伙，裴恬坐到了小孔雀这一侧。观察到他的表情，裴恬掩唇笑。

"是不是觉得爸爸很帅？"

小孔雀将小脸埋进裴恬怀里，哼了一声："我会比爸爸还帅。"

裴恬在心中啧啧两声：原来这孔雀血脉真是世袭呀。

一家人吃完饭从西餐厅出来，小孔雀应该还在生"门童"的气，所以主动站到了裴恬的另一侧，只留给陆池舟一个后脑勺。

陆池舟半分不和他客气，直接将小家伙抱了起来。顿时，小孔雀早上喷的香水扑鼻而来。

因为他喷了太多，味道有些重，陆池舟轻轻蹙眉："你喷香水了？"

小孔雀勾起唇，傲娇地抬起下巴："不行吗？"

陆池舟忍了忍，还是委婉提醒："不太好闻。"

小孔雀深觉冒犯："你也喷的这个呀。"

"我喷和你喷能一样吗？"

陆池舟低眸，又看到了小家伙衣领上的胸针，大概又是从他衣柜里摸来的，有些大，做个小的正好。

"胸针也不适合你。"

顿时，小孔雀吸了吸鼻子，委屈极了。

他推陆池舟的肩膀，哽咽道："要妈妈抱。"小孔雀的尾巴彻底耷拉下来。

裴恬有些心疼，她伸手将小孔雀抱过来，又凑到陆池舟耳边，嗔怪道："你欺负宝宝干什么？"

陆池舟看了眼抱着裴恬就不撒手的小孔雀，扯了扯唇。

当真是母慈子孝。

"见了面也不喊爸爸，"陆池舟无奈，"说两句就哭，到底谁欺负谁？"

一听这话，小孔雀抬起头。

"你都不看我，还想我喊你爸爸。"

陆池舟一怔。

这话说出口后，小孔雀后知后觉地恼了，他抱紧裴恬的脖颈："爸爸坏。"

这之后的路上，陆池舟都有些失神。

小孔雀在车上迷迷糊糊地睡了一觉，裴恬轻拍他后背，时不时看陆池舟一眼。

工作日的时候，小孔雀一般都待在裴宅，有时候在陆宅，周末裴恬会把他接回来。

陆池舟回来得晚，但再晚，他还是会去小孔雀的房间看他一眼。这些，小家伙都不知道。

陆池舟看向裴恬，伸出双臂："我来抱吧。"

"嗯。"裴恬将孩子递给他，看见陆池舟轻轻擦了擦宝宝依旧有些红的眼角。

直到车停在游乐园门口，陆池舟将小孔雀抱下车，温声喊醒了他。

睁开眼，看见是陆池舟，小孔雀愣了愣。虽说还有些别扭，但最终还是任由陆池舟抱他了。

等待买票入园的时候，陆池舟低声在小孔雀耳边道："喜欢香水，下回爸爸带你去挑？"

小孔雀一愣，随后垂眸。

"胸针爸爸给你定制个小款的，嗯？"

小孔雀埋着头，随后几不可闻地"嗯"了声："谢谢爸爸。"

陆池舟笑了笑："这么喜欢？"

小孔雀哼了一声，视线从陆池舟英俊的五官上扫过。

"谁不喜欢当个帅哥？"

得到这么个答案，陆池舟哑然失声，似乎突然理解到裴恬所说的"孔雀开屏"是什么意思。

还真是青出于蓝而胜于蓝，但好在陆天锦的孔雀属性是隐性的。

在游乐园的众多小朋友面前，他穿着小西装安静地立于一旁，矜贵又淡漠。不少小姑娘偷偷看他，便是大人经过时都忍不住要夸一句"这孩子真俊"。小孔雀虽然面上无半分波动，但裴恬愣是感觉到了他那快乐得不停晃悠的孔雀尾巴。

到了游乐园，裴恬带着小孔雀去玩了几个儿童项目，陆池舟全程陪同。

在母子俩玩时，他就蹲下来给两人拍照。

裴恬抱着小孔雀坐旋转木马，看到小家伙的目光时不时瞧一眼站在外面的陆池舟。似乎怕被发现般，他看一眼，就会瞅瞅她。

裴恬揉了揉小孔雀毛茸茸的脑袋："宝宝是不是很想爸爸啊？"

小孔雀的纤长眼睫颤了颤。

"不想。"

裴恬故作忧愁地叹了口气："可是爸爸很想你啊，每次都得看了宝宝才愿意睡觉。"

"看我？"

裴恬严肃地点点头。

小孔雀的表情变换半晌，仍旧冷哼一声："他说我是门童。"

裴恬："那他自己就是大门童。"

“妈妈。”

“嗯？”

小孔雀思忖几秒，像是终于恩准一般：“你告诉大孔雀。

“就说我原谅他了。”

14

正站在旋转木马外给母子俩拍照的“大孔雀”，还不知道自己已经获得了陆天锦小朋友的原谅。等到旋转木马的音乐结束，小孔雀牵着裴恬的手下来，走到陆池舟近前时，小孔雀突然伸出小爪子，在他面前晃了晃。

陆池舟低眼，看了几秒，没反应过来他的意思。他抬头，走到裴恬身侧，顺势牵起她另一只手：“接下来去哪儿？”

而这时，小孔雀的手还悬在空中，似乎是僵了一瞬。

看到他这模样，裴恬想，如果用一句歌词来形容，大概是“就放手吧，别想他”。

几秒后，小孔雀缩回了手，还装作若无其事地在衣角处擦了擦，仿佛刚刚只是个小误会，半分不影响他的心情。但到底年龄小，喜怒哀乐都写到了脸上，嘴巴不自觉就噘得老高，半是生气，半是恼怒。

但从未被小孔雀主动牵过的陆池舟浑然不知他纠结的心情，男人正低头看着地图，寻找着下一个目的地。

裴恬夹在其间，看着小孔雀紧紧握着的小拳头，以及变幻莫测的表情，心中快笑翻了天。她也不打算提醒，倒是想看看这父子俩能犟到什么地步。

“三点这里有花车巡游和表演，”陆池舟指着地图，问裴恬，“想看吗？”

裴恬揉了把小孔雀的脑袋，努努下巴：“你问问你儿子。”

似才想起来，陆池舟问小孔雀：“你想去吗？”

小孔雀依旧没从刚刚那件事里消气，但又实在想看巡演，于是惜字如金，勉勉强强“嗯”了声。

三人走到游乐园的大广场。正是节假日，这里人山人海，全都聚集着，等待游乐园最盛大的花车巡演。

陆池舟身高腿长，哪怕是站在人群里，也能拥有最开阔的视野。

"看得见吗？"陆池舟偏头问裴恬。

很多年以前，裴恬也会经常缠着陆池舟，让他带她来游乐园。那时候，裴恬年纪小，个子也小，怎么也挤不进前排，然后裴恬会让陆池舟抱她。

最开始陆池舟会抱，但后来裴恬长大，到了初中，便不抱了，但是会默默地牵着她一点点往前走，慢慢就到了前排。

众多回忆回笼，裴恬下意识便依赖地抱紧了陆池舟的手臂，微笑道："我长高了，看得见。"

陆池舟伸手揉了揉裴恬的脑袋，在她耳边低语："可我想抱你看。"

裴恬脸微红，轻声说："回去再抱。"

一言一语间，二人如胶似漆，宛如热恋，切实将忘崽做到了极致。唯有站在裴恬身侧，一抬头只能仰望别人大腿的小孔雀陷入了沉思。

花车开始驶来，人群沸腾起来。

直到站在他身边的一个小女孩突然激动地扯了扯她爸爸的衣角，娇滴滴道："爸爸，要骑脖子！"

小女孩的爸爸对女儿的要求答应得毫不犹豫，立马将人抱起放到脖子上："我的乖囡囡，这能看见了吧？"

小女孩兴奋地拍着手："看到了！有跳舞的小熊！"

终于，旁边快乐的童音将裴恬的思绪拉了回来。也是此时，她才注意到自己腿边不知道在看什么的小孔雀。

"妈妈，"小孔雀意有所指地瞥了眼骑脖子的小女孩，又可怜巴巴地看向裴恬，"宝宝看不见。"

正因为忘崽而羞愧的裴恬顿时母爱泛滥，她立马轻拍陆池舟的手臂："别人家孩子有的，我们小孔雀也要有。"

陆池舟："？"

"宝宝看不见，"裴恬，"你也让他骑脖子。"

陆池舟缓缓低下眼，看向躲在裴恬身后的小孔雀，目光含蓄又热切。他眉心跳了好几跳，但显然裴恬的表情很认真。

最终，陆池舟慢慢蹲下身，人生头一回，让人骑到了他的脖子上。

到这时，小孔雀心中的快乐突然达到了顶峰，他还胆大包天地伸出小爪子，在陆池舟的头上揉了一把，随后得到一声低沉的警示："陆天锦。"

但小孔雀心情一好，就不和自家老爸计较了，他开心地冲花车上的表演者挥手。

直到花车开远，这处的喧嚷声才沉寂了些。旁边的小女孩停止了鼓掌，嗓音甜腻腻地说："我爱爸爸！"说完，小女孩还在她爸爸的脸上用力亲了一下。女孩爸爸笑得合不拢嘴，将其抱下来，在她脸上亲了好几口。

小孔雀看得目瞪口呆，小嘴微微张开，他垂下眼，看了眼陆池舟。

陆池舟："放你下来？"

小孔雀点点头，看着陆池舟将他从脖子上抱到怀中。他盯着陆池舟分明的下颌线，想起刚刚小女孩的举动，鬼迷心窍般，凑上去亲了一口。

小孔雀只会时不时亲裴恬，亲陆池舟是第一次。

哪怕是陆池舟，动作也顿了顿，眼眸迟疑地看向他。

小孔雀憋了半天，学着小女孩的语调，不知是紧张还是什么，他脱口一句："……爸爸爱你。"

陆池舟："……"

裴恬："……"

陆池舟似被气笑了，抬手轻敲小孔雀的脑袋："我看你今天要造反。"

随后，小孔雀便从陆池舟怀里的 VIP 专座降级到了地上。

陆池舟牵住裴恬就走。小孔雀站在地上，抓了抓脸，还回味了下刚刚那句"爸爸爱你"。这蹭鼻子上脸的感觉还真不错。

晚上，裴恬带着父子俩去了游乐园的餐馆吃饭。她还准备玩最后一个项目，便是游乐园里最出名的摩天轮。

到晚上时，摩天轮上灯光大亮，坐在里面往下看，像是站在了世界的最高点。

从前裴恬和陆池舟坐过数次，但小孔雀还是第一次来。

大概是意识到自己下午的发言大逆不道，小孔雀后来夹紧了孔雀尾巴做人，一直到吃完饭都老老实实的。

晚上摩天轮处排队的人还不少，裴恬牵着小孔雀，一点点往前移。

玩了一整天，小孔雀有些困倦，走路的步子都慢了下来。陆池舟看他连眼皮都要耷拉下来，干脆俯身将其抱了起来。

裴恬开始逗小孔雀说话，她指了指摩天轮："宝宝你看，看到最高的那个没有？"

小孔雀揉了揉眼睛，捧场地点头。

"一会儿在那个地方，宝宝要不要许个愿？"

"要。"

陆池舟："你有什么愿望吗？"

小孔雀瞅他一眼，又看了看裴恬，抿紧唇，没有说出口。

裴恬朝小孔雀眨了眨眼，又往上指了指："妈妈之前在摩天轮上许的愿望都实现了。"

小孔雀好奇地问："妈妈许了什么愿望呀？"

裴恬抿唇笑，有些不好意思地看了眼陆池舟。

察觉到她的视线，陆池舟也被挑起兴趣，望向裴恬。

裴恬回答小孔雀："愿望就是和你爸爸在一起。"

听罢，陆池舟愉悦地轻笑出了声。小孔雀张了张唇，嘴巴成了圆形。

当时的他还不知道这是种什么感觉，直到很多年后，他才明白，原来这就是狗粮的味道。

大概排了一刻钟的队，裴恬他们才顺利登上摩天轮。

到这时，小孔雀也不困了，睁着大眼睛透过透明的玻璃窗往外看，还时不时紧张地观察着地势，生怕错过了最高点。他左顾右盼的同时，并没有注意到身后的父母。

陆池舟从后面揽住裴恬的腰，在她耳侧低语："刚刚说的是真的？"

裴恬笑："不然呢？"

"怎么不告诉我？"陆池舟轻声说。

裴恬把玩着他的袖扣，哼笑一声："我没事说喜欢你干什么？"

"可我就喜欢听。"

摩天轮缓缓升至最高点，裴恬伸手，和陆池舟十指相扣："那我让你心愿成真。

"我喜欢你。"

陆池舟揉着她的后脑："再说一句。"

裴恬忍笑，一遍遍呢喃："我喜欢你，喜欢你，喜欢你。"

陆池舟轻笑，缓缓凑近裴恬。但还未靠近，裴恬便按住他的胸膛，看向小孔雀的背影，朝他摇了摇头。

陆池舟似乎这才想起旁边还有个人，他蹙了蹙眉，朝那个方向看去。与此同时，小孔雀兴奋地转过身："到了到了！

"可以许愿了！"

他刚转身，裴恬便推开陆池舟，轻咳了声，莞尔道："好，宝宝许愿吧。"

小孔雀浑然不知自己已经成了电灯泡，还认真地闭上眼，在心里郑重地许了个愿——

希望爸爸妈妈能多多陪陪他。他不贪心，一周多见几面就好。

而在小孔雀闭上眼的同时，陆池舟低头，碰裴恬的唇，一触即分。

"听说，"陆池舟低声道，"在摩天轮最高点这样，可以永远不分开。"

裴恬耳根微烫，轻轻点头。

摩天轮由高至低，从最高点缓缓落下，周而复始。

等回到家，已经临近晚上十点，早已过了小孔雀的睡觉时间，所以在车上小家伙便睡得不知天地为何物。

"我去给他洗澡，"陆池舟挽起袖子，朝裴恬道，"你先休息。"

裴恬点头，在他脸上亲了一口："老公辛苦。"

陆池舟抱着小孔雀去了浴室，指尖伸进浴缸试着水温。等到被放进水里，小孔雀才悠悠睁眼。

见是陆池舟，小孔雀似乎还恍惚了会儿，他用力眨两下眼睛，突然哽咽着环抱住陆池舟的脖颈。

"怎么了？"陆池舟以为他做噩梦了，掌心轻拍他后背，连语调也放温柔了些，"不哭了。"

小孔雀依旧摇着头，像是极其伤心般抽噎着，一声声喊着爸爸。

陆池舟的动作顿了顿，耐心地应着："我在。"

小孔雀将眼泪全抹在他衣襟上，小声咕哝着："原来是真的呀。"

陆池舟的眼睫动了动，心一沉，突然说不出话来。

小孔雀不过醒了会儿，又迷迷糊糊地闭上眼。

陆池舟沉默着替他洗完澡，穿上棉布睡衣。他正要将小孔雀抱回小房间，突然听见小家伙说："我想和妈妈睡。"

陆池舟揉了揉他的脑袋，难得答应道："好。"

裴恬洗完澡刚躺在床上，便看见陆池舟抱着小孔雀进了房间，随后动作轻柔地将他放在床上。

"怎么过来了？"裴恬掀开被子，将小孔雀放进去。

陆池舟的眸色有些深，他看了小孔雀好几秒，回答道："他想在这儿睡。"

"我先去洗澡，"陆池舟继续道，"等我一会儿。"

裴恬点头。等陆池舟洗完澡过来时，裴恬抱着呼吸均匀的小孔雀，眼睛一眨不眨地看着他的睡颜。

陆池舟开了床头的小灯，垂下眼，弯了弯唇："以后我多陪陪他。"

"好呀，"裴恬温柔地看着小孔雀，"这样最好不过了。"

第二天，小孔雀是在妈妈香香软软的怀中醒来的。

今天是星期一，他得去上幼儿园，然后会被接去外婆那里，等到周末才能见到妈妈。他眷恋地在裴恬怀里蹭了蹭，浴室门突然被打开。

"醒了？"陆池舟伸手，"过来换衣服。"

小孔雀还有点受宠若惊。

陆池舟将小人儿抱到床沿，开始侍奉他换衣服。

"今天不去外公家了，"陆池舟突然问，"晚上接你回家？"

小孔雀猛地抬头："真的吗？"

"嗯。"陆池舟应声。

"以后爸爸有时间，都接你回家。"

小孔雀忍住快要上扬的唇角，矜持地应了声："嗯。"

"我今天还能和妈妈睡吗？"

陆池舟给他扣纽扣的指尖稍顿，思忖几秒，缓慢"嗯"了声。

小孔雀心花怒放，继续试探："明天呢？"

大概是父爱保质期还没过，不忍心看他失望，陆池舟更慢地"嗯"了声。

小孔雀浑然不知老父亲的心思："那以后呢？我能天天和妈妈睡觉吗？"

大概是怕话里的指向性太强，他补充了句："当然，还有爸爸，我们一起睡。"

陆池舟的动作彻底顿住。他瞥了眼小孔雀，悠悠替他拉上外套的拉链。

小孔雀还在期待着答案。他还这么小，根本不会占多大床位，这就是个很小很小的要求，肯定可以的。

"你外公说很想你，"陆池舟声音缓缓，意味深长道，"要不……

"今天还是送你过去吧。"

15

裴恬悠悠转醒时，看到的就是瘪着嘴泫然欲泣的小孔雀。

陆池舟已经给他穿好了衣服，只是不知道又说了什么，大清早的就把小家伙惹哭了。

直到小孔雀扑腾着埋进她怀里："妈妈，爸爸说话不算话。"

"我说以后都睡一起，"他抽噎着，"然后爸爸就又要把我送走。"

裴恬看向陆池舟，满眼"你昨天不还说多陪陪宝宝"。陆池舟直接提着小孔雀的衣领，将他从裴恬怀里拎出来。

"过来洗脸。"

裴恬掀开被子下了床，对陆池舟道："你就让他在这儿睡呗。

"你要嫌挤可以换个地儿。"

"就是。"似觉得这是个好主意，小孔雀搭腔，"爸爸，你要不换个床吧。"

陆池舟冷笑一声："这么想要人陪，晚上我陪你睡。"

小孔雀缩了下脖子，小脸皱着，这下是半声也吭不出来了。

陆池舟见他彻底消停下来，满意地哼了声，抱起小孔雀就去了浴室，裴恬也跟在后头进了浴室。

陆池舟正站在镜前帮小孔雀刷牙。

第一次被亲爹这么服务，小孔雀还有些局促，连吐牙膏沫都端着架子，慢悠悠地吐出口，比平时矜持数倍。乍一看，当真有了孔雀慢条斯理打理自己的模样。

裴恬走到两人旁边，拿了牙刷一起刷牙。她不经意低眸，看见小孔雀开心地弯起眼睛，还时不时偏头看她一眼，然后抿唇偷笑。

小孔雀比裴恬先一步刷完牙。

陆池舟放了热水，又拧干毛巾："抬脸。"

小孔雀抬起下巴。不知是不是陆池舟的手劲有些大，他哼唧一声："轻点。"

闻言，陆池舟手一顿，还真放轻了动作。

没一会儿，小孔雀又说："爸爸，你没吃饭吗？"

陆池舟忍了忍，没说话，只加重了些力气。

洗完一遍，陆池舟放干净水，正要给小孔雀抹面霜，就听他认真吩咐："爸爸，我的脸要洗三遍。"

裴恬差点绷不住笑，一口牙膏沫就要喷出来。

陆池舟的指尖轻点洗漱台，动了动下颌："你可真是我的祖宗啊。

"什么脸洗一遍不够要三遍？"

小孔雀："我这样的。"

陆池舟再没忍住："……呵。"

裴恬刷完牙，笑眯眯道："就是，我们这么大个帅哥的脸怎么能只洗一遍？"

她看向陆池舟："你再给他擦两遍。"

陆池舟："……"

大概是成功奴役到了他爹，连带着将早上受的气一并讨了回来，整个早上小孔雀都神清气爽的。

等吃完早饭，裴恬准备亲自送小孔雀去幼儿园。

陆池舟将背好小书包的小孔雀抱起来："我和你们一起去。"

小孔雀平时在裴宅，程瑾有时会亲自送，有时会让专门的阿姨送。唯有今天，是裴恬和陆池舟一起。

一路上，小孔雀靠在裴恬怀里，也不知道哪来的胆子，还懒洋洋地把腿搭在了陆池舟的西裤上。陆池舟瞥他一眼，到底是忍着没丢下去。

"宝宝这周有什么作业要交吗？"裴恬揉了揉小孔雀的脑袋，问道。

"我画了一幅画。"

裴恬来了兴趣："什么画？"

小孔雀转了转眼珠："这个……暂时还不能说。"

裴恬乐了："什么画这么神秘啊？"

小孔雀直起身子，偷偷看了眼陆池舟的表情，见他似乎没往这边看，才悄悄凑到裴恬耳畔："因为画的是爸爸妈妈。"

裴恬挑眉："画的我们？给妈妈看看什么样子。"

这下，陆池舟的注意力也被吸引过来，他望向小孔雀，显然也对那传说中的画起了兴趣。

眼看着盖不上裴恬的嘴，小孔雀有些耷毛地抱紧自己的小书包。

"不给看。"

裴恬掐他脸蛋："好呀，怎么连妈妈也不给看？"

小孔雀轻摇了摇头，又瞥了眼陆池舟。

裴恬大概懂了他的意思，而在一旁观望的陆池舟显然也懂了。他扯唇别过头，显然被小孔雀满脸提防的表情气着了。小孔雀也高贵地扭过头，父子俩一直别扭到了幼儿园门口。

自小孔雀入学的这几个月来，裴恬送过他几次，所以还能认出站在门口的老师。陆池舟只在开学当日来过，自是不认得老师和同学。

他牵着小孔雀朝幼儿园门口走去，裴恬偏头给陆池舟介绍："那位是小孔雀的班主任，樱桃老师。"

"嗯。"陆池舟点头。

"还有，那个小姑娘是桃桃。"

陆池舟："桃桃？"

裴恬弯唇："就是你儿子的小同桌。"

陆池舟意味深长地"哦"了一声，随后低眸瞅了眼小孔雀："还挺受欢迎。"

而桃桃一见着小孔雀，就蹦跳着跑了过来："陆天锦！"

小孔雀一改在裴恬面前的黏糊模样，瞬间冷了起来，他轻轻点头，"嗯"了声。

此时幼儿园的樱桃老师看见他们，微笑着走来。她是认识裴恬的，只是在见着陆池舟时，迟疑了会儿："这位是……陆天锦的爸爸吗？"

"老师您好。"陆池舟轻轻颔首。

"您好，"老师应声，笑了笑，"还是第一次见您呢。"

陆池舟难得不知道该说什么："抱歉。"

"是这样的，"老师说，"小班开学也有两个月了，我们准备在这周五下午开个家长会，最好是爸爸妈妈都到场。

"不知道您二位……"

裴恬看了眼陆池舟，正要应声，便听他先答："届时我定会抽时间赶来。"

老师微笑："那麻烦您到场了。"

一直盯着自己脚尖，时不时应桃桃一句的小孔雀听到这话，突然抬起头，惊奇地瞅了眼陆池舟。

有关家长会的事，似乎就这样定了下来。

重坐回车上后，裴恬看了看助理发来的备忘录，算了算时间。

"这周五我也可以抽空，"她说，"到时候我和你一起去。"

陆池舟攥紧她的指尖："嗯。"

直到到了君泽楼下，陆池舟握了握裴恬的手："我今晚要加班，要晚点回来。"

"是因为要空出周五？"

陆池舟无奈点头："恬恬晚上和那小子解释解释。"

裴恬歪头笑："所以我们陆董终于决定洗心革面，做个二十四孝好爸爸了？"

"二十四孝不至于，"陆池舟回答，"毕竟我是他爹。"

因为要给小孔雀开家长会，陆池舟这一周都比以往更忙些，回到家时都已经很晚了。

这周小孔雀基本住家里。陆池舟回家时，他已经在自己的小床上睡着了。

周四晚，陆池舟到家时已经十点了，裴恬刚洗完澡，正靠在床上玩手机。

见到陆池舟，裴恬"哟"了一声："挺早啊，你儿子已经入睡一小时了。"

陆池舟解着纽扣，脱下西装外套，笑了声："你没睡不就行了。"

裴恬拉上被子："我马上就睡。"

"等我，"陆池舟说，"我去看一眼那小子。"

裴恬挥了挥手。

进小房间时，陆池舟没开灯，他弯腰给小孔雀掖了掖被角，又伸出手轻轻捏了下他肉嘟嘟的脸颊，随后转身离开，轻轻合上了门。

房间恢复静谧，满室黑暗中，本闭着眼睛的小孔雀突然从被窝里伸出手，揉了揉脸，那里还残留着男人指尖温凉的触感。

小孔雀突然将脸埋紧，嘟囔一句："原来是真的呀。"

陆池舟回房间便去洗了澡。裴恬开了床头小灯，从被窝里伸出一只手玩手机。

睡前，她习惯性地翻着微博，只不过最近的瓜不太多，看着着实有些无趣。

裴恬揉了揉眼睛，有些困了，她打了个哈欠，指尖下意识一滑，接着微博跳出了关注人的最新动态。

深不可测的江江：此生只愿和你共白头。

文字下附了一张图。图上，两个红本清晰可见，是结婚证。

顿时，裴恬所有的瞌睡虫都跑光了，脑中只回荡着一句话——

她喜欢的荧幕情侣真的结婚了。

今年周以晴三十八岁，从《危险关系》一炮而红后，她接了好几部大制作，之后星途璀璨，十年间冲击了三金影后，已经成了国内首屈一指的一线女星；而江深也从青年演员，到了现在口碑极佳的最年轻影帝。

当年，二人的恋情闹得满城风雨，被炒得轰轰烈烈，不少网友打赌，他们几个月就会分。

但二位当事人对这段恋情的态度极其低调，公共场合基本不会主动提起另外一位，然后各自在顶峰相见。

就这样，这对被网友评为"人间不可能"的情侣，在风云变幻的娱乐圈一起走过了近十年。

在今天这个平常的日子里，他们结婚了，安静又自然而然地结婚了。

裴恬看着手机上的两个红本，眼睛都红了，她躲在被窝里激动地抹眼泪。

直到裴恬被人从背后搂住，陆池舟轻抹她眼角："哭什么？"

裴恬激动得有些说不出话来："江，江深和周以晴结婚了。"

"嗯。"陆池舟愣了下，随后弯唇，"那……恭喜？"

裴恬狠狠擦了一把眼泪，"嗯"了两声。

陆池舟笑："怎么还这么容易哭？"

"这么多年了，"裴恬有些语无伦次，"他们真的真的会永远在一起。"

"会。"

"他们会，"陆池舟回答，"我们也会。"

家长会在第二天下午三点开始。裴恬和陆池舟提前十分钟到场。他们到时，不知怎的，幼儿园的展览柜前站了很多家长。

人头攒动间，裴恬拉着陆池舟去了展览台。她稍踮了踮脚，看到展览柜前展示着——

"小班优秀绘画作品展览"。

想起小孔雀上次提过的画，裴恬顿时起了兴趣，拉着陆池舟便往前走。等到前面的家长拍完照，笑脸吟吟地往后退时，裴恬才看清展览柜里打印上去的画。

"找找我们宝宝的。"裴恬捏了捏陆池舟的手，环顾左右。

一秒后，陆池舟扯了扯唇："不用找了。

"你往上看。"

裴恬下意识抬眼，和最上头的"最特别奖"打了个照面。奖项旁边打上了小孔雀的大名"陆天锦"，下面还贴着一幅画，是小孔雀的蜡笔画，主题是《我的爸爸妈妈》。

但画上只有个穿着粉裙子的漂亮女孩，以及……手上牵着的一只绿色蜡笔涂色的开屏孔雀。只不过，这孔雀的模样不像开屏，倒像炸毛，异常砢碜。

裴恬沉默了，然后陆池舟也沉默了。

小孔雀正在上手工课，他有些心神不宁，时不时往外看一眼。

有很多家长进来。家长会应该是开始了。

等到漫长的手工课结束，小孔雀嗒嗒嗒跑出教室。出门，他便撞上一条长腿。往上看去，小孔雀对上陆池舟幽幽的视线。

小孔雀心中暗道不妙，还未做出反应，便被人一把抱了起来。

"回家。"陆池舟将人抱起，和裴恬说。

裴恬手中还握着小孔雀的"原稿"。

今天的家长会，樱桃老师着重展示了这幅画，并且声情并茂地表扬了小孔雀丰富的想象力。陆池舟也因此招来了众多家长的注目礼，其中不乏合作过的生意伙伴，从此孔雀的称号声名鹊起。

裴恬忍笑忍了几个小时，陆池舟却硬生生熬到了家长会结束。

小孔雀看到裴恬手中的画，眼皮跳了跳，他试探着："妈妈。"

裴恬："嗯？"

"今天老师讲了什么呀？"

"老师夸你有想象力和创造力。"

小孔雀："……"

陆池舟将人抱在怀里颠了颠，凉凉道："画技也不错。"

小孔雀舔了舔唇："谢谢……爸爸。"

当然，就算脸丢到了太平洋，这气还是得陆池舟自己受着。

难得没有工作的一晚，陆池舟连食欲都减了些，裴恬也难得没去打扰，预备让他自己消化。

小孔雀吃完饭便跑去了自己的小房间。陆池舟瞥他一眼，摇了摇头，继续低头看股市。

半小时后，裴恬电视剧看了一半，小孔雀突然嗒嗒嗒跑了过来。他手中还抱着那幅画，另一只手里握着根蜡笔。

小孔雀跑到裴恬近前，含蓄地看向未抬眼的陆池舟。

裴恬："怎么了？"

小孔雀："我把画改了改。"

裴恬起了兴趣："我来看看。"

陆池舟也终于舍得分出一丝眼光，他用余光看过来。

纸张缓缓展开，只见那只开屏的大孔雀旁边又添了一只小的，只不过小的比大的要好看些。随后，当着陆池舟的面，陆天锦用红色蜡笔在纸上画了颗大大的爱心。

"一家人，永远不分开。"

二、他还来得及

1

　　陆池舟对小时候的大部分记忆已经不太清晰。父亲早逝后，往日打理得宛如城堡的兰汀突然就失了颜色。那时候他对亲人离世的概念并不分明，只是会因为陈挽月总是突然而然就掉下的眼泪而手足无措。不多时，陈挽月带着他重回老宅，那里有他很害怕的爷爷。

　　老宅相比自由的兰汀多了很多规矩。同时，爷爷的看管也到了近乎严苛的地步。陆池舟从幼时起，连起床和睡觉的时间都精确到了分，更不要提吃饭、走路的规矩。而爷爷也很忙，身边总是来来往往跟着很多大人，他们点头哈腰，对爷爷保持绝对的尊敬和顺从。

　　陆池舟也有过不懂事想要反抗的时候，那自然是被爷爷强力镇压。

　　爷爷拎着他的后领，凶得要命："你爸那不成器的我没教好，你我还管不了了？"

　　就这样，陆池舟度过了一段"灰暗"的童年。而从五岁一个很平常的日子开始，那些原本机械重复的记忆似乎突然清晰起来。

　　陈挽月回老宅后，交了几个小姐妹，经常一起吃饭逛街，状态比在兰汀时好了许多。

　　那天一大早，陆池舟刚醒，就被早已打扮完毕的陈挽月从被窝里拎了出来："起来起来，带你去看媳妇儿。"

　　那时的陆池舟并不知道，陈挽月早就把他打包卖了。但能出去玩总比闷在家里好，于是陆池舟任由陈挽月给他换了套亮眼的衣服，风风火火地闯进了……他家斜对面的裴宅。

　　裴宅的人很多，到处都热热闹闹的，和他家是迥然不同的两个模样。

　　陆池舟偷偷摸了很多糖，藏在口袋里。因为吃糖伤牙，爷爷不让他

221

吃。他虽然并不嗜甜，但就是想造反。

摸了一半糖，突然不知道发生了什么，陆池舟被陈挽月拖着手臂，往人群混杂处走去。挤了好一会儿，陆池舟被推到最前排，然后看到了……一个精雕玉琢的女宝宝。她睁着圆溜溜的大眼睛，半分不怕生，四处打量着，突然直勾勾地盯上了他。

接下来，事态似乎有些不可控。

看到他后，小宝宝的眼睛亮得快要发光，当着众人的面，她口中咿咿呀呀的："要……要他！"

陆池舟牙齿一用力，偷吃的糖在口中裂开，甜得发腻。他惊得往后看了看，好像没有别人。

直到眼前的宝宝再次指着他："要！"

比陆池舟反应更快的是陈挽月，她笑得比谁都开心，还把他往前推。

"送送送，送给你！"

也是自那天起，"裴恬"两个字成了他最深的羁绊。

陆池舟的童年和青年时光机械重复到有些冗沉，爷爷在培养他这件事上花了极大的心血。每个年龄段，他都有做不完的事和永远很难达到的目标，爷爷不允许他的人生轨迹和他父亲一样出任何差池和意外。好在，陆池舟直到成年，最大的"意外"也不过是连爷爷都默许的裴恬。

裴恬是个很难不让人喜欢的姑娘，陆池舟是一直看着她慢慢长大的。女孩像一朵被养在庄园里的玫瑰，随着年龄的增长而渐渐绽放，引人采撷。

很长一段时间，陆池舟从未仔细辨认过自己的心思。他的身边只有她，她也是，他们在一起也该是顺理成章的事。

像是用笼子诱捕般，陆池舟用顶级的温室一点点地、深入骨髓地将自己的存在镌刻入玫瑰的生命。但陆池舟从未想过，既定的事实会在某一天被击得粉碎。

似乎无所不能的陆老爷子，突然有一天倒下了。

最强大的壁垒轰然倒塌，直到这时，陆池舟才看清被壁垒遮挡下早已扭曲的人性和放大数倍的贪婪。

陆池舟惯来会喊陆枫一声"叔叔"。陆枫惯得陆老爷子看重，虽说能力一般，但缘其忠诚，老爷子从未亏待过他。

老爷子错信了人，而陆池舟向来自诩的天资和能力在那时也一文不值。

他一败涂地，眼睁睁看着爷爷手下坚如磐石的陆家基业轻而易举地易了主。那段时间，他看遍了人世间的虚伪和贪念，听得最多的就是——

"没了你爷爷，你又算得了什么？"

"真把自己当根葱了？"

陆池舟度过了很长一段迷茫、不知何去何从的时光，人生头回，连下一步往哪儿走、去哪里都成了问号。好在，那时候的裴恬在中考，她该是不知道的，那么他也能拥有喘息的空间。

因为陆池舟最难接受的是自己的狼狈模样被她知道。光是想到眼底有光的裴恬看见他时会出现失望、难过抑或是些许的错愕，他都宛若被凌迟。但他终究是逃不掉的，那一天来得令他措手不及。

陆池舟仍记得那场商宴。那时候的他开始接受事实，甚至主动降身价，做他从前必不可能做的事，说出去也难以让人相信。

原先最风光的，被陆老爷子钦定为未来掌权人的陆池舟，竟给那些连核心层都算不上的股东倒酒，甚至听他们肆无忌惮地谈论、攻击他的母亲，最后唯一愿意替他收场的只有裴言之。而这一切，被裴恬尽收眼底。

陆池舟永远也忘不了那时裴恬的表情。原本无须为万事忧虑烦心的裴恬像是窥见了世间最为黑暗的一角般，眼眸染上了无措、担心、惊讶，以及……他最不愿看见的心疼。

陆池舟在她眼中看到了狼狈又无力的自己。那一瞬间，他似乎被扼住喉咙，空气凝滞，连呼吸都成了一件困难的事。

很久之后，陆池舟都会自嘲地想，如果地上有洞，他会不会钻进去。

那天以后，陆池舟彻底得罪了抱团排挤、抵制他的陆氏中高层。陆池舟也明白，时至今日，他连苟延残喘都做不到，唯一的退路好像就是如丧家之犬般被扫地出门。

在那期间，裴言之找过他一次。

他说话向来开门见山："你愿不愿意接受我的帮助？"

陆池舟微愣。因为那时，他该是所有人避之不及的存在。

"恬恬很依赖你。"裴言之说，"作为父亲，我不忍心看到她为朋友难过。"

陆池舟放在身侧的手有些颤，他垂下眼睫，嗓音哑得连一个字都说不出来。他明白裴言之没有恶意，哪怕有恶意，这时的他也该感激涕零。

但这一瞬间，陆池舟清晰地听见了自己脑中有根弦断裂的声音。那声音在提醒他，他和裴恬已经不是一个世界的人了。

陆池舟握在身侧的手松了又紧，他缓慢地捡起为数不多的自尊，艰难道："谢谢您，裴叔叔。

"但我可能不能接受。"

裴言之安静地看着他："可我不想看见恬恬为你难过。"

陆池舟："我想好了，我会离开。

"我已经申请了国外的大学。"

"不到合适的时候，"他顿了顿，哑声道，"我不会出现在她眼前。"

陆池舟仍旧记得，他带着母亲离开 A 市的那天是初秋。那年天凉得特别快，树叶打着旋儿地从树上落下，扑簌簌地落成一堆。他做好了万全的准备，离开得悄无声息。

飞机十一个小时，他未有一秒能入眠。

陆池舟平静地来到住处，平静地收拾好行李，然后开始了静如死水般的生活。

陆池舟发现，原来人的底线真的能不断下移，他开始适应这种平庸又麻木的生活。

幸于之前接受的教育，再加上有足够的钱财交了一群朋友，一开始，陆池舟过得不差，甚至能算快活。他似乎找到了生活的乐子，只是不多时他开始失眠。

一开始是中途会醒。

房间到了傍晚就会暗下来，空气中都弥漫着淡淡的潮气，这是能让人腐朽的地方。

失眠的症状来得毫无预兆，却又在意料之中。

陆池舟睁着眼睛，看着窗外的阴影一点点下移，又渐渐上移，直到太阳升起，新的一天到来。这一看，基本就是一整宿。

连日的失眠让五官和感知都迟钝下来，陆池舟却近乎快乐。

他开始吸烟。

好几个夜晚，陆池舟就坐在书桌前，仰头吸烟。

一开始，他会回避书柜前娇憨的棉花娃娃，后来他再不避讳。

陆池舟会想，如果是裴恬在近前，会怎么气呼呼地骂他。因为她说过，最讨厌有人在她面前抽烟。

想着想着，陆池舟会恶劣地笑出声，然后被烟呛到，狼狈地咳嗽。

他埋下头，没有一刻比那时候更清楚，他在腐烂。

所有的一切在裴恬来的那天被打破。

那天陆池舟正在上课，内容有些枯燥，他有一搭没一搭地听着。

"陆。"

陆池舟耷拉下眼睑，"嗯"了声。

"晚上迪莉娅的生日宴，你真的不去吗？"问话的是爱伦，也是近来新交的朋友。

"不去。"

"唉，"爱伦一耸肩，调笑道，"人家明显对你有意思。"

陆池舟未答。

"好吧。"爱伦笑，"我开始好奇你那个中国女朋友到底长什么样子了。"

陆池舟："还不是女朋友。"

"那是？"

陆池舟懒得应，他不喜欢和任何人谈起裴恬。她的所有、一切，他都只想藏起来。

下课后，陆池舟被教授单独留下来聊了会儿。

班里很多人去参加了迪莉娅的生日宴。直到聊完，陆池舟从办公室出来，正巧看到爱伦给他发了条消息。

爱伦：你们东方姑娘都这么漂亮纯洁吗？校门口来了个小姑娘，孤零零地坐着。

陆池舟指尖一颤，不知怎的，他下意识绷紧下颌，回道：什么？

爱伦发了张照片过来。

天色已经完全暗下来，昏暗的照片上只有一道背影。在人来人往的大门口，女孩长发披下，穿着白色连衣裙坐在行李箱上。只一眼，陆池舟就认出，这是裴恬。

有那么一瞬间，陆池舟想落荒而逃。

面对这样的裴恬，他几近仓皇。他颤着手，找到被塞在背包最下角的旧手机，那里尘封着所有过去。

陆池舟边往校门口跑，边看消息，也终于在 QQ 上看到了裴恬两小时前发来的信息。

天边隐隐响起雷鸣，该是有一场暴雨。

陆池舟捏紧手中的伞，从教学楼一路飞奔到校门口，从未有一刻抵得上他这时的害怕。他怕是真的，更怕是假的。

直到陆池舟跑到她近前，看着女孩垂着头，委屈地捂着眼睛。幸好，强叔陪在她身边，虽然他看他的眼神并不善。

陆池舟在离裴恬几米远处站定，只是站着，说不出半个字。

他听见裴恬噘着嘴，强忍住委屈，细声细气地说："你跟我回去，我就不怪你了。"

陆池舟连眼睛都不舍得眨，因为裴恬来接他回家了，可是陆池舟轻轻蜷了下身侧的手指，他不配。

裴恬的情绪是在饭后爆发的。那时候下起了瓢泼大雨，世界一片朦胧，她说她再也不原谅他了。

从前拌嘴时，陆池舟听过很多次这种话，唯有这次，他体会到了真正的绝望。

这些时日来，所有的痛苦、悲伤、想念，全部汇聚在一起。

瓢泼大雨冲刷掉了所有妄念，在触及裴恬疑惑的表情时，他用尽全身力气说送她去机场。

那时，裴恬失望又哀伤的眼神，在往后数年依旧是陆池舟午夜梦回交织的梦魇。

裴恬没有让他送。异乡的街头，她转身，走得毫不迟疑。

陆池舟立在原地，目送着她的背影，直至消失不见。

他疯狂克制着想要追上去的欲望，然后朝相反方向离开。

陆池舟是走回家的。大雨滂沱，他走了两个小时，浑身湿得彻底。

陆池舟抬头望着几乎黑不见底的房子。这里像个无底洞，吸干了他所有的生命力。

陆池舟在门口驻足很久。他想回去了，哪怕就这样无声无息地待在她身边，只要待在她身边。

陆池舟静静地走进屋内，时间正指向夜晚十一点。他想现在就告诉母亲，他们回家。

只是上天该是在惩罚他，陆池舟推开房门，看见的就是已经倒在地上的陈挽月，她的腿边是整罐的安眠药，里面空了大半。他趔趄地跪倒在地，像是掉入了无底的黑洞。

未有一刻有那刻更清晰，他回不了家了。

2

因救助及时，陈挽月在命悬一线间，捡回了一条命。也就是那时，陆池舟才得知自己母亲早已患上重度抑郁症。

素来乐观的陈挽月无可奈何地辞去了国内的工作，不远迢迢跟着他来到陌生的国度。她在这里没有亲人，没有朋友。远在国内的陆老爷子生死未明，而他也不成器。

陈挽月从来只将情绪往心里藏，未让他察觉半分。

后来，陆池舟从凯文那儿得知，陈挽月已经得了很久的抑郁症，最早的苗头，能追溯到陆琛离世时。如今的家变，不过是重度抑郁的催发因素。到此时，陆池舟才真正知晓一切。

像是在一片混沌中突然被不留情面地敲醒，随后有人在他耳边缓慢低语——

“你妈也不要你了。

“这世上没有人要你了。”

陆池舟守在陈挽月的床前，看着她苍白的面容，整整一个礼拜几未合眼。

当然，他也有撑不住想要休息的时候。但每当闭上眼睛，这样的话便如凌迟般折磨着他的神经。

在陈挽月醒后，陆池舟求她接受心理治疗。

当底线一降再降时，陆池舟竟开始在巨大的绝望里寻找那么一丝丝安慰。所幸，他还能有足够的钱财维持生计并给母亲治病。

陆池舟找到了有名的心理医生凯文。在见着他的第一眼，凯文便笃定地说，他有病。凯文甚至问他接受治疗的对象到底是他，还是他母亲。

陆池舟淡淡地笑，不以为意地摇摇头。因为哪怕满目荒夷，生活还要继续。

陆池舟收起了家中所有可能会给人造成伤害的物品和药品。

他开始对他的母亲有了对待易碎物品般的局促和无措，哪怕极力压下，终究避免不了。

陆池舟说不出那时候的感觉，大悲过后，情绪好像被耗尽。

尴尬之下，陈挽月会想方设法地找话："我有点想恬恬了。"她说，"还……有联系吗？"

像是心尖突然被钢针扎过。那夜过后，勉强粉饰太平的心脏破了个口子，灌着彻骨的寒风。

陆池舟几近狼狈地摇头："没有。"

陈挽月没再说话，只是垂下眼睑，怔怔看着自己的手指。

也是从那时候起，一直被刻意藏起的疼突然如泉涌般，细细密密地涌上心头。变本加厉的疼让陆池舟弯身捂住了心口。

日子不紧不慢地过。有人说，养成一个习惯只要二十一天，但想念好像不是，反而随着时间的绵延越发难熬。

陆池舟维持着表面的平静，压下胸腔中的惊涛骇浪。

最基本的优秀对他来说不是难事。很快，教授开始看中他，会带他做项目，给他引了不少人脉。渐渐地，陆池舟好似从一潭死水中脱离出来，他庆幸地发现，自己终究做不到腐烂。

陆池舟开始用学业麻痹自己。因为那时候，他已经害怕睡眠。

闭上眼，便是远在国内生死未卜的爷爷，在他面前悄无声息自杀的母亲，以及留在脑海中的那句"永远不原谅你"。

睡觉这个对大多数人来说弥足幸福的事，对陆池舟来说却是巨大的心理负担。与其在床上和梦魇、心魔做无畏的抗争，不如将时间利用起来。

陆池舟拼了命般完成教授布置的任务，得到了他最高程度的赏识和器重，也借此结交了很多上流圈的人士。

久违的，刻在骨子里的野心开始沸腾。

他不甘心，不甘心属于他们陆家的东西被歹人夺走，更不甘心他一直悉心呵护长大的小玫瑰养在别人的温室中。

伴随着这种蚀骨的不甘，更难忍受的是越发难以压抑的焦躁和不安。

当目前的所得和野心不能匹配时，痛苦鞭挞着灵魂。

陆池舟感觉自己被分成了两半，一半用以维持在外的体面，一半在深处渐渐透支死亡。

打破这种局面的是凯文："我看不下去你这样。"他斟酌着措辞，"你这样……我很怕你会步月的后尘。"

陆池舟夹烟的手一顿。

"我不会，"他笑得斩钉截铁，"我哪儿舍得死。"

凯文倒是被他的话惊了一下。

"不舍得死，那就别折磨你自己。"他说，"总要找点开心的事做做吧。"

凯文也不是什么慈善家，他的心理咨询向来按分钟计费，几次三番提醒陆池舟，不过是因为他看着就像个失了魂的空壳。

听完他这话，陆池舟明显愣了一下，消化了好久，才喃喃了句："开心？"

他似乎对这个词极为陌生。

那时正是来年的五月中旬，距离陆池舟来到这边已经有七个月的时间，而陆池舟也有半年没见过裴恬了。这是从他五岁初见她起，从没有过的时间跨度。

凯文的话像重锤般敲在心上，给荒漠般干涸的土地洒上了泉水。

又是一个深夜，陆池舟盯着桌案上的棉花娃娃，它依然在娇憨地笑着。

他蓦地想起，马上就是裴恬的十六岁生日了。

就在不久之后，六月一日，儿童节。她连出生的日期都是个开心的节日。

终究是冲动大过理智，陆池舟悄悄订了那天回国的机票。他在心中一遍遍告诉自己，他只是——

想找点令他开心的事。

当天，陆池舟回了国，订的是当天往返的机票。

他知道裴言之无条件宠女，裴恬每年的生日都会在君泽酒店大办。

往年的这天，裴恬会穿着最漂亮的裙子，众星捧月般站在宴会厅上。她和他不一样，有很多亲人，也有很多朋友。

陆池舟极力压低鸭舌帽的帽檐，站在酒店偌大的宴会厅的角落里。在厅内因为唱生日歌而关灯时，陆池舟侧身走了进去。他藏在人群的阴影处，隔着蜡烛晃动的光影，极远地，一眼便看到了最中心的裴恬。

女孩穿着低调的礼服，戴着镶钻的冠，正闭着眼许愿。相比之前，她又长高了很多，亭亭玉立，端庄明媚，漂亮得耀眼。周围有很多他不认识的人，陆池舟猜测那该是她新认识的高中同学。

几秒后，裴恬吹灭了蜡烛，宴会厅的灯重新打开，她开始轻笑着切蛋糕。

陆池舟知道自己该走了，但脚底像生了根般，半分挪动不了。

有个坐在裴恬侧位的男生，一直弯唇盯着她。似乎看她半天也没把蛋糕切开，男生不知说了句什么，站起身帮她一起切。

裴恬似被他的话所恼，气呼呼地鼓腮，直接把刀放下，似回敬了句话，男生依旧笑着帮她切蛋糕。

这一幕灼伤了陆池舟的双眼，一股寒意从脚底升到心脏。他红了眼圈，嫉妒到发狂。

到此时，陆池舟才明白，他或许已经彻底被隔绝出了她的世界。但他的世界，还全是她。

陆池舟往后退了一小步，扶着墙的手隐隐现出筋脉。他着魔般，一遍遍描摹女孩的眉眼。

大概是他的视线放肆了些，似乎有感应般，裴恬突然抬起眼，朝他的方向看去。但还未等她看过来，陆池舟已经跑出宴会厅，狼狈地落荒而逃。

陆池舟在君泽酒店外站了很久。

当晚，陆池舟便坐上了回程的飞机。他做到了曾对裴言之说的那样，不到合适的时候，绝不出现在她面前，也做到了和裴恬说的——

他会看着她长大。

那次之后，陆池舟是真切地知道，他的心理状态出现了问题，他对名利和权力的渴望到了一种出格的地步。

陆池舟终于重新找到凯文。他和凯文说他很累，只想好好睡一觉，凯文笑着点头。

之后，凯文开始给他催眠。陆池舟也终于拥有了几次正常的睡眠，只不过他还是会做梦。

梦境里依旧是光怪陆离的场景：有躺在病床上的爷爷，有吞了安眠药的母亲，有面目狰狞的陆枫，还有……交了男朋友的裴恬。他们有的笑，有的哭，一同在他脑海里奏鸣，让他如同掉落无边地狱。

陆池舟会经常满身冷汗地惊醒，随后看见在一边的凯文。

在接受治疗前，陆池舟曾将一切简略地告诉过凯文，凯文很清楚他的梦。

但陆池舟是个自我意识很强的人，一般的心理干预很难对他产生效果，便是最深层的催眠起的效果都不大。

好在，他同时是个自我调节力极强的人。

在有过几次能够入眠的经历后，陆池舟的失眠症状得到了改善，尽管那些梦魇始终缠着他未放。

到后头，陆池舟甚至开始适应这种噩梦带来的心悸感，因为没有什么能比现在更糟了。

这五年，陆池舟有时觉得很快，有时又觉得慢得让他心慌。若说快，大概是在心无旁骛地工作时。

第二年，陆池舟有了创业的想法。他清晰地明白，自己的目标不是给别人打工。所幸，他还有钱财，还有起家的可能。

陆池舟曾几夜未合眼，曾因来不及吃饭生生因胃病熬进医院，更曾因决策失误差点血本无归。他必须用工作填满野心，用工作挤占所有可能闲暇下来的时间。

春去秋来，有时候陆池舟甚至分不清到底这般度过了多少日月，只觉时间为什么能这么慢。他给自己定了要求，每年只能回国看她一次。

陆池舟数着日子，在每年的五月底回国，只看一眼便离开。

第三年，裴恬十八岁了，也是在这时，她即将参加高考。

陆池舟这次在国内逗留了八天，从六月一号到八号。

今年，裴恬的生日宴随着高考挪到了八号晚上。因为开心，她宴请了很多很多人。

也是在这天，陆池舟看到了玫瑰初绽的模样。

那天，裴恬做了盘发，还穿上了旗袍，胸丰腰细，身姿婀娜。他站在黑暗处，像是最见不得光的阴影般，直勾勾地盯着她看，随后在看到和她说话的男同学后，狼狈地离开。

那次回去后，陆池舟向来晦暗的梦境换了内容。他虽不齿，却又沉迷其中。

他爱极了她在耳边如蜜糖般的低吟，爱极了她的一颦一笑。

这样的变化瞒不过偶尔替他催眠的凯文，他最隐秘的想法藏也藏不住。

陆池舟自欺欺人般开始拒绝催眠，但这样的想法非但没有随着时间的推移而变淡，反而愈演愈烈。

第三年，几轮融资下来，掌珠科技成功上市，成了近些年来势头最猛的新兴企业。

陆池舟一时风头正盛，但他知道这还不够。

同一年，陆池舟开始试探国内市场，初步接触陆氏高层。

第四年，陆池舟开始为回国做准备，将公司业务渐渐移到国内。

第五年八月，陆池舟带着母亲和李阿姨回了国。他们走时是初秋，回来时恰是夏末，整整五个年头。

陆池舟回国半个月，胆怯到始终不敢见那个想得几欲摧毁心肝的人。但他回国的风头不小，瞒不过裴言之。

一次商宴，他和裴言之打了照面。陆池舟谦逊地朝裴言之问了好，拐着弯打听裴恬的消息。

裴言之朝他淡淡地笑了笑，似是随口道："恬恬这丫头，这么多年了还是那样，你有空可以带带她。"

听到这话，陆池舟藏在身侧的手停止了颤动。

这么多年，他只是远远瞧着她，她的感情、学习、生活，他一无所知。最怕的，不过是她忘了他，身边有了顶替他的人。

那一瞬间，陆池舟劫后余生。而和裴恬的见面，确实是陆池舟没有预料到的。

他有吞并陆氏的打算，和纪臣的谈判也选在了掩人耳目的会所，却没想到就是这样，他遇见了裴恬。再也不是他单方面的，而是他重新站在了她面前。

只不过，女孩真的没原谅他。那句"我们早就不顺路了"让他一整宿都未入眠，陆池舟清晰地尝到了苦的滋味。裴恬的漠视和冷淡，比五年内的种种更让他绝望。

　　陆池舟想了很久该怎么哄她，最后他做出一个违背本心的决定：他决定不要脸。

　　裴恬要什么，他给什么，做什么都可以。

　　幸好，她对他足够心软；也幸好，他还来得及。

三、青梅竹马

1

裴恬真正有印象的记忆要追溯到三四岁，当然只是依稀有一些。印象最深的，是裴宅噼里啪啦的麻将声，以及电视里播放的动画片的配乐。

程瑾时常会约小姐妹一起打牌，其中来得最多的便是陈挽月。

自从周岁宴后，陈挽月来裴宅的频率越来越高，再加上和程瑾性子相合，二人很快便以姐妹相称。而只要陆池舟不上学，势必会被陈挽月提溜到裴宅看着裴恬。次数多了，裴恬也就记住了这个时常冷着张脸的漂亮哥哥。

暑假的一天，裴恬抱着腿坐在沙发前重温了一遍看过的动画片。她时不时会往旁边瞟一眼，看看陆池舟在干什么。

他坐在离她比较远的一侧，低头拿着本厚厚的书在看。他穿着件白色的短袖衬衫，皮肤很白，睫毛也很长，就是不怎么理人。这么多次了，他从来没有主动和她说过话，但是……他长得好看，裴恬就是想靠近他。

裴恬低下头揪了揪裙摆，悄悄地、默不作声地往陆池舟的方向移。他未抬眼，依旧很专注的模样。

裴恬咬着下唇，不动声色地缩短距离，有些紧张。

其实她有些不服气。无论是大人还是小孩，只要她笑一笑，软乎乎地喊几句，都会很喜欢她。但眼前这个，他就是不会，似乎很有个性的样子。

裴恬坐到陆池舟身旁，手指小心翼翼地牵住他的衣角，嗓音甜甜的："哥哥。"

陆池舟眼睫微动，他抬起眼望向她，也不说话，就这样安静地看着她。

裴恬屏住呼吸，回望过去。她记得自己今天打扮得很漂亮，穿上了有着草莓图案的裙子，早上还专门请阿姨扎了两个羊角辫，没道理有人能拒绝她。

但裴恬的舌头还是有些打结，她说："你能陪我一起看动画片吗？"为做担保，裴恬还补充，"真的很好看的。"

陆池舟的目光缓缓从书上挪到了电视上。

这时候，动画片里的佩佩正拉着乔乔踩泥巴，两只羊踩得不亦乐乎，满室都是它们的笑声。

裴恬期待地观察着陆池舟的表情，看见他清俊的眉眼不受控制地一抖。

陆池舟合上书，偏过头，坐姿端正地看起了电视。

可以看出他的教养很好，没有对她的爱好进行抨击。但裴恬的情绪感知力很强，她愣是从少年平静无波的表情里窥出了些许嫌弃。

这种嫌弃可谓是踩在了裴恬的雷点上。

她气得抱臂，鼓起腮问："你不喜欢看？"

此时，画面里的佩佩一脚将泥巴踩到了乔乔脸上，裴恬看得哈哈笑出了声。

陆池舟闭了闭眼，轻轻呼了口气："……还行。"

见他态度良好，裴恬也不计较了。她自来熟地抱住陆池舟的手臂，整个人黏到他身上。

陆池舟全身一僵，他垂下眼睑，半边身子动也不动。

"哥哥。"

陆池舟淡淡"嗯"了一声。

秉承着友好往来的礼仪，裴恬问："你不是看佩佩长大的吗？"

陆池舟如实回答："不是。"

"那看什么呀？"

陆池舟："奥特曼。"

裴恬："哦。"

她没看过这个。

自那以后，裴恬和陆池舟熟了点。

她最喜欢拉着他陪她一起看动画片。

但陆池舟真的是个很冷淡的人，他从不拒绝，但也不会迎合她，这让裴恬有些挫败。

裴恬起了胜负欲，行为也逐渐开始放肆。

夏日的Ａ市天气变幻莫测。这一日，原本还晴空万里，可没多久突然就下起了倾盆大雨。

那天，程瑾和陈挽月出门逛街，留下陆池舟和几个阿姨在家里看着裴恬。

裴恬最喜欢下雨天。

夏季的雨来得快，走得更快。待雨停后，裴恬让阿姨拿来两双靴子，然后挽住陆池舟的手："走吧。"

陆池舟表情微愣，但只迟疑了一瞬，便顺从地跟着裴恬站了起来。

裴恬牵着他的手来到家中的后花园。一场雨后，草地被浇湿，还有好几个泥坑。

裴恬将靴子放在陆池舟面前："哥哥快换上吧。"

裴恬一边说着，一边低头穿上靴子。等她抬起头看向陆池舟时，发现他并没有动。

少年盯着靴子看了好一会儿，随后似反应过来什么，猛地看向裴恬。

裴恬开心地冲他笑，印证了他的猜测："我们可以一起踩泥坑！"

到这时，陆池舟平静的表情才终于被打破："你说什么？"

裴恬已经开始在泥坑里蹦跶。

"踩泥坑！"

裴恬兴奋极了，光这样还不够，她还试图去拉石化在原地的陆池舟。

结果，素来拥有良好教养的陆池舟在此时破了功。他往后退了一大步，坚定地摇头："我不踩。"

裴恬笑意一僵，有些委屈地握紧小拳头。

在她看来，陆池舟就是嫌弃她，就是不愿意和她玩。

实在是讨厌！

裴恬化愤怒为力气，突然猛地跺了一脚泥坑。

这一脚不得了。裴恬穿着靴子还没事，但站在不远处的陆池舟遭了殃。泥水溅得老高，从他雪白的裤脚往上爬，有一滴甚至溅到了陆池舟脸上。

陆池舟："……"

裴恬："！"

"对不起。"裴恬连忙从泥坑里出来，走到他面前，但她一身脏兮兮的，陆池舟又急急往后退了一大步。

谁知雨天路滑，陆池舟的动作又太急，导致他直接滑倒，整个人跌进了泥地里。

裴恬有些不厚道地扑哧笑出了声。

陆池舟跌得一身都是泥巴，再也维持不住那副骄傲的模样，因为羞恼，雪白的脸色涨得通红。

裴恬微微俯身，居高临下地看着他。

她眨巴两下眼睛，语气无辜："这下……我们可以一起踩泥巴了吧？"

陆池舟："……"

当然，陆池舟还是没有陪裴恬踩泥巴，他跑了，而且满身泥巴地跑回了家。

自那以后，陆池舟看得极重的自尊心也跌进了泥巴里。那个暑假，裴恬都再没在自己家见着陆池舟的身影。

但裴恬当然不会替他尴尬。她在陆池舟那儿讨了趣，秉持着"山不来就我，我就去就山"的原则，时不时地往陆家跑。

陈挽月乐见其成，甚至带着她如入无人之境般待在陆池舟的房间。

幼儿园放学早，这就导致陆池舟每天放学进房间的第一眼，都能看见坐在他位置上吃糖的裴恬。

陆池舟还在维持为数不多的良好形象，表现得客气又温和，这可给裴恬提供了为非作歹的机会。

她会捧着脸，眼睛一眨不眨地盯着他写作业，直将少年耳根看得绯红。

到这儿裴恬还不罢休，她会撒娇耍赖般赖在陆池舟身上。

最开始，只是指尖搭上他的袖口，然后装作快睡着的样子，将小脑袋搭在他肩上；最后，见还没触到底线，裴恬开始往他怀里钻。

陆池舟常常被她逼得手足无措。但他这微弱的反抗没人关心不说，还助长了裴恬的气焰。

到裴恬五岁的时候，两人基本混熟了。

陆池舟习惯了她的小脾气，能忍着他便忍着，实在不能忍的时候，也会和她冷战。

当然，他生气也没用。

这时候，裴恬从很多大人促狭的眼光和讨论里，得知自己抓周时唯一要的就是陆池舟。

大人聊天时，总是会笑称陆池舟是她的"童养婿"。

一说到这个，裴恬就会悄悄观察陆池舟的表情，发现他时常木着张脸，很不情愿的样子。

裴恬轻哼一声，知道他还端着架子。她不服气，每天就琢磨着怎么将陆池舟那身骄傲的皮扒拉下来。于是某天，裴恬看着正在写作业的陆池舟的侧脸，突然胆大包天喊他一句："小童养婿！"

谁知刚喊出声，陆池舟面色一顿，当即就冷了，后面一直生闷气，不怎么理她。

遭到如此冷遇，裴恬也生气了。她不仅气陆池舟小气，更气他不愿意接受"裴恬童养婿"的大名。

在裴恬看来，不接受名头，等于陆池舟不想和她一起玩，等于陆池舟嫌弃她。

这是裴恬和陆池舟冷战时间最长的一次。

裴恬翻了翻旧账，越想越气，突然就觉得人间不值得，更觉得人不能在一棵树上吊死，于是转头找了别人玩。

她的发小很多，只不过平时和陆池舟待久了，没来得及和别人联系感情。

正巧碰上寒假，裴恬的寒假作业还没动，她悄悄找上隔壁宋家比她大一岁的发小宋子墨。他的脾气不知道比陆池舟的好了多少，裴恬没说几句话，他当即便答应帮她写作业。

于是裴恬得意扬扬地将陆池舟那个小气鬼抛在了脑后，还连着几日跑到宋宅对宋子墨嘘寒问暖。除此之外，裴恬还请宋子墨去自己家玩，和他一起看动画片，吃东西。

最让裴恬惊喜的是，宋子墨也喜欢看动画片。

就这样，没有寒假作业，还有小伙伴一起看动画片，裴恬过得不亦乐乎。但快乐的时光总是戛然而止。

这天，裴恬和宋子墨一起坐在沙发上看电视，她家大门突然被人敲响。

阿姨去开门，有些惊讶地问："您一个人来的？"

陆池舟低低应了声。他拎着一盒蛋糕从大门走进，没什么表情地环顾左右，突然他的目光顿住，放在了裴恬……以及她旁边的宋子墨身上。

裴恬懒洋洋地回视过去，随后像没看到般扭过头，笑着和宋子墨讨论剧情。

陆池舟脚步缓缓地站定在他们面前。

裴恬左看右看，最终不耐地蹙眉："你挡住我了。"

陆池舟冷冷扯唇，往旁边让开了些。

虽然裴恬依旧努力地看动画片，但陆池舟的存在感太强，他看起来一点也不开心，整个人都在悠悠地释放冷气。

最先打破沉默的是宋子墨。

"那个……"他轻声说，"我想起来还有点事，先走了。"

裴恬也怕，她连忙拉住宋子墨的手："别，先别走！"

陆池舟就和期末考试失常一样，冷不丁跑来，然后一句话也不说。

她和宋子墨的互动不知怎的，惹得陆池舟发出一声嗤笑。

裴恬尴尬地收回手："等看完这集吧。"

宋子墨如坐针毡般，这集一结束，说走就走了，留下裴恬一人面对着情绪不明的陆池舟。

陆池舟将手中的蛋糕盒放在桌上，裴恬看了一眼，悄悄咽了咽口水。但她最有骨气，依旧不做先开口的那个人，她甚至站起身，一言不发地欲往楼上的房间跑。

裴恬刚走，陆池舟就紧随其后。

她前脚进房间，他后脚就跟了进来，而后关上了门。

一时间，屋内只有他们二人。

裴恬更后悔了，手脚都不知道往哪儿放。

她坚持不说话，陆池舟也如此。他不发一言地走到她旁边，目光从她桌上的寒假作业上扫了一圈。

想起上面全是宋子墨的笔记，裴恬惊得连汗毛都冒了起来。她当先沉不住气，一把按住了寒假作业。

谁知这个动作显得她越发心虚。陆池舟冷笑一声，直接移开她的手，慢条斯理地翻开她的作业。只粗略翻了几下，陆池舟就看明白了，他直视裴恬："宋子墨帮你写的？"

裴恬绞着手指，心虚至极，但她还是咬着下唇，回道："他是我的好朋友，愿意帮我写，要你管？！"

　　陆池舟气极反笑，直接拿走了她的寒假作业，转身就走："我想裴叔叔应该快回家了。"

　　裴恬急了，连忙跟上去，一把拉住陆池舟的手臂想要夺回作业本。

　　陆池舟快十岁了，力气不知道比她大了多少，一只手就按住了她。

　　裴恬委屈得快哭了，口中嚷嚷着："陆池舟，你要真敢揭发我，我就和你绝交，再也不理你了！

　　"你以为我就你一个朋友吗？我随便……"

　　可她还没说完，陆池舟已经当先走出房间，随后砰的一声关上了门。

　　最后，东窗事发。

　　陆池舟半分情面不留，向裴言之告了状。

　　当天，裴恬的寒假作业翻了倍，同时陆池舟主动要求看着她写作业。

　　快乐啪的一下，没了。

　　裴恬当天是哭着睡着的。她恨得咬牙切齿，连梦里手都紧握成了拳，恨不得把陆池舟的脸按进土里，而且她不服。

　　所以第二天，裴恬便收拾了行李箱，跑去了她小叔叔裴言卿家。

2

　　裴恬这次生了大气，她已经在认真思考和陆池舟绝交的可能了。

　　他这种朋友，根本交不得！

　　人家宋子墨是为她两肋插刀，他陆池舟是插她两刀。

　　刚巧那时候苏念念放了寒假，正待在裴言卿家，裴恬索性搬了过去。

　　知道裴恬跑了，陆池舟当天便打了电话过去。

　　"我说，"裴恬冷哼，"我们绝交，我就没你这种朋友！"

　　那头沉默了几秒，道："绝交可以，作业先写完。"

　　这几个字陆池舟说得很慢，是隔着手机都能感受到的咬牙切齿。

　　裴恬冷笑，火气更是直冲天灵盖。

　　她惹不起，还躲不起吗？

裴恬决定年前都待在她小叔叔家，就不回去，气死他。但她的小算盘打得响，事实却并未朝着预料的方向发展。

　　裴言卿和苏念念正是热恋期，裴恬像个几百瓦的大灯泡，隔天就被扫地出门了。

　　于是，前天还走得气势汹汹的裴恬，第二天一早便被打包送回了裴宅。

　　她灰溜溜回来的事自是瞒不住众人。当天下午，陆池舟便借着陈挽月的名头来了裴宅。

　　因为作业翻了倍，陆池舟来时，裴恬正躲在房间里写作业。

　　听到了楼下的声响，裴恬顿觉丢脸，她连忙盖上作业，故意做出一副无所事事的模样躺在靠椅上。

　　房间门被敲响，裴恬没应，陆池舟又敲了几下。

　　大概过了一分钟，门锁被转动开，陆池舟直接走了进来，裴恬未给予一个眼神。

　　首先是生气，其次是真的丢人。

　　陆池舟没管她，只一眼就看到了被丢在桌子角落的作业本，并且旁边的铅笔还没来得及收。

　　他的唇角浅浅勾起，也不说话，在裴恬身旁随便找了个椅子坐下。

　　这会儿，裴恬却全身都不舒服了。

　　她悄悄抬起眼，一眼便望见坐在一边，优哉游哉看着书的陆池舟。

　　终究是没忍住，裴恬撑起身体："你来干什么？"

　　陆池舟理直气壮："看你作业写多少了。"

　　裴恬忍不住翻了个白眼："我们绝交了。"

　　"你绝交你的，"陆池舟打开她的作业，"我看我的。"

　　裴恬："……"

　　说实话，认识陆池舟这么久了，裴恬发现他的包袱很重，生气了也很少服软。但今天这次，倒让裴恬琢磨出些不对来。

　　她觉得，陆池舟挺无赖的，还有点……不要脸。

　　此时的裴恬怎么也不会想到，他长大会更不要脸。

　　"我就不写，"裴恬赌气道，"你能怎么样？"

　　陆池舟挑眉："反正最后交作业的不是我。"

裴恬深呼一口气，故技重施地说："你是不是真想当我们家的'童养婿'？"

谁料，听到这话的陆池舟并没有什么反应，甚至悠悠扯了扯嘴角："也不是不可以。"

倏地，裴恬哑口无言，但心里那点别扭似乎莫名其妙地被抚平了，就连火气也消了不少。

裴恬和陆池舟的这次争吵，勉勉强强地翻了篇。

不过自那次之后，陆池舟应该是想开了，他不会再因为"童养婿"这个无法撼动的事实而生气，似乎连性子都磨平了，具体便表现在他对裴恬种种行为的容忍度逐渐提高。而程瑾也放心让他带着裴恬，于是陆池舟走哪儿，都得照顾她。

裴恬上一年级时，陆池舟在同一个小学读五年级。

那时候，陆池舟是学校的少先队大队长，袖口处三道杠，时常站在门口检查红领巾。要是少戴一次，便要记过扣文明小红花。

裴恬每天连起床都困难，哪记得要戴什么红领巾。

上学的第一个月，她被逮到了三次。最倒霉的是，三次陆池舟都不在。

第三次的时候，裴恬揪着书包肩带，可怜巴巴地望着那个高年级中队长。

每个人一个月只有五朵文明小红花，再扣掉一朵，她可就不文明了，这面子往哪儿搁？

中队长铁面无私，对裴恬可怜巴巴的眼神视而不见："班级，名字。"

裴恬急得在原地转了个圈，突然似想起什么般指了指天，神神道道地说："我上面有人。"

中队长："……？"

见成功唬住了人，裴恬故弄玄虚："你知道你们的大队长陆池舟是我什么人吗？"

中队长的表情终于有了些许变化："你哥哥？"

裴恬摇了摇手指："他是我的童……嗯。"但话未说完，便突然被人捂住了嘴。

来人比她高出许多，手心也冰冰凉凉的，还带着早上擦的面霜的香气，和她用的是同一款，陈挽月买的时候送了她好几瓶。随后，她的手中被塞了个红领巾。

裴恬回头，看见陆池舟背着书包，正站在她身后，只不过他脖子上空空的。

显然，她手中的红领巾是他的。

陆池舟淡淡提醒她："下回再不戴，连着这次的一起扣。"

裴恬老实巴交地耷拉下眼皮，迟疑了几秒，又问："那这次……"

陆池舟看向中队长："算我的。"

等进学校，走出好远后，裴恬绞着自己脖子上的红领巾，罕见地有些惭愧，她舔了舔唇："我下次一定戴。"

陆池舟"嗯"了声。

"那个，"裴恬顿了顿，"你作为大队长就没有点特权吗？"

陆池舟蹙眉："什么？"

"就是你自己可以不记自己的。"

陆池舟："没必要。"

裴恬有些急："你怎么有特权都不用呢？

"我还到处说我上面有人呢。"

陆池舟："……"

"我问你，"裴恬扯了扯他的衣角，"学校报你名儿究竟好不好使？"

陆池舟："你要做什么？"

裴恬："找你撑腰。"

但是，陆池舟最后也没给她确定的答复，可裴恬默认陆池舟定会给她撑腰，于是没隔几天，她就不小心给陆池舟找了点事。起因便是裴恬和后座总扯她辫子的小胖子打了一架。

裴恬的羊角辫被小胖子扯掉了，但小胖子被她打哭了。两人去了办公室，裴恬披头散发地抽噎着，哭得比小胖子还难过。

这哭声引得大片过路人往里看。

只一声，路过的陆池舟便听出了那是裴恬的声音，他连忙进了办公室。

其实这就是一件很小的事，不至于叫家长，但裴恬和小胖子哭得一个比一个大声，哄也哄不下，让办公室的老师无可奈何。

看见陆池舟，裴恬底气更足了，她抽噎着展开双臂："呜呜呜，他，他欺负我。"

陆池舟早早就参加了初中组的数学竞赛，全校的老师都认识他。

班主任看到陆池舟，迟疑问裴恬："这是……"

"他是我认的大哥，"裴恬将眼泪一把蹭到陆池舟雪白的校服上，还不忘气势汹汹地瞪了眼小胖子："我上头的人。"

众人："……"

陆池舟倒也没否认，他轻抚了下裴恬被扯得乱七八糟的羊角辫，冷冷看向小胖子。

小胖子的手臂还有些红，是被裴恬揍的。现在连哭也哭不过她，还被这"大哥"冷冰冰地看着，他委屈得要命，指着自己的手臂："这是她打的！她打我！"

裴恬眼睫动了动，她揪紧陆池舟的衣袖，可怜巴巴地缩了缩："他，他也打我。"

陆池舟连忙抬起她的脑袋："打你哪儿了？"

裴恬摊开手心，露出被扯下的皮筋，吸了吸鼻子："他薅了我两根头发。"

众人："……"

陆池舟的额角抽了抽，大致弄明白了整件事。

"老师您好，"他说，"先替裴恬和您道歉，为您带来麻烦了。"

坐在位上的班主任无奈地点点头："没关系，这是小事。"

陆池舟："不知道老师打算怎么处理？"

"这样，"班主任道，"两位同学各退一步，互相道歉。"

陆池舟点头。

"但凡事有个先后。"他说，"这位同学先扯了我妹妹的头发，得先道歉。

"然后还请老师给换个座位。"

事情的最后，是小胖子被换到了后排，裴恬还收获了其抽抽噎噎的道歉。

裴恬爽了。

当天放学，裴恬跟着陆池舟一起回去，还轻快地哼起了歌。

到兴奋时，裴恬还兴高采烈地拉了拉陆池舟的书包带子："谢谢大哥。"

陆池舟瞥她一眼，浅浅弯了下唇，抬手揉了把裴恬的头发："少惹点事。”

裴恬蹦跶着跟在他身后，又和自家司机打了招呼，跟着陆池舟坐上了陆家的车。

“几何哥哥。”

裴恬只有在心情好和有求于他时才会这么喊人，而此时两样都占。

“嗯？”

“你会扎头发吗？”裴恬指了指自己已经披下来的头发，“我想扎辫子。”

陆池舟的眉头皱了皱：“我不会。”

裴恬：“你学学就会了。”

反正之前他也不会给她擦脸，学学不就会了吗？

当天，陆池舟给裴恬扎了个马尾辫，虽然薅掉了她好几根头发，还丑不拉几的。但裴恬心情好，并不在意。

从那天开始，裴恬感觉陆池舟似乎对她越来越好了。

裴恬的心尖上有一个小天平，陆池舟在上面的分量越来越重，重到和家人一样重要。

裴恬经常会托腮，切身实地地苦恼着，为什么她的小学生涯这么长？！

陆池舟读初中时，她是小学生；陆池舟读高中了，她还是小学生。

陆池舟也会和普通男生一样，周末打一小会儿游戏，或者出去打篮球。

裴恬仍记得陆池舟打游戏时的模样。那时他懒散地盘腿坐在房间的单人沙发上，长睫微垂，看着手机屏幕。他的目光有些散，不算特别专注，细长如玉的指尖轻巧地在屏幕上翻飞。对面应是开了麦，陆池舟时不时会低低应两句。

那时裴恬还是个充满少女情结的小学生，怔怔看几秒后，只觉得异常赏心悦目。

一个周末，裴恬去陆家的时候，陆池舟正在写作业。

上高中后，他写作业的时间比往常多了很多。

裴恬的目光落在他放在桌侧的手机上，突然来了兴致，她脆生生地喊：“几何哥哥。”

陆池舟抬起眼：“嗯。”

裴恬：“你手机借我一下。”

他没问她要干什么，随手就把手机给了她。

裴恬知道他的密码，就是很普通的连数。

陆池舟的手机界面非常干净，也确实没有什么"秘密"。

裴恬不费多大力气就找到了游戏图标，她瞅了瞅已经转身继续写作业的陆池舟："我下去玩了。"

"就在这儿。"

"不不不，"裴恬已经走到门边，笑容殷勤，"不打扰你学习。"

裴恬盘腿坐到楼下的沙发上，她深呼一口气，刚要打开游戏，突然看到屏幕里跳出一条广告。

"在这里，找到你的灵魂伴侣。"

裴恬点进去，下载下来，发现这是一个叫"小幸运"的交友软件。

她来了兴趣——万一真的能在网上交到好朋友呢？

裴恬打开软件，在设置资料一栏，突然想起这是陆池舟的手机，那么信息也该填他的吧？

于是她随便找了张陆池舟的照片做头像，性别男，年龄 17，姓名也大大方方地写上：陆池舟。

裴恬新奇地顶着这个头像在广场四处晃悠，看到好看的小男生小女生便按点赞，并送出花花。

很快，她的聊天框里便有一个叫雅梦的向他打招呼，正是她刚刚送花的格裙姐姐。

雅梦：照片是本人吗？不是网图吧？

裴恬笨拙地打字：不是网图。

雅梦：照片好帅啊。

裴恬有些开心，和她眼光一样呢，于是她回复：我也觉得。

雅梦：你是 A 市人吗？

裴恬：是呀。

雅梦：我也是呢。

于是裴恬兴奋地回答：好有缘呀。

雅梦：那咱们试试呗？

试什么呀？做朋友吗？

裴恬眼睛一亮，回复：好呀好呀！

雅梦：你好可爱啊，有空能见面吗？

裴恬皱起眉头。太多人管着了，她好像出不去，只能遗憾回：过一段时间吧。

雅梦是一个有趣的姐姐，裴恬打字慢，但那头很有耐心。

这一聊，便聊到陆池舟手机几近没电。楼梯处传来脚步声，陆池舟上前一把抽走手机："眼睛还要不要了？"

裴恬正聊到兴头上，那头雅梦姐姐正要唱歌呢！

她从沙发上跳起来，要从陆池舟手中夺过手机："再借我一会儿，我和朋友道个别！"

"朋友？"陆池舟挑眉，倒也松了手，"你在我的手机上哪来的朋友？"

裴恬得意地说："刚交的。"

陆池舟来了些兴趣，坐在她身侧，看她慢吞吞地敲击键盘打字告别。

下一秒，他目光渐凝："你拿我的照片做头像？"

裴恬头也不抬："因为是你的手机呀。"

她发完再见，雅梦不舍地回了一句：那下次聊呀，男朋友。

咦，她眼睛放大。

什么男朋友？

裴恬挠了挠脑袋，下一秒，手机被陆池舟拿走，他滑动手机屏幕，嘴角的笑缓缓收起。

他盯向始作俑者："你拿我的名字和照片去交女朋友？"

察觉到危险，裴恬默默后退。

下一秒便被拎着领子提溜起来。裴恬乱叫，陆池舟的面色越发冰冷："我看你就是作业太少了。"

他直接将人带到楼上，将她的作业扔到桌前："写。"

裴恬："……"

大概是这次的事给陆池舟留下了极重的心理阴影，自那以后，裴恬要想碰陆池舟的手机，都必须在他眼皮子底下碰。一来二去，裴恬也失去了兴趣。

不过她的新鲜感来得快去得也快，很快便将手机抛在脑后，开始追起

247

自己喜欢的动漫和小说。

陆池舟自上了高中，就比以往忙得多。他有早、晚自习，每天早出晚归，中午也不回来，故裴恬见他的机会基本只有周末和节假日。

周末的时候，裴恬会如入无人之境般往陆家跑。

陆池舟写作业，她就待在楼下玩自己的；他要不写作业，裴恬就跑他房间里待着。

但到底是隔了这么多年岁，裴恬渐渐发现，自己和陆池舟之间可以交接的点越来越少。

除了游戏，他喜欢的篮球、机器人或者是模型，对裴恬来说都是陌生而空白的领域。

有好几次，裴恬在陆池舟无意打开的背包里，抑或是刚刚翻开的作业本里，看到了粉红色的信封。裴恬一看便知道，那绝不是属于陆池舟的东西。

她明白，男女之间会产生感情，互相喜欢了就可以谈恋爱结婚。

这些信封裴恬刚看见，下一刻便被陆池舟收了起来，他很随意地把这些收到了抽屉里。

裴恬眼巴巴看着，但也没好意思打探隐私。

陆池舟自不可能和她解释这些，裴恬不可避免地觉得有些失落。

说不出哪里不对，但就是不开心，像是有石头堵在了胸腔。

陆池舟对她的态度一如往常，但裴恬开始不安，这种不安在她十三岁生日陆池舟未能到场时达到了顶峰。

裴恬开始渴望快些长大。她会想，明明二十七和二十三没有差多少，十七和十三怎么就差了这么多呢？

陆池舟亲手给她做的秋千，暂时浇灭了裴恬心中的不安。与此同时，裴恬小学毕业，成了一名光荣的初中生。

到了初中，好似一切都产生了些微妙的变化。

裴恬和身边的女同学经常一起去厕所，她们害羞地窃窃私语，还有人问裴恬："你来那个了吗？"

那个是哪个，这个问题早几年程瑾就给裴恬普及过。

裴恬知道，来了那个，她就长大了，但她始终没有动静。除此之外，女同学们讨论的话题也渐渐产生了变化。

她们会谈论年级哪个男生好看，会讨论喜欢的明星，抑或是暗恋的人。

初二的时候，裴恬也会突然在书包里摸到信封，会在微信或是 QQ 上收到莫名其妙的好友申请。

裴恬偷偷攒着，不知出于什么心理，她在周末去陆池舟家时带上了这些信封，然后当着他的面装模作样地拿出作业本。这时候，里面的信封也"不合时宜"地掉落在地。

裴恬装作讶异地"咦"了声，余光却一直观察着陆池舟的表情。

他先她一步捡起信封，只轻扫一眼，便冷笑出声。

"裴恬。"陆池舟连名带姓喊她。

裴恬："嗯。"

陆池舟晃了晃手中的信封："你知道这些是什么吗？"

"不知道。"裴恬装傻。

"不知道正好，"陆池舟收起信封放进了自己的抽屉里，"好好学习。"

裴恬："……"

她伸手去夺信封："那你也要还给我。"

陆池舟不允："你考进年级前十再说。"

裴恬自是没有看信封的兴趣，但也摸不清陆池舟的态度。

就这样，她矛盾地度过了初二学年。

到这一年暑假，陆池舟高考结束，以优异成绩被 B 大录取。也是这年暑假，裴恬来了初潮。

裴恬的喜欢来得突然又汹涌，或许在她自己都不知道的时候，这种喜欢便在心尖深处留下了烙印。

她将喜欢藏匿于心间，看着陆池舟越发闪耀。

裴恬从不敢深想陆池舟会不会喜欢她，因为喜欢对那时的她来说过于早熟，她更怕陆池舟的身边会天降一个合适的女孩。

怀着这份少女心事，裴恬忐忑又幸福地待在陆池舟身边，同时每天都在期待着长大。

初三的联欢晚会，裴恬穿着陆池舟亲自选的礼服，听见少年怦怦作响的心跳声伴随着她自己的，纠缠在一起。

像是被巨大的幸福冲昏头脑，裴恬会偷偷地想，陆池舟是不是也会对她不一样呢?

但她压下了这份隐秘的心思,因为陆家那年出了事。

裴恬哪里经历过外面的风雨,陆家发生的事于她来说,遥远得就像电视剧里发生的剧情,她根本无法接受那样闪耀的陆池舟跌落云端。

但没关系。

直到陆池舟悄无声息地离开;直到异国他乡的雨幕里,他说送她去机场。

那年,裴恬回家便生病了,高烧不止,梦里都在流眼泪。

调养了半个月,裴恬才重新去上学,只不过生活宛如一潭死水。

裴恬感觉自己的心脏像是被强行剜走了一块,又空又疼。好多个深夜,她还是会掉眼泪。

第二年春,裴恬下定决心戒了他,将所有心思投在学习上。

这件事,她做得还算成功,她想起陆池舟的频率越来越少。就这样,裴恬没什么波折地度过了高中,顺利上了大学。

大学的时候,空出来的时间多了,裴恬再次不可抑制地犯起老毛病。她还是会想陆池舟,想他过得好不好,想他……是不是已经交女朋友了。

更让裴恬害怕的是,她好似丧失了喜欢别人的能力。

高中同学且不说,到大学,追她的人有很多。

裴恬接受过男生的邀约,但经常到了一半,她便觉得索然无味。

她开始不受控制地恐慌。

为了证明自己仍然有情感感知力,裴恬开始关注喜欢的荧幕情侣。

在这件事上,她找到了短暂的快乐。

裴恬经常会想,如果她的爱情成不了真,喜欢的荧幕情侣幸福就好。

有的时候,看到喜欢的荧幕情侣真的成了真,裴恬便会异想天开——

如果陆池舟突然回来找她了呢?自己还会和他在一起吗?

尽管裴恬不愿承认,甚至违心地否认过无数次,但无论问她多少遍,答案都是——

会的。

谁让她非他不可?

四、走到能走到的那一天

周以晴二十一岁就进了娱乐圈。那时她还在电影学院读书，和同专业所有同学一样，怀揣着一个明星梦。

或许是天降馅儿饼，好运恰恰砸到了她的头顶。一场专业会演后，周以晴突然被老师告知，她被圈内名导章泽看中，对方钦点她出演新电影的女二。

就这样，周以晴靠这部电影在娱乐圈崭露头角。

章导的剧本和镜头俱是一流，电影是一部大制作的古装剧，周以晴在其中饰演妖媚跋扈的宠妃，这是个对颜值要求极高的角色。

那是周以晴第一次参演电影，演技还很青涩，但好在剧本和造型加分，电影上映后，周以晴凭借着绝美的古装扮相小爆出圈。

其中有一段，周以晴戴着面纱于殿堂前翩翩起舞，懒懒抬起眼看向主座上的帝王，更是作为"那些影视剧里的绝色美人"成为某些博主剪烂了的素材。

和万千初入演艺圈的小女生一样，周以晴本以为这会是她演艺事业的开始，但万万没想到，福运往往伴随着灾难，出道不是开始，而是巅峰。

靠着这个小爆出圈的角色，再加上有名导章泽的赏识，很多经纪公司朝周以晴抛来了橄榄枝，其中就有业内名声最大的天启娱乐。天启娱乐背靠陆氏集团，财力雄厚，资源也是顶级的。但谁也未料到，签约不过半年，陆氏总部便发生了大动荡。

商界传奇般的陆秉钦陆老因身体原因卧床休养，偌大的陆氏失了最大的主心骨突然变得一团乱，但这至少对还是小演员的周以晴是没有影响的。

陆氏掌权人的位置经过了一番明争暗斗，最后落在了原本的副总裁陆枫身上，而陆老爷子的孙子却突然没了声息。

有关陆氏纷争的这些谣言，周以晴始终未放在心上过。

　　于那时的周以晴而言，最重要的不过是拍好手头的戏，陆氏再怎么动荡，火也烧不到她身上。

　　在周以晴进圈的第三个年头，天启的分管总裁突然换了一个。有人说，这个新调来的刘总是陆枫身边的红人，能力一般，溜须拍马的本事倒是一流。

　　周以晴淡淡一笑，并未放在心上。那时，她的心思全然放在了接下来要拍的戏上。

　　在初部电影后，周以晴的咖位处在了一个不尴不尬的位置。她电影出身，且是名导大制作，拍一般的网剧就是自主掉价，但她的人气又不足以支撑她接到质量高的资源。故那之后的时间，周以晴只能通过偶尔的几次综艺维持曝光度。

　　周以晴那时的经纪人李丹开始为她谋求合适的路线。

　　李丹眼光毒辣，异常看中周以晴的外形条件和极强的可塑性。

　　"红这事说不准，小火靠捧，大火靠命。"李丹表情认真，"你现在就缺人捧。"

　　周以晴怔了怔，无奈地笑："我上哪儿找人捧？"

　　李丹抱臂立于她面前，细细打量周以晴的眉眼。

　　周以晴是让人一眼就惊艳的美人，眼似秋波，鼻梁高挺，具备极佳的骨相，哪怕对脸拍也不会崩。

　　"这事儿交给我，你就和我说你想不想火。"

　　周以晴自是点头，她清楚自己的野心，没人不想火。

　　李丹行事很利索，在那之后不久，她便联系了周以晴。

　　"今晚有个饭局，向刘总推荐了你。"

　　周以晴应了声。

　　当晚，周以晴穿上了紧身的白色鱼尾裙。

　　粉丝都说她最适合穿鱼尾裙，而且她的腰臀比也处在黄金比例 0.7。

　　周以晴到公司，陪着刘总赶往饭局地点。

　　"陆氏集团董事长陆枫今晚在。"下车前，刘总整了整西装，"你自己懂点事，不需要我多提点吧？"

听到陆枫要来，周以晴心中微惊，面上仍不露分毫。

她听说过陆枫上位的手段。陆枫是陆家养子的身份从来就不是秘密，但他的薄情寡义也不是秘密。陆老在位时，明确定了继承人是陆池舟，就是陆老那唯一的孙子，但如今在位的却是陆枫，而陆池舟销声匿迹，有消息说他已经一无所有，被逼得出了国。

尽管陆枫仍极力掩盖这种丑闻，但有脑子的人都看得出他的位子来得并不光彩。

这样的人，绝没有什么道德可言。周以晴心中提高了数倍警惕，直到她跟着刘总进入饭店包间。

那是一个大包间，陈设金碧辉煌，充满着不真实的浮夸感。席间坐满了人，周以晴刚进门，便感觉到了四面八方不加掩饰的视线。

显然，这里面的人非富即贵，看她的眼神也如同打量一件商品般。

周以晴镇定地回视过去，唇角勾起一抹笑。她很清楚自己的野心，入这样的酒局是必经之路，就看她能不能全身而退。

刘总点头哈腰地朝主位上坐着的人道："陆董，这位是天启新签的艺人周以晴，今儿我带她来，和您认识认识。"

陆枫斜视，目光在周以晴的腰臀部轻佻地打了个转，眼里闪过兴味，"嗯"了声。

这该是满意的意思。

刘总大喜，朝周以晴递了个眼色。她会意，毫不扭捏地坐在了陆枫身侧的位置。

很快，周以晴便知道今天并不是正规的商业饭局。在座的全都捧着陆枫一人的面子，听在耳边宛如古代佞臣歌颂帝王万万岁，充满着可笑的滑稽感。

但陆枫显然不这么认为。这些奉承话于他而言异常顺耳，他兴致高涨，喝得红光满面。

周以晴学着在座的其余人，将陆枫捧得忘乎所以。

饭局快结束时，刘总举着杯酒，朝周以晴递来："小晴啊，趁着陆董今儿开心，你再好好敬他一杯。"

周以晴应下，她接过刘总手中的酒杯，看向陆枫。

这时候，不知道谁在起哄："哎呀，这喝酒就该喝交杯酒嘛。"随后，席间这些酒囊饭袋一起不怀好意地呼喊。

周以晴面上没有半分波动，却是起了满腔的恶心，但她知道，她不能失态。

"陆董？"周以晴勾起红唇，晃了晃酒杯以做邀请。

陆枫突然哈哈笑出了声，目光放肆地打量着她。但毕竟人多眼杂，他到底没拉下脸真喝"交杯酒"，举起自己的酒杯一饮而尽。只不过，在没人看见的桌布下，他的右手搭在了周以晴的腿上。

周以晴扯唇，没有动，因为这还在她的底线之内。

酒过三巡，到晚上九点半，饭局才刚散。

到此时，周以晴才深深松了口气，她揉了揉额角，试图缓解一下酒意。

只不过周以晴刚走出包间门不久，刘总就喊住她："以晴，陆董喝多了，你扶他上去休息。"

周以晴握住小包的手一紧，心瞬间沉到了底。能扶陆枫上去的人不知凡几，喊她的意味不言而喻。但这么多人看着，她拒绝等于打陆枫的脸，更等于自毁前途。于是周以晴弯起一抹笑，娇嗔道："我力气小，刘总能叫个人和我一起吗？"

刘总："那是自然。"

他招呼了陆枫的助理和周以晴一起。

陆枫根本没有全醉，不然没这色心，周以晴心中盘算着全身而退的可能性。

走到包间门口，陆枫突然抬手指挥助理："你回去吧，有小晴就行。"

助理瞬间会意，点头和周以晴说了几句便离开。

周以晴面上一派顺从。

陆枫就满意她这样的，几乎是一进门就把她往床上带。

周以晴虚虚推了他一把，软着嗓音道："哎呀陆董，人家还没准备好呢。"

陆枫闻言，轻蔑地笑了笑，在她耳边不怀好意道："你要准备什么？"

周以晴死死捏住手心，指甲陷入肉里，面上仍是嗔笑，她羞涩地咬着下唇，清晰地看见了男人眼中不加掩饰的心思。

她拉了拉陆枫的领带，欲语还休："人家想先洗个澡。"

"一起？"

等陆枫脱了个精光时，周以晴缓缓站起身，状似无辜地歪了歪头："陆董，我突然想起还有点事，不能陪您玩了。"

迎着陆枫骤然变沉的表情，周以晴笑了笑，猛地转身朝门边跑去。

陆枫气得满脸通红，抬腿就想跟上去，意识到什么又停在原地，他表情可怕，几欲要吃人。

周以晴却已经啪嗒合上了门，没有丝毫犹豫，慌忙往外跑。

她不敢坐电梯，走的安全通道。她明白，陆枫不会善罢甘休，要是被他的人抓到，她今晚就得玩儿完。但跑到一半，周以晴突然因为腿上无力摔了一跤。她趴在地上，全身冷汗不停往外冒。

周以晴后知后觉地意识到自己明显有问题的状态，明明喝的酒水和他们的一样。

周以晴纤长的眼睫不住颤抖，猛地想起刘总递给她的那杯酒。

她冷冷扯了下唇，用尽全身力气扶着墙壁站了起来。眼下这情况不适合跑，被抓回去定是任人宰割。

周以晴脑中转了几转，最终她缓缓挪动脚步，出了安全通道。

这一层还是酒店包厢，她悄悄探出脑袋，咬着下唇竭力保持清醒。

突然，周以晴看到了陆枫的助理。他凑在一个经理模样的人耳边低语，经理点头。

周以晴脑中空白了一瞬，趁着助理没看过来，她猛地靠在门边，躲开视线。就在这时，背后的门突然被人打开，周以晴背后一空，直接栽了进去。

她连忙捂住嘴，掐下快突破喉咙的尖叫。而开门的人动作一顿，呆在原地，明显被吓到了。

周以晴也顾不上那么多，连忙按住门，朝站着的人摇头："求求你，先别开门。"

她视线模糊，大致看清站在那儿的人是个身量挺高的少年人，虽也不安全，但怎么都比外面好。

少年开门的手顿了顿，他的视线停留在她面上好几秒，直到周以晴被看得别过脸，他才回过神。

"好。"他说。

少年声音低沉，还带着变声期的嘶哑，听在耳边不太好听，却让周以晴悬在空中的心切切实实地放了下来。她可以确定，这是个年纪不大的男生。

周以晴撑起身体，恳切地说："谢谢你。"她扶着墙壁往里走了些，自来熟地找了个单人沙发坐下，坐下后她才想起来问，"我能坐吗？"

"能。"

尽管周以晴头很晕，还没真正脱离危险，但听到他说话还是忍不住笑了笑。

从她跌跌撞撞地进来，再到慌里慌张地求他别开门，怎么看怎么不正常。但不知道是不是男生年纪太小不知世间险恶，这么容易就答应了。

周以晴脑中突然冒出一个表情包，食指和拇指捏在一起那个，配文"拿捏了"。想到这个，她又埋着头笑。

"能给我一杯水吗？"周以晴得寸进尺。

不多时，满满一杯水被塞进了周以晴手里，她随手一接，指尖不经意从男生冰凉的虎口一扫而过。男生立刻便慌乱了，急急收回手，水杯一颤，有几滴水珠溅在周以晴手背上。

周以晴心中闷笑，仰头喝了水："谢谢。"

男生许是不爱说话，没有应答。

虽是放松了些，但周以晴还是不敢全然放下警惕，她半靠在单人沙发上，努力维持着清醒，开始有意无意地聊天。

"刚刚看你要出门，有要紧事吗？"周以晴抬起眼看向不远处的人。也是在这时，她才看清男生的面容，愣怔在原地。

她认识他。不对，是单方面知道他。

娱乐圈论资排辈，论起来，五岁就童星出道的江深还是她的前辈，周以晴小时候还看过他的电影。

诸多念头被江深的回答打断，他没有看她，只低头坐在床边把玩着手指。"我没事。"

周以晴点点头："麻烦你了。"

她没再提问，只在心中算着他的年龄。

十五岁，好小啊。

因为江深好像真的不喜欢说话，她也没有表现出任何认识他的意思。

周以晴开始回忆她所知道的，娱乐新闻上的江深。他目前有个称号，叫"国民儿子"，因为他自小就演儿子，到现在还在演。

他不属于那种高人气的偶像小生，但自小就演戏，一步步走得异常安稳，未来前途肯定一片大好。

这般想着，周以晴又笑出了声。她一个连前途都不知道在哪儿的人，还为人家操心什么？

大概是她时不时就笑几声，行为不像个正常人，引得江深侧首看过来，目光探究。

周以晴识相地闭嘴。

就在一片安静间，江深的手机突然响了起来。他面上闪过丝仓皇，犹豫了一秒，还是接了电话。

"喂。"他捂住了手机听筒。

但周以晴还是听到了电话那头的响动，外卖员高昂的嗓音传来："是深不可测的江江吗？你的外卖到了，我在酒店外面等你好久了，怎么还没下来拿？"

从周以晴的方向，她看到了江深突然泛红的白皙耳尖，他压低声音："我马上就来。"

直到挂断电话，江深站起身，像是汇报工作般："我有个外卖。"

周以晴笑着挥挥手："那……快去快回？"

江深郑重地点点头，然后打开门，往外探了探头，确定没人后他才关门走了出去。

周以晴看着他就这么走了，笑得直不起头。

原来这世上还有这么天真的小男生，竟也放心把她一个来路不明的陌生女人放在他的房间里。

到此时，周以晴才彻底松下警惕的神经。

揉了揉额角，懒懒地靠在座椅上。

江深回来时，看到的便是慵懒靠着的女人。她的黑长卷发披散在细瘦白皙的脊背上，闭着眼睛假寐，五官艳丽动人，美得像个妖精。

听到响动，周以晴倏地睁开了眼睛，她的目光从他的脸落到手上拎着的一大包外卖袋上，饶有兴味地"咦"了声。

江深买的是烧烤，所有艺人避之不及的高热量食品之首。

周以晴心中暗笑。原来这小孩也不是那么乖，经纪人不在，一个人偷偷吃烧烤。

被她看破一切的眼神这么盯着，江深的脸红了红，他默默坐到离她远一点的地方，打开了烧烤袋。

香味扑鼻而来。周以晴满肚子都是酒水，这时候真是被馋得食指大动。她舔了舔唇，斟酌着称呼："小孩。"

江深正在吃羊肉串，闻言猛地抬起头，他蹙了蹙眉，并不认可这个称呼。

周以晴浑然不觉般，她笑眼弯弯，偏偏语气哀怨娇嗔："你怎么能吃独食呢？"

江深在原地怔了好几秒："你……也要吃？"

周以晴眼睛发亮，认真点头。

江深拎着烧烤袋走到她面前，又搬了个小桌子，把烧烤摊开。

周以晴眼尖，还看到了啤酒。她毫不客气，单手就开了一瓶。

看到她这么豪迈的动作，江深眼睫一颤，抿了抿唇。

周以晴伸手就抓了一把羊肉串，丝毫不顾形象，张口就吃。

江深的目光落在她纤瘦的身材上，都看傻了。

"怎么？"周以晴喝了口啤酒，笑道，"没见过这么能吃的？"

"你不长胖的吗？"江深问。

周以晴只是笑："胖啊，我喝口凉水都胖。"

"那……"

"无所谓了。"周以晴摇头，自嘲道，"都混到头了，还不能饱餐一顿吗？"

江深一愣。

周以晴趁他发愣期间又抓了一把肉串："今朝有酒今朝醉，明日愁来明日忧。"

江深半晌也没动："你是遇见了什么困难吗？"

触及他澄澈的眼眸，周以晴什么话也说不出来了。

他还挺小的，萍水相逢，还是留点愉快的回忆为好。

周以晴笑而不语，闷声吃串。

等江深反应过来时，他面前的烤串已经被周以晴消灭了大半，顿时有些恼，便脱口而出："你少吃点。"

周以晴见他这心疼的小模样，实在忍不住，埋首笑得直打战。

这回，江深是连脸都红了。

酒足饭饱后，不，是周以晴酒足饭饱后，她真心朝江深道谢："谢谢你。"

江深沉默地收拾着外卖袋，周以晴得寸进尺："小孩，你能收留我一晚吗？"她做了保证，"我在单人沙发上靠一靠就行。"

"我不是小孩。"江深回嘴。

周以晴恍若未闻："那我就住下了？"

也不知这话戳到了江深哪个点，他不好意思地背过身："嗯。"

周以晴笑："我明天天不亮就会走。"

"……好。"

周以晴如约做到了。黎明前，天还是最黑的时候，她感觉身上力气恢复了些，悄悄离开了房间。只不过在离开前，她给江深留了张字条：谢谢你的烧烤，下次见面请你吃。

周以晴不知道，她刚走，床上呼吸均匀的男生便睁开了眼睛。他爬起来，打开灯，看见女人留下的那张极不负责任的字条。

江深扯了扯唇，眸光有些黯淡。

下次，谁知道下次是什么时候，她又能不能记得他。

周以晴所料不错，陆枫的确没有善罢甘休。

那次之后，刘总首先好声好语地找过她两次，大致意思就是，陆枫赏识她，还愿意给她一次机会。

周以晴嗤之以鼻。败类就是这样，没吃上手就馋。如果自己真随了他的意，指不定要被整成什么样。但事到临头，后悔也没什么用，这条路是她自己选的。

周以晴拒绝了，她已经做好陆枫恼羞成怒封杀她的准备。

事实证明，陆枫确实不是什么有气量的人。自那以后，肉眼可见地，周以晴能接触到的资源越来越少。到第二年，她几近消失在镜头前。

除此之外，周以晴在天启签了五年的合约，也就是说，她将荒废掉到二十七岁前的所有黄金时段。

对一个野心家来说，这无疑是毁天灭地的打击，周以晴沉寂了很长一段时间。

有两年的时间，她靠着以往积攒的积蓄过活，偶尔还会被公司拉去参加一些小型活动。

"你这样的外形条件，不火就是浪费！"李丹说。

周以晴闻言淡淡一笑："火要看命，我命不好。"

看着她的模样，李丹痛心疾首，她深吸一口气："我这儿还有个机会。"

"今晚九点，金陵记忆，你去章泽导演面前露一露脸，看看有什么角色是你能上的。"

李丹指了指上面，突然压低了声音："陆枫孽造多了要遭报应，陆池舟快杀回来了。他现在焦头烂额，没心思管你。"

闻言，周以晴表情一变，一字一字道："他活该。"

周以晴当晚还是去了金陵记忆。

包厢里除了章导，还有很多小明星，还有几个不算大的投资方老总。

他们看她的眼神不善，周以晴早已习惯，坦然自若地坐在包厢的角落。

对于娱乐圈的蝇营狗苟，周以晴没什么优势。

章泽导演到底一手捧她出道，不忍看她被雪藏，于是主动提点她说点好话。

当晚，周以晴甚至记不清自己喝了多少，她一人直至将几位投资方哄得开开心心。到后头，她胃中翻江倒海，如有火烧。

周以晴强忍着不适，硬生生撑完了全场。

等酒局散后，她成功得到投资方的青睐，许诺在电影里给她一个角色。

可周以晴再也抑制不住呕吐的欲望，急急跑去了洗手间，吐了个昏天黑地。等出来后，她靠在会所的墙壁上，失神地望着前方。

有那么一瞬间，周以晴甚至觉得，她可能会死。

直到眼前突然有人站定，来人伸手在她眼前晃了晃，嗓音清冽："你还看得清吗？"

这声音很陌生，却又有那么丝丝的耳熟。

周以晴能感知到他没有恶意，于是她摇了摇头："看不清。"

说完，她有些支撑不住地整个人往下倒。

直到腰间被人的手臂搂住，那人将她抱起，说道："我送你回房间。"

这一夜，周以晴有些断片，到第二天起来时，对头天晚上的事仍没有丝毫记忆。所以，她在看见自己枕头边的江深时，脑子像是被重锤敲过般，嗡嗡的。

周以晴揉了揉长发，又仔细看了眼江深，他脖子上青紫一片，甚是恐怖。

周以晴满脸惊恐。有那么一瞬间，她在心中飞速计算了江深的年龄。

还好，他成年了。

这么一算，周以晴更害怕了。她到底是多么禽兽，能在酒后做出这种事。

正在纠结间，江深醒了，黑曜石般的眸子直直落在她变幻莫测的表情上。

周以晴索性先发制人："你怎么会在我床上？"

江深眨了眨眼。他长着一副唇红齿白的模样，看起来纯得要命，和几年前比仿若等比例放大生长。

"我为什么会在你床上？"他重复一遍，随后慢悠悠地撑起身体，"你不知道吗？"

周以晴："我不知道，我不记得了。"

江深低头嗤了声："你能记得什么。"话出口，似觉得不妥，他转移了话题，淡淡发问，"姐姐打算怎么负责？"

周以晴汗毛都差点竖起来："什么……怎么负责？"

江深指了指自己的脖子："看到了吗？"

数个念头在周以晴脑海中飞过。她在想，江深想从她身上得到什么，可最后没有得出结果。

要钱，她没有，他也不缺；要人……她不知道江深这么一个炙手可热的男星，怎么会要她。

没错，周以晴几年前的预感是对的。

江深一年前靠着部青春偶像剧爆火，再加上后面的影视资源给力，跻居一线不过是时间问题，而且他才刚刚十八岁。

周以晴冷静下来，她翻身下床，一颗颗整理着自己前襟松开的纽扣。

"我昨晚对你做了什么？"

周以晴看了眼男生的脖子……应该没做什么过分的吧。

江深垂首，声音有些委屈："你差点把我掐死。"

这个回答是周以晴怎么也没想到的："我掐你？"

江深煞有介事地点头，又朝她挪近，让她细细看自己的脖子："你一边骂陆枫，一边掐我。"

"噗。"周以晴别过头，忍俊不禁，放松了些。

此时，江深跪在床上，像是孥毛的大狗狗般。周以晴立于床边，没忍住，伸手揉了揉他蓬松的头发。

"对不起。"周以晴回答，"姐姐给你买药？"

江深眨巴两下眼，点了点头。

"还有。"他拉住她的衣角，嗫嚅了下。

周以晴："嗯？"

"烧烤，"江深满脸认真地补充，"是你之前欠我的。"

周以晴噎了噎："买。"

"你认识我？"等整理完毕，周以晴问出了一直想问的。

几年前的那个夜晚，她没有细想，也不想细想。但周以晴不是傻子，如果江深没有意，他们根本不会见面。

江深穿上了外套，还戴上鸭舌帽挡住脸："认识。"

"以前就认识？"

"嗯。

"你也认识我。"

他这么坦然，周以晴也平静回答："是。"她弯唇一笑，"看你电影长大的。"

江深咳了一声，突然咧嘴笑："我也是看你电影长大的。"

说起电影，周以晴至今就拍了一部，心中立马便有了数。

那部电影出来的时候，江深多少岁？十三？

周以晴继续笑："那还挺有缘。"

江深抿唇，"嗯"了一声。

"我去给你买药？"

江深乖巧点头："嗯。"

周以晴："你在这里等我。"

毕竟江深和她不同，走哪儿都不方便。

周以晴刚要走，衣角再次被捏住，江深的眼睛一眨不眨地望着她："你还会回来？"

周以晴蒙了一瞬，顺口就答："当然。"

他这才放下她的衣角。

周以晴关门前，往房间里看了眼。男生安静坐在床边，像一只等待主人归家的大狗狗。

他年纪还是太小，少年心思根本掩藏不住。

虽说有些荒谬，但周以晴就是知道，他喜欢她。这个只见了两面的少年喜欢她，而周以晴甚至不知道这喜欢从何而来。

不过周以晴没放在心上，对于她来说，这样的喜欢她看了太多。

喜欢这种东西，就像风一般，虚无缥缈，了无定数。

周以晴给江深买了药。离开前，江深问她要微信，他的理由有些站不住脚："你还欠我一顿烧烤。"

周以晴望着他，直接挑明了话："你喜欢我？"

江深的脸当场涨得通红，却说不出半句否认的话。

周以晴笑了笑："抱歉啊，我不喜欢比我小的。"

"至于烧烤……"她拿出手机晃了晃，"我给你转账？"

江深脸色突然变得煞白，他低垂下眼，讷讷摇头。

看他这模样，周以晴心里有些莫名的涩，但这点情绪很快就被扔了个干净。她自身难保，哪还有什么心思安慰爱情失意的小少年？

这件事像是个小插曲，周以晴强自将其抛在脑后。

没过几天，章导告诉周以晴，那个角色她拿下了。那不是什么重要的角色，甚至算个炮灰。但对现在的周以晴来说，有戏可拍都是好兆头。

可在看到演员表后，周以晴心中咯噔了一下。在剧中，和她有着"不正当"关系的角色扮演者，竟是江深。

周以晴扮演他的长嫂。

想到江深那纯情小模样，周以晴竟还舔了舔唇，突然想知道他的反应。

周以晴低调进了组，也在那儿重新见着了江深。

数月不见，周以晴感觉他又长高了，但好像有了些小脾气，见着她也不理人。还真是个小朋友。

哪怕平常装得再骄矜，真到拍了戏，小朋友立马露了怯。

他们有几场亲密戏，江深耳根憋得通红，但还是得强撑着拍完。等到结束后，他会自闭地躲到角落，像被人欺负狠了似的。周以晴躲在他身后，笑得直打战。

那些日子，周以晴惯常阴霾的心情被吹散了好多，连她自己都未发现，自己会常常看着江深笑。

可某一天，周以晴在章导组的饭局上，遇见了陆枫。

那天，整个剧组都在。周以晴这才知道，原来这部电影的总投资人是陆枫，而她侥幸得了这么个不起眼的小角色，并未入陆枫的法眼。

相比几年前，陆枫臃肿了许多，且满面红光，看起来十分猥琐。

他那双狼一样的眼睛看到了人群中的周以晴，辨认了几秒，似才回忆起她这么个蝼蚁，陆枫恶劣地扯起了唇。

经年的怨恨袭上心头，但她依旧无能为力。

一瞬间，周以晴似掉进了冰窟，周围的一切喧嚣似乎都悄然失了声。

直到她的手被人握住，江深保持着极其淡漠的表情："怎么了？"

周以晴讷讷摇头，失神地望着他漂亮的眉眼。

饭局结束后，章泽给她发消息：晚上还有个局，陆董点名让我带你去。

周以晴闭了闭眼，自嘲地笑了笑。终究还是逃不过。

她孤身去了章泽发来的包厢。但大概是上天眷顾，原以为必死无疑的局突然迎来了转机。

周以晴还未赶到地点，就接到章泽打来的电话："你不用来了，陆董有点事。"

那一瞬间，周以晴如蒙大赦。

直到很久之后，她才知道，陆枫当晚正在为即将归国的陆池舟焦头烂额，周以晴当即隔空给那时的大老板陆池舟拜了三拜。

许是劫后余生，为了放松，当晚周以晴去了酒吧。她靠在卡座，眼神迷离地望着灯红酒绿的吧台，自斟自饮。

哪怕周以晴在角落，前来搭讪的男人也如过江之鲫。

周以晴微笑着，看着他们献殷勤，不拒绝也不答应。直到手中的酒杯突然被人抽走，来人身材颀长，居高临下地看着她。

　　周以晴抬眼，对上江深漆黑如墨的眼眸。他紧紧抿着唇，看起来委屈又生气。

　　看着他的表情，周以晴嗤笑出声："小孩啊，这可不是你来的地方啊。"

　　江深一把将她从卡座上拉起来："跟我回去。"

　　周以晴慵懒出声："不，我要玩。"

　　江深压低帽檐，又戴上口罩，说出来的话又低又沉。

　　"我陪你玩。"

　　江深拉着周以晴回了酒店房间。

　　周以晴其实没有全醉，只是心神不定，做事也毫无章法。刚进门，她整个人便被压在了门边。

　　江深恶狠狠地压上她的唇，吻得毫无章法。

　　周以晴躲开脸，睁大了眼睛："你疯了？"

　　江深回味般舔着自己的唇："我没疯。

　　"不是要玩吗？玩大点啊，姐姐。"

　　说完，他继续凑上来，从她的脖颈往上，像狗狗一般啃咬着。周以晴的呼吸重起来，意乱情迷间，她钩上了男人的脖颈。

　　这似是一种认可，江深的动作越发放肆。

　　整个晚上，周以晴的耳边都萦绕着"姐姐"两个字，像是一声声魔咒，喊得她几近失去理智。

　　周以晴在心中尖叫——

　　完了。

　　第二天，周以晴卧倒在床上，连动手指头的力气都没有，她开始在心里计算自己和江深的年龄差。九岁，宛如一个鸿沟，提醒着她人不服老不行。

　　当然，最让周以晴头疼的，还是该怎么处理他们未来的关系。

　　她睁大眼睛，听见江深在耳边均匀的呼吸声。

　　周以晴在他怀里转了个身，目光落在他睡觉时都显得乖巧的脸上。

　　周以晴看着江深发怔，直到看得江深的嘴角忍不住上扬，他眼睫颤了颤，终是装不下去，睁开了眼睛。

　　"姐姐，你喜欢我？"

对上江深澄澈的眼睛，周以晴心尖猛地一跳，她移开视线。

显然，她的这番反应取悦了江深，他扣住她的后脑，强势逼问："嗯？姐姐怎么不回答我？"

周以晴顺势钩住他的脖颈，红唇在他耳边吐出几个字："喜欢啊，毕竟弟弟这么年轻……"

几乎是瞬间，江深的呼吸就乱了，他羞恼极了，红色从耳后漾到了脸颊。

周以晴笑得开怀，连雪白的脊背都在颤。

"你欺负我。"

江深按住周以晴的肩膀，俯首在她上方："说你喜欢我。"

周以晴咬唇，就是不说。

江深："你说不说？"

周以晴还是不吭声。

江深扯唇道："不说那就……"

"别！"周以晴按住他的手臂，躲避着视线，表情也开始认真起来，"你为什么喜欢我？"

江深注视着她，没说话。

"因为那个电影？"

江深垂下眼睑，极轻地点了点头。

"那你喜欢我什么？"周以晴笑了，"外貌还是身体？"

江深有些急了："不是！"

他低头，似有些不齿："一开始就和追星一样，时刻关注着你。"

"你……是我的女神。"说到后头，他的声音越来越小。

因为长相，周以晴有不少男粉，这么多年都还没脱粉。

周以晴抬起他的下巴："你有没有想过，这是你的一种感情寄托，不是真正的喜欢。"

"一开始我也以为是这样，"江深解释，"所以这么多年我都没有找过你。

"直到再次见面。"

少年几乎是将整颗心都剖白在她面前。

周以晴有些怔神，但她的话理智到近乎残忍："可是我比你大九岁。"

江深："可我喜欢。"

"我得罪了陆枫，未来没有前途。"

江深："我陪你一起。"

"我会对你的事业造成影响。"

江深："真有那么一天，我会担着。"

周以晴默了默："我觉得我们走不下去。"

江深握住她的手，直至十指相扣。

"那我们就走到能走到的那一天。"

周以晴终是笑了，她望着江深的眼睛，一字一字极为认真。

"那就走到能走到的那一天。"

五、青梅酿酒

裴恬五岁的时候在电视上看了一个芭蕾比赛，对里面的裙子惊鸿一瞥，吵着闹着要学芭蕾。

为此，裴言之一边嘴上嫌弃，一边大手一挥，将二楼最大的房间改成了舞蹈室。

舞还没学，裴恬就拥有了一柜子漂亮的芭蕾舞服。

舞蹈老师还没请来，裴恬便献宝一样，打了数个电话给陆池舟，紧催慢催，把人喊了过来。

十岁的少年身量清瘦高挑，抱臂靠在舞蹈室门前。

裴恬打开柜子，晃着手兴奋地说："看！漂亮吗？"

陆池舟着实被眼前闪着亮片镶蕾丝边的、五颜六色的裙子晃了眼，唇角抽了下，有些想笑："你是学跳舞，还是买裙子？"

裴恬一晃脑袋，后脑的马尾荡出漂亮的弧度。

"当然是跳舞。"她兀自道。

陆池舟不太信。他太熟知她吃不得苦的德行了，学芭蕾的主要目的估计还是买裙子。

裴恬陶醉在自己的世界里，牵着裙摆，回想着电视里姐姐的模样，踮起脚尖转圈。

她举起双手，得意地朝陆池舟一抬下巴："哥哥你看我。"

陆池舟配合地耷拉下眼皮，漫不经心地看着。

直到——

裴恬一个圈转得太快，两只脚打了结。

"哎哟！"

她腿一绊，径直摔在少年修长的腿前，摔了个牛吃草。

裴恬："……"

一秒，两秒，像是空气都凝固了。

"噗，倒也不必给哥哥拜早年。"

虽是这么说，但怕她恼，陆池舟还是蹲下身将小姑娘拉起来："哪里摔疼了？"

地上都铺了柔软的毯子，摔自是没摔疼，但裴恬眼眶里颤颤巍巍地晃着泪花，蓦地，哇的一声哭了出来。

陆池舟面色微变，真以为她摔疼了："哪里疼？"

裴恬抽噎着挣开他，自己蜷成一团。

"心疼。"

陆池舟："？"

裴恬红着眼睛，泪眼汪汪地看着他："摔到自尊了。"

陆池舟愣了下，旋即反应过来，胸腔轻颤着，笑出了声。他半屈膝，抱起小姑娘，指腹蹭去她的眼泪。

"我什么也没看见。"

裴恬吸了吸鼻子，傲娇地背过身："你最好是。"

这次后，裴恬铆足了劲头，强烈要求裴言之给她找个专业老师，势必要在碎了的自尊上让陆池舟刮目相看。

在看到舞蹈老师后，裴恬觉得，她的爸爸简直是无所不能的许愿池！

老师苏念念便是她在电视上看到的裙摆飘飘的仙女！

可惜……没有人告诉她，看起来这么温柔的老师会这么严格呀……

裴恬要学跳舞的劲头，在第一堂课后便蔫巴了。

所以……这么严格的仙女，还是让她变成自家婶婶吧。为了小叔叔的幸福，裴恬咬牙坚持下来。

眼看着小姑娘最近难得安静，一个周末，陆池舟带着盒进口巧克力来到裴家。

"恬恬在练舞室呢，"程瑾看见他来，笑着说，"也不知道在里面琢磨什么。"

陆池舟点点头，拿着巧克力上楼，推开虚掩的舞室门，看见小姑娘背对着门盘腿坐着，盘着丸子头，低头时露出一截细白的脖颈。

他黑眸微眯："又偷偷拿手机了？"

骤然听见声音，小姑娘浑身一颤，手臂一收，就将手机塞回腿下，转头看见他，反而倒打一耙："你走路怎么没声的啊？"

陆池舟抬步进去，伸手："拿出来。"

裴恬鼓腮，撇撇嘴："……什么？"

"手机。"陆池舟蹲下身，直接去她腿下拿。

裴恬贪玩，平时裴言之是不让她碰手机的，但她总有门道偷偷拿走。

"喂——"

裴恬急了，忽地一蹙眉，瓷白小脸纠结地皱成一团："疼……腿疼。"

陆池舟动作一顿，黑眸狐疑地看着她。

裴恬眨眨眼睛，委屈地嘟囔："天天压腿，腿疼脚也疼。"

陆池舟低眼，瞥见她小腿上青青紫紫磕绊出来的痕迹。

似乎怕他看不见，裴恬还把舞鞋脱了，莹白圆润的脚趾也有因为跳舞磨出的痕迹。她皮肤白，又细嫩，从小吃不得一点苦，这会儿看起来确实可怜极了。

陆池舟蹙了下眉，伸手想触碰，却又没碰，就这么悬在空中。

裴恬趁机将手机往背后放，抱着膝盖哼哼唧唧地说："哥哥，你给我揉揉腿。"

陆池舟看她一眼，轻吸口气。

她真是，使唤他使唤惯了。

虽这么想，但陆池舟还是伸手，骨节分明的手掌托住她的小腿，轻轻按捏。

裴恬眼睛滴溜溜地转着，看到他放在一旁的巧克力，眼睛一亮。

"要吃！"

陆池舟："自己拿，只许吃一颗。"

裴恬撇撇嘴，拆开巧克力盒，快速拆了糖纸放在嘴里，又拆一颗递到陆池舟唇边："哥哥也吃。"

陆池舟不爱吃甜的，但还是顺从地张唇，咬下了巧克力。

裴恬优哉游哉地边吃边抱怨："练舞好累啊。"

"那就别练了。"少年目光扫过她青紫的膝盖，眉尖微蹙。

"那可不行。"裴恬忽地神秘地朝他眨眨眼,"跳舞的女孩子最漂亮!"

陆池舟瞧她,忽地低哂:"要那么漂亮做什么?"

裴恬托腮思考,煞有介事地说:"让许许多多的男生喜欢我啊!"

刚说完,脑门就被人用指节毫不留情地敲了下,陆池舟的黑眸凝视她:"一天都在想什么乱七八糟的?"

裴恬朝他吐舌。

陆池舟懒得理她,手上也收了力:"我看你就是手机玩多了。

"拿来。"

怎么有人一秒就变脸啊?!

裴恬撇撇嘴,委屈地看着他。

"我有事情的。"

陆池舟:"我数三下。"

"三,二,一。"

就在他要数到零时,裴恬弱弱补充一句:"零点五……"

一瞬间,陆池舟语塞。

"算了,"裴恬把手机递给他,"我只是在帮我叔叔追婶婶而已。"

陆池舟眼皮跳了下。

"你说什么?"

裴恬盘起腿,小大人似的说:"我的舞蹈老师,就是我婶婶!

"我已经替我叔叔看好了!"

陆池舟沉默了下。

"你可真够忙的。"

裴恬满足地眯了眯眼睛。

"那是当然。"

当时,陆池舟根本没把小姑娘的话当真。直到一年后,他作为大龄"花童",参加了裴言卿和苏念念的婚礼。

彼时,裴恬拉着他的衣袖感慨:"我为叔叔婶婶做了太多。"

六、恬入心扉

裴恬再捡起芭蕾舞这个技能时，是在初中的一次元旦联欢会，当时班里排了话剧《睡美人》。

本来她演的是一棵树，但最后阴错阳差，还是演了公主。

不知班里谁听说她有个国家芭蕾舞团首席的婶婶，觉得她婶婶会跳，她就一定会跳，和班主任提议在话剧表演里让裴恬加一段芭蕾独舞。

裴恬腹诽，真是个大聪明。但班主任竟也一拍板，答应了这个离谱的提议。

所有人将赞赏的目光投向她，满是"你一定可以"的鼓励。裴恬张了张唇。

"你确定要跳？"陆池舟的目光从书上移开，落于她面上。

裴恬郁闷地盘腿坐在他卧室的小沙发上——当然，是她专门为自己买的懒人沙发，横在少年陈设简单的卧室内。

"我能不跳吗？"裴恬郁闷地鼓腮，"君要臣跳，臣不得不跳。"

自从她从"树"变为演"公主"后，陆池舟的态度就很微妙。看起来不甚关心，想起来便会提几句，态度不冷不热的。

"话剧就话剧，歌舞剧就歌舞剧，"陆池舟重新垂眼看书，哂道，"花里胡哨。"

裴恬受不了他这怪里怪气的态度："这叫创新。"

陆池舟不置可否。

说练就练，裴恬当即跑去小叔叔家，找上她那大忙人小婶婶，温故知新了一下午，总算将少时学的捡回来一些。

空闲时间都拿去练舞，鼓捣了小半月都没见陆池舟，直到本人亲自找上了门。

彼时裴恬正穿着修身的舞裙，循着《睡美人》的音乐，脚步轻盈点地，脊背细瘦轻薄，脖颈修长白皙，裙摆翩跹着荡出漂亮的波纹。

陆池舟站在舞室前，漆黑的瞳仁定定落着，直到少女似有所感，侧头望过来。

窗外的阳光倾泻，落于她面上，甚至能看清细细的茸毛，满是明媚的生机。

他的喉结动了下，垂在身侧的手轻轻握起。

"你怎么来了？"裴恬停下动作。

她出了些汗，呼吸还不太平稳，骤然看见站着的英俊青年，脸上透出薄薄一层红晕。

陆池舟最近已经开始接手集团业务，身上的少年气和书卷气退了大半。

这种变化在朝夕的相处中不太能看出来，但裴恬和他有近半个月未见，这会儿撞进他眼底，才后知后觉地反应过来，他确实已经是个成年男人了。

"我不能来吗？"陆池舟敛眸，表情恢复一贯的散漫，一条长腿微屈，靠在墙边望着她。

他有些近视，但平时不戴眼镜，微微眯起黑眸时，眼尾上挑，看得裴恬心脏漏跳一拍。

"不跳了吗？"

裴恬从旁边拿起水杯，喝了一口，垂下脸："歇一会儿。"

她清澈的眼珠转了一圈，没好意思说实话。自己蹩脚的舞技自己清楚，脸皮再厚，也羞于在他面前卖弄。

"你最近不是很忙吗？"

陆池舟笑了下："我不像某些人，再忙也不至于消失。"

裴恬默默咽下水，撇过小脑袋。

室内，《睡美人》的音乐还在随着节拍奏响。

裴恬这时突然换了首歌，盘腿坐下。

"你那天到底来不来？"

陆池舟假装沉思，看着女孩的表情从期待到失望再到面无表情，才弯唇开口："来。"

裴恬当即弯了眼，兴奋地起身，"好啊！"

她跳起来时，裙摆荡出漂亮的波浪，似有小鹿撞心尖。

陆池舟眼波微动，轻轻笑开："不知道我有没有这个荣幸，提前一览公主的独舞？"

裴恬手背在身后，想了想。

"本来是没有的，"她抬起下巴，笑容娇憨，"但公主今天心情好。"

裴恬将音乐调回去。

偌大空旷的舞室内，她跟着音乐的节拍踮起脚尖，抬起双臂，腰肢勾勒出细软的弧度，清澈眼眸泛着波光，有些羞涩，又带着强作镇定的可爱。

陆池舟抱臂，黑眸一眨未眨——

到底什么时候，小丫头长这么大了？

音乐结尾，裴恬预备完成最后一个动作，是凌空的一个小跳，难度系数有点高，她学了很久，成功率还只有一小半。

裴恬绷着小脸，心跳得有些快，她想给他成功地跳一次。

但——

终究是技巧不足，这一跳还是失败了。

眼看着就要跌落在地，后腰被一双骨节分明的手掌托住。

青年身上清冽的气息涌入鼻畔，头顶传来一声低沉的叹息："又要给我拜早年？"

裴恬脸颊烫起来，半是不自在半是羞臊，眼眸嗔怒地瞪他，望进一双带笑的眼。

陆池舟的手掌揉她的后脑："可惜拜不成了。

"哥哥接住你了。"

后来，由于时长，班级上报节目没有通过，这一段《睡美人》独舞很遗憾地被砍掉了。

"遗憾吗？"有人问裴恬。

她耸耸肩："不遗憾。"

"嗯？"

裴恬托腮笑："因为有人已经看到啦！"

后记

写下最后一篇《番外》时，距离开文也有一年的时间了。时隔大半年，再写这篇《番外》，身为作者，我头回有这般奇妙的感觉——

像是和久未见面的老朋友谈天。

陆池舟和裴恬，仿佛就在我的生活里，再提笔写他们的故事时，人物性格跃然纸上，似乎就在我耳边叽叽喳喳地说着话。

裴恬该是我最偏爱的女主角了，无忧无虑，泡在蜜罐子里长大，每天都有用不完的元气，几乎从不会焦虑、悲观、消极。我想，她可以治愈陆池舟，更可以治愈我，或许还有很多阅读过的读者。

在我的女主角中，裴恬不算最漂亮、最优秀的，甚至还有很多普通人的特性。她热爱躺平，天真正义到有点幼稚，做事会冲动，但她乐观、纯粹、积极、执着。这些，都是我最为钦佩，以及想要拥有的品质。

再说回我的最"性感"男主角陆池舟，这样一个理想型的"竹马"。

不知道有没有人和我一样，认为"竹马"永远大于"天降"。

作为被裴恬钦点的"童养婿"，陆池舟自小就背了个"拖油瓶"，从此她的喜怒哀乐都和他挂钩。

人的一生兜兜转转，不知多少人是过客。但裴恬的出现，是直接嵌入陆池舟生命长河的存在。

"不然怎么让他风光无限，抑或是零落成泥，辗转多年，始终念念不忘。"

我渴望这种给予所有偏爱、浓烈的爱意。

愿所有看到这本书的读者们，都能被很多很多爱包围。

生活很美好，别给自己太大压力。

槐故

图书在版编目（CIP）数据

近我者甜 / 槐故著 . -- 成都 ：四川文艺出版社，
2025. 3. -- ISBN 978-7-5411-7001-0

Ⅰ. I247.5

中国国家版本馆 CIP 数据核字第 2024UH8050 号

JIN WO ZHE TIAN

近我者甜

槐故　著

出 品 人　冯　静

特约监制　王传先　临　渊

责任编辑　王思鈜

出版发行　四川文艺出版社（成都市锦江区三色路 238 号）

网　　址　www.scwys.com

电　　话　028-86361781（编辑部）

印　　刷　河北鹏润印刷有限公司

成品尺寸　146mm×210mm　　开　　本　32 开

印　　张　18.125　　　　　　字　　数　557 千

版　　次　2025 年 3 月第一版　　印　　次　2025 年 3 月第一次印刷

书　　号　ISBN 978-7-5411-7001-0

定　　价　75.00 元